HEYNE
BÜCHER

Fantasy

Herausgegeben von Friedel Wahren

SEAN RUSSELL

Der Erleuchtete

Roman

Deutsche Erstausgabe

WILHELM HEYNE VERLAG
MÜNCHEN

HEYNE SCIENCE FICTION & FANTASY
06/9075

Titel der Originalausgabe
THE INITIATE BROTHER
Übersetzung aus dem amerikanischen
Englischen von Norbert Stöbe
Das Umschlagbild malte Romas B. Kukalis/Agentur Schlück

Umwelthinweis:
Dieses Buch wurde auf chlor- und
säurefreiem Papier gedruckt

Deutsche Erstausgabe 3/2000
Redaktion: Joern Rauser

Erstausgabe bei DAW Books, Inc., New York

http://www.heyne.de
Printed in Germany 2000
Umschlaggestaltung: Nele Schütz Design, München
Technische Betreuung: M. Spinola
Satz: Schaber Datentechnik, Wels
Druck und Bindung: Presse-Druck, Augsburg

ISBN 3-453-16235-8

Widmung

Dieses Buch ist meinem Großvater Stan Russell in seinem vierundneunzigsten Jahr gewidmet sowie der Erinnerung an meinen Vater, der Bücher liebte.

Danksagungen

Ich möchte meiner Familie und meinen Freunden danken, die mich bei meiner Arbeit unermüdlich und aufopferungsvoller unterstützt haben, als ich es von ihnen erwarten konnte.

Befaßt man sich mit der Geschichte des Reiches, so wird offenbar, daß wir schon immer ein reges Interesse an unserer Vergangenheit hatten. Zweitausend Jahre lang haben wir an den Chroniken unserer Dynastien geschrieben, Historien, die bis in die ferne Zeit der Königreiche der Sieben Prinzen zurückreichen. Ein interessanter Gesichtspunkt ist dabei, daß man uns gelehrt hat, all diesen Werken die gleiche Wertschätzung entgegenzubringen. Doch wenn wir darin lesen, so wirken die Chroniken um so weniger faktentreu und um so mehr wie Fabeln, je weiter wir in die Vergangenheit zurückgehen. Nach dem Studium dieser uralten Schriften mag man meinen, Geschichte und Fabel seien ununterscheidbar geworden.

Frühlingsanalekten;
Hakata.

1

Der Brauch, Boten zu bestrafen, überlegte der Große Meister, war nicht ohne Grund entstanden. Der alte Mann blickte kopfschüttelnd auf die Schriftrolle nieder, die an diesem Morgen aus der Schwimmenden Stadt eingetroffen war. Ein Leben voller Hingabe und Arbeit, und dennoch empfing er solche Botschaften. Dies erschien ihm als eine schwere Ungerechtigkeit.

Bruder Hutto, der Primas der Schwimmenden Stadt, schrieb, botahistische Brüder würden auf ihren Reisen immer wieder von Räubern und Strolchen behelligt: von Reichsangehörigen!

Langsam entrollte der Große Meister das purpurfarbene Schriftstück. Die Übergriffe waren nicht das eigentliche Problem – man mußte schon lange suchen, um jemanden zu finden, der sich besser zu verteidigen wußte als ein Glaubensbruder –, sondern vielmehr das, was die Übergriffe über den Zustand des Reiches und die Haltung des neuen Kaisers aussagten. Vor allem darum machte sich der Große Meister Sorgen.

Er legte die Schriftrolle an den Rand seines kleinen Schreibtischs. Bruder Hutto hatte geschrieben, mehrere der Räuber seien kürzlich verwundet worden, was aber niemanden abgeschreckt habe. Wenn überhaupt, so nähmen die Übergriffe eher noch zu. Der alte Mönch griff nach der Schriftrolle, als wollte er sie abermals lesen, hielt dann jedoch inne. Der Inhalt des Schreibens ließ keine Mißverständnisse zu.

Wenn sich der Kaiser nur um die Straßen kümmern würde! Dies wäre ein Hinweis darauf, daß die neue Dynastie zu mehr als bloßem Ehrgeiz fähig war.

Der Große Meister tat einen tiefen, beruhigenden Atemzug. Kaiser, rief er sich in Erinnerung, kommen und gehen; der Glaube aber währt ewig. Auf die richtige Perspektive kam es an.

Bruder Hutto hatte natürlich empfohlen, einen *Schaukampf* in Erwägung zu ziehen. Dies war eine alte Lösung, die aber bereits seit vielen Jahren nicht mehr zur Anwendung gekommen war. Der Große Meister ergriff abermals die Schriftrolle und wog sie in der Hand, als wäge er Bruder Huttos Vorschlag ab. Vielleicht sollte tatsächlich ein Glaubensbruder am kaiserlichen Kickbox-Turnier während des Flußfestes teilnehmen.

Ja, dachte der Große Meister, er würde einem Mönch die Teilnahme gestatten, jedoch keinem älteren Bruder; nein, das hätte nicht die gewünschte Wirkung gehabt. Er würde einen jüngeren Novizen teilnehmen lassen – den kleinsten und knabenhaftesten Novizen, der aufzutreiben war. Diese Botschaft würden weder der Kaiser noch seine Untertanen mißverstehen, und sie würde sich auf allen Straßen des Reiches verbreiten!

Zum Glück würde es nicht schwer sein, einen geeigneten Kandidaten zu finden. Der Große Meister fand Gefallen an dem Plan. Er erfüllte nicht nur seinen Zweck, es ergab sich dadurch sogar ein historischer Präzedenzfall. Der göttliche Botahara selbst war zunächst Krieger gewesen und hatte seinerzeit am kaiserlichen Turnier teilgenommen – wenngleich die anderen Wettkämpfer sich nicht mit ihm messen wollten.

Als Botahara über den gepflasterten Hof zum Kampfring geschritten war, waren die Pflastersteine unter seinen Füßen *geborsten*. Zwar glaubte die Mehrheit der Bevölkerung nicht mehr an diese Geschichte – so weit war es mit dem Glauben gekommen! –, doch der alte Mönch wußte es besser. Der Große Meister persönlich könnte... Doch es war falsch, stolz auf seine Fähigkeiten zu sein – was bedeuteten sie schon den Erleuchteten, und außerdem hatte er den Stolz längst überwunden.

Das Problem in Bruder Huttos Brief war die erste Schwierigkeit des Tages gewesen. Die zweite hatte gerade eben am Kai des Klosters angelegt. Schwester Morima, eine botahistische Nonne, die er seit vierzig Jahren kannte (so lange schon?), würde ihm die Ehre ihres Besuchs erweisen, sobald sie ein Bad genommen hatte. Tage wie dieser waren dazu gedacht, ihn in Versuchung zu führen! Dem Großen Meister waren Überraschungsbesuche seit jeher ein Greuel. Dies schien einer der großen Vorteile eines Inselklosters: Es gab so gut wie keine Besucher, geschweige denn, daß sich jemand unangemeldet blicken ließ.

Seine Gedanken schweiften wieder zu Bruder Huttos Bericht zurück. Was hatte dieser Esel von einem Kaiser jetzt wohl vor? Der alte Narr lebte allen Voraussagen zum Trotz noch immer. So etwas kam bisweilen vor und gereichte nicht jedermann zum Vorteil. Der einzige Nutzen, den das lange Leben des Kaisers hatte, bestand darin, daß er kein bloßes Kind als Thronfolger hinterlassen würde, was unweigerlich zu Erbstreitigkeiten geführt hätte. Andererseits war der Thronerbe auch kein großer Gewinn und zudem dem botahistischen Orden nicht wohlgesonnen. Nun, die Bruderschaft verfolgte ihre eigenen Pläne, und Pläne ließen sich einer veränderten Lage anpassen, so wie man seine Strategie auf einem Gii-Brett dem Spielverlauf anpaßte. Botahara hatte die Geduld als eine Kardinaltugend bezeichnet – und wenn möglich, hielt sich der Große Meister daran.

Der alte Mönch ließ den Blick über das in das schimmernde Holz der gegenüberliegenden Wand eingelassene Bild schweifen. Was für ein vollkommenes Muster – eine Abstraktion der Blüte des Siebenblatts, einer der vierundneunzig Heilpflanzen. Sieben Blütenblätter innerhalb eines Siebenecks, das wiederum von einem Kreis umgeben war, das Ganze unterteilt von den sieben Linien der Macht. So einfach. So umfassend. Das Werk Botaharas war ihm ein unerschöpflicher Quell der Freude.

Ich bin ein glücklicher Mensch, dachte er, dann wurde ihm bewußt, daß sich jemand über den Gang näherte. Schwester Morima.

An der Einfassung des papierenen Shojis wurde geklopft.

»Bitte tretet ein«, sagte der Meister, seine Stimme war der Inbegriff ruhiger Würde.

Der Wandschirm glitt beiseite, und dahinter kam die füllige botahistische Nonne zum Vorschein. Sie trug einen langen, ungemusterten Kimono in einem höchst unkleidsamen Gelbton, an der Hüfte gerafft mit der purpurfarbenen Schärpe des botahistischen Ordens. Ihr Haar war kurz geschnitten wie bei einem Jungen und milderte nicht ihr kantiges Kinn. Dem Großen Meister fiel auf, daß sie braungebrannt war wie ein Bauer.

»Schwester Morima. Es ist uns eine Ehre, daß Ihr einen so weiten Weg zurückgelegt habt, um uns zu besuchen.« Er erhob sich vom Sitzkissen und verneigte sich förmlich. Die Nonne erwiderte die Verbeugung, verneigte sich jedoch nicht tiefer als er.

»Die Ehre ist ganz auf meiner Seite, Bruder Nodaku. Ein Besuch im Kloster Eurer *Sekte* stellt ein Privileg dar, das nur ganz wenigen zuteil wird…« Sie stockte, als wüßte sie nicht mehr weiter.

Wie er sich vorgenommen hatte, rückte der Große Meister das Arbeitstischchen beiseite, ohne daß sich die Nonne für die Störung entschuldigt hätte. Er bot ihr sein Sitzkissen an und nahm ein zweites aus einem Wandschrank.

»Schwester Saeja läßt Euch grüßen und wünscht

Euch ein langes Leben«, bemerkte Schwester Morima, während der Große Meister ihr gegenüber Platz nahm.

»Und wie geht es Schwester Saeja? Gut, so hoffe ich?« Bruder Hutto hatte in seinem Bericht erwähnt, die alte Vorsteherin des Nonnenklosters sei kürzlich von ihrer alljährlichen Pilgerreise nach Monarta, dem Geburtsort Botaharas, zurückgekehrt, und ihre Gesundheit habe merklich gelitten.

»Sie ist so beständig wie der Fluß und so geschmeidig wie eine Weidengerte, Bruder Nodaku, ein ständiger Ansporn für uns alle.«

Ihre Angewohnheit, ihn mit seinem gewöhnlichen Namen anzureden, ganz so, als sei der Novize Nodaku dabei ertappt worden, wie er sich als Vorsteher des Ordens aufspielte, hatte ihn schon immer gestört.

»Das ist eine gute Nachricht, Schwester. Bringt Ihr noch weitere Neuigkeiten mit? Das Kloster ist ja so abgelegen!«

Sie ließ ein amüsiertes Lächeln aufblitzen. »Ich bin soeben von der Barbareninsel zurückgekehrt, Bruder. Ich bin sicher, Ihr seid noch eher im Bilde als ich.« Der Große Meister schwieg, doch die Nonne sprach nicht weiter.

Der Mönch ergriff einen Hammer aus Ebenholz, der vor einem glänzenden Bronzegong gelegen hatte, und fragte: »Cha?«

»Ja, danke, Bruder, und ein wenig zu essen, falls es Euch keine zu großen Ungelegenheiten bereitet.« Die letzten Worte verschluckte sie fast.

Der Große Meister hätte beinahe aufgelacht, als er den Gong leicht antippte. Er wußte über die Schwäche der Nonne Bescheid. *Bruder Nodaku*, so, so! Man vernahm Schritte auf dem Gang, und während am Wandschirm fest geklopft wurde, kam eine zweite Person dazu.

»Tritt ein«, sagte der Große Meister mit leiser Autorität. Shuyun, der ältere Neophyt, der für die ganze Aufregung verantwortlich war, streckte das Gesicht herein, und ehe sich's der Große Meister versah, tauchte auch das Gesicht des Novizen-Bediensteten auf. Die beiden Knaben staunten über die Anwesenheit der botahistischen Nonne. Einen Augenblick lang verharrten sie in verlegenem Schweigen, dann verneigten sich beide und stießen in der halb offenen Tür gegeneinander.

»Braucht Ihr meine Dienste, Großer Meister?« fragte der zweite Neophyt.

»Deshalb habe ich den Gong angeschlagen«, erwiderte sachlich der alte Mönch. »Bitte bring Cha für Schwester Morima und mich. Und etwas zu essen. Die Schwester hat seit unverzeihlich langer Zeit nichts mehr gegessen!«

»Sofort. Großer Meister.« Der Knabe verneigte sich und eilte davon.

»Shuyun-sum?«

»Verzeiht die Störung, Großer Meister. Ihr hattet mich um diese Zeit zu Euch bestellt, um über meine Schweigezeit zu sprechen.«

Das hatte der Große Meister ganz vergessen.

»Ist deine Zeit schon um, Novize?« fragte unvermittelt Schwester Morima.

Shuyun verneigte sich vor der Schwester und beobachtete seinen Meister aus den Augenwinkeln. Er kam zu dem Schluß, daß es unhöflich gewesen wäre, nicht zu antworten.

»Ich bin bloß ein älterer Neophyt, verehrte Schwester, und ja, ich habe meine Schweigezeit soeben beendet.«

»Schön für dich, älterer Neophyt. Hast du schon gelernt, den rieselnden Sand anzuhalten?« erkundigte sie sich lächelnd.

»Nein, verehrte Schwester«, antwortete der Knabe in ernstem Ton, »es ist mir nicht gelungen, das Stundenglas daran zu hindern, die Zeit zu messen. Ich kann die Sandkörner beim Fallen zählen und jedes einzelne benennen, aber das war auch schon alles.«

Die botahistische Nonne vermochte ihr Erstaunen nicht zu verbergen.

Beim göttlichen Botahara, dachte der Große Meister, welch eine Fügung, daß die Schwester ausgerechnet jetzt anwesend ist!

»Shuyun-sum, Schwester Morima gewährt uns die Ehre ihres Besuchs, deshalb muß unsere Unterredung warten. Ich werde dich ein andermal rufen lassen.«

Shuyun kniete nieder, berührte den Boden mit der Stirn und rutschte rückwärts. »Danke, Großer Meister.« Und mit plötzlicher Kühnheit setzte er hinzu: »Darf ich mich den jüngeren Novizen beim Chi Quan anschließen? Sie werden jeden Augenblick beginnen.«

Der Große Meister bekundete mit einem Kopfnicken seine Zustimmung und nahm sich vor, den Knaben darauf hinzuweisen, daß es nicht richtig sei, seinen Meister anzusprechen, nachdem man bereits entlassen wurde.

Sobald Shuyun sich außer Hörweite befand, fragte die Frau: »Ist das wahr?«

»Ja, Schwester, die jüngeren Novizen trainieren jeden Tag um diese Zeit Chi Quan.«

»Ihr wißt schon, was ich meine, Bruder!« Sie verbarg ihre Ungeduld nicht. »Ist er im Chi Ten wirklich so weit fortgeschritten?«

Der Große Meister hob die Schultern. »Da weiß ich nicht mehr als Ihr.«

Die Nonne setzte sich gerader hin, nahm eine Haltung bemühter Gelassenheit ein. »Ich glaube, er hat die Wahrheit gesagt.« Sie holte tief Luft, dann flüsterte sie: »Beim göttlichen Botahara!«

Die Geräusche der Chi-Quan-Gruppe wehten vom Hof heran und füllten die Stille des Arbeitszimmers.

»Und was habt Ihr mit so einem vor, Bruder?«

»Wenn er lernt, auf dem Siebenfachen Pfad zu wandeln, wird er dem göttlichen Botahara dienen wie alle Angehörigen unseres Ordens.«

»Das heißt, Ihr wollt jemanden, der über solche Fähigkeiten verfügt, einem machthungrigen Fürsten überantworten und zulassen, daß er um Eures eigenen Vorteils willen in die Intrigen des Reiches verwickelt wird.«

Schwester Morimas plötzlicher Vorstoß hatte den Großen Meister überrascht, dennoch zwang er sich, ruhig zu bleiben; sein Tonfall war so beherrscht wie zuvor. »Wir sollten nicht vergessen, daß auch der göttliche Botahara dem Adel angehörte und als ›machthungriger Fürst‹ zur Welt kam, wie Ihr Euch ausdrücktet. Die politischen Bestrebungen unseres Ordens waren stets darauf ausgerichtet, ein Klima zu schaffen, in dem die Nachfolge des göttlichen Botaharas gedeiht. Das ist unser einziges Ziel. Aus unseren ›Intrigen‹ – die sich vor allem darauf beschränken, vernünftige Ratschläge zu erteilen – hat *Euer* Orden einen ähnlichen Nutzen gezogen wie mein eigener, Schwester Morima.«

»Ich bin kein Neophyt, der Euren Rat bräuchte, Bruder Nodaku. Ich wähle meine Worte mit Bedacht. Wollt Ihr diesen Jungen wirklich einer dekadenten Gesellschaft ausliefern, in der ihn nicht einmal die beste Ausbildung retten kann? Drei Angehörige Eures Ordens sind an der Pest gestorben – streitet es nicht ab! Botahistische Mönche sind an einer Krankheit *gestorben*! Wollt Ihr ein solches Talent einer solchen Gefahr aussetzen? Und wenn er nun tatsächlich lernen würde, den Sand anzuhalten?«

Der Große Meister bemühte sich, den Anschein von Ruhe zu wahren. Wie hatte sie nur von den Pesttoten erfahren? Dabei hatten sie alle Anstrengungen unternommen, dies geheimzuhalten. Was für eine Welt! Überall Spione! »Einem Fürsten des Reiches zu dienen, stellt eine schwere Prüfung dar, Schwester. Wenn ein Mitglied unseres Ordens sie nicht besteht« – der alte Mönch zuckte die Achseln –, »so ist das Karma. Den Sand anzuhalten ist weit schwieriger, als einem Fürsten zu dienen.«

»Wer war er in seinem vorherigen Leben?« nutzte Schwester Morima ihren Vorteil.

Der Große Meister schüttelte den Kopf. »Das wissen wir nicht.«

»Aber er war ein Mönch« – die Schwester befeuchtete sich die Lippen mit der Zunge – »oder vielleicht eine Schwester?«

»Wahrscheinlich ja, Schwester Morima.«

»Er hat unter den vorgelegten Gegenständen die richtigen ausgewählt?«

»Ja, natürlich.«

»Und Ihr glaubt, er sei *wahrscheinlich* Mönch gewesen?«

»Seid Ihr nicht dieser Ansicht?«

»Hm-hm.«

Dem Großen Meister wurde bewußt, daß er mehr preisgab, als ihm recht war. In Wahrheit hatte er keine Ahnung, wer der Knabe in seinem vorherigen Leben gewesen war. Als Shuyun als Kind ins Kloster gekommen war, hatte man ihn mancherlei Prüfungen unterzogen. Unter anderem hatte man ihn aus verschiedenen Gegenständen diejenigen auswählen lassen, die von früheren Ordensmitgliedern benutzt worden waren. Shuyun hatte dabei keinen Fehler gemacht – eine Leistung ohne Beispiel in der Ordensgeschichte. Doch alle anderen Prüfungen hatten keinerlei Aufschluß über seine früheres Ich erbracht. Dergleichen war noch nie vorgekommen. Vielleicht war Shuyun ja tatsächlich eine Schwester gewesen! Der Große Meister fand diese Vorstellung beunruhigend.

»Wann werdet Ihr aufhören, Euch in weltliche Dinge

einzumischen, und Euch mit der Vervollkommnung des Geistes befassen, wie es mein eigener Orden tut?«

»Schwester Morima, ich versichere Euch, daß wir mit dem Geist und seiner Vervollkommnung ebenso befaßt sind wie Ihr.«

»Aber Ihr sorgt Euch mehr um die Vervollkommnung des Geistes der Besitzenden, hab ich recht?«

»Unsere Tempel und Refugien widmen sich auch den weniger Glücklichen, Schwester, oder habt Ihr das vergessen? Es war unser Orden, der das Mittel gegen die Pest gefunden und damit Bauern, Händlern und Adligen gleichermaßen das Leben gerettet hat.«

Über den Gang näherten sich Schritte, dann wurde am Shoji geklopft.

»Herein.«

Zwei Neophyten verneigten sich und trugen Tabletts in den Raum.

»Ich werde den Cha servieren«, sagte der Große Meister.

Ein kleiner Holztisch wurde in die Mitte des Raums gerückt. Die Knaben achteten auf jede Bewegung, da sie dem Großen Meister des Klosters nur ja keine Schande bereiten wollten.

Der Große Meister bereitete den Tee nach tausendjähriger Tradition, während die Novizen kleine Servierplatten mit Reis und Gemüse auf den Tisch stellten.

»Bitte bedient als erstes unseren Gast«, wies sie der alte Mönch an, dann beobachtete er gespannt, wie die Nonne, deren Pupillen vor Behagen geweitet waren, von jedem dargebotenen Gericht nahm. Welch törichte Schwäche, dachte der Große Meister. Wenn sie unserem Orden angehörte, würde man zum Beweis, daß sie ihre Begierde meistere, von ihr verlangen, für den Rest ihres Lebens drei Tage der Woche von Wasser und Luft zu leben. Er entließ die Novizen, schenkte dampfenden Cha ein und reichte die erste Schale seinem Gast.

»Das habe ich nicht verdient, Bruder. Bitte nehmt Ihr diese Schale.«

»Euer Besuch bedeutet eine Ehre für mich; bitte, ich bestehe darauf.« Er bot ihr abermals die Schale an, und diesmal nahm sie sie mit einer Verneigung entgegen, die er erwiderte. Draußen auf der kleinen Veranda begann eine Grille zu zirpen. Das Chi-Quan-Training auf dem Hof dauerte an. Der Große Meister schenkte sich seinerseits Cha ein und kostete davon. Wundervoll! Die Cha-Blätter waren im Klostergarten gewachsen, und die Beaufsichtigung der Cha-Pflanzung war ihm ein steter Quell der Freude. Aus Höflichkeit verzehrte er eine kleine Portion Reis und beobachtete, wie die Nonne ihre Unersättlichkeit zu verbergen suchte... und scheiterte.

Der Große Meister wußte, daß Schwester Morima den wahren Grund ihres Besuchs offenbaren würde, wenn die Speisen verzehrt waren – daher brauchte er auch keine Mußtmaßungen anzustellen. Er nippte am Tee.

Er hörte, wie die Schwalben unter dem Dach seines Balkons ein Nest bauten. Sie würden furchtbar viel Dreck machen, doch er sah ihnen gerne zu. Was für wundervolle Flieger!

Mit Blick auf das Stundenglas begann der Große Meister Chi Ten zu praktizieren und dehnte die Zeit, bis der Sand immer langsamer zu rieseln schien. Er blickte auf den Dampf hinunter, der sich in trägen Schwaden vom Cha emporkräuselte – wie unendlich zarte Vorhänge, die sich im Wind bewegten. Er lächelte.

Und wenn der Knabe nun tatsächlich den Sand anhalten konnte? Wenn er zu noch mehr imstande war? Seit dem göttlichen Botahara hatte niemand mehr den Sand angehalten – seit tausend Jahren nicht! Weshalb reichte es bei keinem mehr zum Vollkommenen Meister? Der Lehrer des alten Mönchs hatte es beim Chi

Ten weiter gebracht als alle seine Schüler und hatte gleichwohl gemeint, er reiche nicht an *seinen* Lehrer heran.

Der Große Meister spürte die Wärme der Teeschale in den Händen. Welch schlichtes Vergnügen! Er sann dem Geheimnis nach, das ihm so lange Zeit als einzigem vorbehalten gewesen war, und überlegte, wer wohl außerdem noch davon Kenntnis haben mochte. Der Sand, der Sand. Er wandte den Blick und schaute wieder den Sandkörnern beim Fallen zu.

Der göttliche Botahara, der Vollkommene Meister, hatte mittels des Chi Ten gelernt, sein eigenes Zeitgefühl so weit zu kontrollieren, daß sich die Welt um ihn herum verlangsamt hatte. Alle botahistischen Mönche waren bis zu einem gewissen Grad dazu imstande. Der Erleuchtete hatte es jedoch wesentlich weiter gebracht. In den Schriften hieß es, der göttliche Botahara habe solange über dem rieselnden Sand meditiert, bis dieser nicht nur zum Stillstand gekommen, sondern sogar wieder rückwärts gelaufen sei. Allein schon die Vorstellung flößte dem Großen Meister Ehrfurcht ein. Es hieß, der göttliche Botahara habe sich *in der Zeit bewegen können wie ein Schwimmer im Wasser*. Soweit er zurückdenken konnte, meditierte der Mönch tagtäglich darüber, und noch immer entzog sich der Vorgang seinem Begreifen. Er wußte, daß es klug gewesen war, diesen Aspekt des *geheimen Wissens* von einem Großen Meister an den nächsten weiterzugeben. Doch wie sollte er erklären, was er nicht begriff? Darauf wußte er keine Antwort.

Schwester Morima hatte die Mahlzeit beendet, und ihm fiel auf, wie gut sie ihre Scham verbarg. Der Große Meister nahm den Deckel von einer Porzellanschale und bot ihr ein dampfendes weißes Tuch an. Sie reinigte sich damit Mund und Hände.

»Noch etwas Cha, Schwester?«

»Bitte, Bruder Nodaku. Die Speisen waren übrigens köstlich.«

Er schenkte ihr Tee ein und hielt mit der anderen Hand den Ärmel des langen Kimonos fest, den alle botahistischen Mönche trugen. Weite Hosen, die bis zur Wadenmitte reichten, und die purpurfarbene Schärpe des botahistischen Ordens vervollständigten die Kleidung.

Schwester Morima kostete vom Cha, setzte die Schale ab und sammelte sich. Der Augenblick war gekommen.

»Schwester Saeja hat mir erneut aufgetragen, Euch in aller Demut zu fragen, ob Mitglieder unseres Ordens die vom göttlichen Botahara verfaßten Schriftrollen studieren dürften.«

Der Große Meister starrte in seinen Cha, drehte langsam die Schale auf dem Tisch. »Schwester Morima, ich habe Euch bereits versichert, daß die Rollen, die Ihr studiert, die gleichen sind wie die, welche meinem Orden zur Verfügung stehen. Bei unserer letzten Unterredung habe ich Euch meine persönlichen Schriftrollen angeboten, und jetzt biete ich sie Euch wieder an. Eure Texte wurden von den tüchtigsten Mönchen überhaupt transkribiert. Ich versichere Euch, daß die Kopien besser nicht sein könnten.«

»Wir zweifeln keinen Augenblick an den Fähigkeiten der Gelehrten, die die Worte des göttlichen Botahara transkribiert haben, Bruder. Zwar hat es sich ergeben, daß Ihr die Hüter dieses Schatzes seid, gleichwohl gehört das Vermächtnis des göttlichen Botahara allen seinen Anhängern. Wir möchten uns lediglich ebenso wie Ihr die Worte des Erleuchteten anschauen dürfen. Wir wollen Sie ja gar nicht aus Eurer exzellenten Obhut entfernen, Bruder, sondern möchten lediglich eine Delegation herschicken – vielleicht zwei, drei unserer gelehrtesten Schwestern –, um die Schriftrollen in Augenschein zu nehmen – natürlich unter Eurer Aufsicht. Ihr habt keinen Grund, die Rollen vor uns zu schützen. Wir verehren diesen Schatz ebenso wie Ihr.«

»Schwester, wie Ihr wißt, sind die Schriftrollen sehr alt. Sie werden lediglich einmal alle zehn Jahre hervorgeholt, wenn wir sie entsiegeln, um sie auf Anzeichen von Zerfall zu prüfen. Wir alle bescheiden uns mit Abschriften. Wir *alle*. Mehr kann ich dazu nicht sagen. Ich habe einen heiligen Schwur geleistet, den ich nicht brechen will. Bittet mich nicht, in der Ausübung meiner Pflicht nachlässig zu werden, Schwester Morima.«

»Ich würde Euch niemals bitten, das in Euch gesetzte Vertrauen zu enttäuschen, Bruder, aber Ihr… Ihr seid der *Große Meister*. Ihr dürft Entscheidungen abändern, die getroffen wurden, als die Welt noch anders war als heute. Dies bedeutet Weisheit. Botahara hat uns gelehrt, der Wandel sei unvermeidlich und es sei töricht, sich ihm entgegenstellen zu wollen.

Vielleicht könnten ja zwei oder drei meiner Mitschwestern bei Eurer nächsten Überprüfung anwesend sein? Wir würden Euch bei der Ausübung Eurer Pflicht nicht behindern, das verspreche ich Euch. Den Gefolgsleuten des *Wortes* wird es doch wohl gestattet sein, bei der Zeremonie zugegen zu sein?«

Die schlaue alte Kuh! dachte der Große Meister. Wie soll ich mich da bloß herauswinden? »Laßt mich das Gesagte überdenken und mich mit den Ältesten meines Ordens beraten. Eurer Bitte zu entsprechen, hieße, mit einem tausendjährigen Brauch zu brechen, Schwester Morima. Ihr werdet gewiß verstehen, daß man eine solche Entscheidung nicht überstürzen darf. Mehr möchte ich dazu nicht sagen, und habt bitte Verständnis dafür, daß ich Euch nichts versprechen kann.«

»Ach, Bruder Nodaku, Euren Ruf als Weiser habt Ihr wirklich verdient. Ich danke Euch, tausendmal Dank! Es war mir eine Ehre, daß Ihr mir so lange zugehört habt.« Sie verneigte sich vor ihm. »Solltet Ihr uns erlauben, bei der nächsten Überprüfung zugegen zu sein – wobei mir schon klar ist, daß Ihr dies nicht versprochen habt –, aber bloß für den Fall; wann würde das sein?«

Der Große Meister blickte einen Augenblick lang an die Decke, als müsse er überlegen, wann dieser bedeutsame Tag kommen werde.

»Bis dahin sind es etwa neun Jahre, Schwester Morima.«

»Eine kurze Zeitspanne, Bruder, die Tage werden nur so dahinfliegen!« Sie klatschte in die Hände wie ein aufgeregtes Kind. »Wie lange genau, Großer Meister?«

Abermals zögerte er. »Vom siebenten Mond an noch acht Jahre.«

Sie trank ihren Cha aus und sagte voller Empfindung: »Auf daß Ihr noch in diesem Leben Vollkommenheit erlangen möget!«

Auf daß Ihr heute noch Vollkommenheit erlangen möget, damit ich Euch endlich los bin, dachte der Große Meister.

»Das Schiff hatte nicht viel Ladung zu löschen, Bruder, deshalb werde ich bestimmt schon erwartet. Dürfte ich Euch noch etwas fragen, bevor ich aufbreche? Wann können wir mit einer Entscheidung in dieser Frage rechnen?«

»Das kann ich nicht sagen, Schwester Morima«, entgegnete der Mönch mit einem Anflug von Gereiztheit.

Sie verneigte sich. »Wie Ihr meint, Bruder. Ich wollte Euch nicht drängen.« Sie erhob sich mit erstaunlicher Anmut vom Kissen und verneigte sich erneut. Der alte Mönch, der mit ihr aufgestanden war, verbeugte sich ebenfalls.

»Ich habe Euch bereits zu lange aufgehalten, Bruder. Es war mir eine Ehre, mit Euch zu sprechen. Ich stehe in Eurer Schuld.«

»Die Ehre ist ganz auf meiner Seite, denn Euer Besuch bedeutet eine Auszeichnung für unser Kloster. In einer solchen Angelegenheit kann von Schuld keine Rede sein.«

Die Nonne verneigte sich ein letztes Mal und entfernte sich rückwärts gehend. An der Tür blieb sie einen Augenblick stehen und fing den Blick des Großen Meisters auf. »Und wenn dieser Knabe nun das vollkommene Gespür für Wahrheit entwickelt?«

Der Große Meister antwortete prompt, ohne gezielt auf die Anspielung einzugehen. »Dann wird ihm nicht nur die Wahrheit aufgehen, die in Botaharas Worten liegt, sondern auch die Wahrheit unserer frommen Werke.«

Ein älterer Neophyt eilte herbei, um die Schwester durch die labyrinthischen Gänge des Klosters Jinjoh nach draußen zu geleiten. Sie nickte, als erkenne sie die Weisheit von Bruder Nodakus Antwort an, drehte sich um und verschwand.

Der Große Meister starrte eine Weile auf den geschlossenen Shoji, dann schob er den Wandschirm beiseite, der auf seine private Veranda hinausging. Eine Schwalbe huschte aus einem fast fertiggebauten Nest und protestierte mit schrillen Schreien gegen die Störung. Der Große Meister trat nicht auf die Holzveranda hinaus, sondern blieb im Schatten des Dachs stehen. Unten auf dem Hof übten die jüngeren Novizen die Gestalt. Er trat einen halben Schritt vor, um mehr vom Hof zu überblicken und alle Schüler zu sehen, die jeder für sich in einer Septima standen – einer geometrischen Form ähnlich der, die auf der Zimmerwand des Meisters abgebildet war.

Der Lehrer bewegte sich langsam und mit vollkommener Anmut vor den aufgereihten Schülern. Die sechste Schließung hatten sie soeben beendet, und die meisten Schüler schwankten, wenngleich dies einem ungeübten Betrachter verborgen geblieben wäre. Shuyun stand in der zweiten Reihe, fiel aber aufgrund seines kleinen Wuchses und seines Selbstvertrauens gleich ins Auge. Die Bewegungen des Knaben waren präzise und fließend, wurden ohne Zögern ausgeführt.

Sotura-sum hatte nicht übertrieben. Die Gestalt des älteren Neophyten ließ die weiter fortgeschrittenen Schüler unbeholfen erscheinen; was die Körperbeherrschung betraf, konnte er es sogar mit seinem Lehrer aufnehmen. Der Große Meister beobachtete voller Spannung das Schauspiel.

»So etwas habe ich mein Lebtag noch nicht gesehen«, flüsterte er. »Wer mag dieses Kind wohl gewesen sein?«

Jenseits der Hofmauer aus weißem Gips und Holz wurde Schwester Morima soeben zum wartenden Schiff hinuntergeleitet. Für ihre Leibesfülle bewegte sie sich erstaunlich leichtfüßig. Diese Frau war weit klüger, als er geglaubt hatte. In der Zukunft würde er vorsichtiger sein – wesentlich vorsichtiger.

Es war nicht seine Absicht, ihr oder jemand anderem Einblick in die Schriftrollen zu gewähren. Jetzt nicht und nicht in hundert Jahren. Doch darauf hatte er keinen Einfluß mehr. Er spürte, wie sein Körper kaum merklich erschlaffte, und wehrte sich gegen dieses erste Anzeichen von Resignation. Wie konnte das nur geschehen? fragte er sich zum tausendsten Mal. Dabei hatte man sie so gut bewacht! So gut! Doch das war jetzt nicht mehr wichtig. Nichts war mehr wichtig. Die Schriftrollen waren verschwunden. Man hatte sie gestohlen, obwohl sie von der Ehrenwache des Klosters Jinjoh unablässig bewacht worden waren.

Die zwanzig jüngeren Novizen einschließlich des einen älteren Neophyten beendeten die siebte Schließung und verharrten vollkommen regungslos in der Grundstellung. Der alte Chi-Quan-Lehrer musterte seine Schüler, die alle barfuß und bis zur Hüfte nackt waren. Als keiner schwankte, nickte er zufrieden.

»Wählt euch einen Partner!« befahl er ruhig. »Wir üben paarweise.«

Die Knaben bildeten Paare und nahmen die Grundstellung ein.

»Shuyun-sum«, sagte der Lehrer. »Du hast dich noch nicht mit einem Übungsgegner gemessen?«

»Nein, Bruder Sotura, die älteren Neophyten rangeln nur.«

Der Lehrer überlegte einen Augenblick. »Du wirst es bald lernen. Heute werden wir beide zuschauen. Fangt an!«

Sotura mischte sich unter die Kämpfenden und blieb bei jedem Paar kurz stehen. Die Übung begann langsam, gemäß den stilisierten Bewegungen der Gestalt, dann wurde sie immer schneller, bis sich sämtliche Bewegungen verwischten, während die Schüler nach einem Angriffspunkt suchten, an dem sich ein Stoß oder ein Schlag anbringen ließe.

Shuyun dehnte sein Zeitgefühl und praktizierte Chi Ten, um die Kämpfe trotz der erhöhten Geschwindigkeit noch analysieren zu können. Die Bewegungen der Kämpfer wurden flüssig und endlos, eine jede schloß sich übergangslos an die vorherige an.

Unvermittelt hob Bruder Sotura die Arme. »Schluß!« befahl er und nahm wieder vor der Gruppe Aufstellung. Die Stille war vollkommen.

»Wie ich sehe, glauben einige von euch noch immer, es gereiche ihnen zum Vorteil, wenn sie Muskeln und Knochen einsetzen. Vielleicht möchtet ihr insgeheim lieber Kickboxer sein?

Sich innerhalb der Gestalt zu bewegen, reicht nicht aus. Ihr müßt unkörperlich werden. Niemand vermag den Wind zu treten. Niemand vermag Wasser zu schieben. Es nützt euch nichts, wenn ihr eine makellose Weich-Faust bildet und im Augenblick des Auftreffens die Muskeln anspannt. Das Chi ist der Ursprung all eurer Stärke – leitet es in eure Hand, wenn ihr sie gebraucht. Stellt euch vor, ihr hieltet in der geballten Faust eine Raupe, deren Haare euch an der Handfläche kitzeln.« Der Mönch hielt inne, als ein blauer Schmetterling angeflattert kam und sich auf Shuyuns Schulter niederließ. Er lächelte. »Ich zeige es euch.«

Er trat einen Schritt vor und nahm behutsam den Schmetterling von Shuyuns Schulter. Er schloß die Hand um das Insekt und trat ans Tor, das in den umfriedeten Garten hinausführte. Im Bruchteil einer Sekunde nahm der Mönch die Grundhaltung ein, dann trieb er seine Hand durch eines der dicken Holzbretter des Tores, das zersplitterte und mit einem lauten Krachen brach. Anmutig zurücktänzelnd, streckte Bruder Sotura seine Hand den Schülern hin – eine perfekte Weich-Faust –, dann ließ er den gänzlich unversehrten Schmetterling davonflattern. Sämtliche Schüler knieten nieder und senkten die Stirn aufs Pflaster.

»Das reicht für heute. Nun geht und meditiert über das Chi. Bemüht euch, ein solch zarter Lufthauch zu werden, daß er nicht einmal einen Schmetterling tragen würde.«

Shuyun öffnete das Tor mit dem geborstenen Brett und trat in den dahinterliegenden großen Garten, der berühmt war für seine vielen Wege und die zahlreichen Lauben, von denen aus man die Insel und das Meer überblickte. In einem Winkel, wo Rhododendren blühten, setzte er sich mit untergeschlagenen Beinen auf einen flachen Stein. Eine Zeitlang gedachte er der Demonstration seines Chi-Quan-Lehrers und schwelgte in deren Vollkommenheit.

Der Knabe Shuyun hatte seine Schweigezeit heute morgen beendet und genoß das Gefühl grenzenloser Freiheit, während er einer anderen Art von Freiheit, die ihm bislang unbekannt gewesen war, nachtrauerte. Vielleicht würde er nie mehr im Leben soviel Zeit vollkommen allein verbringen können. Der Große Meister hatte recht gehabt; sechs Monate konnten wie ein ganzes Leben sein. Ein Leben, das er damit verbracht hatte, über die Worte des Vollkommenen Meisters zu meditieren.

Die Routine der Schweigezeit war unerbittlich gewesen. Aufgestanden war er bei Sonnenaufgang, dann hatte er auf dem in den Boden seines Einzimmerhauses eingelassenen Muster Chi Quan geübt. Zu Mittag nahm er die einzige Mahlzeit des Tages ein und durfte dann entweder meditieren oder im abgeschlossenen Garten dichten. Am Nachmittag übte er Chi Ten. Innerhalb der Septima sitzend, konzentrierte er sich mit jeder Faser seines Seins auf den Fünften Schnittpunkt, auf dem die Sanduhr stand. Später dann folgte abermals Chi Quan vor dem Wandschirm bis zum Einbruch der Dunkelheit, sowie eine Meditation über den Siebenfachen Pfad. Vor Sonnenaufgang durfte er drei Stunden schlafen.

Jeden Nachmittag hatte Shuyun so wie jetzt auf dem Muster gesessen und sich in der Disziplin des Chi Ten geübt. Er hatte seinen Atem kontrolliert und gespürt, wie das Chi bis in die Mitte seines Seins absank, hatte sein Chi *ausgedehnt* bis in die Kraftlinien des Musters hinein. Und mit jedem Tag war der Sand im Glas in dem Maße, wie Shuyun gelernt hatte, sein Zeitgefühl zu kontrollieren, ein wenig langsamer gerieselt.

Die Technik, die es einem erlaubte, das Zeitempfinden zu verändern, war auch außerhalb der Mauern des Klosters Jinjoh nicht gänzlich unbekannt. Die Kickboxer beherrschten sie bis zu einem gewissen Grad, und einige der besten Akrobaten und Tänzer sprachen ebenfalls davon. Shuyun fragte sich, ob vielleicht jeder in den kurzen Augenblicken der Sammlung eine solche Zeitdehnung erlebte. Doch allein die botahistischen Orden hatten die Schlüssel zur Meisterschaft entdeckt,

Chi Quan und Chi Ten, die Disziplinen der Bewegung und der Meditation, die im Muster der Septima dargestellt waren, der Gestalt, die Perfektion der Bewegung und absolute Konzentration lehrte.

›Durch den Körper zum Geist‹, hatte der göttliche Botahara dies genannt. Shuyun verstand allmählich, was er damit gemeint hatte. Ihm war so, als wende er jetzt praktisch an, was er zuvor nur verstandesmäßig begriffen hatte.

Wie er da so auf dem Stein mit Ausblick aufs Meer saß, spürte Shuyun, wie das Chi absank, und sogleich machte er sich daran, es aus seinem Körper zu drängen, indem er sich vorstellte, es ströme in den unendlichen Raum um ihn herum hinaus und verlangsame jegliche Bewegung.

Ein Blatt löste sich von einem Gingkobaum und sank in endlosen Spiralen zur Erde nieder. Bangigkeit erfaßte den jungen Mönch, und er spürte, wie seine Konzentration nachließ, doch das Blatt sank so langsam herab, daß Shuyuns Selbstvertrauen wieder zurückkehrte. Während das Blatt vor dem Hintergrund des weiten, blauen Himmels niedersank, konzentrierte er sich auf das Licht der Sonne, das über die Blattoberfläche spielte. Schließlich berührte das Blatt die Wasseroberfläche eines kleinen Teichs und sandte vollkommene Kreise aus. Shuyun zählte die winzigen Wellen und benannte jede einzelne nach einer Blume, bis sie am Teichufer erstarben. Ein Gedicht fiel ihm ein:

Der Frühling ist erblüht
Doch ein Gingkoblatt
Fällt endlos
In den Seerosenteich.

Shuyun atmete langsam aus. Erleichterung durchschwemmte ihn wie eine endlose, machtvolle Woge. Zweimal hatte er während der Schweigezeit die Kontrolle verloren, oder jedenfalls war es ihm so vorgekommen. Zweimal hatte er gemeint, sein verändertes Zeitgefühl habe sich verzerrt und er befände sich irgendwo anders... an einem Ort, den er nicht zu beschreiben vermochte. Und als sich sein gewöhnliches Zeitgefühl wiederhergestellt hatte, geschah dies mit einer Plötzlichkeit, die, wie er wußte, ein untrügliches Zeichen für den Verlust jeglicher Kontrolle war. Sein Lehrer hatte ihn nie davor gewarnt, und der junge Mönch fürchtete schon, es werde ihm nicht gelingen, das Nötige zu lernen, um endgültig in den Orden aufgenommen zu werden.

Eigentlich wollte er mit dem älteren Bruder Sotura darüber sprechen, hatte sich jedoch gesagt, es sei besser, damit noch zu warten. Und nun hatte er das Gefühl, die Kontrolle zurückzuerlangen. Die seltsame Erfahrung hatte sich in den vergangenen Monaten nicht wiederholt.

Plötzlich erinnerte er sich an eine Begebenheit aus der Zeit vor seiner Schweigezeit: Er hatte vor dem Lehrer gekniet und seinen Worten gelauscht.

»Du mußt dich stets innerhalb des Musters bewegen, du mußt sogar innerhalb des Musters atmen. Das Chi wird dich stärken, doch du darfst niemals versuchen, es dir zu unterwerfen. Leiste keinen Widerstand, laß es fließen. Das Chi läßt sich nicht beherrschen. Du kannst deinen Willen lediglich in Einklang damit bringen.«

Hätte nicht sein Meister dies gesagt, hätte Shuyun es niemals für möglich gehalten. Doch nun, da seine Schweigezeit vorüber war, verstand er allmählich, was damit gemeint war. Jetzt erst ging ihm die Weisheit seiner Lehrer auf.

Ich muß über das Chi meditieren, dachte Shuyun. Ich muß ein solch zarter Lufthauch werden, daß nicht einmal ein Schmetterling gegen mich stoßen könnte.

Nach endlos langer Zeit läutete die Glocke, und

Shuyun löste sich aus der Versenkung. Er stand auf und schritt ruhig durch den Garten. Es war Zeit, in der warmen Frühlingsluft zu baden und dann am Abendessen teilzunehmen.

Als er am Tor stehenblieb, um noch einmal das zersplitterte Brett zu betrachten, hatte sein Entzücken über die Demonstration des Lehrers noch zugenommen. Ein Mönch hatte das geborstene Brett durch ein neues ersetzt und sorgfältig ein Loch von der Größe und Form eines Schmetterlings hineingeschnitten. Durch das Loch sah Shuyun den blauen Himmel. Ein letzter Blick, und der junge Neophyt eilte weiter. Die älteren Neophyten würden sich freuen, wenn er ihnen von dem Schmetterlingsschlag erzählte, bei dem er allein zugegen gewesen war.

Bruder Sotura, der Chi-Quan-Meister des Klosters Jinjoh, stieg eine Treppe hoch, die auf einen Gang mündete, der zu den Räumen des Großen Meisters führte. Er hatte gebadet, saubere Kleidung angelegt und sich Zeit für die Vorbereitung auf die Begegnung mit dem Oberhaupt des Ordens genommen. Der Lehrer wußte von dem Besuch der Nonne und war deswegen beunruhigt.

Er klopfte leicht gegen den Shoji des Großen Meisters und wartete.

»Bitte tretet ein«, ertönte die warme Stimme des Großen Meisters. Bruder Sotura schob den Wandschirm beiseite, kniete nieder und berührte die Strohmatte mit der Stirn. Der Große Meister saß am Arbeitstisch, den Pinsel in der Hand. Er nickte, wie sein Rang es erforderte, dann fuhr er fort, den Pinsel zu säubern.

»Tretet ein, alter Freund, und setzt Euch zu mir. Ich brauche Euren Rat.«

»Ihr schmeichelt mir, Großer Meister, doch ich fürchte, in der Angelegenheit, die Ihr im Sinn habt, wird Euch mein Rat wenig nützen.«

»Nehmt Euch ein Kissen und seid beruhigt. Ich brauche Euch. So liegen die Dinge. Möchtet Ihr etwas essen?«

»Danke, ich habe schon gegessen.«

»Dann vielleicht Cha?« Er nahm den Ebenholzklöppel zur Hand.

»Ja, Cha wäre mir sehr recht.«

Der Gong ertönte, und sogleich näherten sich Schritte.

»Bitte komm herein«, sagte der Große Meister, noch ehe geklopft wurde. »Cha für Sotura-sum und mich. Außerdem möchten wir bitte nicht gestört werden.« Der Knabe verneigte sich und schob geräuschlos den Shoji vor.

»Nun, Sotura-sum, der Besuch der alten Kuh heute morgen ist bemerkenswert verlaufen.« Er lächelte, dann schüttelte er den Kopf. »Sie hätte mir beinahe das Versprechen abgerungen, gewissen Mitgliedern ihres Ordens die Anwesenheit bei der nächsten Untersuchung der Schriftrollen zu gestatten.«

Der Chi-Quan-Meister schwieg.

»Aber nur fast. Ich habe ihr gesagt, ich müßte mich zunächst mit den Ordensältesten beraten, und das tue ich nun.«

Bruder Sotura bewegte sich unruhig. »Mir scheint, sie werden uns solange zusetzen, bis sie die handschriftlichen Aufzeichnungen Botaharas gesehen haben. Ich zögere ein wenig, Großer Meister, doch mir scheint, unter den gegebenen Umständen könnte es vielleicht ratsam sein, ihre Neugier zu befriedigen. In unserem Besitz befinden sich sehr alte Schriftrollen, vollkommene Kopien, um genau zu sein. Außer einigen wenigen Angehörigen unseres Ordens weiß keine Menschenseele, daß sie nicht echt sind. Mir ist bewußt, daß dies nicht sonderlich ehrenhaft ist, aber...« Er hob die Schultern.

»Ehre ist ein Luxus, den wir uns diesmal nicht leisten können, Bruder.« Der Große Meister blickte auf seine Hände nieder, als hätten sie sich unerklärlicherweise verändert. »Wir müssen verhindern, daß hinsichtlich der Schriftrollen Zweifel aufkommen… gerade jetzt. Ich werde mir Euren Rat durch den Kopf gehen lassen, Bruder, und ich danke Euch.«

Der Novize näherte sich bereits wieder, obwohl die Zeit kaum ausgereicht hatte, um zur kleinen Küche und wieder zurück zu gehen. Der Große Meister schaute den anderen Mönch mit hochgezogenen Brauen an.

»Sie ahnen bereits meine Wünsche voraus. Bin ich schon so alt und berechenbar geworden? Das wäre gefährlich. Sagt nichts, ich werde darüber meditieren.«

Der Cha wurde aufgetragen, und sein bitter-süßer Duft verteilte sich im Raum.

»Glaubt Ihr noch immer, daß sich die Schriftrollen im Besitz der Schwestern befinden, oder hat Morima-sums Besuch diesen Verdacht zerstreut?«

»Das vermag ich nicht zu sagen. Es könnte sein, daß Schwester Morima nicht eingeweiht ist. Sollte sie aber doch Bescheid wissen und nur deshalb hergekommen sein, um uns Sand in die Augen zu streuen, so hat sie ihre Sache bewundernswert gut gemacht. Ich glaube, es ging ihr wirklich darum, Zugang zu den Schriftrollen zu bekommen – sicher bin ich mir allerdings nicht. Schwester Morima ist eine hervorragende Schauspielerin und keineswegs eine Närrin.«

»Dann können wir also bislang noch keine Möglichkeit ausschließen?«

Der Große Meister nickte und nippte am Cha.

»Haben sich aus Bruder Huttos Bericht irgendwelche neuen Erkenntnisse ergeben?«

Der alte Mönch schüttelte den Kopf. »Seit neuestem werden Angehörige unseres Ordens auf den Straßen des Reiches Wa von Wegelagerern belästigt. Um dem entgegenzutreten, rät er uns zu einem *Schaukampf*. Ein weiterer Novize ist verschwunden – Bruder Hutto meint, er könnte Räubern zum Opfer gefallen sein. Ich kann es nicht glauben! Der neue Kaiser hat seine Macht nahezu vollständig gefestigt und dabei bloß einen merkwürdigen Fehler gemacht – er hat den alten Shonto und seine Familie am Leben gelassen.«

»Wie kommt das?« Bruder Sotura schaukelte auf dem Kissen zurück. »Damit schneidet er sich ins eigene Fleisch! Welche Abmachung könnten die beiden getroffen haben? Shonto ist dem alten Kaisergeschlecht treu ergeben.«

»Ja, aber das Geschlecht der Hanama gibt es nicht mehr. Wohl wahr, es gibt andere, die einen Anspruch auf den Thron erheben, der mindestens ebenso gerechtfertigt ist wie der des Fürsten Yamaku. Sie haben bloß versäumt, sich rechtzeitig gegen Yamaku zu verbünden. Der alte Shonto wurde verraten und im Verlauf einer Schlacht gefangengenommen, die er durchaus hätte gewinnen können. Fürst Yamaku, oder vielmehr Akantsu der Erste, Kaiser von Wa, gewährte ihm einen ehrenhaften Tod – zuvor hatten die beiden alten Füchse Seite an Seite gekämpft. Fürst Shonto verfaßte sein Todesgedicht, und als der Kaiser es hörte, ließ er sich erweichen und hob das Todesurteil gegen Shonto und dessen Familie auf!«

»Der alte Fuchs hat den Verstand verloren! Demnächst wird er noch den *Wolf* neben sich auf dem Thron Platz nehmen lassen. Hat unser Bruder das Gedicht im Wortlaut aufgeführt?«

Der Große Meister nahm die Schriftrolle zur Hand.

Nach einem Leben voller Kampf
Und Pflichterfüllung
Endlich!
Zeit für Gedichte.

Der Chi-Quan-Lehrer lachte herzlich. »Ich bewundere beider Weisheit. Nur ein Narr hätte einen solch klugen Mann vernichtet.«

»Das ist noch nicht alles«, sagte der Große Meister. »Eine Woche nachdem die Hinrichtung abgesagt wurde, verkündete Motoru, Fürst Shontos Erbe, er habe Fürst Fanisans Witwe geheiratet und ihre Tochter adoptiert. Die beiden Frauen tauchten unter dem Dach der Familie wieder auf, die der Kaiser soeben begnadigt hatte.«

»Die Shonto waren schon immer dreist. Meine Sorge um Bruder Satake, ihren spirituellen Berater, war unnötig. Abermals sind die Shonto den Fängen des Drachen entwischt. War Fürst Fanisan dem Kaiser bereits zum Opfer gefallen?«

»Zuvor erlag er der Pest, der arme Mann, und brachte den Kaiser in die peinliche Lage, sich der weiblichen Fanisan nicht in aller Öffentlichkeit entledigen zu können. Ich bin sicher, Fürst Shontos Sohn hat ihnen das Leben gerettet. Jedenfalls einstweilen.«

»Dann wird der junge Shonto also seine Adoptivtochter mit dem Sohn des Kaisers vermählen, den Anspruch der Yamaku legitimieren und die Shonto an die neue Dynastie binden. Diese Familie hat Genie!« Der Lehrer war voll der Bewunderung. »Und was die Pest angeht, Großer Meister, ist sie in letzter Zeit wieder aufgeflammt?«

»Es sieht so aus, als hätten wir Erfolg gehabt. In den vergangenen drei Monaten wurde keine einzige neue Erkrankung mehr gemeldet. Das Kind ist allerdings schon in den Brunnen gefallen. Als die Pest die Kaiserfamilie befiel, machte Fürst Yamaku mobil. Damit ist er ein großes Risiko eingegangen, doch die Verwirrung im Reich stellte die einzige Gelegenheit dar, die sich ihm jemals bieten würde. Und jetzt sitzt ein Blutsauger auf dem Drachenthron.«

Beide schwiegen eine Weile. Im Raum wurde es allmählich dunkel, denn die Sonne würde bald untergehen. Der Große Meister zündete eine kostbare Porzellanlampe an.

»Der Kaiser verlangt noch immer nicht nach den Diensten eines spirituellen Beraters?«

»Nein, Sotura-sum, er fürchtet weiterhin unseren Einfluß. Wir müssen äußerst wachsam sein, denn er könnte uns sehr gefährlich werden. Sein Sohn wird auch nicht besser sein. Unserem Orden stehen schwere Zeiten bevor. Wir müssen alle sein wie das Wasser und der Wind, sonst werden wir Schaden nehmen – nicht vernichtet werden –, und das hieße, daß unsere Arbeit jahrelang ins Stocken geriete.«

Der Große Meister schenkte Cha nach. »Heute wurde der ältere Neophyt Shuyun zu mir geschickt; er traf während des Besuchs der Schwester ein – ein schlimmer Fehler. Er war indiskret.«

»Wie das, Großer Meister?«

»Sie weiß jetzt über seine Chi-Ten-Fähigkeiten Bescheid.«

»Bedauerlich, doch ich glaube nicht, daß sie ahnt, über welches Potential er in Wirklichkeit verfügt. Das wird mir selbst erst allmählich klar. Shuyun hat heute mit den jüngeren Novizen Chi Quan geübt. Neben ihm sahen sie geradezu plump aus!« Er sah zu dem älteren Mönch auf. »Was sollen wir mit ihm anfangen?«

»Er wird zweifellos der spirituelle Berater eines Adligen werden und die Lehren Botaharas verbreiten.«

»Shuyun wäre der geeignete Berater für einen Kaiser, Großer Meister.«

»Eine sehr ungewisse Möglichkeit. Andere Dinge liegen im Augenblick näher und sind beinahe ebenso nützlich. Wir sollten Shuyuns Ausbildung vertiefen, ohne den Anschein zu erwecken, er sei etwas Besonderes. Ich möchte wissen, über welche Möglichkeiten er verfügt. Er hat sich noch nicht im Zweikampf gemessen?«

Bruder Sotura schüttelte den Kopf.

»Wie lange würde es dauern, ihn soweit zu bringen, daß er das kaiserliche Turnier im Kickboxen gewinnt?«

»Ich bin sicher, er könnte es bereits heute gewinnen, glaube allerdings, er sollte sich auf eine solche Prüfung eigens vorbereiten. Nicht lange – vielleicht zwei Monate.«

»Beginnt morgen mit seiner Ausbildung. Ich habe so ein Gefühl, als würdet Ihr beide im Herbst zum Flußfest reisen.« Der alte Mönch erhob sich und trat an den offenen Wandschirm, der zum Balkon hinausführte. Einen Augenblick lang schaute er auf den Hof hinunter. Der Hof wurde lediglich von den Sternen erhellt, und die Schatten spielten den Augen des Meisters Streiche.

»Habt Ihr die Sicherheitsvorkehrungen verschärft?«

»Ja, und ich wähle die Wächter jeden Abend eigenhändig aus.«

»Ihr seid unersetzlich, Sotura-sum.« Der Große Meister stellte nun die Frage, die sie alle Tag und Nacht beschäftigte. »Wenn die Schwestern die Schriftrollen nicht haben, wer dann?«

Bruder Sotura ließ sich mit der Antwort Zeit. »Sie sind von unschätzbarem Wert, das allein wäre schon Grund genug, sie zu stehlen. Allerdings sollte es keinem Dieb gelingen, sie unerkannt zu verkaufen – das würde sich bestimmt herumsprechen. Ich glaube eher, daß sie aus politischen Gründen entwendet wurden. Jeder, der Nutzen daraus zöge, die botahistische Bruderschaft zu erpressen, ist verdächtig.«

»Der Kaiser?«

»Der wäre für mich der Hauptverdächtige. Er schätzt uns nicht. An seinem Hof gibt es keine Mönche, vor denen er sich in acht nehmen müßte, außerdem gehört er zu den wenigen, denen die Tat zuzutrauen ist.«

»Wer sonst noch?«

»Fürst Shonto, Fürst Bakima, Fürst Fujiki, Fürst Omawara und vielleicht noch ein halbes Dutzend andere, außerdem die magischen Kulte, wenngleich ich nicht glaube, daß sie es waren.«

»Und wir wissen noch immer nicht, wann sie gestohlen wurden?«

»Irgendwann in den vergangenen zehn Jahren.«

Der Große Meister schüttelte den Kopf. »Mittlerweile wurden sämtliche Wächter der Urne befragt?«

»Alle bis auf zwei, Großer Meister.«

»Und was ist mit denen?«

»Sie sind der Pest erlegen.«

»Hm.«

Die Lampe flackerte im Luftzug, der von draußen kam.

»Wenn man uns mit den Schriftrollen erpressen will, weshalb hat man uns dann noch keine Forderungen gestellt?«

»Vielleicht scheint ihnen der rechte Zeitpunkt noch nicht gekommen, was immer sie vorhaben mögen.«

»Es gibt noch eine andere Möglichkeit, Sotura-sum. Was wäre, wenn die Schriftrollen vernichtet worden wären?«

»Ich weigere mich zu glauben, daß jemand imstande wäre, ein solches Sakrileg zu begehen!«

»Und was ist mit den Anhängern Tomsomas?«

»Das sind Stümper und Narren! Den Diebstahl hätten sie niemals bewerkstelligt.«

»Da habt Ihr wohl recht, Sotura-sum. Haben wir Spione bei ihnen eingeschleust?«

»Ja, Großer Meister, und wir haben bereits Kontakt mit ihnen aufgenommen. Sie melden keine ungewöhnlichen Vorkommnisse.«

»Ihr geht gründlich vor, Bruder Sotura.«

Der Große Meister verharrte noch eine Weile am Balkon, dann wandte er sich ins Zimmer um. »Ich danke Euch, mein Freund, Ihr wart mir eine große Hilfe.«

Der Chi-Quan-Meister erhob sich und wandte sich unter Verneigungen zum Gehen.

»Sotura-sum«, sagte der Große Meister, worauf der Mönch an der Tür stehenblieb. »Ich habe Euch heute dabei zugeschaut, wie Ihr die jüngeren Novizen unterrichtet habt.« Der Große Meister verneigte sich tief vor dem Chi-Quan-Lehrer. Es bedurfte keiner Worte. Eine höhere Ehre konnte einem seitens des Großen Meisters nicht zuteil werden.

2

Von seinem Platz auf dem Achterdeck aus sah Kogami Norimasa den botahistischen Mönch, der an der Verspannung des Hauptmastes lehnte – als dunkle Silhouette vor dem Hintergrund der Sterne. Kogami beobachtete den jungen Bruder, seit er an Bord gekommen war, wenngleich der Anblick des Klosters, in dem der Vollkommene Meister mit der Niederschrift seines bedeutenden Werks begonnen hatte, ebenfalls seine Aufmerksamkeit in Anspruch nahm.

Nur wenige hatten das Kloster Jinjoh gesehen, und Kogami schätzte sich glücklich, auf besondere Weise zu diesen wenigen zu gehören. Schon viel zu lange hatte er zu den Vielen gehört – nichts weiter als ein gesichtsloser Beamter, der dem Drachenthron diente. Dazu kam noch, daß er dem Thron sehr fern gewesen war.

Als kaiserlicher Beamter des Fünften Rangs hatte Kogami den gegenwärtigen Kaiser noch nicht einmal zu sehen bekommen. Doch dessen ungeachtet, ob der Sohn des Himmels davon wußte oder nicht, so war ihm Kogami doch von gewaltigem Nutzen gewesen, auch wenn die Funktionäre des Vierten und Dritten Rangs die Lorbeeren dafür eingeheimst hatten.

Diese Ungerechtigkeit würde jedoch schon bald wiedergutgemacht werden. Kogami Norimasas Fähigkeiten waren endlich bemerkt worden, und zwar von keinem Geringeren als Jaku Katta, dem Ersten Berater des Kaisers und Oberbefehlshaber der kaiserlichen Garde. Welch unschätzbares Glück! Welch eine Fügung! Kogamis Frau verbrannte seitdem ungeachtet der Kosten täglich Räucherwerk am Familienschrein.

Nach so vielen Jahren harter Arbeit, in denen er den Reichtum des Kaisers gemehrt hatte, würde endlich auch Kogami Norimasa zu Wohlstand gelangen – dies hatte Jaku Katta ihm versprochen. Kogami Norimasa, kaiserlicher Beamter des Dritten Rangs.

Seit dem Untergang der Hanama hatte Kogami nicht mehr davon zu träumen gewagt, in eine solche Stellung aufzusteigen. Doch das war noch nicht alles! Jaku Katta hatte ihm ein kaiserliches Sendschreiben überreicht, das es ihm gestattete, persönlich am Außenhandel des Reiches teilzunehmen – in eingeschränktem Maße zwar, doch gleichwohl stellte dies ein Vorrecht dar, das nur wenigen Nichtadligen zuteil wurde. Kogami Norimasa war äußerst geschickt im Umgang mit Geld, und nun würde er Gelegenheit bekommen, dies zweifelsfrei unter Beweis zu stellen, zu seinem und des Kaisers Nutzen.

Dies würde ihn für die Schmach entschädigen, gegen den Wunsch seines Vaters nicht Soldat geworden zu sein. Doch für das Militärleben war er nicht geschaffen; das hatte sich zur anhaltenden Enttäuschung seines Vaters bereits in seiner frühen Jugend gezeigt. Sein Vater hatte als Major in der Armee des letzten Hanama-Kaisers gedient und war gefallen, als Yamaku in die zu diesem Zeitpunkt nahezu menschenleere Hauptstadt einmarschiert war. Dies war der Grund für den langsamen Aufstieg Kogami Norimasas gewesen.

Hätte nicht die Pest die Bevölkerung der Hauptstadt verringert, so hätte Kogami niemals seinen Kopf behalten, ganz zu schweigen davon, daß er dem neuen Kaiser Treue hätte schwören dürfen. Doch nun, nach acht finsteren Jahren, in denen er lediglich vom Sechsten zum Fünften Rang aufgestiegen war, ging es endlich wieder aufwärts! Die Papiere waren ihm von Jaku Kattas Bruder ausgehändigt worden, Papiere, die mit dem Stempel der Macht versehen waren; mit dem Drachensiegel des Kaisers von Wa. Es schien so, als hätten die Götter beschlossen, Kogami abermals eine Zukunft zu gewähren.

Das Schiff würde noch zwei Tage bis Yankura brauchen, vielleicht auch weniger. Hoffentlich hielt sich der günstige Wind. Noch zwei Tage würde er den jungen Mönch beobachten, dann wäre er wieder in Wa, und sein neues Leben konnte beginnen.

Kogami blickte abermals zum Bruder, der reglos auf dem schwankenden Deck stand. Dies tat er schon seit Stunden, als wäre er unempfindlich gegen die nächtliche Kühle, obwohl er nur leicht bekleidet war. So sind sie alle, dachte Kogami. Die Mönche, von denen er als Kind unterrichtet worden war, hatten auch weder Hitze noch Kälte empfunden – und auch keinen Zorn und keine Angst. Sie waren ihm seit jeher ein Rätsel. Obwohl er sieben Jahre in ihrer Obhut verbracht hatte, wußte Kogami kaum etwas über sie. Gleichwohl hatten ihn die Brüder geprägt, und er wußte, daß er diesen Stempel niemals loswerden würde.

Trotz all seiner Bedenken hatte Kogami nichts dagegen, daß seine Frau im Verborgenen einen Botahara gewidmeten Schrein unterhielt – auch wenn es vernünftig gewesen wäre, ihr dies in ihrem Haus zu untersagen. Nicht, daß es verboten gewesen wäre; wie er wußte, taten dies viele Familien, doch wie Kogami Norimasa hielten sie mit ihrem Glauben wohlweislich hinter dem Berg. Der Kaiser hatte sich vom botahistischen Glauben abgewandt, und jeder, der in Seinen Diensten aufzusteigen hoffte, tat es ihm, zumindest nach außen hin, nach. Kogami war wohl bewußt, daß dies im Widerspruch zu Botaharas Lehren stand, dafür aber war seine

Frau um seinetwillen doppelt fromm. Soweit Kogami wußte, hielten sich nicht einmal die Mönche selbst an die Lehren Botaharas, denn die Bruderschaft mischte sich in die Politik ein und häufte Besitz und Vermögen an. Kogami seufzte. Die Welt war schon kompliziert. Die Zeit aber würde es am Ende richten, und der Glaube würde auch dann noch bestehen, wenn Kaiser und Mönche nicht mehr waren. So war es immer schon gewesen.

Wer nicht in kaiserlichen Diensten stand, verehrte wen und wie es ihm gefiel, und trotz seines Hasses auf den Botahismus, hatte der Kaiser nicht den Fehler gemacht, offen gegen die Bruderschaft vorzugehen. Die Botahisten stellten einen starken Machtfaktor im Reich dar, und dies war dem Sohn des Himmels wohl bewußt.

Kogami stellte sich an eine geschütztere Stelle. Die dunkle Gestalt des Mönchs verharrte reglos an der Reling. Vielleicht meditiert er über den Vollmond, dachte Kogami und verspürte einen Anflug von schlechtem Gewissen, als er zu der reinen, weißen Scheibe am Herbsthimmel emporschaute.

Doch er hatte nichts Falsches getan. Jemanden zu beobachten, war schließlich kein Verbrechen. Das ließ sich zwar nicht leugnen, doch war nicht auszuschließen, daß man mehr von ihm verlangen würde.

Abermals kamen ihm Jaku Kattas Worte in den Sinn, und er prüfte sie zum tausendsten Mal.

»Sollte es notwendig werden, was ich nicht glaube, werdet Ihr Ashigaru unterstützen, ansonsten sollt Ihr lediglich beobachten. Freundet Euch mit dem Mönch an. Erkauft Euch notfalls seine Gunst und bringt soviel wie möglich über ihn in Erfahrung.«

Ashigaru unterstützen? Wobei? Kogami hatte sich nicht danach erkundigt. Er spürte, daß er mit dieser Frage seine Zukunft gefährdet hätte. Kogami Norimasa, Beamter des Dritten Rangs, hatte diesen Gedanken aus seinem Bewußtsein verdrängt.

Bislang hatte der von Jaku erwähnte Mann Kogamis Hilfe noch nicht in Anspruch genommen – und dieser hoffte inständig, es werde auch so bleiben. Ashigaru hielt sich mit Kogamis Ehefrau und seiner Tochter, die an Seekrankheit litt, unter Deck auf. Kogami war der Priester von dem Augenblick an, da er auf der Barbareninsel an Bord gekommen war, unsympathisch gewesen.

Hochgewachsen, mit drahtigem Haar und Bart, wirkte Ashigaru wie ein religiöser Fanatiker – als hätte er sich zu lange in der prallen Sonne aufgehalten. Er hatte die Angewohnheit, beim Sprechen ständig am Revers seines Gewands zu zupfen und den Stoff zu straffen, als müsse er sich vor einer Kälte schützen, die außer ihm niemand wahrnahm.

In den ersten Tagen der Reise hatte Kogami sich gemäß Jaku Kattas Anweisungen nur flüchtig mit dem Priester unterhalten. Seit seine Tochter allerdings krank geworden war, hatte er häufiger mit Ashigaru gesprochen. Dies war vollkommen natürlich und würde wohl kaum Argwohn erregen; gleichwohl machte Kogami sich deswegen Sorgen, denn seine ganze Zukunft hing davon ab, wie gut er seinen Auftrag erfüllte.

Abermals sann er über sein Glück nach. Natürlich war er der geeignete Mann für diese Aufgabe gewesen. Er war bereits mehrfach im Auftrag des Kaisers zur Barbareninsel gereist und hatte sich stets als Händler im Dienste eines niederen Fürsten ausgegeben. Der Sohn des Himmels hatte nichts davon geahnt, daß er als gewöhnlicher Kaufmann am Handel teilgenommen hatte. Und so war Kogami ein Händler und Reisender geworden, und abgesehen davon, daß er zeitweise von seiner Familie getrennt war, fand er

Gefallen an diesem Leben. Diesmal aber hatte Jaku Katta ihn gebeten, seine Familie mitzunehmen. Das war nicht ungewöhnlich für den Handelsbeauftragten eines Fürsten, zumal wenn man nebenbei seine persönlichen Einkünfte mehrte, was immer mehr zur Regel zu werden schien. Jaku hatte gemeint, in Begleitung seiner Familie werde Kogami weniger Verdacht erregen, daher hatten ihn seine Frau, seine Tochter sowie eine Bedienstete begleitet – natürlich auf Kosten des Kaisers.

Kogami hatte sich über die Reaktion seiner Familie auf die grotesken Gebräuche der Barbaren amüsiert. Insgeheim hatten sie darüber gelacht. Was hatte es ihnen doch für einen Spaß gemacht, die Barbaren nachzuäffen! Nun aber war seine Tochter krank geworden, und Kogami hatte Ashigaru, den Priester, gebeten, nach ihr zu sehen, da die Geistlichen alle mehr oder weniger geübt in der Heilkunst waren.

Ein Gong ertönte, und die Seeleute kamen zur Wachablösung an Deck. Schweigend machten sie sich daran, routinemäßig die kritischen Teile des laufenden Guts zu überprüfen. Die Takelage wurde kurz, aber kundig untersucht, bloß die Wanten, an denen der Bruder stand, ließ man aus. Der wachhabende Kapitän deutete darauf und schüttelte den Kopf, und die Seeleute gingen daran vorbei und überließen den Mönch seinen Meditationen. So groß war der Respekt, den die botahistischen Mönche selbst bei denen genossen, die sie nicht liebten.

Der Bruder stand an der Reling und dachte über eine Frau nach, der er noch nie begegnet war. Sie hieß Nishima Fanisan Shonto und war die Adoptivtochter des Fürsten Shonto Motoru – des Mannes, dem Shuyun in Zukunft dienen würde. Shontos vorheriger spiritueller Berater hatte einen ausführlichen Bericht verfaßt, worin alles aufgeführt war, was sein Nachfolger über das Geschlecht der Shonto wissen mußte, und wenngleich Shuyun ihn lediglich einmal hatte lesen müssen, um sich jedes einzelne Wort einzuprägen, hatte er den Abschnitt über das edle Fräulein Nishima doch zweimal gelesen, als ob er sich hätte vergewissern müssen, daß er sich nicht getäuscht hatte. Dem Bericht war zu entnehmen, daß Bruder Satake, Shuyuns Vorgänger, der jungen Frau große Zuneigung und Bewunderung entgegenbrachte. Shuyun spürte, daß der alte Mönch in dieser Beziehung nahe daran gewesen war, der Nüchternheit des botahistischen Bruders verlustig zu gehen. Dies machte die Frau nur noch reizvoller.

Satake-sum war nicht leicht zu beeindrucken, vielmehr war er einer der berühmtesten botahistischen Brüder des Jahrhunderts, ein Mann, der sicherlich Großer Meister hätte werden können, wenn er es denn gewünscht hätte. Satake-sums Fähigkeiten waren legendär, denn er hatte auf mehreren Gebieten einen Grad der Vervollkommnung erreicht, der eigentlich die vollständige Hingabe und ein lebenslanges Studium erforderte. Und die junge Aristokratin war in vielerlei Hinsicht sein Schützling gewesen.

Das edle Fräulein Nishima Fanisan Shonto – Shuyun gefiel sogar ihr Name. Sie hatte bereits einen Ruf als Malerin, Harfenspielerin, Komponistin und Dichterin – und wenn Bruder Satakes Bericht glaubhaft war, waren dies nur die sichtbaren Facetten einer noch reicheren Persönlichkeit. Kein Wunder, daß so viele die Nähe einer Frau suchten, die solch ungewöhnliche Gaben besaß und zudem die einzige verbliebene Erbin des so mächtigen Geschlechts der Fanisan war. Welche andere Frau des Reiches war so vom Schicksal begünstigt?

Während Shuyun in diesem Zusammenhang über

die Vollkommenheit des Mondes nachsann, fiel ihm ein Gedicht ein:

Du ziehst mich stetig an,
O zartes, fernes Licht,
Du nie geschautes Gesicht.

Das Gedicht erlöste ihn zumindest für den Augenblick von seinen Gedanken an das edle Fräulein Nishima, und nun gedachte er seiner letzten Reise nach Wa – einer wahrhaft aufregenden Reise. Shuyun war bei seinem Eintritt ins Kloster Jinjoh so jung gewesen, daß er sich an das Reich wie an seine Eltern kaum mehr erinnern konnte. Bei jener ersten Reise war das Flußfest sein Ziel gewesen, und Bruder Sotura, der Chi-Quan-Meister, hatte ihn begleitet. Dem jungen Mönch war es schwergefallen, seiner Erregung Herr zu werden und nach außen hin die Fassung zu wahren, um seinem Orden keine Schande zu bereiten.

Wenngleich diese Reise bereits acht Jahre zurücklag, standen Shuyun noch alle Einzelheiten deutlich vor Augen.

Sie waren wie Auswanderer eines fernen Landes gewesen, die es an eine unbekannte Küste verschlagen hatte. Vor ihnen lag Wa, zusammengedrängt an einem Ort, der an einem Tag zu durchmessen war. Dem von zehntausend Laternen erhellten Flußfest wohnten zahllose Menschen bei; an den Ufern der rastlosen Wasser herrschte ein ständiges Kommen und Gehen.

Und das nach all der Zeit im Kloster Jinjoh… Es war beinahe so, als habe Shuyun seine Meditation in einem kahlen, stillen Raum beendet, den Wandschirm beiseite geschoben und dahinter anstelle eines abgeschiedenen Gartens zwanzigtausend umherwimmelnde, lachende, tanzende und singende Menschen vorgefunden. Einem

Jüngling von einer Insel mußte dies unwirklich erscheinen.

Shuyun war seinem Lehrer in das Gewimmel hinein gefolgt. Laternen in allen möglichen Farben hingen in den Bäumen, und dort, wo keine Laternen brannten, bahnte sich der Mondschein einen Weg. Shuyun sah Damen von hoher Geburt, die in Sänften durch die Menge getragen wurden, er schnupperte ihr Parfüm und hörte sie hinter den Fächern lachen, mit denen sie scheu ihr Gesicht verbargen. Und im nächsten Augenblick trat er über Berauschte hinweg, die in ihrem eigenen Erbrochenen lagen. Gebannt schaute er den Akrobaten und Jongleuren zu und beobachtete hingerissen, versunken in der gedehnten Zeit des Chi Ten, jede Bewegung, jedes Kunststück, so daß Bruder Sotura kehrtmachen und ihn suchen mußte.

Shuyun und Bruder Sotura kamen an einem Zelt vorbei, an dessen Eingang ihnen wunderschöne junge Frauen zuwinkten, und wenngleich sie Verehrung bekundeten, versuchte doch eine mit Shuyun zu flirten und lachte, als er den Blick abwandte.

Als Bruder Sotura ihn über eine Brücke in einen Park führte, hatte Shuyun das Gefühl, er beträte ein anderes Reich. Der ausgelassene Lärm flaute ab, und an die Stelle des beißenden Qualms der Kochfeuer trat der liebliche Duft von Blumen und erlesenen Parfüms. Auch hier wurde getrunken und gelacht, doch die Feiernden waren in Gewänder aus kostbarer Seide und Brokat gekleidet, wie sie der junge Mönch noch nie gesehen hatte. Shuyun hatte den Eindruck, Sotura habe diesen Ort zielstrebig angesteuert, seinen Beweggrund aber kannte er nicht.

Sie kamen an einer Gruppe von Personen vorbei, die bei einer Ansammlung kreisförmig angeordneter Weiden miteinander tuschelten und schwatzten, und gelangten zu einer von Laternen erhellten Bühne. Am

Rand der Bühne saß eine Frau auf einem Kissen und las dem aufmerksamen Publikum aus einer Schriftrolle vor. Ihre Stimme klang so klar wie Winterluft, doch ihre Worte waren gewichtig und förmlich. Shuyun wurde bewußt, daß hier ein altes Bühnenstück aufgeführt wurde, in einer uralten Sprache voll eigentümlich rollender Vokale.

Sotura ließ sich auf einer Strohmatte nieder und bedeutete seinem Schüler, es ihm nachzutun.

»*Wolkensammler*«, wisperte der Meister, ein Titel, der Shuyun von seinen Studien her bekannt war.

Im Verlauf des Stücks begeisterte sich Shuyun für den Helden, einen exzentrischen botahistischen Mönch und Einsiedler, der dem alltäglichen Leben der anderen Charaktere gleichgültig gegenüberstand, dafür aber voller Hingabe für das Esoterische, das nicht Greifbare war. Zum erstenmal sah Shuyun einen Mönch aus der Sicht eines Außenstehenden dargestellt, und das war für ihn eine fesselnde Erfahrung, wenn nicht gar eine Bestätigung.

Es dauerte Stunden, ehe Shuyun wieder aus der Bühnenwelt auftauchte, tief bewegt von seiner ersten Begegnung mit dem Theater.

Zwei Tage später fand das Kickboxen statt. Der Beamte, der Shuyun für das Turnier aufnahm, vermochte seine Belustigung kaum zu verhehlen, als ihm klar wurde, daß nicht der Chi-Quan-Meister, sondern sein junger Begleiter daran teilnehmen würde. Das verstohlene Lächeln verging den Zuschauern, als Shuyun mit einer Leichtigkeit, die selbst Bruder Sotura überraschte, den ersten Kampf gewann. Seine ersten Gegner waren zwar nicht sonderlich erfahren, trotzdem erwarb sich der kleine Mönch einigen Respekt, wenngleich er nach wie vor nicht als ernstzunehmender Kämpfer galt.

Bei dieser Reise ins Reich begegnete Shuyun zum ersten Mal der Gewalt. Obwohl er bereits seit vielen Jahren Chi Quan trainierte, hatte der Novize noch nie erlebt, daß jemand einem anderen ernstlich Schaden hätte zufügen wollen. Unter den Kickboxern gab es allerdings welche, die berüchtigt waren für ihre Verschlagenheit und Brutalität.

Shuyun ließ sich jedoch nicht aus der Ruhe bringen. Und Sotura stellte eine vorsichtige Zuversicht zur Schau.

Im Verlauf der Kämpfe stellten sich zwei Männer als Favoriten heraus: ein Angehöriger der kaiserlichen Garde namens Jaku Katta und ein Gardeleutnant der Familie Shonto. Shuyun schaute dem kaiserlichen Gardisten zu, wenn auch nur kurz, doch es lag auf der Hand, weshalb er den Spitznamen ›Schwarzer Tiger‹ trug. Jaku Katta war nicht nur stark und wild, sondern auch außerordentlich klug und verfügte zudem über einen geradezu unheimlichen Gleichgewichtssinn. Er war beinahe doppelt so groß wie Shuyun.

Während Shuyun Gegner um Gegner gegenübertrat, spürte er, wie das Chi ihn mit einer bislang ungeahnten Kraft und Ausdauer erfüllte. Ihm wurde bewußt, daß ihm die Gewalttätigkeit seiner Gegner Zugang zu einem unbekannten Kraftreservoir verschaffte – ein Brunnen, der sich nur bei wirklicher Gefahr anzapfen ließ. Kickboxer auf Kickboxer mußte den Ring verlassen. Das Publikum verfolgte Shuyuns Fortschritte.

Als sie sich auf den Kampf gegen den Leutnant der Shonto vorbereiteten, bemerkte Shuyun, daß sein Lehrer Blicke in die versammelte Menge warf. Er folgte dem Blick seines Lehrers und bemerkte eine Gruppe Gardisten in blauen Uniformen, die einen Mann, ein Mädchen und einen alten botahistischen Mönch umringten.

»Bei dem mußt du aufpassen«, sagte Sotura, als Shuyun in den Ring trat. »Es ist schwer zu sagen, welche Ausbildung er genossen hat.«

Shuyun befolgte die Anweisungen seines Lehrers und ging mit besonderer Vorsicht in den Kampf – allerdings erwies sich Soturas Besorgnis als unbegründet. Der Mann konnte es mit den besten Gegnern aufnehmen, die der junge Mönch bislang gehabt hatte, doch er war ein traditioneller Kickboxer und kannte nur den Weg des Widerstands.

Anschließend war nur noch ein Kampf zu bestehen, und zwar mit dem Angehörigen der Kaisergarde. Shuyun war sich bewußt, daß der Mann in körperlicher Hinsicht beeindruckend war und ihn wie ein Riese überragte – und als Shuyun den Ring betrat, ließ er sich vorübergehend verunsichern. Denn wie der Tiger, nach dem er benannt war, hatte Jaku Katta graue Augen. Der junge Mönch war noch keinem Menschen begegnet, dessen Augen nicht braun gewesen wären.

Schon bald stellte sich heraus, daß Jaku dem Gardisten überlegen gewesen wäre. Er war schneller als alle bisherigen Kämpfer, erheblich schneller sogar. Und er dachte ebenso rasch, wechselte mitten im Schlag die Angriffsstrategie – bewegte sich so geschmeidig wie eine Katze. Gleichwohl wehrte Shuyun all seine Schläge und Tritte ab. Und Jaku hielt auf Distanz, tänzelte nach jedem Vorstoß zurück. Offenbar hatte er Shuyun im Ring studiert und zog den Kampf in der Hoffnung, der Mönch werde einen Fehler machen, absichtlich in die Länge. Doch mit einem botahistischen Mönch sollte man sich nicht in Geduld messen wollen.

Am Ende stellte sich heraus, daß Jaku sich geirrt hatte. Er fand sich in einer Ecke wieder. Aufgeben aber wollte er nicht, sondern bemühte sich verzweifelt, in Vorteil zu geraten, indem er sein ganzes Können und all seine Erfahrung aufbot. Mitten in einer komplizierten Abfolge von Schlägen und Tritten wehrte Shuyun einen Schlag ab und wußte im selben Augenblick, daß *etwas* geschah, etwas Einzigartiges. Er hatte gar keine Berührung gespürt. Es war beinahe so, als habe er den Schlag mit dem Chi allein abgewehrt!

Und Jaku taumelte. Nur wer über ein verändertes Zeitgefühl verfügte, konnte es wahrnehmen, so rasch ging der Augenblick vorbei, doch Shuyun entging es nicht. Der Schwarze Tiger war ins Taumeln geraten!

Die Überraschung lähmte Shuyun für den Bruchteil einer Sekunde, und währenddessen faßte sich sein Gegner wieder. Anschließend dauerte der Kampf nicht mehr lange. Offenbar fehlte Jaku der Wille.

Shuyun wußte, er hatte einen Sieg für seinen Orden errungen, und hoffte, er werde dazu beitragen, den Respekt vor den Mönchen seines Glaubens wiederherzustellen, wie es beabsichtigt gewesen war. Persönlichen Stolz empfand er nicht, der Sieg war lediglich angemessen. Allerdings vermochte seine Ausbildung nicht zu verhindern, daß er furchtbare Zweifel verspürte. Was war im Ring mit Jaku Katta geschehen?

Erst einige Tage später sprach Shuyun mit Sotura darüber. »Ist es möglich, einen Schlag mit dem Chi allein abzuwehren – ohne jeden Körperkontakt?«

Der Chi-Quan-Lehrer überlegte kurze Zeit, als wäre die Frage lediglich von theoretischem Interesse. »Ich weiß nicht, ob das möglich ist. Von einem derartigen Vorfall hat noch niemand berichtet, nicht einmal der Vollkommene Meister. Deshalb erscheint es mir unwahrscheinlich, Shuyun-sum. Aber jedenfalls ist das eine gute Frage für die Meditation.«

Shuyun begriff, daß er sich in der Hitze des Kampfes wohl geirrt hatte. Sein Lehrer würde es gewiß bemerkt haben, wenn etwas Ungewöhnliches vorgefallen wäre.

Gleichwohl fiel Shuyun im Anschluß an die Reise auf, daß sich Soturas Haltung ihm gegenüber gewandelt hatte. Er war noch immer ein jüngerer Novize, wurde jedoch anders behandelt – als verdiente er nun größeren Respekt. Shuyun fand dies einerseits erfreulich, andererseits beunruhigend.

Eine Schar Wasservögel flatterte vor dem Schiffsbug auf, nachdem der sich nähernde Koloß sie aus dem Schlaf aufgeschreckt hatte. Shuyun vedrängte die Erinnerungen, die, wie er feststellte, seine Demut gefährdeten, und beobachtete die vor dem Mond vorbeiziehenden Wolken.

Zum zweiten Mal reiste er ins Reich, diesmal um dem Mann zu dienen, den Bruder Satake so beschrieben hatte: »...unendlich kompliziert und voller Möglichkeiten wie der dritte Zug bei einer Partie Gii.« Die Beschreibung hätte auch auf viele andere Shonto-Fürsten des Altertums gepaßt, als das Geschlecht zunächst als *Sashei-no Hontto* hervorgetreten war. Als die Mibuki-Dynastie die Sieben Königreiche geeint hatte, waren die Sashei-no Hontto jedoch zu den Shonto geworden und hatten eine beständige Tradition begründet – sie hatten ihre erstgeborene Tochter mit dem Thronerben des Mibuki-Kaisers vermählt.

Hakata der Weise war Berater des vierten Erben des Hauses Shonto gewesen und hatte seinem Lehnsfürsten das bedeutende Werk *Die Analekten* gewidmet. Die Geschichte der Shonto verlief all die Jahre über nach dem gleichen Muster. Andere Geschlechter tauchten auf, erblühten und verwelkten, häufig binnen eines einzigen Jahres, doch die Shonto erwiesen sich als beständig. Gewiß gab es Zeiten, da sie bei den Göttern in Ungnade gefallen schienen, doch diese waren nur von kurzer Dauer, und aus jeder Krise tauchte das Geschlecht stärker und reicher denn je hervor.

Die Worte der Mori-Dichterin Nikko kamen ihm in den Sinn:

Der Tau wird Reif
Auf bangen Blättern,
Die Jahreszeiten entfalten sich
Wie eine Schriftrolle
In den Händen der Shonto.

Fürst Shonto Motoru war gegenwärtig ohne Gemahlin, wenngleich er mehrere Gespielinnen hatte. Doch im Großen und Ganzen hatte das erlauchte Fräulein Nishima die Pflichten ihrer Mutter übernommen, die diese so glänzend wahrgenommen hatte. Der Haushalt der Shonto wurde gut geführt, und ihre Gesellschaften waren noch immer berühmt für ihre Eleganz und ihren Einfallsreichtum.

Eine Wolke verdeckte den Mond, und der Wind flaute ein wenig ab. Die Insel Konojii war nicht mehr weit, und die Angst vor Piraten, die die Küste unsicher machten, würde am nächsten Morgen einsetzen und solange anhalten, bis das Schiff Kapp Ujii umrundete und ins Küstenmeer einfuhr.

Eine Frau kam mit leisen Schritten an Deck. Sie war nach Art des Mittelstandes gekleidet, doch schien ihr die würdevolle Ausstrahlung und das Gebaren eines Menschen zu eigen, der große Not gelitten und überlebt hat. In anderer Kleidung und mit einem unbeschwerteren Lächeln hätte sie als Gemahlin eines niederen Fürsten gelten können. Das Lächeln aber hatte sie verlernt – und sie war seit siebzehn Jahren mit Kogami Norimasa vermählt.

Die Heirat war arrangiert worden, als eine glänzende Zukunft vor ihm zu liegen schien. Er, der Gelehrte, der soeben die kaiserliche Prüfung abgelegt hatte, und sie, die Tochter eines niederrangigen Generals – er jedenfalls hatte im Gegensatz zu Kogamis eigenem Vater eine geradlinige Karriere für ihn vorausgesehen. Damals, als die Hanama regierten, als die Interimskriege und die Pest noch dunkle Schatten vorauswarfen, die die Wahrsager erst später als klare Omen deuteten, hatten sie alle eine Zukunft vor sich gehabt.

»Nori-sum?« fragte sie, als sie sich ihrem Gemahl im Mondschein näherte.

»Wie geht es Shibiku-sum? Hat der Priester ihre Leiden gemildert?«

»Er hat ihr einen Schlaftrank gegeben.« Sie tastete im Dunkeln nach seiner Hand. Ihre Stimme schwankte. »Mir wäre lieber gewesen, wir hätten den Mönch gebeten, nach ihr zu sehen. Es geht ihr sehr schlecht. Ich habe so etwas ähnliches schon einmal beobachtet. Ich glaube nicht, daß ihr Geist und ihr Körper aus dem Gleichgewicht geraten sind. Ihre Schmerzen und die Schwellung seitlich am Bauch bedeuten bestimmt, daß sich dort Gift ansammelt. Ich fürchte um das Leben unserer Tochter.«

Kogamis Besorgnis nahm zu. Ashigaru hatte ihm versichert, seine Tochter leide lediglich an Seekrankheit, und Kogami hatte ihm geglaubt – hatte ihm glauben wollen. Doch wenn der Priester sich nun irrte? Wenn seine Frau recht hatte und sich tatsächlich Gift ansammelte, wenn seine Tochter kundigeren Beistand brauchte, als der tomsoische Priester ihr zu bieten hatte?

Ashigaru war der Mann des Kaisers, und dies galt auch für Kogami Norimasa. Und wenn der Mönch dem Kaiser vielleicht auch nicht feindlich gesonnen war, so galt er doch als Bedrohung – auch wenn Kogami nicht ganz einsah, warum das so war. Es herrschte keine Zuneigung zwischen den Gefolgsleuten Botaharas und den Anhängern Tomsos. Kogami wußte, der Priester wäre höchst verletzt, wenn er ihn bäte, sich zurückziehen, damit der Mönch das ausüben könnte, was die Anhänger Tomsos als ›ketzerische Medizin‹ bezeichneten.

»Wir müssen dem Priester ein wenig Zeit lassen, meine Teure«, flüsterte Kogami. »Wenn sich ihr Zustand nicht bessert, bitten wir den Mönch, nach ihr zu sehen.«

»Aber…« Kogami hob die Hand, und seine Frau unterdrückte ein Schluchzen. »Ich entschuldige mich für meine Unbeherrschtheit. Ich bin deiner unwürdig. Ich werde mich entfernen und mich zu unserer Tochter setzen.«

Als sie sich zum Gehen wandte, hielt er sie fest und sagte in sanftem Ton: »Sollte sich ihr Zustand verschlechtern… schick die Dienerin zu mir.«

Dann war er wieder im Mondschein allein. Das Meer hatte sich geglättet, seit der Wind abgeflaut war, doch Kogami bemerkte es nicht – in seinem Innern braute sich ein Sturm zusammen.

Der Mond trat hinter einer nahezu vollkommen ovalen Wolke hervor und nahm wieder seinen Platz unter den Sternen ein. Das Sternbild ›Der Zweiköpfige Drache‹ tauchte am Horizont auf, erst lugte das eine Auge, dann auch das andere über die Wogen hinweg. Als ein Segel zu schlagen begann, eilten sogleich zwei Seeleute herbei. Weitere Männer setzten ein Dreieckssegel, während der Wind drehte und ein Reff aus dem Hauptsegel genommen wurde. Das Schiff machte plötzlich wieder mehr Fahrt.

Um die Eisenwanne mit dem Holzkohlefeuer versammelten sich Männer und brühten Cha. Wenn sie überhaupt sprachen, dann im Flüsterton. Die Teezeremonie war an Bord des Schiffes aus schierer Notwendigkeit auf ein knappes Nicken und angedeutete Verneigungen eingeschränkt worden. Ein Seemann näherte sich in höchst ehrerbietiger Haltung dem botahistischen Mönch und bot ihm eine Schale Tee an, doch der junge Initiierte schüttelte den Kopf. Wenn er überhaupt etwas sagte, so hörte Kogami es nicht.

Auch Kogami hatte den Mönch bereits einmal angesprochen und sich eine ebensolche Abfuhr eingehandelt. Da er mit den Gepflogenheiten der botahistischen Brüder von frühester Kindheit an vertraut war, hatte er sich dem Mönch zu einem Zeitpunkt genähert, da man sie nicht belauschen konnte, und ihm als Gegenleistung für seinen Segen eine ›Spende‹ an edlem Stoff angeboten. Daran war nichts ungewöhnlich, und wenn das Angebot taktvoll vorgebracht wurde (man brachte das Geschenk nicht gleich mit), war mit einer Zurückweisung kaum zu rechnen. Doch als er seine sorgsam formulierte Bitte ausgesprochen hatte, wandte der Mönch sich einfach ab. Und ohne ihn eines Blickes zu würdigen, hatte dieser kaum den Kinderschuhen entwachsene Mönch gesagt: »Gib deinen edlen Stoff jemandem, der ihn brauchen kann, dann wirst du gesegnet werden.«

Ein solch unhöfliches Verhalten hatte Kogami noch nicht erlebt. Er hatte sich zurückziehen müssen, und seine Verneigung war nicht erwidert worden. Wenn man sie dabei beobachtet hätte! So zornig und beschämt war er noch nie gewesen. Selbst jetzt noch spürte er die vermeintliche Erniedrigung. Mit einem solchen Hochmut muß man bei den botahistischen Brüdern wohl rechnen, dachte Kogami.

Botahara hatte Demut als den ersten Schritt auf dem Pfad der Erleuchtung bezeichnet, doch die Mönche, die vorgaben, diesen Pfad zu beschreiten, stellten eine Arroganz zur Schau, die einem Mori-Prinzen Schande bereitet hätte. Dieser junge Mönch hatte offenbar ein wenig Erziehung außerhalb des abgeschiedenen Klosters Jinjoh nötig, denn er begriff die Regeln seines eigenen Ordens nicht.

Kogami versuchte sich zu beruhigen. Wenn er zornig war, würde er in der Ausübung seiner Pflichten beeinträchtigt werden, und das durfte er nicht zulassen.

Kogamis Zorn verflüchtigte sich schon bald, und das nicht nur aufgrund eigener Anstrengung. Die Lehren seiner Kindheit, empfangen zu Füßen der botahistischen Brüder, würde er niemals vergessen, und ein bestimmter Satz kam ihm immer wieder in den Sinn, auch wenn er ihn zu verdrängen versuchte: »Gib denen, die bedürftig sind, und du wirst gesegnet werden.« So hatte Botahara einem berühmten Prinzen geantwortet, als dieser ihm eine Gabe für einen Segensspruch anbot – eine Gabe, bestehend aus gesponnenem Tuch und Gold.

Ashigaru tauchte schwer atmend im Niedergang auf und schleppte sich mühsam die Stufen hoch. Der Duft der Sanja, der ›Geisterblume‹, eilte ihm voraus – von deren süßlichem, schwerem Aroma lief Kogami ein Angstschauder über den Rücken. Die getrockneten Blütenblätter der Sanja wurden zur Abwehr böser Geister über Toten oder Sterbenden ausgestreut.

Kogami Norima bekam einen trockenen Mund, und ihm zitterten die Hände.

»Ist sie…«, krächzte er, dann versagte ihm die Stimme, und er bekam keine Luft mehr. Er mußte sich an der Reling festhalten.

Ashigaru blickte ihn ernst und ruhig an. »Sie ist jetzt in den Händen der Götter. Ob diese sie behalten oder wieder auf unsere Seinsebene entlassen werden, liegt allein an ihnen. Ich habe die Blütenblätter der heiligen Blume um sie herum ausgestreut. Jetzt können ihr die bösen Geister nichts mehr anhaben, was auch geschehen mag.«

»Aber *Ihr* habt gesagt, es handele sich bloß um Seekrankheit! Ihr habt gesagt, es sei eine *Kleinigkeit*.« Kogami sprach zu laut.

Der Priester straffte sich. »Erzählt mir nicht, was ich gesagt oder nicht gesagt habe! Kennt Ihr Eure Stellung nicht? Ich habe Eure Tochter vor Geistern beschützt, die sie andernfalls in alle Ewigkeit quälen würden. Hättet Ihr sie etwa vor diesem Schicksal bewahren können?« Der Priester zupfte an seinem Gewand und blickte starr in die Dunkelheit. Doch er wandte sich nicht ab, wie Kogami erwartet hatte. Statt dessen trat er noch näher. »Norimasa-sum«, sagte der Priester mit leiser Stimme,

»wir dürfen uns nicht streiten. Wir stehen in *seinem* Dienst, habe ich recht?« Kogami wußte, daß der Priester den Kaiser meinte, nicht den Vater der Unsterblichen. Dies war das erste Mal, daß einer von ihnen beiden den wahren Grund für ihre Anwesenheit an Bord angesprochen hatte.

»Er kann sehr großzügig sein...« Als sich über die Treppe Schritte näherten, verstummte der Priester.

Kogamis Frau trat in den durchbrochenen Mondschein zwischen Takelage und Segeln. Kogami bemühte sich verzweifelt, über die Entfernung hinweg im Gesicht seiner Frau zu lesen, doch es gelang ihm nicht. Sie blickte die beiden Männer an – und ließ den Kopf hängen. Dann, als von unten ein Geräusch heraufdrang, das diese nicht hören konnten, sah sie wieder auf, und ihre Blicke trafen sich.

Ihr Gesicht ist im Mondschein wunderschön, dachte Kogami, wunderschön und stark. Sie machte auf den Fersen kehrt und näherte sich dem botahistischen Mönch, der an der Reling stand. Kogami Norimasa machte keine Anstalten, sie daran zu hindern, obwohl er das Gefühl hatte, seine Zukunft versinke wie die untergehende Sonne hinter dem Horizont.

Sie begreift nicht, was das bedeutet, dachte Kogami. Trotzdem hat sie meinen Segen.

»Was tut sie da?« fragte Ashigaru.

»Sie bittet den botahistischen Mönch, nach unserer Tochter zu sehen.« Kogami war froh, daß seine Stimme ruhig klang. Das Schicksal hat entschieden, dachte er, das ist Karma. Gegen den zweiköpfigen Drachen kommt man nicht an.

Als Shuyun, der Initiierte, die Schritte der Frau vernahm, wandte er sich um. Er hatte sie bereits erwartet – entweder sie oder ihren Gemahl, den Stoffhändler. Er hatte gehört, wie sich Matrosen über die Seekrankheit ihrer Tochter unterhalten hatten, und wußte, daß man den tomsoischen Priester gebeten hatte, nach ihr zu sehen. Daher hatte Shuyun gewartet, wohl wissend, daß die Eltern, sollte der Zustand des Mädchens wahrhaft ernst sein, ihre religiösen Bedenken hintanstellen und sich an ihn wenden würden, den einzigen botahistischen Mönch an Bord, den einzigen Menschen, der um die Geheimnisse des Körpers wußte.

»Verzeiht, wenn ich unhöflich bin«, sagte die Frau mit erzwungener Gelassenheit. »Ich bitte um Verzeihung, sollte ich Euch bei Euren Meditationen gestört haben, verehrter Bruder, doch es geht nicht um mich.« Sie verneigte sich förmlich. »Ich bin Shikibu Kogami, die Frau des Kaufmanns Kogami Norimasa-sum.«

Shuyun nickte. »Es ist mir eine Ehre.« Seinen Namen nannte er nicht, da er annahm, er sei jedermann an Bord bekannt.

»Meine Tochter ist sehr krank. In ihrem Leib sammelt sich Gift. Die rechte Bauchseite glüht geradezu. Sie vermag nicht mehr aufzustehen. Verehrter Bruder, würdet Ihr nach ihr sehen?«

»Ist sie nicht in der Obhut des tomsoischen Priesters, Shikibu-sum?«

»Er hat sie mit den Blütenblättern der Geisterblume bestreut und sie der Obhut der Unsterblichen überantwortet.« Sie blickte aufs Deck nieder. »Er kann nichts für sie tun. Ich bin ein Anhänger des Wahren Pfads, Bruder Shuyun, und spreche täglich meine Gebete. Sie ist meine einzige Tochter. Ich…« Sie verlor die Fassung, weinte jedoch nicht.

»Ich komme mit«, sagte der Mönch und blickte in das gequälte Gesicht der Frau.

Als sie in den dämmrigen Lampenschein der hinteren Kajüten hinunterstiegen, schlug Shuyun der durchdringende Geruch der Geisterblume entgegen. Bei den Botahisten galt dieser Geruch als schlechtes Omen.

An Deck berührte Kogami ein Zephir am Nacken,

und dies verstärkte noch die Ruhe, die über ihn gekommen war, als seine Frau sich dem botahistischen Bruder genähert hatte.

»Niemand vermag sich den Strömungen des Lebens entgegenzustellen. Ihr Weg ist der einzig mögliche. Der mächtigste Kaiser mag entscheiden, zu welcher Morgenstunde er aufzustehen gedenkt, doch ob ihn der Geist flieht, noch ehe es dämmert, darauf hat er keinen Einfluß.« Dies hatte Botahara gelehrt. Kogami spürte, wie sich jeder einzelne Muskel in seinem Körper entspannte.

Der Priester packte ihn grob bei der Schulter. »Ihr müßt sie aufhalten!« zischte er, als der Mönch unter Deck verschwand.

»Das kann ich nicht«, erwiderte Kogami ruhig, ohne den Versuch zu machen, den Priester abzuschütteln. »Ihr habt meine Tochter den Unsterblichen überantwortet. Sie ist nicht mehr Eure Schutzbefohlene.«

»Und auch nicht die des Mönchs! Mit Eurer Entscheidung verurteilt Ihr sie zu ewiger Verdammnis. Begreift Ihr das nicht? Sie besudeln den menschlichen Körper. Ihr Geist wird verflucht sein in alle Ewigkeit.«

»Aber ich kann nichts tun, Ashigaru-sum. Der Mönch wurde gebeten, nach ihr zu sehen, und ich werde meine Frau nicht in Verlegenheit bringen, indem ich ihn fortschicke.«

»Ihr meint, Ihr wollt Euch selber nicht in Verlegenheit bringen. Ihr fürchtet den Jüngling. Wie konnte Jaku Katta-sum nur einen solchen Feigling auswählen?«

»Und was ist mich Euch, Ashigaru-sum? Werdet Ihr dem jungen Bruder die Stirn bieten? Oder hat Jaku Katta zwei Feiglinge ausgewählt?« Kogami vermochte seine Verachtung für den Priester nicht länger zu bezähmen. Ihm wurde bewußt, daß die Mannschaft ihnen zuschaute, und er fragte sich, was geschehen würde. Doch darauf kam es jetzt nicht mehr an.

Ich kann meine Tochter nicht den kaiserlichen Ränken opfern, dachte er.

Vom Priester und dem Beamten unbemerkt, schlüpfte ein Seemann in die Kapitänskajüte.

Der Priester richtete sich zu voller Größe auf und blickte auf den kleinen Mann nieder, der wie ein erfolgreicher Kaufmann gekleidet war. Er raffte sein Gewand und stolzierte übertrieben würdevoll zum hinteren Niedergang.

Kogami Norimasa machte keine Anstalten, ihm zu folgen. Die Strömungen des Schicksals hielten ihn umfangen, er würde keinen Widerstand leisten.

In der Kajüte seiner Frau kniete der botahistische Mönch im Lampenschein neben dem Bett des kranken Mädchens nieder. Offenbar war sie von Drogen benommen, hatte jedoch noch immer starke Schmerzen, und wenngleich sie keinen Laut von sich gab, schrien ihre Augen doch ihr Leiden hinaus. Die Dienerin hatte das Gewand des Mädchens geöffnet und die Sanja-Blütenblätter abgeschüttelt. Shuyun sah die Schwellung – die Stelle war gerötet und strahlte Hitze aus. Im Gegensatz zum dummen Priester hatte die Mutter begriffen, wie es um ihre Tochter stand.

»Du mußt still liegen«, sagte Shuyun, dessen Stimme kräftig und selbstsicher klang, wie die eines viel älteren. »Ich werde dir nicht weh tun. Du brauchst keine Angst zu haben.«

Das Mädchen lächelte schwach, dann gewannen die Schmerzen wieder die Oberhand.

Der Mönch löste einen kleinen, zylinderförmigen Kristall von einem Goldkettchen, das er um den Hals trug, und hielt ihn der Länge nach zwischen Daumen und Zeigefinger. Vom polierten Stein ging ein blaßgrüner Schimmer aus, doch das mochte auch auf eine Brechung des Mondscheins zurückzuführen sein. Shuyun bewegte den Stein über die Haut des Mädchens und folgte den Linien der Lebenskraft, die vom Krankheitsherd ausgingen, während der Stein wie die Wünschelrute eines Wassersuchers sein Gespür für das Chi verstärkte.

Der Mönch zuckte nicht, als die Tür aufgerissen wurde und die schwach erhellte Gestalt des tomsoischen Priesters darin erschien. Die Frauen schnappten nach Luft, und das Mädchen fuhr erschreckt zusammen, was einen neuerlichen Krampf bei ihm auslöste.

»Ihr verurteilt Eure Tochter zu ewiger Verdammnis!« erklärte der Priester vorwurfsvoll, ohne den Mönch, der sich geschmeidig erhoben und halb zur Tür umgewandt hatte, zu beachten.

Leise, damit das Mädchen ihn nicht hörte, wandte Shuyun sich an die beiden Frauen. »Ich brauche *sofort* den Ebenholzkasten aus meiner Kajüte. Die Zeit drängt.«

»Er wird den heiligen Körper entweihen. Das ist unverzeihlich«, sagte der Priester mit erhobener Stimme.

Niemand rührte sich. Shuyun blickte auf das schweißgebadete Mädchen nieder, das unkontrolliert zitterte. Es war schon fast zu spät. Allerdings war es Mönchen seines Ordens verboten, Angehörigen anderer Kirchen Gewalt anzutun, es sei denn aus Notwehr.

Auf dem trüb erhellten Gang tauchte hinter dem Priester das Gesicht eines Seemanns auf, und sogleich sprach Shuyun ihn an, alle Förmlichkeiten hintan stellend.

»Ich brauche den Ebenholzkasten aus meiner Kajüte, jetzt gleich.«

Der Mann verneigte sich rasch und verschwand. Der Priester und der Mönch fixierten einander aus zwei Armlängen Abstand. Die Augen des einen brannten vor Fanatismus und Angst – der andere schaute wachsam und selbstsicher drein. Angst zeigte er keine.

Der Seemann kam mit dem dunklen Holzkasten zurück, doch der Priester machte keine Anstalten beiseitezutreten.

»Ich brauche den Kasten. Macht Platz«, sagte Shuyun, dessen Stimme unverändert ruhig und ohne jedes Gefühl war.

»*Mir* habt Ihr nichts zu befehlen!«

Auf dem Gang ließ sich der Kapitän vernehmen. »Ashigaru-sum, bitte tut, was der Bruder verlangt. Ich lasse Euch nur ungern gewaltsam entfernen.«

Der Priester blickte sich über die Schulter um. »Mir zu drohen heißt, meiner Kirche zu drohen. Wir stehen im Licht des Himmelssohns. Ihr habt bereits sein Mißfallen erregt, und dieser *Ketzer,* der das Gefäß des Geistes besudelt, desgleichen.«

Der Kapitän schwieg. Auf See war sein Wort Befehl, doch er war kein Narr und wußte, daß es unklug wäre, sich das Mißfallen des Kaisers zuzuziehen – zumal *dieses* Kaisers.

Es drohte ein Patt, und das durfte Shuyun nicht zulassen, denn er konnte nicht solange warten, bis der Kapitän das Für und Wider abgewogen hatte. Er trat einen Schritt vor, ohne den großen Mann, der den Eingang blockierte, aus den Augen zu lassen. Der Priester funkelte ihn an und näherte die Rechte vorsichtig seinem linken Handgelenk, eine Bewegung, die im trüben Licht kaum wahrzunehmen war.

Ja, dachte Shuyun, da hat er das Messer versteckt. Er hob die Arme und verlagerte das Gewicht auf sein Standbein. Sie waren sich mittlerweile bis auf Armeslänge nahegekommen, und nun veränderte Shuyun sein Zeitgefühl und verlangsamte die Vorgänge um sich herum.

Der Priester erstarrte plötzlich, als habe sich vor ihm eine Kobra aufgerichtet, und der Mönch hielt unvermittelt inne.

»Sofort«, tönte Shuyuns ruhige Stimme in die Spannung hinein, die den Raum erfüllte.

Der Ältere spürte, wie sich sein Herzschlag unkontrolliert beschleunigte.

»Ich stehe unter dem Schutz des Kaisers!« sagte er in beinahe flehentlichem Ton.

In der trüben Beleuchtung waren die Bewegungen des Mönchs kaum zu erkennen. Man vernahm das Geräusch von reißendem Stoff, dann hielt er auf einmal das Messer des Priesters in der Hand. Trotz des schweren Sanjadufts konnte er das Gift an der Messerspitze riechen. Der Priester war von Panik überwältigt zurückgewichen und hatte dabei das Gleichgewicht verloren. Man packte ihn bei den Armen. Er rang nach Atem, bekam aber keine Luft. Als ihm das zweite Messer abgenommen wurde, das in der Schärpe gesteckt hatte, bemerkte er es nicht. Halb trug, halb zerrte man ihn an Deck. Einen Augenblick lang begegnete er Kogami Norimasas Blick. Der Händler sah nicht weg, was dem Priester die Verlegenheit erspart hätte. Kogami Norimasa lächelte unverhohlen.

Er triumphiert, dachte der Priester, noch zu benommen, um wütend zu sein. Zwei Seeleute hielten ihn fest, während er sich über die Reling erbrach und seine Demütigung vollständig machte. Ashigaru sank aufs Deck nieder, Bart und Kleidung waren beschmutzt. Ihm schwirrte der Kopf. Der Mönch muß sterben, schrie es in ihm. Der Kaufmann muß dafür bezahlen! Möge das Schiff mit allen Menschen an Bord vom Meer verschluckt werden!

Einen Augenblick lang wurde es stockdunkel um ihn, und als er wieder zu Sinnen kam, meinte er, der Mönch habe ihn mit seinem eigenen Messer aufgeschlitzt und seinen Geist freigesetzt, der daraufhin in einem Saal vor den sitzenden Botahara getreten sei. Der Erleuchtete aber habe ihn kaum eines Blickes gewürdigt und verkündet, er tauge nicht dazu, als Mensch wiedergeboren zu werden. Botahara habe eine Sanduhr umgedreht, und die Sandkörner seien herabgefallen wie Federn – ganz langsam. Und so werde auch Ashigarus neues Leben verlaufen – genauso unausweichlich und ereignislos.

Der Priester schüttelte den Kopf, bemühte sich, wieder einen klaren Gedanken zu fassen. Von den harten Decksplanken tat ihm der Rücken weh, und er hatte sich ein Bein verdreht, als er im eigenen Erbrochenen niedergesunken war. Der Himmel drehte sich, wenn er sich bewegte, daher blieb er reglos liegen und schaute zu, wie die Masten zwischen den Sternen schwankten. Es war kühl, und der Mond glotzte ihn an, ungerührt von seinem Fall. Schon bald würde der Zorn zurückkehren – und auch der Haß.

Man hatte weitere Lampen in die Kabine gebracht und die Mutter gebeten hinauszugehen. Shuyun hob den leeren Becher, der neben dem Bett stand. Er schnupperte daran.

»War das hier das einzige, was der Priester ihr gab?«

Die Magd nickte. Shuyun stellte den Becher wieder ins Regal. Wenigstens hatte der Priester keinen nicht wieder gutzumachenden Schaden angerichtet. Lodawurzeln, ein Schlafmittel. Das Mädchen würde die starken Nachwirkungen des Tranks überleben.

Man hatte die Patientin mit breiten Schärpen festgebunden, doch die unterdrückten weder das Zittern noch die Schmerzen. Shuyun hielt sanft ihren Kopf und zog ein Augenlid hoch. Er nickte. Die Magd kniete an der anderen Bettseite, bereit, ihm zu helfen, ohne Fragen zu stellen. Der Mönch spürte, daß sie eine gute Wahl war. Sie war schon bei vielen Geburten dabeigewesen und hatte zahllose Schutzbefohlene durch die

Kinderkrankheiten gebracht. Außerdem hatte sie tiefes Vertrauen zu ihm.

Shuyun nahm silberne und goldene Nadeln aus einem Seidenfutteral, sterilisierte sorgfältig jede einzelne und bohrte sie dann in die Haut des Mädchens. Der Chi-Strom ihres Körpers wurde unterbrochen, und auf einmal verspürte sie keine Schmerzen mehr. Ihr Gesicht entspannte sich, und ihr Atem wurde regelmäßig, nahezu normal.

Die Schneide des kleinen Messers war erstaunlich scharf. Als Shuyun es über die Haut der jungen Frau führte, spürte sie es nicht. Es war höchste Zeit.

Der Priester Ashigaru stieg die Treppe hoch. Shikibu Kogami, die auf einem Kissen vor der Kabinentür saß, beachtete er nicht. Ashigaru hatte sich gewaschen und umgezogen, und obwohl er sich noch immer schwach und unwohl fühlte, trieb ihn sein Zorn gleichwohl an Deck. Er wich ihrem bohrenden Blick aus und näherte sich zielstrebig Kogami Norimasa, der noch immer an der Reling stand. Dem Priester war es gleich, ob man sie zusammen sah. Er hatte einen Entschluß gefaßt.

Er packte Kogami grob beim Ärmel und wirbelte den kleineren Mann herum. »Kogami Norimasa, Ihr werdet Euren Lohn schon noch erhalten.« Seine Stimme war ein heiseres Flüstern.

»Man sieht uns«, protestierte Kogami.

»Sollen sie nur zusehen, was schert mich das!«

»Ashigaru-sum, bitte!« Das Verhalten des Mannes und die Erregung in seiner Stimme ließen den Händler das Schlimmste befürchten.

»Hört mir zu, Kogami«, fauchte der Priester, »Jaku Kattu wird von Eurem Verrat erfahren. Ich gebe Euch mein Wort darauf, daß Ihr Euren Kopf verlieren werdet, noch ehe Ihr den Hafen verlassen habt, wenn Ihr nicht ab sofort meinen Anweisungen folgt. Katta-sum hat keine Geduld mit Versagern, und ich beabsichtige nicht, *seine* Geduld auf die Probe zu stellen.«

»Aber ich… ich sollte doch bloß beobachten und berichten. Ich…«

»Ihr lügt, Kogami Norimasa. Ihr wurdet angewiesen, mich zu unterstützen, und das werdet Ihr auch tun. Ansonsten verliert Ihr mehr als Eure erst kürzlich erfolgte Beförderung. Habt Ihr mich verstanden?«

Der kleinere Mann nickte, ohne antworten zu können. Ashigarus Hand zitterte vor Wut, und die Augen des Priesters funkelten heftiger denn je.

Jetzt erst schaute sich der Priester um und bemerkte die Blicke der Seeleute, die sich sogleich von ihm abwandten.

»Nehmt das«, sagte Ashigaru, drückte Kogami ein kleines Päckchen in die Hand und schloß seine widerstrebenden Finger darum. »Wenn der junge Bruder Eure Tochter der ewigen Verdammnis überantwortet hat, werdet Ihr ihn zu einer Schale Cha einladen. Er wird sicherlich dankbar annehmen. Sorgt dafür, daß der Cha stark ist, und gebt den Inhalt des Päckchens hinein.

Euer Kopf wackelt, Kogami Norimasa, *Beamter des Zweiten Rangs*. Der Mönch braucht den Cha bloß zu trinken. Niemand wird merken, daß er vergiftet wurde. Das kaiserliche Gericht wird Euch nicht zur Rechenschaft ziehen, das verspreche ich Euch. Schließlich hat er Eure Tochter gerettet. Wie solltet Ihr ihm da schaden wollen?

Denkt an Jaku Katta mit dem blitzenden Schwert, und möge Euch das Andenken an einen solch verdienten General Stärke verleihen.«

Der Priester verneigte sich förmlich vor Kogami Norimasa, der die Geste wie im Traum erwiderte.

Er spürte, wie er von der zurückweichenden Flut ins Meer gespült wurde, fort von aller Sicherheit und Hoffnung. Mit beiden Händen klammerte er sich an der hölzernen Reling fest und blickte ins vorbeirauschende Wasser nieder.

Das Kielwasser des Schiffes leuchtete phosphoreszierend. Er spürte, wie das Päckchen in der Ärmeltasche seine Haut streifte. Ich werde einem botahistischen Bruder das Leben nehmen, dachte er. Welches Karma wird mich erwarten! Darauf, daß ich nicht zur Rechenschaft gezogen werde, kommt es nicht an. Er versuchte, ein wenig Speichel im Mund zu sammeln, doch es gelang ihm nicht.

Ich bin nicht Manns genug für einen Mord, dachte er, bei weitem nicht Manns genug. Wie konnte es nur soweit kommen?

›Stolz‹, antwortete eine leise Stimme in seinem Innern. ›Der Stolz hat dich soweit gebracht. Du hattest ein gutes Leben, aber du hast so getan, als stünde über dir eine dunkle Wolke. Ständig wolltest du mehr. Demut hat Botahara gelehrt, Demut.‹

Ich werde nicht vor Jaku Katta hintreten! schrie es in ihm. Im Geiste sah er bereits Jakus berühmtes Schwert aufblitzen.

Und so stand er im Mondschein an der Reling, und ein zarter Zephir liebkoste ihn, Kogami Norimasa, den Diener des Kaisers, den Schüler der Bruderschaft – einen Mann, der den Boden unter den Füßen verloren hatte. Vor ihm hatte sich der Zweiköpfige Drache aufgerichtet und seine Schwingen über den Südhimmel gebreitet. Ich bin erledigt, dachte Kogami, und wußte, es war die Wahrheit.

Der Mönch trat an Deck und sah Kogami Norimasa an der Reling lehnen. Er näherte sich ihm, und als er sich räusperte, fuhr der Kaufmann zusammen.

»Möge sich Euer seelisches Gleichgewicht wiederherstellen, Norimasa-sum. Ich glaube, Eure Tochter wird vollständig genesen. Doch sie wird sehr schwach sein und darf in den ersten Tagen nach dem Anlegen nicht transportiert werden. Ihr dürft nach ihr sehen, solltet sie aber nicht aufwecken.«

Kogami Norimasa schlug die Hand vors Gesicht, dann atmete er mehrmals tief durch und gewann die Fassung wieder.

»Ich weiß gar nicht, wie ich Euch danken soll, Bruder Shuyun. Ich stehe zu tief in Eurer Schuld, als daß einer wie ich sie jemals abbezahlen könnte.«

»Ich bin ein Schüler des Größeren Wissens. Wie hätte ich Eure Tochter sonst retten können?«

Kogami Norimasa verneigte sich tief. »Es rührt mich, Bruder, einem Menschen zu begegnen, der dem Pfad so bedingungslos folgt. Es ist mir eine große Ehre, Euch kennengelernt zu haben.« Kogami, der Beamte, schien bestürzt darüber, wie ernst es ihm war.

Auch Shuyun verneigte sich leicht. Ihm wurde bewußt, daß auch der Kaufmann irgendwann ein Schüler der botahistischen Brüder gewesen war. Alle Anzeichen deuteten darauf hin, die Modulation seiner Stimme und auch die sorgsame Wortwahl. Und die Haltung, diese Mischung aus Angst, Ehrfurcht und unterdrücktem Groll, den so viele Schüler entwickelten. Gleichwohl führte er weder Gebetsperlen noch ein Bild Botaharas mit sich und hatte Umgang mit dem tomsoischen Priester. *Ein Verlorener*, folgerte Shuyun.

»Wenn Ihr wollt, könnt Ihr Eure Tochter jetzt sehen«, wiederholte Shuyun, da er meinte, der Mann habe ihn nicht verstanden.

»Erlaubt mir zunächst, Euch Cha anzubieten«, erwiderte der Stoffhändler. Und ehe Shuyun antworten konnte, war er bereits unterwegs zum mittschiffs aufgestellten Holzkohlefeuer.

Shuyun blickte ihm nach, wurde jedoch vom Priester abgelenkt, der gut versteckt im Schatten des Vorsegels saß. Der Priester beobachtet uns, dachte Shuyun. Ein Mann, der sich erniedrigt fühlt, ist gefährlich. Allerdings war er überzeugt, daß der Priester in körperlicher Hinsicht ein Feigling war. Ashigaru würde niemals die Hand gegen ihn erheben. Gleichwohl bedauerte Shuyun den Vorfall. Wäre nicht das Leben des Mädchens in Gefahr gewesen, hätte er es nicht soweit kommen lassen. Auch so herrschten schon genug Spannungen zwischen den beiden Glaubensrichtungen, und obwohl allgemein bekannt war, daß das Interesse des Kaisers an den magischen Kulten rein politische Gründe hatte, so gereichte dies den tomsoischen Priestern gleichwohl zum Vorteil. Der Kaiser war unberechenbar und mochte einen Konflikt zwischen den Glaubensrichtungen als Vorwand dafür benutzen, die Botahisten zu unterdrücken. Aus diesem Grund schränkten die Botahisten ihre Tätigkeiten ein und warteten ab. Es war lediglich eine Frage der Zeit. Den Anhängern Tomsos mangelte es an Disziplin und Geduld, und sie waren dem Kaiser nur bedingt von Nutzen.

Kogami wandte Shuyun den Rücken zu, während er den Cha bereitete. Offenbar befleißigte er sich einer besonderen Sorgfalt. Dankbarkeit, dachte Shuyun.

Schließlich richtete sich der Kaufmann auf und näherte sich wieder über das leicht schwankende Deck, fixierte die beiden Schalen allerdings so intensiv, als fürchtete er, der Familienehre verlustig zu gehen, wenn er auch nur einen Tropfen verschüttete. Der Mond verschwand wieder hinter den Wolken, und Shuyun hatte Mühe, das Gesicht des Kaufmanns zu erkennen. Gleichwohl spürte er, daß mit der Haltung des Mannes etwas nicht stimmte. Auf einmal konzentrierte sich alles, was er im Laufe der Jahre gelernt hatte, auf diesen Mann. Shuyun kannte dieses Gefühl gut, und man hatte ihn gelehrt, ihm vollkommen zu vertrauen. Er kontrollierte seinen Atem und tat den ersten Schritt ins

Chi Ten – die Zeit verlangsamte sich, und auf einmal schien ihm der Kaufmann entgegenzuschweben, und jeder Schritt dehnte sich über mehrere Sekunden.

Etwas stimmt nicht mit der Körperhaltung, dachte Shuyun. Er wartete darauf, daß sich sein Verdacht klärte, und es verwandelte sich in ein leeres Gefäß, damit es dem Begreifen leichter fiel, ihn zu füllen.

Und so kam es über ihn, nicht plötzlich, sondern eher wie eine alte Erinnerung, die frei war von Überraschung – und von Zweifel. Das, was nicht stimmte, befand sich in der rechten Hand des Kaufmanns, wie ein in einer Schärpe verborgenes Messer. Doch es war bloß eine Schale Cha. Shuyun schnupperte bereits seinen Duft.

Der Händler schwebte auf ihn zu und kam sanft wie eine Traumgestalt zum Stehen, während alles an ihm seine Angst, sein Schuldgefühl und sein Bedauern hinausschrie.

Kann denn jemand so dumm sein? fragte sich Shuyun. Können Menschen so blind sein? Die Angst war ihm deutlicher anzumerken als einem Liebenden sein Verliebtsein. Shuyun konnte die Angst des Mannes riechen – ein scharfer Geruch, der sich in den Schweißgeruch mischte. Doch es war nicht in erster Linie der Mönch, den der Kaufmann fürchtete – davon war Shuyun überzeugt. Was aber war es dann?

»Meine Tochter…«, setzte der Kaufmann an, mühsam nach Worten ringend, »ist seit jeher der größte Quell der Freude in meinem Leben, wenngleich mir dies nicht bewußt war. Ich kann Euch nur eine kleine Gabe anbieten, denn ich weiß nicht, wie ich Euch meine Dankbarkeit sonst zeigen sollte.« Der Kaufmann verneigte sich und bot Shuyun eine Schale an – allerdings die *linke*!

Shuyun erwiderte die Verneigung nicht, sondern nickte zu der Schale hin, die Kogami noch immer in der

Rechten hielt. »Weshalb habt Ihr diese gewählt?« Jetzt roch der Mönch auch das Gift – allerdings nur ganz schwach.

Der Kaufmann rang um Fassung. Ohne zu antworten, führte er die Schale an den Mund, doch der Mönch fiel ihm in den Arm. Er berührte Kogami so leicht, daß dieser seine Finger kaum spürte; gleichwohl vermochte er den Arm nicht zu heben. Seine Hand zitterte vor Anstrengung.

»Weshalb habt Ihr diese Schale gewählt?« wiederholte Shuyun.

»Bitte«, flüsterte der Mann, dessen Würde sich allmählich verflüchtigte, »hindert mich nicht, Bruder.«

Shuyun hielt ihn noch immer scheinbar anstrengungslos zurück. »Aber diese Schale war für mich gedacht.«

Der Kaufmann riß die Augen auf, schüttelte den Kopf und unterdrückte einen Schluchzer. »Nicht jetzt, nicht jetzt...« Er blickte auf die dampfende Schale nieder. »Karma«, flüsterte er. Dann sah er Shuyun wieder in die Augen. »Wer den rechten Pfad beschreitet, sollte nicht eingreifen, wenn es um... Beständigkeit geht. Dies ist das Gesetz Eures Ordens.«

Der Mönch nickte leicht und nahm die Hand von Kogamis Arm.

Der Kaufmann seufzte rauh und schwer. »Hört mich an, Bruder, dies... ist mein Todesgedicht«, stieß er unter Mühen hervor.

»Lange Zeit verschleiert von Wolken
Und Licht,
Hat er auf mich gewartet,
Der Zweiköpfige Drache.

Hütet Euch vor dem Priester, Bruder. Hütet Euch vor seinem Herrn.«

Er trank den vergifteten Cha und ließ die Schale ins

Wasser fallen. Die Verzweiflung in seinen Augen machte abgrundtiefer Niedergeschlagenheit Platz.

»Möget Ihr im nächsten Leben Vollkommenheit erlangen«, flüsterte der Mönch und verneigte sich förmlich.

Kogami Norimasa ging davon und ließ sich in Meditationshaltung im Schatten nieder. In der Hoffnung, das Gift werde ihn nicht auch noch des letzten Rests Würde berauben, bemühte er sich, seinen Geist zur Ruhe zu bringen. Er vergegenwärtigte sich seine Frau und seine Tochter, und als das Ende nahte, galten ihnen seine letzten Gedanken.

3

Fürst Shonto Motoru befand sich in einem Zustand äußerster Harmonie sowohl mit sich selbst, was ungewöhnlich war, als auch mit der Welt, was noch ungewöhnlicher war. Er saß in einem Sampan, der von seinen vier besten Bootsleuten gerudert und von neun ausgewählten Soldaten bewacht wurde. Vor ihm fuhren zwei und hinter ihm drei weitere gleichartige Boote. Darin saßen jeweils ein großer Mann und eine mit einem eleganten Kimono bekleidete junge Frau, die durch die Fenstervorhänge nur undeutlich zu erkennen waren.

Der Kanal, den sie entlangfuhren, war von hohen Mauern aus Gips und Stein gesäumt, die von überwölbten Einmündungen durchbrochen waren. Jeder Kanalzugang verfügte über ein massives Tor, das bis zur Wasseroberfläche reichte, und die Unterwassermauern waren von einem Gitterwerk mit Metallspitzen gekrönt. Hinter den gut geschützten Fassaden lagen die Residenzen des Erbadels des Reiches Wa. Von den umfriedeten Gärten wurden bisweilen Musikfetzen, Gelächter, beißender Holzkohlegeruch oder auch ein Parfümhauch herangeweht.

»Ich dachte, Ihr würdet Euch sicher fühlen, Onkel?« sagte die junge Frau. Eigentlich war sie seine Adoptivtochter, nannte ihn jedoch Onkel, seit sie das Wort bilden konnte, und manchmal gebrauchte sie es sogar in der Öffentlichkeit.

»Ich fühle mich sicher, Nishi-sum, das heißt, ich

mache mir keine Sorgen, der Kaiser könnte heute abend einen Anschlag verüben. Einstweilen braucht er mich noch. Was die vielen anderen betrifft, die mir ein kurzes Leben wünschen – da bin ich ein wenig vorsichtiger. Daher die Doppelgänger, solltest du die gemeint haben. Wie du siehst, ist Sicherheit ein weiter Begriff.« Er lachte.

»Ich glaube, Ihr seid nur dann glücklich, wenn Ihr in den Krieg zieht«, meinte Nishima. Sie zog den Vorhang ein wenig beiseite, um zu sehen, wie weit sie schon gekommen waren, und da erblickte sie ihr Spiegelbild auf der Wasseroberfläche, das wie eine Flamme zitterte. Meine Augen sind zu groß, dachte sie und kniff sie ein wenig zusammen, doch jetzt sah sie aus, als blinzelte sie, daher ließ sie es sein. Das lange, schwarze Haar hatte sie sich mit schlichten Holzkämmen hochgesteckt, die mit silbernen Intarsien verziert waren. Sie bedachte ihr Spiegelbild mit einem letzten Blick und zog den Vorhang seufzend wieder zu. Das edle Fräulein Nishima Fanisan Shonto teilte nicht die allgemeine Meinung, sie sei eine große Schönheit. Sie fand, ihre Gesichtsknochen seien zu kräftig, ihre Augen falsch geformt, und zu allem Übel sei sie auch noch zu groß. Mit Spiegeln stand sie auf Kriegsfuß.

»Wie lange wird der Feldzug gegen die Barbaren im Norden dauern?«

»Höchstens ein halbes Jahr, aber ich beabsichtige, ihn bis in den zehnten Mond hinein auszudehnen. Es war schon immer gefährlich, in der Schlacht allzu erfolgreich zu sein. Der Kaiser fühlt sich nicht sonderlich sicher, nicht wahr? Einstweilen aber braucht er mich noch, und das wissen wir beide.«

»Es wäre gut, wenn Euer spiritueller Berater bald einträfe, denn dann könnte er uns begleiten. Er wäre uns eine große Hilfe, meint Ihr nicht?«

»Ach, hab ich's dir noch nicht gesagt? Heute morgen

ist er in Yankura eingetroffen. Tanaka hat mir Bescheid gegeben. Er bezeichnet unseren neuen Bruder als ›Rassefüllen, das noch eingeritten werden muß‹.«

»Dann wurde der Mönch ja zum richtigen Fürsten geschickt, Onkel. Wißt Ihr etwas über ihn?«

»Mir liegt ein ausführlicher Bericht vor. Er scheint etwas Besonderes zu sein, selbst für einen botahistischen Initiierten, ein kundiger Arzt, sehr belesen. Ich habe einen Brief von ihm bekommen – sein Pinselstrich ist bemerkenswert! Ich muß ihn dir zeigen.« Er hielt inne und zog den Vorhang kurz beiseite, um zu sehen, wie sie vorankamen.

»Sag mal, Nishi-sum, erinnerst du dich noch, wie wir in dem Jahr, als ich deine Mutter heiratete, das Flußfest besucht haben?«

»Aber ja, dieses Fest werde ich nie vergessen, Onkel. Wir hatten uns so viele Monate versteckt, und dann waren wir auf einmal wieder sicher. Was für ein wundervoller Herbst das war!«

»Ich meine mich erinnern zu können, daß in diesem Jahr ein junger botahistischer Neophyt einige der stärksten Kämpfer besiegte, die ich je gesehen habe, darunter einen Leutnant von mir, auf den ich gewettet hatte.«

»Ja, ich erinnere mich. Ich wollte, daß Ihr auf den Mönch setzt, denn er war so klein und zeigte keine Angst, aber wie gewöhnlich habt Ihr meinen guten Rat in den Wind geschlagen.«

»Schon damals warst du altklug. Mag sein, daß ich mich irre, aber ich glaube, dieser Junge ist unser neuer Berater. *Bruder Shuyun,* kommt dir der Name bekannt vor?«

»Shuyun... ja, der könnte es sein. Wenn das derselbe Mönch ist, dann müßt Ihr ihn dafür tadeln, daß er seinem Herrn einen solch schweren Verlust beschert hat.« Beide lachten, dann hingen sie wieder ihren Erinnerungen nach.

Nach einer Weile führte Nishima die Unterhaltung in gedämpfterem Ton fort. »Was geschieht jetzt mit Fürst Shidaku, Onkel, nachdem es ihm nicht gelungen ist, die Barbaren zurückzudrängen?«

»Fürst Shidaku ist ein großartiger Verwalter, aber ein schlechter General. Der Kaiser wollte, daß er sich in Seh der von der alten Bürokratie verursachten Probleme annimmt, die noch aus der Zeit vor den Aufständen herrühren. Zu einem Militärführer taugt er nicht. Dies ist dem Kaiser bekannt, und daher hat er Fürst Shidaku in seinen persönlichen Beraterstab berufen. Fürst Shidaku wurde somit geehrt, und sein Scheitern bei der Eindämmung der Barbaren wurde… übersehen. Der Kaiser ist selten weise – aber gute Verwalter sind seltener als gute Generäle, das ist nun einmal so.«

Die Sampans bogen in einen anderen Kanal ein, und zur Linken tauchte die Mauer des Kaiserpalasts auf. Die Wächter salutierten auf den in regelmäßigen Abständen aufeinanderfolgenden Türmen, als die Boote vorüberfuhren.

»Und jetzt seid Ihr Gouverneur, Herr, da seht Ihr mal, wie man Euch ehrt.«

Shonto brummte etwas.

»Womit wird der Kaiser seine Gäste heute unterhalten, was meinst du, Nishi-sum?«

»Bestimmt mit Tänzerinnen. Die sind ihm am liebsten, aus naheliegenden Gründen. Vielleicht gibt es auch ein kurzes Theaterstück. Natürlich die allerbesten Speisen. Und vielleicht noch einen Dichterwettstreit, an dem Ihr wegen des Rufes, den Euer geschätzter Vater genoß, nicht teilnehmen dürft.«

»Gut. Im Gegensatz zu meinem Vater könnte ich den Dichterwettstreit allerdings nicht einmal dann gewinnen, wenn mein Leben davon abhinge. Dir, meine einzige Tochter, sollte man die Teilnahme verbieten! Wenn sich die Gelegenheit bietet, werde ich auf dich wetten.« Abermals sah er nach draußen.

»Welcher Kaisersohn wird dir heute abend den Hof machen, Nishi-sum?«

»Ihr scherzt, Onkel. Die Söhne des Kaisers werden jemanden mit einem so schlichten Gesicht wie dem meinen nicht einmal zur Kenntnis nehmen. Abgesehen davon, daß mir das nur recht wäre. Langeweiler! Alle drei!«

»Aber Nishi-sum, ich weiß aus verläßlicher Quelle, daß Prinz Wakaro große Stücke auf dich hält.«

»Aber Onkel, Ihr macht Euch bestimmt lustig über mich. Ihr wißt doch, daß ich Malerin oder vielleicht auch Dichterin werden möchte. Mit einem solch empfindungslosen Flegel als Gatte wäre mir die Ehe eine Qual.«

»Ach, du bist eine zu bedeutende Künstlerin, als daß du einen Kaisersohn heiraten könntest?«

Nishima wurde rot. »Jetzt bestimmt noch nicht, aber wer vermag schon in die Zukunft zu blicken. Frauen bringen die besten Kunstwerke des Reichs hervor, das läßt sich nicht abstreiten. Lacht nicht! Nennt mir bloß mal sieben bedeutende männliche Künstler.«

»Haromitsa, Nokiyama, Basko... Minitsu hat ein paar hübsche Bilder gemalt...«

»Und schon gehen Euch die Namen aus. Seht Ihr, es wäre womöglich ein Verbrechen an unserer Kultur, mich zu verheiraten!«

Shonto lachte spöttisch. »Ich bin dein *Vater* und dein *Lehnsherr*. Wenn ich entscheide, es sei zu deinem Besten, jemand so *unwürdigen* wie einen Kaisersohn zu heiraten – jemanden, der irgendwann selbst Kaiser werden könnte –, dann werde ich das tun!«

Das edle Fräulein Nishima neigte den Kopf. »Ja, Herr. Bitte verzeiht meine schlechten Manieren. Ich habe mich Eures Respekts als unwürdig erwiesen.«

»Ich werde mir deine Entschuldigung durch den Kopf gehen lassen.«

Sie verharrten schweigend, bis der Sampan zum Palasttor abbog, dann sagte Nishima: »Satsam, Rhiyam und Doksa, der Holzdruckkünstler.«

»Ich wäre schon noch darauf gekommen.«

»Ja, Herr.« Nishima verkniff sich ein Lächeln.

Die Sampans legten an einer Steintreppe an, und die Bootsleute traten an Land und hielten die Boote fest. Ein Bediensteter des Kaisers kam die Treppe heruntergeeilt. Fürst Shonto hielt die Vorhänge auf, damit die Wächter sahen, daß niemand in der Kajüte versteckt war.

Der Bedienstete verneigte sich, als Fürst Shonto und seine Tochter an Land traten. Sie wurden von einer schwarzgekleideten Palastwache über die Treppe in ein großes, offenes Gebäude mit einem geschwungenen, ziegelgedeckten Dach auf Holzpfosten eskortiert. Shonto legte das Schwert ab und reichte es seinem eigenen Leibwächter, denn außer ausgewählten kaiserlichen Gardisten war es niemandem gestattet, in Anwesenheit des Kaisers Waffen zu tragen. Zu oft schon hatten ehrgeizige Söhne und ruhmsüchtige Adlige ihre Ziele mittels Mord erreichen wollen, als daß der Inhaber des Drachenthrons nicht gelernt hätte, wachsam zu sein.

Flöten und Harfen erklangen in den Gärten, und Drachen in allen möglichen Formen und Farben schmückten den Wind.

»Der Kaiser empfängt seine Gäste im Garten des Aufgehenden Mondes neben dem Seepferdchenteich. Wünscht Ihr eine Eskorte, Fürst Shonto?«

»Danke, ich kenne den Weg.«

Der Bedienstete verbeugte sich, und Shonto erwiderte die Verneigung. Sie schritten einen langen Säulengang entlang, der im gleichen Stil erbaut war wie das

Torhaus. Zu ihrer Rechten ergoß sich ein schimmernder Teich voller funkelnder Sonnenfische – der Teich der Sonne – in drei Kaskaden. Dahinter lag das kunstvollste Heckenlabyrinth des Reiches, gepflanzt vom Herrscher Shunk-ara VII. vor beinahe vierhundert Jahren.

Der Inselpalast war die Hauptresidenz des Kaisers und beeindruckend nicht allein aufgrund seiner Größe, sondern auch wegen der erstaunlichen Schönheit, die viele Jahrhunderte des Kaisertums zuwege gebracht hatten. Ursprünglich erbaut zu Anfang der Mori-Dynastie, war der Inselpalast wiederholt dem Feuer zum Opfer gefallen und im Verlauf der folgenden sechshundert Jahre dreimal wiederaufgebaut worden. Die Gebäude aus fünf unterschiedlichen Perioden waren allerdings so angeordnet, daß der harmonische Gesamteindruck nicht beeinträchtigt wurde. Die besten Künstler einer an Künstlern reichen Kultur hatten geschmiedet und gemalt, geschnitzt und gemeißelt, um auf Erden etwas Vollkommenes zu erschaffen.

Am Ende des Säulengangs lag eine Terrasse aus farbigem Stein, die nach Südosten zum Garten des Aufgehenden Mondes hinausging. Der Seepferdchenteich grenzte an die gegenüberliegende Seite des Gartens. Am Teichufer hatte man eine Holzbühne errichtet, davor befand sich ein Podest mit einem reichverzierten seidenen Baldachin. Vor dem Baldachin, unter dem, von Shontos Blickwinkel aus nicht zu sehen, der Kaiser saß, defilierten Gäste vorbei.

Etwa zweihundert kniende Gardisten umgaben den Kaiser an drei Seiten, angeordnet in Reihen, die vom jadefarbenen Baldachin ausstrahlten. Zwischen ihnen hatte man rotgekleidete Gardisten so plaziert, daß sich der gespreizte Drachenfächer der Kaiserfamilie ergab.

Seine kaiserliche Hoheit, der erlauchte Sohn des Himmels, Herrscher über die neun Provinzen von Wa und die Insel Konojii, Gebieter über sämtliche Meere, Akantsu II., war ein kleiner, dunkelhaariger Mann von zweiundfünfzig Jahren.

Als sein Vater, Akantsu I., im Verlauf der Wirren der Pest, die die Bevölkerung vor anderthalb Jahrhunderten verringert hatte, den Thron bestieg, hatte er das Kaisergeschlecht der Yamaku begründet. Nachdem die vorige Kaiserfamilie, das Geschlecht der Hanama, der Seuche zum Opfer gefallen war, als diese in der Hauptstadt wütete, hatten sogleich mehrere Bewerber, legitime wie illegitime, Anspruch darauf erhoben, den Platz der Kaiserfamilie einzunehmen.

Der Kampf um den Drachenthron war kurz und gewalttätig gewesen, der Ausgang ebensosehr vom Glück wie von der Kriegskunst bestimmt. Am Ende trug die Fraktion den Sieg davon, die am wenigsten Männer an die Pest verloren hatte. Der Bürgerkrieg währte kaum länger als drei Jahre, doch das reichte aus, um das Reich bis in seine Grundfesten zu erschüttern. Unbedeutende Familien stiegen aufgrund der Rolle, die sie bei der Entscheidungsschlacht gespielt hatten, über Nacht auf. Fußsoldaten wurden zu Generälen und Offizieren befördert, denn das feste soziale Gefüge des Reichs zerbröckelte.

Nach zweihundertfünfzig Jahren des relativen Friedens und Wohlstands unter der Dynastie der Hanama ging dieses Geschlecht in Krankheit und Flammen unter. Ein Drittel der Bevölkerung war gestorben, ehe die botahistische Bruderschaft ein Mittel fand, das sowohl vor Ansteckung schützte als auch die Krankheit zu heilen vermochte. Das soziale Gewebe von Wa war überdehnt worden, und die Bewahrung der Ordnung gehörte auch nicht zu den vorrangigsten Zielen der Yamaku. Mit Ausnahme der inneren Provinzen waren die Straßen nur für größere Reisegruppen ungefährlich; Piraten machten die Küsten unsicher, und immer wieder flammten Privatkriege auf – während der Kaiser offenbar glaubte, all dies gereiche ihm zum Vorteil.

In ständiger Angst, umgebracht zu werden, hatte der Kaiser einige Methoden ersonnen, um die Aristokratie an die Hauptstadt zu fesseln, wo die kaiserlichen Truppen in der Überzahl waren. Da er das Jahr in vier ›Gesellschaftssaisons‹ eingeteilt hatte, konnte er die Fürsten, die er am meisten fürchtete, einladen, wann immer es ihm beliebte, während er potentielle Allianzen dadurch zu verhindern trachtete, daß er einige Fürsten in den Provinzen isolierte. Die Einladung des Kaisers auszuschlagen, war gleichbedeutend mit Verrat, und wer in der Hauptstadt blieb, ohne dazu aufgefordert worden zu sein, erregte sogleich den Argwohn der Kaisergarde.

Um seine Vormachtstellung weiter auszubauen, hatte Akantsu II. Yankura, die Schwimmende Stadt, zum alleinigen Umschlagplatz für Importwaren bestimmt und auf Schmuggel die Todesstrafe verhängt. Auf diese Weise ließ sich der gesamte Handelsverkehr nicht nur mühelos von den kaiserlichen Zollbeamten besteuern, sondern auch von der allgegenwärtigen Kaisergarde überwachen. Somit konnten andere Häfen – die seit altersher unter dem Einfluß eines mächtigen Fürsten standen – nicht als Vorwand herhalten, um aus ›Sicherheitsgründen‹ größere bewaffnete Kräfte zusammenzuziehen. Der Kaiser war fest entschlossen, die Zügel in der Hand zu behalten.

Trotz seiner ausschweifenden Feste und seiner Vorliebe für das gesellschaftliche Leben blieb Akantsu II. selbst denen ein Rätsel, die ihm am nächsten standen. Seine Unberechenbarkeit gewann ihm keine Freunde, denn er war bekannt dafür, Loyalität ebenso oft zu übersehen, wie er sie belohnte. Körperliche Betätigung sagte ihm am ehesten zu – die Jagd, die Falknerei, der Tanz. Häufig veranstaltete er Turniere im Kickboxen und galt als guter, unerschrockener Schwertkämpfer. Einmal hatte er einen Attentäter getötet und anschließend eigenhändig sämtliche diensttuenden Wachen enthauptet, da sie darin versagt hatten, ihn zu schützen. Wie sein Vater war auch Akantsu II. ein furchteinflößender Mann.

Als Fürst Shonto und das edle Fräulein Nishima die Treppe hinabschritten, erblickten sie den auf einem Kissen sitzenden Kaiser, der mit seinen Gästen plauderte. Sein Kimono in kaiserlichem Rot war mit einer goldfarbenen Schärpe gegürtet, das Zeremonialschwert in der juwelenbesetzten Scheide lag ihm auf dem Schoß. Die Kaiserin war nicht anwesend, und wenngleich es hieß, sie sei krank, war doch allgemein bekannt, daß sie in Ungnade gefallen war. Eine junge, ausnehmend schöne Sonsatänzerin war die gegenwärtige Geliebte des Kaisers – das hieß, sie wurde unter einem halben Dutzend anderer von ihm bevorzugt.

»Dort ist Kitsu-sum, deine Cousine«, bemerkte Fürst Shonto, als sie den Garten durchquerten.

»Das ist gut, ich muß mit ihr reden.«

»Sie konkurriert mit dir um die Söhne des Kaisers, glaube ich.«

»Danke für den Hinweis, Herr.«

»Es sei denn, ich verheirate sie rechtzeitig. Sie ist nicht sonderlich hübsch, aber ich mag sie gern.«

»Sie ist die schönste Frau, die wir beide kennen, und Ihr seid vernarrt in sie«, neckte ihn Nishima.

»Hm! Eigentlich bin ich ja viel zu alt, um derlei Schwächen zu zeigen.«

Das edle Fräulein Kitsura Omawara sah sie kommen und begrüßte sie mit ihrem berühmten Lächeln. Zahlreiche Herzen gerieten in Wallung. Sie schritt ihrer Cousine und Shonto entgegen. Ihr mit fliegenden Schmetterlingen bedruckter Kimono fiel tadellos, die langen Ärmel schwangen im Rhythmus ihrer Schritte.

Das Haar hatte sie mit silbernen Kämmen hochgesteckt, die mit Jadeeinlagen verziert waren, und ihre Augen wurden von einem Hauch Schminke betont. Schmeicheleien war sie gewohnt.

»Kitsura-sum, du bist die Reinkarnation der großen kaiserlichen Schönheiten!« bemerkte Nishima und faßte ihre Cousine bei den Händen.

»Fürst Shonto«, sagte Kitsura und verneigte sich. »Kusine, wie hübsch du aussiehst. Und Ihr, Fürst Shonto, werdet anscheinend von Tag zu Tag jünger.«

Shonto verbeugte sich tiefer, als seine Stellung es erforderte. »Soeben meinte ich zu Nishima-sum, dein Kimono säße schlecht, du seist mager für dein Alter und staktest einher wie ein Junge, aber weil ich dich so gerne mag, entbiete ich mich, dich von zu Hause fortzuholen.«

Beide Frauen lachten. Kitsura verneigte sich tief. »Zuviel der Ehre, Herr. Ich glaube, Ihr wollt mir den Kopf mit Schmeicheleien verdrehen. Ihr seid unverkennbar Eures Vaters Sohn. Ich aber bin zu einfältig und unerfahren für jemanden wie Euch. Ich würde es meinem Vater nicht erlauben, Eure Gutmütigkeit auszunutzen.«

»Das würde mir nichts ausmachen. Mein Haus ist bereits voll streunender Katzen. Sieh dir nur mal Nishisum an. Sie mag zwar eine undankbare Tochter sein, gleichwohl aber ist sie mir ans Herz gewachsen. Barmherzigkeit gegenüber denen zu üben, die sie nicht verdient haben, gehört wohl zu meinen Schwächen.«

»Siehst du, was ich alles zu erdulden habe, Kitsura-sum? Ich glaube, der Kaiser würde uns belohnen, wenn wir seinen neuen Gouverneur in den Seepferdchenteich schubsten. Sonst führt er die Provinz Seh noch in den Ruin, weil er lauter ›streunende Katzen‹ im Gouverneurspalast aufnimmt.«

»Wir sollten den Kaiser um Erlaubnis fragen.« Sie

blickte sich zum Podest um und wurde sogleich wieder ernst. »Ich glaube, der Kaiser wird dich bitten, für seine Gäste zu spielen, Nishi-sum. Ich wurde bereits gefragt und konnte nicht ablehnen. Du bist mir doch nicht böse, wenn ich dich bitte, ein Duett mit mir zu spielen?«

»O nein! Ich habe nicht geübt. Was sollen wir spielen?«

»Spielt das ›Lied vom verzauberten Gärtner‹«, schlug Fürst Shonto vor.

»Ihr und Euer verzauberter Gärtner, Onkel. Seid Ihr des Liedes nicht schon überdrüssig?«

»Kann man denn des Vollkommenen überdrüssig werden?«

Nishima verdrehte die Augen. »Und schon bekommen wir eine Lektion über die Philosophie der Ästhetik. Lauf, Kitsura-sum, ich halte ihn derweil fest!«

Lachend näherten sie sich der Schlange der Gäste, die darauf warteten, vorgestellt zu werden. Ein Gongschlag verkündete den Anbruch der Stunde der Katze. Es dämmerte bereits, und Bedienstete machten sich daran, bunte Lampions zu entzünden.

Fürst Shonto und das edle Fräulein Nishima blieben mehrmals stehen, um Gäste zu begrüßen und Neuigkeiten auszutauschen.

Irgendwann berührte Nishima ihren Onkel am Arm und flüsterte ihm zu: »Das ist die erlauchte Dame Okara, die Malerin.«

Sie wurde umringt von ihrem persönlichen Gefolge. Es war nicht zu übersehen, daß die Umstehenden an ihren Lippen hingen.

»Man sieht sie so gut wie nie bei gesellschaftlichen Anlässen. Ich muß meinen Mut zusammennehmen und sie ansprechen.«

»Ich werde dich vorstellen, Nishima-sum, sie ist eine alte Freundin von mir.«

»Spottet nicht, Onkel, es ist mir ernst. Sie ist die größte Malerin des Jahrhunderts! Ich bewundere ihr Werk schon seit Jahren.«

»Ich spotte nicht. Komm, klimpere vor dem Kaiser ein wenig mit den Wimpern, dann stelle ich dich deiner Göttin vor.«

Die Schlange rückte nur langsam vor, da die Gäste danach trachteten, den Kaiser möglichst lange in Anspruch zu nehmen, um so unter Beweis zu stellen, daß sie sich seiner Gunst erfreuten. Nacheinander knieten sie vor dem Podest auf einer Strohmatte nieder und berührten den Boden mit der Stirn. Der Kaiser erhob sich weder, noch verneigte er sich, sondern nahm den Betreffenden lediglich mit einem leichten Kopfnicken zur Kenntnis. Fürst Shonto und das edle Fräulein Nishima wurden von einem Bediensteten angekündigt, und sie verneigten sich tief, dann verharrten sie in kniender Haltung.

»Fürst Shonto, hohes Fräulein Nishima, es ist mir eine Ehre, daß Ihr gekommen seid.«

»Die Ehre, Hoheit, liegt ganz auf unserer Seite«, erwiderte Fürst Shonto für sie beide, wie seine Stellung es erforderte.

Der Kaiser wandte sich Nishima zu, als verlangte eine Angelegenheit von höchster Dringlichkeit seine sofortige Aufmerksamkeit. »Edles Fräulein, ich möchte Euch um einen großen Gefallen bitten.«

»Euer Wunsch ist mir Befehl, Hoheit.«

»Wir haben bereits das edle Fräulein Kitsura gefragt, ob sie wohl für unsere Gäste spielen könnte, und sie hat sich dazu bereiterklärt. Würdet Ihr sie begleiten?«

»Meine musikalischen Fähigkeiten reichen gewiß nicht aus, um vor einem solch erlesenen Publikum zu spielen, doch wenn der Kaiser mich darum bittet, soll es mir eine Ehre sein.

Allerdings muß ich Euer Hoheit um Verzeihung bitten, daß ich seine Bitte nicht vorausgeahnt und daher kein Instrument mitgebracht habe.«

»Es wird sich schon eines finden, das Euch zusagt. Was werdet Ihr spielen, edles Fräulein?«

»Diese Entscheidung möchten wir dem Kaiser überlassen, vorausgesetzt, die Erfüllung seines Wunsches übersteigt unsere Fähigkeiten nicht.«

»Wunderbar! Kennt Ihr das ›Lied vom verzauberten Gärtner‹?«

»Ja, Hoheit. Eine wunderschöne Melodie und eine ausgezeichnete Wahl.«

»Gut, gut!« Der Kaiser lächelte und bleckte kurz die Zähne, dann wurde er sogleich wieder ernst.

Als sich der Kaiser an den Fürsten Shonto wandte, bediente er sich eines förmlichen Tons, der ihm die Aufmerksamkeit aller Umstehenden sicherte.

»Fürst Shonto Motoru, kaiserlicher Gouverneur der Provinz Seh, wann brecht Ihr auf, um unsere Nordgrenze zu schützen?«

»Binnen einer Woche, Hoheit. Meine Bediensteten und meine Soldaten treffen bereits die nötigen Vorbereitungen.«

»Ihr seid ebenso tüchtig wie couragiert. Wie lange werdet Ihr brauchen, um den Barbarenabschaum Respekt vor dem Kaiser von Wa zu lehren?«

»Ich habe bereits meinen Sohn vorausgeschickt, damit er die Lage einschätzt. Sein Bericht liegt mir zwar noch nicht vor, doch ich hoffe, der Feldzug wird nicht lange dauern.«

»Die Barbaren sind schlechte Schüler, aber ich schicke ihnen meinen besten Lehrmeister. Dann also… ein Jahr?«

»Ein Jahr sollte reichen. Lektionen, die man zu rasch lernt, werden auch schnell wieder vergessen.«

Der Kaiser richtete sich zu voller Sitzgröße auf und sagte: »Habt Ihr gehört? Der neue Gouverneur von Seh wird unsere Nordgrenze binnen eines Jahres von den Barbaren säubern!« Er verneigte sich leicht vor Shonto und sagte in erstaunlich kühlem Ton: »Meine Hochachtung, Fürst Shonto.«

Die versammelten Gäste folgten dem Beispiel des Kaisers und verneigten sich vor dem knienden Fürsten. Eine seltsame Stille breitete sich aus, und Fürst Shonto lief ein Schauer über den Rücken.

Nishima bemerkte, daß sie angestarrt wurde, und blickte aus den Augenwinkeln zu Prinz Wakaro hinüber, dem mittleren Sohn des Kaisers, der neben dem Podest kniete. Sie achtete darauf, seinem Blick auszuweichen.

Der Kaiser winkte einen Bediensteten herbei, ohne hinzusehen. Der Mann brachte ein Seidenkissen, auf dem ein Schwert in einer sehr alten Scheide lag. Der Kaiser nahm die Waffe, zog sie aus der Scheide und betrachtete sie mit kundigem Blick. Shonto spürte, wie sich seine Schädelhaut straffte.

»Kennt Ihr diese Klinge, Fürst Shonto?«

»Nein, Hoheit«, antwortete Shonto vollkommen ruhig. Es erhob sich Gemurmel, dann herrschte wieder tiefe Stille.

Der Sohn des Himmels blickte mit zufriedener Miene von der Waffe auf und lächelte mit kaltem Blick. »Dieses Schwert hat meinem berühmten Vorfahr gehört, von dem Ihr, Fürst Shonto Motoru, Euren Namen habt, und er schenkte es dem Kaiser Jirri II., mit dem er eng befreundet war. Wie Euch sicherlich bekannt ist, besiegten der Kaiser und Shonto Motoru später, auf dem Höhepunkt ihrer Macht, die Barbaren im Norden. Bedauerlicherweise wurde Fürst Shonto im Verlauf der Entscheidungsschlacht von einem Pfeil getötet.« Der Kaiser prüfte die Klinge mit dem Daumennagel. »Dies ist mein Geschenk an Euch, den Gouverneur des Kaisers.« Die Miene des Kaisers war undurchdringlich.

Der Bedienstete trat abermals vor, nahm das Schwert von seinem Herrn entgegen und legte es vor Shonto auf die Matte.

»Es ist mir eine große Ehre, Hoheit. Ich werde mich stets bemühen, mich seiner als würdig zu erweisen.« Die rituellen Worte klangen hohl in Fürst Shontos Ohren.

»Tut das. Steckt es hinter Eure Schärpe, Motoru-sum. Ihr dürft das Schwert in meiner Gegenwart tragen.«

Shonto senkte den Kopf auf die Matte, dann ergriff er das Schwert. »Ich werde es zum Schutz des Kaisers tragen, Hoheit.«

»Wir sprechen uns später.« Die Unterhaltungen ringsumher wurden fortgeführt. »Edles Fräulein, wir freuen uns auf Eure Darbietung.«

Fürst Shonto und Nishima verneigten sich erneut, richteten sich auf und entfernten sich. Ein junger Mann in einem schwarzen, mit dem Drachenfächer des kaiserlichen Bediensteten geschmückten Kimono trat vor.

»Edles Fräulein, ich habe ein Instrument für Euch, und das edle Fräulein Kitsura erwartet Euch bereits. Darf ich Euch geleiten?«

Nishima berührte ihren Onkel am Arm. »Vergeßt nicht, daß Ihr mir versprochen habt, die Einleitung zu sprechen.« Es stand viel Ungesagtes zwischen ihnen im Raum, als sie sich voneinander trennten.

Shonto beobachtete, wie seine Tochter mit wehenden Ärmeln im Gewühl verschwand. Sie ist mir teuer, dachte er, und dies ist eine gefährliche Zeit für derartige Gefühle.

Als er sich zu einem mit Speisen überhäuften Tisch wandte, ruhte seine Hand auf dem ungewohnten Knauf des alten Schwertes, das einmal seinem Namensvetter gehört hatte. Die hohe Dame Okara tauchte aus dem Strom der Gesichter auf. Sie verneigte sich vor Shonto, der die Geste nicht minder förmlich erwiderte.

Ohne ein Wort zu wechseln, ließen sie das Getümmel hinter sich und begaben sich zum Rand des Gartens.

Am Ufer des Teichs waren große, flache Steine in einem scheinbar zufälligen Muster angeordnet, denn Asymmetrie war eines der Grundelemente der waianischen Kunst. Als sie auf eine dieser Granitinseln hinaustraten, waren die beiden Freunde allein.

»Mito-sum, ich habe Euch beobachtet, als Ihr geehrt und ausgezeichnet wurdet«, sagte Okara. Sie war eine hochgewachsene, würdevolle Frau mit starker Ausstrahlung, und Shonto brachte ihr große Bewunderung entgegen.

»Das war schon eine Vorstellung.« Shonto dachte eine Weile nach und entspannte sich merklich. »Aber was soll's. Sagt mir, verehrte Okara, wie ist es dem Kaiser gelungen, Euch zur Teilnahme an einem dieser – wie sagt man gleich noch? – Hahnenkämpfe zu bewegen?«

»Er hat das stärkste Mittel überhaupt eingesetzt – er hat an meine Eitelkeit appelliert. Okara soll geehrt werden, und eine Ehrung des Kaisers weist man nicht zurück.

Er hat meine *Einundzwanzig Ansichten des Großen Kanals* für den Tanz einrichten lassen. Ich muß gestehen, ich bin neugierig, wie man das bewerkstelligt hat. Ich muß hinzufügen, daß ich mehr als nur ein bißchen neugierig bin. Bislang haben die Yamaku kein sonderlich großes Interesse an Kunst gezeigt.« Sie streckte den Arm aus, und Fürst Shonto drückte ihre kalte Hand. »Was mögen sie wohl von mir wollen, Mito-sum?«

»Ich weiß es nicht, und vielleicht ist die Auszeichnung ja aufrichtig gemeint. Sie ist schließlich hochverdient, und das wißt Ihr auch.«

»Selbst Ihr seid ein Schmeichler geworden!

Wie ich sehe, kommt Ihr in Begleitung Eurer reizenden Tochter, Mito-sum. Ihr laßt Euch Zeit, einen Ehemann für sie zu finden, hab ich recht?«

Shonto zuckte die Achseln.

»Würde es Euch die Entscheidung leichter machen, wenn der Kaiser seinen Thronerben für sie auswählte?«

»Dazu wird es wohl nicht kommen.« Fürst Shonto seufzte und blickte sich über die Schulter um. »Offenbar hält er niemanden für geeignet, ihn auf dem Drachenthron zu ersetzen, seine eigenen Söhne eingeschlossen. Das läßt sie als Ehegatten etwas weniger geeignet erscheinen.«

»Sollte einer der Söhne über einen guten Berater verfügen, könnte er allerdings lange genug durchhalten, um den Thron an *seinen* Sohn weiterzugeben, was der Mutter eine bedeutende Stellung verschaffen würde.«

»Die Familie Shonto hat noch nie nach dem Thron gestrebt, Okara-sum, das ist allgemein bekannt. Ich glaube nicht, daß mein Enkel das kaiserliche Schwert tragen wird, und das bereitet mir keinerlei Kopfzerbrechen.

Einen geeigneten Ehemann für Nishi-sum zu finden, ohne die Kaiserfamilie vor den Kopf zu stoßen – *das* ist das eigentliche Problem.«

»In ihren Adern kreist mehr kaiserliches Blut, als ihr zuträglich ist. Verheiratet Ihr sie mit den Yamaku, stärkt Ihr deren Geschlecht, verheiratet Ihr sie aber woandershin, würden ihre Söhne für den Kaiser stets eine Gefahr darstellen. Ich kenne niemanden, der mächtig genug wäre, das Risiko einzugehen, sich mit ihr zu vermählen.«

»Ihr habt recht, Okara-sum, den gibt es nicht – jedenfalls im Augenblick noch nicht.«

»Armes Mädchen.« Sie klang betrübt. »Sie ist ein Soldat auf einem großen Gii-Brett.«

»Sie ist die *Kaiserin,* will es aber nicht wahrhaben. Nishima-sum würde nichts lieber tun, als einen Dichter zu heiraten und den Rest ihres Lebens der Kunst zu widmen – das allerdings ist unmöglich.«

»Für die Kunst zu leben, ist nicht so leicht, wie es sich anhört, Mito-sum. Das weiß ich aus eigener Erfahrung.«

Nach einem letzten Blick auf die spiegelnde Schönheit des Seepferdchenteichs gingen sie zurück. Ihre Unterhaltung wandte sich allgemeineren Themen zu.

»Ich möchte Euch Nishima-sum vorstellen. Sie vergöttert Euch.«

»Dann sollte sie mich unbedingt kennenlernen, damit sie sieht, daß auch ich nur ein Mensch bin – ich freue mich darauf, ihre Bekanntschaft zu machen.«

Bedienstete legten auf dem Rasen vor der Bühne Strohmatten und Kissen aus, und die ersten Gäste hatten bereits in Erwartung der Abendunterhaltung Platz genommen. Shonto und die erlauchte Dame Okara wählten einen weiter hinten gelegenen Sitzplatz. Für Leute ihres Rangs waren zwar bessere Plätze vorgesehen, doch Shonto wollte sowohl die Bühne als auch den Kaiser sehen. Er hatte sich nicht zuletzt deshalb solange gehalten, weil er sich keine Gelegenheit entgehen ließ, die Mächtigen im Auge zu behalten.

Auf der Bühne wurden Kissen plaziert, davor stellte man eine Harfe aus reichverziertem Ebenholz auf. Als alle Platz genommen hatten, betrat ein Höfling die Bühne, ein Gelehrter von respektablem Ruf, der sich zweimal verneigte – einmal kniend vor dem Kaiser, und einmal stehend und weniger tief vor dem Publikum. Der erste Vollmond des Herbstes zeigte wie auf Bestellung seinen kupferfarbenen Rand.

»Verehrte Gäste des Kaisers von Wa«, begann der Gelehrte, »der Kaiser hat das edle Fräulein Nishima Fanisan Shonto und das edle Fräulein Kitsura Omawara gebeten, das versammelte Publikum mit der Darbietung des ›Lieds vom verzauberten Gärtner‹ zu erfreuen.« Er verneigte sich vor dem Vorhang, hinter dem Kitsura und Nishima hervortraten. Sie verbeugten sich zweimal und nahmen vor dem erwartungsvollen Publikum Platz.

Kitsura hielt eine Silberflöte in der Hand, die beinahe halb so lange wie sie selber war, und Nishima setzte sich hinter die Harfe. Sie fingen an.

Die Flöte und die Harfe umspielten einander anmutig, ohne jedes Stocken und fehlerlos über drei Sätze. Offenbar hatten die Cousinen das Stück schon viele Male gespielt. Shonto beobachtete den Kaiser aus den Augenwinkeln. Sein zweitältester Sohn saß neben ihm auf dem Podium und folgte hingerissen der Darbietung. Ja, dachte Shonto, ich habe ein Problem. Als er wieder den Kaiser anblickte, merkte er, daß der Vater nicht minder stark gefangengenommen war. Hoffentlich ist es Kitsura, die er begehrt, dachte Shonto. Als er die junge Flötistin betrachtete, verspürte auch er ein gewisses Verlangen. Und mit wem, überlegte er, wird Fürst Omawara seine Tochter vermählen? Mit dieser Frage würde er sich noch befassen müssen.

Das Lied vom verzauberten Gärtner schloß mit einem mitreißenden Crescendo. Es wurde nicht nur aus Höflichkeit applaudiert.

Der Höfling betrat wieder die Bühne. »Der Kaiser wünscht, diese Instrumente, die einmal der Kurtisane Ranyo gehörten, dem edlen Fräulein Nishima und dem edlen Fräulein Kitsura als Dank für ihre Darbietung zu überreichen.«

Das Publikum verneigte sich, während die Musikantinnen die Bühne verließen.

»Sie spielt sehr gut, Mito-sum«, sagte Lady Okara. »Wer war ihr Lehrer?«

»Bruder Satake, mein ehemaliger spiritueller Berater. Er besaß zahlreiche Talente. Ich vermisse ihn.«

»Die Beratermönche sind schon ein reizendes Völkchen. Meint Ihr, sie werden gezielt dazu erzogen, andere Leute für sich einzunehmen?«

Shonto hob die Schultern. Nein, Oka-sum, dachte er, man lehrt sie, sich zu *sammeln*. Dies ist der Ursprung all ihrer Fähigkeiten – und was würde ich nicht alles geben – für diese Gabe!

Nishima bahnte sich einen Weg durchs Gewühl zu ihrem Onkel und zur hohen Dame Okara, blieb zwischendurch aber immer wieder stehen und bedankte sich für jedes einzelne Kompliment. Sie konnte kaum einen Schritt tun, ohne sich zu verneigen.

»Nishima-sum«, sagte Shonto, als sie aus den Sandalen schlüpfte und auf die Matte trat, »›der Verzauberte Gärtner‹ hat selten so bezaubert.« Er verneigte sich ehrerbietig vor seiner Tochter. »Ich muß sagen, der musikalische Geschmack des Kaisers…«

»Stimmt mit dem Euren genau überein, Onkel«, sagte sie, neigte sich ihm entgegen und setzte im Flüsterton hinzu: »Und darauf braucht Ihr Euch wirklich nichts einzubilden.«

Shonto wandte sich an seine Freundin. »Verehrte Okara, ich möchte Euch meine ungezogene einzige Tochter vorstellen, Nishima-sum.«

»Es ist mir eine Ehre, erlauchte Dame. Ich bewundere Euch schon seit langem, und wenn mein geheimnistuerischer Onkel mir beizeiten gesagt hätte, daß Ihr befreundet seid, hätte ich ihn schon vor Jahren gebeten, uns miteinander bekannt zu machen.«

»Nachdem ich Eurem Vortrag gelauscht habe, muß ich sagen, die Ehre liegt ganz auf meiner Seite. Wie schön Ihr spielt, meine Liebe. Wenn Ihr auch so gut malt, wie mir Euer Vater versichert, dann verfügt Ihr über ein wirklich erstaunliches Talent. Ihr müßt mich irgendwann einmal in meinem Atelier besuchen.«

Nishima lächelte. »Es wäre mir ein Vergnügen, erlauchte Dame. Ich danke Euch.«

Der Mond stand mittlerweile so hoch, daß er den an

den Seepferdchenteich angrenzenden Garten erhellte; sein Licht mischte sich mit dem der bunten Lampions.

Der Höfling betrat abermals die Bühne und verneigte sich zweimal. »Der Kaiser bittet darum, der edlen Dame Okara die Ehre zu erweisen, deren Holzdruckserie *Einundzwanzig Ansichten des Großen Kanals* auf Wunsch des Kaisers von der Sonsa-Truppe der Kaiserstadt choreographiert wurde.«

Er drehte sich um und verneigte sich zum Vorhang hin, hinter dem jeden Augenblick die ersten Tänzerinnen zum Vorschein kommen würden. Unsichtbare Helfer deckten die Lampen ab, so daß die Bühne vergleichsweise dunkel erschien. Tau glitzerte auf den Rasenflächen, und von der nahen See wehte eine laue Brise heran.

Holztrommeln stimmten einen langsamen Synkopenrhythmus an, und eine einzelne Laterne beleuchtete eine als Bauern verkleidete Gruppe von Tänzerinnen, die sich in der Morgendämmerung unter einer unsichtbaren Last beugten. Eine Flöte fiel ein, deren Töne an einen Schmetterlingsschwarm erinnerten. Die sechs Tänzerinnen, die die weiten Kleider und breitkrempigen, kegelförmigen Hüte von Feldarbeitern trugen, warfen ihre Last ab und tanzten den Weg entlang. Weitere Laternen erhellten den Hintergrund, der, wenngleich stark vereinfacht, im Stil der hohen Dame Okara gehalten war. Die Tänzerinnen vollführten eine Reihe von Pantomimen der Verehrung und des Jubels, und die Geschmeidigkeit, die sie sich im Laufe der langjährigen Sonsa-Ausbildung angeeignet hatten, nahm das Publikum gefangen. Als eine junge Frau vortrat und ein Solo tanzte, berührte Nishima ihren Onkel am Arm.

Die neue Geliebte des Kaisers, dachte Shonto. Nishima hatte sie gewiß noch nie gesehen, gleichwohl zweifelte er nicht daran, daß sie recht hatte. Ja, die Frau war wirklich wunderschön. Ihr makellos schlanker Körper fiel trotz des Bauernkostüms ins Auge.

Gib nur dein Bestes, dachte Shonto. Der Kaiser übt nicht immer Nachsicht mit denen, die er fallenläßt. Deine einzige Stärke liegt in deinem Talent, denn niemand wird es wagen, dich zur Frau zu nehmen.

Aber tanzen konnte sie! Sie war nicht bloß irgendeine Blume, die der Kaiser gepflückt und ins Licht gerückt hatte. Sie war eine Begabung. Vielleicht würde die sie schützen. Nicht ohne Anstrengung wandte er die Augen von ihr und studierte statt dessen den Kaiser. Die Bewunderung, die er für seine Sonsa hegte, war auf geradezu groteske Weise offenkundig – wie bei einem Kind. Heute abend jedenfalls droht ihr von ihm keine Gefahr, dachte Shonto, es sei denn, man müßte sich vor seiner Lust fürchten.

Die Trommeln kehrten zum Ausgangsrhythmus zurück, dann verstummten sie unvermittelt, und die Tänzerinnen erstarrten in der Pose der Bauern auf Okaras Holzdruck *Morgens auf dem Treidelpfad*. Die Geliebte des Kaisers balancierte auf der geschwungenen Brücke, die Arme hatte sie anmutig ausgebreitet, und ein Fuß verharrte in der Schwebe, als habe sie soeben einen Freudensprung getan. Als der Applaus einsetzte, wurden die Laternen wieder höher gedreht. Die Gäste im Umkreis der erlauchten Dame Okara verneigten sich vor ihr und machten ihr Komplimente.

Sechs weitere Bilder aus der Serie über den Großen Kanal wurden noch aufgeführt, ein jedes so raffiniert wie das erste, vier davon unter Mitwirkung der schönen Sonsa des Kaisers.

Wie er mit ihr protzt, dachten viele, doch was wird aus dem armen Kind werden? Wie allgemein bekannt war, stammte sie aus keinem guten Hause; sie war die Tochter eines Sklavenhändlers und daher nicht ganz ohne Erziehung, aber dennoch... Ihre Begabung jedenfalls ließ sich nicht abstreiten. Herkunft hin oder her, sie hätte jeder Dynastie zum Ruhme gereicht.

Die Tanzvorführung endete und wurde mit langanhaltendem, begeistertem Applaus bedacht. Die edle Dame Okara wurde umringt von sich verneigenden Gästen, die sich alle in der Gunst sonnen wollten, die der Kaiser ihr schenkte.

Als ihre Bewunderer lachend und schwatzend zu Speis und Trank davonwanderten, gesellte Okara sich wieder zu Shonto und Nishima.

»Ach, Mito-sum, das alles ist ein bißchen viel für mich«, sagte sie und deutete, um Worte verlegen, mit weit ausholender Geste auf den Garten. »Bevor ich gehe, muß ich noch dem Kaiser meine Aufwartung machen.«

»Okara-sum, bleibt doch noch ein wenig. Das Schlimmste habt Ihr ja bereits überstanden. Ihr habt überlebt! Ich hole Euch Wein, dann könnt Ihr den Rest des Abends genießen.« Shonto lächelte sie voller Zuneigung an. Daß seine Freundin verlegen war, rührte ihn.

»Also gut, ein Becher, dann muß ich aber gehen«, gab Okara nach.

Shonto überließ seine Freundin der Obhut seiner Tochter und machte sich auf die Suche nach einem Bediensteten. Er brauchte nicht weit zu gehen, da erbot sich auch schon einer, ihm behilflich zu sein.

»Fürst Shonto!« rief ihn jemand an. Ein junger Mann, der ihm von ferne bekannt vorkam, näherte sich Shonto über den Rasen. Der Fürst schickte den Bediensteten zur edlen Dame Okara und wandte sich dem jungen Mann zu.

»Verzeiht mein schlechtes Benehmen, Fürst Shonto.« Er verneigte sich. »Ich bin Komawara Samyamu.«

O ja, dachte Fürst Shonto, der gleiche schlanke Körperbau und die gleiche lange, schmale Nase. Wenn dieser Jüngling auch nur ein wenig seinem Vater nachschlägt, dann täuscht der offensichtliche Mangel an Muskeln. Der alte Komawara war ein kräftiger Schwertkämpfer mit blitzschnellen Reflexen gewesen.

»Ich freue mich, Eure Bekanntschaft zu machen, Fürst Komawara.« Shonto erwiderte die Verneigung des Mannes. »Ich bin Eurem Vater in meiner Jugend häufiger begegnet. Er war ein eindrucksvoller Mann.«

»Ja, ein schwerer Verlust für uns alle. Ich ehre sein Andenken.« Er fing Shontos Blick auf und zögerte kurz, ehe er fortfuhr. »Wie ich höre, werdet Ihr unser neuer Gouverneur in Seh. Es wird allmählich Zeit, daß uns der Kaiser Soldaten schickt! Das heißt nicht, daß ich mich über Fürst Shidako unfreundlich äußern möchte – er hat sich der Probleme, die uns die korrupte Hanama-Verwaltung hinterließ, energisch angenommen.« Er ließ diese Bemerkung im Raume stehen, doch Shonto nahm die Gelegenheit, die Hanama zu kritisieren oder die Yamaku zu loben, nicht wahr.

Den jungen Fürsten schien Shontos Zurückhaltung zu verunsichern. »Eure Tochter spielt sehr gut, Fürst. Die Shonto bringen zu unser aller Nutzen ständig neue Künstler hervor. Kürzlich habe ich die Erinnerungen Eures Vaters gelesen – was für ein ergötzlicher Ausblick auf sein Leben!«

Shonto nickte, ließ den Mann weiterreden und fragte sich insgeheim, worauf der junge Fürst wohl hinauswollte.

Fürst Komawaras Blick wurde fester, und er gewann seine Entschlossenheit zurück.

»Werdet Ihr bald nach Seh kommen, Fürst?«

»Ja, sehr bald.«

»Das ist gut. Vielleicht kommt Ihr ja den mysteriösen Überfällen auf den Grund.«

»Bis jetzt war mir nicht bekannt, daß daran etwas mysteriös sein sollte, Fürst Komawara.« Politik, dachte Shonto, anscheinend braucht jeder seine eigene Theorie.

»Es scheint so, Fürst, als fände nur ich etwas Mysteriöses daran. Können wir uns vertraulich unterhalten, Fürst Shonto?«

»Gewiß, daran ist mir sehr gelegen.« Shonto deutete nach links, wo sie ungestört miteinander würden sprechen können. Er hatte Komawara, dem seine Weigerung, sich dem Wandel der Zeiten anzuschließen, zum Verhängnis geworden war, sehr gemocht.

»Als gebürtiger Nordländer, Fürst, kenne ich die Barbarenstämme seit vielen Jahren aus erster Hand«, begann der junge Mann, aus dessen Worten bisweilen sein Vater zu sprechen schien. »Ich habe mit ihnen in friedlichen Zeiten Handel getrieben, und sonst habe ich gegen sie gekämpft. Ich muß sagen, daß sie auf beiden Gebieten hervorragend sind und keinerlei Ehrenkodex besitzen!

In all den Jahren des Kampfes erwiesen sie sich in zweierlei Hinsicht als beständig. Sie sind mutig. Sie gehen mit einer Tollkühnheit vor, von der sich *diese* Leute hier keine Vorstellung machen« – er deutete geringschätzig auf die versammelten Gäste –, »und wenn möglich, rauben sie unsere Frauen. Daran ändert sich nie etwas! Das liegt nicht bloß an unserer hellen Haut. Die Töchter eines unserer Bediensteten gelten ihnen mehr als die Töchter ihres mächtigsten Anführers! Eine Frau aus Wa stellt für einen Barbaren die kostbarste Beute überhaupt dar. Dies gereichte ihnen natürlich jedesmal zum Verderben. Die Männer aus Seh ertragen diese Demütigung nicht, daher dringen wir über die Grenze vor, brennen ihre Dörfer nieder und treiben sie zurück in die Wildnis – für eine Zeitlang zumindest.

Das Spiel, unsere Dörfer und Besitzungen zu überfallen, nimmt also immer das gleiche Ende, nicht wahr? Kürzlich aber, Fürst Shonto, hat sich das Verhalten der Barbaren geändert.

Seit Hunderten von Jahren haben sie ihre Überfälle

mit größtem Eifer durchgeführt und beim Eintreffen unserer Truppen entweder Widerstand geleistet und sich gewehrt oder, wenn sie zahlenmäßig stark in der Minderzahl waren, sich im allerletzten Augenblick zurückgezogen. Dies ist die Tollkühnheit, die ich von ihnen erwarte. Feiglinge verachten sie mehr als alles andere. In letzter Zeit allerdings riskieren sie keinen einzigen Mann mehr! Wenn unsere Truppen eintreffen, sind sie stets verschwunden, und sie durchbrechen auch nur noch selten unsere Palisaden. Ich kenne sie, Fürst, ich beobachte sie schon mein Leben lang. Das ist ungewöhnlich für die Barbaren!

Und deshalb finde ich das mysteriös. Diese Angriffe ergeben keinen Sinn. Selbst aus Barbarensicht sind sie ohne Ziel und Zweck. Obwohl sie durchaus Gelegenheit dazu hatten, haben sie nur wenig Beute mitgenommen und überhaupt gar keine Frauen. Man sagt, wenn auch nur hinter vorgehaltener Hand, meine seltsamen Vorstellungen seien auf meine Jugend zurückzuführen. Ihr seht also, Ihr habt Eure Zeit damit verschwendet, einem plappernden Kind Gehör zu schenken.« Komawara lachte nervös.

»Und was sagen die Leute, die den Kinderschuhen bereits entwachsen sind?«

»Die meinen, die Barbaren würden von Jahr zu Jahr schwächer und feiger und trauten sich bald überhaupt nicht mehr über die Grenze. Die Männer von Seh glauben, ihre eigene Tapferkeit versetze die Barbaren in Angst und Schrecken.«

»Ah. Und was würdet Ihr aufgrund Eures beschränkten Erfahrungsschatzes empfehlen?«

»Bislang haben wir keinen einzigen Gefangenen gemacht. Die Barbaren sind zu vorsichtig. Ich empfehle einen Vorstoß in ihr Gebiet, mit dem Ziel, Gefangene zu machen. Ich habe schon öfters erlebt, daß es sehr lehrreich sein kann, wenn zwei Männer sich miteinander aussprechen. Doch dies ist zweifellos eine unreife Ansicht, aus der ich bald herauswachsen werde.«

»Ich hingegen schätze die Ansichten der Jungen. Sie entspringen zwar nicht langer Erfahrung, gründen aber auch nicht auf bloßer Gewohnheit. Ich werde mir Eure Worte sehr gewissenhaft durch den Kopf gehen lassen, Fürst Komawara, und ich danke Euch.«

»Ich tue nur meine Pflicht, Fürst Gouverneur. Es war mir eine Ehre, daß Ihr mich angehört habt.«

»Sagt mir noch, was Euch zu einem Zeitpunkt, da Seh in solch großer Gefahr ist, in die Hauptstadt führt.«

»Anders als die Ländereien der meisten meiner Nachbarn ist mein Besitz gut geschützt und befestigt. Mein Vater gab mehr Geld für die Verteidigung als für den Handel aus, nicht wahr? In der Hinsicht war er ein wenig altmodisch. Die Folge davon ist, daß die Komawara zwar nicht gerade arm sind, aber doch auch nicht mehr die gleiche Stellung wie früher innehaben. Zu meiner immerwährenden Schande hat mein Vater vor seinem Tod einen Teil des Familienlehens verkauft. Ich möchte diese Ländereien zurückkaufen und den guten Namen der Komawara wiederherstellen.«

»Jedermann weiß, daß der Name der Komawara alt und wohlgeachtet ist. Ich bin sicher, Ihr werdet unter der neuen Dynastie zu noch größeren Ehren kommen.«

»Ich hoffe, Ihr habt recht, Fürst Shonto.«

Das also wünscht sich dieser junge Mann, dachte Shonto – die Rückkehr zu früherer Macht. Dies war eine alte Geschichte, und Shonto hatte sie schon oft gehört. Die meisten zweitrangigen Adelsgeschlechter des Reiches träumten den gleichen Traum, wenngleich die frühere Macht in vielen Fällen rein mythischer Natur war. Für die Komawara galt dies freilich nicht. Sie waren einmal die wahren Herrscher des Nordens gewesen – lange bevor das Amt des kaiserlichen Gouverneurs geschaffen worden war. Eine Zeitlang hatten die Komawara sogar mit der Kaiserfamilie an militärischer Stärke gewetteifert. Mehr als eine Tochter der Komawara war mit einem Kaiser vermählt worden – doch das war lange her; ihre Macht und ihr Einfluß waren mit dem Aufstieg der Hanama verblichen.

In den zwei Jahrhunderten, da sich der Seehandel entwickelte, hatte das Geschlecht der Komawara wie viele Clans, die sich an die Vergangenheit klammerten, einen allmählichen Niedergang erlebt. Der alte Komawara hatte seine Fehler zuletzt eingesehen und vor seinem Tod einen Teil seines Lehens verkauft, um mit dem gewonnenen Kapital seinem Erben den Einstieg in den Handel zu ermöglichen. Dies hatte ein großes Opfer für den alten Fürsten bedeutet, hatte seinem Sohn freilich die Schmach erspart, seinerseits Familienbesitz verkaufen zu müssen.

Praktisch alle alten Adelsfamilien hatten den Übergang zu Handelsgeschlechtern vollzogen, klammerten sich aber nach wie vor an ihre Lehen, da sie sonst zu bloßen Kaufleuten herabgesunken wären. Die Vergangenheit war verloren, doch die überkommenen Verhaltensweisen hielten sich noch – die Kaufleute wurden allgemein gering geschätzt. Dies hielt die meisten Adligen allerdings nicht davon ab, Handelsbeauftragte zu beschäftigen, deren Stellung und Entlohnung die der übrigen Bediensteten weit übertraf. Bisweilen gelangten die Handelsbeauftragten von Familien mit schwachen Herrschern zu wahrer Macht – einige trieben sogar auf eigene Rechnung Handel oder kauften sich von ihren Herren frei. Dies stellte eine neue Entwicklung dar, die in der Vergangenheit verboten gewesen war; einige meinten, sie solle in Zukunft auch wieder verboten werden.

»Fürst Komawara, morgen trifft mein Handelsbeauftragter Tanaka mit meinem neuen spirituellen Berater ein. Mein Kaufmann ist recht erfahren in der Welt des Handels; vielleicht sollten unsere Familien eine gemeinsame Unternehmung auf den Weg bringen, die uns beiden zum Vorteil gereichte. Ich würde mich freuen, wenn Ihr morgen, Euer Einverständnis vorausgesetzt, mit uns zu Mittag speistet.«

»Die Ehre wäre ganz auf meiner Seite, Fürst Shonto.« Die Miene des junge Mannes drückte freudige Überraschung aus.

Er wird schon noch lernen, seine Gefühle zu verbergen, dachte Shonto. »Gut. Wenn Ihr mich begleitet, würde ich Euch gern mit der hohen Dame Okara und dem edlen Fräulein Nishima, meiner Tochter, bekanntmachen.«

Die beiden Frauen tranken zusammen mit Kitsura im bleichen Mondschein Wein und plauderten angeregt. Als die beiden Männer nähertraten, fächelte sich Kitsura, deren Gesicht gerötet war, gerade hektisch Kühlung zu.

»Ich würde Euch gern meinen Freund aus Seh vorstellen, den Fürsten Komawara«, sagte Shonto, womit er dem Jüngling weit größere Bedeutung beimaß, als dessen Stellung und Alter angemessen waren.

»Wir haben schon überlegt, wo Ihr abgeblieben seid, Onkel. Das heißt, die Mutmaßungen über Euren Verbleib haben uns vollauf beschäftigt«, sagte Nishima und nippte beiläufig am Wein. Kitsura verbarg ihren Mund hinter dem Fächer.

»Ja, das kann ich mir denken«, erwiderte Shonto. »Fürst Komawara hat mich über die derzeitige Lage in Seh ins Bild gesetzt, außerdem sprachen wir noch über andere Dinge.«

Kitsura gewann die Fassung zurück und musterte den jungen Fürsten mit kühlem Blick. »Fürst Shonto ist äußerst gewieft in Staatsgeschäften. Wenn Ihr ihm raten könnt, Fürst Komawara, müßt Ihr weit klüger sein, als Euer Alter vermuten läßt.« Sie lächelte ihn entwaffnend an.

Laß dir rasch etwas einfallen, dachte Shonto. Sie wird nicht zögern, dich in Verlegenheit zu bringen. Eine Frau in ihrer Stellung braucht mit ihrem Urteil nicht hinter den Berg zu halten.

Komawara hob die Schultern. »Man geht nicht deshalb zum Gii-Meister, um vor ihm zu bestehen, edles Fräulein, sondern begnügt sich damit, von ihm zu lernen. Ich habe dem Fürsten Shonto lediglich einige wenige Informationen zukommen lassen, die ich für zutreffend halte. Die Schlußfolgerungen, die Fürst Shonto daraus ziehen mag, werden zweifellos sehr lehrreich sein.«

Kitsura hob ihre zarten Augenbrauen, um ihre Skepsis zu bekunden.

»Was führt Euch in die Hauptstadt?« erkundigte sich die hohe Dame Okara freundlich und gab dem Gespräch unvermittelt eine neue Wendung – ein Kommentar zu Kitsuras Verhalten.

Fürst Shonto lächelte. Danke, Oka-sum, dachte er. Ich möchte Fürst Komawara nicht verärgern. In Seh wird es auf jeden Verbündeten ankommen. Selbst dieser Jüngling mag sich noch als wichtig erweisen. Wer weiß das schon? Nur ein Narr verprellt leichtfertig einen Verbündeten, ganz gleich, wie unbedeutend dieser auch sein mag.

Wein wurde gereicht, und die Unterhaltung gewann ihre frühere Ausgelassenheit zurück. Fürst Komawara behauptete sich gut, sowohl im Hinblick auf sein Wissen wie auf seine Schlagfertigkeit, und vermittelte Nishima den Eindruck, der Hof in Seh sei weniger reizlos, als sie gemeint hatte. Die Randprovinzen hatte sie noch nie besucht und hing wie die meisten Hauptstadtbewohner der Überzeugung an, selbst die reichsten Adligen der Randgebiete seien fürchterlich beschränkt.

Die Bewohner der Randprovinzen mit ihrer an kriegerischen Auseinandersetzungen mit den Barbaren reichen Geschichte wiederum hielten die Hauptstädter für dekadent und verweichlicht. Zu ihrer steten Genugtuung lieferte die Geschichte durchaus Belege, die diese Meinung stützten. Praktisch alle Kaisergeschlechter, die längere Zeit regiert hatten, waren von Familien der Randprovinzen begründet worden. Auch auf die Hanama traf dies zu; sie stammten aus Cou im Westen, wo sie seit langem über großen Einfluß verfügten.

Shontos Lehen lag am Rande der ›zivilisierten‹ Innenprovinzen, die an die zentrale Meeresküste grenzten, und daher wurde er von den Bewohnern des Südens wie des Nordens als einer der Ihren betrachtet – ein Zustand, den er nach Kräften förderte. Ihm gehörte ein gutes, mittelgroßes Lehen im gemäßigten Gürtel des Reiches. Das Land war außergewöhnlich fruchtbar und leicht zu schützen, da es an den Fuga und an Berge grenzte. Das Geschlecht der Shonto gedieh schon lange auf diesen Ländereien, und die Hauptstadt war ein Zentrum der Kultur und Wissenschaft.

Ein Bediensteter des Kaisers unterbrach ihre Unterhaltung und verneigte sich vor Fürst Shonto. »Der Kaiser läßt fragen, ob Ihr ihm die Ehre erweisen mögt – Ihr alle.«

»Selbstverständlich«, antwortete Fürst Shonto. »Wann sollen wir bei ihm erscheinen?«

»Jetzt gleich, wenn es Euch beliebt, Herr.«

»Gewiß. Bitte sage dem Kaiser, es sei uns eine Ehre.«

Der Bedienstete, gefolgt von Fürst Shonto und dessen Gesellschaft, bahnte sich einen Weg durch die Menge.

Er braucht mich, dachte Shonto, und das weiß er auch. Er legte die Hand auf den ungewohnten Knauf und zog das Schwert ein Stück weit aus der Scheide, um zu prüfen, wie fest es darin steckte. Es glitt mühelos heraus.

Sie gesellten sich zu der Gruppe um das Podest des Kaisers, der soeben freundlich mit einem Mann und einer Frau sprach, die beide vor ihm knieten. Die Höflinge lauschten der Unterhaltung aufmerksam und lachten an den passenden Stellen entweder höflich oder nickten zustimmend mit den Köpfen, denn im Laufe der Jahre hatten sie ein ausgeprägtes Gespür für die Wünsche ihres Herrn entwickelt. Der Kaiser deutete auf die vor ihm ausgebreitete Gästematte und nickte Shonto und dessen Begleitern zu. Sie alle knieten nieder und senkten kurz die Stirn auf die Matte.

»Es freut mich, daß Ihr meiner Einladung so rasch nachgekommen seid«, erklärte der Kaiser und deutete aufs Podest, ehe jemand etwas erwidern konnte. »Fürst Shonto, erlauchte Okara, bitte gesellt Euch zu mir. Macht Platz für diese hervorragenden jungen Musikantinnen und ihre Begleitung.«

Weitere Verneigungen und Höflichkeiten wurden ausgetauscht, denn daß jemand auf einer Höhe mit dem Kaiser Platz nehmen durfte, war so gut wie noch nie vorgekommen. Bedienstete eilten mit Seidenkissen für die Gäste des Kaisers herbei.

»Ich hoffe, verehrte Okara, Ihr fandet die tänzerische Umsetzung Eures Werkes angemessen?«

»Nicht nur angemessen, Hoheit, sondern geradezu inspiriert. Ich bin einer solchen Ehre unwürdig.«

»Einer Künstlerin steht es nicht zu, den Wert ihres eigenen Talents zu würdigen, das obliegt jenen, die weniger begabt sind. Habe ich nicht recht, Fürst Shonto?«

»Talent kommt in zahllosen Formen vor, Hoheit. Ich glaube, die Gabe, große Kunst als solche zu würdigen, stellt ein Talent für sich dar.«

»Wißt Ihr, verehrte Okara, es obliegt dem Geschlecht der Shonto, den Yamaku zu wahrem Kunstverständnis zu verhelfen. Widersprecht mir nicht, Fürst Shonto! Euer Vater hat mir einmal eine nahezu unvergeßliche Lektion in Poesie erteilt, und nun ist es an der Reihe seines Sohnes, mich Kunstverstand zu lehren. Ich verneige mich vor Euch, Fürst Shonto. Ihr habt recht, mein Talent liegt darin, große Kunst als solche zu würdigen. Vielleicht sollte ich ein Amt für ästhetisches Urteil einrichten, für das ich Euch, Fürst Shonto, beriefe, zum Wohle des Reiches.« Die Umstehenden lachten und nickten mit den Köpfen. Shonto, der sich nicht sicher war, worauf der Kaiser hinauswollte, bemühte sich, nach außen hin ruhig zu erscheinen.

Der Kaiser führte seinen Gedankenflug fort. »Zum Glück gibt es in meinem Reich viele Menschen mit dem von Fürst Shonto erwähnten Talent, denn jedermann weiß die Schönheit Eurer Kunst zu würdigen, verehrte Okara. Somit hat Fürst Shonto dadurch, daß er mich verbesserte, gleichzeitig mir und allen anderen Bewohnern des Reiches ein Kompliment gemacht, nicht wahr? Was soll ich mit einem so klugen Menschen anfangen?«

Die Höflinge nickten zustimmend, als fänden sie die Logik des Kaisers in höchstem Maße amüsant.

»Darüber muß ich mir ernsthaft Gedanken machen«, sagte der Kaiser, während er Shonto versonnen musterte. Er wandte sich wieder Okara zu. »Die Yamaku haben ihre Verantwortung gegenüber den Künstlern des Reiches schon zu lange vernachlässigt. Eine Kultur ist nur so bedeutend wie die Kunst, die sie hervorbringt, meint Ihr nicht auch, verehrte Okara?«

»Unbedingt, Hoheit.«

»Mit dem heutigen Abend werde ich beginnen, die Verantwortung gegenüber den Künstlern von Wa, die von unserer Familie bislang vernachlässigt wurde, wahrzunehmen. Wer immer dazu in der Lage ist, sollte das Seine beitragen. Meint Ihr nicht auch, Fürst Shonto?«

»Gewiß, Hoheit«, antwortete Shonto, dem seine Reserviertheit deutlich anzumerken war. Worauf läuft das alles hinaus? überlegte er. Ihm schwante, daß der ganze Abend vom Kaiser einzig und allein zu dem Zweck arrangiert worden war, ein bestimmtes Vorhaben in die Tat umzusetzen. Welche Rolle aber spielte Oka-sum dabei? Daß sie mit dem Kaiser zusammen gegen ihn konspirierte, war ausgeschlossen. Oder doch nicht? Ihm schwirrte der Kopf. Er zermarterte sich das Hirn nach einem Hinweis, der es ihm erlaubte, dem erwarteten Schlag des Kaisers auszuweichen.

»Erlauchte Okara, vielleicht wird es mir mit Eurer Hilfe gelingen, den würdigen Künstlern unseres Landes zu helfen. Ich schlage eine kaiserliche Schirmherrschaft vor, eine großzügige Schirmherrschaft, könnte ich hinzufügen. Ich möchte unsere besten Künstler dazu ermutigen, jeweils einen begabten, jungen Schüler anzunehmen. Verehrte Okara, es wäre mir eine Ehre, wenn Ihr als erste einwilligtet.« Er lächelte herzlich.

Die Künstlerin bemühte sich, ihre Überraschung zu verbergen. »Die Ehre, Hoheit… liegt ganz auf meiner Seite. Ich… selbstverständlich willige ich ein, aber ich fühle mich unwürdig! Ich glaube, andere besitzen größere Verdienste als ich.«

»Ah, verehrte Okara. Wie Euer Freund Fürst Shonto gesagt hat, verstehe ich mich vielleicht eher darauf, große Kunst zu würdigen. Überlaßt das Urteil in dieser Angelegenheit mir. Seid Ihr einverstanden?«

»Das bin ich, Hoheit. Ich danke Euch.« Sie machte eine tiefe Verneigung. Ihre Einwilligung wurde mit Applaus aufgenommen.

»Jetzt müssen wir bloß noch einen würdigen Schüler finden – das heißt, einen, mit dem Ihr einverstanden seid.« Der Kaiser stockte, als versinke er tief in Gedanken. Zu spät erkannte Shonto, was als nächstes kommen würde.

»Edles Fräulein Nishima«, wandte sich der Kaiser an Shontos verblüffte Tochter, »wenn Ihr und die hohe Dame Okara beide einverstanden seid, ernenne ich Euch zur ersten Schülerin unter der Schirmherrschaft des Kaisers.« Seine Hoheit lächelte selbstzufrieden. Die Höflinge verbargen ihr Entsetzen über die schlechten Manieren des Kaisers.

Jemanden in aller Öffentlichkeit einem solchen Entscheidungsdruck auszusetzen, war unerhört. Derartige Arrangements wurden seit jeher in aller Stille und über einen Dritten getroffen, damit im Falle einer Ablehnung niemand das Gesicht verlor. Alle Gesichter wandten sich den beiden Frauen zu; man war gespannt, wie sie sich aus dieser Schlinge ziehen würden.

Das edle Fräulein Nishima war zwar jung, hatte aber eine gute Erziehung genossen. Sie antwortete ohne zu zögern. »Hoheit, ein Traum wird wahr. Ich werde sogleich einige meiner Arbeiten auswählen und sie der erlauchten Okara schicken, um ihr die Entscheidung in dieser Angelegenheit zu überlassen. Vielleicht sollten um der Gerechtigkeit willen auch andere Künstler eine solche Gelegenheit geboten bekommen, Hoheit? Eine Künstlerin vom Rang der erlauchten Okara sollte ihre Bemühungen gerechterweise nur den würdigsten Bewerbern widmen. Ich glaube, darin wird mir jeder zustimmen.« Ihre Rede hatte Nishima in ausgesprochen demütigem Ton vorgebracht, den Blick hatte sie niedergeschlagen.

Des Kaisers Gesicht verzerrte sich vor Ärger – er war es nicht gewohnt, daß seine Pläne vereitelt wurden. Sogleich faßte er sich jedoch wieder.

»Edles Fräulein Nishima, Euer Gerechtigkeitssinn gereicht Euch zur Ehre, doch das Urteil müßt Ihr mir überlassen. Schließlich liegt meine Begabung darin, große Kunst und große Künstler zu würdigen, habe ich recht? Verehrte Okara, ich bitte Euch, das edle

Fräulein Nishima als Eure Schülerin anzunehmen. Ich versichere Euch, daß ihre Begabung über jeden Zweifel erhaben ist.«

Shonto schaute hilflos zu – der Kampf lag ganz in den Händen seiner Tochter und der hohen Dame Okara, und ihm blieb nichts anderes übrig, als Botahara um Beistand anzuflehen.

Nishima sollte als Geisel dienen. Der Kaiser wollte sie in der Hauptstadt behalten, um sie von Shonto und dessen Armee zu isolieren. Sie war eine wertvolle Beute, denn sie vereinte das Blut der Fanisan mit dem Namen und der Macht der Shonto. Welchen Sohn hatte er für sie ausgewählt? Würde es der Thronerbe sein? Ja, dachte Shonto, das war am wahrscheinlichsten, wenngleich es auch Gründe dafür gab, sie mit dem machtlosesten Sohn zu vermählen – um Shonto auf diese Weise zu entmachten. Welcher Sohn würde den Thron erben?

Okara schluckte trocken, sichtlich erschüttert darüber, sich plötzlich im Brennpunkt der kaiserlichen Pläne wiederzufinden. Den Hofintrigen war sie ein Leben lang aus dem Weg gegangen.

»Ich habe unbedingtes Vertrauen in Euer Urteil, Hoheit. Es wäre mir eine Ehre, dem edlen Fräulein Nishima mein begrenztes Wissen zu vermitteln, *wann immer* es ihr recht ist.« Dies war ihr einziger Trumpf, und sie spielte ihn aus in der verzweifelten Hoffnung, Nishima werde ihn aufnehmen.

»Es war meine Absicht«, sagte der Kaiser, »die Schirmherrschaft auf jährlicher Basis einzurichten, mit sofortigem Beginn. Ich nehme an, dies ist im Sinne aller Beteiligten.«

»Verzeiht mir, Hoheit. Ich möchte nicht undankbar erscheinen«, sagte Nishima auf ihre ruhige Art, »doch ich bin hin und her gerissen zwischen meiner Pflicht und dem Traum, den Ihr mir eröffnet habt. Mein Vater und Lehnsherr ist im Begriff, im Namen des Kaisers einen größeren Feldzug zu beginnen. Es ist meine Pflicht Fürst Shonto und Euch, meinem Kaiser, gegenüber, dem Vorstand meiner Familie alle nur erdenkliche Unterstützung zu gewähren. Da mein Vater keine Gemahlin hat, die den Haushalt führt, bin ich unersetzlicher für ihn, als dies eine Tochter gewöhnlich wäre.« Unvermittelt sah sie auf und blickte dem Kaiser offen in die Augen. »Man hat mich gelehrt, die Pflicht habe stets Vorrang, sie sei der Weg, den wir beschreiten sollen. Ich weiß keine Lösung für dieses Problem.«

Der Kaiser vermochte seine Gereiztheit nicht zu verbergen. Er blickte sich nach einem Opfer um, an dem er seinen Zorn hätte auslassen können, und versuchte, seiner Erregung Herr zu werden. Ein junges Mädchen manövrierte ihn aus. Er hatte erwartet, daß sie keinen Augenblick zögern würde – man hatte ihm versichert, diesem Köder werde sie nicht widerstehen können.

»Fürst Shonto, Ihr verfügt doch sicherlich über Bedienstete, die die Pflichten des edlen Fräuleins Nishima übernehmen könnten. Sicherlich sind sie nicht so tüchtig wie sie«, setzte er eilig hinzu, »aber könnt Ihr nicht dennoch eine Weile ohne sie auskommen?«

»Kein Opfer ist zu groß, Hoheit«, antwortete Shonto zum Entsetzen seiner Tochter, ohne auch nur einen Moment zu zögern. »Ein Krieger braucht im Notfall nicht mehr zum Leben als seine Waffen. Ich werde es schon verschmerzen, wenn mein Haushalt weniger tüchtig geführt wird, als ich es gewohnt bin.«

Der Kaiser lächelte breit. »Dann wäre das also geregelt. Die Kunst soll wieder blühen wie zu Zeiten der Mori!«

Es wurde lautstark applaudiert. Einige der reichsten Fürsten erboten sich, beflügelt vom Beispiel des Kaisers, ihrerseits Schirmherrschaften zu übernehmen.

Wären vielversprechende Künstler zugegen gewesen, hätten sich ihnen auf einmal ungeahnte Möglichkeiten geboten.

Nachdem er sein eigentliches Ziel erreicht hatte, wandte sich der Kaiser an das edle Fräulein Kitsura und unterhielt sich mit ihr in höchst koketter Weise, wobei er sich völlig vergaß. Auf diesem Gebiet konnte er sich von seiner einnehmendsten Seite zeigen, und Kitsura war gleichermaßen charmant und um ein vielfaches attraktiver. Fürst Shonto beobachtete das spielerische Geplänkel mit großem Interesse. Zweimal versuchte er, Fürst Komawara höflich in das Gespräch einzubeziehen, doch der Kaiser überging diese Vorstöße, als habe er sie gar nicht bemerkt. Shonto stellte fest, daß sich der Hals des jungen Fürsten immer mehr rötete, wenngleich seine Miene ruhig blieb und er hin und wieder über eine Bemerkung oder eine schlagfertige Entgegnung lächelte.

Als sich die Gesellschaft zu zerstreuen begann, hatte sich der Herbstmond weit nach Westen bewegt. Auf dem Rasen hatte man den Tanz der Fünfhundert Paare aufgeführt, und die langärmligen Kimonos hatten die Illusion von mondbeschienenem fließendem Wasser heraufbeschworen. Gedichte waren verfaßt und vorgetragen, Stelldicheins vereinbart, Intrigen geschmiedet, Verrat verübt und Unmengen von Speisen und Wein konsumiert worden. Für diejenigen, die der Kaiser nicht ausersehen hatte, war der Abend äußerst zufriedenstellend verlaufen.

Nishima jedoch war tief verzweifelt. Nicht einmal die Harfe, mit der einst die legendäre Kurtisane Ranyo den Wahnsinnigen Kaiser besänftigt hatte, vermochte sie zu trösten.

»Ich habe Euch enttäuscht, Herr«, sagte sie, sobald der Sampan das Palasttor hinter sich gelassen hatte. »Ich bin in die Falle des Kaisers getappt wie ein unerfahrenes Dienstmädchen. Ich habe mich Eures Vertrauens als unwürdig erwiesen.«

Shonto brummte, es stünde ihm nicht zu, nach Entschuldigungen für die Fehler seiner Kinder oder seiner Vasallen zu suchen, dann ließ er Nishima gewähren und hörte ihr kaum mehr zu, sondern rief sich stattdessen einen Nebenstrang der Abendunterhaltung ins Gedächtnis. Sein gutes Erinnerungsvermögen gestattete es ihm, sich jede einzelne Wendung des Gesprächs zu vergegenwärtigen, in dem er den Schlüssel zur Lösung des Problems vermutete. Schließlich lachte er laut auf und klatschte seiner Tochter aufs Knie, so daß diese zusammenfuhr.

»Ich begreife nicht, was Ihr daran lustig findet, Onkel! Ich soll als Geisel in der Stadt bleiben, während Ihr Euch am anderen Ende des Reiches aufhaltet!« Sie war den Tränen nahe.

»Nishi-sum, ich werde dir dies nur einmal sagen, denn wenn du es jetzt nicht verstehst, dann wirst du es niemals begreifen. Jeder Plan hat Fehler – alle ohne Ausnahme! Es kommt darauf an, den Fehler zu finden, ehe die Falle zuschnappt. Soweit ist es noch nicht, außerdem habe ich den Fehler bereits gefunden.« Abermals lachte er, in höchstem Maße mit sich zufrieden. Genau wie sein Vater hielt auch Shonto gern Vorträge. Er fuhr fort: »Ich schlage dich deshalb jedesmal beim Gii, weil ich nicht jammere und mir das Haar raufe, wenn es schlecht für mich steht. Wenn es darum geht, eine Falle zu stellen, reicht es nicht aus, die Schwächen des Gegners zu kennen, man muß auch seine Stärken sorgfältig studieren. Halbwissen ist die gefährlichste Torheit.

Fasse dich, Nishima-sum. Du hast dich den Umständen entsprechend wacker geschlagen.«

Nishimas Miene hellte sich ein wenig auf. »Sagt, Onkel, wo liegt denn nun der Fehler? Ich sehe keinen.«

Shonto zog den Vorhang beiseite und vergewisserte sich, wie weit sie gekommen waren, dann brummte er wieder, weigerte sich, mehr zu sagen, und überließ es seiner Tochter, sich den Kopf zu zerbrechen, vielleicht weil er dies für lehrreich hielt. Viele Dinge beschäftigten ihn, er mußte Vorbereitungen treffen, seinen spirituellen Berater einweisen, sich Informationen beschaffen und falsche Informationen verbreiten. Dennoch kam ihm immer wieder eine an und für sich unbedeutende Kleinigkeit in den Sinn.

Die wunderschöne Sonsa des Kaisers hatte Okara Blumen gebracht und ihr für die Inspiration gedankt, die der Tanzdarbietung des Abends Gestalt verliehen hatte. Die junge Tänzerin hatte die Unterhaltung mit äußerster Höflichkeit geführt und mit ihrer ungekünstelten Schüchternheit und ihrem ansteckenden Lachen Shonto und dessen Begleitung bald für sich eingenommen. Zu Shontos Überraschung hatte sie ihn gebeten, den Tanz der Fünfhundert Paare mit ihr zu tanzen. Ihre anmutigen Bewegungen während des traditionellen Tanzes hatten ihn begeistert. Als die Musik endete und der Applaus einsetzte, hatte sie sich dicht zu ihm hinübergeneigt und ihm zugeflüstert: »Viel Glück in Seh, Fürst Gouverneur. Ich wünsche Euch einen leichten Schlaf, denn es gibt größere Gefahren als die Barbaren.« Dann war sie verschwunden und hatte Shonto im verwehenden Nachduft ihres Parfüms stehengelassen.

Weshalb, fragte er sich, hatte der Kaiser ihr aufgetragen, ihm dies zu sagen? Er glaubte doch wohl nicht, er könne Shonto mit ein paar Täuschungsmanövern aus dem Gleichgewicht bringen?

»Eigenartig, nicht wahr?« sagte er laut.

»Verzeihung, Herr?«

»Ein eigenartiger junger Mann, dieser Komawara, findest du nicht?«

»Eigentlich hat er einen ganz normalen und recht unerfahrenen Eindruck auf mich gemacht, Herr. Ihr solltet ihm raten, so rasch wie möglich in die Randprovinzen zurückzukehren. Hier in der Hauptstadt ist er ein Lamm unter Wölfen.«

»Nishi-sum, habe ich dir schon mal gesagt, du würdest Äußerlichkeiten zuviel Bedeutung beimessen?«

»Anscheinend kann ich Euren Erwartungen heute abend einfach nicht gerecht werden, Herr. Ich bitte demütig um Verzeihung.«

»Es stimmt schon, die gesellschaftliche Etikette ist in den Randprovinzen nicht so hoch entwickelt wie hier, doch anders als die meisten Leute meinen, liegt dies daran, daß man sich dort besserer Manieren befleißigt.«

»Ach, Onkel, Ihr verklärt das Landvolk wie ein schlechter Dichter«, entgegnete Nishima.

Shonto schnaubte. »Und ich habe doch recht! Die *verdeckte Spitze* ist dort bloß deshalb nicht zu der *Kunstform* entwickelt worden, die sie in der Hauptstadt darstellt, weil man in den Randprovinzen Beleidigungen mit dem Schwert beantwortet. Ich finde den Umgang mit den Menschen aus dem Norden ausgesprochen erfrischend. Um das gesellschaftliche Leben an einem Ort wie Seh zu genießen, braucht man bloß den Schwertarm frei und die Zunge im Zaum zu halten. Das ist mir lieber als die nichtigen Sorgen der Höflinge!«

Ja, dachte Shonto, ein Aufenthalt in der Provinz würde Nishima guttun.

4

Shontos Privatgarten war zwar klein, dafür aber höchst erlesen. Der Gestalter, Shontos früherer spiritueller Berater, hatte die verschiedenen Teile des Gartens zu einem sorgsam austarierten Ganzen zusammengefaßt, das sowohl Einheit als auch Verschiedenheit ausdrückte, ohne daß die Ausgewogenheit der Komposition dadurch gelitten hätte. Auf Shonto hatte der Garten die Wirkung eines kunstvollen Musikstücks, dessen einzelnen Elemente einander ergänzten, während die zugrundeliegende Struktur voller Spannung war. Der Garten galt allgemein als großes Kunstwerk und wurde im ganzen Reich kopiert. Das größte Problem des gegenwärtigen Gärtners bestand darin, einerseits den ursprünglichen Charakter des Gartens zu bewahren, während er ihm andererseits erlaubte zu wachsen, denn schließlich lebte er ja, und Stillstand hätte seinen langsamen Tod bedeutet.

Shonto kniete neben dem plätschernden Bach nieder, der den kleinen Teich speiste, zog den Ärmel hoch und streckte die Hand ins kühle Wasser. Er tastete herum, bis er den gesuchten großen Stein gefunden hatte, dann holte er ihn heraus und hielt ihn ins Sonnenlicht. Nach kurzer Betrachtung legte er den Stein ein Stück weiter bachaufwärts ins Wasser zurück, so daß er jetzt zur Hälfte aus der Miniaturstromschnelle hervorschaute. Der Fürst lauschte eine Weile angespannt, dann rückte er den Stein ein wenig beiseite, lauschte abermals und nickte schließlich zufrieden.

Er richtete sich auf und ging zurück zum Haus, indem er alle paar Schritte stehenblieb und die Wirkung seiner Bemühungen prüfte. Er schlüpfte aus den Sandalen, nahm auf der niedrigen Veranda auf einem Kissen Platz und horchte auf das Säuseln der Winds im Bambushain, das Summen der Insekten und das muntere Geplätscher des Bachs.

»So ist es besser«, murmelte er und nickte.

Vor kurzem war der Bach mehrere Tage lang trüb gewesen, und Shonto hatte allmorgendlich einige Zeit darauf verwandt, die frühere Klarheit des Wassers wiederherzustellen, durchaus zum Mißvergnügen des Gärtners, der der Meinung war, solche Dinge sollten denen überlassen werden, die sich darauf verstanden.

Es war früh am Tag, die Sonne schien noch nicht über die Mauer, und obwohl Shonto nach dem Fest des Kaisers nur ein paar Stunden geschlafen hatte, fühlte er sich dennoch entspannt und erfrischt. Die Ereignisse des gestrigen Abends standen ihm noch deutlich vor Augen.

Nahezu lautlos tauchten Bedienstete aus dem Hausinnern auf und setzten einen niedrigen Tisch vor Shonto ab. Darauf stellten sie eine viereckige, zugedeckte Schüssel mit dampfenden Tüchern und zwei weitere Schüsseln mit geschältem, in Scheiben geschnittenem Obst und heißem Körnerbrei. Man schenkte leichten Honigwein in eine Schale und reichte sie dem Fürsten, der sie mit geistesabwesendem Nicken entgegennahm. Er horchte auf seinen Garten. Ein einzelner Bediensteter verharrte hinter ihm in kniender Haltung.

Als am Shoji kaum hörbar geklopft wurde, schob der Bedienstete ihn einen Spalt weit auf und lauschte einer flüsternden Stimme.

»Ich bitte um Verzeihung, Fürst Shonto«, sagte der Bedienstete leise, »aber da ist Kamu-sum. Er meint, er müsse Euch sofort sprechen.« Shonto bedeutete ihm mit einem Handschlenker, den Mann einzulassen. Shonto wußte sehr wohl, daß Kamu ihn niemals ohne triftigen Grund störte. Er war Shontos Haushofmeister und hatte auch schon seinem Vater gedient. Nun war er alt, ergraut und zerfurcht wie eine Gewitterwolke, doch seine Kenntnisse der Vorgänge im Reich waren von unschätzbarem Wert, und außerdem war er gewissenhaft – man könnte auch sagen penibel – bis zum äußersten. Er wirkte noch immer tatkräftig und hatte den Verlust des rechten Arms, der ihm in der Schlacht abgehauen worden war, längst verschmerzt.

Der Haushofmeister trat ein und kniete gewandt nieder, neigte den Kopf auf die Matte und verharrte ohne jedes Anzeichen von Ungeduld in kniender Haltung.

Nach einer Weile ergriff Shonto das Wort. »Ich habe soeben den Sprechenden Bach verwandelt, Kamu. Kommt er Euch jetzt nicht auch gesammelter vor – schärfer vielleicht?«

Kamu neigte ein wenig den Kopf und schloß die Augen. Dann nickte er. »Er ist jetzt klarer, Herr. Ich finde, er klingt schärfer.«

»Zu scharf vielleicht?«

Abermals neigte Kamu den Kopf. »Vielleicht, Herr, doch das mag auch daran liegen, daß das Wasser zu schnell fließt.«

»Hm. Daran habe ich auch schon gedacht. Wenn der Bambus ausgedünnt würde, wäre die Schärfe des Wassers vielleicht weniger ausgeprägt.«

»Der Bambus ist ein wenig dumpf, doch im Herbstwind werden die Blätter höher klingen.«

»Hm-hm«, machte Shonto. »Morgen werde ich das Wasser versuchsweise etwas verlangsamen.

Und nun, Kamu, was gibt es, das nicht warten konnte?«

»Jaku Katta ist hier. Er traf unangemeldet ein und bittet im Namen des Kaisers um eine Unterredung.«

»*Unangemeldet.*« Shonto machte ein langes Gesicht. »Das ist ungewöhnlich, wie?«

»Sehr ungewöhnlich, Herr.«

»Ich werde ihn hier empfangen. Stellt Wachen auf, und zwar so, daß er nichts davon merkt. Er muß allein eintreten. Das ist alles.«

Der alte Krieger verneigte sich und stand auf. Es wunderte ihn nicht, daß Shonto Jaku im Garten empfangen wollte. Die äußeren Umstände waren in derlei Dingen von allergrößter Bedeutung. Dadurch, daß er Jaku im Garten empfing, machte er deutlich, daß dieser den Fürsten beim Morgenmahl gestört hatte, was den Besucher in Nachteil bringen würde. Außerdem würde es einem jungen Emporkömmling wie Jaku vor Augen führen, was ein Fürst von Shontos Statur sich alles leisten konnte – der Garten würde diesen Gesichtspunkt vollendet unterstreichen.

Shonto hörte, wie die Wachen um ihn herum Aufstellung nahmen, dann kehrte wieder Stille im Garten ein. Shonto wandte seine Aufmerksamkeit dem Problem Jaku Katta zu, dem Ersten Berater des Kaisers und Befehlshaber der Kaisergarde. Jaku hielt für den Kaiser in ganz Wa Augen und Ohren auf und kontrollierte das riesige Spitzelnetz, das der Sohn des Himmels zur Wahrung seiner Herrschaft für unverzichtbar hielt. Mit seinen fünfunddreißig Jahren war Jaku Katta einer der mächtigsten Männer des Reichs und einer der ehrgeizigsten obendrein. Sohn eines kleinen Grundbesitzers, war Jaku dem Kaiser zunächst als Kickboxer aufgefallen, der nahezu eine Dekade lang Meister von ganz Wa gewesen war, bis seine Verpflichtungen dem Kaiser gegenüber Vorrang gewannen.

Shonto durchforschte sein Gedächtnis nach Fakten und Geschichten zu dem Mann, der ihn zu sprechen wünschte. Jaku Katta war unverheiratet und genoß einen geradezu legendären Ruf als Verführer. Offenbar verfügte er über ein erstaunliches Gedächtnis und einen beweglichen Verstand. Eigentlich war er die Art von Mann, den Shonto – hätte er ihn nur als erster entdeckt – gern selbst ausgebildet hätte, doch dann war da noch Jaku Kattas Ehrgeiz. Shonto fragte sich, wie weit Jaku Kattas Loyalität wohl gehen mochte und ob sie jemand anderem galt als ihm selbst – vielleicht mit Ausnahme seiner beiden Brüder, die seine unmittelbaren Stellvertreter waren.

Jaku, Jaku, dachte Shonto, jetzt habe ich Gelegenheit, mich mit dir zu messen.

Shonto griff hinter sich und rückte das Schwert, das aufrecht im Ständer stand, an eine Stelle, wo er es bequem erreichen konnte. Er befahl dem Bediensteten, frischen Met und eine zweite Schale zu bringen. Er lächelte breit. Es würde ein langer, arbeitsreicher Tag werden, und das gefiel ihm. Soviel zu tun, soviel vorzubereiten! Er legte sich die Hände Handrücken an Handrücken auf den Kopf und reckte den Oberkörper, als wäre er ein junger Schößling, der der Sonne entgegenstrebte. Jaku, Jaku, dachte Shonto, was werden wir für einen Spaß miteinander haben!

Ohne daß ein Klopfen zu hören gewesen wäre, öffnete der Bedienstete den Shoji. Kamu erschien im Eingang und verneigte sich.

»General Jaku Katta, Fürst Shonto.«

Shonto nickte, und Jaku trat ein, gekleidet in die schwarze Uniform der Kaisergarde, an der rechten Brustseite den Drachenfächer des Kaiserhauses mit sechs kleinen roten Drachen darüber, die ihn als General des Ersten Rangs kenntlich machten. Unter dem rechten Arm trug Jaku einen kunstvoll gearbeiteten Schmuckhelm, der Shonto daran erinnerte, daß der General Linkshänder war.

Der General kniete nieder, machte eine erstaunlich

tiefe Verneigung und blieb anschließend knien, ohne das vom Bediensteten dargebotene Kissen in Anspruch zu nehmen.

»Euer Überraschungsbesuch ehrt mein Haus, General«, sagte Shonto mit einer leichten Verneigung. »Darf ich Euch Met anbieten?«

»Es ist mir eine Ehre, von Euch empfangen zu werden, Fürst Shonto«, erwiderte Jaku, ohne sich zu entschuldigen. Er ließ den Blick von der Veranda in Shontos Garten hinausschweifen. »Die Leute haben recht, Fürst Shonto. Euer Garten ist das Urbild, dem alle anderen bloß nacheifern.«

Shonto nickte leicht. »Bei der Gestaltung wurde Wert darauf gelegt, daß er nicht zu protzig wirkt – was mir auch in anderer Hinsicht am liebsten ist –, daher wird sein Charakter in keiner Weise verhüllt, sondern vielmehr betont.«

Beide betrachteten eine Weile schweigend den Garten. Der Bedienstete neigte sich unaufdringlich vor und schenkte Met in die Porzellanschalen.

»Ich habe versucht, die Harmonie zwischen dem Geräusch des Wassers und dem Rest des Gartens wiederherzustellen, Katta-sum. Klingt das Wasser zu scharf, was meint Ihr?«

Jaku Katta lauschte mit geschlossenen Augen. Shonto studierte seine Gesichtszüge, die besonders am Kinn und an der hohen Stirn sehr ausgeprägt waren. Die schweren, beinahe schläfrig wirkenden Lider waren von dunklen Brauen überschattet. Jakus schmale Lippen und sein breiter Mund wurden von einem prachtvollen Hängeschnauzer nur teilweise verdeckt. Von mittlerer Größe und wohlproportioniert, wirkte der kniende Jaku ebenso entspannt, als wenn er sich bewegt hätte, und erinnerte Shonto daran, daß die anderen Kickboxer ihn nach der Raubkatze mit dem stahlgrauen Blick Schwarzer Tiger getauft hatten.

Jakus Augen hatten eine ungewöhnliche Farbe – ein helles Eisgrau anstelle des weitverbreiteten Brauns. Seine beiden Brüder waren grünäugig, was ebenfalls ungewöhnlich, wenn auch nicht ganz so selten war. Die Augen waren allerdings bloß ein Grund unter vielen, weshalb Jaku – den ›vollkommen ungewöhnlichen Mann‹ – eine solch geheimnisvolle Aura umgab.

»Ich finde, der Bach befindet sich in vollkommener Harmonie mit dem Ganzen. Ich würde keinen einzige Kiesel im Bett verrücken«, sagte Jaku und öffnete seine Tigeraugen.

»Meint Ihr nicht, der Bambus sollte ausgedünnt werden?«

Abermals lauschte Jaku. »Nein, Fürst Shonto, ich glaube, so ist es gut. In meinem ganzen Leben habe ich noch keinen so wunderschönen Garten gehört oder gesehen.«

Shonto nickte. »Ich danke Euch für Eure Meinung, Katta-sum. Und nun, General, sagt an, was führt Euch zu so früher Stunde zu mir?«

Jaku setzte seine Schale behutsam auf dem edlen Holztisch ab und sammelte sich einen Augenblick lang, ehe er zu sprechen begann. Als er Shontos Blick begegnete, versetzte er den Fürsten mit der Intensität seiner Augen in Erstaunen.

Alle Achtung, dachte Shonto, du verstehst es, diese Gabe einzusetzen.

»Der Kaiser hat mich gebeten, Euch zu sagen, er sei besorgt um Eure Sicherheit, Fürst Shonto.«

»Ah. Seine Sorge rührt mich, doch die Shonto verstehen es seit jeher, Vorsichtsmaßnahmen zu ergreifen, und jetzt, da ich in Seh den Thron repräsentiere, werde ich diese natürlich noch verstärken.«

Jaku hielt Shontos Blick nach wie vor fest. »Euer neuer spiritueller Berater trifft heute ein?«

Shonto hätte beinahe gelacht. Mich wirfst du nicht so

leicht um, mein Freund, dachte er. Wir haben *beide* seinen Weg verfolgt.

»Ich erwarte ihn schon seit ein paar Tagen. Weshalb fragt Ihr?«

»Der Kaiser hat Grund zu der Annahme, daß dieser Mönch eine Bedrohung für Euch darstellt, Herr.«

»Ich verstehe. Und trifft dies zu, General Jaku?«

Jaku blickte auf seine kräftigen Hände, die auf seinen Schenkeln ruhten, dann sah er Shonto wieder in die Augen. Dieser machte sich bewußt, daß diese Taktik bald ihre Wirkung verlieren würde.

»Uns liegen Berichte über diesen jungen Mönch vor, die uns… beunruhigend erscheinen, Fürst Shonto.«

»Könnt Ihr Euch genauer erklären, Katta-sum? Mir scheint mit dem jungen Mann alles in Ordnung zu sein.«

Jaku räusperte sich leise, als überbrächte er eine schlechte Nachricht, die er nur widerwillig offenbarte. »Man hat uns berichtet, dieser Mönch – der Initiierte Shuyun – habe eine Spezialausbildung genossen, deren Zweck teilweise im Dunkeln liege. In dem Jahr, das er als älterer Initiierter in Wa verbrachte, wurde er von den erfahrensten botahistischen Brüdern unterrichtet, die ihn mit höchstem Respekt behandelten. Die ganze Zeit über spionierten ihm die botahistischen Schwestern nach und versuchten sogar, eine junge Novizin – die natürlich verkleidet war – in seine Nähe zu bringen. Übrigens hatten sie damit keinen Erfolg.

Es scheint so, als verfüge der junge Mönch über Gaben, die selbst für die Schweigsamen«, Jaku sprach den Titel voller Abscheu aus, »ungewöhnlich sind. Und er wurde eigens für Euch, Fürst Shonto, den treuesten Gouverneur des Kaisers, ausgewählt.

Wir fürchten, man intrigiert entweder gegen Euch, gegen den Kaiser oder gegen Euch beide. Den botahistischen Brüdern ist nicht zu trauen. Sie haben sich weit von den Lehren ihres Meisters Botahara entfernt und sich schon viel zu oft in die Staatsgeschäfte eingemischt. Trotz aller Beteuerungen seitens ihres gegenwärtigen geistlichen Führers kann ich nicht glauben, daß sie sich in dieser Hinsicht geändert haben.« Jaku verstummte, und Shonto konnte erkennen, daß er seinen Zorn nach Art eines Kickboxers beherrschte – sein Atem wurde regelmäßig, und sein Gesicht nahm einen beinahe heiteren Ausdruck an. So sahen auch die Kämpfer unmittelbar vor einem Kampf aus.

»Mir scheint, Katta-sum, die Bruderschaft hat sich unserem Kaiser gegenüber höchst entgegenkommend verhalten. Hat sie ihm nicht die Ländereien geschenkt, die der Kaiser ihr vor nicht ganz einem Jahr abkaufen wollte? Hat sie nicht den Sohn des Himmels und sein Geschlecht gesegnet und ihm die Unterstützung aller Anhänger Botaharas zugesichert? Das sollte man nicht gering bewerten!

Es gibt Gerüchte, wonach sie dem Kaiser sogar noch weitergehendere Zugeständnisse gemacht hat, die er jedoch abgelehnt habe.«

»Alles hat seinen Preis! Die Brüder sind Kaufleute der menschlichen Seele, die ihre sogenannte Erleuchtung gegen Macht und Gold eintauschen. Sie sind Heuchler, loyal nur gegenüber ihren ehrgeizigen Zielen.«

Ah, dachte Shonto, hat Botahara nicht gesagt, daß wir an anderen dasjenige verabscheuen, das uns an uns selbst am wenigsten gefällt?

»Nun, Katta-sum, mir ist nicht klar, was der Kaiser eigentlich von mir erwartet. Ich kann meinen spirituellen Berater jetzt kaum wegschicken. Das käme gar nicht in Frage! Ich habe eine Vereinbarung getroffen. Außerdem habe ich großzügig für die Dienste dieses Mönchs bezahlt – Gold gegen Seelenkenntnis, wie Ihr gesagt habt. Vielleicht wolltet Ihr mich lediglich von den Befürchtungen des Kaisers in Kenntnis setzen?«

»Der Kaiser meint, Ihr wärt gut beraten, wenn Ihr diesen Mönch zu seinen Lehrmeistern zurückschicktet, Fürst Shonto.«

»General Jaku«, sagte Shonto in ausgesprochen gönnerhaftem Ton, »aufgrund der dürftigen Informationen, die Ihr mir gegeben habt, kann ich nichts unternehmen. Unsere Familie beschäftigt spirituelle Berater bereits *seit fünfhundert Jahren* in ununterbrochener Folge. Es ist die Überzeugung der Shonto, daß wir von diesen Arrangements profitiert haben. Ich kann mir nicht vorstellen, daß uns die botahistischen Brüder einen Mönch schikken würden, der eine Bedrohung für den Kaiser darstellt. Das wäre ebenso grotesk, als schickte man ihn zu Jaku Katta!« Shonto lachte und bedeutete dem Bediensteten, die Schalen nachzufüllen.

»Es verhält sich so, wie der Kaiser gesagt hat: Ihr werdet Euch in dieser Angelegenheit gegen ihn stellen«, erklärte Jaku kühl.

»Katta-sum, der Kaiser ist ein kluger und vernünftiger Mann. Er kann nicht von mir erwarten, daß ich auf bloßes Hörensagen hin meinen spirituellen Berater abweise und die botahistische Bruderschaft vor den Kopf stoße. Wenn Ihr mehr Informationen hättet, genug, um mich zu überzeugen, nun, dann sähe es anders aus. Könnt Ihr mir sagen, weshalb die Schwesternschaft dem jungen Mönch nachspioniert hat? Das ist höchst ungewöhnlich, meint Ihr nicht?«

»Um die Wahrheit zu sagen, Gouverneur, wir wissen es nicht.«

»Hm. Dann bin ich also gewarnt. Ich werde den Mönch sehr aufmerksam beobachten. Mehr kann ich wohl nicht tun, nicht wahr?«

»*Eines* schon.« Jaku sah Shonto wieder in die Augen, doch diesmal blieb sein Blick ohne Wirkung. »Der Kaiser hat vorgeschlagen, dem Mönch einen Bediensteten zuzuteilen. Einen Bediensteten, der sich darauf versteht, zu beobachten und zu berichten. Ich habe einen solchen Bediensteten. Wenn für Euch Gefahr besteht, Herr, wird er es bemerken.«

»Und berichten würde er Jaku Katta, hab ich recht?« Shonto vermochte sich ein Grinsen nicht zu verkneifen.

»Ihr würdet seine Berichte als erster zu sehen bekommen, Fürst.«

»Ich verstehe.« Shonto schwenkte den Wein in der Schale. »Ich weiß die Sorge des Kaisers durchaus zu schätzen, aber sie ist unnötig. Ich bin Shonto und brauche keinen jungen Bengel, der auf mich aufpaßt. Ich werde mit dem Mönch auf meine Weise fertig werden. Wenn es Anlaß zur Sorge gibt, werde ich mich unmittelbar an den Kaiser wenden.« Ach, Jaku, dachte Shonto, du scheinst wirklich zu glauben, du hättest ein Druckmittel in der Hand, sonst würdest du niemals einen so durchsichtigen Vorschlag machen. Aber Nishima wird nichts geschehen, dachte er nicht zum ersten Mal seit dem gestrigen Abend, dafür werde ich schon sorgen.

Jaku blickte wieder in den Garten hinaus. »Wie Ihr wünscht, Gouverneur«, sagte er, ohne daß er enttäuscht geklungen hätte.

Ja, dachte Shonto, vor diesem Mann muß man sich in acht nehmen. Der Schwarze Tiger – ein Mann, der imstande ist, ohne Vorwarnung über einen herzufallen.

»Der Kaiser hat Eurer Tochter eine große Ehre erwiesen, nicht wahr?« fragte Jaku plötzlich.

»Er hat mein ganzes Haus mit seiner Anteilnahme und seinem Großmut geehrt«, antwortete Shonto, ohne zu zögern.

»So ist es. Es ist schön, in der Gunst des Kaisers zu stehen, nicht wahr?« Da Shonto nichts erwiderte, fuhr Jaku fort: »Man hat mich gebeten, Euch zu sagen, daß der Kaiser für die Dauer ihres Aufenthalts in Seh für die Sicherheit Eurer Tochter Sorge tragen wird. Er hält große Stücke auf sie, wie sollte es auch anders sein? Sie ist hübsch, begabt und besitzt eine Menge Charme – eine wahrhaft seltene Kombination.«

»Der Sohn des Himmels braucht sich keine Mühe zu machen. Nishima wird gut behütet sein.«

»Das edle Fräulein Nishima zu behüten, bedeutet keine Mühe, Herr, sondern eine *Ehre*. Wenn ich könnte, würde ich mich dieser Aufgabe persönlich annehmen.« Jaku wandte sich zu Shonto um und senkte die Stimme. »Aber so wie die Dinge liegen, hat sich meine Reichweite ausgedehnt. Viele Schläge lassen sich *vorhersehen* und bereits im Ansatz vereiteln – dies ist wichtig für einen Kickboxer. Aufgrund dieser Fähigkeit bin ich wichtig für den Kaiser.«

Gefesselt lauschte Shonto seinen Ausführungen. Er hätte beinahe vergessen zu antworten.

»Und welche Gefahr seht Ihr für meine Tochter voraus, Katta-sum?«

»Im Augenblick keine, aber ausschließen kann ich nichts. Ich möchte, daß Ihr wißt, Fürst Shonto, daß ich Eure Tochter für eine viel zu wichtige Person halte, als daß man sie einer Gefährdung aussetzen dürfte – von welcher Seite auch immer diese drohen mag.«

Ach, Jaku, dachte Shonto, es verhält sich so, wie ich vermutet habe, und deine Loyalität steht im Dienste deines Ehrgeizes. Und jetzt erstrebst du zuviel! Trotz deiner großen Reichweite könnte es sein, daß du am Ende mit leeren Händen dastehst. Aber du bist mir schon ein rechtes Tier, Jaku! Welch eine *Gier*! Und doch hältst du deine Gier für Stärke, obwohl sie in Wirklichkeit eine Schwäche ist. Du mußt lernen, deine Begierden zu beherrschen. Ach, ich predige schon wieder, aber natürlich hörst du mich nicht.

»Wißt Ihr, Kattu-sum«, sagte Shonto, wandte sich um

und blickte in den Garten hinaus, »bisweilen glaube ich, außerhalb dieser Mauern gibt es Kräfte, die eine kaum merkliche, aber stetige Veränderung des Gartens bewirken. Das gleiche gilt auch für den Verstand eines Mannes, meint Ihr nicht? Wenn er zuläßt, daß die Außenwelt seine innersten Mauern durchbricht, verliert er all seine Klarheit. Davor muß man stets auf der Hut sein, sonst verliert man seinen Seelenfrieden, meint Ihr nicht?«

»Da habt Ihr wohl recht, Gouverneur«, antwortete Jaku, doch seine Stimme wirkte auf einmal sehr fern.

Shonto beobachtete, wie Jaku nach Art der Kickboxer die Muskeln entspannte – ein Zur-Ruhe-kommen des Körpers, als habe er soeben von neuem Fühlung mit der Erde aufgenommen. Jaku weilte mit seiner Aufmerksamkeit woanders, eher beim Garten; er war vollkommen zur Ruhe gekommen, hatte die Augen geschlossen und die Hand auf den Schwertknauf gelegt. Shonto sagte nichts, sondern beobachtete bloß gebannt diese große Raubkatze, die sich vor seinen Augen in einen Zustand tiefer Konzentration versenkte.

Ja, selbst der Klang meines Gartens ist wunderschön, dachte Shonto, als der Shoji zu Jakus Rechten ihnen entgegenbarst. Einer von Shontos Leibwächtern kam durch die Überbleibsel des Wandschirms gestürzt, und sein Schwert setzte zu einem engen Bogen an, der auf Jaku Katta zielte. *Chaos* überall!

Jaku Katta, der eben noch gekniet hatte, stand plötzlich aufrecht da und hielt bereits das Schwert in der Hand, während Shonto noch nach seiner eigenen Waffe griff. Der Shoji zum Hausinnern wurde in dem Augenblick zurückgerissen, als Jakus rechter Fuß den Angreifer am Unterarm traf und den gegen Jakus Oberkörper gerichteten Hieb vereitelte. Zwei Wachen stürzten aus dem Bambushain hervor, während Jakus Schwert aufblitzte. Der tote Angreifer zerschmetterte im Fallen den niedrigen Tisch, und Jaku landete vor der Veranda auf den Füßen, das Schwert zum Zuschlagen bereit, in gespannter Haltung.

»Niemand rührt sich!« brüllte Shonto, der mit dem Rücken an einem Pfosten stand, das Schwert ausgestreckt in der Hand. Der junge Bedienstete stand unverletzt zwischen seinem Herrn und dem zerschmetterten Shoji, bereit, jeden Angriff auf den Fürsten abzufangen, von welcher Seite er auch erfolgen mochte. Aus allen Richtungen rannten rufende Männer herbei.

Kamu tauchte auf, zwängte sich zwischen den Wachposten an der Tür hindurch und erstarrte beim Anblick des toten Leibwächters, der die Uniform der Shonto trug. Hinter ihm stand Jakus Leutnant, dessen Augen hin und her huschten, während er sich ein Bild von der Lage zu machen suchte.

Shonto tippte den Leichnam mit der Schwertspitze an. »Wer ist das, Kamu?«

Der Haushofmeister wandte sich an den Leutnant, der im Rahmen des zerschmetterten Wandschirms stand.

»Togako Yama, ein Wachtmeister der Garde, Herr.« Er verneigte sich vor Fürst Shonto, ohne Jaku Katta aus den Augen zu lassen.

»Er hat versucht, seinen Herrn zu ermorden«, übertönte Jakus feste Stimme das Durcheinander, »doch zum Glück war Jaku Katta da. Ich habe den Fürsten Shonto davor bewahrt, das Blut dieses Mannes vom Geschenk des Kaisers entfernen zu müssen.«

»Kamu.« Shonto musterte den Haushofmeister mit kühlem Blick. »Sämtliche im Garten befindlichen Wachen sind ab sofort Lastenträger. Ihr werdet ihre Schwerter eigenhändig zerbrechen. Ein Gast im Hause Shonto wurde in Gefahr gebracht. Das ist unerträglich!« Shonto hielt inne und gewann allmählich wieder die Oberhand über seinen Zorn. »Wo ist der Befehlshaber der Leibgarde?«

»Er ist bereits unterwegs, Herr.«

»Gut. Laßt meinen nutzlosen Gärtner kommen und versichert dem edlen Fräulein Nishima, daß alles unter Kontrolle ist.«

Shonto drehte sich um und trat von der Veranda hinunter. Er bedeutete Jaku mit einem Kopfnicken, ihm in den Garten zu folgen. Beide Männer behielten das Schwert in der Hand.

»Katta-sum, ich weiß gar nicht, wie ich mich für diesen Vorfall entschuldigen soll. Solange ich diesem Haus vorstehe, hat es so etwas noch nicht gegeben. Ich stehe tief in Eurer Schuld.«

»Ich habe bloß getan, was auch jeder andere an meiner Stelle getan hätte, Fürst. Ich erwarte keinen anderen Dank von Euch, als daß Ihr Euch vergegenwärtigt, daß Ihr in Gefahr seid. Ich bin sicher, es ist ein Fehler, zum gegenwärtigen Zeitpunkt einen dieser verräterischen Mönche in Euer Haus zu holen. Ich bitte Euch nochmals, dies zu bedenken.«

»Eure Sorge ehrt mich, General. Ich werde mir Eure Warnung durch den Kopf gehen lassen.«

Der Anführer von Shontos Leibwache und der oberste Gärtner trafen gleichzeitig ein. Beide knieten nieder und berührten den Boden mit der Stirn, ohne sich ihre Angst anmerken zu lassen.

Ohne den Hauptmann zu beachten, bedeutete Shonto dem Gärtner, ihm zu folgen. An der gegenüberliegenden Gartenmauer blieb der Fürst vor einem exquisiten Chakobusch stehen. Der Busch war von einem begabten Künstler geformt worden und selbst für den ungeübten Betrachter eine Augenweide.

»Den möchte ich Euch schenken, Katta-sum. Ein Teil meiner inneren Harmonie, nicht wahr? Ein Zeichen meiner Dankbarkeit. Soll ich Euch meinen Gärtner mitgeben, damit er bei Euch einen geeigneten Platz auswählt? Ich glaube, er ist der beste von ganz Wa.«

»Das wäre mir eine große Ehre, Fürst Shonto. Mein bescheidener Garten ist einer solchen Schönheit eigentlich unwürdig. Jetzt stehe ich in Eurer Schuld.«

Shonto wandte sich an den Gärtner. »Du begleitest General Jaku nach Hause und berätst dich in dieser Angelegenheit mit ihm und seinem Gärtner. Den Chako kannst du gleich fertig machen.« Daraufhin ging Shonto zur Veranda zurück.

»Auf seinen Garten sollte man die größte Mühe verwenden, Katta-sum. Für das geistige Wohlergehen ist er unerläßlich. Wenn jemand soviel besitzt wie Ihr und ich, braucht er ein Refugium, nicht wahr? Einen Ort, der die Seele nährt. Meint Ihr nicht auch?«

»Allerdings, Fürst.«

Sie schritten am knienden Hauptmann vorbei zu Veranda. Bedienstete waren damit beschäftigt, den beschädigten Shoji zu ersetzen; die Strohmatten waren bereits ausgewechselt worden, und darauf stand ein neuer Tisch mit Schalen.

Shonto reichte sein Schwert einem Bediensteten, der es in die Scheide steckte und wieder in den Ständer stellte.

Beide Männer setzten sich auf den Rand der Veranda, wo ihnen Bedienstete die Füße wuschen, da sie barfuß in den Garten gegangen waren.

»Ich möchte Euch noch einmal danken, Katta-sum. Ich werde gründlich über das Gesagte nachdenken.«

Jaku nickte. »Euer Chako wird der Mittelpunkt meines Gartens werden.« Jaku richtete sich auf. »Ich danke Euch für Eure Geduld, Fürst. Es war sehr lehrreich für mich, Euren Garten zu sehen. Bedauerlicherweise muß ich mich nun den kaiserlichen Geschäften widmen.«

Ein Bediensteter brachte Jaku den Helm. Shonto und sein Gast verneigten sich zum Abschied, dann wurde Jaku von den Wachen hinausgeleitet. Der Shoji schloß sich wieder, und Shonto war allein mit seinem Bediensteten und dem Hauptmann der Wache, der noch immer in der Mitte des Gartens kniete. Abgesehen vom zertrampelten Bambus deutete nichts mehr auf den Mordanschlag hin. Im Garten herrschte wieder Ruhe.

Shonto tippte ungeduldig auf den Tisch. »Wo ist das Obst?« fragte er. Der Bedienstete verneigte sich eilends und schob den Shoji einen Spalt weit auf. Shonto befahl ihm mit einer Handbewegung, die Trinkschalen aufzufüllen, worauf sich der Jüngling vorbeugte.

»Beide Schalen«, wies Shonto ihn an. Er nahm eine davon vom Tisch und wandte sich an den Bediensteten. »Ein Trinkspruch«, sagte er. Der Jüngling schaute verwirrt, aber aufmerksam drein.

»Man kann keinen Trinkspruch ausbringen, ohne etwas zu trinken«, meinte Shonto und nickte zu der zweiten Schale hin. Der Bedienstete zögerte noch immer, doch dann wurde ihm bewußt, welche Ehre ihm sein Herr zuteil werden ließ. Er hob die zweite Schale hoch.

»Auf deine neue Stellung – auf den Juniorassistenten Kamus. Hast du dich mit Waffen beschäftigt?« Der Jüngling nickte wie im Traum. »Gut. Du fängst morgen an. Wie heißt du?«

»Toko, Herr.«

»Nun, Toko, du warst heute beherzt und tapfer. Das sind wichtige Eigenschaften. Wenn du aufmerksam bist und rasch dazulernst, kannst du es weit bringen. Trink.« Shonto blickte den Jungen an, als sähe er ihn zum ersten Mal. Wie lange gehörte er schon zu seinen persönlichen Bediensteten? Der Fürst wußte es nicht. Der Junge war höchstens sechzehn, daher konnte er noch nicht lange bei ihm Dienst tun. Von Bediensteten wurden bestimmte Eigenschaften erwartet; körperliche Tüchtigkeit, eine sanfte Stimme, eine angenehme Erscheinung und innere Ausgeglichenheit, damit sie ihren Dienst vollkommen unauffällig versahen. Toko vereinte all diese Eigenschaften in sich.

Der Junge senkte den Kopf auf die Matte. »Das ist zuviel der Ehre, Herr.«

»Wir werden sehen. Einstweilen aber bist du noch ein Bediensteter, und ich warte weiter auf das Obst.«

Der Jüngling drehte sich zum Shoji um und öffnete ihn einen Spalt weit, dann stellte er eine Schüssel auf den Tisch.

»Kamu-sum ist da, Herr«, meldete der Bedienstete in leisem Ton.

Der Fürst nickte, wandte sich wieder zum Garten um und steckte sich Orangenstücke in den Mund. Vor ihm stand der alte Mann, der sich nun verneigte und dann schweigend wartete. Shonto verspeiste die Orange und genoß jedes einzelne Stück, nachdem er gerade erst daran erinnert worden war, daß es jederzeit sein letztes sein konnte.

»Nun, Kamu, ein Morgen der Überraschungen, wie?«

»Ich bin tief beschämt, Herr. Für die mangelnde Sicherheit trage ich allein die Verantwortung. Ein Attentäter in Eurer Leibgarde...« Er schüttelte ungläubig den Kopf. »Ich... ich werde allmählich alt und vergeßlich, Herr. Ich bin nicht mehr würdig, Euch zu dienen.«

»Darüber entscheide ich. Ist der junge Bruder eingetroffen?«

»Noch nicht, Herr.«

»Nun gut.« Shonto nickte zum Hauptmann hin. »Dann werde ich jetzt mit dem da reden.«

Kamu richtete sich auf, trat auf die eine Treppenstufe, die von der Veranda hinunterführte, und räusperte sich. Zum erstenmal, seit er den Garten betreten hatte, sah der Hauptmann auf. Kamu nickte, wortlos befehlend nach Art derer, die es gewöhnt sind, Macht auszuüben.

Der Haushofmeister wandte sich zum Gehen, doch

als Shonto die Hand hob, kehrte er schweigend an seinen früheren Platz zurück.

Der Hauptmann der Leibgarde des Hauses Shonto näherte sich den beiden Männern auf der Veranda. Er war sich völlig im klaren darüber, wer die Verantwortung für den Vorfall trug und welches die Folgen sein würden – und dies fand der Hauptmann auch durchaus gerecht. Daher blieb er gefaßt, und Shonto konnte nicht umhin, die unerschütterliche Würde des Mannes zu bewundern. Allerdings würde er sich in seinem Urteil nicht davon beeinflussen lassen.

Rokhu Saicha war seit zehn Jahren der Hauptmann der Garde. Er war siebenundvierzig Jahre alt. Unter Shontos Vater war er ein angesehener Soldat gewesen und während der Interimskriege, in deren Verlauf sich die Dynastie der Yamaku etabliert hatte, immer weiter aufgestiegen. Angeblich witterte Rohku eine Intrige, noch ehe man sie abgesprochen hatte. Aus diesem Grund war er bestens geeignet für den Posten des Hauptmanns – jedenfalls bis heute.

Rohku Saicha blieb vor Shonto stehen, zog die Schwertscheide mit der Waffe darin hinter der Schärpe hervor und legte sie behutsam auf den Kies vor der Veranda. Er verneigte sich tief und sprach, ohne aufzusehen.

»Fürst Shonto, ich gebe Euch dieses Geschenk zurück. Ich bin seiner nicht länger würdig.«

Shonto nickte. Der Hauptmann der Garde trug die unmittelbare Verantwortung für jegliche Sicherheitsmängel, und obwohl Kamu eine höhere Stellung einnahm, hatte die Meinung des Hauptmanns doch in allen Sicherheitsfragen Vorrang. Abgesehen vom Fürsten trug der Haushofmeister die letzte Verantwortung für alle Vorfälle auf Shontos Besitz und hätte daher ebenfalls zur Rechenschaft gezogen werden können. Doch das wäre ungewöhnlich gewesen – zumindest in

Shontos Haus. Die unverhältnismäßige Bestrafung von Bediensteten, wie sie bei anderen Fürsten üblich war, entsprach nicht Shontos Art.

»Nun frage ich Euch beide, wie ist der Attentäter, dieser Togako Yama, in meine Leibgarde gelangt?«

Der Hauptmann ergriff das Wort. »Togako Yama ist der Sohn Togako Hideisas, der Hauptmann in der Vierten Armee Eures Vaters war. Hideisa-sum fiel in derselben Schlacht, bei der Euer Vater verraten wurde. Ich ehre sein Andenken. Die Tagako dienen Eurem Haus bereits seit sieben Generationen, wenngleich Yamasu… wenngleich Yama nun ewige Schande über sie gebracht hat.

Er wurde vor kurzem Eurer Leibgarde zugeteilt, Herr. Ich tat dies auf seine Bitte hin, denn er sagte mir« – Rokhu hielt inne und sprach langsam weiter, indem er seine Worte mit Bedacht wählte –, »die Bewachung des Fürsten erfordere volle Konzentration und werde ihn von seinem Kummer ablenken. Damit hat er mich schwankend gemacht, Herr. Seine Frau und sein Sohn sind unlängst mit einem Boot ertrunken, das zur Schwimmenden Stadt unterwegs war.

Yama war stets ein tadelloser Soldat, Herr. Ich habe mich gründlich in ihm getäuscht.« Er ließ die Schultern hängen, doch sein Tonfall blieb ruhig und respektvoll.

Anscheinend bin ich der einzige, der Bescheid weiß, dachte Shonto. Eigenartig. Sie lassen sich ihr Urteil durch ihr Schuldgefühl trüben.

»Es gab keine Hinweise darauf, daß Yama in seiner Loyalität schwankend geworden wäre?«

»Seit dem Tod seiner Familie hat sich Yama zurückgezogen – was man auch erwarten durfte. In letzter Zeit ging er fort, wann immer er konnte, hat seine Pflichten aber gewissenhaft erfüllt. Ich habe ihn geschätzt, Herr, und hatte den Eindruck, er verehre Euch.«

»Ich erinnere mich an den Vorfall«, sagte Shonto. »Eine Flußdschunke, nicht wahr? Wurde sie jemals gefunden?«

Kamu antwortete leise: »Nein, Herr, sie ist hinter Yul-ho verschwunden. Was eigenartig war, denn der Fluß ist dort flach und gut zu befahren. Die Dschunke hat das Leuchtboot bei Yulnan nie erreicht und ist mitsamt allen Insassen und der wertvollen Ladung nie wieder aufgetaucht.«

»An Piraterie wurde damals nicht gedacht?«

»Auf dem Fluß, Herr?«

Shonto zuckte mit den Achseln und fuhr fort: »Wie kam es dann, daß ein Mann, der mich angeblich verehrt hat, zum Attentäter wurde, Kama?«

»Wegen seines Kummers, Herr. Der hat ihn um den Verstand gebracht.«

Shonto brummte etwas. Ich bin umgeben von Romantikern, dachte er, *Botahara steh mir bei*!

»So. Dann verliert also ein tadelloser Soldat, dessen Familie seit Generationen den Shonto dient, vor lauter Kummer über den Verlust seiner Familie den Verstand und versucht, seinen Herrn während eines Treffens mit einem Abgesandten des Kaisers, der zufällig einer der tüchtigsten Kämpfer von ganz Wa ist, zu ermorden?«

Die beiden vor Shonto stehenden Männer machten keinen Mucks, was sie wohl auch dann nicht getan hätten, wenn er sie hätte auspeitschen lassen.

»Meint Ihr nicht, Yama hätte sich einen günstigeren Zeitpunkt aussuchen können? Gelegenheiten dazu boten sich ihm doch wohl reichlich, oder? Immerhin gehörte er meiner Leibgarde an.«

»Verzeiht, Herr, aber das spricht ja gerade dafür, daß er den Verstand verloren hat. Weshalb hätte er Euch sonst ermorden wollen sollen?«

Shonto, mit seiner Geduld am Ende, schlug mit der

Faust auf den Tisch. »Er hat *nicht* versucht, *mich* zu ermorden!«

Der Wind spielte im Bambus, der Bach plätscherte. Dies waren die einzigen Geräusche.

»Ich war zwar nicht zugegen, Herr«, sagte Kamu mit leiser Stimme, »aber man hat mir gesagt, Yama habe Euch angreifen wollen und Jaku Katta habe ihn daran gehindert.«

»Ja, Kamu, und wer hat Euch das gesagt?«

»Ein Leutnant der Garde, glaube ich.«

Tut mir leid, Kamu, aber du hast es verdient. »Toko«, sagte Shonto über die Schulter hinweg und überraschte Kamu damit, daß er den Namen des Bediensteten kannte. »Weißt du noch, von wem Kamu diese Neuigkeit erfuhr?«

»Von Jaku Katta«, antwortete der Jüngling rasch, von dem Umstand, daß Kamu mit seiner Hilfe beschämt wurde, in Verlegenheit gebracht.

»Ich begreife nicht, Herr«, sagte Kamu, dessen gewohnte Ruhe sich vollkommen verflüchtigt hatte.

Nun, ich werde dich nicht noch tiefer dadurch beschämen, daß ich den Bediensteten alles erklären lassen, dachte Shonto.

»Tokago Yama wollte Jaku Katta umbringen«, sagte Shonto und glaubte zu spüren, daß der Jüngling hinter ihm nickte. »Jaku hat Euch Sand in die Augen gestreut, Kamu.«

»Aber warum? Weshalb sollte Yama Jaku hier in Eurem Haus töten wollen? Und warum hat Jaku gemeint, der Angriff sei gegen Euch gerichtet gewesen?«

»Dafür fallen mir hundert verschiedene Gründe ein. Und alle könnten falsch sein.«

»Vielleicht« – der Hauptmann stockte und sammelte seine Gedanken –, »vielleicht hat Yama ja geglaubt, seine Frau und sein Kind seien noch am Leben. Eine Geiselnahme würde erklären, weshalb das Schiff nicht gefunden wurde. Es sind schon seltsamere Dinge passiert.« Der Hauptmann schien erleichtert darüber, daß das Leben seines Herrn nicht in Gefahr gewesen war. Allerdings änderte dies nichts daran, daß er versagt hatte. »Dann stellt sich die Frage, wer wollte, daß Jaku im Hause Shontos von einem Leibgardisten getötet wird. Dem Kaiser wäre dann keine andere Wahl geblieben, als zu reagieren. Zwei Fliegen mit einem Streich, nicht wahr?«

»Jaku hat viele Feinde«, bemerkte Kamu.

Ja, und Shonto auch, dachte der Fürst.

Auf ein Klopfen hin trat der Bedienstete zum Shoji, dann flüsterte er mit Kamu, der sich daraufhin zum Eingang begab. Es entspann sich eine halblaute Unterhaltung, die Shonto nicht beachtete.

»Verzeiht, Herr«, sagte Kamu. »Die Wachen haben soeben Yamas Bruder Shinkaru gefunden. Er hat sich auf dem hinteren Hof in sein Schwert gestürzt.«

Der Hauptmann der Leibgarde schüttelte betrübt den Kopf. »Welch eine Schande«, flüsterte er unwillkürlich.

»Hm«, brummte Shonto, dann wandte er sich an den Himmel. »Kennt in diesem Haus denn niemand mehr seinen Platz? Ich hätte gern mit dem Bruder gesprochen, bevor er sich *hinreißen* ließ!« Der Fürst stürzte den Rest des Mets in einem Zug hinunter, worauf der Bedienstete die Schale eilends wieder füllte.

»Wurde der Besitzer der Dschunke in Yulnan verhört?« fragte Shonto unvermittelt.

»Er wurde von der kaiserlichen Garde verhört, als das Boot als vermißt gemeldet wurde.«

»Aber wir haben nichts unternommen?«

»Die kaiserliche Garde verwaltet die Wasserstraße, Herr.«

Shonto schaute lange in den Garten, dann hellte sich seine Miene plötzlich auf. »Wir müssen herausfinden, weshalb Yama Jaku Katta töten wollte, und zwar so schnell wie möglich. Dafür sollten wir alle Kräfte einsetzen. Wenn seine Frau und das Kind nicht ertrunken sind, will ich es wissen. Wir werden mit jedem reden, der Anlaß hatte, in jener Nacht auf dem Fluß unterwegs zu sein. Vielleicht wird die Kaisergarde von unseren Nachforschungen erfahren und uns zu jemandem hinführen, der Bescheid weiß.

Zweitens will ich *Jaku Kattas Seele* haben! Ich will alles über ihn wissen – alles! Er muß ständig beobachtet werden. Wenn er schläft, will ich wissen, was er träumt. Und beobachtet auch seine Stellvertreter – die grünäugigen Brüder. Haben wir jemanden im Haus des Generals?«

Kamu schüttelte den Kopf.

»Dann treibt jemanden auf. Wenn Jaku imstande ist, in mein Haus einzudringen, dann kann ich den Spieß auch umdrehen.« Shonto schwirrte der Kopf, und jeder Gedanke führte ein Dutzend weiterer nach sich. »Dabei gilt es, mit größter Vorsicht vorzugehen. Niemand – ich betone, niemand! – darf von Jakus wahrer Absicht erfahren. Der Schwarze Tiger darf nicht wissen, daß wir seine Scharade durchschauen – wenn er dies auch nur vermutet, ist unser Vorteil dahin. Er hat Fürst Shonto vor einem Attentäter gerettet. Weder innerhalb noch außerhalb dieses Gartens darf jemandem etwas anderes zu Ohren kommen. Wir wissen nicht, wen Jaku sonst noch bei uns eingeschleust hat.« Shonto blickte von einem zum anderen. »Habt Ihr das verstanden?« Alle nickten. »Gut.« Shonto schaute wieder nachdenklich in den Garten hinaus.

»Die Sonsa des Kaisers – bringt soviel wie möglich über sie in Erfahrung. Es gibt einiges zu tun. Die Shonto waren zu lange untätig. Es ist ein Fehler zu glauben, nur deshalb, weil wir niemanden bedrohen, bestünde keine Gefahr für uns.

Hauptmann.« Zur Verwunderung des Gardisten

hatte Shonto ihn mit seinem Rang angesprochen. »Ihr übernehmt die Leitung der Aktionen, die wir soeben besprochen haben. Außerdem seid Ihr für die Dauer meines Aufenthalts in Seh für die Sicherheit des edlen Fräuleins Nishima verantwortlich – darüber sprechen wir noch später. Wenn Ihr diese Aufgaben erfolgreich bewältigt, habt Ihr Euch wieder bewährt. Ihr dürft gehen.«

»Aber, Herr…«, stammelte der Hauptmann, »man wird sagen, Ihr wärt weich geworden!« Offenbar war er bestürzt über die glimpfliche Behandlung, die ihm zuteil wurde.

»Um so besser! Soll Jaku Katta ruhig glauben, ich wäre weich geworden. In Wahrheit brauche ich Euch alle. Weitere Übergriffe seitens meiner Bediensteten kann ich mir nicht leisten. Geht.«

Der Mann verneigte sich, stand auf und entfernte sich schwankenden Schritts. Tief aufgewühlt trat er durch ein verborgenes Tor nach draußen. Er vermochte die Scham darüber, daß ihm das Leben geschenkt worden war, nicht zu verwinden.

Shonto griff geistesabwesend in die Obstschale.

»Seid Ihr sicher, Fürst Shonto?« fragte Kamu zögernd. Allein sein Alter und seine Stellung gaben ihm das Recht, eine solche Frage zu stellen. »Der Hauptmann hat recht, die Kunde von dem Zwischenfall wird sich im ganzen Reich verbreiten.«

Shonto funkelte den alten Mann zornig an. Er war versucht, ihn ohne Antwort zu entlassen. »Nein, Kamu, das ist keine kluge, sondern eine instinktive Entscheidung. Eine Botschaft an Jaku Katta, die ihm zu denken geben wird. Geschehen ist geschehen. Wir befinden uns in einer weitaus besseren Lage als noch vor einer Stunde. Jaku Katta hat offenbart, was er verbergen wollte. Dafür würde ich Rohku so gut wie alles verzeihen.«

Kamu schüttelte verzweifelt den Kopf und sagte an niemand Bestimmten gewandt: »Vielleicht sollte ich mich zur Ruhe setzen. Ich erkenne nicht mehr, was ich in meiner Stellung erkennen müßte. Ich habe völlig die Orientierung verloren.«

»Ihr wart nicht zugegen, als der Angriff erfolgte, daher habt Ihr auch nicht gesehen, was ich sehen konnte. Der Schwarze Tiger war auf den Angriff *vorbereitet*! Er hat gewußt, was ihn erwartete. Erst als Yama tot war, hat Jaku behauptet, der Angriff habe mir gegolten.

Das wundert mich, Kamu. Ich sehe zwei Möglichkeiten: jemand, der sowohl Jaku wie auch mir feindlich gesinnt ist, wollte, daß Jaku in meinem Haus von einem meiner Gardisten getötet wird, und Jaku hat von dem Anschlag Wind bekommen und beschlossen, ihn zu seinem Vorteil zu nutzen. Jetzt scheint es so, als habe er mir das Leben gerettet, nicht wahr?

Die zweite Möglichkeit besteht darin, daß Jaku alles im voraus so geplant hat, entweder um mich aus dem Gleichgewicht zu bringen oder um mich glauben zu machen, er sei ein Ehrenmann – oder was auch immer. Solange wir nicht mehr wissen, ist es müßig, darüber Spekulationen anzustellen.«

»Sollten wir uns nicht fragen, ob Yama vielleicht persönliche Gründe hatte, Jaku zu töten?«

»Das glaube ich nicht. Ein Leibgardist und der Berater des Kaisers? Wenn Yama Jakus Tod aus persönlichen Gründen wünschte, dann kann ich mir nicht vorstellen, daß der General davon gewußt haben soll; außerdem hätte Yama seinen Plan nicht ausgerechnet hier in die Tat umgesetzt, denn der Kaiser hätte ihn sicherlich zur Rechenschaft gezogen. Alle, die Yama kannten, müssen befragt werden, vielleicht ergibt sich dann ja irgendein Hinweis.«

Shonto nippte am Met und starrte ins Leere. »Es gibt

noch etwas, das ich wissen muß, Kamu. Es ist noch keine zwei Jahre her, da hat der alte Komawara aus Seh einen Teil seines Lehens verkauft. Ich möchte wissen, wieviel für sein Land bezahlt wurde, und zwar noch heute, vor dem Mittagsmahl. Fürst Komawara wird mein Gast sein, und Tanaka und vielleicht noch der junge Bruder werden ebenfalls zugegen sein. Warten wir's ab. Sind sie bereits eingetroffen?«

»Sie werden binnen einer Stunde erwartet.«

»Gut. Ich werde sie empfangen, sobald sie gebadet und sich erfrischt haben. Öffnet die obere Empfangshalle, damit Sonne hereinkommt. Das sollte formell genug sein. Ihr dürft Euch entfernen.«

Der alte Krieger verneigte sich, stand auf und trat rückwärts durch den Shoji, den der Bedienstete ihm öffnete.

»Einen Augenblick noch, Kamu.« Der Haushofmeister blieb stehen. »Toko wird Euer neuer Assistent. Bildet ihn aus, und wenn Ihr den Eindruck gewinnt, er tauge etwas, sehen wir weiter, ja? Das wäre alles.«

Shonto war wieder allein, und ihm schwirrte der Kopf von den vielen Informationen, auf die er sich einen Reim zu machen versuchte. Schließlich konzentrierten sich seine Gedanken auf Jaku Katta.

Dieser Mann, dachte Shonto, ist erstaunlich schlau und bereit, große Risiken einzugehen. Aber er ist unbesonnen! Ach, wie unbesonnen er doch ist! Er glaubt, er habe mich mit dieser Vorstellung auf seine Seite gezogen. Jaku, der Tapfere, Jaku, der Weitblickende, wie? Wer wünscht sich einen solch trefflichen Mann nicht als Verbündeten – oder als Schwiegersohn? Shonto traute Jaku durchaus zu, daß er in dem Glauben, jemand, der so gerissen war wie der Schwarze Tiger, könne nur gewinnen, eine Krise im Reiche Wa heraufbeschwor. Dann meint er also, er hielte in der einen Hand den Kaiser und Shonto in der anderen, während er in Wirklichkeit einen *Skorpion* und eine *Wespe* festhält. Shonto lächelte breit. Was hatten wir doch heute für einen Spaß, Jaku! Mach bloß nicht zu viele Fehler; der Spaß kann noch weitergehen. Shonto lachte laut heraus und schlug mit der flachen Hand auf den Tisch, ohne daran zu denken, daß hinter ihm der Bedienstete kniete.

Dann gehe ich also nach Seh, dachte Shonto, und der Kaiser glaubt, dies passe in seine Pläne, während Jaku meint, meine Reise gereiche ihm zum Vorteil. Das Spiel hat begonnen. Das Brett muß gedreht werden, damit allein Shonto von Shontos Zügen profitiert.

Es gab noch eine Einzelheit, über die Shonto verfügte und die Rohku bei seinen Nachforschungen sicherlich verborgen bleiben würde. Jaku Katta war ein einziges Mal beim kaiserlichen Turnier im Kickboxen unterlegen gewesen, und zwar vor acht Jahren. Wenn Shonto sich nicht irrte, war der Schwarze Tiger damals von einem jungen botahistischen Neophyten geschlagen worden. Shonto rieb sich die Hände. Wen mochte ihm die botahistische Bruderschaft wohl schicken?

Die Aufmerksamkeit des Fürsten wandte sich wieder dem Garten zu. Er legte den Kopf schief und lauschte, dann auf einmal lachte er lang anhaltend und laut. Der zertrampelte Bambus flüsterte mit völlig veränderter Stimme. Die Harmonie des Gartens war wiederhergestellt.

5

Nur die vertrauenswürdigsten Berater des Kaisers wurden in dem privaten Audienzsaal in der Nähe der kaiserlichen Gemächer empfangen. Nur die vertrauenswürdigsten Berater und Spione.

Der Mann, der gerade vor dem erhabenen Sohn des Himmels den Boden mit der Stirn berührte, hatte dem Kaiser einst als Spion gedient, war dann aber zum General und zum Befehlshaber der kaiserlichen Garde befördert worden.

»Macht es Euch bequem, Katta-sum«, sagte der Kaiser und bedeutete dem General, er solle sich aufrichten und bequem niederknien.

»Danke, Hoheit.«

Wie er da in seiner schwarzen Uniform vor dem Thron kniete, wirkte der Befehlshaber der Kaisergarde vollkommen entspannt, und das ließ sich nur von wenigen sagen, die vor den Kaiser traten.

»Die herbstlichen Handelswinde scheinen tief Luft geholt zu haben, Katta-sum. Es wäre gut, wenn sie alles mit sich brächten, was wir brauchen, um die Schatzkammer zu füllen.«

»Ich bin sicher, das werden sie, Hoheit. Alle Berichte deuten darauf hin, daß wir ein außergewöhnlich gutes Jahr zu erwarten haben.«

Der Kaiser nickte und schwenkte anerkennend den Drachenfächer. Die voluminösen, mit dem kaiserlichen Drachen geschmückten Goldgewänder schienen den Körperumfang des Kaisers zu verdreifachen und ließen das Zeremonialschwert, das in einem Gestell neben ihm stand, nichtig erscheinen.

»Nun sagt mir, General«, meinte der Kaiser und ließ den Fächer zuschnappen, womit er andeutete, daß der Austausch von Höflichkeiten beendet sei, »wie ist Euer Besuch beim verehrten Fürsten Shonto verlaufen?«

»So, wie Ihr gesagt habt, Hoheit.« Jaku schüttelte bedächtig den Kopf. »Der junge Mönch hat eine besondere Bedeutung für ihn. Shonto zeigte sich unbeeindruckt, als ich ihm von Euren Bedenken hinsichtlich des spirituellen Beraters berichtete. Meine Andeutung, seine Tochter sei während seines Aufenthalts in Seh verwundbar, ließ ihn gleichgültig, und als ich ihm sagte, Ihr zöget in Erwägung, Yankura von allem Schiffsverkehr abzuschneiden, um ›die Piraten auszuhungern‹, zuckte er bloß mit den Achseln, als wüßte er nicht, daß sich die Transportkosten für ihn dann verdreifachen würden. Er hat keinen Deut nachgegeben, Hoheit.«

Die Miene des Kaisers verfinsterte sich. »Die verräterische Bruderschaft führt nichts Gutes im Schilde, Katta-sum. Sie steckt mit dem gerissenen Shonto unter einer Decke, das weiß ich. Soviel Aufhebens um einen jungen Mönch zu machen, scheint mir höchst seltsam.« Der Sohn des Himmels schüttelte den Kopf. »Was kann an einem jungen Initiierten nur so außergewöhnlich sein? Irgend etwas stimmt da nicht, das spüre ich.«

»Ich fürchte, Ihr habt recht, Hoheit. Aber schon bald werden wir mehr wissen. Das Schiff mit dem Mönch an Bord hat bereits festgemacht. In diesem Augenblick ist ein Bote hierher unterwegs.«

»Ashigaru, dieser Narr? Was kann man von einem solchen Fanatiker schon erwarten?«

»Unmittelbar nichts, Hoheit. Er wird gewiß scheitern, dafür wird ein tomsoischer Priester sein Glück versuchen. Dies wird die Bruderschaft in Aufruhr versetzen. Und der, den ich mitgeschickt habe, ist höchst aufmerksam. Ich habe ihn persönlich ausgewählt. Wir werden die Einzelheiten von Ashigarus Scheitern erfahren, und dies wird uns in den Stand versetzen, Shontos Mönch besser einzuschätzen.«

Der Kaiser schnaubte. »Es wäre besser, das Schiff wäre mit allen Menschen an Bord gesunken. Dann wären wir diesen botahistischen Stachel endgültig los.«

»Wenn das Schiff hätte sinken *können*, Hoheit. Das Schiff ist schnell und wird von einem ausgezeichneten Kapitän geführt. Zweifellos Shontos Mann. Der befährt keine ungewöhnlichen Seestraßen, und sobald er Kapp Ujii umrundet, wagen wir uns nicht mehr heran. Dort ist zuviel Verkehr, und der Anschlag könnte nicht geheimgehalten werden.

Ich glaube, so ist es am besten. Wir schicken Shonto und seinen botahistischen Bediensteten beide nach Norden. Das edle Fräulein Nishima behalten wir in der Hauptstadt, und Shontos Sohn wird das Familienlehen verwalten. Die Familie wird sich über das ganze Reich zerstreuen. Shonto wird man im Norden keinen warmen Empfang bereiten, das muß wie ein Schlag ins Gesicht für ihn sein. Die Fürsten des Nordens sind stolz und werden verstimmt auf die Unterstellung reagieren, sie selbst seien nicht imstande, die Nordgrenze gegen die verkommenen Barbaren zu verteidigen. Shonto wird keine angenehme Zeit im Norden verbringen, das versichere ich Euch, Hoheit.«

Der Kaiser nickte lachend. »Ich bin zu ungeduldig, Katta-sum. Ihr tut mir gut. Euer Weitblick kann gar nicht hoch genug bewertet werden.«

Jaku neigte den Kopf. »Das ist zuviel der Ehre, Hoheit. Ich bin dessen nicht würdig.«

Der Kaiser hob die Augenbrauen. »Wie war das nun mit dem Attentat in Shontos Garten?«

Wenn Jaku überrascht war, so ließ er es sich nicht anmerken. »Ich wollte Euch gerade davon berichten.«

»Natürlich.«

»Einer von Shontos Gardisten wollte ihn ermorden, doch ich habe den Anschlag vereitelt. Shonto wäre ihm auf keinen Fall erlegen, dafür ist er zu schnell. Es schien mir geraten, den Attentäter eigenhändig zu töten, um jeden Zweifel zu zerstreuen, der Thron stecke hinter dem Attentat. Es war eine peinliche Situation, Hoheit: Shonto von einem Angehörigen seiner Leibgarde angegriffen und der Mörder von Eurem Bediensteten getötet. Bis zum Wochenende wird sich die Nachricht im ganzen Reich verbreiten. Shonto wird wie ein Tölpel dastehen – und ausgerechnet ihn schikken wir in den Norden, um Seh zu retten!« Jaku grinste höhnisch.

»Nicht so selbstgefällig, General. Um den Ruf Shonto Motorus zu beschädigen, ist mehr vonnöten. Er ist gerissen, und Ihr tätet gut daran, ihn nicht zu unterschätzen.«

»Gewiß, Ihr habt recht, Hoheit. Ich entschuldige mich für meinen Mangel an Demut.« Jaku neigte den Kopf auf die Matte.

»Shonto muß aus dem Gleichgewicht gebracht werden, er darf niemals ahnen, was als nächstes kommt, Katta-sum. Er ist ein meisterhafter Spieler, und wir dürfen uns keinen einzigen Fehler erlauben.«

»Alles läuft wie geplant, Hoheit. In drei Tagen wird Fürst Shonto nach Norden aufbrechen und das edle Fräulein Nishima hier in der Hauptstadt zurücklassen. In Seh sind bereits alle Vorkehrungen getroffen – und nicht nur das.«

»Wir machen uns gleichwohl Sorgen, Katta-sum. Das Gouverneursamt zwei verschiedenen Parteien zu versprechen, birgt ein großes Risiko.«

»Beide können aber nicht offen darüber sprechen,

Hoheit. Wenn Shonto auch nur gerüchteweise zu Ohren käme, jemand schicke sich an, mit Eurer Zustimmung seinen Platz einzunehmen – dann bestünde für den Betreffenden keinerlei Hoffnung mehr. Shonto hat noch nie gezögert, sich eines Rivalen zu entledigen, und er ist noch nie dabei gescheitert. Wir brauchen mindestens zwei Parteien, die gegen Shonto arbeiten, Hoheit, und zwei wären gerade so eben ausreichend.

Sollte tatsächlich der Fall eintreten, daß Fürst Shonto hinter den Plan kommt« – der General zuckte die Achseln –, »so wissen wir von nichts.«

»Trotzdem ist es sehr riskant! Sollte bekannt werden, daß Ihr dabei die Hand im Spiel habt, würde sich Shontos Argwohn sogleich gegen uns richten. Das wäre verhängnisvoll!«

»Shonto beargwöhnt jedermann, Hoheit – um wen es sich auch handeln mag. Und nach dem heutigen Vorfall muß er sogar seine eigenen Bediensteten fürchten.« Jaku lächelte kalt. »Wir können nicht scheitern, Hoheit, da bin ich mir sicher.«

»Hoffentlich habt Ihr recht, Katta-sum. Es haben schon andere geglaubt, sie hätten Shonto in der Hand, und sie haben sich grausam getäuscht. Derartige Überraschungen schätzen wir nicht.« Der Sohn des Himmels schlug kraftvoll die Handballen gegeneinander. »*Verflucht* sei mein Vater, dieser Narr! Hätte er auf mich gehört, dann würde er sich des alten Shonto entledigt haben, als er Gelegenheit dazu hatte!«

»Dann aber hätte sein Sohn Rache gesucht, Hoheit«, erinnerte ihn Jaku.

»Ja, und wir würden ihn ebenso bekämpft haben, wie wir es jetzt tun! Da sehe ich keinen Unterschied. Solange die Shonto leben, können wir uns auf dem Thron nicht bequem zurücklehnen. Sie besitzen Macht und zu großen Ehrgeiz, und seine Tochter – sie ist das Auge des Orkans, der uns zu überwältigen droht. Wenn

Shonto sie mit einer großen Familie vermählt, gibt es Krieg. Eine andere Möglichkeit gibt es nicht. Und wie er den rechten Augenblick abzuwarten versteht! Wen wird er als Verbündeten wählen? Wen?

Verflucht sei dieser abergläubische Narr! *Verflucht soll er sein!*« Der Sohn des Himmels schlug mit der Faust auf die Armstütze und verfluchte mit Inbrunst seinen kaiserlichen Vater.

»Vielleicht hat Euer Vater Euch ja einen Gefallen getan«, schlug Jaku vor. »Jetzt kämpft Ihr gegen Shonto Motoru zu Euren eigenen Bedingungen und nicht zu den seinen. Und diesmal gibt es keinen Beschwichtiger, der insgeheim in Shontos Diensten steht und Angst in Eure Herzen säht, wenn wir gegen den Clan der Shonto vorgehen. Diesmal ist die Lage ganz anders.«

»Ja, Katta-sum, Ihr habt recht. Das weiß ich.« Der kaiserliche Wutanfall war verflogen, als habe er nie stattgefunden. »Wir müssen morgen wieder miteinander reden. Ich möchte ständig auf dem Laufenden gehalten werden. Und ich warte noch immer auf einen schriftlichen Bericht über die Lage in Seh! Oder habt Ihr das vergessen, Katta-sum?«

»Ihr könnt ihn in einer Stunde in Händen halten, Hoheit.«

»Gut. Dann also morgen.«

Die Hände flach auf den Boden gelegt, neigte Jaku Katta den Kopf bis auf die Matte, dann stand er auf, verließ rückwärts gehend den Raum und ließ den Kaiser allein im schwerbewachten Audienzsaal zurück.

Der Kaiser streichelte sich lächelnd den Schnauzer. Die tiefen Falten in seinem Gesicht glätteten sich; er lachte.

Der Sohn des Himmels bestellte Speisen und aß, bedient von mehreren Bediensteten. Seine Laune hatte sich vorübergehend gehoben.

Bald bist du in meiner Hand, Shonto Motoru, das

spüre ich! Und ich werde dafür sorgen, daß meine Hände sehr kräftig sind, wenn es soweit ist.

Während des Mahls lachte er mehrmals ohne erkennbaren Grund, was die Bediensteten erstaunte, denn sie hatten ihren Herrn selten so gutgelaunt erlebt. Dies beunruhigte sie sehr.

Als er gespeist und geruhsam eine Schale Cha getrunken hatte, klopfte ein Höfling und meldete Jaku Tadamoto, den jüngeren Bruder des hochgeschätzten Generals.

»Ah, der Bericht«, sagte der Kaiser und winkte die Bediensteten hinaus. Der Leutnant trat ein – das hochgewachsene, schlanke Ebenbild seines berühmten Bruders. Jaku Tadamoto mangelte es allerdings an der physischen Präsenz eines Kickboxmeisters, und bisweilen wirkte er so unscheinbar wie ein Bediensteter – bis er den Mund aufmachte. Nicht, daß seine Stimme ungewöhnlich geklungen hätte; das war es nicht, vielmehr erheischte seine Wortwahl Aufmerksamkeit, denn er bediente sich nicht der nachlässigen Ausdrucksweise, wie sie bei den Gebildeten Gang und Gäbe war, sondern sprach wie ein Maler, der den Gebrauch eines feinen Pinsels gewohnt ist – mit unendlicher Diskretion und Präzision.

Jaku Tadamoto war ein recht angesehener Gelehrter und verfügte über einen erlesenen, kritischen Verstand. Aufgrund seiner früheren Interessen hatte er einen weiteren Horizont als sein Bruder, der zwar auf seine Weise ebenfalls brillant war, aber doch dazu neigte, sich auf Kosten der Zukunft auf das Naheliegende zu konzentrieren.

Dies war dem Kaiser erst durch einen Spion klargeworden, den er in Jakus Umfeld plaziert hatte – durch einen Meisterspion, dessen Aufgabe es war, den Meister der Spione zu überwachen! Und so hatte der Sohn des Himmels trotz Katta-sums Bemühungen, seine jüngeren Brüder im Hintergrund zu halten, eine Begegnung mit den jungen Männern arrangiert, indem er darauf bestand, daß die Botschaften zwischen dem General und dem Kaiser niemals durch einen Lakai überbracht wurden, so vertrauenswürdig dieser auch sein mochte. Daher waren die beiden Brüder Boten geworden, und der Kaiser hatte sie kennengelernt. Sogleich war ihm klargeworden, daß der eine unbedeutend war, ein gewöhnlicher, in keiner Weise hervorstechender Soldat, während der andere, Tadamoto, über herausragende Eigenschaften verfügte.

Jaku Tadamoto warf sich vor dem Kaiser zu Boden.

»Macht es Euch bequem, Leutnant«, sagte der Kaiser voller Wärme.

»Ich danke Euch, Hoheit. Es ist mir eine Ehre…« Er spulte die Förmlichkeiten herunter, die die Situation erforderte, und der Kaiser ließ ihn gewähren, da er ihm den familiären Umgangston, dessen er sich bei Jaku Katta bediente, noch nicht zugestehen wollte.

Schließlich schwenkte der Kaiser den Fächer. »Habt Ihr mir etwas von Eurem hochgeschätzten Bruder mitgebracht?«

»Jawohl, Hoheit, den Bericht, den er Euch heute morgen ankündigte.«

»Ausgezeichnet. Bitte legt ihn hierhin.« Der Kaiser deutete mit dem Fächer zum Rand des Podests. Da er alle Bediensteten hinausgeschickt hatte, gab es niemanden, der ihm die Schriftrolle hätte reichen können, und daß der Kaiser sie persönlich entgegennahm, war völlig ausgeschlossen.

»Dürfte ich mich nach dem Wohlergehen Eurer Familie erkundigen?« fragte der Kaiser.

»Euer Interesse ehrt mich, Hoheit. Meine Frau und mein Sohn sind wohlauf und Euch auf ewig für die Ehre dankbar, die der Kaiser unserem Namen hat zuteil werden lassen. Meine Brüder…« Er lächelte. »Verzeiht,

Hoheit, aber wie sollten sie nicht glückselig darüber sein, ihrem verehrten Kaiser dienen zu dürfen?«

»Ah. Und wie steht es mit den Sorgen Eures Bruders? Wird er noch von der unglücklichen Frau und dem Kind behelligt, die er unter seinem Dach aufgenommen hat?«

»Die bereiten ihm keine Sorgen mehr, Hoheit.«

Der Kaiser wartete.

»Sie haben diese Seinsebene verlassen.«

»Wie traurig. Ein Unfall?«

»Die Frau nahm sich und ihrem Sohn das Leben, Hoheit.«

»Tragisch, nicht wahr? Nach allem, was Euer Bruder für sie getan hat?«

»Gewiß, Hoheit.«

»Und Ihr wißt immer noch nicht, wer diese Frau war?«

Jaku Kattas Bruder bewegte sich unruhig, während ihn der Kaiser durchdringend musterte.

»Es ist nicht ausgeschlossen, Hoheit, daß die Frau einmal eine untergeordnete Bedienstete des edlen Fräuleins Nishima Fanisan Shonto war. Wahrscheinlicher scheint mir allerdings, daß sie eine begünstigte Bedienstete war.«

Der Kaiser stützte den Ellbogen auf die Armlehne und das Kinn auf die Hand. Das war alles.

»Wie freundlich von Eurem Bruder, eine Frau aufzunehmen, die einmal eine solche Stellung innehatte. Nur wenige würden soviel Mitgefühl zeigen. Und niemandem davon zu erzählen! Das nenne ich Bescheidenheit. Sehr nobel von ihm. Natürlich werden wir ihm gegenüber nichts davon erwähnen. Dies soll sein Geheimnis bleiben, aber wir müssen zugeben, daß uns dieser Akt der Freundlichkeit sehr gerührt hat.«

Während der Kaiser die neue Information verdaute, herrschte Schweigen.

»Das edle Fräulein Nishima also. Hm. Ich frage mich, ob diese unglückliche Frau Katta-sum wohl irgendwelche Nachrichten hat zukommen lassen?« Der Kaiser hob die Brauen, um seinen Worten Nachdruck zu verleihen.

»Das scheint möglich, Hoheit. Informationen über die Shonto sind für den Kaiser derzeit von höchster Wichtigkeit.«

»Ah ja, *für den Kaiser*.«

»Mein Bruder würde den Kaiser niemals mit Spekulationen behelligen, Hoheit. Ich bin sicher, wenn er irgendwelche nachprüfbaren Informationen erhalten hätte, dann würde er sie auch an Euch weitergeben.«

»Ich bezweifle keinen Augenblick lang, Leutnant, daß Ihr Stillschweigen über diese Unterredung bewahren werdet. Ich möchte nicht, daß ein Mann, der so stolz ist wie Euer Bruder, glaubt, ich zweifelte an ihm. Auf gar keinen Fall.«

»Wie Ihr wünscht, Hoheit. Ihr könnt Euch auf meine Diskretion verlassen.«

Der Kaiser dankte ihm mit einem Kopfnicken. »Das edle Fräulein Nishima ist eine begehrenswerte Frau, nicht wahr?«

»Da stimme ich Euch zu, Hoheit.«

»Leider fehlt es Katta-sum an der nötigen gesellschaftlichen Stellung, um erfolgreich um eine solche Frau zu werben. Sehr bedauerlich.«

Jaku Tadamoto schwieg.

»Und was ist mit meiner hübschen Sonsa, Tadamoto-sum? Habt Ihr getan, worum ich Euch bat? Ich möchte ganz sicher sein, daß ihr keine Gefahr droht.«

»Ich versichere Euch, dem ist nicht so, Hoheit. Und ihre Treue steht außer Zweifel. Sie lebt einzig für den Tanz und für ihren Kaiser.«

»Hm. Ich mag sie wirklich gern, Tadamoto-sum, aber«, der Kaiser stockte, als suchte er nach Worten,

»ich bin der Kaiser, und sie…« Er ließ die offene Hand herabfallen. »Jedenfalls möchte ich, daß es ihr gutgeht und daß sie versorgt ist.«

Ah, jetzt habe ich deine Aufmerksamkeit, junger Jaku, dachte der Kaiser. »Ich muß darüber nachdenken. Ein Kaiser sollte stets gerecht sein, nicht wahr? Desgleichen sollte er sich für loyales Verhalten erkenntlich zeigen. Ich werde darüber nachdenken.«

Jaku Tadamoto nickte zustimmend.

»Ja«, meinte der Kaiser zerstreut, dann richtete er seine Aufmerksamkeit wieder auf den vor ihm sitzenden Mann, als sähe er ihn jetzt zum ersten Mal. Der Sohn des Himmels lächelte breit.

»Ich danke Euch für die Unterredung, Tadamoto-sum. Ich mache mir Sorgen um Euren Bruder. Er widmet sich ganz seinen Pflichten und nimmt sich so wenig Zeit für sich selbst, nicht wahr? Wir müssen bald wieder miteinander reden. Es gibt noch andere Dinge, die ich mit Euch besprechen möchte. Wir schätzen Euren Rat, und Eure Loyalität ist nicht unbemerkt geblieben. Wir werden uns schon bald wieder unterhalten.«

Jaku Tadamoto verließ unter Verneigungen den Audienzsaal, und das Herz flatterte ihm in der Brust.

Als sich die Türen geschlossen hatten, schüttelte der Kaiser verwundert den Kopf. Wie kommt es nur, fragte er sich, daß ein solch kluger Mann sein Handeln von seinen Begierden bestimmen läßt? Seltsam. Nun, vielleicht würde er Tadamoto-sum das Mädchen tatsächlich irgendwann überlassen. Niemand würde es wagen, ihr den Hof zu machen. Der Kaiser lächelte, als er sich an die letzte Nacht erinnerte. Tadamoto-sum hatte sie sich noch nicht verdient.

Was für eigenartige Brüder. Da begehrt Jaku Katta also das edle Fräulein Nishima. Der Kaiser schnaubte. Hat der General etwa den Verstand verloren? Die ganze

Familie wird sich noch wegen der Frauen zugrunde richten! Nishima! Jaku sollte eigentlich klar sein, daß dies ein Ding der Unmöglichkeit ist. Der Schwarze Tiger intrigiert – aber mit welchem Ziel? Strebt er eine geheime Allianz mit Shonto an? Um mich den Shonto auszuliefern? Vielleicht steckt er ja mit einem meiner nutzlosen Söhne unter einer Decke. Oder wäre es möglich, daß Jaku Shontos Tochter aufrichtig zugetan ist – daß er sich wie ein liebeskranker Narr in Gefahr begibt?

Der Kaiser faßte hinter sich und nahm das alte Zeremonialschwert vom Ständer, zog es geistesabwesend zur Hälfte aus der Scheide.

Und was ist mit der Frau und ihrem Sohn? überlegte er. Eine Bedienstete des Fräuleins Nishima, sieh mal einer an. Ich würde eine Provinz darauf verwetten, daß sie mit dem Anschlag auf Shontos Leben zu tun hat. Wenn es wirklich einer war! Ach, Katta-sum, wie hast du mich doch enttäuscht. Der Thron weckt bei jedem, der ihm nahekommt, Begehrlichkeit. Mehr als jede Frau, nicht wahr? Er lachte bitter. Der Unterschied zwischen uns, Katta-sum, besteht darin, daß ich die begehrenswerteste aller Frauen und den Thron besitze, während du keins von beiden je dein eigen nennen wirst.

Am Wandschirm zu seiner Rechten wurde geklopft, und ein Bediensteter öffnete die Tür zu seinen Gemächern, in denen seine Sonsa-Mätresse zum Vorschein kam, ein fragendes Lächeln auf den Lippen, den Kopf zur Seite geneigt, was den edlen Schwung ihres Halses betonte.

»Ah, Osha-sum!« Er lächelte mit gebleckten Zähnen, als sie mit der schwebenden Leichtigkeit der Sonsatänzerin näherkam. Der Shoji schloß sich hinter ihr, während sie den Raum durchquerte, ohne sich zu verneigen, mit einer geschmeidigen Bewegung in seine

Umarmung glitt und sich an ihn schmiegte. Sein Gesicht rötete und seine Pupillen weiteten sich vor Behagen.

»Wie gut es tut, Euch zu berühren, Herr. Mein Leib sehnt sich nach Euch.«

»Seit heute morgen?« neckte er sie.

»O ja. Gewiß. Er hat Euch vermißt, kaum daß wir uns getrennt hatten, und hat mir während des ganzen Trainings keine Ruhe gelassen. Ich habe schlecht getanzt und konnte mich einfach nicht so konzentrieren, wie es eine Sonsa sollte.«

Er küßte sie auf den Hals, und sie neigte sich ihm begierig entgegen. Die feine Seide ihres Kimonos erschien ihm beinahe so zart wie ihre Haut. Die Schärpe ihres Kimonos löste sich, kaum daß er daran zog, woran der Kaiser merkte, daß sie das Band zu einem ›Liebesknoten‹ gebunden hatte. Er lachte über die Entdeckung.

»He, he! Die Bediensteten haben es bestimmt bemerkt«, neckte er sie.

»Ach nein. Das glaube ich nicht. Ich kann den Knoten meisterlich binden. Niemand merkt den Unterschied. Ich habe für Euch geübt.«

»Du besitzt so viele Talente, die man auf der Bühne nicht zu sehen bekommt. Sind alle Sonsa so begabt?«

Ihr himmelblaues Außenkleid klaffte offen und enthüllte die drei inneren Kimonos, und diese öffnete er bedächtig, küßte ihre Schultern, von der Weichheit ihrer Haut in Erregung versetzt. Ihr Brüste waren klein; solch kleine Brüste hatte er noch bei keiner Frau gesehen.

»Das Licht in meinem Gemach ist um diese Tageszeit wunderschön«, flüsterte er ihr ins Ohr; sein Atem ging bereits schwer. Sie nahm sein Gesicht in die Hände und küßte ihn leidenschaftlich.

Hinter dem Thron ging ein Shoji auf einen Vorraum hinaus, der zu seinem Schlafgemach führte. Durch Papierblenden weit oben in den Wänden strömte Sonnenschein herein, ein wunderbar gefiltertes Licht, als fiele die Sonne durch Waldlaub hindurch. Ein massives, niedriges Bett, dessen geblümter Bezug dem Waldboden glich, wurde in diesem Licht gebadet. Sie ließen sich in die weichen Kissen sinken.

Er war kein außergewöhnlicher Liebhaber, dieser Mann, der ein so gewaltiges Reich beherrschte. Ohne die grenzenlose Leidenschaft, die er für sie empfand, wäre er recht durchschnittlich gewesen. Aber er war *stark*, stärker, als sie zunächst gedacht hatte, und was den menschlichen Körper betraf, machte Sonsatänzerinnen niemand etwas vor. Der Sohn des Himmels kniete sich langsam hin, hob sie hoch, unterstützte sie in der Hüfte.

Als sie fertig waren, hätte man meinen können, er habe soeben eine Schlacht geschlagen. Er lag vollkommen erschöpft auf ihr, sein Atem ging tief und schwer. In solchen Augenblicken fühlte sie sich immer eigentümlich zügellos, und ihre Gedanken schlugen wundersame Pfade ein, die sie zu anderen Männern führten, zum Beispiel zu dem tigeräugigen Jaku Katta, den sie eben aus dem Audienzsaal hatte kommen sehen. Und zu Fürst Shonto, mit dem sie am Abend zuvor getanzt hatte. Insgeheim amüsierte sie sich über diese Fantasien und nannte sich ›die geheime Gelbe Kaiserin‹, nach der Kaiserin Jenna, die angeblich tausend Männer gehabt und über ihrem Sohn auf dem Himmelsthron gewacht hatte. Es hieß sogar, sie habe mit ihrem eigenen Sohn geschlafen. Erstaunlich!

Ja, dachte sie, ich bin die geheime Gelbe Kaiserin und begehre jeden Mann, auf den mein Blick fällt. Sie lachte inwendig, denn sie begehrte die Männer zwar, liebte sie mit ihrem Körper aber nur dann, wenn sie tanzte und auch in ihnen Begehrlichkeit weckte.

Während sie erhitzt und noch immer erregt dalag,

dachte Osha an Shonto. Sie hatte seinen Körper gestreift, als sie den Tanz der Fünfhundert Paare miteinander getanzt hatten. Ein gewisses Maß an Liebäugelei wurde bei diesen Tänzen erwartet, sie aber war *schamlos* gewesen und hatte gemerkt, daß er einen für sein Alter erstaunlich straffen Körper hatte und sich ganz ohne Ausbildung geschmeidig bewegte. Der berühmte Fürst Shonto, der Mann, den der Kaiser haßte. Osha hätte gern gewußt, welcher Mensch sich hinter all den Gerüchten verbarg. Aber natürlich hatten sie keine Zeit gehabt, sich ausführlich zu unterhalten. Sie hatte bloß in Erfahrung gebracht, daß er von rascher Auffassungsgabe war, was sie erwartet hatte, und daß er sich in Gegenwart jüngerer Menschen wohlfühlte, was man daran merkte, daß er von den Bekannten seiner Tochter umringt gewesen war.

Weshalb haßte der Kaiser diesen Mann? Schon eigenartig. Über Shonto wollte er jedoch nicht mit ihr sprechen, niemals. Höchst eigenartig.

Sie glitt in einen sanften Traum ab, die *Gelbe Kaiserin* hatte endgültig die Oberhand gewonnen. Osha lächelte im Schlaf.

6

Fürst Shonto saß auf einem niedrigen Podest im oberen Audienzsaal und hatte das Kinn auf die linke Hand gestützt. Er schaute in den langgestreckten, leeren Raum hinein und beobachtete die Staubteilchen, die sich langsam im Sonnenschein drehten, der durch die offene Wand hereinstrahlte. Auf dem mit Strohmatten bedeckten Boden leuchtete das Muster aus großen Rechtecken golden in dem Licht, das zwischen den Pfosten hindurchfiel. Es war ein warmer Herbsttag, die Luft war angefüllt mit den Düften der Jahreszeit.

Shonto kontrollierte seinen Atem und bemühte sich, alle Unruhe aus seinem Geist zu verbannen. Nach Jaku Kattas Besuch brauchte er Zeit zum Nachdenken. Der Fürst witterte Gefahr. Die Dinge entwickelten sich zu rasch, eine anschwellende Flutwelle, die er weder beherrschte noch verstand.

Niemand ahnte, welch große Hoffnungen Shonto auf seinen spirituellen Berater setzte, doch nun, da die Stunde der ersten Begegnung gekommen war, verspürte er auf einmal unerwarteten Zweifel. Dies war nicht Bruder Satake, sondern ein ganz junger Mann, ein Fremder von höchst zweifelhafter Loyalität, der sein ganzes Leben lang unter dem botahistischen Dogma gestanden hatte… und außerdem nur wenig von der wirklichen Welt wußte – von der höchst unspirituellen Welt von Wa. Im Laufe der Jahre hatte Shonto sich an die unaufdringlich vorgebrachten Ansichten seines früheren Beraters gewöhnt und sich immer stärker auf die scharfsinnigen Einsichten des alten Mönchs verlassen – und gerade dies bereitete Shonto Sorgen. Satakesum blickte auf eine jahrezehntelange Erfahrung zurück, aus der der um mehrere Dekaden jüngere Fürst hatte schöpfen können. Der Altersabstand zu seinem neuen Berater aber war nun fast ebenso groß wie der zwischen ihm und Satake-sum.

Shonto trommelte mit den Fingern auf die Armstütze. Der Angriff im Garten hatte ihm stärker zugesetzt, als er sich eingestehen wollte. Wie hatte so etwas in seinem Haus nur geschehen können? Ach Jaku, mein sechster Sinn sagt mir, daß du hinter diesem ›Mordversuch‹ stehst. Sollte es so sein, werde ich es bald erfahren. Selbst ein Schwarzer Tiger tut schon mal einen falschen Schritt. Selbst ein Schwarzer Tiger kann gejagt werden.

Ein Klopfen am Shoji holte Shonto in die Gegenwart zurück. Im Eingang erschien das Gesicht eines Gardisten.

»Tanaka ist da, Herr«, meldete der Soldat leise – nicht ›Tanaka-sum‹, bloß ›Tanaka‹, der Kaufmann, gewissermaßen ein Bediensteter.

Als Shonto nickte, schob der Mann die Tür beiseite, und ein fülliger Mann im schwarzen Gewand des Kaufmanns trat ein. Shonto lächelte nicht, wenngleich Tanakas ›Verkleidung‹ ihn stets amüsierte. In Yankura, der Schwimmenden Stadt, wo der Kaufmann Shontos breitgefächerte Handelsaktivitäten beaufsichtigte, war er bekannt für seine erlesene Kleidung und seine Vorliebe für modische Hüte. Hier jedoch, vor seinem Lehnsherrn, trat er zurückhaltend auf und trug das traditionelle Gewand seines Standes, das alles andere als modisch wirkte.

Der Kaufmann neigte demütig den Kopf auf den Boden, dann setzte er sich schweigend auf. Der Shoji schloß sich hinter ihm.

»Kommt näher«, sagte Shonto und deutete auf eine Stelle vor dem Podest.

Tanaka rutschte auf den Knien vor und hielt ein paar Schritte vor dem Fürsten an. Shonto betrachtete den Kaufmann, der schon seinem Vater gedient hatte. Ein loyaler Mann. Tanakas kluges Gesicht erwiderte seinen Blick, und Shonto wurde bewußt, daß der Kaufmann seinerseits seinen Lehnsfürsten taxierte. Er lächelte.

»Es tut gut, Euch zu sehen, alter Freund«, sagte der Fürst, womit er dem Älteren größeren Respekt erwies, als wenn er die Ehrenbezeigung ›sum‹ verwendet hätte.

Tanaka verneigte sich. »Es ist mir eine Ehre, von Euch empfangen zu werden, Herr. Es freut mich ebenfalls, Euch zu sehen, wenn ich mir die Bemerkung erlauben darf. Ich hatte große Sorge, als ich von den Ereignissen des heutigen Morgens erfuhr.«

Shonto nickte, ohne sich darüber zu wundern, daß die Nachricht bereits bis zu Tanaka vorgedrungen war. Der Kaufmann hatte seine eigenen Informanten unter Shontos Bediensteten, allesamt wohlmeinend, so daß man ihnen daraus keinen Vorwurf machen konnte.

Abgesehen vom edlen Fräulein Nishima stand Tanaka Shonto am nächsten, und in gewisser Weise stellte gerade ihr unterschiedlicher Rang die Vorbedingung für ihre Freundschaft dar – im Reiche Wa verfolgten Gleichgestellte allzu oft gegensätzliche Interessen. Der Unterschied zwischen Shonto und seinem Kaufmann aber – der zwischen Herrn und Diener – ließ sich nicht überbrücken, und daher war ausgeschlossen, daß ihr gegenseitiges Verständnis die gesellschaftlichen Konventionen verletzte. Gleichwohl schätzten beide Männer diese Verbindung und schützten sie mit all ihren beachtlichen Kräften.

»Und wie steht es in der Schwimmenden Stadt?«

»Die Schwimmende Stadt scheint in letzter Zeit auf

Gerüchten, Intrigen und einer Armee von kaiserlichen Gardisten zu schwimmen, die an ihrer Kleidung jedenfalls nicht als Gardisten zu erkennen sind.«

»Und das ist ungewöhnlich?«

»Vielleicht nicht gerade ungewöhnlich, Herr, aber ›eskaliert‹. Euer junger Bruder erfüllt die Bediensteten des Kaisers offenbar mit großer Sorge.«

»Das Verhalten der Bediensteten unseres Kaisers ist stets unerklärlich. Kommt Ihr mit Eurer Arbeit gut voran?«

»Ausgezeichnet, Herr. Dies könnte das ertragreichste Jahr überhaupt werden. Darf ich fragen, ob Ihr von dem Gerücht gehört habt, seine kaiserliche Hoheit erwäge in seiner Weisheit, den Küstenverkehr zu verbieten, um ›gegen die Piraten vorzugehen‹?«

»Davon habe ich gehört, wenngleich Jaku Katta-sum heute morgen hier war und nichts davon erwähnt hat. Glaubt Ihr, es stimmt?«

»Ich hoffe nicht, Herr. Es hätte starke Auswirkungen auf Euch und Eure Verbündeten. Ich glaube, die Provinz Seh würde die Auswirkungen eines solchen Gesetzes ebenfalls zu spüren bekommen. Eigenartig, diese Folgen, nicht wahr? Ein Jahr könnten wir natürlich durchhalten, aber belasten würde es uns und unsere Verbündeten schon – sie würden entweder in den Ruin getrieben oder wären keine Verbündeten mehr. Ich persönlich glaube, wir sollten über Alternativen nachdenken, sollte es soweit kommen.«

»Alternativen? Bitte fahrt fort, Tanaka-sum.«

Der Kaufmann blickte seinen Fürsten einen Augenblick lang an, ehe er weitersprach. »Ich habe es mir zur Aufgabe gemacht, nach Kaufleuten Ausschau zu halten, die… mächtige Fraktionen im Reiche Wa repräsentieren. Wenn Eure Interessen betroffen sind, glaube ich, wäre es nichts weiter als Karma, wenn die erwähnten Kaufleute gleichfalls betroffen wären.

Wenn man den Küstenverkehr unterbindet, wären die Piraten gezwungen, sich dem Hochseeverkehr zuzuwenden. Das wäre zwar schwieriger, aber nicht unmöglich, zumal sie ja nicht dumm sind, oder? Außerdem gibt es noch andere Importwege als die, die der Sohn des Himmels sanktioniert hat.«

»Diese aber sind unter Androhung der Todesstrafe verboten. Gefährlich, wie?«

»Wenn Ihr oder Euer Handelsbeauftragter so handeln würdet, wäre es tatsächlich gefährlich, Herr, doch auch andere machen Geschäfte und haben ihr eigenes Karma.«

»Und ab wann könnten diese Alternativen greifen?«

»Schon morgen, Herr.«

»Ah! Dann habt Ihr diesen Wandel in der Reichspolitik also vorausgesehen, alter Freund.«

»Es ist meine Aufgabe, Eure Interessen nach Kräften zu schützen, Herr. Daher sorge ich dafür, daß ich stets auf dem Laufenden bin.«

Shonto lachte und klatschte einmal laut in die Hände. Zu seiner Rechten wurde ein Wandschirm beiseitegeschoben. »Bring Cha für meinen Gast und mich.

Ihr seid unersetzlich, Tanaka-sum, ich glaube, Ihr solltet eine große Besitzung auf meinem Lehen bekommen, wenn Ihr Euch zur Ruhe setzen wollt. Und Euer junger Sohn, der so aufgeweckt ist, soll, vorbehaltlich Eurer Zustimmung, in mein Offizierkorps eintreten.«

Der Kaufmann verneigte sich förmlich, von den unerwarteten Geschenken überwältigt. »Ob ich einverstanden bin? Aber natürlich! Wie sollte ich eine solche Ehre zurückweisen. Ich stimme im Namen meines Sohnes zu. Ich bin sicher, er wird einen guten Offizier abgeben, Herr. Ich danke Euch.«

Shonto zuckte die Achseln. Der Cha wurde in dampfenden Schalen gebracht, zwei Tische wurden aufgestellt, und neben beiden kniete jeweils ein Bediensteter nieder, doch Shonto scheuchte sie weg. »Wir werden uns selbst bedienen.«

Als sich der Shoji geschlossen hatte, beugte Shonto sich zu seinem Gast vor. »Und jetzt berichtet mir von dem jungen Bruder.«

»Ah«, machte Tanaka, der den Deckel seiner Kanne hochgehoben hatte und den Teegeruch schnupperte. »Er ist wirklich etwas Besonderes, etwas Außergewöhnliches. Habt Ihr meinen Bericht über die Meeresüberquerung erhalten?«

»Ich habe ihn gelesen, während Ihr ein Bad nahmt.«

Der Kaufmann schüttelte den Kopf. »Sonderbar, dieser Selbstmord – für einen Mann des Kaisers. Wenn er Shuyun-sum das Gift gereicht hätte, wäre das für ihn folgenlos geblieben, und dennoch hat er sich dagegen entschieden.« Der Händler sah auf und blickte dem Fürsten in die Augen. »Er ist ein faszinierender junger Mann, Herr. Er besitzt die stille Kraft aller Botahisten... jedoch in einem größeren Maße. Er verfügt über...« Tanaka suchte nach Worten.

»*Gelassene Zielstrebigkeit*.«

Der Kaufmann stockte. »*Gelassene Zielstrebigkeit*, jawohl, Herr.«

»Als wir in Yankura ankamen, ist er mit Bruder Hutto zusammengetroffen. Da ich für diesen Fall keine Anweisungen hatte, habe ich es ihm gestattet.«

»Ihr habt recht getan. Wie war der alte Mönch?«

»Ich war nicht selbst dabei, sondern habe lediglich eine Eskorte mitgeschickt. Mir wurde berichtet, Bruder Hutto habe Shuyun-sum mit großem Respekt behandelt – beinahe als einen Gleichgestellten.«

»Da haben sie gewiß übertrieben! Ich würde dann mich selbst wundern, wenn Bruder Hutto den Kaiser als Gleichgestellten ansähe.«

»Ich war zwar nicht dabei, Herr, doch ich glaube, die Berichte treffen zu.«

»Hm. Habt Ihr Euch mit ihm unterhalten?«

»Ein wenig, Herr. Wie die meisten Botahisten läßt er sich nur schwer aus der Reserve locken, gleichwohl habe ich einiges in Erfahrung gebracht.«

»Und das wäre?«

»Er ist gut informiert, Herr. Die Brüder verfügen anscheinend über ausgezeichnete Informationsquellen und haben Euren Berater sorgfältig vorbereitet. Er verfügt über gute Kenntnisse der Machtverhältnisse im Reiche Wa; seine Einschätzungen der politischen Lage sind fundiert; und ich muß zugeben, daß er sogar über gewisse Einsichten in die wirtschaftlichen Zusammenhänge verfügt, wozu ich ebenfalls ein wenig beigetragen habe, wie ich hinzufügen möchte.«

»Daran zweifle ich nicht. Habt Ihr über Seh gesprochen?«

»Ja, und wiederum kannte er die mächtigsten Fürsten und die Geschichte ihrer Bündnisse. Er wußte, wer in welche Familie eingeheiratet hat und wer als Verbündeter in Frage käme. Er betrachtet die ganze Unternehmung mit Skepsis, wenngleich er meint, Ihr wärt zweifellos der beste General des Reiches und die beste Wahl für Seh.

Shuyun-sum hat noch etwas gesagt, Herr, etwas, das ich nicht bedacht hatte. Offenbar glaubt er, es gäbe ein historisches Muster in den Barbarenkriegen, das seiner Ansicht nach jetzt durchbrochen wurde.« Tanaka stockte, als schätzte er die Reaktion seines Fürsten ein. Und als Shonto schwieg, fuhr er fort: »Shuyun-sum glaubt, es gäbe einen Fünfundzwanzig-Jahre-Zyklus, der in den letzten sieben Jahren eine Eskalation mit sich bringt, die je nach der Lage der Barbarenstämme zu einem größeren Krieg führen kann, aber nicht muß. Unser junger Bruder glaubt, an diesem Punkt kämen gewisse kritische Faktoren zum Tragen – die wirtschaftliche Lage der Stämme, die Stärke ihrer Anführer, die

Entschiedenheit des Widerstands, der ihnen aus Seh entgegenschlägt, wie auch die Auswirkungen des Klimas auf das, was *sie* als *Ackerbau* bezeichnen. All diese Dinge beeinflussen ihre Fähigkeit und ihre Bereitschaft, einen größeren Angriff gegen das Reich zu unternehmen.«

»Interessant. Glaubt Ihr, das fußt auf seinen eigenen Beobachtungen?«

Tanaka strich sich versonnen den Bart. »Eine gute Frage, Herr, aber ich weiß es nicht.«

Eine Botschaft, dachte Shonto, ist das vielleicht eine Botschaft der Mönche? Er schenkte sich Cha ein, und Tanaka tat es ihm nach. Wie es seine Gewohnheit war, drehte der Fürst die Schale in der Hand, blickte hinein und suchte in der Tiefe nach Antworten, nach Fragen.

»Habt Ihr ihn gefragt, wie er den Konflikt zwischen seinem Dienst am Hause Shonto und seiner Verbundenheit mit der Bruderschaft lösen will?«

»Das habe ich getan, Herr. Er meinte, es gäbe keinen Widerspruch zwischen den Interessen der Bruderschaft und den Euren.«

»Ich verstehe. Und?«

»Er scheint es wirklich zu glauben, Herr. Trotz seiner hohen Begabung ist er noch jung – um Naivität auszumerzen, braucht es Zeit.«

»Seine Antwort reicht nicht aus, wenngleich sie für den Augenblick genügen mag. Nicht einmal die Botahisten sind unbeeinflußbar… warten wir's ab.«

Eine Schwalbe kam von draußen hereingesegelt, beschrieb einen Bogen und landete auf dem Verandageländer, von wo aus sie die beiden Männer beobachtete. Shonto sah kurz zu ihr hin, und als er weitersprach, schwang in seinem Tonfall Erschöpfung mit: »Vor drei Tagen habe ich eine Nachtigall gehört, die im Mondschein sang… es wäre gut, endlich wieder Frieden zu haben, was meint Ihr?«

»Das finde ich auch, Fürst Shonto.«

Die beiden Männer nippten am Cha und schauten in den Garten hinaus.

»Habt Ihr schon von der neuesten Erklärung des Großen Meisters der Botahisten gehört, Herr?«

Shonto wandte den Blick von der Schwalbe ab. »Nein, warum?«

»Die Botahisten haben entschieden, Frauen könnten zwar keine Erleuchtung erlangen, da sie den Zyklen der Erde zu eng verbunden seien, vermöchten aber tiefere spirituelle Erkenntnis zu gewinnen, als man bisher angenommen habe. Offenbar glauben sie noch immer, Frauen müßten irgendwann als Männer wiedergeboren werden, bevor sie Erleuchtung finden können. Diesen Punkt haben sie nicht fallengelassen.«

Shonto schüttelte den Kopf. »Dann haben die zölibatären Brüder also endlich erkannt, daß Frauen eine Seele haben.« Der Fürst schnaubte. »Wie ist es möglich, daß sich dermaßen kluge Männer so vielen Selbsttäuschungen hingeben? Wäre Bruder Satake Großer Meister geworden, hätte er die Schwestern- und Bruderschaft vereinigt und diesem Zank ein Ende gesetzt.«

»Das ist einer der vielen Gründe, weshalb Satakesum nicht Großer Meister werden konnte, Herr.«

»Wohl wahr, mein Freund, wohl wahr.«

»Ich finde die botahistischen Unternehmungen der letzten Jahre höchst bemerkenswert, Herr. Ihre Politik kommt mir auf einmal charakterlos und widersprüchlich vor.«

Shontos Interesse war sogleich geweckt. »Ich habe bereits das gleiche gedacht, Tanaka-sum. Bislang ist es noch nie vorgekommen, daß sich die Bruderschaft bei irgend jemandem eingeschmeichelt hätte, und nun erkennen sie die Dynastie der Yamaku aus eigenem Entschluß an und ernten lediglich die Geringschätzung des Kaisers; sie schenken dem Sohn des Himmels wertvolle Ländereien und gehen wiederum leer aus; und jetzt auch noch dieses Entgegenkommen hinsichtlich der botahistischen Schwestern. Ich glaube, daß sogar mir eine ungewöhnliche Behandlung zuteil geworden ist. Kamu-sum hat einen sehr vernünftigen Preis für die Dienste des jungen Bruders ausgehandelt. Anschließend war er voller Mißtrauen.«

Tanaka schüttelte den Kopf, wodurch sich ein goldfarbener Cha-Tropfen von seinem Schnauzer löste und auf sein dunkles Gewand fiel. »Im Reich ist eine seltsame Magie am Werke, Herr. Ich habe geglaubt, die Botahisten würden niemals ihre Arroganz ablegen und die Nerven verlieren, und nun dies! Das begreife ich nicht. Sie müßten doch eigentlich wissen, daß der Kaiser es trotz seiner persönlichen Überzeugungen niemals wagen könnte, die Bruderschaft anzugreifen, ohne seinen eigenen Sturz in die Wege zu leiten. Seine eigenen Soldaten würden ihn köpfen, wenn die Wächter von Botaharas Worten auch nur bedroht würden. Was derzeit im Reich vorgeht, verunsichert mich mehr und mehr. Verzeiht, Herr, ich wollte nicht pessimistisch klingen.«

»Das ist gut, denn unter meinen Gefolgsleuten gibt es wegen meiner Berufung nach Seh schon genug Niedergeschlagenheit, und dann noch dieses Omen, dieser ›Mordversuch‹. Ha!«

»Dies ist nur der Ausdruck ihrer Sorge um ihren Lehnsfürsten, Herr. Hinter der Berufung nach Seh steckt mehr, als man auf den ersten Blick meinen mag. Wir alle fürchten seitens dieser Familie, die sich kaiserlich nennt, Verrat. Wir alle fürchten, von den Yamaku in eine Falle gelockt zu werden.«

Shonto blähte die Nüstern. »Ich bin schon einem Dutzend Fallen entwischt, das hat mich nur weiser gemacht. Zweifeln meine Gefolgsleute etwa an mir?«

»Niemals, Herr! Ihr Vertrauen in Euch ist unerschütterlich, aber sie machen sich trotzdem Sorgen, weil sie Euch und das Haus Shonto verehren.«

Shonto starrte eine Weile in seinen Tee. Das Klopfen am Eingang klang laut in der Stille. Der Wandschirm wurde beiseitegeschoben, und in der Öffnung erschien das Gesicht eines Gardisten.

»Verzeiht, Herr. Kamu-sum schickt Euch die gewünschte Nachricht.«

»Ah. Tritt ein.«

Der Bedienstete Toko, der heute bereits zum Assistenten Kamus befördert worden war, kniete im Eingang nieder und verneigte sich. Als Shonto ihn heranwinkte, rutschte er mit einer Behendigkeit, die auf lange Übung schließen ließ, auf den Knien vor. Er holte eine Schriftrolle aus dem Ärmel und legte sie in Shontos Reichweite auf das Podest, verneigte sich abermals und nahm wieder den vorgeschriebenen Abstand ein.

Shonto überprüfte das Siegel, dann brach er es auf. Darunter kamen Kamus krakelige Schriftzeichen zum Vorschein. »Du darfst dich entfernen«, sagte er zu dem Jungen. Als sich der Shoji hinter dem Bediensteten geschlossen hatte, wandte Shonto sich an seinen Handelsbeauftragten. »Wenn ich mit Shuyun-sum gesprochen habe, werdet Ihr mit mir und dem jungen Fürsten Komawara speisen. Erinnert Ihr Euch noch an seinen Vater?«

Tanaka nickte.

»Der alte Komawara hat vor seinem Tod einen Teil seines Lehens verkauft, offenbar um seinem Sohn den Einstieg in den Handel zu ermöglichen; und nun möchte dieser damit beginnen. Dabei wird er Unterstützung brauchen.« Shonto warf einen Blick auf die Schriftrolle und nannte eine beträchtliche Summe in kaiserlichen Ril. »Ich kann mir nicht vorstellen, daß er die ganze Summe verfügbar hat, doch nehmen wir an, er verfüge über einen Gutteil davon. Wüßtet Ihr ein anständiges Unternehmen, in das er sein Geld investieren könnte?«

»Einem klugen Mann bieten sich derzeit Zeit große Chancen. Ich bin sicher, wir können dem jungen Fürsten helfen, würde ihm jedoch empfehlen, einen eigenen Handelsbeauftragten einzustellen, Herr.«

»Aber es braucht Zeit, einen solchen Mann zu finden oder ihn auszubilden, und ich möchte, daß er in Seh arbeitet, nicht hier.«

»In diesem Fall könnte ich mich seiner wohl solange annehmen, bis sich ein passender Handelsbeauftragter gefunden hat. Vielleicht könnte ich auch selber einen geeigneten Mann aufspüren, falls Euch das genehm wäre, Fürst Shonto. Allerdings solltet Ihr einen Teil des Gewinns für Euch einfordern, Herr, sonst käme er sich wohl wie ein Almosenempfänger vor – ein stolzer Mann würde das nicht zulassen.«

»Euer Rat ist wie immer vernünftig, Tanaka-sum. Welcher Anteil wäre in einem solchen Fall angemessen?«

Tanaka nahm das Ende seines Schnauzers zwischen die Zähne und kaute eine Weile darauf herum, was seinem Fürsten ein Lächeln entlockte.

»Acht von hundert wären zu großzügig, Herr… zwölf wären gerecht.«

Abermals lächelte Shonto. »Dann also zehn. Ich werde es ihm beim Essen vorschlagen. Ich möchte, daß dieser junge Mann respektvoll behandelt wird, alter Freund. Er besitzt keinen großen Einfluß in Seh, macht aber einen klugen Eindruck, und das scheint mir beinahe ebenso wichtig zu sein.«

»Außerdem ist er der Sohn eines Freundes Eures Vaters«, bemerkte Tanaka.

»Richtig. Er ist der Sohn eines Freundes meines Vaters«, wiederholte Shonto.

Tanaka nickte und speicherte die Zahlen in seinem

ausgezeichneten Gedächtnis. Währenddessen beobachtete der Kaufmann aufmerksam seinen Herrn. Er hatte Shonto während seines ganzen eindrucksvollen Lebens beobachtet – hatte das frühreife Kind zu einem willensstarken jungen Mann heranwachsen sehen, der schließlich die Führung des mächtigsten Fürstengeschlechts in Wa übernommen hatte. Es hatte ihn gefesselt, Zeuge dieser Entwicklung zu sein. Der vierzehn Jahre ältere Tanaka war damals mit seiner eigenen Entwicklung beschäftigt gewesen, hatte Shonto Motoru aber dennoch gut kennen- und ihn bewundern gelernt. Der Mann, der jetzt vor Tanaka saß, sah aus wie der Gii-Meister, der er in Wirklichkeit auch war – wie ein Mann, der das Brett in all seiner Komplexität überblickte, ohne an eine Niederlage zu denken. Wie ein Mann, der angesichts von Herausforderungen auflebte.

In ihrer Jugend hatte Tanaka Gii mit Shonto gespielt; der Fürst hatte das Spiel äußerst rasch erlernt und den zukünftigen Kaufmann weit hinter sich gelassen, wenngleich dieser sich noch deutlich daran erinnerte, wie Shontos Stil sich entwickelt hatte – abwechselnd kühn und feinsinnig. Gleich stark im Angriff wie in der Verteidigung. Shonto verstand die Fallen, die Tanaka ihm stellte, besser als dieser selbst, tappte bisweilen ungestraft hinein und wandte sie später auch gegen ihren überraschten Erfinder. Allerdings war das friedliche Leben eines Gii-Meisters dem Inhaber des Namens Shonto verschlossen, und so währte dessen Leidenschaft für das Spiel auch nur kurz. Am Ende ordnete er das Gii-Spiel seinen wichtigeren Belangen unter, indem er die am Brett erworbenen Fähigkeiten dazu nutzte, die Generäle zu schlagen, die seine Entscheidungen allzu häufig in Frage stellten. Die Militärs bildeten sich eine Menge auf ihre Gii-Fertigkeiten ein, doch nur wenige waren gut genug, um es am Brett mit Fürst Shonto aufnehmen zu können.

»Es ist lange her, seit wir zum letztenmal Gii gespielt haben, Herr.«

Shonto lächelte freundlich. »Wir spielen noch immer Gii, mein Freund, bloß ist das Brett größer geworden, als wir uns je geträumt haben, und wir benutzen die gleichen Figuren. Einzeln sind wir stark, gemeinsam sind wir unschlagbar. Glaubt niemals, ich hätte das vergessen. Die Welt hat sich verändert, Tanaka-sum; ob zum Besseren oder zum Schlechteren, ist nicht zu entscheiden, aber der Wandel ist unumkehrbar, und das muß auch für uns gelten. Ein starker Arm und ein scharfes Schwert sind nicht mehr das, was sie einmal waren. Wir spielen jetzt ein anderes Spiel, und für die nächsten Züge seid Ihr ein General aus eigenem Recht. Die Interessen der Shonto müssen um jeden Preis geschützt werden. Sie sind die Grundlage unserer zukünftigen Stärke. Vergeßt das niemals.«

Der Kaufmann nickte, und ermutigt von dem Vertrauen, das der Fürst ihm entgegenbrachte, stellte er die Frage, die ihn beschäftigte: »Weshalb geht Ihr nach Seh, Fürst Shonto?«

Shonto antwortete ohne zu zögern: »Weil es der Wille des Kaisers und daher meine Pflicht ist.«

Tanaka blickte kurz zu dem Schwert, das hinter Shonto stand. »Ich habe von der leeren Drohung des Kaisers gehört. Er glaubt doch nicht etwa, Ihr würdet scheitern?«

»Nein, das tut er gewiß nicht. Die Barbaren sind schon so gut wie geschlagen.« Shonto stockte und trommelte mit den Fingern auf die Armstütze. »Wen sollte er denn sonst nach Seh schicken, der über eine ähnliche Kampferfahrung verfügt wie ich? Jaku Katta? Nein. Den Schwarzen Tiger behält er lieber in seiner Nähe, und das nicht nur, um ihn zu schützen. Fürst Omawara wird bald sterben, so traurig das ist. Es gibt nur wenige mit der nötigen Kampferfahrung, und die würden von den Nordländern nicht respektiert werden. Die Pest und die Interimskriege haben eine ganze Generation verdienter Generäle dahingerafft, Tanaka-sum. Ich bin seine beste Wahl, und gleichzeitig hält er mich für seine größte Bedrohung. Daher glaube ich, daß mir bis zur Unterwerfung der Barbaren keine Gefahr seitens des Kaisers droht. Mir bleibt ein Jahr – ein ganzes Jahr –, und das muß reichen.«

Die beiden Männer schwiegen. Fürst Shonto schenkte sich Cha nach, doch der hatte mittlerweile zu lange gezogen, daher ließ er ihn stehen, bestellte aber auch keinen neuen.

»Ich bin jetzt bereit, meinen spirituellen Berater zu empfangen. Vielleicht habe ich ihn ja mittlerweile nötig, wie?« Er klatschte zweimal in die Hände, worauf Bedienstete herbeieilten und die Tische und Teeschalen entfernten. »Bitte führt Bruder Shuyun und seinen Begleiter herein.«

Als Shonto bewußt wurde, daß er unwillkürlich die Fäuste geballt hatte, entspannte er sie willentlich und nahm eine Haltung bemühter Gelassenheit ein. Dabei sagte eine Stimme in seinem Hinterkopf, Satake-sum hätte sich dadurch nicht täuschen lassen. Satake-sum war nichts entgangen – auch nicht das kleinste Detail.

Wachen schoben die Wandschirme am Ende des Saales vollständig beiseite, und ein junger Mönch in Begleitung eines älteren botahistischen Bruders betrat den Raum. Ja, dachte Shonto, das ist er, und vor seinem geistigen Auge blitzten Bilder eines Jahre zurückliegenden Turniers im Kickboxen auf.

Die beiden Männer verneigten sich nach Art ihres Ordens, eine rasche, zweifache Verbeugung, tief, aber ohne den Boden zu berühren, eine Geste, die nur den Ältesten ihres Ordens oder dem Kaiser vorbehalten war.

Shonto musterte den kleinen Mönch, ohne seinen Begleiter zu beachten. Jung, dachte der Fürst, so jung. Gleichwohl nahm er die Musterung gelassen hin. Aber war das echt, überlegte Shonto, war das die gleiche innere Ruhe, die sein Vorgänger besessen hatte? Bruder Satake war nicht ständig in einem Zustand des Reagierens gewesen, der einen von der Bewegung um einen herum vibrieren ließ. Er hatte bloß Gelassenheit und Stille gekannt – ›gelassene Zielstrebigkeit‹, hatte der alte Mönch dies genannt, eine Eigenschaft, die Shonto sich nur ansatzweise hatte aneignen können. »Ich biete keinen Widerstand«, hatte er Shonto auf dessen Frage hin geantwortet, und mit dieser Erklärung hatte sich der Fürst bescheiden müssen.

Und nun musterte Shonto diesen jungen Mann und versuchte, in den ersten Augenblicken ihrer Begegnung die gleiche Eigenschaft an ihm wahrzunehmen.

Er nickte, dann sagte er förmlich: »Tretet vor, verehrte Brüder. Willkommen in meinem Haus.«

Die beiden Mönche blieben in respektvollem Abstand vom Podest stehen, und Shuyun kniete nieder, so daß ihm der Schatten eines Pfostens schräg über die Brust fiel, während seine Hände und sein Gesicht in goldenem Sonnenschein gebadet wurden.

»Brüder, es ist mir eine Ehre, Euch in meinem Haus empfangen zu dürfen.«

Der ältere Mönch antwortete mit einer leisen Stimme, die tief in seiner Kehle schnarrte. »Die Ehre ist ganz auf unserer Seite, Fürst Shonto. Ich bin Bruder Notua, Meister des botahistischen Glaubens, und dies ist Bruder Shuyun.«

Shonto nickte seinem spirituellen Berater zu und ließ die zarten Linien seines glattrasierten Gesichts und seine tadellose Haltung, die ohne jede Spur von Steifheit war, auf sich wirken. Die Augen aber fand er beunruhigend – es schien beinahe so, als gehörten sie nicht zu dem Gesicht. Sie waren weder jung noch alt, sondern wirkten alterslos, als betrachteten sie die Zeit anders als gewöhnliche Menschen und seien daher nicht von ihr betroffen. Shonto wurde bewußt, daß alle höflich darauf warteten, daß er etwas sagte.

»Man hat mir mitgeteilt, Eure Reise sei nicht ohne Zwischenfälle verlaufen.«

Der junge Mönch nickte. »An Bord des Schiffes gab es einen traurigen Zwischenfall, Fürst Shonto, doch es fand sich eine Lösung.«

»Und das Mädchen?«

»Als man sie an Land brachte, war sie wohlauf, wenn auch aus verständlichen Gründen betrübt.«

»Ich würde gern mehr über den Zwischenfall und Kogami, den Kaufmann, erfahren. Stand er im Dienst des Kaisers?«

»So schien es, Herr.«

»Hattet Ihr den Eindruck, Bruder?«

Der ältere Mönch verfolgte den Wortwechsel aufmerksam, verwundert darüber, daß Shonto entgegen den Geboten der Höflichkeit sogleich auf den Zwischenfall eingegangen war. Allerdings hatten ein botahistischer Mönch und Fürst Shonto unterschiedliche Auffassungen darüber, was höflich war und was nicht.

»Ja, das hatte ich. Der Priester berief sich im Verlauf der Auseinandersetzung darauf, unter dem Schutz des Kaisers zu stehen... und dann war da noch das Gift. Eine solche Hinterlist ist typisch für die Priester.«

Shonto schwieg einen Augenblick. »Und was geschah mit dem Priester?«

»Er wurde in der Schwimmenden Stadt von kaiserlichen Gardisten in Empfang genommen, die als Anhänger Tomsos verkleidet waren.« Dies sagte er mit Entschiedenheit, und Shonto zweifelte nicht an der Wahrheit seiner Worte.

»Hm. In Zukunft werdet Ihr die Residenzen der Shonto nicht ohne Bewachung verlassen. Das Reich ist noch unsicher und gefährlich, und das gilt auch für die Gefolgsleute des Vollkommenen Meisters.« Shonto blickte sich auf einmal suchend um. »Darf ich Euch Met anbieten, Brüder?« Auf Shontos Rufen hin wurden Tische gebracht, und Bedienstete stellten Schalen und Flaschen mit bestem Met vor die Gäste hin. Gewöhnlich hätte man sich nun höflich nach dem Wohlergehen der Familie erkundigt, doch Shonto wandte sich erneut an den jungen Mönch. »Bruder Shuyun, Ihr solltet wissen, daß Ihr die Stelle eines Mannes einnehmt, den ich fast so sehr geschätzt habe wie meinen leiblichen Vater. Ihr übernehmt eine schwierige Stellung.«

»Bruder Satake war ein außergewöhnlicher Mann und wurde in unserem Orden ebenso verehrt wie in Eurem Haus, Herr. Ich bin sicher, er war unersetzlich. Ich hoffe, daß ich Euch auf meine Weise von ebenso großem Nutzen sein werde.«

Shonto nickte, von der Antwort offenbar zufriedengestellt. Nach kurzem Zögern sagte er: »Bruder Satake hat einmal das, was er als ›innere Kraft‹ bezeichnete, dadurch demonstriert, daß er ein ziemlich kräftiges Ruder zerbrach, das quer über dem Dollbord eines Sampans lag. Dies bewerkstelligte er im Sitzen, und zwar allein dadurch, daß er mit der Hand dagegendrückte, ohne sein Körpergewicht einzusetzen. Keiner der Ruderer, die allesamt kräftige Burschen waren, konnte es ihm nachtun, und ich ebenfalls nicht, obwohl ich damals noch ein junger Mann war. Wißt Ihr, wie dergleichen bewerkstelligt wird?«

Shuyun hob leicht die Schultern. »Ich habe eine botahistische Ausbildung genossen«, lautete die knappe Antwort, und Shonto sah, daß sein Blick zu dem Tisch huschte, der vor ihm stand.

Shonto klatschte in die Hände, und der Shoji wurde beiseitegeschoben. »Räumt den Tisch Bruder Shuyuns leer.«

Als sie seinen Befehl ausgeführt hatten, verneigten sich die Bediensteten und schickten sich an, wieder hinauszugehen.

»Nein, bleibt«, sagte Shonto aus einer plötzlichen Eingebung heraus. Ich möchte, daß alle Bediensteten davon erfahren, dachte er. Folglich klatschte er abermals zweimal in die Hände und befahl den Wachen, einzutreten und zuzuschauen.

Bruder Notua räusperte sich, dann sagte er mit leiser, noch stärker als zuvor schnarrender Stimme: »Verzeiht, Fürst Shonto, aber das ist höchst... ungewöhnlich.«

Shonto erhob sich und antwortete, indem er jedes einzelne Wort betonte: »Ist es nicht Sitte, den Mönch auf die Probe zu stellen, der einem *ein Leben lang* dienen soll?«

»Das ist es, Fürst Shonto. Verzeiht, falls ich den Eindruck erweckte, Euch kritisieren zu wollen.« Der alte Mönch lächelte freundlich. »Ich dachte bloß... Shuyun-sum besitzt so viele Talente.« Der Mönch erwiderte den funkelnden Blick des Fürsten. »Die Entscheidung liegt natürlich bei Euch, verzeiht, daß ich Euch unterbrach... bitte verzeiht mir.« Er verstummte.

Shonto wandte sich an Shuyun. »Habt Ihr Einwände gegen diese Demonstration, Shuyun-sum?«

»Wenn dies Euer Wunsch ist, Herr, bin ich bereit.«

Shonto zögerte kurz. »Fangt an«, rief er und beobachtete, wie sich der junge Mönch in einen meditativen Zustand versenkte, den Atem verlangsamte, den Blick ins Leere richtete. Er bemerkte, daß auch der ältere Mönch zu meditieren begonnen hatte. Eigenartig, dachte Shonto, doch sogleich fesselte der jüngere Mönch wieder seine Aufmerksamkeit.

Shuyun konzentrierte sich auf den Tisch. Die Zeit verlangsamte sich, und er gab sich dem Rhythmus seines Atems hin, einem Rhythmus, der ihm ebenso vertraut war wie die Räume des Klosters Jinjoh.

Der Tisch war aus Irokoholz, das so schwer war, daß es im Wasser unterging; ›Eisenholz‹ sagten die Bauern dazu, die die Bäume fällten. Die Platte war doppelt so dick wie eine Hand, doppelt handbreit und hatte für jemanden, der kniete, genau die richtige Höhe. Shuyun wußte, daß der Tisch tadellos verarbeitet und daß jedes Brett aufgrund seiner Stärke und Schönheit ausgewählt worden war – der Tisch wies keinerlei Makel auf, und daher durfte sich auch Shuyun nicht die kleinste Schwäche erlauben.

Im Sonnenschein, der ins Zimmer strömte, wirkte das Gesicht des Mönchs so ruhig wie das Antlitz einer Bronzestatue Botaharas. Ganz langsam beschrieb er mit der Hand einen flachen Bogen und legte sie auf die Tischmitte. Das gemaserte Holz fühlte sich warm an. Die feinen Härchen auf Handrücken und Unterarm leuchteten im Sonnenschein. *Er drückte.*

Dem jungen Mönch war nicht die geringste Anstrengung anzumerken. Und der Tisch stand da, als wäre er aus Stein gehauen.

Botahara verzeih mir, dachte Shonto, ich habe ihm eine unlösbare Aufgabe gestellt. Das gebrochene Ruder fiel ihm ein. Shonto verfluchte seine Unüberlegtheit. Hatte ihn der alte Bruder nicht zu warnen versucht?

Auf einmal ertönte ein scharfes Knacken, und dunkle Holzsplitter flogen in alle Richtungen, wirbelten durch den Sonnenschein. Der alte Mönch, einen erschreckten Ausdruck im Gesicht, zuckte zurück wie jemand, der brutal aus dem Schlaf gerissen wurde. Der Tisch hatte nicht nachgegeben, er war explodiert.

Die Wachen und Bediensteten auf dem Gang waren wie erstarrt. Der Tisch lag geborsten am Boden, wie ein Packpferd, das unter seiner Last zusammengebrochen war. Shonto klaubte sich einen Splitter Irokoholz vom Gewand und wendete ihn in der Hand, als bestünde er aus einem ihm völlig unbekannten Stoff. Niemand regte sich, niemand sprach, um den Augenblick möglichst lange auszudehnen. Dann verneigte Shonto sich tief vor seinem spirituellen Berater, und alle anderen Anwesenden taten es ihm nach.

Shuyun beobachtete mit seinem veränderten Zeitgefühl, wie der Fürst sich verneigte und sich die Muskeln unter seinem Gewand bewegten.

Während Shonto ganz langsam wieder eine kniende Haltung einnahm, war ihm seine Ehrfurcht selbst von denen, die keine botahistische Ausbildung genossen hatten, deutlich anzumerken. Doch da war noch mehr als Ehrfurcht, auch Verwunderung – Verwunderung über das, was er im Gesicht des alten Mönchs gesehen hatte.

Shuyun verneigte sich so tief, wie der geborstene Tisch es zuließ. Allmählich kehrte er wieder in die Normalzeit zurück; die Vogelrufe veränderten ihre Höhe, und als Fürst Shonto blinzelte, währte dies nur den Bruchteil einer Sekunde.

Shonto entließ die Wachen und Bediensteten mit einem Kopfnicken. »Shuyun-sum, mein Haushofmeister Kamu wird Euch umherführen und Euch die Losungen nennen. Ich möchte Euch bitten, anschließend mit mir und Fürst Komawara zu Mittag zu speisen. Ich danke Euch.«

Die beiden Mönche verneigten sich abermals, und Shonto meinte zu erkennen, wie der ältere beim Aufstehen schwankte. Doch er faßte sich sogleich wieder und verließ würdevoll den Raum, während der Fürst im Zustand der Verwirrung zurückblieb.

Shonto und Tanaka waren wieder allein, gleichwohl schwiegen beide. Vor ihnen lag der geborstene Tisch, und Shonto bemerkte erst jetzt, daß die Beine die dicken Bodenmatten durchbohrt hatten. Er wandte sich an Tanaka, der sich gerade einen Irokosplitter aus dem Bart klaubte. Wie zuvor der Fürst, betrachtete er ihn eingehend, als berge er ein Geheimnis.

»Welches Gewicht vermag ein solcher Tisch wohl auszuhalten?« fragte Shonto.

Tanaka schüttelte den Kopf und zuckte die Achseln. »Das Gewicht von fünf großen Männern?«

»Mit Leichtigkeit.« Shonto schüttelte den Kopf. »Unmöglich, wie?«

»Nach allem, was ich von den Prinzipien der Natur weiß, ja, Herr. Selbst wenn er im Sitzen sein ganzes Gewicht hätte einsetzen können, hätte er sich lediglich vom Tisch abdrücken dürfen.« Kopfschüttelnd wendete er den Splitter in Händen. »Ich bin froh, daß ich das mit eigenen Augen gesehen habe, sonst hätte ich es nicht geglaubt.«

Shonto schwieg eine Weile. Er erwog, Tanaka zu fragen, ob er die Reaktion des alten Mönchs bemerkt habe, scheute aus irgendeinem Grund jedoch davor zurück. Schließlich stellte sich sein Blick wieder scharf, und seine Miene hellte sich auf. Er lächelte. »Ein wahrhaft bemerkenswerter Morgen, Tanaka-sum! Ich möchte mich noch frisch machen, bevor Fürst Komawara eintrifft. Wir sehen uns dann später in dem Gartenhaus im Hauptgarten.«

Er klatschte zweimal in die Hände und sprach mit der Wache und den Bediensteten. »Paßt auf, daß niemand daran rührt.« Er deutete auf den geborstenen Tisch. Als er sich erhob und sich zu seinem Privateingang umwandte, eilte ein Bediensteter herbei, nahm das Schwert und folgte dem Fürsten.

Tanaka verneigte sich und rührte sich erst wieder, als Fürst Shonto hinausgegangen war, dann näherte er sich voller Neugier dem Tisch. Der Wächter, der am Eingang Aufstellung genommen hatte, räusperte sich. Der Kaufmann sah auf. »Erstaunlich, nicht wahr?«

Der Wächter nickte und ließ Tanaka nicht aus den Augen.

Auf einmal wurde dem Kaufmann bewußt, daß er

noch immer den Holzsplitter in der Hand hatte. Er hielt ihn hoch. »Was soll ich damit tun?«

»Fürst Shonto hat angeordnet, daß nichts verändert werden darf.«

»Ah, ich verstehe.« Tanaka schaute auf einmal verwirrt drein. »Der Splitter hat aber in meinem Bart gesteckt, und ich kann mir nicht vorstellen, daß Fürst Shonto möchte, daß ich solange hierbleibe, bis er entschieden hat, was mit dem Tisch weiterhin geschehen soll.«

Der Wächter merkte, daß Tanaka sich einen Spaß mit ihm erlaubte, und wenngleich Tanaka lediglich ein Bediensteter und der Wächter ein Offizier war, so stand doch außer Zweifel, daß Tanaka für den Fürsten weit wichtiger war als ein ganzes Soldatenheer. »Ich glaube, der Splitter sollte in diesem Raum bleiben, Tanaka-sum«, sagte der Wächter, indem er sich der Höflichkeitsform bediente.

»Aber wo ich ihn auch hinlege, es ist nicht sein Ursprungsort, und das heißt doch, daß etwas verändert wurde, hab ich recht?«

Dem Wächter wurde allmählich warm, doch nach außen hin bewahrte er die Ruhe. Wenn der Kaufmann ihn zwang, Shonto zu fragen, wie mit dem Holzsplitter verfahren werden solle, würde der Fürst toben. Der Wächter trat unruhig auf dem Fuß.

»Vielleicht«, schlug Tanaka vor, »wäre es am besten, wenn ich ihn in die Nähe meines Sitzplatzes lege, was meint Ihr?«

Der Wächter lächelte erleichtert. »Ja, das denke ich auch. So wäre es am besten. Ich danke Euch, Tanaka-sum.«

Der Kaufmann erwiderte das Lächeln und legte den Holzsplitter an den bezeichneten Ort, dann verließ er den Raum mit der Anmut und Selbstsicherheit eines Fürsten.

Weder Wächter noch Kaufmann hatten bemerkt, daß ein Bediensteter sie durch einen Spalt zwischen den Wandschirmen hindurch beobachtet hatte. Der Bedienstete berichtete den Vorfall Kamu, der ihn anwies, seinen Bericht vor Shonto zu wiederholen, woraufhin der Fürst lachte und vor Vergnügen mit der Faust auf die Armstütze schlug. Dies verwunderte den Bediensteten in höchstem Maße, denn der Humor kam in Shontos Haus im allgemeinen zu kurz.

7

Der Kanal hinter meinem Garten
Ist wie eine dunkle Ader
Und doch kann ich den Blick
Nicht davon wenden.
Wo bleibt er nur in dieser langen Nacht?
Und weshalb strömt der Kanal
So laut?

Verfasser unbekannt;
das Gedicht wird jedoch der
erlauchten Nikko oder einer ihrer
Schülerinnen zugeschrieben

Fürst Komawara Samyamu, der neunte Komawara mit diesem Namen, beobachtete das Getriebe am Kanalufer, während seine Bootsleute den Sampan energisch durch den dichten Verkehr der Wasserstraße lenkten. Er hatte sich nicht deshalb für eine Route durch das Geschäftsviertel entschieden, wo die Güter aus der Schwimmenden Stadt eintrafen, weil der Anblick so pittoresk oder weil dies der kürzeste Weg zum Hause des Fürsten Shonto Motoru gewesen wäre, sondern weil er sich selbst ein Bild von der Vielgestaltigkeit und dem Umfang des Handels in der Hauptstadt machen wollte.

Schon bald, dachte er, werden auch Waren der Komawara an diesen Kais eintreffen, und dann wird sich unsere wirtschaftliche Lage endlich zum Besseren wenden.

Dem Sampan des jungen Fürsten fuhr nur ein einziges Boot mit seiner Leibgarde voraus, und beide Boote waren schlichter gehalten, als es in der Hauptstadt üblich war. Komawaras Hofmeister hatte ihn gedrängt, mehr Boote von besserer Qualität zu mieten, damit der junge Fürst nicht wie ein verarmter Provinzfürst wirkte, doch Komawara hatte sich anders entschieden. Er wußte, daß Shonto zu klug war, um sich von Äußerlichkeiten beeindrucken zu lassen, außerdem hatte er sich vermutlich über Komawaras Lage kundig gemacht. Shonto mußten derlei Nachrichten leicht zugänglich sein, und bei einem neuen Geschäftspartner würde er seine Möglichkeiten sicherlich auch nutzen.

Ja, dachte Komawara, und dabei kennt wahrscheinlich nicht einmal der Kaiser den wahren Umfang von Shontos Besitz. Mit gemieteten Sampans hätte ich mich bloß lächerlich gemacht.

Ich stamme aus einem uralten Adelsgeschlecht, rief er sich in Erinnerung. Ich habe zwanzig Geplänkel mit den Barbaren und eine Handvoll Duelle überstanden, und ich habe die Tomari, diese Viehdiebe, gelehrt, daß die Grenzen meines Besitzes unantastbar sind. Shonto ist ein hochverdienter General; er wird mich nach meinem wahren Wert beurteilen, daran habe ich keinen Zweifel.

Trotzdem konnte Fürst Komawara sich gewisser Zweifel nicht erwehren. Er war im Begriff, mit dem Fürsten der Shonto und wer weiß noch wem zu Mittag zu speisen. Die Shonto! Eine Familie mit einer unvergleichlichen Geschichte. Man brauchte sich nur vorzustellen, daß Hakata der Weise, auf dessen Lehren sämtliche Prinzipien der Staatsführung und Rechtsprechung gründeten, ein Gefolgsmann von Shontos Vorfahren gewesen war. Vor vielen Generationen hatte ein Shonto-Fürst mit Hakata zusammengesessen und mit ihm über Recht und Moralphilosophie gesprochen, so wie die

Menschen der Gegenwart heute bei Tisch über die Gedanken der Weisen sprachen. Ein Shonto-Fürst hatte die Schriften Hakatas auf die Einhundertunddrei Großen Steine meißeln lassen, die den Pfad der Weisheit in Shontos Garten säumten. Die Hundertunddrei Großen Steine der kaiserlichen Akademie waren lediglich Kopien von Shontos Originalen.

Gleichwohl hatte der Mann, den Komawara beim Fest des Kaisers kennengelernt hatte, überhaupt keinen eingebildeten Eindruck gemacht. Eigentlich hatte er sehr offen gewirkt, wie ein Mann, der keine Zeit für Nichtigkeiten hatte und sagte, was er meinte. Komawara hatte ihn auf der Stelle gemocht.

Und die Tochter, dachte Komawara und lächelte unwillkürlich. Dann aber schüttelte er den Kopf, und das Lächeln verflüchtigte sich. Sie wird einmal Prinzessin werden, vielleicht sogar Kaiserin, und ich – ich bin der arme Komawara aus Seh. Meine Familie ist zwar alt, aber ich besitze nichts. Er seufzte.

Und die Cousine ist noch hübscher. Aber auch gefährlicher. Sogar der Kaiser, dieser kalte Fisch, verhält sich in ihrer Gegenwart wie ein kleiner Junge. Mit einer solchen Frau wäre ich verloren. Ich würde den Beschäftigungen wahrer Männer abschwören, nur noch Liebesgedichte schreiben und ihr den Hof machen. Was für ein Narr dann aus mir würde! Aber zum Glück besteht kaum Gefahr, daß ich Kitsura Omawara heiraten werde, daher brauche ich mir deswegen auch keine schlaflosen Nächte zu bereiten.

Komawara schaute sich um. Schiffe jedweder Größe, wenn auch in herkömmlicher Bauweise, säumten den Kai – die flachen Flußdschunken mit dem hohen Heck und dem stumpfen Bug. Die Bootsführer, viele von ihnen selbst an diesem kühlen Herbsttag nackt bis zur Hüfte, schwenkten die Ladung mit Ladebäumen und Flaschenzügen an Land. Die kleineren Dschunken der

Flußbewohner fuhren ohne alle Sicherheitsbedenken kreuz und quer durcheinander, und ganze Familien ruderten mit aller Macht und schrien unablässig jedes Boot in Rufweite an, während sie Waren zu den Wirtshäusern, den unzähligen Geschäften und den Wohnhäusern der Kaiserstadt beförderten. Komawara beugte sich vor und ließ seine Hand ins kühle Wasser baumeln.

Er überlegte, wie sauber die Kanäle wohl sein mochten. Aufgrund kaiserlicher Erlasse war es verboten, sie mit Abfall, Stauholz oder menschlichen Exkrementen zu verunreinigen. Zuwiderhandlungen wurden äußerst hart bestraft. Vielleicht wäre das gar nicht nötig, überlegte Komawara. Die Reisfelder der großen Ebene wurden mit menschlichen Exkrementen gedüngt, und der größte Teil dieses wertvollen Materials stammte aus der Hauptstadt – früh am Morgen hatte er die Fäkaliendschunken gesehen. Außerdem waren die Menschen von Wa ordentlich und reinlich. Andererseits, überlegte der Fürst, sind die Wasserstraßen die Venen und Arterien des Reichs, und ohne sie würden wir zugrunde gehen. Man darf ihre Erhaltung nicht dem Zufall überlassen.

Sie bogen vom Hauptkanal ab und kamen durch einen Nebenkanal, der von schmucken Gasthöfen und Teehäusern gesäumt wurde. Der Verkehr ließ nach. An den steinernen Kais sah man Kaufleute und niedere Adlige, Grundbesitzer und recht viele Soldaten – Komawara meinte auch die blaue Uniform der Shonto zu erkennen.

Solche Gegenden zogen ihn an, denn sie waren ein geeigneter Umschlagort für Gerüchte. Auf seiner Reise hatte er viel Zeit darauf verwandt, in Teehäusern und Gasthöfen einzukehren und den Unterhaltungen zu lauschen, Fragen zu stellen und seine Rolle als naiver junger Fürst aus der Nordprovinz zu genießen. Auf diese Weise hatte er eine Menge in Erfahrung gebracht. Zum Beispiel hatte er an eben diesem Morgen zwei kaiserliche Gardisten halblaut über ein gescheitertes Attentat auf Shonto reden hören!

Außerdem wußte er – wie der größte Teil der Bevölkerung –, daß Shonto die botahistische Bruderschaft für die Dienste eines spirituellen Beraters bezahlte. Das wird dem Kaiser nicht gefallen, dachte Komawara. Gleichwohl mag es die Verstimmung des Himmelssohns aufwiegen, einen Botahisten in Diensten zu haben. Wie groß mag der Preis dafür wohl sein? Wieviele konnten sich einen solchen Berater überhaupt leisten? Nein, es war nicht das Geld, das die Inanspruchnahme der Dienste der Botahisten einschränkte – es gab einen schwerwiegenderen Grund, nämlich das Mißfallen Akantsu II., Kaiser von Wa. Nur sehr wenige vermochten diesen Preis zu zahlen.

Sie bogen abermals ab, diesmal in ein Wohngebiet, jedoch nicht das der Reichen, die weiter außerhalb wohnten. Komawara würde sich in naher Zukunft vielleicht sogar selbst ein Haus in dieser Gegend leisten können. Er bewunderte die von kleinen Gärten umgebenen Häuser, die halb hinter Mauern verborgen waren, und stellte sich als wohlhabenden Käufer vor, der unter den besseren Angeboten unter dem Gesichtspunkt auswählte, ob der Garten wohl am Nachmittag Sonne abbekäme. Er lachte über seine Phantasien, dann spann er seinen Gedankengang weiter.

Shonto kommt also nach Seh. Wenn er erkennt, wie ich dort in Wahrheit lebe, wird dann sein Interesse an mir schwinden? Auf diese Frage wußte er keine Antwort. Er wußte bloß, daß Shonto bekannt war für seine Verläßlichkeit und daß ihre beiden Väter Respekt füreinander empfunden hatten. Mein Vermögen kann eigentlich nur wachsen, wenn Shonto guten Willens ist… solange der Sohn des Himmels ihm nicht wegen seiner

Unabhängigkeit grollt. Vielleicht sollte ich dem Fürsten davon abraten, den Mönch in Dienst zu nehmen? Diesen Gedanken verwarf Komawara sogleich. Er wußte, daß Shonto hochangesehene Berater gehabt hatte – er durfte sich nicht zuviel herausnehmen.

Es steht mir nicht an, Shonto Motoru zu raten, dachte er, noch nicht. Wenngleich er meine ganze Unterstützung brauchen wird, wenn er in den Norden kommt. Die Menschen von Seh lassen sich nicht gerne unterstellen, sie würden mit den Barbaren nicht fertig.

Abermals grübelte er über das Verhalten der Wilden nach, und wie stets fand er es unerklärlich.

Nun ja, dachte Komawara, wenn alles nach meinen Vorstellungen verläuft, bekomme ich einen mächtigen Verbündeten, der schon bald Gouverneur von Seh sein wird. Gerade erst ein paar Tage in der Hauptstadt, und schon steigt mein Stern! Vielleicht sollte ich aber darauf achten, mir den Sohn des Himmels nicht gänzlich zu entfremden. Es ist neun Generationen her, seit der letzte Komawara im Gouverneurspalast von Seh residierte. Und das, dachte er, ist eine zu lange Zeit.

An den Garten von Shonto Motoru schlossen sich weitere Gärten an. Einige waren klein, abgeschieden und von Mauern umschlossen wie der von Shonto, während andere offen waren und ausgedehnte Rasenflächen aufwiesen, die Freiluftvergnügungen dienten. Die Uferpfade von Teichen führten zu exotischen Gehölzen und senkten sich von dort zum nächsten Terrassengarten mit einem gänzlich anderen Charakter ab, der ganz anderen Zwecken diente.

Bäche mäanderten scheinbar planlos unter Bäumen einher, unter geschwungenen Brücken und durch Ansammlungen von Kirschbäumen, Weiden und Kiefern hindurch.

Fürst Komawara konnte nicht anders, als diese Gärten mit seinen eigenen in Seh zu vergleichen – der Vergleich fiel beschämend aus. Und dies, machte der Fürst sich klar, war lediglich die kleinere von Shontos beiden Residenzen!

Er folgte dem Haushofmeister Shontos über einen langen, gefliesten Säulengang. Kamu, der Hofmeister, war Komawara am Tor entgegengekommen und hatte ihn, obwohl der junge Fürst ohne Gefolge erschienen war, wie einen alten, hochgeschätzten Freund der Familie Shonto begrüßt. Komawara kannte den einarmigen alten Mann vom Hörensagen. Sein Vater hatte häufig von ihm gesprochen, denn Kamu war seinerzeit ein großartiger Schwertkämpfer gewesen – ein Mann, um den sich Legenden rankten. In Seh hätte man solch einen Mann in den niederen Adelsstand erhoben, doch es war bekannt, daß Kamu den Dienst im Hause Shonto für ehrenvoller hielt, als in einer Randprovinz das Leben eines Fürsten zu führen. Es gab viele wie ihn, die sich ebenso entschieden hätten.

Sie bogen um eine Ecke und gelangten zu einem letzten Tor, das Kamu öffnete, worauf er beiseitetrat, um Komawara den Vortritt zu lassen. Als Komawara an ihm vorbeikam, verneigte sich der alte Mann und sagte: »Fürst Shonto erwartet Euch, Fürst Komawara. Möget Ihr einen angenehmen Aufenthalt haben.«

Komawara Samyamu erwiderte die Verneigung und trat durch das Tor. Über mehrere Steinstufen, die in die Böschung eingelassen waren, gelangte der Fürst zu einem Kieferngehölz. Der aromatische Duft der Bäume erinnerte Komawara an die Wälder Sehs. Der Pfad gabelte sich, und an der linken Abzweigung markierte ein faustgroßer Stein, der mit einem Band aus geschmeidig gemachtem Bambus umwickelt war, den Weg, den er einschlagen sollte.

Fürst Komawara verlangsamte willentlich seine

Schritte und begann, auf die Einzelheiten seiner Umgebung zu achten. Es war nicht ausgeschlossen, daß der unmarkierte Weg schneller zum Ziel geführt hätte, doch der andere Weg war für ihn ausgewählt worden, vielleicht wegen einer bestimmten Herbstblume, die hier blühte, oder wegen eines Ausblicks, den Fürst Shonto seinem Gast zu eröffnen wünschte. Es konnte sogar sein, daß unterwegs eine Botschaft auf ihn wartete, und falls dem so war, wollte er sie nicht übersehen. Daher öffnete Fürst Komawara seine Sinne und atmete, als meditiere er.

Der Pfad führte eine Böschung hinab, die großen, flachen Gehsteine verschwanden wie Fußstapfen zwischen den Kiefern. Um ihn herum wuchsen Felsen empor, die eine Grotte bildeten, und nach ein paar Schritten befand er sich auf einmal in einem Kiefernwäldchen. Ein dichter, grüner Moosteppich bedeckte den Boden. Der Weg gabelte sich erneut, und abermals war die linke Abzweigung markiert. Auch dieser Pfad war abschüssig, was bei Komawara die Vorstellung hervorrief, er steige in ein Tal hinab.

Der schwache Wind wehte Flötenmusik heran, und Komawara blieb stehen und lauschte. Die melancholische, einschmeichelnde Melodie war ihm unbekannt. Einen Augenblick lang dachte er an das wunderschöne Fräulein Nishima und fragte sich, ob die Musik wohl von ihr stammte.

Er ging weiter, denn er wollte Fürst Shonto nicht warten lassen, ließ sich aber gleichwohl angemessen Zeit, um den Spaziergang, den sein Gastgeber für ihn ausgewählt hatte, zu genießen. Er gelangte zu einer kleinen, geschwungenen Brücke, unter der das Wasser über Klangsteine sprudelte, und anschließend folgte der Weg dem Wasserlauf ein paar Schritte weit zwischen Linden einher. Als sich die Zweige teilten, kam dahinter ein Teich zum Vorschein – ein Teich, der mit einem Teppich gelber Seerosen bedeckt war, den Lieblingsblumen seines Vaters.

Fürst Komawara setzte sich auf einen Stein aus Granit und betrachtete den Seerosenteich. »Ich habe Euren Vater gekannt«, lautete die Botschaft, »und er war mir ein guter Freund. Hier an diesem Ort, der ihm gefallen hätte, mögen wir sein Andenken ehren.« Als Komawara Samyamu auf seine Sandalen niederblickte, bemerkte er neben dem Stein die Blume seines Hauses, die blasse Nebellilie. Und ihre Blüten waren überschattet von einer Hängebirke, dem Symbol der Klarheit des Handelns; und in der Nähe stand inmitten sorgfältig arrangierter Steine die Shintablume, das Sinnbild des Hauses Shonto – Zeichen der Härte wie der Loyalität.

Fürst Komawara tastete nach dem vertrauten Schwertgriff, doch er war nicht da, denn er hatte das Schwert in Kamus Obhut übergeben. Er erhob sich und ging versonnen weiter, ganz erfüllt vom Andenken an seinen Vater und im Einklang mit sich selbst, mit seiner Umgebung.

Er wandte sich zurück zum Weg, doch sein Körper bewegte sich, als wäre er gewichtslos. Der Pfad stieg zwischen Birken an, deren Blätter bereits ein herbstliches Gelb zeigten. Hinauf ging es, bis der Seerosenteich unter ihm ausgebreitet lag wie eine Stickerei auf dem Kimono einer Frau. Hinter dem Teich erblickte er die umliegende Landschaft, ferne blaue Berge mit weißen Mähnen, als wären es Gespensterlöwen.

Hier auf der Anhöhe entdeckte er ein kleines Gartenhaus im ländlichen Stil, erbaut aus ganz einfachen Materialien. Durch das runde ›Mondfenster‹, das auf den Teich hinausging, erblickte Komawara die Silhouette eines Mannes. Fürst Shonto Motoru.

Als er zur offenen Seite des Gartenhauses kam, sah Komawara, daß Shonto vor einem Tisch saß und eine große Karte studierte. Der junge Fürst verneigte sich förmlich. Shonto blickte auf und nickte ihm lächelnd zu.

»Fürst Komawara. Bitte tretet ein.« Er deutete auf ein Kissen zu seiner Rechten, und Fürst Komawara schlüpfte aus den Sandalen und betrat das Gartenhaus.

Vor dem Mondfenster lagen der Seerosenteich und der Rest des Geländes ausgebreitet – die Berge in der Ferne sorgten für Ausgewogenheit und Kontrast. Aus der angrenzenden offenen Seite ging der Blick zu den Hügeln im Nordosten der Stadt hinaus, darunter der Hügel der Göttlichen Eingebung mit seinen sieben großen Tempeln.

Auf einem kleinen, runden Sockel stand unter dem Mondfester eine schlichte Vase mit einem Arrangement aus Kiefernschößlingen, dem Symbol der Beständigkeit des Lebens, und rotgefärbten Ahornzweigen als Zeichen der Vergänglichkeit. Das Arrangement war schlicht, elegant und sorgfältig ausgeführt.

»Möchtet Ihr Fleisch oder Reiswein? Oder vielleicht lieber Cha?«

»Danke, Wein wäre mir recht.«

»Hat Euch der Abend im Palast gefallen?« erkundigte sich Shonto, während er die Hand hob und sie ein wenig drehte, um einem unsichtbaren Bediensteten ein Zeichen zu geben.

»Ja, es war sehr unterhaltsam. Ich muß sagen, Eure Tochter spielt ausgezeichnet.«

»Fräulein Nishima wird sich über Euer Lob freuen. Vielleicht wird sie sich uns später noch anschließen«, sagte Shonto und bemerkte, wie sich Fürst Komawaras Pupillen vor Freude weiteten. »Bedauerlicherweise konnte ich Fräulein Kitsura so kurzfristig nicht ebenfalls einladen. Sie ist eine angenehme Gesellschafterin, meint Ihr nicht auch?«

Komawara lachte. »Ja, gewiß. Wenn Ihr soviel Schönheit an Eurem Tisch versammeln würdet, könnte ich mich jedoch auf nichts anderes mehr konzentrieren. Schon jetzt erfordern die Aussicht und der wunderschöne Garten meine ganze Aufmerksamkeit. Allerdings seid Ihr, Fürst Shonto, gewiß disziplinierter als ich. Wie ich sehe, vermögt Ihr Euch für die anstehenden Aufgaben zu sammeln«, er deutete auf die Karte, »ohne Euch ablenken zu lassen.«

Shonto lächelte. Ein Bediensteter schenkte ihnen schweigend Wein ein.

»Ihr solltet fehlende Wahlmöglichkeiten nicht mit Disziplin verwechseln. Die Umstände zwingen mich dazu, mich mit mit der bevorstehenden Reise nach Seh zu beschäftigen.« Shonto kostete vom kühlen Wein und blickte auf die vor ihm ausgebreitete Karte. »Seid Ihr auf dem Weg nach Süden auf irgendwelche Schwierigkeiten gestoßen?«

Komawara folgte dem Blick des Fürsten und zeichnete im Geiste die Route nach, die er von Seh aus eingeschlagen hatte – siebenhundert Rih über den Großen Kanal. »Ich bin mit einer bescheidenen Streitmacht gereist, in Begleitung meiner Leibgarde und einer Gruppe anderer Reisender. Banditen haben wir keine gesehen, wenngleich wir von zahlreichen Zwischenfällen hörten. Hier« – Komawara deutete auf einen Punkt, etwa auf halber Strecke – »wurde ich aufgrund der Fehde zwischen den Butto und den Hajiwara aufgehalten. Ich selbst habe keinen Tribut gezahlt – da habe ich mich geweigert! –, die anderen aber wollten lieber zahlen als warten. Damit machen sie Geschäfte. Die Hajiwara halten jedermann auf, um von denen zu kassieren, die in Eile sind. Am liebsten würden sie eine Durchreisesteuer erheben, doch damit würden sie den Kaiser wohl zum Handeln zwingen.«

»Hm, eine schwierige Sache, diese Fehde.«

»Ja, und man sollte sie schleunigst beenden. Ein Krieg, der den Verkehr auf kaiserlichen Wasserstraßen lahmlegt, darf nicht hingenommen werden! Die Butto und die Hajiwara fordern von denen, die dumm genug sind zu bezahlen, praktisch Tribut ein. Und der Kaiser schaut tatenlos zu!« Der junge Fürst nahm, von seinem Ausbruch in Verlegenheit gebracht, einen Schluck Wein.

»Auch ich betrachte diese Lage mit Sorge. Ich möchte auf dem Weg nach Seh nicht aufgehalten werden. Erinnert Ihr Euch von Eurer Reise her noch an den Verlauf der Stellungen?«

Fürst Komawara setzte seine Schale ab und stützte einen Ellbogen auf den Tisch, während er sich über die kunstvolle Karte beugte. Die Art und Weise, wie er sich dabei die Stirn massierte, erinnerte Shonto an seinen Vater.

Bei dem Gebiet, das zum Streitfall zwischen den Butto und den Hajiwara geworden war, handelte es sich um eine Schlucht am Großen Kanal, die von hohen Granitfelsen umgeben war. Auf der Karte verbreiterte sich an dieser Stelle der Kanal, in dessen Mitte eine Insel lag, die an ein Auge erinnerte – das Auge des Sturms, der ringsumher tobte. Bloß weil sie die Schleusen besetzt hatten, war es den beiden Familien gelungen, auf dem Gebiet des jeweiligen Gegners Fuß zu fassen.

Komawara Samyamu hatte als Krieger und Einwohner von Seh, der einzigen Provinz des Landes, die gezwungen war, ihre Grenzen zu verteidigen, sogleich ein Interesse an der Auseinandersetzung gefaßt, und diese Sichtweise schätzte Shonto.

Der junge Fürst legte den Finger auf die Karte. »Die Schleusen im Süden werden von den Butto gehalten, die an der gesamten Westseite auf dem Gebiet der Hajiwara Erdwälle errichtet haben. Diese Befestigungen wurden nicht über Nacht erbaut, sondern unter bestmöglicher Ausnutzung der örtlichen Gegebenheiten sorgsam geplant.« Komawaras Hand beschrieb einen

Bogen über das westliche Flußufer. »Die äußeren Befestigungen, bestehend aus teilweise verstärkten Erdwällen und Gräben, führen von den Felsen oberhalb des Flusses bis zu einer Granitformation, die ungefähr hier liegt.« Er tippte mit dem Zeigefinger aufs Papier. »Die inneren Befestigungen bestehen aus Holz und werden nach hinten zu von den Steilfelsen abgeschirmt. Die den Kanal überspannende Brücke ist auf beiden Seiten mit Palisaden aus Stein geschützt, doch am Ostufer, auf der Seite der Butto, gibt es keine Befestigungen, obwohl die Wachtürme entlang des Kanalufers nur einen Steinwurf entfernt sind.

Die Hajiwara konnten auf die Befestigungen verzichten, da sie den kaiserlichen Wachturm an den Nordschleusen besetzt halten. Dieser Turm steht auf einem Felsvorsprung, der eine natürliche und nahezu uneinnehmbare Festung darstellt. Ob der Sohn des Himmels dabei seine Hand im Spiel hatte, darüber wird immer noch viel debattiert, wenngleich ich selbst Zweifel an dieser Theorie habe. Ich glaube, die Hajiwara haben die Festung mit der denkbar einfachsten Taktik erobert: mittels Bestechung. Das ist ihre Art. Vom Wachturm aus haben sie die Front dann über die Ebene bis zu den Hügeln vorgeschoben. Hier haben ihnen die Butto dann Einhalt geboten, und seitdem sind die Frontlinien unverändert.«

»Was haltet Ihr von den Palisaden? Könnte man sie überwinden?« fragte Shonto.

Komawara überlegte kurz, ob der große General ihn etwa gönnerhaft behandelte, kam aber zu dem Schluß, daß dem nicht so sei – das hatte Fürst Shonto nicht nötig. Außerdem wurde Komawara bewußt, daß Shonto sich anscheinend schon eingehend mit der dortigen Lage befaßt hatte – daher stellte er ihn wohl auf die Probe, suchte herauszufinden, wieviel er wußte und wie er darüber dachte. Komawara zwang sich zur Ruhe, denn seine Antwort konnte entscheidenden Einfluß auf seine Zukunft haben.

»Soweit mir bekannt ist, weisen die Befestigungen keine offensichtlichen Schwachpunkte aus, und beide Parteien haben den großen Vorteil, im Rücken von Steilfelsen geschützt zu sein, während das gegenüberliegende Ufer viele Rih weit vom jeweiligen Gegner beherrscht wird.

Um die Bollwerke zu überwinden, müßte man die Brücken zerstören und die Stellungen isolieren. Ein massierter Frontalangriff und eine langwierige Belagerung würden sicherlich zum Erfolg führen, doch das würde Monate dauern. In dieser Zeit würde man die Brücken womöglich wieder aufbauen, und das wäre ihre Rettung.« Komawara wurde bewußt, daß er laut nachdachte, eine entschiedene Entgegnung blieb jedoch aus.

»Heimliches Vorgehen«, sagte er nach einer Weile. »Heimliches Vorgehen und ein Überraschungsangriff. Einen anderen Weg wüßte ich nicht. Entweder man nimmt die Brücke ein oder findet einen anderen Weg in eine der Festungen. Es wäre schwierig, vielleicht sogar undurchführbar, aber es wäre die einzige Möglichkeit.« Komawara stockte erneut, denn ihm wurde klar, daß er keine Lösung wußte und so weit von den Festungen entfernt, die den Kanal bewachten, auch keine finden würde. Ich habe die Prüfung nicht bestanden, dachte er und bemühte sich, seine Enttäuschung zu verbergen.

Shonto nickte, ohne von der Karte aufzusehen. »Meine Generäle sagen das gleiche, so daß wir bislang noch keine Lösung für das Problem gefunden haben. Vielleicht werden wir die auch gar nicht brauchen. Ich danke Euch für Euren Rat.« Shonto nickte, als wäre er es zu zufrieden, und rollte die Karte bedächtig zusammen.

Shontos nächstes Zeichen an die Bediensteten war

so subtil, daß Fürst Komawara es nicht bemerkte. Doch auf einmal wandte Shonto sich zu ihm um und bemerkte: »Es wäre mir eine Ehre, wenn Ihr Euch einen Augenblick lang Zeit nehmen würdet, die Bekanntschaft meines Handelsbeauftragten zu machen; ich glaube, es wird Euch interessieren, was er zu sagen hat.«

Shonto sagte dies in einem Ton, als wollte er betonen, wie trivial dieses Thema für Fürsten ihres Ranges sei, daß er es aber gleichwohl für geraten halte, diesem Mann, der sich mit Geld beschäftigte, ebenso zuvorkommend zu begegnen wie einem alten Verwandten.

»Es wäre mir eine Ehre, Fürst Shonto. Ich würde es keinesfalls als Störung betrachten«, antwortete Komawara, indem er Fürst Shontos Mischung aus Belustigung und Höflichkeit nachahmte.

Und da näherte sich auch schon der Kaufmann Tanaka über die Anhöhe. Er war ebenso gekleidet wie zuvor und schritt wie ein Bediensteter einher, den Blick zu Boden gerichtet und mit ernster Miene, in allen Bewegungen unterwürfig. Nach dem Bericht über Tanakas Unterhaltung mit dem Wächter hätte Shonto angesichts dieses demütigen Gebarens beinahe herausgelacht. Hoffentlich übertreibt er nicht, dachte der Fürst, plötzlich von bösen Vorahnungen erfüllt.

Tanaka näherte sich dem Gartenhaus und kniete auf dem feinen Kies davor nieder. Er verneigte sich, ohne aufzusehen.

Als Shonto seinen Handelsbeauftragten so betrachtete, verspürte er auf einmal Überdruß. Ich bin schon von genügend Intrigen und Falschheit umgeben, dachte er.

»Tanaka-sum«, sagte Shonto und überraschte den Kaufmann damit, daß er in Gegenwart eines Fremden die Höflichkeitsform gebrauchte. »Kommt, wir haben keine Zeit für diese Scharade. Fürst Komawara ist sich über die Bedeutung Eurer Stellung im klaren. Setzt Euch zu uns.« Shonto bedeutete den Bediensteten, einen weiteren Tisch zu bringen. So, dachte der, dieser Jüngling soll ruhig wissen, wie es steht. Ich hatte recht heute morgen, ich habe keine Zeit, Kinder zu hätscheln.

Wenn Komawara sich daran störte, so ließ er es sich nicht anmerken.

»Fürst Komawara, es ist mir eine Ehre, Euch Tanaka-sum vorzustellen, meinen hochgeschätzten Berater. Tanaka-sum, Ihr habt die Ehre, den Sohn eines alten Freundes und Verbündeten der Shonto kennenzulernen, Fürst Komawara Samyamu.«

Die beiden Männer verneigten sich, Tanaka tiefer als der Fürst, dann richtete er sich auf und trat zu Shonto und dessen Gast in das kleine Gartenhaus. Ein Tisch wurde gebracht, und ein Bediensteter schenkte dem Kaufmann Met ein.

»Wir haben soeben über die bevorstehende Reise nach Seh gesprochen. Fürst Komawara ist erst kürzlich über den Kanal nach Süden gereist.«

Tanaka setzte seine Schale ab. »Ah, und werdet Ihr mit Fürst Shonto wieder nach Norden reisen?«

»Darüber habe ich noch nicht nachgedacht. Allerdings muß ich bald nach Seh zurückkehren. Die Lage dort ist höchst unsicher. Ich möchte nicht länger wegbleiben als nötig.«

»Es wäre mir sehr recht, Fürst Komawara, wenn Ihr mit uns nach Seh reistet«, sagte Shonto, »wenngleich ich bereits in ein paar Tagen aufzubrechen gedenke und keine Zeit für Muße haben werde. Aber vielleicht könnt Ihr ja in der Zwischenzeit Eure Geschäfte in der Hauptstadt zum Abschluß bringen?«

»Das ist ein großzügiges Angebot, Fürst Shonto. Ich werde sehen, ob dies möglich ist.«

»Bitte tut das, Eure Gesellschaft wäre mir höchst willkommen.« Auf ein Zeichen Shontos hin schenkte ein

Bediensteter Wein nach. »Tanaka-sum, berichtet uns von der erwähnten Unternehmung, ich glaube, das würde unseren Gast interessieren.«

Tanaka setzte seine Schale ab und räusperte sich leise. »Auf Fürst Shontos Bitte hin habe ich einen Vertrag über den Ankauf der kompletten Corrapfefferernte eines Pflanzers unterzeichnet, dessen Felder auf der südlichsten Barbareninsel liegen. Aufgrund einer Verstimmung der Götter hat ein heftiges Unwetter die Corrapfefferernte auf den übrigen Inseln vernichtet. Dieses fürchterliche Unglück verschafft uns nun die Kontrolle über praktisch den gesamten verbliebenen Corrapfeffer. Aufgrund der erwähnten unglücklichen Umstände werden die Preise für Corrapfeffer dieses Jahr vermutlich in die Höhe schnellen – zwar werden wir viel Geld aufwenden müssen, um unsere Ware vor den skrupellosen Barbaren zu schützen, doch wenn Botahara es will, dürfte gleichwohl ein großer Gewinn zu erzielen sein.«

Tanaka blickte Fürst Shonto an, dann fuhr er fort: »Da das Geschäft beträchtliche Investitionen erfordert, habe ich auf Anraten Fürst Shontos nach Geschäftspartnern Ausschau gehalten, um das Risiko zu teilen … und natürlich auch den Gewinn. Aus persönlichen Gründen war ein geschätzter Freund gezwungen, von einer Beteiligung Abstand zu nehmen. Daran ließ sich nichts ändern«, setzte Tanaka eilends hinzu, »und man kann ihm gewiß keinen Vorwurf daraus machen, doch Ihr werdet verstehen, daß wir nun eines oder mehrerer neuer Partner bedürfen.«

»Ich kenne zwar Eure Pläne nicht, Fürst Komawara«, sagte Shonto, »doch wäre dies eine gute Gelegenheit für Euch, und wir würden uns freuen, wenn Ihr Euch beteiligtet. Ihr könntet soviel investieren, wie Ihr riskieren wollt, und zwar bis zu einer Summe von …« Er blickte Tanaka an.

»Etwa zweihunderttausend Ril.«

Fürst Komawara schüttelte den Kopf. »Das wäre zuviel der Großzügigkeit, Fürst Shonto«, protestierte er. Er wollte fortfahren, vermochte seine Gedanken aber nicht so schnell zu ordnen.

»Natürlich würde man einen Teil Eures Gewinns einbehalten, Fürst Komawara«, setzte Tanaka eilends hinzu. Er zupfte verlegen an dem Ring, den er am kleinen Finger trug. »Sagen wir, zehn Teile… nein, zwölf Teile von hundert.«

Der junge Fürst dachte eine Weile nach. »Mit zwölf wäre ich einverstanden.«

»Zehn wären das übliche, Fürst Komawara«, erwiderte Shonto mit einem Blick auf seinen Handelsbeauftragten, dem dieser allerdings auswich.

»Euer Angebot ehrt mich, Fürst Shonto, doch ich glaube, Ihr werdet Verständnis dafür haben, daß ich nur dann einwilligen kann, wenn ich sicher bin, daß es sich um kein Almosen handelt.« Weshalb, überlegte Komawara, setzt Shonto sich für einen so unbedeutenden Mann wie mich ein? Hat er wirklich so große Stücke auf meinen Vater gehalten?

Shonto tat so, als ließe er sich Komawaras Einwand durch den Kopf gehen, doch tatsächlich beschäftigte ihn die Einschätzung, die der junge Fürst von den Übergriffen der Barbaren gegeben hatte. Ja, dachte Shonto, was er sagt, hat Hand und Fuß. Dabei ist keinem meiner Generäle etwas Besonderes aufgefallen.

»Fürst Komawara, es liegt mir fern, Euch ein Almosen anzubieten, das Ihr gewiß nicht nötig habt – vielmehr erwarte ich für diesen kleinen Gefallen eine Gegenleistung von Euch. Und zwar jetzt gleich. Ich brauche Euren Rat – dies ist mir bereits bei unserer ersten Unterhaltung klar geworden. Außerdem schätze ich die Loyalität der Komawara – für diesen Charakterzug ist Eure Familie bekannt, und er ist unbezahlbar. Wenn Ihr im Namen der Komawara Handel zu treiben wünscht, biete ich Euch die Gelegenheit dazu. Als Gegenleistung erhoffe ich mir, daß Ihr mich nach Seh begleitet und mir mit Rat und Tat zur Seite steht.«

Komawara schwieg. Er machte den Eindruck, als wöge er Shontos Worte so sorgfältig ab, als bestünden sie aus reiner Luft. Gleichwohl fand er keine Spur von Täuschung darin. Ich binde mich an die Shonto und damit an deren Schicksal, dachte er, eine Vorstellung, die ihn ein wenig beunruhigte. Er nahm einen Schluck Wein, setzte die Schale wieder ab und sagte: »Ich nehme Euer Angebot an, Fürst Shonto, Tanaka-sum. Ich fühle mich geehrt und hoffe, mein Rat wird sich als ebenso gewinnbringend erweisen wie Eure Investition.« Jetzt ist es geschehen, dachte Komawara.

»Daran habe ich keinen Zweifel.« Shonto wies die Bediensteten mit einer Handbewegung an, Wein nachzuschenken. »Wir sollten jetzt speisen – so feiert man am besten, nicht wahr? Tanaka, werdet Ihr uns Gesellschaft leisten?«

Der Kaufmann ging für einen Augenblick mit sich zu Rate. »Eure Einladung ehrt mich, Herr, aber es gibt so vieles, worum ich mich vor Eurer Abreise noch kümmern muß...«

Shonto wandte sich an Komawara. »Ich darf gar nicht daran denken, meine Gefolgsleute von ihren Pflichten abzuhalten. Ein weitverbreitetes Problem, meint Ihr nicht auch?«

»Ein Problem, mit dem sich die meisten Fürsten gerne herumschlagen würden, Herr.«

»Tanaka-sum, ich beuge mich Eurem Pflichtgefühl. Dann ein andermal.«

Tanaka verneigte sich vor den beiden Fürsten und entfernte sich mit der stillen Würde, die Shonto so an ihm bewunderte.

»Nun, Fürst Komawara, ich glaube, wir beide werden uns auch zu zweit beim Essen vergnügen, was meint Ihr?«

Komawara nickte. Bedienstete brachten das Mittagsmahl – einfache, aber schmackhafte Speisen, elegant serviert in dem Gartenhaus, das Ausblick bot auf den Teich mit den gelben Seerosen. Die Speisen, der edle Wein und Shontos Unterhaltung versetzten Komawara in einen nahezu euphorischen Zustand. Der Verbündete Shontos zu sein, erschien ihm auf einmal weniger einschüchternd als eben noch.

»Die erlesenen Speisen, Fürst Shonto, hätten selbst einen Kaiser zufriedengestellt.«

Shonto deutete eine Verneigung an. »Das freut mich zu hören. Cha?«

»Danke, gern.«

Vom Weg her vernahm man das Rascheln von Seide, und dann erschien wie gerufen das edle Fräulein Nishima, gefolgt von zweien ihrer Hofdamen und einer jungen Zofe. So bezaubernd sie Komawara bereits bei Mondschein erschienen war, brachte doch erst die Sonne ihre wahre Schönheit zum Vorschein, was sie mit der Blüte der Morgenrebe gemeinsam hatte.

Bekleidet mit einem frühlingsgrünen, mit Gingkoblättern bestickten Gewand, schien das erhabene Fräulein Nishima Fanisan Shonto inmitten ihrer Begleiterinnen zu strahlen, als enthielte die Sonne diesen ihre Wärme vor. Als Nishima stehenblieb, sich vorbeugte und einen Busch am Wegesrand betrachtete, sah man in ihrem zarten Nacken das Gold an der Innenseite ihres Kimonos. Fürst Komawara war hingerissen und gleichzeitig furchtbar aufgeregt.

Als sie ihren Onkel sah, lächelte Nishima voll ungeheuchelter Zuneigung. Sie reichte ihren Sonnenschirm der Zofe, schlüpfte aus den Sandalen und betrat erst dann das Gartenhaus. Die beiden Fürsten erwiderten ihre förmliche Verneigung.

»Nishima-sum, wie schön, daß du uns Gesellschaft leistest.«

»Ihr wart so freundlich, mich einzuladen, Onkel.« Sie holte einen Fächer in Form eines Gingkoblatts aus der Ärmeltasche und klappte ihn unbefangen auf. »Fürst Komawara, wie nett, Euch so bald wiederzusehen. Hat Euch das Fest des Kaisers gefallen?«

»Sehr. Seitdem klingt mir Eure Musik in den Ohren und versüßt mir den Tag.«

»Ihr seid zu freundlich«, sagte sie, wirkte jedoch nicht ungehalten über sein Lob.

»Hast du schon unseren neuen spirituellen Berater kennengelernt?« erkundigte sich Shonto.

Nishima wandte sich ihrem Onkel zu. Sie betrachtete ihn forschend, suchte nach den Nachwirkungen des Mordanschlags, entdeckte in seinem Gesicht aber weder Besorgnis noch Angst. Eigentlich wirkte er vollkommen entspannt – rasch warf sie seinem Gast einen Blick zu.

»Noch nicht, Herr, man hat mir aber gesagt, er wolle hierherkommen.«

Shonto nickte zum Weg hin, und als Nishima seinem Blick folgte, sah sie einen jungen Mönch des botahistischen Ordens, der sich ihnen näherte.

Ja, dachte Nishima, *das ist er*, jetzt fällt es mir wieder ein. Auf einmal stand der kleine Mönch im Kickboxring wieder deutlich vor ihrem geistigen Auge. Die anderen Kämpfer hatten so kräftig gewirkt, und der junge Mönch so klein… wenn auch vollkommen ruhig. Die gleiche Ruhe strahlte auch dieser Bruder aus, und während sie ihm entgegensah, wurde sie überwältigt von einem gänzlich unerwarteten Gefühl. Das edle Fräulein Nishima wollte sich plötzlich verstecken. Sie blickte sich voller Panik um, dann gewann ihre jahrelange Erziehung die Oberhand, und sie faßte sich wieder. Die jähe Gefühlsaufwallung hatte sie allerdings heftig verwirrt.

Shuyun, der Mönch, blieb am Eingang des Gartenhauses stehen und verneigte sich vor seinem Lehnsfürsten und dessen Gästen.

»Bruder Shuyun, bitte tretet ein«, sagte Shonto und gab den Bediensteten ein Zeichen. Die kleinen Tische wurden gegen einen großen ausgetauscht, was Nishima überraschte, da dieses Arrangement eigentlich nur der engsten Familie vorbehalten war.

Bruder Shuyun wurde Nishima und Fürst Komawara förmlich vorgestellt, ohne daß diese sich die heftige Neugier, die sie dem jungen Novizen entgegenbrachten, hätten anmerken lassen. Nishima war nach allem, was sie von der morgendlichen Vorstellung des Mönchs gehört hatte, besonders gespannt.

Die Utensilien für die Teezubereitung wurden gebracht, und das edle Fräulein Nishima, eine der berühmtesten Gastgeberinnen der Hauptstadt, nahm sich der Vorbereitungen an. Währenddessen lenkte sie die Unterhaltung entschieden und mit großem Geschick, was auf Fürst Komawara, der die Weltläufigkeit der Frauen der Hauptstadt einschüchternd fand, einen starken Eindruck machte.

Wie jede Beschäftigung der Aristokratie war auch das Teetrinken formalisiert und bestimmt von einer ganz besonderen Ästhetik, wenngleich es in der Oberschicht im Gegensatz zu gewissen Sekten des Reiches keinen rituellen Charakter besaß. Die Formalisierung in der gegebenen Form erlaubte es Nishima, ihren großen Einfallsreichtum hinsichtlich der sozialen Aspekte des Teetrinkens voll zu entfalten. Heute aber hatte sie etwas anderes vor, das keiner der Anwesenden mit Cha in Verbindung bringen würde. Das Problem dabei war, es auf natürliche Weise vorzubringen.

»Werdet Ihr Fürst Shonto nach Seh begleiten, Bruder Shuyun?« fragte Komawara. Er hatte Mühe, den Blick von Nishima zu wenden, wenngleich die Disziplin bei ihm allmählich wieder die Oberhand gewann.

»Die Entscheidung liegt bei Fürst Shonto«, antwortete der Mönch, dann schwieg er wieder.

Nishima verspürte auf einmal Widerwillen gegen den botahistischen Mönch und seine kühle Art. So sind sie eben, dachte sie. Gleichwohl ärgerte sie sich. Sie betrachtete den Mönch, der ihr gegenüber vor dem Tisch kniete, und forschte nach dem Menschen hinter der Maske. Davon war sie auch schon bei Bruder Satake besessen gewesen, ihrem früheren spirituellen Berater. Bei Satake-sum hatte sie zu allen möglichen Listen Zuflucht gesucht, um ihn zum Lachen zu bringen oder zu reizen – jedenfalls, um ihm eine menschliche Reaktion zu entlocken. Das Ergebnis war allerdings zumeist enttäuschend ausgefallen.

Als der Tee eingeschenkt und vorschriftsmäßig ausgeteilt war, stellte Nishima dem Fürsten Komawara Fragen nach Seh, den Barbaren und ihren Gründen.

Fürst Komawara antwortete ihr, darauf bedacht, daß die Unterhaltung sich nicht allzu weit von dem bei derartigen Gelegenheiten üblichen Plauderton entfernte. »Ihre Gründe unterscheiden sich von den unseren, erlauchtes Fräulein. Man darf sie nicht nach unseren Maßstäben beurteilen. Wer weiß schon, was geschehen wird? Ich vermag nicht in die Zukunft zu blicken, und dafür bitte ich um Verzeihung.« Er verneigte sich mit gespielter Ernsthaftigkeit.

»Fürst Komawara, Ihr braucht Euch nicht bei mir dafür zu entschuldigen, daß Ihr nicht in die Zukunft blicken könnt. Das kann ich nämlich selbst.«

Shonto kannte den Humor seiner Tochter und nahm den Köder bereitwillig auf. »Nishi-sum, wie kommt es, daß mir deine Gabe bislang verborgen geblieben ist? Oder ging sie in deinen unzähligen anderen Talenten einfach unter?«

»Keineswegs, Herr, es ist so, wie Ihr sagt. Ihr seid viel zu aufmerksam, als daß Euch eine solche Begabung Eurer Lieblingstochter hätte entgehen können. Der Grund, weshalb Ihr nichts davon wißt, ist der, daß ich mir meiner Gabe erst heute morgen bewußt geworden bin. Und zwar kurz nach Sonnenaufgang, um genau zu sein. Ich kämmte mir das Haar, als ich auf einmal« – ihre Augen weiteten sich – »von einer tiefen Erkenntnis überwältigt wurde! Ja, und da dachte ich mir gleich, ich muß den Menschen in meiner Umgebung sagen, wie ihre Zukunft aussehen wird. Das werden sie höchst nützlich finden.«

»Ah«, meinte Shonto, ohne eine Miene zu verziehen, »eine tiefe Erkenntnis! Haben die botahistischen Brüder auf diesem Gebiet bereits ähnliche Erfahrungen gemacht, Shuyun-sum?«

»Gewiß, Fürst Shonto, und es ist allgemein bekannt, daß sich diese Erfahrungen häufig beim Kämmen einstellen. Deshalb müssen sich die Neophyten die Köpfe rasieren – sie sollen nämlich erst dann zu höherer Erkenntnis gelangen, wenn sie auf diese Erfahrung vorbereitet sind.« Er endete mit einem Lächeln, was Nishima erschauern ließ.

Der Mensch hinter der Maske! dachte sie, doch das Lächeln verflog gleich wieder, und dann saß ihr abermals einer der Schweigsamen gegenüber, reglos, ohne erkennbare Gefühle.

»Nun denn, hochwohlgeborenes Fräulein Wahrsagerin, ich jedenfalls wüßte gern, welche tiefen Erkenntnisse Ihr gehabt habt, falls Ihr uns die Ehre erweisen wollt, sie uns mitzuteilen«, sagte Shonto.

»Mit Freuden, Herr, doch ich muß Euch warnen... Ich übernehme keine Verantwortung für das, was Ihr über Eure Zukunft erfahren werdet, sei es nun gut oder schlecht.«

»Einverstanden«, gab Komawara zurück, »wir werden allein die Götter zu Rechenschaft ziehen.« An den botahistischen Mönch gewandt setzte er hinzu: »So Botahara will.«

Die versammelten Gäste taten so, als hätten sie den Verweis auf die Götter, die mythischen Wesenheiten, an deren Stelle der Botahismus getreten war, nicht gehört, während Shonto unwillkürlich dachte: Ja, es stimmt, er *kommt* aus der Provinz.

Nishima holte einen mit einem Muster aus weißen Glyzinien verzierten Lederbecher aus dem Ärmel. Als sie ihn schüttelte, brachte das Geklimper alle zum Lachen, denn jeder kannte das Geräusch – es stammte von den Münzen des Kowan-sing.

Das Kowan-sing war eine der zahllosen Methoden, die Zukunft vorherzusagen. Zu diesem Zweck waren im Laufe der Zeit alle möglichen Gegenstände verwendet worden: Knochen, Gesichtsfalten, Steine, Kristalle, Eingeweide, Spielkarten, selbst das Gii-Brett. Das Kowan-sing besaß jedoch eine weit zurückreichende Geschichte, die ihm Glaubwürdigkeit verlieh; angeblich wurde es bereits von den Ureinwohnern des Landes praktiziert, das vor so langer Zeit von den Fünf Prinzen erobert worden war, daß sich die Geschichtschroniken über den Zeitpunkt uneinig waren.

»Wer möchte der erste sein?« fragte das edle Fräulein Nishima, erneut mit den Münzen klimpernd.

»Die Ehre gebührt Fürst Komawara«, erklärte Fürst Shonto bestimmt.

Die Schalen wurden beiseitegerückt, um Platz für den Münzwurf zu schaffen.

»Seid Ihr bereit, Eure Zukunft zu erfahren, Fürst Komawara?« fragte Nishima.

Fürst Komawara nickte, worauf Nishima die sieben Silbermünzen in einer flüssigen Bewegung auf die Tischplatte warf.

Alle beugten sich vor, um die Anordnung der Münzen zu begutachten.

»Hier sehen wir offenbar das Bild des *Bootes*, Fürst Komawara, Symbol der Reise und des Wohlergehens«, sagte Nishima, ohne vom Tisch aufzusehen.

»Wenn man diese beiden Münzen ein wenig verrückte, wäre es *Die Wolke*, meinst du nicht auch?« bemerkte Fürst Shonto.

Die Wolke war das Zeichen für Liebe, wie alle wußten, und Fürst Shonto hatte Komawara mit seiner Bemerkung in Verlegenheit gebracht.

Nishima aber wirkte nicht im mindesten befangen. »Ihr habt recht, Onkel, doch *Das Boot* ist zu deutlich, als daß *Die Wolke* hier Einfluß hätte, verzeiht, wenn ich das sage.«

»Ich verbeuge mich vor deinem überlegenen Wissen.« Shonto nickte seiner Tochter zu.

»Hier sieht man, daß eine Münze aus dem Kiel ausschert, Fürst Shonto.« Nishima tippte die Münze behutsam mit dem Zeigefinger an, ohne sie zu verrücken. »Dies deutet auf Gefahr hin, auf etwas, wovor Ihr Euch hüten solltet; vielleicht bezieht sich dies auf Eure Reise in den Norden, worauf *Das Boot* hindeuten würde. Es könnte aber auch sein, daß der Wohlstand Gefahren für Euch bereithält. Und die Münzen hier deuten auf einen kippenden Mast hin, ein weiterer Hinweis darauf, daß Euch in naher Zukunft Gefahr droht. Ihr allein mögt wissen, was dies sein könnte.« Sie berührte eine andere Münze, der als einziger nicht der Umriß des *Bergs der Göttlichen Eingebung* aufgeprägt war. »Hier, das Hauptkowan ist die Versuchung; der geöffnete Fächer. Allein die Zeit wird erweisen, was sich hinter dem Fächer verbirgt. Sicher ist nur, daß die Versuchung in Eurer Zukunft eine Rolle spielen wird, möglicherweise in Verbindung mit Reichtum, doch da bin ich mir nicht sicher. Versuchung kann jedoch gefährlich sein.« Als Nishima aufblickte und die ernste Miene der anderen bemerkte, fiel ihr wieder ein, daß alles bloß als Spaß gedacht gewesen war.

»Ihr scheint die Gefahr anzuziehen, Fürst Komawara«, flüsterte sie. »Vielleicht ist es unklug, wenn wir uns in Eurer Nähe aufhalten.« Sie blickte mit aufgerissenen Augen umher, als drohte etwas Schreckliches vom Himmel zu fallen. Alle lachten anerkennend. Und dann setzte sie mit der Stimme eines alten Weibes hinzu: »Ihr solltet Euer Schwert gut schärfen, junger Herr. Die weite Welt ist voller... Gefahren! Ihr solltet hinter Euch schauen... und vor Euch, rechts und links nicht zu vergessen. Gefahr, Gefahr, Gefahr...« Als sie verstummte, wurde applaudiert.

Wasser wurde gebracht, und Nishima nahm sich einen Augenblick Zeit, frischen Cha zu bereiten.

»Ich glaube, Onkel, jetzt seid Ihr an der Reihe.«

»Es ist mir eine Ehre.«

Das edle Fräulein Nishima sammelte die Münzen ein und schüttelte den Lederbecher. Zweimal nahm sie den Deckel ab und machte Anstalten, die Münzen zu werfen, hielt jedesmal aber wieder inne, als sei ihr die Inspiration plötzlich abhanden gekommen. Dann auf einmal sah sie mit einem schelmischen Lächeln auf.

»Es macht dir wohl Spaß, mich auf die Folter zu spannen«, bemerkte Shonto.

Lachend warf seine Tochter die Münzen des Kowansing, und der nachwehende lange Ärmel beschrieb einen anmutigen Bogen.

Shonto stützte den Ellbogen auf den Tisch, so daß er Nishima die Sicht auf die Münzen verdeckte. »Nun, Nishi-sum! Das ist ja höchst interessant, äußerst ungewöhnlich!«

Sie stimmte in das allgemeine Gelächter ein und drückte seinen Arm beiseite. »Ja, Onkel, das ist wirklich interessant. Wer hätte gedacht, daß Euer Muster *Der*

Drache sein würde? Das Bild ist nicht so deutlich ausgeprägt wie das des Fürsten Komawara, aber die Augen sind erkennbar, und hier«, sie zeigte darauf, »ist der geschwungene Schwanz. *Der Drache* steht für Macht und Geheimnis.«

Nishima stockte und studierte die Münzen mit größter Konzentration. Im Süden flog ein Schwarm Kraniche über die Ebene, ohne von der Gesellschaft im Gartenhaus bemerkt zu werden.

»Geheimnis und Macht sind die Schlüssel zu Eurer Zukunft. Vielleicht wird eine äußere Macht, deren Ursprung allerdings im Dunkeln liegt, Einfluß auf Euch und Eure Vorhaben nehmen. Der Körper des Drachen wirkt eigentümlich verkrümmt, vielleicht ein Hinweis darauf, daß die Macht in unerwarteter Gestalt erscheint. Da«, sagte sie und deutete auf eine Münze, die mit dem Fächer nach unten lag. Die andere Seite zeigte *Das Schwert in der Scheide.* »Das Hauptkowan ist die verborgene Gefahr. Es läßt sich nicht erkennen, ob das Schwert scharf ist oder stumpf, doch es bedeutet stets Gefahr und darf niemals übersehen werden. Das Schwert in der Scheide deutet außerdem auf Verrat hin – etwa auf eine Gefahr, die von einem Verbündeten droht.«

»Kann es nicht auch Frieden bedeuten?« bemerkte Shonto.

»Durchaus, Herr. In Verbindung mit dem Drachen ist diese Deutung allerdings höchst unwahrscheinlich. Verzeiht, wenn ich das sage.«

Shonto zuckte mit den Schultern. »Du bist es, die aus tiefer Erkenntnis spricht.«

»Vielleicht solltet Ihr Euch für den Rest des Jahres in unseren Sommerpalast zurückziehen.« Nishima lächelte. »Ich glaube, ich habe eine Belohnung verdient. Cha. Wer möchte noch welchen?«

Abermals wurde Cha aufgebrüht. Nishima hätte am

liebsten auch ihrem neuen spirituellen Berater die Zukunft vorhergesagt, traute sich aber nicht, dies vorzuschlagen, da sie sich über seine Einstellung zu derlei Frivolitäten nicht klar war. Gleichwohl hätte sie gern gewußt, was die Münzen über diesen stillen Mönch verrieten, der von nun an ihrer engsten Familie angehörte. Nicht zuletzt deshalb war sie neugierig, weil sie fand, ihre bisherigen Prophezeiungen beinhalteten mehr als nur ein Quentchen Wahrheit. Einige Aussagen waren mit einer unerklärlichen Gewißheit einhergegangen.

Werde ich etwa allmählich abergläubisch? wunderte sie sich, doch Shonto unterbrach ihren Gedankengang.

»Nishi-sum, mir erscheint es ungerecht, daß wir von deiner tiefen Erkenntnis profitiert haben, während dir deine eigene Zukunft noch unbekannt ist. Das darf nicht sein.« Shonto beobachtete Komawara aus den Augenwinkeln und bemerkte, daß der junge Fürst zu schüchtern war, um den Vorschlag seinerseits aufzugreifen. Nun gut, dachte Shonto, ich habe damit angefangen, jetzt muß ich es auch zu Ende bringen.

»Ich finde, Fürst Shonto hat recht, edles Fräulein«, sagte Shuyun in ruhigem Ton. »Es ist nur recht und billig, daß auch Ihr erfahrt, was die Zukunft für Euch bereithält. Es wäre mir eine Ehre, die Münzen für Euch zu werfen, wenngleich ich nicht das gleiche Geschick für mich reklamieren möchte, das Euch zu eigen ist.«

Niemand ließ sich die Überraschung über den Vorschlag des Mönchs anmerken. Komawara bedauerte sogleich, den Vorschlag nicht selbst gemacht zu haben, denn Nishima fühlte sich offenbar höchst geschmeichelt.

»Ein solch freundliches Angebot kann ich nicht zurückweisen, Bruder Shuyun.«

Während Nishima die Münzen in den Becher sammelte, verspürte sie den Wunsch, sie in den Garten zu schleudern, als wäre das, was die Zukunft für sie bereithielt, zu erschreckend. Gleichwohl reichte sie sie dem Mönch, und als dieser den Becher schüttelte, klang das Klimpern irgendwie bedrohlich.

Ebenso energisch wie zuvor Nishima schüttete Shuyun die Münzen auf den Tisch, und als sie zum Stillstand kamen, sah Nishima, daß ihre Befürchtungen grundlos gewesen waren. Dies waren bloß die Münzen des Kowan-sing, wohlbekannt, zerkratzt, ein wenig schmutzig. Sie wußte nicht, was sie erwartet hatte – vielleicht nie gesehene Münzen mit unheimlichen Bildern darauf und eine unerwünschte Botschaft. Sie schloß die Augen und wurde von Erleichterung überwältigt. Dies ist der Fluch meiner Abstammung, dachte sie, der Fluch des Namens, der mir wie ein Banner folgt. Möge er niemals Auslöser des Krieges werden, den so viele herbeisehnen. Unwillkürlich schauderte sie. Sie schlug die Augen auf und rang sich ein Lächeln ab.

»Fühlt Ihr Euch nicht gut, edles Fräulein?« fragte Shuyun, der sie forschend musterte.

»Gut?« erwiderte sie. »Seht Euch nur das Bild an. Ist das nicht *Der Berg*, das Symbol für gewolltes Warten und Erleuchtung?« Sie lachte. »Ich habe kein bißchen Geduld, das muß ich zu meiner Schande gestehen. Sollte ich Erleuchtung erlangen, dann hoffe ich, daß sie mir in der letzten Stunde meines Lebens widerfährt.« Abermals lachte sie, vergnügt diesmal.

Shuyun lächelte. »Aber edles Fräulein, ich mag mich täuschen, doch ich glaube, das ist *Der Kranich*, das Symbol der Ästhetik, der Schönheit und der Kunst.«

»Botahara hat Eure Hand geleitet, Bruder«, bemerkte Shonto.

Der Mönch nickte. »Euer Ruf als Künstlerin ist sogar bis zum Orakel vorgedrungen, erlauchtes Fräulein. Gleichwohl steht der Kranich aufgerichtet und wartend da. Geduldig, wie auch Ihr es wohl seid, obwohl Ihr es abstreitet. Und seht mal, Euer Hauptkowan ist ebenfalls der geöffnete Fächer. Wie Ihr gesagt habt, ist dies das Zeichen der Versuchung, könnte aber auch heißen, daß sich die Künstlerin nicht hinter dem bemalten Fächer verstecken kann. Die Künstlerin muß sich zeigen. Ihre innere Schönheit muß auf ihr Werk ausstrahlen. Gewiß sollte man die Versuchung nicht ausschließen, vielleicht ist sie ja mit der Ästhetik oder der Schönheit verwandt, das vermag ich nicht zu sagen.« Er verneigte sich.

»Ich danke Euch, Bruder Shuyun. Eure Weisheit ehrt das Haus Shonto.«

Nachdem sie noch etwas Met getrunken hatten, erbot sich Fürst Komawara, ein spontan verfaßtes Gedicht vorzutragen. Alle stimmten eifrig zu, denn bei derartigen Gelegenheiten war es üblich, Gedichte vorzutragen, und wurde sogar von einem erwartet. Komawara hatte bloß wegen Nishimas Ruf als Dichterin damit gezögert.

»Ein Kranich blickt versonnen
Ins grüne Wasser.
Betrachtet er sein Spiegelbild?
Hält er Ausschau nach einer Bewegung
Im stillen Teich?«

Einen Augenblick lang schwiegen alle, wie es Sitte war, und sannen über das Gehörte nach.

»Ihr habt uns Euer dichterisches Talent bislang vorenthalten, Fürst Komawara«, sagte Nishima in einem Ton, der keinen Zweifel an der Ernsthaftigkeit ihrer Worte zuließ.

Komawara verneigte sich. »Im Bewußtsein Eures Könnens, erlauchtes Fräulein, danke ich Euch für Eure mehr als freundliche Bemerkung.«

»Nishi-sum, sag du auch ein Gedicht auf«, bat

Shonto. »Du bist doch niemals um einen Einfall verlegen.«

»Ihr macht mich aber ganz verlegen mit Eurer Schmeichelei, Onkel. Bitte erlaubt mir, daß ich mich erst ein wenig sammele.« Sie schloß kurz die Augen, dann hob sie auch schon zu sprechen an.

»Der Kranich steht weiß
Im grünen Teich.
Erkennt er die Reglosigkeit des Wassers
Als Täuschung?
Aber sieh,
Ist es ein Kranich oder das Spiegelbild
Einer vorbeiziehenden Wolke?«

»Ach, edles Fräulein, Euer Ruf ist wohlverdient«, sagte Komawara. »Es ehrt mich, daß Ihr meinen simplen Vers als Ausgangspunkt eines solchen Meisterwerks verwendet.«

Nun verneigte sich Nishima. »Euer Gedicht war nicht simpel, Fürst Komawara, und mit meinem Vers habe ich lediglich versucht, seine Bedeutung zu reflektieren, meint Ihr nicht auch? Blickt nur in die Tiefe.«

Ein letztes Mal wurde Cha gebraut, und die Unterhaltung wandte sich wieder alltäglicheren Dingen zu. Abermals ging es um Seh, und Fürst Komawara bot sich erneut Gelegenheit, sein Wissen unter Beweis zu stellen.

»Bruder Shuyun«, wandte Komawara sich an den Mönch, »Euren Namen höre ich zum ersten Mal. Hat er eine bestimmte Bedeutung in den Lehren Botaharas?«

Shonto war froh über diese Frage, denn auch er hatte sich bereits Gedanken gemacht, ob Shuyuns Name den Schriften Botaharas entnommen sei.

»Der Name ist der Sprache eines Bergvolks entlehnt, Fürst Komawara, daher kennt man ihn nicht in Wa. *Shuyung*: der, welcher standhält, oder auch der Lastenträger. Dieser Name ist Menschen in bescheidener Stellung vorbehalten. Ein Name, der dem Hochmut entgegenwirkt.«

Hm, dachte Shonto, ganz im Gegensatz zu den Namen Shonto, Fanisan oder Komawara. Weshalb erklärt sich so einer bereit, den Hochmütigen zu dienen? Aber er hat sich ja gar nicht dazu angeboten, es wurde ihm von seinen Oberen befohlen, und er gehorchte klaglos. So ist es auch bei Bruder Satake gewesen.

»Die Bezeichnung Kowan-sing entstammt ebenfalls der Sprache der Bergbewohner, nicht wahr, Bruder?« fragte Nishima.

»Und zwar der archaischen Form, edles Fräulein, aus einer Zeit, da die Bergbewohner noch in der Ebene und an der Küste lebten. Viele Ortsbezeichnungen sind dieser alten Sprache entlehnt: *Yul-ho, Yul-nan*; sogar die Bezeichnung Yankura ist von *Yan-khuro* abgeleitet, was soviel bedeutet wie ›am Wasser wohnen‹. Es war eine wundervolle Sprache, an die leider nur noch einige wenige Dialekte der Bergvölker erinnern.«

Eine Glocke läutete die Stunde des Tigers ein, was die im Gartenhaus Versammelten daran erinnerte, daß sie alle viel zu tun hatten und daß der Tag trotz der Zeitlosigkeit, die der Garten einem vorgaukelte, unerbittlich voranschritt.

Fürst Komawara verabschiedete sich, denn er mußte noch Vorbereitungen für die Reise mit Fürst Shonto treffen, wenngleich es ihm in Gegenwart von Nishima schwer fiel, an etwas anderes zu denken als an ihre wunderschönen Augen und die Anmut ihrer Bewegungen.

Nishimas Hofdamen und die Dienerin kehrten zurück, um diese durch den Garten zu geleiten. Nishima entfernte sich, begleitet vom Rascheln der Seide, und allein der Duft ihres Parfüms verweilte noch für eine Weile im Gartenhaus.

Shonto verabschiedete sich, um mit Kamu die Reisevorbereitungen zu besprechen, und ließ Shuyun allein im Garten zurück. Eine Weile blieb Shuyun noch sitzen, lauschte auf die Geräusche und ließ die bedeutsame Gartenanlage auf sich wirken. Das ist also mein neues Zuhause, dachte der Mönch, oder vielmehr eines von mehreren. Er schaute sich um. Welcher Reichtum! Wie leicht es hier doch war, das geistige Leben zu vergessen. Ja, sehr leicht.

Shuyun erhob sich und machte sich gemächlich auf den Rückweg zu der Unterkunft, die Kamu für ihn vorbereitet hatte. Wo er auch hinschaute, immer neue Einzelheiten verlangten seine Aufmerksamkeit und verlangsamten seine Schritte.

Als er sich über eine niedrige Mauer beugte, um eine Kletterpflanze zu bewundern, stutzte er, als hätte er ein Gespenst erblickt. Er legte den Kopf schief und horchte auf ein Geräusch, das nahezu mit den Geräuschen des Windes verschmolz, und dennoch war es da, ein Laut, den er bereits zu oft vernommen hatte, als daß es sich um eine Täuschung hätte handeln können. Willentlich verlangsamte er seinen beschleunigten Herzschlag. Was ist das? dachte er. Das Geräusch einer Bewegung, das Schwirren von Stoff und das Zischen kontrollierten Atems. Er kannte das Geräusch so gut wie seine eigene Stimme.

Das muß ich sehen, dachte er. Ihm wurde bewußt, daß er ein Risiko einging, doch daran war nichts zu ändern. Und wenn er nun beobachtet wurde?

Er ging ein paar Schritte zurück und beugte sich vor, als inspizierte er die Blätter eines Chakobuschs. Von hier konnte er die Fenster des Haupthauses sehen. Anscheinend rührte sich dort nichts, doch ganz sicher war er sich nicht, denn die Fenster waren alle verhüllt.

Er trat vorsichtig hinter eine Kiefer, die ihm Deckung bot. Abermals blickte er sich im Garten um, denn er fürchtete, Shonto könnte ihn sehen. Dann packte er die Kletterpflanzen und prüfte ihre Tragfähigkeit. In der Hoffnung, zumindest jetzt nicht beobachtet zu werden, kletterte Shuyun behende daran empor. Als er den Kopf über die Mauer reckte, krampfte er die Hände zusammen. Denn in einem kleinen, umfriedeten Garten führte das erlauchte Fräulein Nishima, bekleidet mit weiten Baumwollgewändern, den gemessenen Tanz der Gestalt vor – Chi Quan! Vor seinen Augen gelangte sie zur fünften Schließung und schritt selbstsicher weiter. Das war kaum zu glauben – *eine Nichtinitiierte praktizierte die Gestalt*. Den Schlüssel zum Geheimen Wissen des botahistischen Ordens.

Shuyun ließ sich wieder auf den Boden hinab. Da er Herzklopfen bekommen hatte, was für einen Botahisten höchst ungewöhnlich war, ging er langsam weiter und versuchte, die Fassung wiederzugewinnen.

Bruder Satake, dachte der Mönch, der ehrwürdige Bruder Satake. Ein anderer kam nicht in Frage. Aber warum? Shontos früherer Berater war nahezu eine Legende gewesen, ein Mann, der bei den meisten Älteren des Ordens in höchstem Ansehen stand. Ein Mann, dem nachzueifern sich Shuyun bemüht hatte.

Dem Mönch schwirrte der Kopf. Was soll ich jetzt tun? überlegte er. Das ist unvorstellbar! Bei den Neun Namen Botaharas, *man hat uns verraten*!

8

Mauern, dachte Schwester Morima, sind das ›Charakteristische Muster‹ des Reichs, und daß sie niemandem auffallen, bedeutet lediglich, daß sie kulturell allgemein anerkannt werden. Wir ziehen eine Linie, und schon haben wir die Teilung – der Sohn des Himmels auf der einen und das Volk von Wa auf der anderen Seite. Eine neue Linie, und die Fürsten des Ersten Rangs machen ihre Stellung klar, sie auf der einen und der Rest der Gesellschaft auf der anderen Seite, und so geht es weiter, bis zu den Papierschirmen des ärmsten Straßenhändlers. Zuletzt kommen dann die Bettler, und die können überhaupt keine Mauern mehr hochziehen.

Mauern: sie waren überall, und niemand bemerkte sie – nicht, daß sie nicht respektiert worden wären, das nicht –, sie wurden einfach nicht als das erkannt, was sie waren: das Charakteristische Muster.

So aber war es immer schon gewesen. Schon vor tausend Jahren hatte der erhabene Botahara von Mauern gesprochen: ›Die Starken richten zwischen sich und den Schwachen Mauern auf, aus Angst, die Schwachen könnten sich ihrer Stärke bewußt werden. So kommt es, daß die Armen in die weite Welt mit all ihrer Unsicherheit aber auch Reinheit und Schönheit ausgesperrt werden. Wessen Palast reicht schon an die Vollkommenheit der Bergwiesen heran? Während sie meinen, die Armen und Schwachen auszusperren, mauern sich die Starken doch bloß ein. Das ist das Wesen der Selbsttäuschung.‹

Schwester Morima ging steif den Kiesweg entlang,

der an der Außenmauer der Priorei des Ersten Erwachens – dem Sitz ihres Ordens – entlangführte. Sie beschattete die Augen, blickte zur Brustwehr aus weißem Stein empor und fragte sich, was wohl der Erleuchtete von einem auf seinen Lehren gründenden religiösen Orden gehalten hätte, der sich hinter Mauern versteckte. Der Begriff des Charakteristischen Musters, überlegte sie weiter, war als erstes von einer Schwester formuliert worden, und eine andere Schwester hatte das grundlegende Werk darüber verfaßt.

Ich werde allmählich zynisch, dachte sie. Die Schwesternschaft braucht Mauern, um sich vor denen zu schützen, die geistig noch nicht weit genug entwickelt sind. Sie blickte zu den Pilgern hinüber, die sich auf der Straße drängten. Erschöpft, staubbedeckt, überwiegend arm, manche mit einem Blick, der ins Jenseits gerichtet schien – und dennoch strahlte von ihnen allen eine nur mühsam beherrschte Leidenschaft aus, eine tiefsitzende Unruhe. »Möge Botahara euch Frieden bringen«, murmelte sie vor sich hin.

Ja, es tat gut, wieder heimzukehren. Nach dem Besuch bei den Brüdern fühlte sie sich seltsam... beschmutzt. Unwillkürlich schauderte sie. Ich habe Euch soviel zu berichten, Schwester Saeja, dachte sie, so vieles, das ich nicht begreife.

Sie ging weiter, blickte auf die Straße vor ihren Füßen und horchte auf die Gespräche der Pilger, auf ihre gemurmelten Gebete, das Husten der Todgeweihten. Die Morgenluft war kühl und bewahrte noch einen Rest der nächtlichen Kälte, doch die Sonne wärmte. Der Herbst schien ein Gleichgewicht erreicht zu haben; wie eine windgetragene Möwe behauptete er sich länger in der Schwebe, als man ihm zugetraut hätte. Jeden Abend erwartete man, das Gleichgewicht werde über Nacht kippen, doch dann ging die Sonne auf, ebenso warm wie am Tag zuvor, und mit der Wärme stellten sich auch die Herbstgerüche ein. Es war, als habe sich der Zeitablauf verlangsamt – die Blätter fielen ohne Eile zu Boden, Blumen blühten zur falschen Jahreszeit. Es war unheimlich und gleichzeitig wunderschön.

Als sie um die Ecke bog, ragte vor ihr das Tor der Priorei des Ersten Erwachens auf, und wie üblich waren die Türhüterinnen von einer Horde Sucher umringt. Aus ihren Gesichtern sprach Begehren; sie alle hofften darauf, eingelassen, ein paar Nächte lang beherbergt zu werden und den Andachten beiwohnen zu dürfen, wo sie vielleicht ein paar Worte von Schwester Saeja, der Priorin, vernehmen würden, die, wie jedermann wußte, allmählich der letzten Erfüllung entgegenging.

Langsam bewegte Schwester Morima sich durch die Menschenmenge, und die Pilger machten ihr Platz.

»Laß mal die ehrwürdige Schwester durch.«

»Mach Platz, Bruder, da kommt eine Schwester.«

»Legt Fürbitte für uns ein, ehrwürdige Schwester, wir sind den ganzen Weg von Chou hergekommen, um ein paar Worte der Priorin zu hören. Den ganzen weiten Weg von Chou… Ehrwürdige Schwester?«

Die Türhüterinnen begrüßten sie herzlich und mit fragendem Blick, denn sie wußten, wo sie gewesen war. Schwester Morima trat auf den Außenhof der Priorei, in Begleitung der privilegierten Sucher, denen der Durchgang durchs Haupttor gestattet wurde, da sie die Empfehlung einer Schwester ihrer Heimatprovinz vorzuweisen hatten oder die verdienten Anliegen der Schwesternschaft mit einer Spende unterstützt hatten – in manchen Fällen auch bloß deshalb, weil sie einfach nicht fortgehen wollten. Das Gedränge der Menschenmenge am Tor hatte aufgehört, und die privilegierten Wenigen schritten in seligem Schweigen einher.

Schwester Morima warf sich auf den Pflastersteinen vor der Statue Botaharas zu Boden, dann erst trat sie durch das zweite Tor, das auf den Innenhof führte. Sie begegnete nur Schwestern in Ordenstracht und jungen Novizinnen; das Lärmen der Einlaßsuchenden wurde von den hohen Mauern vollständig verschluckt. Sie seufzte erleichtert. Ich trage meine Bürde nicht gut, dachte sie, aber schon bald werden wir sie gemeinsam tragen. Dieser Gedanke vermochte ihre Stimmung jedoch nicht aufzuhellen, denn was sie mitzuteilen hatte, war allzu besorgniserregend.

Die Novizinnen, die Schwester Morima begleiteten, freuten sich darauf, entlassen zu werden, zu baden und sich auszuruhen, doch sie sagten nichts, sondern folgten ihr demütig. Sie müssen lernen, dachte Schwester Morima, daß es niemals leichter für uns wird, daß die Anstrengung niemals nachläßt, jedenfalls nicht in diesem Leben.

Eine ältere Schwester kam ihnen entgegen, offenbar um sie zu begrüßen. Es dauerte einen Augenblick, bis Schwester Morima sie erkannte – *Gatsa*, Schwester Gatsa. Dann hatten sich die Aasgeier also schon versammelt. Die Vertreter aller Fraktionen waren gekommen, warteten und intrigierten. Plötzlich wallte Angst in ihr auf. Aber nein, sie kannte die Schwestern, die am Tor Dienst taten, und wenn Saeja-sum ihre Vollendung erreicht hätte, würden sie sie darauf vorbereitet haben. Gleichwohl zogen die Aasgeier ihre Kreise, und dieser hier war im Begriff zu landen.

»Geht und helft bei der Verpflegung der Pilger«, wandte sie sich an die Novizinnen, in deren Blick Enttäuschung und Widerwille aufflammten und sogleich wieder erloschen.

»Sofort, Schwester Morima, danke für die Gelegenheit.« Und schon eilten sie mit ihren Bündeln davon.

Schwester Morima nickte zufrieden; sie hatten begriffen, und sie würden sich gut machen.

»Schwester Morima, ich freue mich, Euch zu sehen. Ich wußte gar nicht, daß Ihr bereits wieder zurückerwartet wurdet«, sagte Schwester Gatsa mit einer Verneigung.

Schwester Morima überging die Lüge, erwiderte die Verneigung und ging weiter, ohne ihre Erschöpfung zu verbergen. Gatsa schloß sich ihr an. Sie war eine hochgewachsene Frau, diese Schwester Gatsa, mit einem geradezu königlichen Auftreten, was eine merkwürdige Eigenschaft war für eine demütige Dienerin des Vollkommenen Meisters. Sie hatte ein kantiges Kinn, das jedoch gemildert wurde durch einen anmutigen Mund und hübsche Augen, die vor Lebensfreude zu sprühen schienen – der Blick auf alles Jenseitige war dieser Schwester verschlossen. Ihre Augen richteten sich auf die diesseitige Welt, und ihnen entging kaum etwas.

»Ich nehme an, Eure Reise ist erfolgreich verlaufen?« erkundigte sich Schwester Gatsa.

»Sehr angenehm. Ihr ehrt mich mit Eurer Frage«, erwiderte Morima förmlich. Sie schritten durch einen Torbogen und gelangten auf einen breiten Säulengang.

»Dann habt Ihr die Schriftrollen des Erleuchteten also tatsächlich gesehen?« fragte Gatsa in ehrfürchtigem Ton, Schwester Morima von der Seite musternd.

Als Schwester Morima nach kurzem Überlegen antwortete, wich sie Gatsas Blick aus. »Ich habe die Schriftrollen der Brüder gesehen.«

»Und?«

»Und was, Schwester?« fragte Morima.

»Ihr habt die Schriftrollen des erhabenen Botahara gesehen, und das ist alles, was Ihr zu sagen habt?«

Abermals zögerte Schwester Morima, dann seufzte sie schwer. »Diese Erfahrung läßt sich nicht in Worte fassen, Schwester.« Sie stockte und mußte sich an einer Säule festhalten. Schwester Gatsa musterte die hochgewachsene Nonne, die jeden Augenblick in Tränen ausbrechen zu wollen schien, doch dann faßte Morima sich wieder. »Ihr müßt entschuldigen, aber ich... ich muß über die Erfahrung meditieren. Vielleicht kann ich Euch dann meine Reaktion erklären.«

Schwester Gatsa faßte Morima beim Arm und stützte sie beim Gehen. »Das verstehe ich, Schwester, es muß sehr bewegend gewesen sein, die Handschrift Botaharas zu betrachten. Das verstehe ich.«

Nonnen nickten ihnen im Vorbeigehen zu und schauten ihnen nach. Das ist die Schwester, die *auserwählt* wurde, dachten sie. Sie hat der Zeremonie der Göttlichen Erneuerung beigewohnt. Geflüster strich wie ein Windzug durch die Priorei.

»Sie ist wieder da! Schwester Kiko hat sie gesehen!«

»Und?«

»Sie ist wie verwandelt, Schwester! Morima-sum strahlt tiefe Erkenntnis aus. Außerdem wirkt sie verwirrt.«

»Wie sollte sie auch nicht – nachdem sie Seine Worte geschaut hat. Vergiß auch nicht, daß sie viele Tage in Gesellschaft der Brüder verbrachte. Fändest du das nicht auch verstörend?«

»Weise Worte, Schwester.«

Die beiden Nonnen erreichten schließlich die Tür, hinter der Schwester Morimas Zimmer lagen. Gatsa war allerdings noch nicht bereit, sie freizugeben; die hochgewachsene Nonne umklammerte Morimas Arm.

»In Eurer Abwesenheit hat sich viel ereignet, Schwester Morima«, sagte Gatsa halblaut. »Die Priorin ist schwächer geworden. Ich sage Euch dies, damit Ihr vorbereitet seid, denn ich weiß, wie nahe Ihr euch steht. Ich fürchte, noch vor Jahresende wird es ein Konklave geben. Wir wissen beide, welche Rolle Ihr bei der Auswahl spielen werdet. Das Reich ist im Wandel begriffen, Schwester, und wir dürfen nicht die Opfer dieser Veränderung werden. Nach allem, was Ihr jetzt gesehen habt, spürt Ihr das sicherlich deutlicher denn je. Ich weiß, in der Vergangenheit waren wir oft gegensätzlicher Meinung, Morima-sum, doch ich glaube, es gibt einen Weg, unsere Differenzen beizulegen. Das wäre gut für die Schwesternschaft und auch gut für uns. Bitte denkt darüber nach. Wir unterhalten uns später, wenn Ihr Euch ausgeruht habt.« Sie ließ Morimas Arm los und blickte sie forschend an. »Aber wartet nicht zu lange, Schwester.« Sie verneigte sich und enteilte über den langen Säulengang, wobei sie wie stets einer Dame des Kaiserhofs glich.

Eine junge Novizin erwartete Morima, als diese die Treppe zu ihren Zimmern hochstieg.

»Ich habe das Badewasser einlaufen lassen, ehrwürdige Schwester«, sagte das Mädchen und verneigte sich vor der Höhergestellten. »Ich soll Euch ausrichten, daß Euch die Priorin sprechen möchte, sobald Ihr Euch ausgeruht habt.«

Ja, dachte Morima, die Priorin möchte mich sprechen, doch was soll ich ihr sagen? Sie rieb sich mit der staubbedeckten Hand die Stirn. Diese Frage hatte sie sich seit dem Aufbruch vom Inselkloster der Bruderschaft immer wieder gestellt. Eine Antwort hatte sie bis jetzt nicht gefunden. Weiß ich denn irgend etwas Sicheres? fragte sich die Nonne. Nein, lautete die Antwort, dennoch wurde sie das Gefühl nicht los. Irgend etwas stimmte nicht im Kloster Jinjoh; das spürte sie einfach.

Das Bad, das die Novizin ihr angerichtet hatte, war eine Labsal. Schwester Morima ließ sich ins dampfende Wasser sinken wie ein Meeressäugetier, das in sein angestammtes Element zurückkehrte. Sie schloß die Augen und ließ sich Schultern und Stirn massieren. Um sich für das bevorstehende Gespräch zu wappnen, begann sie zu meditieren. Ihr Körper kam zur Ruhe, und der Aufruhr in ihrem Geist rückte ein wenig in den Hintergrund.

Später beim Ankleiden schob sie den Wandschirm beiseite und blickte vom kleinen Balkon auf die Ebene hinaus. In der Ferne schimmerte die Hauptstadt des Reiches in den aufsteigenden Hitzewellen. Der Kaiserpalast zitterte in der unruhigen Luft, die weißen Mauern veränderten ständig die Form, vereinten sich an einer Stelle und trennten sich an einer anderen. Je angestrengter sie schaute, desto schwerer fiel es ihr, sich der wahren Form des Palasts zu vergewissern.

Eine endlose Schlange von Suchern bewegte sich die Serpentinenstraße zum Kloster entlang. Der Staub hüllte die Menschen ein wie ein rotbrauner, langsam nach Norden treibender Seidenschleier. Auch die Pilger waren in den aufsteigenden Hitzewellen gefangen, ihre Körper wirkten verzerrt, immateriell.

Ich befinde mich in der Priorei des Ersten Erwachens, dachte Schwester Morima. Ich bin eine Ältere des botahistischen Ordens. Jenseits der Reisfelder liegt die Kaiserstadt. Ihre Mauern sind weiß und recht stark. Dort unten sind die Sucher – arm, ausgehungert und häufig ziemlich närrisch. Der Mann dort in den blauen Lumpen ist ein Krüppel, und wenn er sich bisweilen aufzurichten scheint, so liegt dies nur an der heißen Luft.

Sie zog den Wandschirm zu, wandte sich um und ging hinaus, um mit der Vorsteherin des Ordens zu sprechen.

Als die Sekretärin der Priorin Schwester Morima erblickte, lächelte sie aufrichtig erfreut. »Ich bin froh, daß Ihr wieder da seid, Schwester«, sagte sie. »Wir haben für Euch gebetet.«

»Und ich für Euch, Schwester Sutso. Eure Sorge ehrt mich.« Sie verneigte sich. »Sagt mir rasch, wie geht es unserer geliebten Priorin?«

Die Sekretärin senkte den Blick und schüttelte den Kopf. »Sie ist uns ein steter Ansporn, aber gut geht es ihr nicht.«

Morima berührte ihre Mitschwester an der Schulter.

»Das Leben, das sie erwartet, kann nur besser sein. Ist sie in der Lage, mich im Augenblick zu empfangen?«

Die Sekretärin nickte. »Ihr dürft sie aber nicht anstrengen, Schwester. Sie darf sich nicht aufregen.« Abermals schüttelte sie betrübt den Kopf. »Möge Botahara ihr sein Lächeln schenken, denn sie ist alt und hat Ihn so sehr verdient.«

Als sie den Gang entlangschritten, der zum Zimmer der Priorin führte, achteten beide darauf, möglichst wenig Lärm zu machen. Schwester Sutso tippte leicht gegen den Wandschirm, dann öffnete sie ihn einen Spalt weit. Ihre Miene hellte sich auf. »Ah, Ihr seid wach. Schwester Morima möchte Euch sprechen, Priorin. Soll ich sie einlassen?«

Von drinnen war kein Laut zu vernehmen, doch Schwester Sutso schob den Shoji auf, trat beiseite und nickte Morima zu.

Schwester Morima holte tief Luft und atmete vorschriftsmäßig wieder aus, was ihre Anspannung sogleich milderte. Sie trat ins Zimmer, kniete hinter dem Eingang nieder und verneigte sich bis auf die Matte, während sich der Shoji hinter ihr schloß.

»Morima-sum, es ist mir wie immer eine Freude«, flüsterte Schwester Saeja.

Schwester Morima rutschte auf den Knien bis auf eine Armlänge an die alte Frau heran. Schwester Saeja, die Priorin der botahistischen Schwesternschaft, saß, gestützt von einem mit Stickereien verzierte Baumwollkissen, in der Nähe eines offenen Wandschirms, der auf einen Balkon mit ganz ähnlichem Ausblick, wie ihn der der Schwester Morima besaß, hinausging. Sie war eine kleine Frau, verhutzelt und ausgezehrt, besaß aber das freundlichste Gesicht, das Morima je gesehen hatte. Sie musterte die Besucherin mit ihren alten Augen und strahlte sie an.

»Ach, wie mager Ihr seid, Schwester Morima. Habe

ich Euch eine schweren Auftrag mit auf den Weg gegeben?«

»Ich bin alles andere als mager, Priorin. Und was den Auftrag betrifft... den habe ich erledigt.«

»Die Arbeit endet nie, mein Kind, nicht für solche wie Euch – für solche mit besonderen Gaben, doch darüber reden wir später.« Sie streckte ihre magere Hand aus und berührte die junge Frau am Arm, dann ließ sie die Hand herabfallen. »Wie ich höre, habt Ihr bereits mit unserer braven Schwester Gatsa gesprochen.« Die Augen der alten Frau sprühten vor Humor. »Ich wache jeden Morgen auf und überlege, ob ich schon auf dem Scheiterhaufen liege, eine solche Eile haben sie. Aber es gibt noch einiges zu tun, ehe meine Aufgabe erfüllt ist, Morima-sum. Wir beide wissen das.« Sie lachte leise und ergriff Morimas Hand. »Erzählt mir von Eurer Reise, mein Kind, ich spürte, daß Euch etwas bedrückt.«

Alt mag sie ja sein, dachte Morima, aber sie sieht noch immer alles. »Die Reise selbst verlief ereignislos, Priorin – weder Stürme noch Piraten, bloß ein friedliches Meer und gemäßigte Winde.«

»Botahara schützt Euch, mein Kind.«

»Die Brüder waren nicht herablassender als gewöhnlich. Zehn Tage vor der Zeremonie der Göttlichen Erneuerung begann ich zu fasten, wie es bei den Brüdern Brauch ist. Die Zeremonie der Reinigung währte drei Tage und wurde vom Großen Meister, dem altersschwachen Bruder Nodaku, persönlich geleitet. Während dieser Zeit mußte ich mich von den Brüdern fernhalten und konnte weder ihrem Geheimtraining noch ihren Lehrgesprächen beiwohnen.

Die Zeremonie findet bei Sonnenaufgang statt und wird von sieben Älteren durchgeführt. Die Urne wird von den Ehrwürdigen Wächtern vom Altar genommen und auf eine besondere Unterlage gestellt. Das Entsiegeln nimmt beträchtliche Zeit in Anspruch, da höchster Wert darauf gelegt wird, die Schriftrollen vor Schaden zu bewahren.« Schwester Morima bemühte sich, das Zittern ihrer Hände zu unterdrücken. Wie soll ich es ihr nur sagen? überlegte sie. Sie sah die Erschöpfung in den Augen der Priorin und spürte, wie ihr Griff schwächer wurde. Sie wirkte so gebrechlich.

»Ist alles in Ordnung, Priorin?«

»Ja, fahrt fort«, flüsterte sie.

»Die Schriftrollen werden bei Sonnenaufgang vom Großen Meister aus der Urne genommen und auf ein Gestell gelegt. Draußen stimmen derweil sämtliche Klosterbewohner Danksagungsgesänge an.« Schwester Morima schluckte mühsam.

Die Priorin hatte die Augen geschlossen, doch nach einer Weile flüsterte sie abermals: »Fahrt fort.«

»Die Schriftrollen werden der Reihe nach entrollt und untersucht. Ich durfte sie betrachten, jedoch nicht berühren.«

»Und irgend etwas stimmte nicht?« fragte Schwester Saeja, ohne die Augen zu öffnen.

»Ja!« Morima barg das Gesicht in Händen.

»Sagt es mir, mein Kind.«

»Priorin, um mich auf das Ereignis vorzubereiten, habe ich zuvor die gesamte zugängliche Literatur und jede Kopie der Handschriften unseres Meisters studiert. Ich kann nicht genau erklären, was ich da gesehen habe… aber ich glaube, *nein*, ich bin mir *sicher, daß diese Schriftrollen nicht von Botahara persönlich verfaßt wurden.*« Sie holte tief und stockend Luft und blickte ihrer Vorgesetzten ins Gesicht.

Die alte Nonne nickte kaum merklich. »Natürlich«, wisperte sie und schlief auf der Stelle ein.

9

Der Zweck des Zuges darf nicht bloß hinter einer anderen Absicht versteckt werden. Er muß vollkommen verdeckt sein und aufgehen in der Komplexität eines Plans, der noch plausibler ist als der tatsächliche.

Aus den Schriften des Gii-Meisters Soto

Shontos Flotte umrundete die Landspitze der Sublimen Kaiserlichen Absicht und fuhr in den Großen Kanal ein, die alte Wasserstraße, die den Norden des Reiches mit dem Süden verband. Es war eine eindrucksvolle Flotte, die sich da auf die Reise machte. Die meisten Schiffe waren flachbödige Flußboote, die von muskulösen Ruderern vorwärtsbewegt wurden, doch es gab auch schnellere Boote, und nicht wenige waren für die Reise bewaffnet worden.

Es sagte eine Menge aus über den Zustand des Reichs unter der Herrschaft Akantsu II., daß ein kaiserlicher Gouverneur Maßnahmen ergriff, um sich auf dem Weg zur Hauptstadt seiner Provinz vor Räubern zu schützen. In Wahrheit war dies Shonto gerade recht. So konnte er sich unverhohlen bewaffnen, was bedeutete, daß er sich leichter vor denen zu schützen vermochte, die er als die eigentliche Bedrohung ansah. Jaku Katta stützte sich aufs Fensterbord, musterte die vorbeifahrenden Schiffe und taxierte Shontos Stärke mit kundigem Blick. Hinter ihm stand sein jüngster

Bruder, der Leutnant Jaku Yasata, der geduldig darauf wartete, daß der General seine Musterung abschloß. Hin und wieder blickte Yasata den Gang entlang zur Tür, an der er Soldaten postiert hatte. Doch eigentlich rechnete er hier mit keiner Störung – der Wehrturm diente der Kaisergarde schon seit Jahrhunderten als Festung.

Jaku Yasata verlagerte sein beträchtliches Gewicht kaum merklich von einem Bein aufs andere, verriet seine Ungeduld jedoch mit keiner Miene. Yasata, dem jüngsten der drei Brüder Jakus, mangelte es sowohl an den Kämpferqualitäten Kattas wie am scharfen Verstand Tadamotos. Er war ein einfacher Soldat, und sein einziges Verdienst bestand darin, daß er seinen älteren Brüdern treu ergeben war. Dieser Charakterzug allerdings verlieh ihm in den Augen beider Brüder einen unschätzbaren Wert, ein Hinweis darauf, wie wenig Vertrauen sie den Menschen in ihrer Umgebung entgegenbrachten.

Jaku Katta begutachtete jedes einzelne Schiff, das vorbeifuhr, und was er sah, beruhigte ihn. Es war Beleg dafür, daß seine Informanten ihre Pflicht taten und daß Shonto von den wahren Gefahren, die ihm auf dem Weg nach Norden drohten, nichts ahnte.

Als Jaku sich dabei ertappte, daß er insgeheim frohlockte, unterdrückte er die Anwandlung von Schadenfreude sogleich. In einer Beziehung hat der Kaiser jedenfalls recht, dachte Jaku, ich verfüge über ein übersteigertes Selbstvertrauen. Das ist meine große Schwäche. Aber sieh sich nur einer an, wie der große Shonto dahinzieht! Belastet mit erbärmlichen Mitreisenden, mit glücklosen Händlern und fast bankrotten Adligen. Alle haben sie für die Reise nach Norden seinen Schutz gesucht, und Shonto hat niemanden abgewiesen. Jaku schüttelte den Kopf. Von einem Mann mit einem solchen Ruf hätte er sich mehr erwartet. Er verspürte einen Anflug von Mitleid mit Shonto Motoru, dann aber lachte er laut auf. Bald, schon bald. Alles geht seinen geregelten Gang.

Das Bild des edlen Fräuleins Nishima – einer höchst dankbaren Nishima – trat vor sein geistiges Auge, und diese Vorstellung erregte ihn.

»Weniger als fünftausend Soldaten«, sagte Yasata, der seinem Bruder über die Schulter spähte.

Jaku gab keine Antwort, sondern nickte bloß. »Ja, und die Hälfte der Speichellecker des ganzen Reichs.« Er deutete durch die Öffnung in der Steinmauer. »Sieh sie dir bloß an! Zusammengedrängt unter dem Banner des kaiserlichen Gouverneurs – als könnte der sie schützen.« Er stützte die Hand aufs Fensterbord und beugte sich möglichst weit vor.

Yasata blickte ihm über die Schulter. »Von besonderen Vorkehrungen kann ich nichts erkennen. Er scheint keinerlei Argwohn zu hegen.«

»Shonto ist niemals ohne Argwohn, Yasata-sum. Laß dir nichts vormachen. Diesmal aber wurde sein Argwohn von der wahren Bedrohung abgelenkt. Er hat besondere Vorkehrungen getroffen, das ist sicher, jedoch für die falschen Fälle.«

»Eine vorgetäuschte Falle?« bemerkte Yasata, in der Hoffnung, ein wenig über die Absichten seines Bruders in Erfahrung zu bringen.

»Nicht *vorgetäuscht*, bloß *zweitrangig* – jedenfalls hat Shonto sein Augenmerk darauf gerichtet. Und wenn er stürzt, dann wird der große General noch andere mit sich reißen, Yasata-sum, jedoch nicht die Jaku. Die Jaku werden *aufsteigen*.« Mit einer Schnelligkeit, die Yasata überraschte, wandte er sich um und klopfte seinem Bruder auf die Schulter. »Und das heißt, auch Ihr, Oberst Jaku. Jawohl! Ich befördere dich zum Oberst. Ich muß dich vorbereiten. In Zukunft werde ich dich noch nötiger haben, dich und Tadamoto-sum.«

Yasata suchte nach Worten, um dem General zu danken, doch Katta hatte sich bereits wieder zum Fenster umgewandt.

Als der General auf den Kanal hinunterblickte, fuhr gerade das letzte Boot vorbei. Ein Lächeln trat in seine Züge. Nein, Kaiser, Ihr irrt Euch: nicht ich verfüge über ein übersteigertes Selbstvertrauen.

10

Unser Boot aus Eukalyptusholz und dunkler
Akazie –
Seine Bemalung schuppt wie Schlangenhaut –
Begibt sich ins Gewühl des Großen Kanals.
Zahllose Reisende,
Zahllose Begierden
Getragen von blauem Wasser.
Allein der Totenkahn,
Bedeckt mit weißen Blüten,
Kennt sein Ziel.

›Großer Kanal‹
Aus den späteren Gedichten des erlauchten Fräuleins
Nishima Fanisan Shonto

Die Bewegung des Flußboots und die Schreie der Möwen hoben Fürst Komawaras Laune. Für einen Provinzfürsten hatte er sich zu lange in der Hauptstadt aufgehalten, und nun brauchte er Weite um sich herum. Ich gehöre nach Seh, dachte er, und für das Leben am Hof, bei dem es vor allem auf vorsichtige Herablassung ankommt, bin ich nicht geschaffen. Tief sog er die frische Landluft ein. Wie befreiend ist doch der Beginn einer Reise, dachte er.

Die Einwohnerschaften ganzer Dörfer hatten sich am Flußufer versammelt, um dem kaiserlichen Gouverneur Respekt zu erweisen. Sie verneigten sich tief, als die Flottille näherkam, und richteten sich erst wieder auf, als sie passiert hatte. Komawara sah, wie ein alter Mann den Kopf eines neugierigen Kindes in den Dreck drückte und anschließend festhielt, um dem Kleinen den nötigen Respekt zu lehren.

Das Ufer war hier flach; zwischen dem Wasser und den Feldern erstreckte sich lediglich eine sanfte, grasbestandene Böschung. Weit voraus, hinter einer Kanalbiegung, machte Komawara die ersten Boote der Flotte aus, und er begann zu zählen. Er kam bis dreißig, ohne zu wissen, wieviele Boote noch folgten. Einen solchen Aufmarsch bekam man ansonsten höchstens dann zu sehen, wenn der Sohn des Himmels den Sommerpalast bezog.

So viele Boote, und wer ist an Bord? Soldaten, Musiker, Kaufleute, Magiere, Töpfer, Schwertmacher, Gelehrte, Schmiede, Wahrsager, Schwindler, Spieler, botahistische Nonnen, Kurtisanen, Priester. Jeder Aspekt der Welt ist hier vertreten, alle sind sie auf diesen Schiffen versammelt. Er hätte gern ein Gedicht darüber verfaßt, fand aber nicht die passenden Worte.

Die Flottille, mit der er nach Süden gereist war, war etwas kleiner gewesen. Das lag natürlich noch vor dem Besuch beim Fest des Kaisers, als er Shonto noch nicht kannte. Das Karma ging schon eigenartige Wege. Er hatte darauf gehofft, die Gunst des Kaisers zu gewinnen, war aber unbeachtet geblieben. Dann hatte er auf irgendeine Weise das Interesse des Mannes geweckt, den der Kaiser als seine größte Bedrohung ansah. Und nun kehrte er im Gefolge des neuen Gouverneurs nach Seh zurück.

Zum wiederholten Mal fragte er sich, aus welchem Grund Shonto ihn gebeten hatte, ihn zu begleiten. Anscheinend hatte der Fürst Zeit für viele Dinge. Die meisten Fürsten aus Komawaras Bekanntenkreis wären mit einer solchen Unternehmung vollauf beschäftigt gewesen, Shonto hingegen ließ sich davon nicht aus der

Ruhe bringen. Er hat ausgezeichnete und loyale Bedienstete, dachte Komawara, das können nicht alle Fürsten von ihrem Personal sagen. Ich habe allerdings das gleiche Glück, dank Botahara und der Weisheit meines Vaters.

Hinter dem jungen Fürsten räusperte sich ein Angehöriger von Komawaras Hausgarde. Komawara blickte sich um.

»Der Sampan ist da, Fürst.«

Er begab sich über die frisch abgedichteten Decksplanken zum wartenden Boot. Mittschiffs versammelten sich gerade Matrosen, um das Segel zu setzen, denn der Wind kam von achtern, und die Ruderer konnten sich eine Weile ausruhen. Zwei Matrosen ließen eine Leiter an der Bordwand hinunter und hielten sie fest. Ihre muskulösen Oberkörper glänzten von der Anstrengung des Ruderns, und Komawara bezweifelte nicht, daß sie sein Gewicht mühelos würden halten können.

Ein kleines, mit Gardisten des Hauses Shonto bemanntes Boot hatte längseits angelegt, und Komawara kletterte mit der ihm eigenen Behendigkeit dort hinunter. Die Gardisten und die Besatzungsmitglieder verneigten sich, als er an ihnen vorbeikam, denn sie kannten ihn vom Hörensagen – *der Sohn des Schwertkämpfers,* dachten sie. Gleichwohl kam er ihnen mit seiner Drahtigkeit und den langen Gliedern, wie man sie vielleicht bei einem Fohlen erwartet hätte, jung vor. Aber er ist der Sohn seines Vaters, dachten die Soldaten. Was für ein guter Lehrmeister er gewesen sein muß! Und dann waren da noch die Duelle. Der junge Komawara war bekannt dafür, daß er bereits mehr als ein Duell gewonnen hatte, und es hieß, er fürchte sich vor niemandem.

Ohne von alldem etwas zu bemerken, nahm Komawara mit leichtem Unbehagen im Boot Platz. Die Rolle des Verbündeten der Shonto verunsicherte ihn ein wenig. Er hatte zu großen Respekt vor Shonto Motoru, als daß er hätte glauben können, Shonto bedürfe für die Verwirklichung seiner Ziele in irgend einer Weise seiner Unterstützung. Es erschien ihm alles als ein Irrtum, der schon bald richtiggestellt werden würde. Vielleicht war dieser Gedanke, der, wie ihm klar wurde, regelrecht ehrlos war, der Grund, weshalb ihn die bevorstehende Begegnung mit Shonto mit Sorge erfüllte. Die Gardisten ruderten zwischen den Schiffen hindurch und näherten sich geschickt einem großen, reichverzierten Flußschiff. Als Komawara auf die Rampe trat, verneigten sie sich respektvoll. Eigenartig, wie die Soldaten das anstellen, dachte Komawara. Ein Mann von Rang wurde mit einer tadellos höflichen Verneigung bedacht, während die Verneigung, die einem Gleichgestellten und Krieger galt, wesentlich mehr Respekt ausdrückte, ohne daß Komawara den Unterschied hätte beschreiben können. Er wußte bloß, er war da.

Während Komawara die Treppe zum Hauptdeck hochstieg, löste er die Riemen, mit denen die Scheide an der Schärpe festgebunden war. An Deck angelangt, kam ihm allerdings Kamu, Shontos Haushofmeister, entgegen und deutete auf Komawaras Schwert.

»Mein Herr bittet Euch, das Schwert nicht abzulegen, Fürst Komawara«, sagte er mit einer förmlichen Verneigung.

Komawara verneigte sich ebenfalls. »Ich werde es stets zu seinem Schutz tragen, Kamu-sum.«

Kamus Miene verriet Genugtuung. »Fürst Shonto bittet Euch aufs Achterdeck, Herr.«

Komawara nickte und folgte dem Hofmeister zum Heck, wo Shonto unter einem seidenen Baldachin saß. Der Fürst hatte sich mit dem Pinsel in der Hand über einen niedrigen Tisch geneigt, und zu seiner Rechten kniete der Sekretär. Als sich die Gardisten mit klirrender Rüstung vor Komawara verneigten, sah er auf und lächelte herzlich.

»Fürst Komawara, ich fühle mich durch Euren Besuch geehrt.«

Nach förmlichen Verneigungen stellten die beiden Fürsten die von der strengen Etikette vorgeschriebenen Fragen. Während Cha serviert wurde, amüsierten sich beide damit, den Kindern auf dem nachfolgenden Schiff zuzuschauen, wie sie den Möwen Brocken zuwarfen. Nur ganz wenige landeten im Wasser, so behende waren die kleinen Flußvögel.

Die Vormittagssonne wärmte und hüllte die üppige Landschaft in ein weiches Herbstlicht. Während sich die Flottille langsam nach Norden vorarbeitete, trieben Blätter mit der Strömung nach Süden. Ein schnelles kaiserliches Botenschiff überholte sie, und mit jedem Schlag, den die kräftigen Ruderer mit den langen, gewölbten Ruderblättern taten, machte das Boot einen Satz nach vorn.

Shonto schaute zu, wie das Botenschiff vorbeiglitt. Sie melden dem Kaiser, wie weit wir gekommen sind, dachte er, wohl wissend, daß er dem Wunsch des Kaisers um so mehr entsprach, je weiter er kam.

»In vierzehn Tagen sind wir in Seh, Fürst Komawara.«

»Wenn der Wind so günstig bleibt, Herr. Allerdings müssen wir damit rechnen, wegen der Fehde zwischen den Butto und den Hajiwara aufgehalten zu werden.«

Shonto nickte. »Aufgehalten, ja.« Er gab dem Wächter ein Zeichen, woraufhin dieser eine fest verschnürte Schriftrolle auf den Tisch legte. Es handelte sich um eine detaillierte Karte des Gebiets der beiden streitenden Familien. Sämtliche Befestigungen waren eingezeichnet, außerdem die einzelnen Stellungen sowie die Stärke einer jeden Garnison.

»Wenn es Euch keine zu große Mühe bereitet, Fürst

Komawara, möchte ich Euch bitten, Euch die Karte anzuschauen und die Details nach bestem Vermögen zu bestätigen. Bitte laßt Euch Zeit.«

Komawara beugte sich über die Karte und besah sich jeden einzelnen Ort, jede Eintragung. Er durchforschte sein Gedächtnis und bat Botahara im Stillen um Beistand. Schließlich sah er wieder auf. »Die Karte scheint mir in allen Einzelheiten zutreffend zu sein, Fürst Shonto.«

Shonto nickte. »Sie wurde anhand der Aussagen mehrerer Spione erstellt.« Er rollte die Karte auf und reichte sie einem Wachposten. »Spionen sollte man niemals uneingeschränkt vertrauen.«

Das Essen wurde aufgetragen, und dies erinnerte Komawara daran, wie anmutig das edle Fräulein Nishima den Cha servierte. Die Unterhaltung streifte unterschiedliche Themen, dann wandte sie sich den Fürsten von Seh und deren mutmaßlicher Reaktion auf Shontos Ankunft zu. Shonto hatte diese Frage bereits ausgiebig mit seinen Beratern besprochen, war sich mit ihnen jedoch einig, daß dies alles Spekulation sei – sicher war gar nichts.

Da der Sekretär noch immer unter dem Baldachin kniete, entschuldigte sich Fürst Komawara bei der ersten sich bietenden Gelegenheit.

Shonto sah ihm nach und begutachtete die Haltung des jungen Fürsten. Binnen Jahresfrist wird er auf die Probe gestellt werden, dachte Shonto, ohne daß er sich über den Ursprung des Gedankens hätte Rechenschaft geben können.

Shonto zog eine kleine Schriftrolle aus dem Ärmel, die heute morgen eingetroffen war und von einem als Fischhändler verkleideten Soldaten aus dem fraglichen Gebiet herausgeschmuggelt worden war. Er entrollte und las noch einmal die kräftige Handschrift seines Sohnes. Der eigentliche Wortlaut war recht harmlos.

Die darin verborgene Botschaft war es, die dem Fürsten Sorge bereitete. Zwei Sätze fielen ihm auch diesmal wieder ins Auge: »Die Fehde zwischen den Butto und den Hajiwara besteht weiter, der Frontverlauf ist seit Monaten unverändert – in dieser Beziehung rechne ich nicht mit Schwierigkeiten.« Der zweite Satz lautete: »Das Barbarenproblem stellt sich wie von Euch erwartet als von untergeordneter Bedeutung dar, und die Berichte über große Truppenaufmärsche an der Grenze, die Ihr erhalten habt, sind mit Sicherheit falsch.«

Shonto las die Zeichen noch einmal: »... der Frontverlauf ist seit Monaten unverändert ...« Die Fehde bestand weiter. Also worauf warten sie dann? überlegte Shonto. Warten sie darauf, daß der Gegner einen Fehler macht, oder geht es um ganz etwas anderes? Warten sie auf Shonto? Und wenn dem so ist, muß ich dann die Butto oder die Hajiwara oder beide fürchten? »... in dieser Beziehung rechne ich nicht mit Schwierigkeiten.« Was ihrer Geheimsymbolik zufolge soviel wie VORSICHT bedeutete.

Meinem Sohn entgeht nur wenig, doch die wahre Gefahr kennt er nicht, sonst hätte er sie erwähnt.

Auch im Hinblick auf die Barbaren war die Lage anders, als es zunächst schien. Shonto lagen keinerlei Berichte über Truppenaufmärsche oder Barbarenkrieger an der Grenze vor, und sein Sohn wußte dies ebenfalls. Dann hatte Komawara also recht, Shonto hatte es gleich gespürt; es steckte mehr hinter den Überfällen auf Seh, als die Fürsten des Nordens wahrhaben wollten.

Shonto rollte den Brief auf und steckte ihn wieder in den Ärmel. Möge Botahara mir gnädig sein, denn ich segele dem Abgrund entgegen. Aber hatte Hakata nicht gesagt: Allein am Abgrund kann man kehrtmachen und die Welt so sehen, wie sie wirklich ist?

Von seinem Sohn schweiften Shontos Gedanken zu Nishima, die allein in der Hauptstadt zurückgeblieben war. Wenn es meine Feinde darauf abgesehen haben, mich zu schwächen, dann hätten sie keinen wirkungsvolleren Plan aushecken können. Die hohe Dame Okara ist der Schlüssel zu Nishimas Sicherheit – falls sie meinen Plänen zustimmt. Ich muß die Lage in der Hauptstadt im Auge behalten. Er dachte an die weite Entfernung bis nach Seh. Vierzehn Tage, wenngleich die Boten des Kaisers bloß eine Woche brauchten.

Derart beschäftigt, saß Shonto auf dem Achterdeck des Schiffes des kaiserlichen Gouverneurs, während es für einen zufälligen Betrachter den Anschein haben mußte, als genieße er die Landschaft und erledige die Korrespondenz, die seine Stellung mit sich brachte.

Shuyun indes, der aus einer Luke am Vordeck gestiegen war und seinen Lehnsherrn einen Augenblick lang beobachtete, hatte einen anderen Eindruck. Shuyun war sich aufgrund der Unterredung mit Bruder Hutto und nach allem, was er von Tanaka und Kamu, Shontos Haushofmeister, erfahren hatte, der Sorgen des Fürsten bewußt.

Während seines kurzen Aufenthalts im Hause Shonto hatte er sich bemüht, möglichst viele Bedienstete kennenzulernen. Es war so, wie seine Lehrer gesagt hatten – die Shonto verfügten über ein untrügliches Gespür für anderer Leute Fähigkeiten. Anscheinend wußten sie genau, wie sich deren Begabungen am besten einsetzen ließen und wie man sich ihrer Loyalität versicherte.

Wenn es an Shontos Bediensteten etwas zu kritisieren gab, dann dies, daß viele von ihnen schon älter waren und unter den altersbedingten Gebrechen zu leiden hatten. Shuyun fragte sich, ob dies wohl die ›Voreingenommenheit der Jugend‹ sei, vor der seine Lehrer ihn gewarnt hatten. Darüber mußte er noch meditieren.

Soweit es ihm möglich gewesen war, hatte Shuyun mit Shontos Gardisten und Soldaten gesprochen und ihnen zugehört, sie vor allem aber beobachtet und anhand der zahllosen kleinen Handlungen eingeschätzt, für die er aufgrund seiner botahistischen Ausbildung empfänglich war. Aus allem, was er sah, ließ sich schließen, daß sie ihrem Herrn bedingungslos vertrauten, gleichwohl aber voll böser Vorahnungen nach Seh gingen.

Shuyun blickte von Fürst Shonto zum Kanal. Ein Treidelpfad führte am Ufer entlang, der jedoch nur zu Zeiten der Frühlingsflut benutzt wurde, wenn die Flußboote gegen die starke Strömung nicht mehr ankamen. Mehrere botahistische Neophyten aus einem nahe gelegenen Kloster verneigten sich tief vor dem vorbeifahrenden Fürsten. Auf den hinter ihnen ausgebreiteten Feldern hielten die Bauern so weit das Auge reichte mit der Arbeit inne und verneigten sich, bis die Flottille sie passiert hatte. Auch wir dienen ihnen, dachte Shuyun, wenngleich ihm ihre Unterwürfigkeit Unbehagen bereitete. Dies ist nicht die Welt des Geistes, sagte er sich, es ist meine Aufgabe, darin zu leben und gleichzeitig die geistigen Ziele als Mittelpunkt meines Lebens zu bewahren.

Doch während er dies dachte, trat ihm ungerufen das Bild des im Gartenhaus lachenden erhabenen Fräuleins Nishima vor Augen, und er vermochte es nicht so ohne weiteres abzuschütteln.

11

Der Kreislauf des Aufstiegs und Falls der Dynastien scheint umgekehrt zu verlaufen wie die Entwicklung der Kunst. Denn zum Ende einer Dynastie steht die Kunst unweigerlich in Blüte, während sie zum Anbruch einer neuen politischen Ära noch roh und unfertig erscheint.

Einer der Beiträge des hohen Dame Okara und ihrer wenigen Schülerinnen bestand darin, die Ästhetik der Hanama in der Anfangszeit der Yamaku bewahrt zu haben.

Aus ›Das Leben der hohen Dame Okara‹
verfaßt vom edlen Fräulein Nishima Fanisan Shonto

Das edle Fräulein Nishima schaute noch einmal in den Spiegel aus polierter Bronze und empfand tiefe Unzufriedenheit über das, was sie darin erblickte. »Ich bin durchschnittlich«, flüsterte sie. »Ich habe kein Talent. Die hohe Dame Okara verschwendet mit mir nur ihre Zeit. Ach, wenn der Kaiser mich bloß nicht gezwungen hätte, mich unter seine Schirmherrschaft zu begeben. Die erlauchte Dame Okara müßte sich dann nicht mit jemandem abgeben, der ihre Aufmerksamkeit so wenig verdient wie ich, und ich wäre in Seh, weit weg vom Kaiser und seinen schwächlichen Söhnen. Bei meinem Onkel, der jetzt vielleicht meine Hilfe braucht.« Sie machte sich Sorgen um Fürst Shonto, der vor drei Tagen aufgebrochen war. Er ist stark und klug, sagte sie sich zum tausendsten Mal, ich kann ihm dadurch helfen, daß ich neuerlichen Fallstricken des Kaisers ausweiche.

Als die Wasseruhr auf dem Hof die fünfte Stunde einläutete, wußte Nishima, daß es Zeit zum Aufbruch war. Ein Boot wartete. Der Hauptmann der Garde hatte darauf bestanden, sie mit einer großen Eskorte zu begleiten, sie aber hatte sich geweigert, denn dadurch hätte sie lediglich darauf aufmerksam gemacht, daß sie die hohe Dame Okara aufsuchte – und sich dadurch Schande bereitet. Sie schämte sich, weil sie einer so großen Malerin aufgezwungen wurde, und das nur, weil es dem Kaiser in seine geheimen Pläne paßte. Zorn und Enttäuschung wallten in ihr auf. Noch schlimmer – sie hatte das Gefühl, in der Falle zu sitzen.

Nishima zwang sich nach außen hin zur Ruhe, trat in die Halle und stieg über die breite Treppe hinunter zum Haupthof. Rohku Saicha, der zu ihrem Schutz abgestellte Hauptmann aus Shontos Hausgarde, kam ihr entgegen, als sie den gefliesten und umfriedeten Hof überquerte.

»Euer Sampan wartet, edles Fräulein Nishima«, sagte er mit einer Verneigung. »Ich hoffe, Ihr habt Euch besonnen. Euer Vater hat mir aufgetragen…«

»Ich übernehme die Verantwortung, Hauptmann Rohku, bitte macht Euch keine Sorgen«, sagte sie und nickte ihm zu, ohne jedoch stehenzubleiben.

Er paßte sich ihren Schritten an. »Das ist alles gut und schön, hohes Fräulein, aber ich bin mir nicht sicher, ob mein Herr diese Entschuldigung akzeptieren würde, sollte etwas passieren.«

»Soll ich es Euch dann schriftlich geben?«

»Das ist es nicht, edles Fräulein. Ich mache mir Sorgen um Eure Sicherheit.«

»Und was könnte mir Eurer Meinung nach am helllichten Tag in der Hauptstadt zustoßen?«

Er zuckte die Achseln. »Ich weiß es nicht, edles Fräulein.«

»Ihr habt Wächter eingeteilt, das sollte genügen. Die Shonto dürfen nicht umherwandeln, als stünden sie unter dem Fluch der Götter. Wo bliebe dann die Würde?«

»Ich verstehe Euren Standpunkt, edles Fräulein...«, setzte er an, doch mittlerweile waren sie an der Treppe angelangt, die zu der kleinen Anlegestelle der Familie Shonto führte, und Nishima reichte ihm die Hand, um sich an Bord des Sampans helfen zu lassen.

Als sie Platz genommen hatte, sah sie zu ihm auf. »Ihr habt Eure Pflicht erfüllt, Saicha-sum«, neckte sie ihn. »Ich komme gegen Abend zurück, und sollte ich aufgehalten werden, gebe ich Euch Bescheid. Macht Euch keine Sorgen.« Sie gab den Bootsleuten ein Zeichen, worauf diese ablegten – drei Sampans insgesamt, zwei davon als Eskorte und dazu noch Nishimas Privatboot.

Außerhalb des Tores angelangt, verspürte Nishima auf einmal Gewissensbisse, weil sie die Sicherheitsvorkehrungen des Hauptmanns vereitelt hatte. Ihr Onkel würde toben, wenn er davon wüßte. Doch jetzt war es geschehen.

Ihre Gedanken wandten sich der hohen Dame Okara zu. Ungeachtet ihrer Schuldgefühle war sie gespannt darauf, das Atelier der Malerin zu sehen. Sie weiß bestimmt nicht, wie sehr ich sie bewundere, dachte Nishima, und sie ist so bescheiden, so unprätentiös. Wie ist das nur möglich, da sie doch von jedermann für die größte Malerin seit drei Generationen gehalten wird? Ich muß mich ebenfalls in Bescheidenheit üben, dachte sie. Ich bilde mir zuviel auf meine Bildung ein. Den Blick in den Bronzespiegel hatte sie bereits wieder vergessen.

Die Eskorte schlug eine im voraus festgelegte Route

ein, die einerseits nicht zu lang war, Nishima andererseits aber den Anblick der ärmeren Stadtviertel ersparte. Rechts und links zogen herrschaftliche Villen vorbei, manche hinter Mauern verborgen. Nur wenige waren Nishima unbekannt, denn sie hatte die meisten Häuser der Hauptstadt bereits bei gesellschaftlichen Anlässen besucht.

Schließlich gelangten sie zu der Insel, auf der die hohe Dame Okara residierte. Dabei handelte es sich um eine von einem Dutzend Inseln am Rande der Stadt, deren Häuser Ausblick boten auf den See des Verschwundenen Drachen und die dahinter ausgebreiteten wogenden Hügel. Ein Bediensteter der Dame Okara holte Nishima am Kai ab, ein Mann mittleren Alters, dessen Lächeln so entwaffnend war wie das eines Kindes.

»Edles Fräulein Nishima, mit Eurem Besuch erweist Ihr uns eine große Ehre. Die erlauchte Dame Okara erwartet Euch bereits. Ihr Haus liegt ganz in der Nähe, es sind bloß hundert Schritte bis dahin – möchtet Ihr getragen werden?« Er deutete auf eine offene Sänfte, worauf sich die vier davorstehenden Träger verneigten.

»Der Morgen ist so schön, ich laufe lieber«, erwiderte Nishima und wartete darauf, daß der Bedienstete ihnen den Weg wies.

Der Bedienstete und die Träger, die leere Sänfte, Nishima und ihre Eskorte bewegten sich zunächst eine ansteigende schmale, gepflasterte Straße entlang.

»Hier war ich noch nie. Gibt es viele Häuser auf der Insel?« wandte Nishima sich an den Bediensteten, der neben ihr ging und sie mit einem Sonnenschirm beschattete.

»Etwa hundert, hohes Fräulein, wenngleich die meisten auf der anderen Seite liegen, näher zur Hauptstadt. Nur wen es nach Ruhe verlangt, lebt hier am See, der, wie Ihr seht, sehr hübsch ist.«

Nishima mußte ihm beipflichten. Die Ahornblätter leuchteten bereits in einem hellen Rot, und die Kirschbäume, die die Straße säumten, prunkten mit dunkleren Rottönen. Herbstblumen hingen dekorativ von einer niedrigen Mauer, und dahinter schimmerte im Sonnenschein der See mit den weißen Tupfern der Segel, als habe der Wind Blütenblätter ausgestreut.

Sie bogen in eine von Bäumen gesäumte Gasse ab und überquerten eine kleine Brücke, die einen gurgelnden Bach überspannte. Dahinter lag ein Holztor, das in die sonnengesprenkelte Mauer eingelassen war.

Als Nishima auf den Hof trat, erblickte sie ein herrschaftliches Wohnhaus von durchschnittlicher Größe, erbaut im bezaubernden ländlichen Stil, den sie seit jeher mochte. Die erlauchte Dame Okara sah ihren Gast von der Terrasse aus nahen und kam die Treppe herunter, um Nishima zu begrüßen.

»Hohes Fräulein Nishima, es ehrt mich, daß Ihr meiner Einladung so rasch gefolgt seid.« Die beiden Frauen verneigten sich voreinander.

»Ich… ich wünschte, es wäre nur das, erlauchte Dame, doch ich komme nicht ohne Verlegenheit. Wir beide kennen den Grund.«

»Davon wollen wir nicht sprechen, edles Fräulein. Unsere Familien hatten in der Vergangenheit zuviele Gemeinsamkeiten, als daß wir uns damit aufzuhalten bräuchten. Ich nehme schon seit langem an Eurem Werdegang Anteil. Ich habe nämlich schon von Eurem Talent gehört, müßt Ihr wissen. Es ist allein meinen schlechten Manieren zuzuschreiben, daß ich Euch nicht längst schon eingeladen habe.«

»Ihr seid zu freundlich, erlauchte Dame.«

Die hochgewachsene Frau lächelte warm und bedeutete Nishima, ihr zu folgen. »Erzählt mir von Eurem Vater, edles Fräulein. Ist er planmäßig aufgebrochen?«

Sie wandten sich um und gingen zur Treppe. »Er ist schon drei Tage fort, verehrte Okara. Ich habe heute morgen Nachricht von ihm erhalten. Sie kommen ausgezeichnet voran, und es gibt keine Schwierigkeiten.« Nishima stockte. »Ich möchte nicht anmaßend klingen, erlauchte Dame, aber es würde mich freuen, wenn Ihr mich Nishima-sum nennen würdet.«

Okara lächelte. »Ihr könntet mir gegenüber niemals anmaßend sein, meine Liebe, schließlich kenne ich Fürst Shonto schon seit dreißig Jahren. Ich war auch mit Eurer Mutter bekannt – habt Ihr das gewußt?«

Nishima schüttelte verwundert den Kopf.

»Das ist lange her, damals waren wir beide noch jünger, als Ihr jetzt seid. Ihr seht ihr ausgesprochen ähnlich, wißt Ihr, wenngleich ich sagen muß, daß Ihr schöner seid.«

Nishima wurde fast so rot wie der Ahorn. »Das kann nicht sein, hohe Dame. Ich habe Jugendporträts meiner Mutter gesehen, und sie war eine große Schönheit.«

»Trotzdem seid Ihr schöner als sie. Bitte nennt mich Okara-sum; es wäre mir ebenfalls eine Ehre.«

Sie stiegen die Treppe zur Terrasse hoch, wo Cha in dampfenden Schalen serviert wurde.

»Die Aussicht ist atemberaubend, Okara-sum, es muß sehr erholsam sein, hier zu leben«, sagte Nishima, als sie Platz genommen hatten und sich in der warmen Herbstluft entspannten.

»Es ist beides, wunderschön und erholsam, aber nirgends vermag man der Außenwelt zu entgehen, Nishima-sum. Das sollte man nie vergessen.

Ich mache mir Sorgen um Motoru-sum – wegen seiner Berufung nach Seh«, setzte Okara unvermittelt hinzu. Sie berührte Nishima am Arm. »Ich will Euch keine Angst machen. Euer Vater ist ein kluger Mann, weitaus klüger, als die meisten meinen.«

»Ihr macht mir keine Angst, Okara-sum. Es stimmt,

er ist klug, aber er ist auch furchtlos, und das bereitet mir Sorge.«

»So war er schon immer. Seit ich ihn kenne. Sein Vater war genauso. Das liegt im Blut.«

Ja, dachte Nishima, das liegt im Blut, und daran habe ich keinen Anteil. Ich bin eine Fanisan. Sie spürte, wie sie innerlich Mut faßte, und dachte: Aber ich denke wie eine Shonto.

»Würdet Ihr gern mein Atelier sehen?« fragte die hohe Dame Okara.

»O ja. Es wäre mir eine Ehre.« Daraufhin erhoben sie sich und begaben sich über die Terrasse zum Eingang des Ateliers.

Als Nishima von der erlauchten Dame Okara aufbrach, hatte es aufgefrischt, und ehe ihr Boot das Kanalsystem der Kaiserstadt erreichte, bildeten sich Wellen auf dem See. Als Nishima den Vorhang des Sampans aufzog, erblickte sie kleine Schaumkronen, und die Segelboote flogen auf einmal nur so dahin.

Die Erfahrung, das Atelier der hohen Dame Okara gesehen zu haben, erregte und ernüchterte sie noch immer. Welch ein Talent! Die jahrzehntelange harte Arbeit zeigte sich in den erlesenen Details und der vollendeten Ausführung sämtlicher Bilder. Es verhält sich so, wie Shuyun gesagt hat, dachte Nishima, ein Teil der inneren Schönheit der hohen Dame Okara zeigt sich in jeder einzelnen Arbeit. Sie versteckt sich nicht in ihrer Kunst. Seltsam, denn sie hat ein Leben lang die Abgeschiedenheit gesucht. Aber vielleicht ging es ihr dabei bloß darum, Zeit für die Arbeit zu finden. Eine solche Berühmtheit wie sie wurde bestimmt ständig gestört, wenn sie sich nicht vorsah.

Die Bilder, die Nishima gesehen hatte, standen ihr in ihrer ganzen Vollkommenheit noch deutlich vor Augen. Eines, ein unvollendeter Seeblick von der Terrasse, war

Nishima aufgrund seiner Schönheit besonders aufgefallen. Doch als sie eine Bemerkung dazu machte, hatte Okara bloß gesagt: »Ach, das. Ich habe vor Jahren damit begonnen und war nie zufrieden damit. Ich glaube nicht, daß ich es jemals fertigstellen werde.« Dann war sie auf ein anderes Thema zu sprechen gekommen.

Nishima hatte sich beschämt gefühlt – sie *träumte* davon, ein von solcher Meisterschaft zeugendes Bild anzufangen, und die erlauchte Dame Okara ging einfach hin und gab eine solche Arbeit auf, als wäre sie nicht der Rede wert.

Das Leben Okaras übte einen starken Reiz auf Nishima aus – die Freiheit, die Ferne zum gesellschaftlichen Getriebe und den Verpflichtungen der Familie. Dies erschien ihr nahezu ideal.

Die Künstlerin hatte sich Zeit genommen, die Skizzen zu begutachten, die Nishima mitgebracht hatte, und sie hatte sich äußerst wohlwollend dazu geäußert.

Sie ist eng mit meinem Onkel befreundet, dachte Nishima, sie kann kaum etwas anderes sagen. Ein Teil von ihr aber wollte Okara glauben, und gleich darauf hatte sie sich auch schon eingeredet, die hohe Dame Okara sei zu anständig, um etwas anderes als die Wahrheit zu sagen. Im nächsten Augenblick glaubte sie wieder, dies könne nicht sein – Okara sei einfach nur höflich, so wie man es von einer Dame mit guter Erziehung erwarten könne.

Während sie zwischen ihren geheimen Wünschen und ihren Selbstzweifeln schwankte, bogen die Boote in eine breitere Wasserstraße ab, wo sie sogleich von mehreren Booten aufgehalten wurden, die darauf warteten, eine Sperre der Kaisergarde zu passieren. Ihre eigene Leibwache auf dem ersten Eskortenboot begann sogleich zu rufen. »Macht Platz für das erlauchte Fräulein Nishima Fanisan Shonto! Macht Platz! Macht Platz!«

Wie lästig, dachte sie und lehnte sich zurück in die Kissen, doch dann riet ihr der Instinkt, wachsam zu sein.

Zum Umkehren war es bereits zu spät – einer Sperre auszuweichen, war verboten, und ihre Leibwächter hatten bereits ihren Namen genannt. Mittlerweile waren sie bis zur Spitze der Schlange vorgerückt. Sie hörte, wie der Leutnant ihrer Eskorte mit den kaiserlichen Gardisten sprach. Mehrmals wurde ihr Namen erwähnt, mit Betonung auf *Shonto, Gouverneur* Shonto. Gleichwohl gaben sie den Weg nicht frei.

Der Sampan schwankte, als jemand an Bord kam. Der Shonto-Leutnant verneigte sich vor ihr, soweit die Umstände dies erlaubten. »Die Garde möchte uns aufhalten, der Grund ist nicht ganz klar. Sie berufen sich auf ›Befehle‹. Sie möchten mit Euch persönlich sprechen. Ich habe ihnen gesagt, das käme nicht in Frage, sie aber bestehen darauf und wollen uns nicht durchlassen. Ich werde unverzüglich ein Boot zum Palast schicken, aber das wird einige Zeit dauern. Ich entschuldige mich für die Unannehmlichkeiten, erlauchtes Fräulein.«

Nishima überlegte kurz und kämpfte ihre Angst nieder. »Haben sie Zweifel, daß ich es bin?« fragte sie.

»Das scheint nicht der Fall zu sein, hohes Fräulein.«

»Hm. Sagt ihnen, ich werde mich *unverzüglich* beim Kaiser über sie beschweren, mal sehen, wie sie darauf reagieren.«

Der Leutnant verneigte sich eilig und ging wieder nach vorn. Nishima zog die Vorhänge zu und ließ sie lediglich einen Spalt offen, durch den sie hinausschauen konnte. Sie beobachtete, wie der Leutnant vor den Gardisten eine Haltung rechtschaffener Empörung einnahm, doch war nicht zu übersehen, daß diese sich nicht würden einschüchtern lassen. Eine Weile ging es hin und her, der Ton wurde auf beiden Seiten lauter. Der Leutnant wandte sich ohne Verneigung um, ging zum Heck seines Bootes und kletterte auf ihres hinüber.

»Sie wollen uns nicht durchlassen«, sagte er mit einer Verbeugung, und Nishima merkte, daß er seinen Zorn nur mit Mühe beherrschte. »Sie sind unerträglich *dreist*», platzte es plötzlich aus ihm heraus. »Verzeiht, edles Fräulein, entschuldigt meinen Ausbruch.«

Sie schwieg, als hätte sie seine Entschuldigung nicht gehört. Die Lage spitzte sich allmählich zu, und sie sah, daß der Unmut unter den übrigen Shonto-Gardisten zunahm. Wollen sie uns vielleicht zu Handgreiflichkeiten provozieren? Aber welchen Sinn hätte das gehabt? Diese Situation war neu für sie, und sie wußte nicht, wie sie damit umgehen sollte. Rohku Saicha würden toben, wenn er davon erfuhr.

»Sagt ihnen, ich möchte mit ihnen sprechen«, erklärte sie unvermittelt.

»Seid Ihr sicher, edles Fräulein?« Den Leutnant war offenbar bestürzt über ihren Entschluß.

»Ja, ich bin mir sicher«, sagte sie mit gespielter Entschlossenheit. Ich bin eine Shonto, dachte sie, die werden es bestimmt nicht wagen, mir zu trotzen.

Der Leutnant kletterte wieder zum Boot der kaiserlichen Gardisten hinüber, offenbar beschämt darüber, daß sie sich in einer solchen Lage befanden. Nishima beobachtete, wie er dem befehlshabenden Offizier zunickte und ihm die Entscheidung seiner Herrin mitteilte. Sie verstand nicht genau, was gesprochen wurde, doch auf einmal versteifte sich der Leutnant für einen kurzen Augenblick und griff zum Schwert. Die kaiserlichen Soldaten sprangen vor, um ihren Offizier zu schützen, und die Shonto-Gardisten taten das gleiche. Der Leutnant gewann jedoch die Fassung wieder, ehe sich ein Handgemenge entwickelte, und rief seine Leute zurück. Ohne sich zu verneigen, wandte er sich um und kehrte, puterrot im Gesicht, zu Nishima zurück.

Das edle Fräulein Nishima hatte Herzklopfen vor lauter Angst.

»Der befehlshabende Offizier weigert sich, zu Euch zu kommen, erlauchtes Fräulein. Er besteht darauf, daß Ihr zu ihm kommt. Es tut mir leid. Ich habe verlangt, zu seinem Vorgesetzten gebracht zu werden, er aber hat sich geweigert. Das ist unerträglich. Ein solcher Mangel an Respekt ist mir noch nicht untergekommen. Das sind ehrlose Menschen. Ich bitte um Verzeihung, edles Fräulein, aber ich weiß nicht mehr weiter. Umkehren können wir nicht, der Rückweg wird uns ebenfalls von kaiserlichen Gardisten versperrt.« Er blickte sich um. »Ich habe versagt und meine Ehre verloren.« Er verneigte sich beschämt.

Nishima war sich bewußt, daß Fürst Shonto dem Mann beigepflichtet haben würde, andererseits hatte sie Mitleid mit ihm. Das ist nicht seine Schuld, dachte sie, auch wenn es für ihn so aussehen muß.

»Sagt ihnen, ich komme zu ihnen«, erklärte sie.

»Edles Fräulein, das ist vollkommen ausgeschlossen! Das sind nicht einmal Edelleute!«

»Darauf kommt es nicht an. Die Alternative wäre Gewalt, und sie sind in der Überzahl.« Sie wandte sich an die Besatzung. »Bootsleute, rudert vor.«

Langsam trennten sich die Boote, und Nishimas Sampan bahnte sich einen Weg durchs Gedränge. Ganze Familien von Flußanrainern beobachteten das Spektakel. Sie sind mir so nahe, dachte Nishima, so verwundbar war ich noch nie. Sie hatte keine Angst vor ihnen, denn es waren schwer arbeitende, ehrliche Leute, allerdings war dies ein günstiger Ort für einen Anschlag. Sie ärgerte sich, weil sie Rohku Saichas Rat in den Wind geschlagen hatte.

Schließlich gelangte sie zum Boot der Kaisergarde, das den Kanal blockierte. Jetzt sah sie die Soldaten in ihren schwarzen Rüstungen. Ihr Kommandant war lediglich Hauptmann, ein Hühne von Mann. Er lehnte schweigend an der kleinen Bootskajüte, die Arme lässig vor der Brust verschränkt. Er kaute etwas, vielleicht eine Oona-Nuß. Das war äußerst unschicklich.

Als sein Boot nur noch ein paar Meter entfernt war, zog Nishima den Vorhang ganz auf und blickte kühl zum Hauptmann der Kaisergarde hinaus – die Soldaten ignorierte sie völlig.

»Ich bin das edle Fräulein Nishima Fanisan Shonto, weshalb hält man mich auf?« fragte sie.

»Ihr werdet aufgehalten, weil ich der Kaisergarde angehöre und weil es mir so paßt«, antwortete er ohne Zögern.

Abermals griff ihre Eskorte zu den Schwertern, sie aber bedeutete den Männern, Ruhe zu bewahren.

»Das ist eine Unverschämtheit, Hauptmann, ich warne Euch. Nennt mir einen Grund für die Blockade oder laßt mich unverzüglich passieren!«

»Ehe ich entscheide, ob Ihr passieren dürft, muß ich Eure Papiere sehen«, erwiderte er.

Unter den Umstehenden erhob sich Gemurmel, denn das war unerhört! Sollte die Familie Shonto beim Sohn des Himmels etwa in Ungnade gefallen sein?

»*Papiere,* Hauptmann? Glaubt Ihr, die Shonto führten einen Ausweis mit sich? Meint Ihr womöglich, ich verkaufte von meinem Sampan *Fische*?« fragte sie und deutete auf ihr elegantes Boot.

Die Menge lachte, und dem Gardehauptmann hatte es vorübergehend die Sprache verschlagen. »Wenn Ihr keine Papiere vorweisen könnt, dann müßt Ihr mich zum Stützpunkt begleiten. Ich habe meine Anweisungen.«

Nishima nahm sogleich zu ihrer zweiten List Zuflucht. »Ihr da«, wandte sie sich an den Soldaten mit dem nächstniederen Rang, einen hochgewachsenen jungen Feldwebel. »Euer Hauptmann hat den Verstand verloren. Er setzt Eure Zukunft aufs Spiel, wenn nicht gar Euer Leben, denn der Kaiser duldet keine Idioten in seiner Nähe. Dieser Mann ist ungeeignet, Befehle zu erteilen. Setzt ihn ab, denn das könnte Eure Rettung sein.«

Der Hauptmann wandte sich dem jüngeren Offizier zu, der starr geradeaus blickte, als habe er Nishima gar nicht gehört. Als der Hauptmann allerdings wieder zu Nishima hinsah, warf der Feldwebel den beiden Soldaten, die unmittelbar hinter dem Hauptmann standen, einen verstohlenen Blick zu. Sie nickten kaum merklich und strafften sich ein wenig. Auch die anderen Soldaten wirkten sprungbereit. Nishima faßte wieder Mut.

Zur Rechten, hinter den Booten der Flußbewohner, wurde es laut. Shonto-Gardisten zogen die Schwerter und bildeten vor ihrer Herrin einen Schutzwall. Die Menge der Zuschauer teilte sich wie auf einen unhörbaren Befehl hin, und durch die entstandene Gasse stürmten weitere Angehörige der Kaisergarde auf die Boote. Nishima konnte zwar nichts erkennen, doch auf einmal erhob sich eine vertraute Stimme über den Lärm. Die Stimme von Jaku Katta.

Der Kaiser! dachte Nishima, fassungslos ob dieser Dreistigkeit – mitten in der Hauptstadt, am hellichten Tag und vor zahllosen Zeugen.

»*Ihr da!*« Die Stimme klang befehlend, und Nishima spürte, daß selbst ihre eigenen Leute unwillkürlich aufhorchten. »*Hauptmann der Wache. Was geht hier vor?*«

Zorn! Nishima hörte Zorn in der Stimme des Generals. Sie schöpfte neue Hoffnung. Jaku Katta sprang auf das Deck des kaiserlichen Bootes. Der Wachhauptmann verneigte sich verwirrt.

»Ich befolge lediglich Befehle, General Jaku«, sagte er abwehrend.

»Ihr habt Befehl, das erlauchte Fräulein Nishima Fanisan zu schikanieren?«

Der Mund des Gardisten zuckte, doch kein Wort kam heraus.

»Ich warte, Hauptmann.«

»Mir wurde befohlen…« Er brachte den Satz nicht zu Ende. Jaku schlug ihm mit dem Handrücken ins Gesicht. Der Hauptmann griff zum Schwert, doch Jaku hatte seines bereits gezogen, als die Hand des Hauptmanns noch nicht einmal zum Schwertgriff gefunden hatte.

»Wollt Ihr Euch nicht vor Eurem Vorgesetzten verneigen, Hauptmann?«

Der Mann blickte sich um und merkte auf einmal, daß er als einziger seiner Leute noch stand. Langsam kniete er nieder, die Hand auf den blutenden Mund gelegt, die Augen auf Jakus Schwert gerichtet.

Der General schien einen Augenblick zu zögern, dann steckte er das Schwert in die Scheide. »Dieser Mann ist Euer Gefangener, Feldwebel. Meldet Euch, wenn Ihr wieder im Stützpunkt seid. Ihr alle werdet vor ein kaiserliches Militärgericht gestellt.«

Mit einer Handbewegung wies Jaku Katta seine Elitesoldaten an, das Gelände zu räumen, dann wandte er sich wieder zur Eskorte des edlen Fräuleins Nishima um. Er verneigte sich vor dem Leutnant der Shonto.

»Ich entschuldige mich für den Vorfall, Leutnant. Mir ist bewußt, daß dies unverzeihlich ist. Ich werde den Kaiser bei der nächsten sich bietenden Gelegenheit in Kenntnis setzen. Würdet Ihr Euch erkundigen, ob ich dem erlauchten Fräulein Nishima meine Entschuldigung persönlich vortragen dürfte?«

Der Leutnant der Shonto verneigte sich ebenfalls. »Gewiß, General. Zuvor aber muß ich sagen, daß der dem Hause Shonto und der Ehre meiner Herrin seitens dieser Barbaren in kaiserlicher Uniform zugefügte Schaden in keiner Weise hinnehmbar ist. Auch ich fühle mich durch diesen Mann entehrt. Ich kann dies nicht akzeptieren.«

Nishima beobachtete all dies hinter den teilweise zugezogenen Vorhängen hervor. Sie verstand nur einen Teil dessen, was gesprochen wurde, der Rest aber war leicht zu erraten. Ich werde gerettet, ohne das Gefühl zu haben, die Gefahr sei ausgestanden, dachte sie.

Jaku Katta schüttelte mitfühlend den Kopf, von Soldat zu Soldat. »Ich verstehe Euch vollkommen, Leutnant, aber reicht es nicht zu wissen, daß das Militärgericht ein… *äußerst hartes* Urteil fällen wird?«

Der Leutnant wog seine Worte ab, fragte dann aber: »Würdet Ihr diese Beleidigung hinnehmen, General?«

Jaku Katta überlegte nur kurz, dann schüttelte er den Kopf. »Das würde ich nicht.« Er wandte sich an den Soldaten mit dem nächsthöheren Rang. »Macht Platz auf dem Kai und gebt dem Hauptmann sein Schwert zurück. Sorgt dafür, daß alles störungsfrei abläuft.« Er wandte sich wieder an den Leutnant. »Wählt zwei Eurer Gardisten als Sekundanten aus.« Er verneigte sich. »Ihr habt Euch für die Ehre entschieden, Leutnant. Mögen Euch die Götter beistehen.«

Der Leutnant erwiderte die Verneigung und übergab das Kommando an seinen Stellvertreter, einen jungen Hauptmann mit dem Gesicht eines Gelehrten. Dieser überbrachte Jaku Kattas Bitte unverzüglich dem edlen Fräulein Nishima.

»Findet ein Duell statt?« fragte sie, als sich ihr der Hauptmann der Shonto näherte.

»Es ist unvermeidlich, edles Fräulein. Ich hätte ihn selbst herausgefordert, wenn mir der Leutnant nicht zuvorgekommen wäre, wie es sein gutes Recht ist.«

»Der kaiserliche Gardist ist aber ein Riese!« Im Geiste ging sie mehrere Argumente durch. Hier geht es um Ehre, dachte sie, nicht um Angst. Daran muß ich appellieren. »Würde der Leutnant im Falle einer Niederlage dem Namen der Shonto nicht abermals Schande bereiten?«

»Er wird nicht unterliegen, edles Fräulein, wenngleich ich fürchte, daß der Preis hoch sein wird.« Er wandte sich zum Kai um, wo sich bereits die Gaffer versammelten. Als er den General sah, wurde er an seine Pflichten erinnert. »General Katta läßt anfragen, ob es genehm wäre, wenn er Euch seine Entschuldigung persönlich vortrüge, edles Fräulein.«

»Aber ja doch. Führt ihn zu mir.« Sie konnte erkennen, daß der Kampf jeden Augenblick beginnen würde, und jetzt, da sie auf dem Kai standen, fiel der Größenunterschied der beiden Männer deutlich ins Auge.

»General«, sagte Nishima, als Jaku sich ihr näherte. »Könnt Ihr diesen sinnlosen Kampf nicht verhindern? Wird man den Gardisten für sein Verhalten nicht zur Rechenschaft ziehen?«

Jaku machte eine knappe Verbeugung. »Ich habe versucht, Euren Leutnant von seinem Vorhaben abzubringen, edles Fräulein, aber er ist im Recht. Er hat das Gefühl, man habe die Ehre der Shonto beleidigt. Es tut mir leid.«

Schwerterklirren durchbrach die plötzliche Stille. Nishima hielt sich den Fächer vor den Mund, einen gequälten Ausdruck in den Augen. Das ist meine Schuld, dachte sie. Hätte ich auf Rohku Saicha gehört, wäre das alles nicht passiert. Oder doch? Ihr Instinkt sagte ihr, daß möglicherweise mehr hinter dem Vorfall steckte, als auf den ersten Blick erkennbar war.

»Möchtet Ihr vielleicht ein Stück weiterfahren, bis die Angelegenheit geklärt ist? Hier könnt Ihr nichts tun für Euren Leutnant.«

»Ja, bitte«, antwortete sie. Alles war ihr recht, wenn sie nur das Schwerterklirren nicht zu hören brauchte.

Jaku gab den Bootsleuten ein Zeichen, und diese gehorchten ihm, als wäre er ihr Vorgesetzter. Sie bogen um eine Ecke und legten an einem Kai an.

Jaku brach das peinliche Schweigen als erster. »Bitte gestattet mir, mich für das Verhalten meiner Gardisten zu entschuldigen, obschon mir bewußt ist, daß es eigentlich unverzeihlich war.«

Nishima fiel ihm ins Wort. »Ihr braucht Euch nicht bei mir zu entschuldigen, General Katta. Ich stehe wegen Eurer heldenhaften Tat in unserem Garten noch immer in Eurer Schuld. Ihr habt meinem Fürsten das Leben gerettet. Das kann ich niemals wieder gutmachen.«

Jaku zuckte bescheiden mit den Achseln, dann richtete er seinen Tigerblick auf die junge Frau. »Es war mir eine Ehre, den Shonto zu dienen, erhabenes Fräulein, und ich würde mit Freuden jederzeit wieder so handeln.« Er ließ die Bemerkung im Raume stehen, dann wandte er den Blick ab. »Ich habe Eurem geschätzten Onkel versprochen, daß Euch nichts geschehen würde, solange er in Seh weilt. Verzeiht meine Anmaßung, aber seit… dem Vorfall im Garten des Fürsten Shonto mach ich mir Sorgen um Eure Sicherheit.«

»Eure Sorge schmeichelt mir, General Jaku, doch es ist nicht die Art der Shonto, anderen Leuten gegenüber Verpflichtungen einzugehen.«

»Verpflichtungen? Dafür, daß Ihr mich nicht einen anmaßenden Narren gescholten habt, stehe ich in Eurer Schuld, verehrtes Fräulein.«

Nishima nahm Jakus Freundlichkeit mit einem Kopfnicken zur Kenntnis, doch das laute, heftige Schwerterklirren veranlaßte sie, den Blick abzuwenden. Auf einmal wurde es still.

Jaku Katta neigte den Kopf und lauschte angestrengt. »Es ist vorbei, edles Fräulein. Hoffen wir, daß Eure Ehre wiederhergestellt wurde.« Als ein kaiserlicher Gardist angelaufen kam, stand er auf.

»Der Hauptmann ist gefallen, General.«

»Und der Shonto-Leutnant?«

»Er lebt, Herr, ist aber schwer verletzt. Wir haben uns erlaubt, ihn zu einem Arzt zu schaffen.«

Nishima barg einen Augenblick das Gesicht in den Händen, dann faßte sie sich wieder.

Der General entließ den Mann mit einem Kopfnicken. »Es tut mir leid, erlauchtes Fräulein, aber er ließ sich nicht davon abbringen. Ich werde mich persönlich darum kümmern, daß er versorgt wird, und Euch über seinen Zustand auf dem Laufenden halten.«

»Ihr konntet nichts tun. Bitte macht Euch keine Vorwürfe. Verzeiht mir, General, aber ich muß rasch weiter, wenn Ihr erlaubt.«

Jaku verneigte sich eilig. »Gewiß, ich wollte Euch nicht aufhalten.« Er trat vom Boot auf den Kai. »Vielleicht sehen wir uns beim Fest zur Thronbesteigung des Kaisers?«

Ihr seid kühn, dachte Nishima. »Vielleicht.«

Er lächelte und fixierte sie ein letztes Mal.

Die kalten Augen eines Raubtiers, dachte Nishima, als sich der General zum Gehen wandte. Gleichwohl hatte die Begegnung sie aufgewühlt. Hatte er nicht ihrem Onkel das Leben gerettet? Hatte er sie nicht aus einer höchst peinlichen Lage befreit?

Ihre Eskorte kehrte zurück, und die Bootsleute legten ab. Eine innere Stimme sagte ihr, daß allem Anschein zum trotz irgend etwas nicht stimmte. Was hatte Jaku gleich noch zum Gardehauptmann gesagt? – ›Ihr habt Befehl, das erlauchte Fräulein Nishima Fanisan zu schikanieren?‹

So sieht er mich also, wurde ihr auf einmal bewußt, als *erlauchtes Fräulein Nishima Fanisan – als Adelstochter.* Sie spürte, wie ihr die Insel der hohen Dame Okara entglitt und mit ihr das Leben, das sie sich erträumt hatte. »Dem kann ich niemals entkommen«, flüsterte sie, »obwohl ich es ausschlagen würde, und wenn man es mir tausendmal anböte. Meine Herkunft werde ich nicht los.«

Während sich die Dämmerung auf die Hauptstadt von Wa herabsenkte, näherte sich Nishima ihrem Ziel, mehr denn je überzeugt davon, daß dieses von Kräften vorbestimmt sei, auf die sie keinen Einfluß hatte.

Nicht weit von ihr entfernt ging Jaku Katta an Bord seines Sampans und bedeutete den Bootsleuten, ihn zum Kaiserpalast zu bringen. Jetzt, da niemand ihn beobachten konnte, lächelte er voller Genugtuung. Sie ist nicht so unerreichbar, wie ich immer dachte, überlegte er. Dumm ist sie allerdings nicht. Da hätte sie die Soldaten doch beinahe dazu aufgestachelt, gegen ihren eigenen Hauptmann zu meutern! Das war knapp, und dann war der Leutnant noch dazu so schmächtig! Jaku hatte schon befürchtet, er könnte unterliegen. Doch diese Sorge war unbegründet gewesen – abgesehen von Jakus Elitetruppe verfügten Shontos Männer über die beste Ausbildung weit und breit.

Der kaiserliche General beugte sich vor, als würde das Boot dadurch schneller. Die Schlacht war entbrannt, und nun hing alles in der Schwebe. Allein die Zeit würde erweisen, ob seine Pläne tauglich waren. Und die Zeit war knapp.

Lediglich ein Zweifel nagte am Befehlshaber der Kaisergarde. Jaku wußte zwar, daß er überwiegend auf Aberglaube gründete, doch damit vermochte er ihn nicht wegzuerklären.

Jaku Katta war schon einmal in seinem Leben gescheitert, und die Person, die ihm die Niederlage zugefügt hatte, war jetzt zurückgekehrt und hatte bereits einen Mordversuch unbeschadet überstanden.

Der berühmte Kickboxer schloß die Augen und rieb sich die Stirn, als habe er auf einmal Kopfschmerzen. Diese Erinnerung taugte nicht dazu, ihn zu trösten.

Keiner der zahllosen Zuschauer hatte bemerkt, was vorgefallen war. Jaku aber war davon geprägt worden, ein Makel, den er nicht abzuschütteln vermochte.

Damals hatte ein kleiner botahistischer Mönch vor ihm gestanden, vollkommen ruhig, nachdem er soeben einen Schlag abgewehrt hatte, den Jaku mit der ganzen Kraft seines massigen Körpers geführt hatte. Er hatte ihn abgewehrt, obwohl sie überhaupt keinen Körperkontakt gehabt hatten. Gleichwohl hatte Jaku die Kraft des Mönchs gespürt, eine unerhörte Kraft. Einen Schlag abzuwehren, ohne den Angreifer auch nur zu berühren…

Jaku schüttelte den Kopf, um die Erinnerung zu verscheuchen. Er blickte hinaus aufs Kanalufer, wo die Menschen sich vor ihm verneigten. Er holte tief Luft, zwang sich zur Ruhe. Schließlich waren sie jetzt nicht mehr auf einen engen Kampfring beschränkt. Hier war der Jüngling hoffnungslos überfordert, daran bestand kein Zweifel.

Das Boot bog in den Kanal des Höchsten Wissens ein, den breitesten Kanal der Hauptstadt, und der weiße Kaiserpalast an seinem Ende schien in der fallenden Dämmerung von innen heraus zu leuchten. Dies war Jakus Ziel.

12

Die botahistische Novizin Tesseko kniete mittschiffs vor dem Holzkohlefeuer. Das Schaukeln der Flußdschunke war hier weniger spürbar, und das wußte ihr Magen zu schätzen. Der Wind fachte die Holzkohle an, und der Qualm brannte ihr in den Augen, doch das machte ihr offenbar nichts aus – es war ein günstiger Wind, der sie der Provinz Seh entgegentrieb.

Bei der Arbeit rezitierte sie im stillen den Lobpreis des Vollkommenen Meisters, weil damit die Zeit bei der Verrichtung niederer Arbeiten schneller verging. (Gelobt sei Seine Weisheit, die mich leitet.)

Als sie vom Kochen aufblickte, sah sie die Menschen am Ufer, die dem vorbeifahrenden kaiserlichen Gouverneur kniend ihren Respekt erwiesen. Es erfüllte sie mit Stolz, Teil dieser Flottille zu sein, und als man sie (Gelobt sei der Siebenfache Pfad) auswählte, die ältere Schwester Morima auf dieser Reise zu begleiten, hatte sie sich maßlos glücklich geschätzt. Schwester Morima, die Frau, die die *Schriften Botaharas* mit eigenen Augen geschaut hatte! Ja, sie hatte wirklich Glück gehabt.

Die junge Novizin Tesseko beugte sich über die Speisen, die sie zubereitete: Gemüse, gekochter Reis – die einfache Nahrung der Asketen. Dazu gab sie eine geheime Kräutermischung, denn Schwester Morima war krank geworden, zumindest schien es so. Seit sie vor sieben Tagen von der Priorei des Göttlichen Erwachens aufgebrochen waren, hatte sich Schwester Morima immer mehr zurückgezogen. Ihr Gesicht war blaß geworden, ihre Haut wächsern. Das wird ihr guttun, dachte Tesseko.

Sie empfand eine gewisse Enttäuschung über Schwester Morimas Schweigen. Sie hatte gehofft, mehr zu erfahren; schließlich war Tesseko fast schon soweit, zur älteren Novizin aufzusteigen – dabei war sie gerade erst achtzehn –, und sie hatte damit gerechnet, Schwester Morima werde sie ins Vertrauen ziehen; Schwester Morima konnte ihr soviel beibringen. Nun aber merkte sie, daß es dazu nicht kommen würde.

Tesseko kannte nicht einmal den Zweck der Reise. Natürlich hatte sie sich nicht getraut, danach zu fragen – die Schwesternschaft hatte so manche Geheimnisse –, denn einer jüngeren Novizin stand Demut gut zu Gesicht. Trotzdem machte sie sich ihre Gedanken. Sie hatte begonnen, Schwester Morima behutsam nachzuspionieren, hatte bislang aber bloß in Erfahrung gebracht, daß Schwester Morima ein besonderes Interesse an einem gewissen botahistischen Bruder zeigte, dem spirituellen Berater des mächtigen Fürsten Shonto. Sie beobachtete ihn insgeheim, und die Novizin Tesseko war überzeugt, sie schreibe ihre Beobachtungen in Geheimschrift nieder. Dies alles war sehr geheimnisvoll und aufregend.

Sie überlegte, aus welchem Grund Schwester Morima den jungen Mönch wohl beobachtete. War er ein Spion der Schwesternschaft, der mitten in der Aristokratie lebte und in die Geheimnisse der botahistischen Brüder eingeweiht war? Sie wußte es nicht. Sie wußte bloß, daß der junge Bruder als hochbegabt galt – in der kurzen Zeit an Bord hatte sie bereits eine Menge in Erfahrung gebracht – und sie respektvoll gegrüßt hatte, als sie sich in der kleinen Stadt, in der die Flotte vor zwei Tagen Halt gemacht hatte, zufällig begegnet waren. Er wirkte ausgesprochen umgänglich. Das war alles, was sie wußte.

Vielleicht erwartete sie zuviel; die verehrte Schwester schien jetzt, da sie plötzlich krank geworden war, nicht mehr sie selbst zu sein. Schwester Morima hatte Fieber und phantasierte nachts, das wußte die Novizin Tesseko, denn sie hatte der Nonne in der Dunkelheit ihrer gemeinsamen Kajüte notgedrungen zugehört. Es hatte sie erschreckt, die Schwester geifern zu hören. Und was hatte sie nicht alles gesagt! (Gelobt sei Sein Name, gelobt in alle Ewigkeit.) Aber sie wollte nicht darüber nachdenken, was Schwester Morima alles gesagt hatte. Unwillkürlich schauderte sie, denn die Novizin Tesseko hatte bislang kaum Blasphemien vernommen und gewiß nicht aus dem Mund einer älteren Schwester.

Sie nahm die Speisen vom Feuer und tat sie in Porzellanschalen, die sie auf auf ein Bambustablett stellte. (Gelobt sei die Vollkommenheit Seiner Worte.) Als sie übers Deck ging, bemerkte sie, daß ein Matrose sie beobachtete. Man hatte ihr schon häufig gesagt, sie sei hübsch, wenngleich ihr schleierhaft war, wie jemand auf diese Idee kommen konnte – ihr schwarzes Haar war ganz kurz geschnitten, und ihr Gewand war form los und schmeichelte ihrer Figur nicht. Es ist falsch, solche Gedanken zu haben, sagte sie sich. (Gelobt sei Er, über alles gelobt.)

Der Niedergang war steil und gefährlich, doch dank der Erziehung im Kloster war sie überdurchschnittlich geschmeidig und kräftig. Ohne sich auch nur mit einer Hand abzustützen, stieg sie mühelos hinunter. Als sie gegen den Wandschirm ihrer Kajüte klopfte, wurde nicht geantwortet. Sie schob den Wandschirm leise auf und trat in den abgedunkelten Raum. Schwester Morima lag auf einem niedrigen Bett, das an einer der Wände stand. Tesseko hörte ihren schweren Atem.

»Schwester Morima?« fragte Tesseko, während sie

sich ihr näherte. Auch diesmal erfolgte keine Reaktion. Sie stellte das Tablett auf einen kleinen, am Boden befestigten Tisch und kniete neben dem Bett nieder.

»Schwester Morima?« wiederholte sie ein wenig lauter, doch nur der schwere Atem der Schwester war zu vernehmen. Sie befühlte die Stirn der Nonne, die heiß und feucht war. Arme Schwester Morima, dachte sie. Erst jetzt fiel ihr auf, daß ihre Vorgesetzte das Übergewand trug, eine Schulter schaute unter der Decke hervor. Ist sie etwa aufgestanden? wunderte sich Tesseko. Ich hätte da sein und ihr helfen sollen.

Die junge Novizin beschloß, die Nonne schlafen zu lassen, und wollte sich gerade erheben, als ihr ein eigentümlicher Geruch in die Nase stieg. Sie wandte den Kopf nach rechts und nach links, schnupperte umher. Das kann nicht sein, dachte sie. Der Geruch schien unter dem niedrigen Tisch hervorzukommen. Sie bückte sich und wollte ihren Augen nicht trauen! Da stand ein Teller, und darauf lagen die Überreste eines *Fleischgerichts*! Knochen und widerliche Fettstücke. *Botahara steh ihr bei*, dachte sie. Schwester Morima hat das *Fleisch eines Tieres* gegessen! Sie machte kehrt und floh aus der Kajüte.

Die Bootsleute bewegten den Sampan mit kräftigen Schlägen gegen die Strömung durch den Kanal. Die Novizin Tesseko saß im Bug und beobachtete die großen Dschunken und Flußkähne, die an ihnen vorbeiglitten. Es war wieder einmal ein schöner Tag in einem scheinbar endlosen Herbst. So wie ihre Lehrerinnen es ihr beigebracht hatten, atmete sie die würzige Luft in regelmäßigen Zügen und brachte Körper und Geist zur Ruhe. Seit ihrer Entdeckung vom Vortag war die Novizin Tesseko durcheinander gewesen, nahezu in Panik. Mittlerweile hatte sie ihren Seelenfrieden zum Teil wiederhergestellt. Sie war sich der leichten

Zeitdehnung bewußt, von der die Schwestern sprachen, fühlte sich durchströmt vom Chi. Zum wiederholten Mal fragte sie sich, ob es wirklich stimmte, daß die Brüder ihr subjektives Zeitgefühl kontrollieren konnten.

Dieser Gedanke führte sie zu dem Anlaß zurück, der sie an Bord des Sampans geführt hatte, und erschütterte das Gefühl von Zuversicht, das sie herzustellen bemüht war, denn in Wahrheit war sie nicht sicher, ob das, was sie vorhatte, richtig war. Aber folgten sie nicht beide dem Wahren Pfad? Sie konnte nicht glauben, daß der junge Mönch, der spirituelle Berater des Fürsten Shonto, böse war, wie es die Schwestern von allen Brüdern behaupteten. Instinktiv hatte sie gleich gespürt, daß er gut war und nach dem Wahren Glauben lebte. Manche Schwestern glaubten, der Hader zwischen Schwestern- und Bruderschaft verstieße gegen die Lehren Botaharas, denn dabei ging es um Macht. Und die Anhänger Botaharas entsagten allen Machtansprüchen ebenso wie dem Besitz und den fleischlichen Begierden.

Die fleischlichen Begierden, also, daran durfte sie nicht denken. (Gelobt sei der Siebenfache Pfad.)

Wenn die Schwestern recht hatten, dann war es auch richtig, mit dem Bruder zu sprechen – dessen Name Shuyun lautete, das durfte sie nicht vergessen.

Außerdem gab es sonst niemandem, mit dem sie das Problem hätte besprechen können. Wer sonst hätte die göttlichen Geheimnisse des menschlichen Körpers verstanden? Schwester Morima weigerte sich in ihren seltenen klaren Momenten, die Dschunke zu verlassen (sie müßten nach Seh!), und in der Flottille reisten keine anderen botahistischen Schwestern mit. Was ich vorhabe, ist richtig. Meine Seele ist ohne Zweifel.

Sie schlossen zum Schiff des kaiserlichen Gouverneurs auf, und der Novizin Tesseko wurde gestattet, auf der Rampe zu warten, während ein Soldat Shontos Haushofmeister suchen ging.

Nach kurzer Zeit kehrte der Soldat zurück und geleitete sie zu einem einarmigen alten Mann. Er verneigte sich förmlich.

»Ich bin Kamu, Haushofmeister des Fürsten Shonto Motoru. Verzeiht unsere Vorsichtsmaßnahmen, Schwester, aber stimmt es, daß Ihr den spirituellen Berater des Fürsten zu sprechen wünscht?« Dies sagte er in ruhigem Ton, als bräuchte er lediglich eine Bestätigung. Er zeigte keine Überraschung über ihr Verlangen.

»Bitte, Haushofmeister Kamu, es ist sehr wichtig.«

Er schwieg eine Weile, dann fragte er: »Darf ich Shuyun-sum den Grund Eures Besuchs mitteilen?« Als er ihren gequälten Gesichtsausdruck bemerkte, hob er die Hand. »Ich spreche mit ihm.« Er verschwand an Deck und ließ Tesseko in Gesellschaft von Shontos Leibwächtern zurück, die höflicherweise so taten, als blickten sie in die Ferne, obwohl sie Befehl hatten, auf Tesseko aufzupassen.

Kurz darauf kam Kamu zurück. »Würdet Ihr bitte mitkommen, Schwester?« Er gab den Wächtern ein Zeichen, das sich die Nonne einprägte. Sie nahm sich vor, es ihren Vorgesetzten zu melden. Derlei Dinge wurden aufgezeichnet, und im Laufe der Jahre gelang es auf diese Weise manchmal, einen Familien-Code vollständig zu entschlüsseln.

Sie folgte Kamu übers Deck bis zum Bug. Aus einer Luke kam der Mönch zum Vorschein, mit dem sie in der Stadt kurz gesprochen hatte. Er nickte Kamu zu, der sich respektvoll verneigte.

»Novizin Tesseko, Euer Besuch ehrt mich. Vielleicht ist dies ein gutes Vorzeichen für die zukünftige Entwicklung der Beziehungen zwischen unseren Orden.« Er verneigte sich höflich, und sie tat es ihm nach.

»Mag sein, Bruder Shuyun, wenngleich ich Euch

sagen muß, daß ich aus eigenem Antrieb gekommen bin, nicht im Auftrag meines Ordens.«

Shuyun nickte und deutete zum Bug, wo sie sich ungestört würden unterhalten können. Er lehnte sich an die Reling und betrachtete die Novizin. Sie hat eine angenehme Gestalt, dachte er, und sie ist groß. Die Augen unter dem breitkrempigen, spitzen Hut blickten wachsam, und sie schien ihre Nervosität nur mühsam zu bezähmen. Sie hatte die dazu nötige Technik noch nicht gemeistert, denn die gestraffte Haut rund um die Augen und die geröteten Tränendrüsen verrieten ihre Erregung.

»Möchtet Ihr eine Schale Cha, Novizin Tesseko?« fragte er, wie es die Etikette erforderte.

»Das ist wirklich freundlich von Euch, Bruder, aber ich habe zu tun und kann nur kurz mit Euch sprechen.«

Aus ihrem Tonfall hörte er heraus, wie dringlich ihr Anliegen war. »Vielleicht sollten wir sämtliche Formalitäten beiseitelassen und offen miteinander sprechen, Novizin Tesseko.«

»Ja, ich glaube auch, das wäre am besten.« Sie holte tief Luft, fand aber nicht zum vorbereiteten Anfang. Unvermittelt fragte sie sich, ob sie richtig handele.

»Ich werde es Euch leichter machen, Novizin Tesseko, ich schwöre beim Vollkommenen Meister, daß niemand von unserer Unterredung erfahren wird.«

Sie nickte. »Ich brauche Euren Rat, Bruder, medizinischen Rat. Ich reise in Begleitung einer älteren Schwester, die sehr krank ist. Die Symptome sind mir neu, Bruder, und ich mache mir große Sorgen.«

»Sie wäre nicht bereit, mit mir zu sprechen?«

»Nein, das kommt nicht in Frage.« Sie legte die Hand auf die Reling und blickte auf den Kanal hinaus.

»Könnt Ihr die Symptome beschreiben, Novizin?«

»Sie hat Fieber, häufig bei Nacht. Tagsüber aber wirkt sie abwesend, als hätte sie ebenfalls Fieber, obwohl das gar nicht der Fall ist. An manchen Tagen ißt sie übermäßig viel, dann wieder erträgt sie den Anblick von Nahrung nicht. Ich kann mir keinen Reim auf ihr Verhalten machen. Ich weiß nicht, was ich tun soll, Bruder.«

»Schade, daß sie nicht mit mir sprechen will. Habt Ihr mir sonst noch etwas zu sagen?«

Tesseko blickte wieder in die Ferne und beobachtete eine Schwalbe, die mit einer Feder spielte. Die Spannung rund um ihre Augen nahm zu, und auf einmal fragte sich Shuyun, ob sie würde fortfahren können.

»Da ist noch mehr… Bruder. Sie phantasiert. Sie macht mir Angst.«

»Sie macht Euch Angst, Novizin?«

»Sie sagt Dinge, die – das kommt nur von ihrer Krankheit –, aber diese Dinge bringen ihre geistige Gesundheit in Gefahr. Ganz bestimmt. Und Schwester Morima ist eine solch erleuchtete Frau.«

Schwester Morima! Auf einmal erinnerte er sich an sie – an die große Nonne im Audienzsaal des Großen Meisters.

(›Hast du schon gelernt, den rieselnden Sand anzuhalten, Novize?‹) Ja, er kannte sie und wußte, daß sie ausgewählt worden war, an der Zeremonie der Göttlichen Erneuerung teilzunehmen.

»Erzählt mir von diesen Dingen, Novizin, es könnte wichtig sein.«

»Ich… ich kann sie nicht wiederholen, Bruder, sie sind zu *blasphemisch*.«

»Könnt Ihr mir denn sagen, worum es dabei geht, ohne sie zu wiederholen, Novizin?«

»Sie spricht vom Wort des göttlichen Botahara, das heißt, von seinen Schriften.«

»Ich weiß, daß sie der Zeremonie der Göttlichen Erneuerung beigewohnt hat, Novizin Tesseko.«

Sie nickte, ohne Shuyun anzusehen. »Sie sagt – es

hört sich so an, als behauptete sie, die Worte Botaharas seien nicht seine eigenen Worte.«

»Tatsächlich? Was Ihr nicht sagt.«

»Sie sagt in einem fort« – die Novizin hatte sich die Hand vor den Mund geschlagen – »›*Lügen! Alles, was wir gelernt haben ist gelogen!*‹« Tesseko kniff einen Moment lang die Augen zu. »Und sie sagt noch mehr. Manchmal schreit sie im Dunkeln: ›*Das sind nicht die Worte der Wahrheit! Das sind nicht die Worte des Meisters!*‹ Mehr kann ich nicht sagen. Ich mache mir große Sorgen, Bruder.«

»Ja«, sagte Shuyun, und seine Stimme war nurmehr ein Flüstern. Jetzt, da sie einmal angefangen hatte, würde sie erst dann aufhören, wenn sie alles ausgesprochen hatte.

»Wenn sie ißt, dann schlingt sie, ohne jede Selbstbeherrschung, und manchmal – ich habe keine Ahnung, wo sie es herbekommt – ißt sie sogar *Fleisch*, Bruder!«

Sie bedeckte jetzt ihr ganzes Gesicht. Ihre Schultern bebten, doch kein Laut war zu vernehmen. Shuyun ließ sie weinen. Er hatte keine Erfahrung darin, Frauen zu trösten, und bekam Angst, sie mit einer Bemerkung in Verlegenheit zu bringen. Der Mönch ließ sich die Bestürzung nicht anmerken. *Eine Schwester, die das Fleisch von Tieren ißt!* Das ließ weit blicken. Er empfand tiefen Abscheu.

Die Novizin Tesseko gewann die Fassung wieder und bemühte sich, das Zittern ihrer Hände zu verbergen. »Verzeiht mir, Bruder, nach dieser Zurschaustellung von Schwäche habe ich Euren Respekt nicht mehr verdient.«

»So dürft Ihr nicht denken. Es ist bestimmt schwer für Euch, dies alles mitanzusehen. Es ehrt mich, daß Ihr damit zu mir gekommen seid. Ihr braucht Euch nicht zu schämen.

Dergleichen ist mir noch nie zu Ohren gekommen,

Novizin Tesseko. Ich glaube, Schwester Morima macht eine geistige Krise durch. Ihre scheinbare Krankheit spiegelt lediglich ihr inneres Leiden wider. Weshalb das so ist...?« Er zuckte die Achseln. »Es scheint damit zu tun zu haben, daß sie die Schriftrollen Botaharas gesehen hat. Vielleicht war sie auf eine solche Erfahrung nicht vorbereitet.

Ihr dürft sie nicht im Stich lassen, Novizin, solltet aber Eurem Orden Nachricht geben. Der muß so schnell wie möglich davon erfahren – am besten schickt Ihr gleich morgen beim nächsten Halt einen Boten los. Benutzt Ihr eine Geheimschrift?«

Tesseko nickte.

»Gut. Behaltet das aber nach Möglichkeit für Euch. Und Ihr müßt sie davon abhalten, Fleisch zu essen! Bringt sie notfalls in Verlegenheit. Sagt ihr, der Skandal wäre an Bord in aller Munde. Das mag sogar der Wahrheit entsprechen.

Sagt mir nun, welche Kräuter Ihr ihr gegeben habt.« Er sah, daß sie zögerte. »Das ist nicht so wichtig. Ich werde Euch sagen, womit ich sie behandeln würde, dann könnt Ihr Euch ein eigenes Urteil bilden. Wahrscheinlich habt Ihr sogar die gleichen Kräuter ausgewählt. Mentawurzeln, gedünstet, aber nicht gekocht, gemischt mit Tomal. Jede vierte Stunde dürfte genügen. Besser wäre es allerdings, wenn Ihr sie dazu bewegen könntet, zu meditieren und Chi-Übungen zu machen. Wie weit nach Norden reist Ihr, Novizin Tesseko?«

Abermals zögerte sie, was ihn stutzen ließ. »Wir reisen nach Seh, Bruder.«

»Dann solltet Ihr vielleicht auch in Seh Nachricht geben. Eure Mitschwestern werden schon wissen, was zu tun ist, nur keine Sorge. Für den Fall, daß Ihr mich noch einmal sprechen wollt, werde ich die Wachen anweisen, Euch durchzulassen.«

Tesseko verneigte sich förmlich. »Ich stehe in Eurer

Schuld, Bruder. Aber jetzt muß ich wieder zu Schwester Morima.« Sie wandte sich zum Gehen, hielt aber inne und lächelte ihm über die Schulter zu. »Ich danke Euch für Euren Rat, Bruder Shuyun, es war mir eine Ehre, mit Euch zu sprechen.«

Er beobachtete, wie sie von Bord ging, eine große junge Frau im gelben Gewand der botahistischen Schwestern. Er versuchte, die neuen Informationen zu verarbeiten, doch es gelang ihm nicht.

Die Schriftrollen, dachte er. *Die Schriftrollen unseres Meisters! Die Heiligen Schriften.*

Soviele Jahre der Ausbildung, und dennoch gelang es ihm nicht, einen klaren Gedanken zu fassen.

13

Ein Mönch im Dunkeln
Sucht unter den Blättern des Maulbeerbaums.
Die Ehre ist so schnell
Verloren.

Jaku Tadamoto

Der Weg des Inneren Friedens war ein langgestreckter, nach einer Seite hin offener überdachter Wandelgang hoch oben im Kaiserpalast. Er ging nach Osten hinaus, zu den fernen Hügeln mit ihren großen Tempeln und Klöstern – weiße Mauern, scharf abgehoben vom dunklen Grün. Während Jaku Tadamoto den Gang entlangschritt, überdachte er die Nachrichten, die ihn kürzlich erreicht hatten. Sein Bruder Katta hatte ihn mit seiner Kühnheit überrascht. Der Bericht über den kaiserlichen Gardehauptmann, der für einen Zwischenfall mit dem edlen Fräulein Nishima gesorgt hatte, trug den Stempel Jaku Kattas. Er schüttelte ungläubig den Kopf.

Das edle Fräulein Nishima! Was dachte sich sein Bruder eigentlich? An einem Bündnis mit den Shonto konnte ihm unmöglich gelegen sein, das war ausgeschlossen. Die Shonto waren zu stark. Katta würde sich niemals Verbündete suchen, denen er unterlegen war. Da steckte noch mehr dahinter.

Dieses ›noch mehr‹ war es, was ihm Sorge bereitete. Der Aufstieg Jakus hatte seine kühnsten Träume übertroffen; wollte Katta, dieser *Narr*, dies alles jetzt in Gefahr bringen? Tadamoto beschleunigte seine Schritte. In seinem Ärmel steckte ein handschriftlicher Bericht Kattas an den Kaiser. Er lastete schwer darin, als wäre er beladen mit schicksalhaften Vorahnungen.

Es war noch zu früh, als daß auf dem Weg des Inneren Friedens bereits der übliche Betrieb geherrscht hätte. Daher war Jaku Tadamoto überrascht, eine einzelne Gestalt zu sehen, die, halb verdeckt von einer Säule, am gegenüberliegenden Gangende stand. Ein goldfarbenes Gewand, ein kostbarer Stoff (wie aller Stoff, der im Palast getragen wurde). Eine Frau. Eine Hofdame, die von einem Stelldichein zurückkehrte? Eine Kurtisane, die den Kaiser verwöhnt hatte? Er ging weiter. Dann aber, als er näherkam, machte sein Herz einen Satz. Er hatte sie erkannt – es war *Osha*, die Sonsatänzerin des Kaisers!

Er näherte sich ihr so leise, daß sie zusammenschreckte.

»Ach, Tadamoto-sum«, sagte sie und faßte sich ans Herz. »Ich war in Gedanken ganz woanders.«

Er verneigte sich vor ihr. »Ich entschuldige mich dafür, Eure Harmonie gestört zu haben, Osha-sum. Ich habe mich gewundert, zu so früher Stunde jemanden hier anzutreffen, und war wohl unbesonnen.«

Sie lächelte ihn an, ein liebliches Lächeln, wenn auch voller Sorge. »Ihr braucht Euch nicht zu entschuldigen. Eure Anwesenheit ehrt mich, wir sprechen so selten miteinander.« Sie sah ihm kurz in die Augen, dann blickte sie aufs Palastgelände hinaus. Offenbar wollte sie, daß er ihr Gesellschaft leistete. Tadamoto schaute sich nach allen Seiten um, dann trat er neben sie.

Federwölkchen leuchteten schwach in den Farben der Morgendämmerung.

»Ist das nicht wunderschön?« fragte Osha.

»Das ist es«, pflichtete er ihr bei.

»Aber so flüchtig.« Sie sah ihn nicht an. »Wie kommt

es nur, daß besonders schöne Dinge anscheinend immer nur für einen Augenblick in die Welt treten?«

Tadamoto schüttelte den Kopf. »Damit sie etwas Besonders bleiben. Ist das nicht mit ein Grund für ihre Schönheit?«

Sie wandte sich ihm zu, als suchte sie in seinen Augen nach dem Ursprung seiner Worte. »Jetzt verstehe ich, weshalb der Kaiser Euch so schätzt, Tadamoto-sum.«

Er nickte bescheiden, von ihrer Schmeichelei in Verlegenheit gebracht. Allerdings hatte sie sich eines eigenartigen Tons bedient und dem ›Euch‹ eine seltsame Betonung verliehen.

Sie wandte sich wieder der unter ihnen ausgebreiteten Landschaft zu, den kraftvollen Herbstfarben, gemischt mit Grün und Braun. Sie wirkte seltsam bedrückt, und dies rührte Tadamoto. Am liebsten hätte er sie in die Arme geschlossen und getröstet, wußte aber, daß er dies niemals wagen würde. Er fuhr zusammen, als er hinter sich ein Geräusch vernahm, doch es war bloß eine Taube, die leise gurrte.

»Kommt Euch der Kaiser irgendwie… entfernt vor, Tadamoto-sum?« fragte sie plötzlich. Die Launen des Kaisers waren ein heikles Thema, und Tadamoto fühlte sich geehrt durch ihr Vertrauen.

»Ich hatte nicht den Eindruck.«

»Oh«, machte sie und nickte. »Ich dachte bloß.«

Jetzt blickte sie ihrerseits den Wandelgang entlang, doch sie waren immer noch allein. »Tadamoto-sum, es gibt etwas, worüber ich gern mit Euch sprechen würde. Ich würde Euch nicht darum bitten, wenn ich nicht wüßte, daß Ihr dem Kaiser treu ergeben seid.«

»Gewiß.«

»Aber hier können wir nicht reden.« Abermals blickte sie sich um. »Können wir uns irgendwo treffen? Verlange ich zuviel von Euch?«

»Ihr verlangt keineswegs zuviel«, antwortete er.

»Im Ostflügel gibt es einen Hanama-Schrein, der Botahara gewidmet ist. Jetzt geht dort niemand mehr hin.« Sie schaute ihn mit ängstlichem Blick an. »Heute abend, würdet Ihr heute abend dorthin kommen?«

Er nickte schweigend.

»Zur Stunde der Eule«, flüsterte sie, streifte plötzlich an ihm entlang und war verschwunden. Ihm blieb die nachwirkende Berührung ihrer Hand und die Erinnerung an die Seide, die ihn gestreift hatte. Vor Erregung bekam er Herzklopfen.

Weshalb wollte sie ihn sprechen? Hatte es wirklich mit dem Kaiser zu tun? Oder wollte sie sich lediglich mit Jaku Tadamoto treffen? Insgeheim wünschte er sich, es ginge um ihn – und nicht um den Kaiser.

Nach dem Risiko, das sie eingegangen war, zitterten ihr die Hände. Osha schlüpfte leise in ihre Gemächer, öffnete einen Spalt weit einen Wandschirm und sagte zu einer unsichtbaren Magd: »Cha.« Um ihre Hände am Zittern zu hindern, verschränkte sie die Arme vor der Brust.

Was bleibt mir anderes übrig? dachte sie. Habe ich denn eine Wahl?

Sie kniete auf einem Kissen nieder. Der Kaiser wurde ihr gegenüber immer kühler. Sie schlug die Hände vors Gesicht. Es kam alles so plötzlich. Vor drei Tagen noch hatte es so ausgesehen, als sei er ganz vernarrt in sie. Sie schüttelte den Kopf. »*Das begreife ich nicht!*« flüsterte sie. Lag es daran, daß die Kaiserin aus dem Sommerpalast zurückgekehrt war? Das war ausgeschlossen. Osha wußte, daß er der Kaiserin offene Abneigung entgegenbrachte. Sie hatte selbst miterlebt, wie die Kaiserin versucht hatte, ihn zu halten. Es war eine Frau ohne Würde.

Mir wird das nicht passieren, nahm sie sich vor. Ganz

überzeugt war sie allerdings nicht. Osha war sich bewußt, wie tief eine in Ungnade gefallene Geliebte des Kaisers stürzen konnte. Was hatte sie bloß getan? Nichts, dachte sie, er ist meiner einfach bloß überdrüssig geworden, so wie der anderen vor mir. Ich habe geglaubt, ich wäre anders. Ich habe geglaubt, ich könnte ihn halten. Sie schluchzte auf, drängte die Tränen aber zurück.

Eine Dienerin brachte den Cha, doch Osha schickte sie fort, sobald der heiße Tee eingeschenkt war. Sie wollte allein sein.

Das ist mehr als Liebeskummer, dachte sie. Wo sollte sie tanzen, wenn sich erst einmal herumgesprochen hatte, daß sie beim Kaiser in Ungnade gefallen war? Welche Truppe würde es wagen, den Kaiser dadurch zu verärgern, daß man ihm eine Tänzerin vorsetzte, die er nicht sehen wollte?

»Ich war eine Närrin!« sagte sie laut, überrascht von dem Ausbruch. Sie nippte am Tee, um ihre Nerven zu beruhigen.

Sie brauchte einen Verbündeten, zu diesem Entschluß war sie bereits gelangt. Sollte sie fallengelassen werden – soweit war es allerdings noch nicht –, würde sie einen mächtigen Förderer brauchen, jemanden, den der Kaiser schätzte, so wie er Jaku Tadamoto schätzte. Dies wußte sie, denn der Kaiser hatte schon häufiger mit ihr über diesen jungen Mann gesprochen, und zwar in äußerst schmeichelhaften Worten.

Osha hatte auch an den älteren Jaku gedacht – an Katta –, doch der würde zuviel von ihr verlangen und sie anschließend, da hatte sie keinen Zweifel, ebenfalls fallenlassen. Nein, bei Tadamoto war sie besser aufgehoben; er war nicht so stattlich wie sein älterer Bruder, dafür aber ein Ehrenmann, und das hatte eine Menge für sich.

Damit war ihre Strategie festgelegt, und ihr Plan war

ganz einfach. Mit dem richtigen Verbündeten würde sie weiter tanzen können. Sie würde ihre Stellung als erste Sonsa der Hauptstadt behaupten und rechtzeitig dafür Sorge tragen, daß sie keine weiteren Verbündeten mehr brauchte. Sie würde ohne Gönner leben.

Osha setzte die Teeschale ab und legte ihr Tanzkostüm an. Sie mußte jetzt tanzen. Tanzen, bis auch die kleinste Bewegung makellos war. Ihr Leben hatte sich verändert. Für Fehler war jetzt kein Platz mehr.

Die Matte an seiner Stirn fühlte sich kühl an, als er sich vor dem erhabenen Sohn des Himmels verneigte. Beinahe hätte er in dieser Haltung verharren mögen, mit geschlossenen Augen, das kühle Stroh an der Stirn – er fühlte sich so geborgen dabei. Gleichwohl richtete er sich auf und blickte den Kaiser mit seinen grünen Augen offen an.

»Wie ich höre, führt Ihr nun den Titel eines Oberst«, sagte der Kaiser.

»Jawohl, Herr.«

»Nun, Oberst Jaku Tadamoto, meinen Glückwunsch. Ihr habt nichts Geringeres verdient.«

»Eure Worte ehren mich, Herr.«

Der Kaiser nickte. Er saß auf dem Thron, das Zeremonialschwert auf dem Schoß. Tadamoto hatte den Eindruck, die Reichsgeschäfte lasteten schwer auf dem Kaiser. Das Alter zeigte sich in seinem Gesicht, und er schob das Schwert in der Scheide hin und her, als verschaffe ihm dies Trost.

»Ihr habt einen Bericht von Eurem geschätzten Bruder für mich?«

»Jawohl, Herr.« Tadamoto zog die versiegelte Schriftrolle aus dem Ärmel und legte sie auf den Rand des Podests. Der Kaiser achtete nicht darauf.

»Ich stehe vor schwierigen Entscheidungen, Tadamoto-sum«, erklärte der Kaiser unvermittelt.

»Ohne anmaßend klingen zu wollen, Hoheit, aber es wäre mir eine Ehre, wenn ich Euch mit meinen bescheidenen Kräften zu Diensten sein könnte.«

»Das ist nett von Euch, aber die Entscheidungen betreffen meine Söhne, Oberst.«

»Ich verstehe, Hoheit.«

»Tatsächlich?« fragte der Kaiser und musterte Tadamoto forschend.

»Ich verstehe, daß es sich um schwierige Entscheidungen handeln muß, Hoheit.«

»So, so«, sagte der Kaiser, zog das Schwert halb aus der Scheide und steckte es mit einem Klicken wieder hinein. Sein Blick wurde unscharf. »Einer meiner Söhne muß das edle Fräulein Nishima heiraten. Das versteht Ihr doch, nicht wahr, Tadamoto-sum?«

»Das tue ich, Hoheit.«

»Dieses Problem ist vielschichtig. Das edle Fräulein Nishima wird vom Fürsten Shonto protegiert, einem Mann, der es darauf abgesehen hat, den Thron in seine Gewalt zu bekommen, oder was meint Ihr?«

Tadamoto nickte zustimmend.

»Und es gibt noch andere Probleme, das Fräulein Nishima betreffend. O ja, sie gäbe eine geeignete Kaiserin ab, das steht außer Frage. Aber sie ist stark, und meine Söhne sind schwach – das ist die Schuld meiner nutzlosen Frau, die hat sie zu Narren und Schwächlingen erzogen.« (*Klick.*) »Somit haben wir ein Problem. Der eine muß das Fräulein Nishima heiraten, und der andere«, er zögerte kurz, »der andere muß ein Beispiel geben. Denn dem, der heiratet, müssen seine Pflichten vor Augen geführt werden. Daher wird der eine nach Seh gehen und Fürst Shontos Schicksal teilen – versteht Ihr, was das bedeutet, Tadamoto-sum?«

»Jawohl, Hoheit.«

»Eure rasche Auffassungsgabe gefällt mir, Oberst.« (*Klick.*) »Wer würde uns vorwerfen, auf den Sturz des großen Fürsten hingearbeitet zu haben, wenn unser eigener Sohn mit ihm fällt?« Der Kaiser schwieg einen Augenblick. »Ich wünschte, es wäre anders, aber meine Söhne dienen der Sache der Jaku nicht gut, und der, der heiratet, muß begreifen, daß er nicht… daß er nicht *unersetzlich* ist.« (*Klick.*)

»Katta-sum war immer wie ein Sohn für mich.« Er zog das Schwert halb aus der Scheide. »Jetzt aber fängt auch er an, mich zu enttäuschen. Dieser Vorfall mit dem Fräulein Nishima…« Der Sohn des Himmels schüttelte betrübt den Kopf. »Sein Appetit auf die Damen der großen Familien stellt eine fürchterliche Schwäche dar, Tadamoto-sum. Vielleicht solltet Ihr mit ihm darüber sprechen – Ihr seid klüger als er, und Katta-sum hört auf Euren Rat.

Euer Bruder war sehr wertvoll für uns, Oberst, daher haben wir Nachsicht mit ihm geübt – aber es ist nicht immer gut, einen Sohn zu hätscheln, wenn man möchte, daß er stark wird, meint Ihr nicht?«

Der Kaiser blickte im Raum umher, als suchte er etwas, doch ehe er es entdeckt hatte, ließ er sich ablenken und begann wieder, mit dem Schwert herumzuspielen.

»Die Zeit für Entscheidungen ist gekommen, Tadamoto-sum, die Kräfte müssen gesammelt werden. Die Sterne kündigen große Ereignisse an – darin sind sich sämtliche Wahrsager einig. Häuser mögen stürzen, Reiche könnten erschüttert werden. Wir dürfen uns auch nicht den kleinsten Fehler erlauben, ich hoffe, Euer Bruder begreift das. Wenn es zu Fehlern kommt, könnte das ganze Reich in einen Krieg verwickelt werden. Die Yamaku haben tausend Jahre lang darauf gewartet, daß wir den Thron besteigen. Sollte dieser jetzt in Gefahr geraten…« (*Klick.*) Der Kaiser zuckte die Achseln. »Sprecht mit Eurem Bruder, Tadamoto-sum; sagt ihm, welch großen Wert seine Loyalität für mich hat.«

»Es ehrt mich, daß Ihr diese Dinge mit mir erörtert, Hoheit, und ich werde unverzüglich mit meinem Bruder sprechen.«

Der Kaiser schwenkte die Hand, als wollte er bedeuten, dies verstünde sich von selbst. »Habt Ihr Osha-sum im Auge behalten, Oberst?«

»Wie Ihr befohlen habt, Hoheit«, antwortete Tadamoto allzu rasch. Er achtete jetzt darauf, dem Kaiser in die Augen zu sehen.

Der Kaiser blickte zur Decke. »Ich muß viele Entscheidungen treffen. »Mögen mir die Götter beistehen. Sie scheint nicht zu begreifen, welche Verantwortung ich trage, Tadamoto-sum. Das ist schwer für jemanden in meiner Stellung.« Er umklammerte das Schwert, als wollte er es auswringen. »Aber gut.« Er lächelte Tadamoto an.

»Wir müssen uns bald wieder unterhalten, Oberst, mit Euch zu sprechen, hilft mir, mein seelisches Gleichgewicht wiederherzustellen.« Er nickte Tadamoto zu, worauf dieser sich bis auf die Matte verneigte und sich dann zurückzog.

Der Kaiser blickte dem jungen Mann nach. Ob Osha ihn wohl haben will? überlegte er; nach einem Kaiser fiele ihr dies bestimmt nicht leicht. Aber darauf kam es wohl kaum an. Sie würde dafür sorgen, daß Jaku dem Kaiser treu ergeben bliebe. Er zog das Schwert ganz aus der Scheide und wog es in der Hand, durchschnitt damit die leere Luft. Ja, dachte er, das Problem Osha muß zügig bereinigt werden. Sie war reizend, das ja, doch der Kaiser mußte einen Entschluß fassen, über den er bislang mit niemandem gesprochen hatte. Er lachte in sich hinein. Ich bin doch noch nicht so alt, wie alle Welt meint. Sie werden schon sehen. Abermals lachte er. Oh, wie werden sie sich wundern! Er steckte das Schwert wieder in die Scheide. Ich werde mir eine neue Frau nehmen! *Das* wird der Ränke schmiedenden

Kaiserin und ihren nichtsnutzigen Söhnen zu denken geben.

Erneut wog er die Argumente ab. Das Fräulein Nishima war eine Shonto – im Geiste, wenn auch nicht der Herkunft nach. Es wäre nicht klug, sie zu dicht an sich heranzulassen, gar nicht klug. Aber ihre Cousine, das Fräulein Kitsura Omawara! Wenn er an sie dachte, *sang* das Blut in seinen Adern. Nun, es war noch nichts beschlossen, doch es standen ihm mehr Wege offen, als seiner Umgebung klar war. Viel mehr Wege.

Er brauchte sich bloß noch Shonto Motoru vom Hals zu schaffen. Dann böten sich für das Problem der Fanisan-Tochter mehrere Lösungsmöglichkeiten. Wenn Shonto erst einmal beseitigt war, dann wäre niemand im Reich mehr stark genug, die mächtigen Fürsten gegen den Thron aufzuwiegeln. Dann konnte er tun, was immer er wollte.

Seine Stimmung verdüsterte sich, als er an den frischernannten Gouverneur dachte. Es darf nicht schiefgehen, sagte er sich zum tausendsten Mal. Es darf nicht schiefgehen.

Aber war Shonto nicht stets erfinderisch? Als er die Hände an die Stirn legte, spürte er, daß sie schweißnaß war. Alles läuft nach Plan, dachte er, ich muß ruhig bleiben. Ich muß warten. Ich muß.

14

Das vom großen Kanal abzweigende Flüßchen lag still in der fallenden Dämmerung. Weiden neigten sich über die Uferböschung und ließen tropfende Blätter ins dunkle Wasser hängen. Hinter der Böschung versteckt warteten Shonto-Soldaten auf die Boote, von denen sie wußten, daß sie kommen würden. Als der Sampan ihres Fürsten auftauchte, wanderte ein Pfeifsignal von Posten zu Posten – der Laut eines Nachtvogels, der in der Dämmerung rief.

Die Flottille war am steinernen Kai des nahegelegenen Städtchens zurückgeblieben, die Besatzung hatte für ein paar Stunden Landgang – ›zur Erholung‹, wie es hieß. In Wahrheit aber wollte der kaiserliche Gouverneur dem alten Mann, der einst sein Gii-Lehrer gewesen war, einen Besuch abstatten.

Shuyun wunderte sich über diese Laune des Fürsten Shonto. Dem jungen Mönch war klar, daß Shonto nicht von der Strömung des Kanals nach Seh gespült wurde. Andere Kräfte, starke Kräfte, trieben Shonto nach Seh – das eigentliche Ziel aber lag noch im Dunkeln. Gleichwohl hatte Shonto sich davongestohlen, sich von der Hauptströmung freigemacht und sich anscheinend aus bloßer Sentimentalität in diesen Nebenlauf begeben.

Der Fürst der Shonto saß im Sampan schweigend neben seinem spirituellen Berater. Shuyun dachte über die besondere Wertschätzung nach, die die Shonto der Loyalität entgegenbrachten. Aufgrund seiner Loyalität war es dem ersten Yamaku-Kaiser gelungen, Shonto

Motorus Vater eine Falle zu stellen – bei dieser Gelegenheit hätte sich der Name der Shonto beinahe der langen Liste der großen Familien zugesellt, die aufgehört hatten zu existieren.

Dieser Charakterzug der Shonto stellt einerseits eine Stärke, andererseits eine Schwäche dar, überlegte Shuyun, daher muß man ihm besondere Aufmerksamkeit schenken.

Die Boote gelangten zu einem kleinen See und wechselten vom Schatten ins letzte Tageslicht über. Der westliche Horizont leuchtete in den Abendfarben, die von Wolke zu Wolke verliefen. Auch nicht das leiseste Lüftchen kräuselte die Oberfläche des Sees, und es schien so, als läge der Himmel wie der vollendete Holzdruck eines Sonnenuntergangs auf dem Wasser.

Am anderen Ufer stieg Rauch über die Bäume auf, und als Shontos Sampan sich der Stelle näherte, tauchte eine Anlegestelle auf, die sich aus dem Schatten des Ufers zu lösen schien. Und dann erblickte man dahinter den Umriß eines Daches. Die Boote der Gardisten lagen an einem schmalen Streifen Sandstrand, und die Soldaten hielten Wache im Schatten uralter Bäume.

Als sie sich dem kleinen Holzsteg näherten, bedeutete ihnen einer von Shontos Leibwächtern mit einem Handzeichen, die Luft sei rein, worauf der Sampan anlegte. Die Soldaten knieten nieder, als Fürst Shonto und sein spiritueller Berater von Bord gingen.

Der Hauptmann hob den Kopf und nickte seinem Fürsten zu.

»Ja?« fragte Shonto.

»Verzeiht, Herr«, sagte der Hauptmann und deutete auf eine nahegelegene Landspitze. Unter den überhängenden Zweigen eines Tonobaums hob sich dort ein großer Vogel vom Spiegelbild des Sonnenuntergangs ab.

»Ein Herbstkranich«, flüsterte Shonto voller Entzücken.

»Ein gutes Omen, Herr«, sagte der Hauptmann.

Ja, dachte Shonto, und seine Gedanken wanderten zurück zu den Münzen des Kowan-sing – der Kranich war das Wurfbild seiner Tochter gewesen. Nishi-sum, dachte der Fürst, dir wird nichts geschehen, ich werde nicht versagen. Er blieb einen Augenblick lang stehen.

Der Kranich regte sich nicht, und als das Dunkel zwischen den Bäumen hervor auf den See hinausfloß, fiel es leichter zu glauben, der große Vogel sei nichts weiter als ein gekrümmter Ast, der aus dem Wasser ragte. Doch gerade als Shonto sich nicht mehr sicher war, was er da eigentlich sah, stieß der Kranich zu und hielt plötzlich einen zappelnden Fisch im Schnabel. Er machte zwei Schritte auf dem Sand und verschwand im Schatten, um sich gleich darauf emporzuschwingen und mit mächtigen Flügelschlägen über den See davonzufliegen. Wo die Flügelspitzen das Wasser berührten, bildeten sich makellose Kreise auf der Wasseroberfläche.

Shonto nickte dem Hauptmann zu, dann wandte er sich landeinwärts, gefolgt von Shuyun, der einen Schritt hinter ihm ging.

Der Fürst hatte während der kurzen Fahrt vom Städtchen hierher nur sehr wenig gesprochen, und Shuyun wollte das Schweigen jetzt nicht brechen. Er hatte gehofft, etwas mehr über den Mann zu erfahren, den sie besuchen wollten, doch dazu war es nicht gekommen. Sie wollten zu einem hochverehrten Lehrer der Shonto, der auch ein berühmter Gii-Meister war, mehr wußte er nicht – bloß noch den Namen des Mannes, Myochin Ekun, und der war Shuyun von seiner eigenen Beschäftigung mit dem Gii-Spiel her ein Begriff. Die Partien Myochin Ekuns fanden im Unterricht der Brüder Verwendung. Sie wurden von den Novizenmönchen studiert, denen man das Gii-Spiel beibrachte, damit sie lernten, ihren jungen Verstand zu sammeln.

Myochin Ekun. Shuyun hatte das Gefühl, als sei er im Begriff, mit einer Gestalt der Vergangenheit, einer Legende zusammenzutreffen – mit Myochin Ekun, dem Meister aller Gii-Meister.

Wie kommt es nur, daß die Shonto solche Leute anziehen? überlegte Shuyun. Die Antwort lag auf der Hand – sie waren eben die Shonto. Und jetzt war er, der Initiierte Shuyun, einer von ihnen geworden. Dieser Gedanke aber führte bloß zu weiteren Fragen.

Anders als das erlauchte Fräulein Nishima, dachte Shuyun, vermag ich nicht in die Zukunft zu blicken. Meine Geschichte wird mit den Shonto verbunden sein, oder ich werde unbekannt bleiben. Doch darauf kommt es nicht an, sagte er sich. Das Karma eines Menschen hängt nicht davon ab, ob er den Shonto dient oder nicht.

Sie näherten sich dem Haus unter den Bäumen. Shuyun konnte es jetzt deutlich erkennen, ein flaches Gebäude mit einem schlichten schindelgedeckten Dach. Eine Gartenmauer gab es nicht, obwohl vor der Veranda ein karger Garten angelegt war.

Ein alter Mann, der kein Interesse an seinem Garten hat, dachte Shuyun, wie seltsam.

Überwiegend ältere Bedienstete knieten am Rande des zum Haus führenden Weges. Sie lächelten Shonto freudig an, und Shuyun wunderte sich über den Mangel an Respekt, der sich darin ausdrückte. Doch dann blieb Shonto vor einer alten Frau stehen, die strahlte wie eine stolze Mutter.

»Kashiki-sum, Ihr werdet von Jahr zu Jahr jünger.« Der Fürst lächelte, fast wie ein Junge.

Die Frau lachte, ein mädchenhaftes Lachen, melodisch, hell, ohne jede Zurückhaltung. »Das kommt vom Wasser, Herr, wir werden hier noch alle unsterblich. Ihr aber seid es, der jung geblieben ist.« Sie grinste breit. »Noch jung genug, um Euch eine neue Frau zu nehmen. Ich bin sicher, da würde keine nein sagen.«

Alle lachten, Shonto lauter als die anderen.

»Ich warte, bis ich älter bin, Kashiki-sum, ich muß noch ein bißchen langsamer werden, bevor eine junge Frau mit mir Schritt halten kann.« Shonto verneigte sich vor der Frau und gab einem nahestehenden Wachposten ein Zeichen. »Ich habe Euch etwas aus der Hauptstadt mitgebracht. Ein kleines Geschenk für jeden von Euch.«

Die Bediensteten verneigten sich, und Shonto ging weiter.

Kein Wunder, daß er sie alle kennt, dachte Shuyun, wahrscheinlich haben sie an seiner Erziehung mitgewirkt.

Eine einzelne Stufe führte zur Veranda hoch, und dort kniete ein älterer Bediensteter Myochins.

»Ihr ehrt uns mit Eurem Besuch, Fürst Shonto, Bruder.«

»Die Ehre ist ganz auf unserer Seite, Leta. Wo ist Euer Herr?«

»Er erwartet Euch im Haus, Herr.« Der Mann richtete sich auf, nahm eine Laterne von einem Haken und führte sie ins dunkle Haus. Sie kamen in einen kleinen, behaglichen, nach drei Seiten hin offenen Raum, denn die Wandschirme waren zurückgeschoben. Der Bedienstete hielt die Laterne hoch und beleuchtete die drei Stufen, die zur nächsten Ebene hochführten. In der Düsternis machte Shuyun gerade so eben die Gestalt eines Mannes aus, der auf dem Boden saß und sich über einen Tisch gebeugt hatte.

»Meister Myochin?« fragte der Bedienstete mit lauter Stimme.

Die Gestalt richtete sich überrascht auf.

»Eure Gäste sind eingetroffen, Meister.«

Jetzt wandte er sich um, der altersbleiche Kopf umrahmt von langem, wirrem weißem Haar, die Haut so durchscheinend wie Kerzenwachs. Die Augen des Mannes verblüfften Shuyun, denn sie waren weiß wie Porzellan, der dunkle Kreis der Pupille fehlte darin.

Er ist blind, dachte Shuyun, von Geburt an blind.

Die Erscheinung im weißen Gewand lächelte so gütig wie eine Statue Botaharas.

»Motoru-sum?« sagte er mit sanfter Stimme.

»Ja, ich bin's, Eku-sum.«

»Ach, welche Freude, Eure Stimme zu vernehmen. Kommt her. Bring Licht für die Gäste, Leta. Kommt her, Motoru-sum. Ihr seid nicht allein?«

»Ich habe Bruder Shuyun, meinen spirituellen Berater, mitgebracht.«

»Es ist mir eine Ehre. Die Pilger des Siebenfachen Pfads habe ich schon immer gern bei mir zu Gast gehabt. Spielen die jungen Mönche noch immer Gii, Bruder Shuyun?«

»Das tun sie, Meister Myochin. Und Eure Partien nehmen einen hervorragenden Platz im Unterricht ein.«

»Nach all den Jahren?« Sein Lächeln vertiefte sich noch. »Diese Ehre habe ich nicht verdient. Man spielt immer noch meine Partien nach? Sieh mal an.«

Bedienstete brachten Lampen und Met für den Gii-Meister und seine Gäste. Es war ein höchst behagliches Haus, in warmen Holztönen gehalten. Der Duft der nahen Kiefern drang ungehindert durch die offenen Wände, und vom See her vernahm man den leisen Ruf einer Eule.

Fürst Shonto und sein Lehrer sprachen kurz über Shontos Bedienstete, und der alte Mann erkundigte sich ausdrücklich nach mehreren Leuten, vor allem nach Shontos Sohn und dem edlen Fräulein Nishima. Aus Rücksicht auf Shuyun wandte sich das Gespräch anschließend anderen Themen zu, und der alte Mönch beeindruckte Shuyun mit seiner Kenntnis der Vorgänge im Reich. Es war schwer vorstellbar, woher er die

Nachrichten hatte, denn der See wirkte so abgelegen. In Wahrheit aber lag er nahe am Kanal, und wie eine Kaiserin einmal gesagt hatte: ›Wenn wir die Gerüchte, die sich über den Großen Kanal verbreiten, besteuern könnten, bräuchten wir uns keine Gedanken um die übrige Fracht zu machen.‹

»Und nun seid Ihr also nach Seh berufen worden, Motoru-sum?«

»Ich konnte nichts dagegen tun.«

Der alte Mann nickte, eine Geste, die er bestimmt noch nie gesehen hatte.

»So wird es wohl sein. Bisweilen muß man sich in Gefahr begeben. Ihr seid zu stark, Motoru-sum, das kann er nicht ertragen«, sagte der alte Mann mit leiser Stimme. Einen Augenblick lang schien er zu lauschen. »Wir müssen uns mit gewissen Zwängen abfinden. Von gleich zu gleich kann man mit dem Kaiser nicht in Frieden leben. Glaubt das ja nicht, Motoru-sum. Das ist die eigentliche Gefahr, der Ihr nicht ausweichen könnt. Am Gii-Brett gibt es nur einen Gewinner. Macht Euch keine falschen Hoffnungen, Akantsu könnte Vernunft annehmen. Dazu wird es nicht kommen.«

»Das habe ich mir auch schon gedacht«, sagte Shonto.

Der alte Mann lächelte. »Natürlich habt Ihr das. »Die Zeit, die ich auf Eure Ausbildung verwandt habe, war nicht umsonst.« Er lachte.

Shuyun war aufgefallen, daß Shontos Blick im Laufe der Unterhaltung immer wieder zum Gii-Brett gewandert war, das auf einem Tischchen stand. Schließlich vermochte der Fürst seine Neugier nicht länger zu bezähmen. »Wie ich sehe, könnt Ihr es noch immer nicht lassen.« Er beugte sich vor und klopfte auf den Holztisch.

»Ach, ja. Diese Angewohnheit wird man sein Leben lang nicht los, außerdem muß ich mich mit irgend etwas beschäftigen, um die Zeit totzuschlagen. Übrigens habe ich eine dritte Lösung für das Soto-Problem gefunden.«

»*Tatsächlich*?« Shontos Interesse war sogleich geweckt.

»Ja, ich war ebenso überrascht wie Ihr.«

»Ich kenne die Lösung von Kundima«, sagte Shonto.

»Ja, mein eigener Lehrer.«

»Und die Fujiki-Lösung«, warf Shuyun ein.

»Ah, Bruder Shuyun, Ihr kennt Euch aus.«

»Aber eine dritte...«, sagte Shonto und blickte wieder aufs Brett.

»Vielleicht findet Ihr sie ja«, meinte Myochin Ekun. »Denkt darüber nach, während das Essen bereitet wird.«

Das Brett stand näher bei Shuyun und dem Fürsten Shonto. Die Stellung für das Problem war darauf aufgebaut, das der Gii-Meister Soto vor mehr als dreihundert Jahren gestellt hatte. Offenbar hatte der alte Mann auf eine Gelegenheit gewartet, seine Entdeckung anderen mitzuteilen.

Fürst Shonto und sein junger Berater schauten beide aufs Brett, ihr Gastgeber aber hatte sich so gedreht, daß die sanfte Brise, die durch die offenen Wandschirme wehte, sein Gesicht liebkoste.

»Man könnte den *Fußsoldaten* in der fünften Reihe vorrücken. Das würde die Festung unter Druck setzen,« schlug Shonto vor.

»Hm.« Der alte Mann überlegte einen Augenblick. »Wenn ich der Verteidiger wäre, würde ich mit den *Schwertmeister* auf die siebte Reihe ziehen, dann wärt Ihr gezwungen, Euch zurückzuziehen und zu decken. Am Ende würden Euch diese Züge bitter fehlen.«

Shonto machte die entsprechenden Züge und betrachtete die neue Stellung. »Ich verstehe«, sagte er nach einer Weile und stellte die Figuren wieder zurück.

»Ihr müßt weiter in die Tiefe schauen«, flüsterte der Gii-Meister. »Ihr werdet bald in eine umkämpfte Gegend kommen, nicht wahr?« fragte er unvermittelt.

»Wie? O ja, natürlich.«

»Eine verwirrende Situation«, meinte der alte Mann, und Shuyun war sich nicht sicher, was er eigentlich meinte. »Wenn ich Euch einen Hinweis geben darf, die Lösung ist höchst ungewöhnlich, sie wird Euch sicherlich gefallen, Bruder.«

»Jeder mögliche Angriff wurde bestimmt schon tausendmal durchgespielt«, überlegte Shonto laut.

»Öfter, würde ich sagen, Motoru-sum.«

Auf einmal blickte Shonto auf. »Wenn ich nicht angreife, was bleibt dann noch übrig?«

»Ein wichtiger Gesichtspunkt.« Der Gii-Meister hatte die blinden Augen geschlossen, wandte das Gesicht langsam hin und her und schwelgte im Luftzug. »Ich bin einem Kaiser ganz ähnlich; mein einziges Ziel ist es, zu gewinnen.«

Die beiden Gäste schauten aufs Brett und hofften, es werde ihnen sein Geheimnis preisgeben.

»Wir müssen versuchen, Euch aus der Festung hervorzulocken, Meister«, sagte Shuyun, »aber Eure Stellung dort ist sehr stark.«

»Das ist wahr. Durch eine simple List bin ich nicht hervorzulocken.«

Shonto zog eine Figur. »Wir könnten ein *Drachenschiff* opfern.«

»Das würde ich ausschlagen.«

Shonto dachte darüber nach. »Hm«, machte er und stellte die Figur wieder zurück.

»Ein Opfer ist nur dann sinnvoll, wenn dem Gegner nichts anders übrigbleibt, als es anzunehmen«, zitierte Myochin aus Sotos Abhandlung über das Gii-Spiel.

»Es ist ein gefährlicher Fehler, sich auf die Dummheit des Gegners zu verlassen«, zitierte Shuyun aus derselben Quelle.

Der Gii-Meister nickte zustimmend. »Wie ich höre,

sind die Butto und die Hajiwara in eine Sackgasse geraten«, wechselte der alte Mann abermals das Thema.

»So scheint es, Eku-sum.«

»Hm. Gut für sie, aber nicht unbedingt gut für Euch.«

»Wie das, Eku-sum?«

»Ihr geratet in eine Lage ohne Eigendynamik, werdet aber Dynamik brauchen. Es ist leichter, etwas, das in Bewegung ist, in eine neue Richtung zu lenken, als etwas Ruhendes in Bewegung zu versetzen. Meint Ihr nicht auch?«

»Das habt Ihr mir häufiger schon gesagt, und ich muß zugeben, es hat sich als wahr erwiesen.«

Abermals herrschte Stille, und Shonto blickte das Gii-Brett unverwandt an.

»Seid Ihr jetzt soweit aufzugeben?« fragte plötzlich der alte Mann in leicht gereiztem Ton.

Shonto lachte herzlich. »Laßt uns noch ein wenig Zeit, Eku-sum. Auch Ihr habt die Lösung bestimmt nicht auf Anhieb gefunden.«

»Wohl wahr, mein Fürst. Je älter ich werde, desto ungeduldiger werde ich mit anderen. Nun ja.« Er schien über seine Bemerkung nachzudenken. »Ich habe gesagt, Ihr solltet tiefer blicken, aber denkt daran, es genügt nicht, tiefer ins Spiel hineinzublicken, Ihr müßt auch in Euer Inneres schauen. Dort findet sich stets das, was man braucht.«

Nach einer Weile sagte Shuyun: »Ich würde meinen *Gardehauptmann* auf die erste Reihe zurückziehen.«

Der alte Mann nickte lächelnd. »Ein interessanter Gedanke.«

»Damit würdet Ihr aber Eure Flanke für seinen stärksten Flügel öffnen, Bruder«, bemerkte Shonto.

»Ja«, sagte der Mönch.

»Was würdet Ihr tun, wenn er angriffe?«

»Ich weiß es nicht, Herr.«

Der alte Mann lachte. »Wie Ihr seht, Bruder Shuyun,

spielt Fürst Shonto seit jeher mit dem Verstand, ohne seine größeren Kräfte zu gebrauchen. Er spielt meisterhaft, das ja, doch dies bedeutet eine Einschränkung. Euch wiederum hat man gelehrt, Eure übrigen Kräfte zu gebrauchen. Fürst Shonto zeichnet aus, daß er seine Schwäche erkennt. Aus diesem Grund wurdet Ihr auserwählt, ihm zu dienen. Haben Euch das Eure Lehrer gesagt, Bruder?« Als Shuyun schwieg, erklärte der alte Mann: »Das habe ich mir gedacht.

Ihr seht, Motoru-sum, unser junger Bruder ist über die Logik hinausgegangen. Er weiß, es gibt eine Lösung – das habe ich ihm gesagt. Er weiß, er muß mich aus der Festung hervorlocken – darin sind wir uns einig. An diesem Punkt angelangt, läßt er sich den nächsten Zug vom Instinkt diktieren, dem er bedingungslos vertraut. Sein Zug ist übrigens richtig, wenngleich die restliche Zugfolge ebenso schwierig sein wird. Zehn Züge bis zur erzwungenen Aufgabe.« Er erhob sich mühsam, jedoch ohne fremde Hilfe. »Wenn Ihr mich einen Augenblick entschuldigen würdet, ich möchte kurz hinausgehen und die Nacht spüren, dann können wir speisen, wenn es Euch recht ist.«

Der Gii-Meister, der in seinem ganzen Leben noch kein Gii-Brett gesehen hatte, trat auf die Veranda hinaus und ging in den Garten. Sein weißes Haar und das weiße Gewand flatterten im Wind und waren gerade so eben noch zu erkennen.

»Bemerkenswert, wie?« sagte Shonto, vom Brett aufblickend.

Shuyun nickte. »Es gereicht mir zur Ehre, daß Ihr mir Gelegenheit gabt, ihn kennenzulernen, Fürst Shonto.«

Shonto zuckte die Achseln. »Mein Instinkt, den aufs Gii-Brett anzuwenden mir nie gelungen ist, hat mir gesagt, es sei wichtig, Euch zusammenzubringen. Es macht mir Freude, zu erleben, daß jemand seine Erfolge wirklich zu schätzen weiß. Wußtet Ihr, daß er sechsmal Meister von ganz Wa war?«

Shuyun schüttelte den Kopf.

Wirklich bemerkenswert dabei ist, dachte der junge Mönch, daß er dies alles ohne botahistische Ausbildung geschafft hat. Shuyun stellte sich im Geiste das Gii-Brett mit der Stellung des Soto-Problems vor und überdachte die Folgerungen, die sich aus seinem ersten Zug ergaben. Er tat den ersten Schritt ins Chi und spürte, wie sich sein Zeitgefühl verlangsamte. Im Geiste spielte er hundert Zugfolgen durch, scheinbar alle in gewöhnlichem Tempo. Er behielt die Konzentration bei und erkundete die weiteren Möglichkeiten Zug für Zug. Innerhalb von Minuten hatte er die dritte Lösung des Soto-Problems gefunden. Als er die Augen wieder öffnete, bemerkte er, daß Shonto ihn anstarrte.

»Zeigt es mir«, sagte Shonto.

Er hat schon einmal einen Bruder in seinem Haus gehabt, rief Shuyun sich in Erinnerung, ohne sich seine Überraschung anmerken zu lassen.

Obwohl er sein Zeitgefühl jetzt kontrollierte, zog er die Figuren immer noch zu rasch. Shonto konnte ihm zunächst nicht folgen, da alles zu schnell für ihn gegangen war, dann aber hellte sich seine Miene auf.

»Ja, ja! So muß es sein.« Er nickte, deutete dem Mönch gegenüber eine Verneigung an. »Schade, daß mir in meiner Jugend eine Ausbildung wie die Eure verwehrt war.«

»Ihr könnt nicht gleichzeitig Diener des Vollkommenen Meisters und Fürst sein, Herr«, entgegnete Shuyun, mußte aber sogleich an Nishima denken, die in ihrem Privatgarten Chi Quan praktiziert hatte. Ob Fürst Shonto wohl davon wußte? Hatte Bruder Satake sie das gelehrt? Shuyun vermochte es nicht zu sagen.

Shonto zuckte die Achseln. »Das mag wohl sein.«

Myochin Ekun kam zurück. »Ihr werdet das Problem

der dritten Lösung mit nach Seh nehmen müssen, Motoru-sum. Ich wollte sie Euch zunächst zeigen, aber so habt Ihr während der Winterregen etwas zu tun.« Er kicherte. »Ja, das wird Euch eine Weile beschäftigen. Ah, Leta, wo bleibt das Essen?«

Die Speisen wurden aufgetragen, dazu gab es heißen Reiswein und würzige Soßen. Warme Gewänder wurden für den Gii-Meister und seine Gäste gebracht, denn es schien kühler geworden, und niemand wollte die Schönheit der Nacht aussperren.

Das Gespräch wandte sich wieder Shontos Haushalt zu, was vielleicht unvermeidlich war, und Shuyun gab ein dankbares Publikum für die Lieblingsgeschichten der beiden Älteren ab. Das Mahl wurde von ausgiebigem Gelächter begleitet.

»Manchmal wart Ihr ein unausstehlicher Schüler, Motoru-sum, das habe ich nicht vergessen. Ich habe Bruder Satake häufig wegen seines müheloseren Umgangs mit Euch beneidet. Ich weiß nicht, wie er es angestellt hat, aber ihm habt Ihr zugehört, ohne Eure Gedanken in der ganzen weiten Welt umherschweifen zu lassen.«

»Er hatte schon seine eigene Art, meint Ihr nicht?«

»Ja. Ja, das hatte er. Es ist so lange her, wie geht es Satake-sum?«

Shonto zögerte kurz, dann antwortete er mit leiser Stimme: »Bruder Satake ist von uns gegangen, Eku-sum.«

Der alte Mann schüttelte den Kopf. »Natürlich, ich… wie konnte ich das bloß vergessen.« Er murmelte noch länger vor sich hin, dann wandte er sich wieder den Speisen zu. Fürst Shonto blickte dem alten Mann für eine Weile ins traurige Gesicht, dann aß auch er weiter. Es wurde noch ein Versuch unternommen, das Gespräch wieder in Gang zu bringen, doch bald darauf versiegte die Unterhaltung erneut.

Wandschirme wurden eingesetzt, um Schlafräume abzuteilen, und wie es Brauch war, wurde den Gästen auf den Strohmatten ein Nachtlager bereitet. Shuyun bettete sich in dem Raum zur Ruhe, in dem sie gespeist hatten, doch er schlief nicht. Er dachte an die junge Novizin und an das, was sie ihm erzählt hatte. Er dachte an Schwester Morima und die Heiligen Schriftrollen.

Es kam ihm seltsam vor, daß Myochin, ein Mann, der noch immer imstande war, eine dritte Lösung für das Soto-Problem zu finden, vergessen hatte, daß Bruder Satake tot war. Sehr eigenartig.

Vor dem Haus kapitulierte ein großer Tulpenbaum vor der auffrischenden nächtlichen Brise und übergab seine Blätter dem Wind. Sie regneten langsam herab, wurden durchs Haus geweht und verteilten sich auf dem Boden. Shuyun lag hellwach inmitten dieses Blätterschauers, bis es dämmerte. Als er nach draußen blickte, war der Tulpenbaum vollkommen kahl.

15

Der Mond war noch nicht aufgegangen und würde erst später als Scheibe über den Morgenhimmel wandern. Der Kai und der gepflasterte Platz schienen aus Schatten und schwarzen Linien zu bestehen. Aus Formen, die die Phantasie anregten und in ständiger Bewegung und Verwandlung begriffen waren.

Wäre Tanaka die Gegend nicht bekannt gewesen, so hätte er nicht begriffen, was er da sah. Auf der anderen Seite des Platzes lag ein Gasthof – er kannte ihn gut –, und zu seiner Linken ein kaiserliches Zollager, die großen Türen dunklere Rechtecke in einer dunklen Wand. Die Schiffe am Kai – große Gewürzfrachter und Kriegsschiffe – zerrten an den Tauen, auf den Achterdecks brannten die Lampen der Nachtwache.

Den Gewürzfrachtern gegenüber säumten Geschäfte und die großen Handelshäuser den Kai – das erste Gebäude gehörte den Hashikara, und daneben lagen die Niederlassungen der Ninimaka und Sadaku und dann die gewaltigen Lagerhäuser der Sendai. Keine der großen Familien hätte zugelassen, daß ihr Name mit Handelsgeschäften in Verbindung gebracht wurde, Tanaka aber die Namen sämtlicher Handelsbeauftragten wußte, und welche Familien sie jeweils repräsentierten. Yankura war seine Stadt, und es geschah nur wenig darin, das er nicht bald schon erfuhr.

Vom Balkon des Gasthofs aus, auf dem er wartete, überblickte Tanaka alle drei Straßen, die auf den Platz führten, schwarze Einmündungen, deren Pflaster im

Licht der Sterne schimmerte. Nichts regte sich, bloß eine streunende Katze suchte an der Wand des Gasthofs nach einem Zugang zu der Nahrung, die sie dort erschnupperte.

Der alte Mann, der im Dunkeln neben dem Kaufmann stand, bewegte sich nicht. Eigentlich wagte er kaum zu atmen, so verängstigt war er. Darüber war er bestürzt. In seiner Jugend hatte er in der Armee des Vaters des Fürsten Shonto Motoru gedient. Einmal hatte ihm der große Fürst als Anerkennung für seine Verdienste in einer Schlacht gegen die Verbündeten der Yamaku den Dolch der Tapferkeit überreicht. Die Erinnerung daran hielt er in Ehren und hatte seinen Enkeln schon hundertmal davon erzählt. Doch seine Zeit als Krieger war längst Vergangenheit, und heute verspürte er eine Angst, wie er sie noch nie empfunden hatte. Die scheinbare Ruhe des Kaufmanns beschämte ihn und bestärkte ihn in seiner Entschlossenheit, sich seine Gefühle nicht anmerken zu lassen. Wenn nur sein Magen und seine Eingeweide mitgespielt hätten! In seinem Bauch rumorte und zuckte es, als befände sich darin eine sterbende Schlange.

Keiner von beiden wagte es, dort im Schatten des Gebäudes seine Gedanken auszusprechen. Sie waren ebenso still wie die Schatten selbst. Sie lauschten.

Hat man mich womöglich zum Narren gehalten? überlegte Tanaka. Bildet dieser alte Mann sich etwa ein, er könnte wieder eine Rolle in der Reichspolitik spielen? Falls dem so war, so tat er ihm leid. Wenn man ihn anschaute, mochte man kaum glauben, daß er einmal Hauptmann gewesen war, ein guter, fähiger Offizier. Vor langer Zeit hatte er in Tanakas eigener Garde gedient. Heute aber fragte sich Tanaka, ob der Hauptmann im Ruhestand womöglich im Begriff war, in den traurigen Zustand der Senilität einzutreten. Sie standen jetzt bereits seit drei Stunden in der Dunkelheit. Soeben war die

Stunde der Eule eingeläutet worden. Ich glaube, ich verschwende bloß meine Zeit, dachte Tanaka, eine Erkenntnis, die mit einer gewissen Erleichterung einherging.

Er wollte dem alten Mann gerade die Hand auf die Schulter legen und sich verabschieden, als er etwas hörte oder vielmehr zu hören meinte. Dann herrschte wieder Stille, und Tanaka fragte sich schon, ob er womöglich das gleiche Schicksal wie der Alte teile. Aber da war es wieder. Ein Geräusch, das ihm seit seiner Kindheit wohlvertraut war. Das Geräusch von Rüstungen – das Knarren von Leder, das gedämpfte Klirren von Metallringen. Tanaka preßte sich eng an die Wand.

Auf einmal bereute er, ohne Leibwache hergekommen zu sein. Hätte der Hauptmann nicht darauf bestanden, wäre er niemals so unvorsichtig gewesen, doch der alte Krieger hatte nicht mit sich reden lassen. Tanaka spürte den Widerstand der Wand, die gegen seine verkrampften Muskeln drückte. Er versuchte, sich in den Schatten zu hüllen wie in ein Gewand. *Atme,* dachte Tanaka, *atme.*

Da war es wieder, und auf einmal stand mitten auf dem Platz eine dunkle Gestalt – ein Mann. Tanaka sah, wie er sich langsam umdrehte und in die Dunkelheit spähte. Wie lange stand er schon dort? Der Kaufmann kämpfte gegen seine Panik an. Man kann uns im Dunkel nicht sehen, sagte er sich – *atme*!

Ein zweiter Mann tauchte auf, der sich als Silhouette von der spiegelnden Wasseroberfläche des Springbrunnens abhob. Der Hauptmann hat nicht gelogen, dachte Tanaka, das sind Soldaten des Kaisers. Wenn man uns jetzt entdeckt, sind wir verloren. *Atmen, langsam atmen.*

Ein dritter Gardist überquerte nahezu lautlos den Platz und näherte sich langsam dem Kai. Ehe er den letzten Pflasterstreifen überquert hatte, blieb er stehen, doch als er sich vergewissert hatte, daß am Ufer alles ruhig war, trabte er unmittelbar auf ein kaiserliches Kriegsschiff zu. Anstatt ihn anzurufen, senkte die einsame Schiffswache die Rampe. Tanaka vernahm das Knarren von Tauen und das dumpfe Geräusch, mit dem die Rampe auf dem Pflaster aufsetzte. Das Licht an Deck war gelöscht worden.

Abermals blieb es für einige Zeit ruhig. Der Kaufmann spähte so lange angestrengt ins Dunkel, bis er überall Gardisten zu sehen meinte. Er hatte das Gefühl, in der Falle zu sitzen. Es blieb ihnen nichts anderes übrig, als sich still zu verhalten und darum zu beten, daß Botahara sie verbarg.

Als das schwarze Rechteck des Eingangs zum Zollager plötzlich die Form veränderte, wurde Tanaka bewußt, daß sich das Tor lautlos geöffnet hatte. Offenbar hatte man die Torangeln geschmiert. Weitere Soldaten traten hervor – zehn? zwölf? – Tanaka konnte es nicht genau erkennen. In diesem Augenblick hörte er jemanden unterhalb des Balkons atmen. Eine Sandale scharrte am Holz entlang. Vom Platz führte eine Treppe zum Balkon zu Tanakas Rechten. Er wandte sich dorthin, starrte in die Finsternis.

Wenn man uns entdeckt, dachte er, dann stürze ich mich durch einen Wandschirm in den Gasthof und hoffe darauf, in der allgemeinen Verwirrung fliehen zu können. Er wappnete sich und lauschte auf das Geräusch von Schritten.

Die Gardisten, die aus dem Zollager gekommen waren, eilten über den Platz. Ganz ohne Geräusche ging es nicht, dafür waren sie zu zahlreich. Außerdem schleppten sie etwas, eine Kiste von der Größe einer Reisetruhe, die an Tragstangen befestigt war. Kaiserliche Gardisten schleppten sie – keine Lastenträger. Tanaka wäre beinahe einen Schritt vorgetreten, so groß war seine Überraschung. Außerdem mühten sie sich damit ab, soviel konnte er trotz der Dunkelheit erkennen. Acht Männer mühten sich mit dieser Last ab!

Er schluckte trocken. Dann hatte man ihm also doch kein Lügenmärchen aufgetischt. Der Neffe des Alten hatte ihm eine wertvolle Nachricht mitgeteilt. Ob der Neffe wohl jetzt dort unten war? Das würde die Aussichten erhöhen, daß sie nicht entdeckt wurden.

Tanaka blickte zu der dunklen Gestalt seines Begleiters hinüber. Der alte Mann war wie mit der Wand verwachsen und hatte sich das Gewand hochgezogen, um seine helle Haut zu bedecken. Der alte Krieger hat die Ausbildung der Shonto also nicht vergessen, dachte Tanaka.

Die Treppe knarrte! Oder hatte sich im Haus etwas bewegt? Tanaka starrte so lange angestrengt in die dunkle Treppenmündung hinein, bis er überhaupt nichts mehr sah. Vom mühsamen Stillstehen taten ihm die Muskeln weh.

Die Gardisten hatten mittlerweile das kaiserliche Kriegsschiff erreicht. Die Last wurde mit einem Flaschenzug rasch an Bord geschwenkt, ohne daß Tanaka an Deck etwas hätte erkennen können. Man hörte, wie Männer aus dem Bauch des Schiffes kamen. Dann zogen sie sich zum Platz zurück, schwärmten aus und suchten die Peripherie des Geländes ab.

Auf der Treppe gab es ein Geräusch – das Geräusch von Schritten! Plötzlich aber zögerten sie. Tanaka blickte sich hektisch um – wo sollte er sich verstecken? Erst jetzt fiel ihm auf, daß der alte Mann verschwunden war! Diese Erkenntnis traf ihn wie eine kalte Böe – *man hat mich in eine Falle gelockt,* dachte der Kaufmann.

Tanaka rückte über den Balkon auf den nächsten Shoji zu. Dieser war seine einzige Hoffnung. Die Schritte kamen wieder näher. Er hörte Atemgeräusche und Waffenklirren – bestimmt ein kaiserlicher Gardist. In der Öffnung tauchte eine dunkle Gestalt auf, die sich von der noch dunkleren Treppenmündung abhob. Tanaka straffte sich, machte sich sprungbereit und fragte sich, ob es womöglich bereits zu spät für ihn war, um noch den Shoji zu erreichen. In diesem Augenblick erblickte der Kaufmann – auf dem Balkon hinter dem Gardisten –, zwei Männer, die aus dem Schatten heraus Gestalt anzunehmen schienen. Der eine hielt ein Messer in der Hand. Der Kaufmann beobachtete wie erstarrt.

Dann aber verschmolzen die beiden Gestalten zu einer und sackten in der Dunkelheit auf dem Boden zusammen. Der Gardist blieb stehen. Sein Kinnband leuchtete kurz auf, dann drehte er sich langsam um und stieg nahezu lautlos wieder die Treppe hinunter.

Er hat mich nicht gesehen, dachte Tanaka. Der Dunkelheit und Botahara sei Dank!

Kurz darauf waren die Gardisten verschwunden. Das kaiserliche Kriegsschiff legte ab und wich allmählich in die Dunkelheit zurück. Tanaka zwang sich dazu, wieder normal zu atmen. Zu bewegen traute er sich noch nicht. Aus der schwarzen Pfütze am Boden erhob sich mit katzenhaften Bewegungen eine kleine Gestalt. Sie drehte sich auf dem dunklen Balkon zu ihm herum und sprach ihn an.

»Ihr dürft nichts überstürzen«, flüsterte sie. »Er hätte Eure Anwesenheit verraten.« Die Gestalt deutete auf den Boden. »Er wird bald zu sich kommen. Dann müßt Ihr gleich verschwinden.«

Tanaka blinzelte, versuchte etwas zu erkennen. Als sich die Gestalt verflüchtigte, wollte Tanaka seinen Augen nicht trauen. Er schüttelte den Kopf, doch das half auch nicht. Auf einmal war da ein Geräusch. Auf dem dunklen Boden regte sich etwas. Er vernahm ein leises Stöhnen.

Tanaka ging dem Geräusch sogleich nach. Der alte Hauptmann lag auf den Holzbrettern, den Dolch neben dem Kopf. Der Kaufmann legte ihm die Finger an die Lippen. »Seid leise. Ihr seid in Sicherheit.«

Er stützte den Kopf des alten Mannes und lauschte, wartete darauf, daß sich sein Atem wieder beruhigte. Er spürte, wie der Alte ihn am Arm berührte – und nickte. Tanaka half ihm hoch, reichte ihm den Dolch und schob ihn auf die schwarze Treppe zu.

Als sie um die Ecke des Gasthofs bogen, legte der alte Mann den Mund an Tanakas Ohr. »Was ist geschehen?«

»Jemand hat uns gerettet«, antwortete Tanaka, mehr nicht. Als sie zu einer Gasse kamen, zog der ehemalige Krieger einen kleinen Lederbeutel aus dem Ärmel und drückte ihn Tanaka in die Hand.

Der Kaufmann wog ihn einmal kurz in der Hand, dann beugte er sich dicht an den Hauptmann heran. »Ich werde dem Fürsten alles berichten.« Abermals hob er den Beutel hoch. »Das wird er Euch nicht vergessen.«

Die beiden Männer trennten sich und eilten leise durch die Straßen der Schwimmenden Stadt. Tanaka fühlte sich am Ende seiner Kräfte. In Anbetracht der Bedeutsamkeit des soeben Erlebten schwirrte ihm der Kopf.

Sobald er bei sich zu Hause angelangt war und seinem Wächter versichert hatte, daß er wohlauf sei, löste Tanaka den Knoten des Lederbeutels. Dessen Inhalt stammte aus der Truhe, die die kaiserlichen Gardisten zum Schiff geschleppt hatten. Im Lampenschein entleerte er den Beutel auf den Tisch.

Der Händler ließ sich auf die Fersen zurücksinken. »Möge Botahara uns beistehen«, murmelte er. Vor ihm auf dem Tisch lagen fünf quadratische Goldmünzen, ohne Prägung, aber mit jeweils einem Loch in der Mitte. Sie wiesen zwar keinen offiziellen Stempel auf, waren aber offenbar erst kürzlich gegossen worden.

»Mein Fürst ahnt nichts von dieser Gefahr«, sagte Tanaka laut. »Ich muß ihn warnen.«

Als er nach Pinsel und Tinte griff, erinnerte er sich an die Gestalt im Dunkeln – an seinen Retter. Tanaka lächelte vor sich hin. Er hatte gar nicht gewußt, daß eine Anrufung Botaharas so unmittelbare Auswirkungen haben konnte, denn wenn ihm das Alter nicht einen Streich gespielt hatte, dann war der Unbekannte ein botahistischer Novize gewesen.

»Unglaublich«, flüsterte er. »Unglaublich. Die Botahisten bringen ihren Orden leichtfertig in Gefahr!« Er vermochte sich den Vorfall nicht zu erklären, wenngleich er sich sagte, daß die Brüder weder Tanaka noch den Fürsten Shonto hatten retten wollen – nein, er war sicher, daß sie sich vielmehr um einen jungen Mönch Sorgen machten. Um einen jungen Mönch, der in seinem Beisein etwas schier Unglaubliches vollbracht hatte. Ja, dachte er, ich muß Fürst Shonto warnen.

16

Die Rauchblumen nehmen
Ein tiefes Purpur an.
Und der Tau benetzt sie
Wie kalte Tränen.

Es heißt, der Kaiser werde
Von einer jungen Sonsa unterhalten.
Ich frag' mich, ob sie wohl
Gut tanzt?

Aus dem ›Palastbuch‹
der hohen Dame Nikko

Ein Gong ertönte – dreimal, dann eine Pause, die zwei Herzschläge währte, und schließlich ein vierter tiefer Ton, der durch den Kaiserpalast hallte, durch lange Gänge und über viele Höfe. Dann kehrte wieder Ruhe ein. Im Zyklus der länger und kürzer werdenden Tage erblickte die Stunde der Eule niemals das Licht der Sonne und versäumte, vielleicht zum Ausgleich, niemals den Mondschein. Der Herbstmond näherte sich dem letzten abnehmenden Viertel, und es hatte den Anschein, als nähme sein Licht die Kälte und Reinheit der Nachtluft an.

Jaku Tadamoto schritt leise über einen verlassenen Flur, seine Sandalen machten kein Geräusch auf dem Marmorboden. Er trug die schwarze Uniform der Kaisergarde, wenngleich ohne das Abzeichen eines Obersten auf der Brust, und hatte eine Bronzelaterne dabei.

Es war nicht ungewöhnlich, daß ein Oberst der Kaisergarde bei Nacht im Palast wandelte, denn die Garde war schließlich für die Sicherheit verantwortlich; ungewöhnlich allerdings war, daß ein Oberst auf die Zurschaustellung seines Rangs verzichtete. Dies deutete darauf hin, daß er andere, eher persönliche Absichten verfolgte – vielleicht wollte er ja die Sicherheitsmaßnahmen überprüfen – und daher Wert darauf legte, seinen Rang für sich zu behalten. Vielleicht führte er aber auch einen Auftrag für seinen berühmten Bruder aus.

In Wahrheit wollte Jaku Tadamoto einerseits nicht erkannt werden, andererseits aber frei im Palast umherstreifen können, und dazu brauchte er die schwarze Uniform.

Er vertraute darauf, daß es ihm aufgrund seiner Ortskenntnisse gelingen würde, den Wächtern auf ihrer Runde auszuweichen. Als er zu einer Kreuzung gelangte, zündete der Oberst seine Laterne an einer Hängelampe an. Nachdem er sich vergewissert hatte, daß sie brannte und nicht ausgehen würde, verschloß er die Laterne, so daß kein Licht mehr herausdrang. Er holte einen Eisenschlüssel aus dem Ärmel und näherte sich ohne zu zögern einer großen Tür.

Das Schloß drehte sich geräuschlos, und kurz darauf stand Jaku Tadamoto in einem dunklen Raum. Er wußte, es handelte sich um einen vollgestopften Raum, in dem er sich lieber nicht im Dunkeln umherbewegte. Er öffnete kurz die Blende der Laterne und sah sich um. Er befand sich im Saal der Historischen Wahrheit, der in Wirklichkeit zwanzig gleich große Räume umfaßte. Hier gingen die Gelehrten ihrer großen Aufgabe nach, die Geschichte der Dynastie der Hanama aufzuzeichnen und zu bewerten. Tadamoto wußte einiges darüber, denn die Arbeit fesselte ihn, und er kam oft hierher, um mit den Historikern zu sprechen.

Er verdunkelte die Laterne wieder und näherte sich

blind dem gegenüberliegenden Wandschirm. Dahinter lag ein Balkon, der allein vom abnehmenden Mond erhellt wurde. Tadamoto hielt sich im Schatten und trat leise an die seitliche Brüstung, wo er innehielt, bis sich seine Augen an die Dunkelheit gewöhnt hatten. Tief unten auf dem von Laternen erhellten Hof war gerade Wachablösung. Tadamoto vernahm gedämpftes Waffenklirren. Aus irgendeinem Grund brachte ihm dies wieder zu Bewußtsein, auf was er sich da eingelassen hatte, wenngleich sein Herzklopfen nicht von Angst herrührte. Bei der Vorstellung, daß Osha auf ihn wartete, erschauerte er.

Man wird uns nicht entdecken, dachte er und fragte sich, ob sein Urteil womöglich von Leidenschaft getrübt sei.

Als Tadamoto sich an die Dunkelheit gewöhnt hatte, beugte er sich über die Brüstung und schätzte den Abstand bis zum nächsten Balkon. Zwei Armlängen – an den gepflasterten Hof in der Tiefe verschwendete er keinen Gedanken; die Dunkelheit erschien ihm bodenlos. Es gibt sicherere Wege, dachte Tadamoto, aber da könnte man mich sehen, und das wäre riskant. Ich muß hier herüberkommen – der Sprung ist kinderleicht. Bloß der Gedanke an die Höhe macht ihn schwierig.

Er kletterte auf die breite Brüstung und balancierte im Dunkeln. Trotzdem zögerte er noch. Er knickte in den Knien ein, bereitete sich auf den Sprung vor, dann aber richtete er sich wieder auf. Die Handfläche, an der er die kalte Bronze der Laterne spürte, war glitschig von Schweiß.

Katta ist der Abenteurer in unserer Familie, dachte er. Vielleicht sollte ich ihn herholen und mich von ihm zum Stelldichein mit der Geliebten des Kaisers tragen lassen. Er holte tief Luft und sprang in die Dunkelheit. Sein Fuß landete zielsicher auf der Brüstung des nächsten Balkons, er aber ließ sich vom Schwung weitertragen. Als er auf dem gefliesten Balkonboden stand, lachte er leise auf und schüttelte den Kopf. Es war lächerlich einfach gewesen, genau wie er es erwartet hatte.

»Der Geist muß die Ängste beherrschen«, flüsterte er der Nacht zu und trat vor den nächsten Shoji. Bei einem ›Inspektionsgang‹ zu einer früheren Stunde hatte er ihn entriegelt, und nun stellte er fest, daß dies unentdeckt geblieben war.

Im Ostflügel des Kaiserpalasts hatten sich vor dem Sturz der Hanama die privaten Gemächer befunden, nun aber wohnten hier nurmehr Gespenster. Niemand kam hierher, wenn es nicht unbedingt sein mußte.

Der eher vernunftorientierte Tadamoto ließ nicht zu, daß ihn die Angst vor Gespenstern überwältigte. Er trat in den Raum und zog den Wandschirm hinter sich zu. Er tastete sich bis zur gegenüberliegenden Wand vor, erst dann wagte er es, ein wenig zu leuchten. Er atmete in tiefen Zügen, um sich zu beruhigen, doch der Modergeruch des unbenutzten Raums verengte ihm die Bronchien. Es roch nach Vergangenheit.

Er öffnete einen Shoji, hinter dem ein breiter Gang lag, zögerte aber, als sträubte sich etwas in ihm, sich aus dem Bereich der Hanama hinauszubegeben. Seine Laterne beleuchtete Wandgemälde, kunstvolle Holzschnitzereien und Steinmetzarbeiten. Die Hanama hatten einen wesentlich erleseneren Geschmack gehabt als ihre Nachfolger. Ihre Kunst war schlicht und elegant gewesen und hatte sich durch einen hintergründigen Gebrauch der Farbe ausgezeichnet, doch von den Hofmalern der Yamaku wurden derart anspruchsvolle Arbeiten nicht verlangt.

Tadamoto erreichte eine breite Treppenflucht, die zu den Absätzen der nächsten drei Stockwerke hinaufführte. Er hielt kurz inne und lauschte, doch alles blieb ruhig und dunkel.

Als er die Treppe hinaufstieg, wandten sich seine Gedanken der Sonsatänzerin zu. Wie war sie wohl hierhergekommen? Hatte man sie gesehen? Hatte sie keine Angst? Er war ganz erfüllt von ihrem Bild, von der Erinnerung an die Berührung ihrer Hand.

Auf dem zweiten Absatz wandte er sich in den Gang, dessen Boden und Wände die Laterne mit ihrem mildem Licht erhellte. Am Ende des Korridors befand sich eine große, mit üppigen Schnitzereien verzierte goldbemalte Flügeltür. Das Relief stellte die Türwächter dar – die Riesen, die das Allerheiligste vor bösen Geistern schützten. Der rechte Flügel war angelehnt. Tadamoto legte die Hand auf den Bronzeknauf und zog die Tür auf sich zu. Sie bewegte sich ein Stück, dann ging es nicht mehr weiter. Als er fester zog, gab die Tür wieder ein Stück nach und ließ sich dann gar nicht mehr bewegen.

»Wer wagt es, den Schlaf der Majestäten zu stören?« wurde in der Dunkelheit des Raums geflüstert.

Als Tadamoto die Tür losließ, fiel sie mit einem dumpfen Geräusch zu.

Abermals war ein Flüstern zu vernehmen, eine Frauenstimme. »Tadamoto-sum?«

Beinahe hätte er vor Erleichterung laut herausgelacht. »Ja. Osha-sum?«

Nun schwang die Tür auf, und Tadamoto erblickte im Licht der Laterne die wunderschöne Sonsa, die vor ihm in den Schrein zurückwich.

»Ich… ich hatte schon Angst, Ihr kämt nicht mehr«, wisperte sie.

»Die Gelegenheit, mich mit Euch zu treffen, hätte ich mir niemals entgehen lassen«, erwiderte Tadamoto, und nun öffnete er die Laternenabdeckung ganz. Osha trug einen eleganten Kimono aus feinster Seide, so blau wie der Morgenhimmel, geschmückt mit einem Wolkenmuster. Ihre Schärpe und das Untergewand waren goldfarben. Der sie umgebende, reichverzierte botahistische Schrein schien die Farben ihres Gewands aufzunehmen und wiederzuspiegeln, als gehörte sie hierher – eine Priesterin, eine Novizin des rechten Pfads. Sie wich in gleitender Bewegung zurück und blieb im Mittelpunkt eines Siebenecks stehen, das in einen Kreis auf dem Boden eingelassen war.

»Es heißt, die Brüder tanzten in solchen Mustern, und dies sei das Geheimnis ihrer Macht«, sagte sie unvermittelt. Und dann auf einmal bewegte sie sich – eine fließende, anstrengungslose Bewegung, wie sie die Brüder zur Verteidigung machten – und doch ganz anders. Osha tanzte. Sie drehte sich langsam in dem milden Licht, ihre Hände deuteten die Bewegungen des Widerstrebens an, während sie gleichzeitig lockten und Tadamotos Sinne auf eine Weise ansprachen, wie er es noch nie erlebt hatte. In einer letzten geschmeidigen Bewegung sank Osha mit niedergeschlagenen Augen auf die Knie nieder und verharrte so lange Zeit reglos.

Schließlich hob sie mit erzwungener Ruhe zu sprechen an. »Ich bin nicht mehr die Favoritin unseres Kaisers, Tadamoto-sum.«

Der junge Oberst wußte nicht, was er darauf antworten sollte. Er tat einen Schritt auf sie zu, doch als sie plötzlich aufsah, ließ etwas in ihrem Blick ihn innehalten.

»Ist es gerecht, daß ich nie wieder tanzen soll?« fragte sie.

»Weshalb sagt Ihr das? Ihr seid die beste Sonsatänzerin der Gegenwart.«

»Das hat nichts zu bedeuten, wenn man dadurch, daß man mich tanzen ließe, Gefahr liefe, den Sohn des Himmels zu verstimmen.«

»Verstimmen? Der Kaiser verfolgt jeden Eurer Auftritte mit höchstem Entzücken.«

Daraufhin seufzte sie. »Ich fürchte, das war einmal,

Tadamoto-sum. Und dann ist da noch seine *neue Favoritin* – die wird mich bestimmt nicht sehen wollen, soviel ist sicher.«

Ja, dachte Tadamoto, das mag wohl sein. Andererseits scheint der Kaiser so sehr auf ihr Wohlergehen, ihre Zufriedenheit bedacht, wie sollte er sie da nicht tanzen lassen, wenn es sie denn glücklich macht? »Dem Kaiser bereitet Euer... Tanz zuviel Vergnügen, als daß er Euch daran hindern würde. Und selbst wenn dem nicht so wäre, gibt es doch bestimmt noch andere Orte als den Kaiserpalast, wo Ihr tanzen könntet.«

»Wenn es nur um den Palast ginge, würde ich mir keine Sorgen machen, aber hier handelt es sich um die Hauptstadt und vielleicht sogar um sämtliche inneren Provinzen. Man würde mich in den Norden oder den Westen verbannen...« Sie schüttelte den Kopf. »Wie könnte ich mich nach der jahrelangen Ausbildung damit abfinden?« Sie blickte hinunter auf das Muster am Boden. »Ein solches Schicksal habe ich einfach nicht *verdient*!«

Jaku Tadamoto sank vor ihr auf die Knie nieder. »Es muß ja nicht so kommen, wie Ihr sagt, Osha-sum. Der Kaiser ist gerecht zu denen, die loyal zu ihm stehen, die Jaku können es bezeugen.« Er ergriff zögernd ihre Hände. Sie erwiderte die Berührung. »Wenn ich mir nicht zuviel anmaße, werde ich mich bei passender Gelegenheit beim Sohn des Himmels für Euch einsetzen.«

Da schaute sie hoch und hielt seinen Blick fest. Er spürte, wie sie unendlich sanft seine Hände umfaßte und zu sich heranzog. Sie küßte ihm die Hand. »Ihr seid ein Ehrenmann, Jaku Tadamoto-sum. Ich war eine junge Närrin, als ich mich vom Kaiser und seinen Versprechungen umgarnen ließ.«

Sie hob seine Hand höher, und er erschauerte von der Wärme ihrer Wange. Jaku fühlte, wie er schwach wurde, während sich sein Begehren verstärkte. Er neigte sich vor, und ihre Lippen begegneten sich in einem äußerst zarten Kuß. Ihr Atem war warm und lieblich. Abermals streiften ihn ihre Lippen, diesmal mit größerem Nachdruck. Als er dem Schwung ihres Halses mit dem Finger nachspürte, seufzte sie und preßte das Gesicht an seine Brust. Dort hielt er sie fest, überzeugt davon, sie könne sein Herzklopfen spüren.

»Kommt mit«, sagte sie, erhob sich und zog auch ihn auf die Beine. Sie nahm die Laterne vom Boden auf, drehte sich um, ohne seine Hand loszulassen, und geleitete ihn weiter in den kleinen Schrein hinein. Ein verborgener Wandschirm öffnete sich auf einen Gang, der vor sieben Treppenstufen endete. Osha führte ihn eilig hinauf und trat durch einen weiteren Shoji in einen dunklen Raum. Im Schein der Laterne erblickte Tadamoto ein großes, niedriges Bett, das von einem Schutzbezug aus Baumwolle verhüllt war; weitere Möbel gab es nicht.

Osha drehte sich um und küßte ihn voller Verlangen und Verheißung. Dann wandte sie sich plötzlich ab, trat zur gegenüberliegenden Wand und öffnete weit einen Shoji, so daß man plötzlich ins nächtliche Dunkel hinausblickte. Der Mondschein schien sie zu liebkosen.

»Das Gemach der Kaiserin Jenna«, flüsterte sie und lachte, ein warmes Lachen. »Was wäre passender?«

»Ihr seid anders als sie«, sagte Tadamoto.

»Was mein Handeln betrifft, schon – da ich bin ich viel umsichtiger. Aber in meinem Inneren?« Abermals schien sie auf ihn zuzuschweben. »In meinem Inneren bin ich die wiedergeborene gelbe Kaiserin Jenna.« Sie faßte ihn bei den Händen und zog ihn sanft zum Bett.

Als sie den Überwurf aus Baumwolle abnahm, kamen darunter prachtvolle Decken und Kissen erlesenster Qualität zum Vorschein.

Sie knieten sich aufs Bett und küßten sich wieder, berührten sich sanft. Tadamoto löste geduldig Oshas lange Schärpe und öffnete ihre seidenen Gewänder. Das Obergewand glitt von ihren Schultern, und nun war sie nurmehr mit dem dünnen, goldfarbenen Unterkimono bekleidet, der ihr hauteng anlag. Er küßte scheu ihre Brüste, von der Schönheit ihres Tänzerinnenkörpers in Erregung versetzt. Osha erschauerte und drückte ihn auf die Decken nieder, ließ sich sanft auf ihn niedersinken. Sie löste seine Schärpe, und dann spürte er ihre zarte Haut an seinem Körper.

Unter Aufbietung all ihrer Erfahrung liebten sie sich voller Leidenschaft, bis der Morgen dämmerte. Falls jemand zufällig unter ihrem Zimmer vorbeikam, so glaubte er wohl, er höre das Stöhnen und Seufzen der Geister der Hanama, von denen bekannt war, daß sie durch die Gänge wanderten, ohne jemals Ruhe und Erfüllung zu finden.

17

Der Pinselstrich war recht schlicht, dafür aber kräftig und klar. Nishima nahm den Brief vom Tisch und betrachtete ihn erneut. Das Maulbeerbaumpapier war von allerbester Qualität, ziemlich schwer und von einer blaßgelben Färbung. Dem Gedicht beigefügt war ein Arrangement aus grünem Herbstgetreide, ein Symbol des Wachstums, während das Gelb einer der herkömmlichen Herbstfarben entsprach.

Der Herbst läßt sich nieder
Inmitten des Herbstgetreides,
Das da wartet
Auf ein Zeichen des Frühlings.

Das edle Fräulein Nishima legte den Brief auf den Tisch zurück und wandte den Blick wieder in den Garten, der unter ihrem Balkon ausgebreitet lag. Sie fragte sich, ob Jaku Katta das Gedicht wohl selbst verfaßt hatte. Der Pinselstrich war seiner, aber das Gedicht? Der Brief zeigte ihn jedenfalls von einer neuen Seite. Das Gedicht war nicht sonderlich kunstvoll, wurde allerdings auch nicht von den überladenen Metaphern entstellt, die Nishima für den größten Makel der höfischen Dichtung der Gegenwart hielt. Es enthielt die obligatorische Anspielung auf ein klassisches Gedicht, nämlich ›Der Wind aus Chou-san‹.

Ihr Herz ist so kalt
Wie der Wind aus Chou-san,

Doch auf den Feldern
Erscheint das Herbstgetreide.

Er ist kühn, dachte Nishima, ohne sonderlich verstimmt zu sein. Die Widersprüchlichkeit Jaku Kattas verwirrte sie – der Vorfall am Kanal kam ihr noch immer merkwürdig vor. Gleichwohl war ein derartiger Zwischenfall *nicht ausgeschlossen*.

Schließlich hat Jaku Katta meinen Onkel gerettet, rief sie sich in Erinnerung. Außerdem darf ich nicht vergessen, daß der Kaiser ihm sein Ohr leiht. Dieser Umstand würde sich für die Shonto in Zukunft vielleicht noch als vorteilhaft erweisen.

Sie nahm den Pinsel zur Hand und befeuchtete zum vierten Mal den Tintenstein.

Kalt ist der Wind,
Der an meinem Shoji rüttelt,
Doch es heißt, das Herbstgetreide
Bedürfe nur geringer Ermutigung.

Sie legte das rauchgraue Papier neben Jaku Kattas Brief und musterte kritisch die beiden Schriftstücke. Bei aller Bescheidenheit konnte sie den Unterschied zwischen ihren Handschriften doch nicht leugnen. Er ist schließlich Soldat, dachte sie, sah aber jetzt, da sein Brief neben dem ihren lag, gleichwohl wenig Anlaß zu Bewunderung.

Als Nishima ihr Gedicht noch einmal durchlas, fand sie, es habe genau den gewünschten Ton getroffen; es war ermutigend, ohne allzu nachdrücklich zu sein. Sie legte noch eine kleine zwölfblättrige Blüte der Shintablume dazu – das Symbol des Hauses Shonto. Die würde ihn daran erinnern, daß es das Geschlecht der Fanisan nicht mehr gab. Sie tippte einen kleinen Gong an und rief eine Bedienstete herbei. Die Nachricht sollte unverzüglich abgeschickt werden, denn sie mußte sich noch gründlich auf das Fest der Thronbesteigung des Kaisers vorbereiten.

Das hohe Fräulein Kitsura Omawara trat durchs Tor in den kleinen Garten, der an die Gemächer ihres Vaters grenzte. Das Wasser erzeugte ein gedämpftes Murmeln, und hinter der hohen Mauer strich der Wind durch die letzten Blätter der goldgelben Limonellen. Die junge Adlige trug das übliche taubenblaue Gewand, und an den Ärmeln und am Hals lugten die farblich abgestimmten Säume der vier Unterkimonos hervor, wie es sein sollte.

Sie schlüpfte aus den Sandalen und trat auf die Veranda. Als hinter dem Wandschirm ein rauhes Husten zu vernehmen war, verzog die junge Frau schmerzhaft das Gesicht, als habe sie selbst gehustet.

»Vater?« fragte sie leise.

Ein langer Seufzer. »Kitsu-sum?«

Beinahe meinte sie, sein freudiges Lächeln vor sich zu sehen, und wie in einem Spiegel glitt ein ebensolches warmes Lächeln in ihre Züge. »Ja. Ein wunderschöner Abend, meint Ihr nicht, Vater?«

»Ja, wunderschön.« Es entstand eine Pause, während der Fürst Atem schöpfte. Kitsura betrachtete das Bild auf dem Shoji, ein Bambushain neben einem stillen Teich.

»Hast du den Nebel... heute morgen... im Garten gesehen?«

»Ja, Vater, das habe ich. Aber so früh solltet Ihr noch nicht hinausgehen, die Luft ist zu kalt.«

Er lachte nahezu lautlos, was seiner Tochter vorkam wie das weit entfernte Echo seines früheren Lachens. »Ich kann... die Welt noch nicht loslassen... Kitsu-sum.« Die klare Herbstluft rasselte in seinen Lungen wie Würfel im Becher, und sogleich bekam er wieder einen fürchterlichen Hustenanfall. Kitsura zuckte zusammen und schloß anstelle der Ohren die Augen.

»Soll ich Bruder Tessa rufen, Vater?« fragte sie, womit sie den botahistischen Mönch meinte, der im Hause Omawara die Stellung eines Arztes einnahm. Der Fürst konnte ihr nicht antworten, solange der Hustenanfall währte. Seine Tochter wartete und starrte auf den Wandschirm, der es ihrem Vater erlaubte, trotz der Krankheit, die ihn irgendwann das Leben kosten würde, seine Würde zu wahren. Wenn man ihn bloß an den Ort bringen könnte, den ich auf dem Shoji sehe, dachte Kitsura. Das Bild wirkt so friedlich. Möge Botahara ihn für alles, was er in seinem Leben erduldet hat, belohnen.

Endlich lag Fürst Omawara wieder still da, und gerade als seine Tochter meinte, er sei eingeschlafen, hob er erneut zu sprechen an. »Wirst du… zu dem Fest… im Palast… gehen?«

»Ja, Vater. Ich werde mich dort mit Nishima-sum treffen und die Festlichkeiten mit ihr gemeinsam begehen.«

»Ah. Übermittle ihr meinen… allerhöchsten… Respekt.«

»Das werde ich, Vater. Sie hat schon häufig den Wunsch ausgesprochen, Euch zu besuchen, und erkundigt sich stets nach Eurem Befinden.«

»Das ist… nett von ihr.« Das nachfolgende lange Schweigen störte allein der rasselnde Atem des Fürsten. »Du mußt… ihr versichern… daß meine Zuneigung… ewig fortbesteht. Aber sie… zu empfangen… das wäre…«

»Das verstehe ich, Vater. Ich werde es meiner Cousine erklären.«

»Was macht… Motoru-sum? Ist er… nach Seh… aufgebrochen?«

»Ich werde den Bediensteten sagen, daß sie Euch mit derlei Dingen nicht behelligen sollen.«

Hinter dem Wandschirm drang das Echo eines Lachens hervor.

»Aber da Ihr schon soviel wißt, ja, Fürst Shonto ist vor zehn Tagen nach Seh aufgebrochen.«

»Ich mache mir… Sorgen.«

»Er ist ein kluger Mann, Vater. Fürst Shonto Motoru sollte eigentlich niemals zu Sorgen Anlaß geben.«

»Da steckt mehr dahinter… als man auf den ersten Blick meinen mag. In der… Denji-Schlucht. In Seh.« Er verstummte.

»Fürst Shonto befleißigt sich stets allergrößter Vorsicht, Herr. Unsere Sorge wäre anderswo eher angebracht.«

»Kluge… Kitsu-sum. Deine Mutter?«

»Sie ist innerlich bei Euch, Herr. Ihr seid Ihr ein Quell der Freude. Wie sollte sie da Anlaß zu Sorgen geben?«

»Sie… gönnt sich… nicht genug Ruhe. Sorgen.«

»Aber sonst wäre sie nicht glücklich, Vater, das wißt Ihr doch.«

»Sie hat die Sorge…«, er hustete wieder, diesmal aber schwächer, »du könntest unverheiratet bleiben.«

»Vater. Ich bin doch wohl kaum eine alte Jungfer!« Ihr Lachen war ansteckend. »Es bleibt immer noch reichlich Zeit.«

»Ja… Aber, Kitsu-sum… der Kaiser hat… nur drei Söhne.«

»Welch ein Jammer. Wenn er vier hätte, wäre vielleicht ein passender dabei!«

Das Lachen des Fürsten mündete in ein Pfeifen. »Ich habe durch deine Erziehung… zu hohe Erwartungen… in dir geweckt.«

Diesmal lachte Kitsura. »Weshalb sagt Ihr das? Weil ich einen Kaisersohn für unter meiner Würde erachte? Also, wenn ich ehrlich bin, würde ich sie nicht einmal meine Dienstmagd ehelichen lassen!«

»Ah. Dann… muß es in den Gemächern… der Prinzen… aber ganz schön… unordentlich sein«, sagte der Fürst.

Kitsura lachte. »Ich ermüde Euch, Vater. Ich werde mich jetzt weiter von Bruder Tessa unterweisen lassen.«

»Ja. Ich werde allmählich… müde.«

»Ich muß gehen, Vater.«

Der Vorhang im Wandschirm bewegte sich leicht, und eine bleiche, verschrumpelte Hand streckte sich durch die Öffnung. Kitsura ergriff die kalten Finger. Mehr hatte sie seit über vier Jahren nicht mehr von ihrem Vater gesehen.

Vom Balkon aus konnte das hohe Fräulein Nishima das Fest und die Höflinge und Adligen überblicken, die sich in einem Wirbel von Farben durch die drei großen Säle bewegten und auf die offene Terrasse hinausdrängten.

Sie sah auch den Kaiser auf seinem Thron, umringt von Fürsten und ihren Damen, die für ihr erlesenes Musikverständnis bekannt waren. Seine Majestät war mit der Beurteilung eines musikalischen Wettstreits befaßt.

Ganz in der Nähe, am Rande des Podiums, saß das edle Fräulein Kitsura Omawara. Sie war gebeten worden, sich an der Beurteilung der Musik zu beteiligen, und stand nun im Mittelpunkt der Aufmerksamkeit des Kaisers. Nishima merkte, wie sehr ihre Kusine sich bemühte, einerseits höflich zu bleiben, den Sohn des Himmels aber andererseits auf Distanz zu halten. Nishima fand das Verhalten des Kaisers empörend, konnte aber nichts daran ändern. Die Kaiserin hatte sich bereits zurückgezogen, was dem Kaiser anscheinend gar nicht aufgefallen war. Irgendwo in den Sälen hatte Nishima die junge Sonsatänzerin gesehen, die sich noch vor kurzem der Gunst des Kaisers erfreut hatte. Heute abend aber wurde sie vollkommen übersehen und erntete Blicke, wie man sie in ihrer Lage erwarten durfte. Das edle Fräulein Nishima stand an der Brüstung und dachte sehnsuchtsvoll an das ruhige Leben der erlauchten Dame Okara – ach, wenn sie nur...

Junge Adlige boten dem erlesenen Publikum ihre allerbesten Kompositionen dar. Die Preise für die Sieger würden zweifellos üppig ausfallen, und die Gäste am Ende des großen Saals lauschten in tiefem Schweigen. Musikfetzen wehten zu Nishima hoch, doch anders als sonst hob dies nicht ihre Stimmung.

Im angrenzenden Saal, dem Saal der Stimme des Wassers, war Chusa Seiki mit ihren verheißungsvollsten Schülern und ein paar Höflingen damit beschäftigt, eine Gedichtserie zu verfassen. Ein Becher mit Wein schwamm auf dem künstlichen Wasserlauf, und wer ihn zu fassen bekam, trank davon und trug ein dreizeiliges Gedicht vor, das die zuvor rezitierten Verse aufnahm, eine Anspielung auf ein klassisches Gedicht enthielt und außerdem etwas Originelles hinzufügte. Auch Nishima war gebeten worden, daran teilzunehmen, doch als sie sah, daß Prinz Wakaro ebenfalls mit von der Partie war, hatte sie höflich abgelehnt. Außerdem war sie mit den Gedanken woanders und hatte das Gefühl, ihrem Ruf nicht gerecht geworden zu sein. Der gedämpfte Lichterschein des Saals der Stimme des Wassers zog sie diesmal nicht an.

Sie wollte sich gerade abwenden und sich wieder zu den Feiernden gesellen, als sie hinter sich eine Männerstimme vernahm.

»Der Wind, der in Eurem Shoji klappert,
Sucht nur die Wärme der Lampe.
Der Winter macht
Anderen Jahreszeiten Platz.

Ich danke Euch für die Shintablume, erlauchtes Fräulein.«

»Nicht der Rede wert, General.

Der Wind
Bringt die Lampe zum Flackern,
Ich fürchte, es wird gleich
Dunkel werden.«

Sie spürte die Nähe des Tigers. Ihr Atem ging rascher, und ihre Rückennerven begannen zu kribbeln, als erwartete sie, jeden Augenblick berührt zu werden.

»Ich erinnere mich, daß wir von Dankbarkeit gesprochen haben«, sagte er.

Nishima hätte sich beinahe zu ihm umgedreht. »Vielleicht hat Dankbarkeit in unterschiedlichen Kreisen auch verschiedene Bedeutungen, General Katta.«

»Bitte verzeiht mir, ich habe etwas anderes gemeint, als Ihr denkt. Ich hatte Grund, dankbar zu sein, und habe es noch.« Er hielt inne, als lauschte er. Dann flüsterte er: »Ich verfüge über Informationen, die denen, welche die Shintablume hegen, möglicherweise von Nutzen sein könnten.«

Nishima nickte und blickte unverwandt auf die unter ihr ausgebreitete Szenerie.

»Wenn es nicht zu kühn klingt, erlauchtes Fräulein, würde ich Euch bitten, mir auf dem Balkon einen Augenblick Gesellschaft zu leisten.« Sie hörte, wie er zu den offenstehenden Wandschirmen zurückwich.

Sie zögerte kurz und vergewisserte sich, daß sie nicht beobachtet wurde, dann wandte sie sich um und trat ins Licht des abnehmenden Mondes hinaus. Die Nachtluft war kühl. Weichgeränderte Wolken trieben über den Himmel und verdeckten einmal den Lastenträger, dann wieder die Mondsichel.

Außer ihnen hielt sich niemand auf dem Balkon auf, entweder weil alle von den Vergnügungen im Palastinneren angezogen wurden, oder aber wegen der Kühle.

»Hier entlang, mein Fräulein.« Jakus Stimme kam

von links aus dem Dunkel, und Nishima konnte die Gestalt eines hochgewachsenen Mannes in der schwarzen Uniform der Kaisergarde gerade so eben ausmachen. Sie drehte sich um und folgte.

Am Rand des Balkons führte eine kurze Treppe zu einem weiteren Balkon empor, der aber klein und abgeschieden war und wahrscheinlich an private Gemächer grenzte. Hier kniete Jaku auf einer Strohmatte nieder, die Uniform wie einen Fächer um sich ausgebreitet. Nishima konnte im Mondschein sein Gesicht sehen, die kräftigen Gesichtszüge, den herabhängenden Schnauzer, das Funkeln der grauen Augen. Sie kniete ihm gegenüber auf der weichen Matte nieder.

»Euer Vertrauen ehrt mich, edles Fräulein.

Der Shoji öffnet sich.
Das Licht im Raum
Erwärmt selbst die Nacht.«

»Sagtet Ihr nicht, Ihr verfügtet über Informationen, die meinem Hause von Nutzen wären, General?«

Der Schwarze Tiger nickte, überrascht von ihrer Kühle. »So ist es, mein Fräulein. Neuigkeiten höchst delikater Natur.« Unvermittelt stand er auf und trat zum Shoji, öffnete ihn und blickte sorgfältig ins Zimmer. Anschließend bedeutete er Nishima, ihm zu folgen. Sie zögerte kurz, dann aber stand sie auf und trat ins Zimmer. Jaku schloß den Shoji nicht ganz, und dicht an der Wandöffnung, immer noch beschienen vom Mond, setzten sie sich nieder.

»Mir liegen Nachrichten vor, die Euren Onkel betreffen, edles Fräulein. Ich wünschte bloß, sie hätten mich früher erreicht.« Er wartete auf eine Entgegnung, Nishima aber schwieg.

»Ich weiß noch nicht alles, doch ist mit Sicherheit eine Intrige gegen Euren Onkel im Gange, die ihren Ursprung ganz in der Nähe des Drachenthrons hat.«

Nishima sagte noch immer nichts.

»Indem ich Euch davon in Kenntnis setze, gehe ich ein großes Risiko ein. Ich hoffe, Ihr nehmt dies als ein Zeichen meines guten Glaubens.« Dies brachte er unter Mühen hervor, als käme es nicht häufig bei ihm vor, daß er danach trachtete, anderen zu gefallen.

Nishima holte einen Fächer aus dem Ärmel, doch anstatt ihn zu öffnen, klopfte sie sich damit langsam auf die Hand. »Was Ihr da berichtet, General Katta, verrät kaum Neuigkeiten. Wißt Ihr noch mehr?«

Als der Schwarze Tiger nicht gleich antwortete, verkniff Nishima sich ein spöttisches Lächeln. Ach, mein stattlicher Soldat, dachte sie, Ihr erwartet ja so wenig von mir. Soll ich mich Euch vielleicht vor lauter Dankbarkeit in die Arme werfen?

»Ich habe noch mehr erfahren, erlauchtes Fräulein, möchte den Wahrheitsgehalt der Berichte zuvor aber prüfen. Ich möchte keine falschen Informationen an Euch weitergeben.«

»Ich werde meinen Onkel davon in Kenntnis setzen, wenngleich er Seh mittlerweile fast schon erreicht haben muß.«

»Eine einzige warme Nacht,
Der Herbst wartet hinter den Mauern,
Das Herbstgetreide
Neigt sich im Wind.

Auch die Shintablume hat die Kälte zu fürchten, Kattasum. Sie liegt mir sehr am Herzen, und dafür bin ich dankbar.«

Der Krieger beugte sich auf die Matte vor, das war mehr als nur eine Verneigung, und als er sich wieder aufrichtete, war er Nishima näher als zuvor. Er neigte sich ihr entgegen, und sie erwiderte seinen Kuß, ohne genau zu wissen warum. Als Jaku nach ihr fassen wollte, entzog sie sich ihm ohne Mühe, sprang auf und hatte die Tür erreicht, ehe er auch nur begreifen konnte, was sie vorhatte. An der Tür blieb sie kurz stehen und wandte sich ihm mit leiser, warmer Stimme zu. »Wir können nicht wachsam genug sein, Katta-sum, das wißt Ihr. Aber wir sollten uns überlegen, wie das Wohlergehen der Shintablume eingehender zu erörtern ist.«

Als sie aus der Tür schlüpfte und die Treppe hinunterhuschte, stellte Nishima fest, daß sie vor Erregung und Anspannung beinahe am ganzen Leib gezittert hätte. Zahllose Fragen schwirrten ihr im Kopf herum. Sollte Jaku Katta den Shonto gegenüber wirklich loyal geworden sein? Was wäre das für ein Coup!

Das edle Fräulein Nishima mischte sich wieder unter die Feiernden und gewann mühelos einen Dichterwettstreit. Einigen fiel auf, wie hübsch sie an diesem Abend aussah, wie herzhaft sie lachte und wie lebhaft ihre Unterhaltung war. Dies regte die Damen des Hofes zu mancherlei Spekulationen an.

Nishima schöpfte Cha in eine Schale und bot ihn ihrer Cousine an, wie die Etikette es erforderte. Natürlich wurde er zunächst abgelehnt und erst dann angenommen, nachdem sie ihn ein zweites Mal angeboten hatte.

Die beiden Frauen saßen in einem kleinen Zimmer, das zu Nishimas Gemächern gehörte. Unter dem Tisch brannte in einem Gefäß Holzkohle, die den leichten Wind ausglich, der zwischen den beiden zum Garten hin offenen Wandschirmen hindurchdrang. Der Mond war im Begriff unterzugehen, und die Sterne boten einen prachtvollen Anblick. Bodennebel trieb durch den Garten und formte dunkle Inseln aus Bäumen und Steinen.

»Ich weiß nicht, was ich tun soll!« sagte Kitsura. »Das kam alles so unerwartet. Was denkt sich der Kaiser eigentlich? Er kann doch unmöglich glauben, ich würde auch nur in Erwägung ziehen, seine Nebenfrau zu werden!«

»Vielleicht ist für die Kaiserin die Zeit gekommen, da sie sich mit dem abgeschiedenen Leben einer Nonne begnügen sollte«, meinte Nishima.

»Selbst dann möchte ich nicht seine Hauptfrau werden!« Kitsura machte einen verzweifelten Eindruck und schaute ganz gequält drein. »Ach, Nishi-sum, was soll ich bloß tun?«

»Das ist wirklich schwer zu sagen. Wenn man gewußt hätte, was kommt, hätte man einer Peinlichkeit entgegenwirken können. So aber«, sie schüttelte den Kopf, »ist die Angelegenheit vielleicht nicht einmal mit noch so großem Feingefühl mehr zu bereinigen.« Sie schaute besorgt drein, doch ihrer Kusine fiel gleichwohl auf, daß sie beinahe aufgekratzt wirkte und daß trotz der ernsten Unterhaltung hin und wieder ein Lächeln über Nishimas Züge glitt.

Eine Bedienstete, die die Stimmen gehört hatte, klopfte an den Shoji und übergab ihrer Herrin eine Nachricht – einen Brief, verfaßt auf malvenfarbenem, geprägtem Reispapier. An der sorgfältig gefalteten Nachricht war ein Fächer aus Gingkoblättern befestigt. Nishima steckte den Brief in die Ärmeltasche, doch Kitsura hatte ihn ebenso bemerkt wie Nishimas erfreuten Gesichtsausdruck.

»Wie ich sehe, haben wir unterschiedliche Probleme, Kusine«, bemerkte das edle Fräulein Kitsura trocken.

Nishima lachte, überging die Angelegenheit jedoch mit Schweigen.

Später, als sie in ihren Gemächern allein war, nahm sich Nishima den Brief vor. Zu ihrer großen Überraschung und Enttäuschung war er nicht von Jaku Katta! Erstaunt darüber, daß sie einen weiteren Verehrer hatte, von dem sie noch gar nicht wußte, drehte sie die Lampe hoch und faltete den Brief auf dem Tisch auseinander. Und siehe da, er war von Tanaka! Seine elegante Handschrift ließ keinen Irrtum zu. Das war höchst ungewöhnlich. Um die ganze Angelegenheit noch geheimnisvoller zu machen, waren dem Brief zwei Goldmünzen ohne Prägung beigelegt. Sie neigte sich über das Schriftstück und machte sich an die mühevolle Aufgabe, eine der Geheimsprachen der Shonto zu entziffern.

Als sie eine vollständige Kopie des Briefes angefertigt hatte, setzte sie sich gerade auf und starrte, plötzlich blaß geworden, an die Wand. »Botahara steh uns bei«, sagte sie laut. »Er ist wahnsinnig geworden.«

Gold! Gold, das heimlich in den Norden geschafft wurde. Ein Tribut? Bestechungsgeld? Eine Bezahlung? Und wer war der Empfänger? Wen bereicherte der Kaiser, indem er sein Ziel verfolgte, die Shonto zu Fall zu bringen? Sie preßte die Hände an die Augen, als könnte sie so die Bedeutung ihrer Entdeckung erkennen, vermochte aber keinen klaren Gedanken zu fassen. Sie nahm die Münzen in die Hand und rieb sie zwischen den Fingern, als könnte sie so ihren Ursprung erraten. Würde es Jaku gelingen, den Bestimmungsort dieses Schatzes in Erfahrung zu bringen? Aber war die Kaisergarde nicht selbst am Transport beteiligt? Sie las den Brief noch einmal durch. Ja. Bedeutete dies, daß Jaku ebenfalls daran beteiligt war? Insgeheim hoffte sie, es wäre nicht so. Ach, Vater, in welche Gefahr begibst du dich?

18

Als Krieger gefiel Fürst Komawara die Lage nicht. Er blickte die hohen Granitfelsen der Denji-Schlucht hinauf und zählte die Bogenschützen, die auf die Schiffe hinuntersahen. Wir sind verwundbar, dachte er.

Vor ihm fuhren soeben die ersten Boote in die Schleusen ein. Es würde zwei Tage dauern, bis die ganze Flotte die Schleusen passiert hätte. Die Butto hatten dem kaiserlichen Gouverneur und allen, die ihn begleiteten, nach dreitägigem Aufenthalt endlich die Durchfahrt durch ihr Gebiet gestattet. Das Ausmaß ihres Argwohns hatte selbst Fürst Komawara, der auf Schwierigkeiten gefaßt war, überrascht.

In den vergangenen vier Tagen hatte der junge Fürst zusammen mit Shonto und dessen militärischen Beratern zahlreichen Besprechungen beigewohnt. Komawara schwirrte der Kopf von der Unmenge der Einzelheiten, den ausufernden Spekulationen. Die Krieger, die Shonto berieten, ließen bei ihren Untersuchungen keine Möglichkeit außer acht. Es beschämte Komawara, wie unzulänglich seine eigenen Beratungen im Vergleich dazu waren.

Die Stellung der Komawara war bislang eher unproblematisch gewesen, doch nun, da er mit einem Shonto verbündet war, würde sich alles ändern. Er mußte bei den Treffen mit den Shonto-Soldaten soviel wie möglich lernen. Diese Männer verdienten Respekt, und es war ihm eine Ehre, sich unter ihnen zu bewegen.

Komawara hörte auf, die Bogenschützen auf den Felsklippen zu zählen – es waren viel zu viele, soviel war klar. Das vorausfahrende und die drei unmittelbar nachfolgenden Schiffe fuhren nun in die erste Schleuse ein. Obwohl er schon zahlreiche Schleusen bei mancherlei Gelegenheiten passiert hatte, verspürte Komawara dabei noch immer Erstaunen, und seine Bewunderung für die Baumeister der Vergangenheit hielt unvermindert vor. Damals hat man schon soviel gewußt, dachte er; heute würde man ein solches Unternehmen für ungeheuer schwierig und kompliziert erachten.

Sie fuhren durch die gewaltigen Bronzetore, die halb so dick schienen, wie Komawaras Boot breit war. Überall waren Butto-Soldaten. Komawara tippte sich an die Brust; es beruhigte ihn, den unter dem Gewand verborgenen Panzer zu spüren. Der junge Fürst war sich über die Übereinkunft, die Shonto mit den Butto getroffen hatte, im unklaren, doch ganz gleich, wie sie im einzelnen aussehen mochte, er war mit den Bedingungen gewiß nicht zufrieden – er mißtraute beiden Adelshäusern, und daran würde sich auch nichts ändern.

Die Tore schlossen sich wieder und schwenkten, angetrieben vom Wasser, das die Schleusenwärter über das Räderwerk des verborgenen Mechanismus fließen ließen, auf ihren gewaltigen Angeln zurück. So langsam bewegten sie sich, daß sie lautlos zusammentrafen.

Um das Schiff herum brodelte das Wasser. Der weiße Schaum, der über die Wasseroberfläche wirbelte, leuchtete im Sonnenschein auf, und ganz allmählich hoben sich die Schiffe. Drei von Komawaras Leibwächtern traten ein Stück näher zu ihm und schirmten ihn vor den Bogenschützen der Butto ab, denen sich das Schiff allmählich entgegenhob.

Ich bedeute ihnen nichts, dachte Komawara. Doch dann wurde ihm bewußt, daß sich nun, da er mit den Shonto verbündet war, seine Stellung nach außen hin gewandelt hatte. Wir sind in Gesellschaft des Gouverneurs von Seh. Wir reisen auf einer kaiserlichen Wasserstraße, wir stehen alle unter dem Schutz des Himmelssohns. Was diese Familien hier tun, verstößt gegen das Gesetz des Reiches und sollte nicht gutgeheißen werden. Er spreizte die Beine, um die Schiffsbewegungen abzufedern, verschränkte die Arme vor der Brust und blickte starr zu den Bogenschützen auf den Klippen hoch.

Das Wasser beruhigte sich allmählich, und die Tore zur nächsten Schleuse gingen auf. Gezogen von Ochsengespannen, rückten die Boote vor, dann wiederholte sich der Vorgang.

Schließlich fuhr Komawaras Boot unter der schmalen Brücke hindurch, die die Lücke zwischen dem Gebiet der Butto und den Stellungen auf dem Lehen der Hajiwara überspannte. Die Wände der Denji-Schlucht traten auseinander, als sie auf den See der Sieben Meister hinausfuhren, so benannt nach den großen Botahara-Bildnissen, die in die Klippen eingemeißelt waren. Zwei von ihnen sah man bereits – einen Sitzenden Botahara und den Vollkommenen Meister bei der Meditation.

Komawara war gespannt darauf, was Bruder Shuyun ihm über die gewaltigen Figuren erzählen würde, denn ihre Geschichte verlor sich in der Vergangenheit und war umrankt von Gerüchten. Angeblich waren die Bildnisse in den ersten zweihundert Jahren nach Botaharas Tod von einer geheimen Sekte errichtet worden, die später während der Tempelkriege untergegangen war. Dies war noch vor der Zeit des Kaisers Chonso-sa gewesen, der die botahistischen Sekten zur Unterwerfung zwang und ihnen verbot, jemals wieder Waffen zu tragen.

Eigenartig, dachte Komawara, daß Anhänger des Vollkommenen Meisters das Reich mit Krieg überzogen hatten, obwohl ihnen ihr eigenes Dogma außer im äußersten Notfall verbot zu töten. Wahrscheinlich hatten sie schon irgendeine Rechtfertigung dafür gefunden, wenngleich die Historiker glaubten, es habe sich um einen reinen Machtkampf gehandelt, so wie es auch bei dieser unseligen Fehde um nichts weiter ging als um die Vorherrschaft.

Die Bootsleute nahmen nun ihre Plätze ein und trieben das Boot mit weit ausholenden Ruderschlägen vorwärts. Die sieben Rih bis zum Ankerplatz am Nordende des Sees waren rasch zurückgelegt, obwohl die Sonne in der Zwischenzeit bereits so weit gewandert war, daß Komawaras Boot an den Westklippen im Schatten ankerte, als es das Ziel erreichte.

Ein als ketzerisch geltendes Bildnis Botaharas prägte die Klippen oberhalb des Ankerplatzes. Es stellte den Vollkommenen Meister im Zustand der ehelichen Vereinigung mit seiner jungen Frau dar, wenngleich die Gesichter der Figuren bereits vor mehr als tausend Jahren weggemeißelt worden waren. Die Wirkung war höchst eigenartig – zwei gesichtslose Körper aus kaltem Stein, die in leidenschaftlicher Umarmung begriffen waren, während vollkommen leere, graue Felswand die Stelle einnahm, wo sich die Leidenschaft in ihren Gesichtern hätte spiegeln sollen – als wäre der Liebesakt selbst unpersönlich geworden, ein rein körperlicher Akt ohne seelische Beteiligung. Aus irgendeinem Grund erschien dies Fürst Komawara obszöner als alle anderen ›erotischen‹ Abbildungen, die er bislang gesehen hatte. Ein Liebesakt ohne Menschlichkeit. Er schüttelte den Kopf, allerdings ohne den Blick abzuwenden.

Nicht weit von Fürst Komawaras Boot stand der Initiierte Shuyun an Deck eines ganz ähnlichen Bootes und blickte zu demselben Bildnis empor. Für ihn stellte das Steinrelief etwas ganz anderes dar, nämlich den Konflikt, der innerhalb der botahistischen Bruderschaft über die elementare Lehre geherrscht hatte. Bevor es entstellt worden war, hatte das Relief den Fürsten aller Weisheit beim Liebesakt dargestellt, während von seinem Antlitz Strahlen der Erleuchtung ausgegangen waren – Botahara, der nach seiner Erleuchtung die Freuden des Fleisches genoß. Dies war eine Häresie der schlimmsten Sorte!

In alter Zeit hatte in diesem Tal eine Sekte gelebt, deren Anhänger sich für Gefolgsleute des Vollkommenen Meisters hielten und in dem Glauben, die leiblichen Genüsse stellten den achten Pfad zur Erleuchtung dar, ihre Doktrin des Achtfachen Pfads praktizierten.

In den Annalen der Botahisten wurde berichtet, daß fanatische Anhänger des Wahren Pfads die ketzerische Sekte nach einer langen Belagerung vernichtet hatten. Infolgedessen war ein offener Konflikt zwischen der Bruderschaft und dem Kaiser Chonso-sa entbrannt, dem nicht klar war, daß nicht die Bruderschaft, sondern eine Gruppe ihrer Anhänger für die Vernichtung der Sekte des Achtfachen Pfads verantwortlich gewesen war.

Wir haben schon häufig schwere Zeiten durchgemacht, dachte Shuyun, doch Botahara lehrte, der Wahre Pfad sei befrachtet mit Schwierigkeiten und Irrtümern.

Dies alles hatte man Shuyun gelehrt; doch erst jetzt, nach dem Gespräch mit der Novizin Tesseko, schien es ihm denkbar, daß es sich bei diesen Lehren gar nicht um eine inspirierte, göttliche Wahrheit handelte. Erst jetzt zog er die Möglichkeit in Betracht, daß die Pläne seines eigenen Ordens auch ein Element des Eigennutzes enthalten mochten.

Einmal mit einem Thema befaßt, ließ sich der Verstand, der das Soto-Problem gelöst hatte, nicht mehr so leicht aus der Bahn werfen. Fürst Botahara hatte nach der Wahrheit über allen Dingen gesucht und sich deswegen die Mißgunst der religiösen Führer seiner Zeit zugezogen. Als Anhänger der Lehre des Erleuchteten fragte sich Shuyun, ob er wohl Gleiches tun würde, wenn die Wahrheit es von ihm erforderte.

Er blickte zu den beiden Gestalten empor, die miteinander in einer Umarmung verschmolzen waren, von der ein Mönch nichts wußte. Die Vorstellungen, die das Bildnis in ihm auslöste, erregten ihn auf eine Weise, derer er sich bislang, wie er es gelehrt worden war, mit größter Disziplin erwehrt hatte. Im Augenblick aber wollten ihm die Vorstellungen keine Ruhe lassen.

Fürst Shonto, der ebenfalls die steinernen Liebenden betrachtete, beschäftigte sich nicht mit Problemen der Geschichte oder der Lehre, sondern beobachtete die Soldaten der Hajiwara, die in den Öffnungen standen, die man in das Granitrelief hineingeschnitten hatte. Er klatschte in die Hände, worauf ein Gardist vor ihm niederkniete. »Ich möchte meinen spirituellen Berater sprechen«, sagte der Fürst. Der Soldat verneigte und entfernte sich.

Shonto beobachtete, wie Soldaten in der Uniform seines Hauses zu der Kiesbank hinübergerudert wurden, hinter der die Schiffe vor Anker gegangen waren. Dies war eine der wenigen Stellen in der Schlucht, wo man an Land gehen konnte, denn die steilen Klippen reichten bis unmittelbar ans Wasser. Hinter der Kiesbank und dem Gestrüpp, das sich daran festklammerte, ragten die kahlen, unzugänglichen Klippen bis in eine Höhe von der fünfzigfachen Größe eines Mannes auf. Gleichwohl aber hielt es Shonto für ratsam, den Strand zu besetzen, um zu verhindern, daß sie von Spionen ausgekundschaftet wurden oder daß die Anlegestelle den Hajiwara als Ausgangsbasis für irgendwelche Schändlichkeiten diente. Sobald das Gebiet gesichert war, würde ihm das Landungskommando Bericht erstatten. Als er abermals in die Höhe blickte, sah er in einem Granitfenster zwei Soldaten der Hajiwara, die auf den Strand hinunterspähten. Ja, dachte Shonto, ihnen bleibt nichts verborgen… jedenfalls bei Tag. Daran ließ sich nichts ändern. Wir werden den Göttern danken, wenn es dunkel wird.

Als Shuyun die Treppe zum Achterdeck hochgestiegen kam, wiesen die Wächter ihn unter Verneigungen an den Fürsten Shonto weiter. Er kniete neben seinem Lehnsfürsten nieder, verneigte sich zweimal und wartete. Shonto betrachtete eine Weile den vor ihm Knienden, dann sagte er, alle Förmlichkeiten hintanstellend: »Dann hätten wir das erste Hindernis also überwunden.«

»Es ist so, wie unsere Berater angenommen haben. Die Butto haben uns ungeachtet ihrer weitereren Absichten in die Denji-Schlucht eingelassen – nur so können sie sicher sein, daß Euch der Fluchtweg abgeschnitten ist.«

»Dann glaubt Ihr also auch, daß es sich um eine Falle handelt und daß man uns nicht ungeschoren wird weiterfahren lassen.«

»Ja, das glaube ich, Herr«, erwiderte Shuyun ruhig.

Shonto wandte sich um und blickte zu den Steinfiguren hoch. »Erzählt mir von den Fenstern, die man in die Körper der gesichtslosen Liebenden gehauen hat.«

Der Mönch antwortete nicht gleich, sondern blickte ebenfalls zu den Klippen empor, als stünde die Antwort dort geschrieben. »Mehrere der Reliefs dienten den Anhängern des Achtfachen Pfads auch als Tempel. Hinter den Figuren liegen Tunnel und Kammern, die sowohl als Schreine wie auch zu Wohnzwecken genutzt wurden. Auf diese Weise konnten sich die Bewohner wirkungsvoll verteidigen. Die Fenster, die wir sehen, dienten dazu, Licht und frische Luft einzulassen. An Festtagen wurden die Figuren mit purpur- und goldfarbenen Tüchern geschmückt, die man aus den Fenstern hängte. Bisweilen wurden auch schmale Grate zu diesem Zweck genutzt, wenngleich dies so lange her ist, daß wohl kaum noch etwas davon übrig ist.«

»Hm.« Fürst Shonto strich sich versonnen übers Kinn. »Wo befinden sich die Eingänge?«

»Im allgemeinen gab es nur einen einzigen.« Shuyun deutete zur Felskante hoch. »An der Wand führen Treppen hinunter. Sie sind schmal, und das gilt auch für den Eingang. Hoch über ihm befindet sich eine Öffnung, durch die man kochendes Wasser hinuntergießen kann. Daher war der Eingang leicht zu verteidigen.«

Shonto ließ sich das einen Augenblick durch den Kopf gehen. »Wie haben sie sich Wasser verschafft?«

»Sie haben einen Schacht bis unter den See getrieben und dann durchstoßen. Es wurde viel darüber spekuliert, wie sie das bewerkstelligt haben, doch das Geheimnis ist bis heute nicht gelüftet worden. Soviel ich weiß, war das ihr einziges Wasserreservoir, daher war es lebenswichtig für sie, daß dieser Zugang nicht unterbrochen werden konnte.«

»Sie haben an alles gedacht.«

»Es waren gefährliche Zeiten, Herr.«

Shonto nickte. »Seitdem hat sich gar nicht soviel geändert. Danke für die Neuigkeit. Ich werde für den frühen Abend eine Beratung anberaumen. Es würde uns freuen, wenn Ihr daran teilnehmen könntet, Bruder Shuyun.«

Der botahistische Bruder verneigte und entfernte sich, und der Fürst blieb zurück, umringt von seinen Leibwächtern… allein.

19

*D*as Schiff schaukelte kaum merklich auf dem stillen Wasser, und die an Bronzeketten aufgehängten Lampen pendelten sachte hin und her. Shontos neun erfahrenste Generäle saßen ordentlich aufgereiht vor einem Podest in einer Kajüte unter Deck. Links neben dem Podest hatte Bruder Shuyun Platz genommen, rechts davon Kamu und Fürst Komawara.

Niemand sprach, niemand regte sich. Alle blickten starr auf das Seidenkissen, die Armstütze und den Schwertständer auf dem Podest. Das Geräusch der gegen die Schiffsplanken schwappenden Wellen drang durch eine offene Luke herein, und die Lampen flackerten im Luftzug. Alle hingen ihren Gedanken nach und waren mit der Suche nach Lösungen für ihr Problem beschäftigt.

Unvermittelt öffnete sich ein Wandschirm zur Rechten des Podests, und zwei von Shontos Leibwächtern traten in den Raum, knieten nieder und senkten die Stirn auf den Boden. Die Beratungsteilnehmer taten es ihnen nach und verharrten in dieser Haltung, bis der Fürst eingetreten war und Platz genommen hatte. Ein Soldat beeilte sich, Shontos Schwert in den Ständer zu stellen.

Die Generäle richteten sich in Wartehaltung auf, doch Shonto sagte noch immer nichts. Er wirkte nachdenklich, schien seine Umgebung gar nicht wahrzunehmen. Eine Stunde währte das Schweigen, ohne daß sich einer der Anwesenden rührte. Niemand räusperte sich, niemand nahm eine bequemere Haltung ein. Die Lampen pendelten weiter, das Wasser schwappte gegen den Schiffsrumpf.

Schließlich wandte Shonto sich an seinen Haushofmeister. »Berichtet über die Lage an den Schleusen der Butto.«

Kamu verneigte sich knapp. »Unsere Soldaten und Bediensteten haben die Schleusen vollzählig passiert, Herr. Das letzte Boot mit Personenfracht hat mittlerweile den See erreicht. Die etwa dreißig verbliebenen Boote sind für unsere Zwecke ohne Bedeutung.« Kamu hielt inne und sammelte sich. »Die Butto wissen noch immer nicht, ob Ihr die Schleusen bereits passiert habt, werden es aber wohl vermuten. Die große Zahl von Personen und der Einsatz von Doppelgängern haben sie vor große Probleme gestellt.

Die uns vorliegenden Informationen über die Butto haben sich bestätigt – der Vater ist alt und hat sich von den Regierungsgeschäften zurückgezogen. Der jüngere der beiden Söhne ist stark, der ältere schwach. Allerdings sind die Butto nicht gespalten. Ihre ganze Unterstützung gilt dem jüngeren Bruder, was zeigt, daß es bei ihnen kluge Köpfe gibt. Man sagt, und ich glaube, es entspricht der Wahrheit, der ältere Sohn sei mit seiner Stellung unzufrieden. Allerdings scheint es mir unwahrscheinlich, daß er sich einer gegen seinen Bruder gerichteten Intrige der Hajiwara anschließen würde – er haßt das Haus Hajiwara ebensosehr wie die übrigen Butto.

Die Butto lassen nicht erkennen, welche Absichten sie im Hinblick auf Euch, Herr, verfolgen, doch verhält es sich so, wie Ihr vermutet – was immer sie mit den Shonto vorhaben mögen, ihr wahrer Haß gilt den Hajiwara, und daher ist dies der Schlüssel zu ihrem Wohlverhalten.«

Shonto nickte, dann herrschte abermals Schweigen.

»General Hojo Masakado, was haben Eure Gespräche mit den Hajiwara ergeben?«

Der General, der etwa in Shontos Alter, allerdings vorzeitig ergraut war, verneigte sich vor seinem Fürsten. »Ich habe heute darum ersucht, dem kaiserlichen Repräsentanten der Provinz Seh die Durchfahrt durch den oberen Teil des Großen Kanals zu gestatten. Die Hajiwara haben geantwortet, sie seien dazu bereit, wünschten aber aufgrund der besonderen Umstände, mit dem Fürsten Shonto persönlich zu konferieren. Sie bestehen darauf, daß die Unterredung auf ihrem Gebiet stattfindet, wozu sie in Anbetracht der Umstände das Recht haben. Ich habe ihnen gesagt, Fürst Shonto fühle sich momentan unwohl und befände sich in der Obhut des Bruders Shuyun. Der Vertreter der Hajiwara hat daraufhin sein Bedauern bekundet und sich zurückgezogen, um seinem Fürsten Bericht zu erstatten. Eine Antwort ist bislang noch nicht eingetroffen.

Alle Anzeichen stützen die uns vorliegende Information, wonach der Hajiwara-Fürst nicht vom gleichen Schlag wie sein Vater ist, Herr. Man sagt zwar, er sei ein guter Feldherr, doch er hört nicht auf seine Berater und zeigt auf dem Gebiet der Staatskunst große Schwächen.

Unsere Spione berichten, jede Person, die die Schleusen passiert, werde von zwei Gelehrten in Augenschein genommen, die Fürst Shonto bereits persönlich begegnet sind. Sämtliche Boote werden mit größter Gründlichkeit durchsucht – offenbar argwöhnen sie, Fürst Shonto könnte sich insgeheim von der Flotte abgesetzt haben. Dies scheint darauf hinzudeuten, daß sie keine Spione in Eurer näheren Umgebung haben.«

Shonto schüttelte den Kopf. »Dann wollen sie also keinen Fehler machen und den Fürsten Shonto womöglich entwischen lassen, während sie harmlose Passagiere auf einer kaiserlichen Wasserstraße überfallen.« Abermals schüttelte er den Kopf. »Das wäre fatal. Der

Kaiser würde einen Krieg mit den großen Familien riskieren, und davor hat er Angst.«

»So scheint es zu sein, Herr«, bemerkte General Hojo. »Der Kaiser hat eine kluge Wahl getroffen. Kaum ein anderer Fürst würde es wagen, den Shonto offen die Stirn zu bieten. Ist dem Hajiwara denn nicht klar, was das bedeutet? Sieht er nicht, daß der Kaiser gezwungen wäre, gegen ihn vorzugehen?«

Shonto zuckte die Achseln. »Wenn er will, kann der Kaiser sehr überzeugend sein. Ich bin sicher, der Hajiwara hat die Empfehlungen seiner Berater in den Wind geschlagen und statt dessen der Weisheit seiner eigenen Begierden vertraut.«

»Verzeiht, Herr.« Ein anderer General wandte sich mit einer Verneigung an den Fürsten. »Mir scheint, es könnte gefährlich sein, davon auszugehen, daß der Kaiser und kein anderer diese Lage herbeigeführt hat.«

Shonto blickte den Mann mit unbewegter Miene an. »Wer sonst?«

Der General schüttelte den Kopf. »Jemand, der den Shonto ihre Stellung neidet.«

»Wenn ich das Opfer der Intrige eines anderen Adelshauses werde, bleibt dem Sohn des Himmels keine andere Wahl, als dieses Haus zu vernichten – dies wäre die einzige Möglichkeit für ihn, sich von ihrem Vorgehen zu distanzieren. Er möchte nicht als Raubtier gelten, das über jeden herfällt, den es haßt. Er weiß, daß dies seinen Niedergang zur Folge hätte. Die großen Adelshäuser haben einen solchen Kaiser noch nie auf dem Thron geduldet. Das lehrt uns die Geschichte. Daher frage ich Euch: Wer, der kein Narr ist, sollte uns angreifen, obwohl er weiß, daß der Sohn des Himmels ungeachtet aller geheimen Absprachen gezwungen wäre, ihn zu vernichten?«

Der General wußte darauf keine Antwort.

Shuyun verneigte sich eilig. »Ein Adelshaus, das

glaubt, es könnte die Shonto vernichten und gleichzeitig die übrigen großen Familien gegen den Kaiser aufbringen.«

Überraschung spiegelte sich in Shontos Miene, als er sich seinem spirituellen Berater zuwandte. Er nickte, machte beinahe eine Verneigung daraus. »Ah. Das ist wahr, Bruder, doch weder die Hajiwara noch die Butto vermöchten die großen Familien um sich zu scharen – dazu sind sie zu schwach. Der Kaiser würde ihre Pläne vereiteln.«

»Ich stimme Euch zu, Fürst Shonto, aber könnte es nicht sein, daß sie als Stellvertreter eines anderen Adelshauses agieren? Der Lohn wäre gewaltig.«

»Wem wäre eine solche Kühnheit zuzutrauen?«

»Den Tora«, schlug General Hojo vor. »Die glauben, sie hätten einen ebenso großen Anspruch auf den Thron wie die Yamaku.«

»Den Senji vielleicht. Den Minikama.«

»Den Sadaku«, meinte ein anderer.

»Dem Schwarzen Tiger«, sagte Kamu, dessen Gesicht zuckte, als hätte er böse Vorahnungen.

»Jaku Katta könnte niemals den Drachenthron einnehmen«, widersprach Shonto. »Das ist ausgeschlossen, ihm fehlt das richtige Blut…« Er brach mitten im Satz ab und wandte sich an einen Soldaten. »Laß unser schnellstes Boot für die Rückfahrt zur Hauptstadt klarmachen. Sofort! Ruf meinen Sekretär. Nein, bring mir Pinsel und Papier.«

Kamu verneigte sich erneut. »Fürst Shonto, dadurch würdet Ihr bloß unsere Gegner aufmerksam machen. ›Solange sie nicht argwöhnen, daß wir ihre geheimen Pläne kennen, sind wir stark‹«, zitierte er den Gii-Meister Soto.

»Aber das edle Fräulein Nishima muß davon erfahren«, entgegnete Shonto. »Wenn Ihr recht habt, schwebt sie in großer Gefahr. Jaku darf sie nicht dazu benutzen, den Thron an sich zu reißen. Aller Wahrscheinlichkeit nach würde er scheitern, und dann müßte Nishima für sein Scheitern büßen.« Eine Tochter mit dem richtigen Blut, dachte Shonto, ist eine kostbare Beute für einen kühnen Mann. Er bedauerte heftig, Nishima in seine Überlegungen zum Vorfall im Garten nicht eingeweiht zu haben. Er war übervorsichtig gewesen.

»Aber, Fürst«, ließ sich zum ersten Mal Fürst Komawara vernehmen, »ehe Jaku handeln kann, müßt Ihr erst fallen, und daher droht im Augenblick keine Gefahr.«

»Fürst Komawara hat klug gesprochen«, erklärte Shuyun mit ruhiger Stimme. »Die Sicherheit des erlauchten Fräuleins Nishima ist gewährleistet, wenn Fürst Shonto unbeschadet aus dieser Situation herauskommt.«

Shonto nickte. »Wenn ich aber falle, wird Jaku meine Verbündeten gegen den Kaiser aufwiegeln.« Der Fürst schloß die Augen. »Jaku, der mir dem Anschein nach kürzlich das Leben rettete – dem meine Verbündeten, von meiner Tochter ganz zu schweigen, zweifellos dankbar sind. Ich habe ihn vollkommen unterschätzt.« Shonto schlug mit der Faust auf die Armstütze. »Kann das denn wahr sein?«

»Es liegt durchaus im Bereich des Möglichen«, erwiderte Kamu in ruhigem Ton. »Und selbst wenn jemand anders als Jaku die Figuren rückt, wäre es doch immer noch das gleiche Spiel.«

»Dann beuge ich mich Eurem Rat«, sagte Shonto und nickte den Anwesenden zu. »Ich werde einem Freund durch kaiserliche Boten eine verschlüsselte Nachricht übermitteln lassen. Sie wird das edle Fräulein Nishima in weniger als drei Tagen erreichen. Bis dahin werde ich durchhalten.« Er musterte forschend die Gesichter seiner Berater. »Nun aber müssen wir überlegen, wie wir aus dieser Situation herauskommen.« Shonto blickte sich im Raum um, als wären die Wände die Klippen der Denji-Schlucht. Er wartete, doch niemand ergriff das Wort.

Kamus Zitat des Gii-Meisters hatte Shonto wieder an das Haus am See erinnert, an die friedliche Stimmung, die dort geherrscht hatte, und an die ruhige Unterhaltung.

»Wir müssen sie aus ihrer Festung hervorlocken«, sagte Shonto gelassen. »Wir müssen ihnen ein Opfer anbieten.«

»Herr?« Kamu beugte sich vor.

»Das liegt auf der Hand. Unsere Kräfte sind beschränkt, während sie eine starke Stellung innehaben. Um sie aus ihren Stellungen zu locken, müssen wir ihnen ein Opfer anbieten, das sie nicht zurückweisen können.«

»Aber was?« fragte Kamu.

»Den jeweiligen Gegner«, antwortete Shonto mit Entschiedenheit.

Zum ersten Mal, seitdem er den Raum betreten hatte, lächelte Shonto. »Natürlich.« Er umklammerte die Armstütze. »Wir werden uns bereiterklären, die Hajiwara ihren Todfeinden, den Butto, auszuliefern. Und den Hajiwara bieten wir an, ihnen die Butto auszuliefern. Beide Adelshäuser mögen ruhig glauben, sie wären den Shonto gegenüber, die hilflos am Grund der Denji-Schlucht eingeschlossen sind, im Vorteil. Somit schalten sie ihre Rivalen aus und nehmen gleichzeitig die Shonto für den gefangen, als dessen Stellvertreter sie agieren – falls dies tatsächlich ihr Spiel ist.

Zwei Dinge wären somit klar. Unser Angebot muß makellos und durch und durch glaubhaft sein. Zweitens müssen wir einen Ausweg aus der Schlucht finden. Shuyun, wie wurden die Sekten in diesen Tempeln besiegt?«

»Man hat sie ausgehungert, Herr.«

»Eine bewundernswerte Taktik, doch dafür fehlt uns die Zeit.«

»Wir müssen über die Steinfiguren zu den Fenstern hochklettern, Fürst Shonto«, sagte Shuyun. »Eine andere Möglichkeit gibt es nicht.«

»Wie stellt Ihr Euch das vor?«

Shuyun verneigte sich rasch, und Shonto hatte auf einmal den Eindruck, er träte in einen Zustand meditativer Trance ein, wie vor ein paar Tagen im Hause Myochin Ekuns. »Ich habe mir die Freiheit herausgenommen, mir die Felsbildnisse genau anzusehen, freilich ohne mich ihnen so weit zu nähern, daß ich Verdacht erregt hätte. Der untere Abschnitt von zehnfacher Mannshöhe ist unpassierbar, daher müssen wir einen Weg finden, einen Mann so hoch zu heben. Hat er die Figuren erst einmal erreicht, gibt es anscheinend genügend Risse und herausgebrochene Steine. Dann könnte man vielleicht eine der unteren Öffnungen erreichen. Dies alles muß in größter Heimlichkeit vonstatten gehen, die Wachposten müssen lautlos überwältigt werden. Ist dies vollbracht, könnte man den Stellungen der Hajiwara in den Rücken fallen.« Shuyun verneigte sich.

Die Generäle wechselten Blicke, und ihr Ältester, Hojo Masakada, wurde lautlos zum Sprecher bestimmt. »Herr, dies ist ein kühner, bedenkenswerter Plan, der allerdings einige Schwächen aufweist. Man müßte die Klippen bei Dunkelheit erklimmen, was mir kaum möglich erscheint. Und sollten die Kletterer entdeckt werden, wären unsere übrigen Pläne allesamt hinfällig – die Hajiwara werden sich nur einmal übertölpeln lassen. Der Plan, für den wir uns entscheiden, darf keinen solchen Schwachpunkt aufweisen. Außerdem sind da immer noch die Klippen; wer von uns wäre schon imstande, an einer solchen Felswand emporzuklettern?«

»Ich würde hinaufklettern, General«, erklärte Shuyun.

»Aber nicht allein, Bruder«, sagte Fürst Komawara. »Ich werde Euch begleiten.«

»Euer Mut ist nachahmenswert, Bruder, Fürst Komawara – und über allen Zweifel erhaben. Die Gefahr des Scheiterns hättet Ihr jedoch nicht allein zu tragen. Wir alle würden mit Euch fallen.«

Als Shonto die Anwesenden musterte, bemerkte er Widerstand in ihren Gesichtern, Widerstand gegen seinen neuen Berater. Damit kommt ihr nicht durch, dachte der Fürst. Ihr habt Angst, weniger tüchtig zu erscheinen als dieser Neue, dieser Jüngling.

Shonto wandte sich an seinen spirituellen Berater. »Würdet Ihr es schaffen, die Klippen zu erklimmen, Bruder?«

Der Mönch antwortete so leise, daß sich alle Anwesenden vorbeugen mußten, um ihn zu verstehen. »Ich habe eine botahistische Ausbildung genossen«, sagte er.

»Ja«, bestätigte Shonto mit einem Kopfnicken, »das habe ich gesehen.«

Er wandte sich wieder seinen Generälen zu. »Wir müssen die Hajiwara aus ihren Stellungen locken und ihnen mit unserer Armee in den Rücken fallen. Dazu brauchen wir die Unterstützung der Butto – ich bin sicher, das ließe sich machen. Wir müssen unter allen Umständen einen Ausweg aus der Denji-Schlucht finden.«

Shonto erhob sich unvermittelt, und ein Leibwächter stürzte herbei und nahm sein Schwert aus dem Ständer. »Ich werde mir Eure Gegenvorschläge zu Bruder Shuyuns Plan anhören, wenn ich zurückkomme.«

Als sich der Wandschirm hinter dem Fürsten Shonto geschlossen hatte, senkte sich tiefes Schweigen über den Raum. Die Lampen schwankten. Wasser schwappte gegen den Schiffsrumpf.

20

Der Palast Butto Jodas lag auf einem Hügel mit Ausblick auf die Hänge, die sich zur Denji-Schlucht hin absenkten. Es war kein Zufall, daß man von hier aus vollkommen freie Sicht auf das Gebiet der Hajiwara hatte. Die Befestigungen rund um den Palast waren nach modernsten Erkenntnissen errichtet worden, ohne daß man die Ästhetik ganz außer acht gelassen hätte. Die Palisaden und Wachtürme waren aus den besten hiesigen Materialien im ausladenden Stil der Mori-Epoche aufgebaut worden.

Kamu stieg in Begleitung von Butto-Soldaten die Treppe zum hohen Turm hoch. Langwierige Verhandlungen waren dem Treffen mit Butto Joda, dem jüngeren Sohn des Fürsten Butto Taga, vorausgegangen, denn Kamu hatte darauf bestanden, daß es sich um eine Privatunterredung unter Ausschluß von Jodas älterem Bruder handeln sollte.

Ein ganzer Tag war mit den Vorbereitungen vertan worden, dabei war Kamu sich darüber im klaren, daß sie keine Zeit zu verlieren hatten. Der Köder mußte ausgebracht werden, und die Butto mußten ohne Zögern anbeißen. Nach außen hin stellte Kamu die Gelassenheit zur Schau, die man von einem Krieger, der schon viele Schlachten gesehen hatte, erwarten konnte, doch diese Gelassenheit hatte keine Entsprechung in seinem Inneren. Zuviel hing von dieser Begegnung ab – genau genommen alles.

Am Kopf der Treppe flankierten Soldaten große bemalte Wandschirme, auf denen die über ihre Rivalen triumphierenden Armeen der Butto dargestellt waren. Die Soldaten verneigten sich langsam und erwiesen dem Repräsentanten des großen Fürsten Shonto Motoru ihren Respekt, ehrten aber auch den berühmten Krieger Tenge Kamu.

Als die Wandschirme beiseiteglitten, sah man den Fürsten Butto Joda auf einem Podest am Ende eines Audienzsaals von bescheidenen Ausmaßen sitzen. Kamu trat in den Raum, kniete nieder und verneigte sich respektvoll. Der Fürst nickte, und Kamu wunderte sich auch diesmal wieder über seine jugendliche Erscheinung. Selbst Fürst Komawara wirkte älter als dieser Jüngling, wenngleich man Butto Joda nicht unterschätzen durfte. Seit drei Jahren leitete er jetzt die Auseinandersetzungen mit dem Hause Hajiwara, dem ein Fürst vorstand, der doppelt so alt war wie er.

»Es ist mir eine Ehre, Euch nach so kurzer Zeit erneut zu empfangen, Kamu-sum. Ich sehe unserer privaten Unterredung mit großen Erwartungen entgegen. Sagt an, hat sich der Zustand Eures Fürsten gebessert?«

»Ich danke Euch für den freundlichen Empfang, auch im Namen meines Herrn. Fürst Shonto erholt sich rasch und hat mich gebeten, Euch sein Bedauern darüber zu übermitteln, daß er sich nicht persönlich mit Euch treffen kann. Es war sein Wunsch, seinem alten Freund, Eurem verehrten Vater, seine Aufwartung zu machen. Dürfte ich mich nach seinem Befinden erkundigen?«

»Fürst Butto wird hocherfreut sein, von Eurer Anteilnahme zu hören. Er wird immer kräftiger, und ich hoffe, er wird schon bald wieder seinen Platz in unserem Rat einnehmen können – einen Platz, den ich auf seinen Wunsch hin solange besetze, bis er sich wieder erholt hat.« Höflichkeit folgte solange auf Höflichkeit, bis der Gastgeber es für angebracht hielt, sich anderen Themen zuzuwenden. »Hat Fürst Shonto Euch beauftragt, mit meinem Vater über ein bestimmtes Thema zu konferieren? Wenn ja, würde ich mich freuen, ihn davon in Kenntnis zu setzen.«

»Ihr seid sehr aufmerksam, Fürst Butto, denn mein Herr bittet in der Tat um seinen Rat in einer Angelegenheit höchst delikater Natur.«

»Bitte, Kamu-sum, es wäre uns eine Ehre, seinem Wunsch Genüge zu tun, wenngleich ich mir kaum vorzustellen vermag, daß ein Fürst, der ob seiner Weisheit so gerühmt wird wie Fürst Shonto, unseres demütigen Ratschlags bedürfte. Bitte fahrt fort.«

»Wie ich bereits sagte, handelt es sich um eine höchst sensible Angelegenheit, und Fürst Shonto würde nicht darüber sprechen wollen, wäre sie nicht von unmittelbarer Bedeutung.« Kamu stockte, als sei er im Begriff, eine fürchterliche Peinlichkeit zu begehen. »Das Problem, zu dem mein Herr Eure Meinung einzuholen wünscht, steht in Zusammenhang mit Euren nächsten Nachbarn, dem Geschlecht der Hajiwara.«

»Ah«, machte der jugendliche Fürst, als sei er zwar überrascht, verstünde aber, was gemeint sei.

»Ich weiß nicht, wie ich es am besten erklären soll, Fürst Butto, ich möchte verhindern, daß meine Worte ein schlechtes Licht auf eine Familie werfen, mit der Ihr zweifellos seit Generationen in enger Verbindung steht.«

»Ich verstehe, Kamu-sum, aber die Shonto sind auch unsere Freunde, also bitte… sprecht, als wärt Ihr bei Euch zu Hause.«

Kamu bedankte sich mit einer Verneigung. »Es ehrt mich, daß Ihr die Shonto als Eure Freunde betrachtet, denn Fürst Shonto bringt den Butto die gleichen Gefühle entgegen.« Kamu lächelte den Jüngling freundlich an. Oh, er ist klug, dachte der Krieger. Gerade erst achtzehn Jahre an, man höre und staune! In zehn Jahren wird man mit ihm rechnen müssen. »In der kurzen Zeit unseres Aufenthalts in der Gegend hat sich gezeigt, daß die Hajiwara sich Rechte angemaßt haben, die ausschließlich unserem verehrten Kaiser vorbehalten sind. Ich muß wohl kaum deutlicher werden, Fürst Butto, denn es ist offenbar, daß die Hajiwara den Verkehr auf der kaiserlichen Wasserstraße zu ihrem eigenen Nutzen kontrollieren. Als Repräsentant des Throns ist Fürst Shonto in höchstem Maße besorgt über diese Lage.«

Der junge Fürst nickte mit einer Miene ernster Besorgnis. »Aus diesem wie auch aus anderen Gründen herrscht seit geraumer Zeit Zwietracht zwischen den Hajiwara und den Butto. Unter Freunden möchte ich Euch anvertrauen, daß dies nur den letzten Vorfall in einer langen Kette von Ereignissen darstellt.«

»Ah, Fürst Butto, dann teilt Ihr also Fürst Shontos Besorgnis?«

»Ich zögere, für meinen verehrten Vater zu sprechen, glaube aber, sagen zu dürfen, daß die Situation eine Beleidigung vieler Familien dieser Provinz darstellt, deren Loyalität zum Sohn des Himmels ihren Eigennutz überwiegt.«

»Wie steht es eigentlich mit dem Gouverneur?«

Butta Joda lachte laut auf. »Verzeiht meinen Ausbruch, Kamu-sum. Wie Ihr zweifellos wißt, ist der Gouverneur der Provinz Itsa Fürst Hajiwaras Schwiegersohn und seinem Schwiegervater gegenüber loyal.« Dies sagte er mit einem Anflug von Bitterkeit.

»An anderer Stelle würde ich dies nicht äußern mögen, Fürst Butto, aber der Kaiser schenkt den Schwierigkeiten, die Ihr hier in Itsa habt, nicht genug Aufmerksamkeit.«

Der junge Fürst nickte, sagte aber nichts.

Kamu zögerte einen Augenblick. »Mir scheint, ein Repräsentant des Throns sollte sich mit dem Problem befassen, und zwar bald.« Er beobachtete Butto aufmerksam.

Der Jüngling zögerte nicht. »Wie stellt Ihr Euch dies vor, Kamu-sum?«

Ja, dachte der alte Krieger, er ist neugierig, aber ist er auch wagemutig genug? »Einige Mitglieder aus Fürst Shontos Beraterstab sind der Ansicht, das Verhalten der Hajiwara verstoße gegen die Gesetze von Wa und solle daher geahndet werden. Da der Vertreter des Kaisers in seiner Funktion als Gouverneur dieser Provinz seinen Treueeid gebrochen habe, damit die Familie seiner Frau die Bestimmungen, die den Schiffsverkehr auf dem Kanal regeln, mißachten könne, sei es angebracht, daß jemand anders den Gesetzen an seiner Stelle Geltung verschaffe.«

»Weise gesprochen, Kamu-sum, freilich ist der Gouverneur trotz alledem immer noch der Repräsentant des Throns. Sich gegen ihn zu stellen, hieße dem Kaiser die Stirn zu bieten.«

»Das ist wahr, Fürst Butto, doch es ist nicht notwendig, dem Kaiser die Stirn zu bieten. Ich schlage lediglich vor, seinen wahren Willen zu erfüllen. Weiterhin würde ich raten, daß ein anderer Repräsentant des Kaisers die Initiative dabei übernimmt und dem Sohn des Himmels auf diese Weise klarmacht, daß es hier nicht bloß um einen Konflikt zwischen rivalisierenden Adelshäusern geht.«

»Was Ihr da sagt, wäre für meinen Vater zweifellos von Interesse, doch ehe ich ihm Eure Worte überbringe, stellt sich mir doch unwillkürlich die Frage, wo ein solch williger Repräsentant des Throns zu finden wäre. Der einzige Mann in ganz Itsa, der einen solchen Titel führt, ist Fürst Shonto, und wird dessen Flotte nicht von eben dieser Familie in der Denji-Schlucht festgehalten?«

»Fürst Shonto ist ein kaiserlicher Gouverneur; er kann gehen, wohin es ihm beliebt.«

»Ah. Dann habe ich wohl etwas falsch verstanden.

Ich hatte den Eindruck, die Hajiwara... *hinderten* Fürst Shonto daran, nach Norden weiterzureisen.«

Kamu führte beide Hände ans Kinn und wählte seine Worte mit großer Sorgfalt. »Hindern wäre ein passender Ausdruck, Fürst Butto, ja, durchaus, doch mein Fürst ist höchst erfinderisch und hat einen Ausweg aus dieser mißlichen Lage gefunden.«

»Das freut mich zu hören. Wird er also in Kürze weiterreisen?«

»Erst dann«, sagte Kamu, »wenn er diese Angelegenheit zu seiner Zufriedenheit bereinigt hat.«

»Darf ich fragen, wie Fürst Shonto dies zu bewerkstelligen gedenkt? Ich habe mein ganzes Leben am Rande der Denji-Schlucht verbracht und muß gestehen, daß ich nicht weiß, wie dies zugehen sollte.«

Kamu faltete die Hände im Schoß. »Es heißt, wenn es gelänge, wahre Liebende zu trennen, seien sie imstande, alle Schwierigkeiten zu überwinden, die ihrer Vereinigung im Wege stehen. Dies gilt auch für meinen Fürsten – es gibt keine Schwierigkeit, die er nicht zu überwinden vermöchte.«

Der junge Mann lächelte jungenhaft. »Die Butto schätzen sich glücklich, einen solchen Freund zu besitzen. Mein Vater ist ein loyaler Untertan des Kaisers und bereit, dessen Abgesandten in jeder Weise behilflich zu sein. Gibt es eine bestimmte Aufgabe für die Butto, über die ich mit meinem Vater sprechen sollte?«

»Es ist sehr freundlich von Euch, daß Ihr danach fragt. Ihr könntet dem Sohn des Himmels in der Tat einen großen Dienst erweisen...«

21

Die Sänfte, in der Hojo Masakada saß, hatte einmal Chakao Isha gehört, einem berühmten General der Dono-Dynastie. Chakao Isha ist ein Vorfahr des Hauses Hajiwara gewesen, daher bedeutete es eine große Ehre, daß der Emissär des Fürsten Shonto darin befördert wurde.

Hojo Masakada hielt es für ein Unglück, daß die Linie der Isha mittels Heirat schließlich in diesem Hause aufging. Wenn er die Hajiwara-Soldaten in ihren grünen Uniformen betrachtete, konnte er sich des Eindrucks nicht erwehren, daß sie in Wirklichkeit verkleidete Bauern waren.

Das ist ein untergeordnetes Adelsgeschlecht einer kleinen Provinz, dachte er, wenig verschieden von anderen in ähnlicher Lage. Ich darf bloß nicht vergessen, daß sie uns im Augenblick überlegen sind.

Die Prozession bewegte sich eine schmale Straße entlang, die unter langen Reihen von Pfirsichbäumen entlangführte. Die Sonne warf die Schatten kahler, verwobener Zweige auf den weißen Straßenkies, so daß die Sänftenträger über ein dunkles, verworrenes Muster schritten.

Hinter General Hojo kamen dreißig Shonto-Gardisten in voller Rüstung und der blauen Uniform des Hauses. Es schien ein kleines Gefolge für einen solchen Anlaß, doch war die Wirkung so gewollt – ein Zugeständnis an die Umstände, denen die Shonto sich ausgesetzt sahen.

Am Ende der Allee tauchten Mauern auf, die Mauern einer Festung, erbaut aus dem Granit der berühmten Schlucht. Nach einer Weile erblickte der General das von einem breiten Graben umgebene befestigte Anwesen im ländlichen Stil – wenngleich der Graben nicht ausschließlich dekorativen Zwecken zu dienen schien. Anders als die meisten derartigen Anwesen war dieses nur über eine Zugbrücke zugänglich. Es ließ schon tief blicken, wenn der nur sieben Tagesreisen von der Hauptstadt entfernte Wohnsitz eines Fürsten derartige Sicherheitsvorkehrungen nötig hatte.

Hajiwara-Soldaten knieten beiderseits der Holzbrücke nieder und verneigten sich respektvoll, als die Prozession an ihnen vorbeikam. Der General fragte sich, ob die Beschreibung, die man ihm vom Fürsten Hajiwara Harita gegeben hatte, auf den Mann, den kennenzulernen er im Begriff stand, wohl zutreffen würde. Die Informationen, die die Spione der Shonto lieferten, waren im allgemeinen zuverlässig, doch wenn es um Menschen ging, machte Hojo sich gern selbst ein Bild.

Der Haushofmeister der Hajiwara empfing den Abgesandten Shontos mit vollendeter Höflichkeit. »General Hojo, mein Fürst heißt Euch in seinem Haus willkommen. Seiner Familie ist es eine Ehre, Euch zu empfangen. Wünscht Ihr Euch vor der Audienz frischzumachen?«

Audienz? dachte Hojo. Glaubt dieser Provinzfürst etwa, er sitze auf einem Thron? »Es ist mir eine Ehre, von Eurem Fürsten empfangen zu werden. Der Weg war kurz, und ich möchte ihn nicht länger aufhalten als unbedingt nötig. Wenn es keine Umstände bereitet, würde ich gern so rasch wie möglich mit ihm zusammentreffen.«

Der Haushofmeister verneigte sich und geleitete den Shonto-General eine breite Treppenflucht hinauf und durch ein Tor. Der Garten, den sie betraten, stammte aus der mittleren botahistischen Periode und war spärlich bepflanzt, mit großen, geraden Kiesflächen, die von sorgfältig arrangierten Steinen aufgelockert wurden – die Art von Garten, die man früher als der Meditation günstig angesehen hatte. Hinter einer beschnittenen Kiefer lag ein kleines Gartenhaus, und als sie um die Ecke bogen, erblickte General Hojo im Innern die große Gestalt des Hajiwara-Fürsten. Hojo Masakadas Verneigung wurde mit einem Kopfnicken erwidert.

Dann geht es also los, dachte der General und betrat das Gartenhaus.

Der vor ihm sitzende Fürst mochte um die fünfunddreißig sein, wirkte aufgrund der vielen Gesichtsfalten aber wesentlich älter. Auch seine Hände deuteten scheinbar auf ein höheres Alter hin – die großen, sonnengebräunten Hände eines alten Kämpfers. Im Gegensatz dazu stand sein modisches, erlesenes Gewand, das General Hojo an dieser mächtigen Gestalt völlig unpassend erschien.

Der Fürst hieß ihn mit bedächtiger, tiefer Stimme willkommen und erkundigte sich nach dem Befinden Fürst Shontos. Cha wurde aufgetragen, und die beiden Krieger unterhielten sich über das der Jahreszeit unangemessene Wetter und die Jagd in der Provinz Itsa.

Als sie den Cha getrunken hatten und ihnen der Stoff an Jagdgeschichten allmählich ausging, sagte Fürst Hajiwara: »Ich freue mich darauf, mit Fürst Shonto zusammenzutreffen, sobald er sich wieder erholt hat. Ich gehe davon aus, daß eine Weiterfahrt ausgeschlossen bleibt, solange er krank ist.«

»Mein Herr hat mich angewiesen, darüber mit Euch zu sprechen, Fürst. Er hält es für angebracht, sobald wie möglich weiterzureisen. Er hat dem Kaiser gegenüber Pflichten, die er nicht vernachlässigen darf.«

»Fürst Shonto sollte nicht zulassen, daß seine Gesundheit durch die Ausübung seiner Pflichten beeinträchtigt wird. Für die Einwohner von Seh wäre es besser, wenn ihr neuer Gouverneur bei seiner Ankunft im Vollbesitz seiner Kräfte ist. Ich bin sicher, der Sohn des Himmels würde mir darin beipflichten. Laßt uns nicht mehr davon sprechen.«

Der General hätte beinahe gelächelt. Ja, mein Freund, dachte er, Ihr haltet bestimmt noch ein paar Überraschungen für uns bereit. »Ich bin sicher, mein Lehnsfürst weiß Eure Sorge zu schätzen. Auch er hat Sorge um Eure Stellung bekundet, Fürst Hajiwara.«

Der Fürst hob die Augenbrauen. »Verzeiht, General – *um meine Stellung*?«

»Um Eure militärische Stellung, Fürst. Er fürchtet, Eure Bemühungen könnten auch weiterhin im Sande verlaufen.«

»Vielleicht ist Fürst Shonto sich über die Lage nicht ganz im klaren, General, zumal er erst kürzlich in Itsa eingetroffen ist«, sagte der Fürst unter Aufbietung seiner ganzen Würde.

Hojo machte sogleich ein zerknirschtes Gesicht. »Da habt Ihr gewiß recht, Fürst Hajiwara. Es ist nicht gut, den Gerüchten rund um den Kaiserpalast Gehör zu schenken. Ich bin sicher, man hat in der Hauptstadt kein Verständnis für Eure Lage.«

»Man spricht in der Hauptstadt über meine Stellung?« Die Augen des Hünen funkelten plötzlich.

»Fürst, ich bedaure, es erwähnt zu haben. Ihr kennt doch das Gerede eitler Höflinge, kaiserlicher Beamte und« – der General zögerte kurz – »der Minister und Generäle.«

Die Augen des Fürsten weiteten sich. »Was sagen sie denn, General Hojo?«

»Verzeiht, Fürst, ich glaube keinen Augenblick, was sie sagen, aber… in der Hauptstadt heißt es, Ihr würdet von einem Jüngling in die Schranken verwiesen.«

»*Was!*« Der Fürst fuhr zu seinem Gast herum und

fegte dabei die Schalen vom Tisch. »Wer wagt das zu behaupten? Wer?«

Der General hob eilig das Teeservice auf und schüttelte währenddessen unablässig den Kopf. »Bitte, Fürst, Ihr solltet dem keine Beachtung schenken. Die Kaisergarde hat in Wirklichkeit keine Ahnung, was in den Provinzen vor sich geht.«

Der Fürst schlug mit der Faust auf den Tisch. »Gardisten! Wie können sie es nur wagen, so von mir zu sprechen!«

Hojo prägte sich Fürst Hajiwaras Reaktion in allen Einzelheiten ein, wie Fürst Shonto es ihm aufgetragen hatte. Hajiwara hatte auf die Erwähnung der Kaisergarde genauso reagiert wie von Shonto vorausgesagt. Interessant.

»Es ist eine verabscheuungswürdige Situation, Fürst Hajiwara, die meinen Herrn ebenso beleidigt wie Euch. Und das in einem Maße, daß er mich angewiesen hat, Euch einen Vorschlag zu unterbreiten, von dem er glaubt, daß er Eure Lage von grundauf ändern würde.«

Der Fürst setzte sich aufrecht hin und fuhr sich glättend über das Gewand. »Ich brauche die Unterstützung Fürst Shontos nicht.« Plötzlich schien er zu begreifen, was Hojo da gesagt hatte. »Was meint Ihr damit, meine Lage könne sich ändern?«

»Nun, wenn ich nicht falsch unterrichtet bin, haben die Butto auf Eurem Gebiet eine Festung errichtet, und das schon vor mehreren Jahren. Wurde Eure Offensive nicht abgewehrt – und zwar schon vor geraumer Zeit? Als Krieger weiß ich natürlich, daß dies nur Äußerlichkeiten sind, doch andere Personen, die über weniger Erfahrung verfügen…« Der General schwenkte vielsagend die Hand. »Fürst Shonto hatte lediglich die Absicht, einen bescheidenen Beitrag zu Eurem Kampf gegen die anmaßenden Butto zu leisten. Bei der Durchfahrt durch die Schleusen der Butto wurde uns wohl kaum der Respekt erwiesen, der einem kaiserlichen Gouverneur gebührt! Mir ist bewußt, daß es eine ständige Beleidigung darstellen muß, mit einem Adelshaus zu tun zu haben, dem ein Jüngling vorsteht.«

»Ha! Das wird bald ein Ende haben. Die Hajiwara werden triumphieren!«

»Davon bin ich überzeugt, Fürst. Die Information, die Fürst Shonto Euch zukommen lassen wollte, würde am endgültigen Ausgang wohl kaum etwas ändern.« Der General zuckte die Achseln.

»Ich möchte den großen Fürsten gewiß nicht beleidigen«, meinte Hajiwara warmherzig. »Wenn er es für angebracht hält, mir durch Euch seinen Rat zu übermitteln, so werde ich ihn gewiß nicht in den Wind schlagen.«

Hojo ließ sich mit der Antwort lange Zeit. »Es ist mehr als ein Rat, Fürst Hajiwara. Fürst Shonto verfügt über Kenntnisse, die sich für Euch als sehr wertvoll erweisen könnten.«

Der Fürst merkte auf. »Ah. Die Shonto sind bekannt für ihre Weisheit. Es wäre mir eine Ehre, Fürst Shontos Worte zu vernehmen.«

Der General wischte geistesabwesend einen Teetropfen vom Tisch. »Wenn Ihr den Zeitpunkt wüßtet, da Butto Joda seine Stellungen vor der Festung inspiziert, die Ihr auf dem Gebiet der Butto errichtet habt, wäre diese Information nützlich für Euch?«

»In der Tat, ich glaube schon. Wißt Ihr, wann das sein wird?«

»Wir werden es erfahren, Fürst Hajiwara, wir werden es erfahren.« Der General musterte seinen Gastgeber scharf.

»Ich verstehe.«

Keiner sagte etwas, und beide hofften, der andere werde das Schweigen brechen.

Schließlich übernahm der Shonto-General die Initiative. »Vielleicht solltet Ihr Euch überlegen, ob diese Information von Nutzen für Euch wäre«, sagte Hojo lächelnd und lehnte sich zurück. Er blickte sich um, als hielte er Ausschau nach seiner Leibgarde.

»Würde diese Information auch Angaben über die Truppenstärke und den Umfang von Fürst Buttos Leibgarde enthalten?«

»Gewiß.«

»Ich verstehe.« Der Fürst war jetzt tief in Gedanken versunken.

General Hojo setzte sogleich nach. »Dies wäre eine wertvolle Mitteilung, nicht wahr?«

»In der Tat, General, das wäre es.«

»Manche würden einen hohen Preis dafür bezahlen.«

Der Fürst schien sich aus seiner geistigen Versenkung wachzurütteln.

»Wenn das, was Ihr da sagt, der Wahrheit entspricht, wenn sich die Informationen als zutreffend erweisen.«

»Informationen, die von Fürst Shonto stammen, wären doch wohl über jeden Zweifel erhaben?«

»Gewiß. Allerdings könnte in der Zeit, die zwischen dem Eintreffen der Informationen und deren Umsetzung liegt, allerlei passieren.«

»Ah. Dann wäre es wohl am besten, wenn wir uns gegenseitig rückversicherten, damit es keine Mißverständnisse gibt.«

»Wie stellt Ihr Euch das vor, General?«

»Die Hälfte unserer Flotte würde die Schleuse bei Erhalt der Informationen passieren. Die zweite Hälfte würde nach dem Fall Butto Jodas passieren, vorausgesetzt, er entkommt nicht aufgrund eines militärischen Fehlers.«

»Ich verstehe.« Der Fürst rieb sich die Stirn. »Im Sinne der Übereinkunft darf Fürst Shonto die Schlucht allerdings erst dann verlassen, wenn der Butto-Fürst besiegt ist.«

»Davon sind wir ausgegangen. Seine Soldaten werden natürlich bei ihm bleiben.«

»Gewiß.«

»Mit Ausnahme derer, die mit Euch gegen Butto Joda ins Feld ziehen, werden sie die Rolle Eurer Leibgarde übernehmen.«

Der Fürst schaute Hojo ungläubig an. »Das ist ausgeschlossen, General! Ich verfüge über meine eigene Leibgarde. Ich tue keinen Schritt ohne sie.«

General Hojo preßte die Handflächen gegeneinander, führte die Finger ans Kinn. »Ich glaube, ungeachtet Eurer Zweifel solltet Ihr Euch unseren Vorschlag durch den Kopf gehen lassen. Er mag sich als sehr nützlich für Euch erweisen – Euer Name wird bei Hofe wieder mit Respekt genannt werden. Der Stachel, der Euch drückt, wird endlich entfernt werden. Sprecht mit Euren Beratern, mit Eurer Familie. Aber wartet nicht zu lange, Fürst, sonst verstreicht die Gelegenheit ungenutzt.« Er öffnete die Hände und hielt sie Fürst Hajiwara hin. Sie waren leer.

22

Die Nacht des Neumonds stand unter keinem glücklichen Stern. Sie war dunkel, sternenlos, bewölkt. Ein kalter Wind fegte von Norden her durch die Denji-Schlucht, ein erster Vorgeschmack auf den Winter.

Shuyun, der sich am Rigg der Flußdschunke festklammerte, achtete nicht auf die Kälte des Winds, der an ihm zerrte. Die Taue schnitten ihm in Hände und Füße, trotz der Baumwollstreifen, mit denen er sie so sorgfältig umwickelt hatte.

Das Schiff schwankte im Dunkeln und erbebte unter den Böen, die von den hohen Granitwänden abgelenkt wurden. Irgendwo in der Nähe, verborgen in der Dunkelheit, lagen die Klippen, und das Schiff segelte blindlings darauf zu. Die Beobachtungsposten im Bug flüsterten aufgeregt miteinander, doch ihre Stimmen wurden in die Nacht davongeweht. Zumindest würden die Soldaten der Hajiwara sie durch die Stimme des Sturmgotts hindurch ebenfalls nicht hören.

Das Schiff stampfte, so daß Shuyun sich mit aller Kraft ans Rigg anklammern mußte. In der Finsternis unter ihm wartete Fürst Komawara, der zweifellos unter den gleichen Widrigkeiten und bösen Vorahnungen zu leiden hatte. Wird es wohl Regen geben? überlegte Shuyun. Allein der Regen hätte ihre Pläne mit Sicherheit zunichte gemacht, und dann hätte Fürst Shonto zwischen den beiden sich befehdenden Adelshäusern festgesessen. Ein Windstoß fiel unmittelbar von oben auf sie ein und schüttelte das Schiff, als wäre es nichts weiter als ein treibendes Blatt. Dann hörte das Rütteln plötzlich auf, und das Schiff trieb weiter über die Wellenkronen dahin.

Shuyun spähte angestrengt in die Finsternis, darauf bedacht, nicht irgendwelchen Sinnestäuschungen aufzusitzen. War da etwas, steuerbord vom Bug? Der Wind heulte um den Fels, als brüllte ihm ein böser Geist ins Ohr. Dieses Geräusch... wir sind bestimmt schon ganz nahe. Ja! Da! Er senkte den Fuß ab, bis er Komawaras kalte Hand spürte. Der junge Fürst hatte sogleich begriffen – der Mönch fühlte, daß er ein Stück weiter nach oben kam.

Shuyun dachte an den Widerstand, den sein Plan bei Shontos Generälen ausgelöst hatte, und fragte sich, ob er vielleicht einen Fehler gemacht hatte.

Die Felswand schien näher zu kommen, wenngleich sich das im Finstern nur schwer beurteilen ließ – Dunkelheit gegen Dunkelheit.

Shuyun kletterte Schritt für Schritt die Strickleiter hoch und achtete sorgsam darauf, sich festzuhalten. Die Schaukelbewegungen des Schiffes machten sich mit jedem Schritt stärker bemerkbar. Er wußte, daß die Mastspitze einen weiten Bogen beschreiben würde, wenn er sie erreichte. Das Schiff schwenkte nun nach backbord, da die Besatzung hoffte, an der Felswand längsseits gehen zu können – ohne daran zu zerschellen. Der Heckriemen trieb sie vorwärts, das unvermeidliche Knarren gedämpft von Lumpen. Plötzlich spürte Shuyun, daß Komawara unter ihm anhielt. Er ist stark, dachte er, aber ihm fehlt die botahistische Ausbildung. Er hat in seiner Jugend keine Felswände erklimmen müssen, um seine Angst beherrschen und sich sammeln zu lernen.

Die Felswände waren jetzt deutlicher zu erkennen, wenngleich sich die Entfernung noch immer schwer abschätzen ließ. Shuyun hielt in der Höhe Ausschau nach den Steinfiguren. Bei seiner früheren Musterung war ihm am unteren Rand des Reliefs eine Felsleiste aufgefallen, zumindest hatte es so ausgesehen. Wie breit sie war, hatte er nicht erkennen können, doch dies war die Stelle, an der sie den Aufstieg beginnen mußten. Shuyun spürte in der dunklen Tiefe die Anwesenheit der Bootsleute, die sich anschickten, ihre Befehle auszuführen.

Als eine Bö die Eigenbewegung des Bootes für einen Augenblick ausglich, nutzte Shuyun die Gunst der Stunde und rückte bis zur Mastspitze vor. Er befand sich jetzt hoch über dem Wasser, mindestens in zehnfacher Mannshöhe, und das Schaukeln war fürchterlich. Shuyun umklammerte den Mast mit beiden Armen und preßte das Gesicht ans kalte Holz. Währenddessen bemühte er sich, Anzeichen von Regen aus der Gewalt des Sturms herauszuspüren.

Das Boot lag jetzt parallel zur Felswand, und der Steuermann, der beste in Shontos Flotte, bugsierte sie allmählich näher heran. Die Dünung der See war nicht hoch, doch der ständig umspringende Wind vereitelte jeden Versuch, ihre Wirkung auszugleichen.

»Die Bordwand streift beinahe den Fels, Bruder«, drang Komawaras Stimme zu ihm herauf – ein Flüstern aus der Dunkelheit, aus dem Wind.

Ja, dachte Shuyun, der Augenblick ist gekommen. Und als hätten seine Gedanken Gehör gefunden, schickten sich die Männer in der Tiefe an, die Leinen zu lösen, die sie an der Mastspitze befestigt hatten. Fixiert von mehreren Führungsleinen, neigte sich das Rundholz der Felswand entgegen. Wenn wir nicht gegen die Klippen geschmettert werden, wird es gutgehen, dachte Shuyun.

Er stemmte den Fuß gegen den Mast und wandte sich der Felswand zu, so gut es ging. Er tastete die Seilrolle ab, die er über der Schulter trug, und vergewisserte sich, daß sie ihn beim Sprung nicht behindern würde.

Gleichwohl wirkte die Felswand noch immer kahl und glatt. Durch das Schwanken des Bootes wurde der Mast gegen den Fels geschleudert, und Shuyun bereitete sich auf den Aufprall vor – der zum Glück diesmal ausblieb.

Da! Eine Veränderung im kahlen Fels, eine Form, die er nur undeutlich erkennen konnte – ein Bogen, eine graue Stelle. Das mußte es sein. Die Figur war das einzige, was die Gleichförmigkeit des Granits durchbrach. Der Sims mußte jetzt unmittelbar unter ihm liegen, überlegte Shuyun und bereitete sich auf den Sprung vor, indem er alle Sinne anspannte, die seine Lehrer trainiert hatten, und ihnen voll vertraute, denn der bevorstehende Sprung war zweifellos reine Glaubenssache. Er kontrollierte seinen Atem, dehnte sein Zeitempfinden und spürte, wie sich die Bootsbewegungen verlangsamten. Abermals neigte sich der Mast dem Fels entgegen, und Shuyun richtete seine ganze Aufmerksamkeit auf die Bewegung, die er dabei beschrieb.

Für einen kurzen Augenblick wird der Mast zur Ruhe kommen, dachte er. Dann muß ich ohne Zögern springen, sonst schwenkt der Mast wieder zurück, und der Sprung mündet in einen Sturz.

Die hohe Mastspiere schien schneller zu werden, krängte der Granitwand entgegen, dann verharrte sie ebenso plötzlich. Shuyun sprang, geduckt wie eine Katze, die ein Kind in die Luft geworfen hat.

Mit Füßen und Händen traf er auf den bröckligen Fels der Leiste und prallte mit der Schulter gegen die Wand. Ich bin unverletzt, dachte er, richtete sich auf und tastete sich an der Felsleiste entlang in die Richtung vor, in die sich das Schiff bewegte. Er hörte nichts außer dem Heulen des Sturms, dem Tosen der Wogen.

Mit den Händen tastete er sich voran. Die Leiste ist breit, Botahara sei Dank, dachte er, so breit wie ein Männerkreuz. Allerdings war sie bröcklig, dazu abschüssig und mit Moos und herabgefallenen Steinen bedeckt. Er kroch so rasch weiter, wie er sich traute. Wo blieb Komawara?

Auf einmal warnten ihn seine Sinne, und er ließ sich flach auf den Sims fallen, während über ihm jemand gegen den Fels prallte. Als die Gestalt an ihm vorbeistürzte, packte er mit aller Kraft zu und bekam Komawaras Gewand zu fassen. Der junge Fürst hing halb über der Leiste und baumelte über dem dunklen Wasser, machte aber keine Anstalten, sich festzuhalten.

Bewußtlos, dachte der Mönch. Er spürte, wie er, gezogen von Komawaras Gewicht, über den Stein rutschte. Er tastete an der Rückseite der Felsleiste nach einem Halt. Als seine Finger sich um den Stamm eines verkümmerten Busches schlossen, stemmte er sich dem Zug des leblosen jungen Kriegers mit aller Kraft entgegen.

Hoffentlich hält die Wurzel, flehte Shuyun. Komawara regte sich, versuchte sich loszumachen, dann aber kam er zur Vernunft und packte den Mönch am Nacken. Er unternahm einen kraftlosen Versuch, sich hochzuziehen. Die Rinde des Busches begann sich vom Stamm zu lösen wie abgestreifte Schlangenhaut. Shuyun packte fester zu, versuchte die Rinde zurückzufalten. Ganz allmählich schob sich Komawara über den Rand, indem er den Mönch als Leiter benutzte. Und dann lag er schließlich auf dem Sims und rang nach Luft.

»Seid Ihr verletzt, Fürst?«

»Nein… Ich weiß nicht, ich bin…« Komawara schüttelte den Kopf. Er bewegte den linken Arm. »Ich bin unverletzt, Bruder.« Er rückte vom Mönch ab und setzte sich mit dem Rücken zur Felswand auf, wobei ihn das Schwert, das er sich auf den Rücken geschnallt hatte, schmerzhaft drückte.

»Wir müssen weiter«, sagte Komawara.

Auch Shuyun setzte sich nun auf, voller Sorge, der junge Fürst könnte ihm seine Verletzungen verschwiegen haben. Gleichwohl wußte er, daß Komawara recht hatte.

Der Sturm heulte eine Weile so laut, daß sie sich weder rührten noch zu sprechen versuchten. Als der Wind etwas abflaute, kroch Shuyun auf allen vieren zu Komawara. »Wir müssen feststellen, wo wir uns befinden«, flüsterte er. Er bewegte sich weiter nach links, indem er vor jedem Schritt die Tragfähigkeit der Felsleiste prüfte und mit den Händen über die Wand fuhr. Komawara folgte ihm, wenngleich er sich nicht aufrichtete, sondern lieber engen Kontakt mit dem Sims hielt.

Nach kurzer Suche stieß Shuyun auf eine Ausbuchtung im Granit, die die Leiste verschmälerte. Das ist der Fuß von Botaharas Braut, wurde Shuyun klar. Dann war es also noch ein gutes Stück bis zu den Rissen, die er zuvor im Fels bemerkt hatte und die an der senkrecht aufragenden Felswand Halt bieten würden.

Shuyun griff um die glatte Ausbuchtung herum. Breit, sehr breit war sie. Erst jetzt, da er sich auf der Felsleiste befand, wurden ihm die wahren Ausmaße des Reliefs vollständig bewußt. Der Fuß war bestimmt dreifach mannshoch, und der Rest stand im entsprechenden Verhältnis dazu.

Er kniete sich hin und beugte sich vor, erkundete die schmaler werdende Leiste, betastete den Fels, streifte herabgefallene Steine davon ab. In diesem Augenblick schlug der Sturmgott zu und traf den schlecht ausbalancierten Mönch ohne jede Vorwarnung. Shuyuns Stützhand löste sich vom Sims, und er rutschte vor, spürte aber sofort, wie Komawara ihn am Gewand packte. Er war gerettet. Eine Stimme an seinem Ohr sagte: »Damit wären wir quitt, Bruder.« Worauf Komawara den Mönch wieder losließ.

Shuyun streifte sich die Seilrolle über den Kopf, reichte sie an seinen Gefährten weiter und band sich das Ende des Seils um die Hüfte. Als er sich erneut auf der Leiste vorbeugte, fühlte er sich vom straffgespannten Seil gehalten.

Schmal wurde es, sehr schmal – der Sims war gerade noch eine Hand breit. Shuyun zog sich gerade in dem Moment zurück, als eine weitere kalte Bö an ihnen zerrte.

»Wir dürfen nicht länger warten, Bruder. Es riecht nach Regen.«

Shuyun nickte in die Dunkelheit. »Wenn ich ausrutsche, dürft Ihr Euch nicht aus dem Gleichgewicht bringen lassen. Laßt mich notfalls los.«

»Ist gut«, sagte Komawara.

Shuyun richtete sich wieder auf und kroch die schmaler werdende Felsleiste entlang. Er hielt kurz inne, um sich tiefer ins Chi Ten hineinzuversetzen; als eine weitere Bö auf die Felswand prallte, hatte Shuyun scheinbar alle Zeit der Welt, um sie abzufangen.

Komawaras Stimme hörte sich an, als käme sie aus einer tiefen Grube. »Seid Ihr bereit, Bruder?«

»Ja«, antwortete Shuyun und trat auf den schmalen Sims hinaus. Der Fels unter seinen Händen war glatt und bot kaum Halt. Vor jedem Schritt prüfte er den Untergrund sorgfältig mit den Füßen. Das Gesicht hatte er der Felswand zugewandt, und er achtete darauf, den Körper gut auszubalancieren. Das Tosen der Wellen, das von unten hochdrang, rief ihm in Erinnerung, was dort in der finsteren Tiefe lag.

Shuyun kam zu der Stelle, wo der Riesenfuß am weitesten vorsprang und der Sims ganz verschwand. Er blieb stehen, balancierte sich aus. Er streckte die Linke aus und suchte nach einer Unregelmäßigkeit, einer

Spalte im Granit. Doch da war nichts. Er hörte, wie Komawara sich unruhig bewegte. Ich muß kühn sein, dachte Shuyun. Er streckte sich, so weit er es vermochte, ohne aus dem Gleichgewicht zu geraten, und ertastete tatsächlich eine winzige Kante – halb so breit wie seine Fingerspitze, aber immerhin eine Kante. Er bereitete sich innerlich vor, belastete die Kante. Sie hielt. Shuyun drückte etwas fester.

Ja, dachte er, so könnte es gehen. Er holte etwas Seil von Komawara nach, um nicht durch Zug behindert zu werden, dann schwang er sich ins Leere hinaus. Sein linker Fuß scharrte über den unnachgiebigen Fels, suchte verzweifelt nach Halt. Erst jetzt wurde ihm bewußt, daß es kein Zurück mehr gab – es war ausgeschlossen, daß er sich wieder auf die Felsleiste hinaufzog!

Mein Leben liegt in Botaharas Hand, dachte er und ließ den linken Fuß von der sicheren Leiste abgleiten. Er hielt sich nurmehr mit der rechten Hand fest und tastete mit dem Fuß um die Ausbuchtung herum.

»Die Leiste muß sich irgendwo fortsetzen«, sagte er sich und hob die Rechte zu der winzigen Kante, an der er sich festklammerte. Es war lediglich Platz für zwei Finger, doch das mußte reichen. Er lenkte das Chi in seine Hände und vertraute sein Gewicht dem Zweifingerhalt an. Seine Linke beschrieb einen flüssigen, gewandten Bogen nach außen. Ja! Da war ein senkrechter Riß, in dem er zwei Finger bis zum ersten Knöchel versenken konnte. Er zog sich nach links und tastete mit dem Fuß umher, bis er einen flachen Stein gefunden hatte. Mit einer raschen Bewegung zog er sich hinauf, ohne daß sich sein regelmäßiger Atem verändert hätte.

»Gelobt seien meine Lehrer«, flüsterte er, während er das Gestein mit den Händen untersuchte. Weiter oben weitete sich der Riß zu einer Spalte. Er führte das Seil durch diese natürliche Rinne und holte es nach und nach ein. Als es straff gespannt war, ruckte er zweimal leicht daran.

Es gab keine Möglichkeit, Komawara mitzuteilen, wie er sich um die Ausbuchtung herumbugsiert hatte, doch so, wie er das Seil jetzt festgeklemmt hatte, war Shuyun zuversichtlich, den jungen Fürsten im Falle eines Absturzes auffangen zu können.

Shuyun versuchte, Komawaras Bewegungen anhand der Bewegungen des Seils zu erraten. Als das Seil ein wenig nachgab, zog Shuyun es sogleich wieder stramm und wickelte es sich einmal um die Hüfte, da er sicher war, daß sein Gefährte mittlerweile auf der sich verjüngenden Leiste angekommen war. Noch ein Schritt, dachte Shuyun, dann endet die Leiste. Das Seil rührte sich nicht. Der Mönch behielt einen leichten, beruhigenden Druck bei und verfolgte Komawaras Fortschritte, als wären sie über einen Nervenstrang miteinander verbunden.

Er weiß nicht weiter, wurde Shuyun klar. Er wartete, versuchte, den Mönch in Gedanken dazu zu bewegen, den Arm auszustrecken und sich abzustoßen. Die Seilspannung veränderte sich jedoch nicht. Wenn er zu lange wartet, wird er ermüden, dachte er, seine Konzentration wird nachlassen, und er wird die Nerven verlieren.

Nach einer Weile kam Shuyun zu dem Schluß, daß er nicht länger warten konnte. Langsam, jedoch mit großer Kraft, holte er das Seil ein. Dadurch wird er nach links oben gezogen, überlegte der Mönch. Ob er das Signal wohl versteht?

Der Wind heulte unausgesetzt, wirbelte Staub von der Leiste auf und rüttelte Shuyuns Gewand durch, als wäre es ein loses Segel. Der Seilzug blieb unverändert, nichts deutete darauf hin, daß Komawara sich bewegte. Plötzlich wurde zweimal scharf am Seil geruckt. Shuyun antwortete auf gleiche Weise. Er wappnete sich, da spürte er auch schon, wie der Zug zunahm und das Seil in seine Muskeln schnitt. Als abermals geruckt wurde, begriff Shuyun, daß der Krieger die Kante nicht gefunden hatte und sich statt dessen am Seil entlanghangelte. Shuyun wickelte sich fester in das grobe Seil und wartete. Kurz darauf schwang sich Komawara behende auf die Felsleiste. Shuyun hörte trotz des Sturms seinen keuchenden Atem.

Angst, dachte der Mönch; er nahm den Geruch wahr, ehe er in die Nacht hinausgeweht wurde.

»Geht es noch, Fürst?« erkundigte sich Shuyun.

Komawara rang um Fassung. »Ja… Macht Euch keine Sorgen. Wir müssen weiter.« Er richtete sich auf die Knie auf und machte sich daran, das Seil aufzurollen.

Shuyun wartete einen Augenblick, dann zupfte er an Komawaras Ärmel und ging weiter. Zunächst veränderte sich die Leiste nicht, dann aber stießen sie auf mehrere lose Steinblöcke, die die Elemente, Eis, Wind und Sonne, aus der massiven Felswand gelöst hatten. Shuyun rüttelte am ersten Block und kam zu dem Schluß, daß er halten würde. Die anderen wirkten ebenso massiv, allerdings waren mehrere kleine Stücke davon abgebröckelt, und andere schienen lose. Während die beiden Männer sich einen Weg durch den Schutt bahnten, wurde ihnen bewußt, daß das Geräusch herabfallender Steine trotz des Sturms zu hören sein würde.

Abermals gelangten sie zu einer Ausbuchtung der Felswand, die aber nicht so dramatisch ausfiel wie beim erstenmal. Die Hüfte der Braut, dachte Shuyun, der beinahe meinte, das Felsenrelief verspotte ihn. Shuyun tastete sich an der Wand entlang und hielt Ausschau nach den Spalten, die sich, wie er gesehen hatte, am Relief emporzogen.

Man sah die Lichter von Shontos Flotte, die in der

Dunkelheit des Sees auf den Wellen schwankten. Sie wirkten sehr weit entfernt und sehr klein. Er ist ein großer General, dachte Shuyun; es wurde alles getan, um unseren Erfolg sicherzustellen. Wenn nur die anderen nicht scheitern. Der Plan hing von sovielen unterschiedlichen Elementen ab, von sovielen verschiedenen Menschen.

Als er die gesuchte Stelle fand, verdrängte Shuyun diese Gedanken aus seinem Bewußtsein. Er erkundete die Spalten, so weit seine Arme reichten. Sie waren im Innern glatter, als er erwartet hatte, älter und stärker verwittert, dafür aber auch breiter als erhofft. Er steckte die Hand in eine Spalte und stellte fest, daß sie recht tief und so breit war wie seine Faust.

Jetzt, dachte Shuyun, werden wir sehen, ob sich die stundenlangen Vorbereitungsgespräche mit Fürst Komawara gelohnt haben. Shuyun knüpfte den Knoten um seine Brust neu und vergewisserte sich, daß Komawara den seinen gelöst hatte. Dann sammelte er sich einen Augenblick lang und erforschte sein Inneres, um sicherzugehen, daß er die Gelassenheit besaß, auf die seine Lehrer soviel Wert gelegt hatten.

Er machte sich an den Aufstieg, zwängte seine in Baumwollappen gewickelten Füße und Hände in die Spalte, kämpfte sich durch den Riß im Fels nach oben. Das Seil maß fünfundzwanzig Körperlängen, soviel, wie er mitzunehmen gewagt hatte, ohne befürchten zu müssen, daß es sich verhedderte, und Komawara hatte ein ebensolanges Seil dabei. Wenn das Fenster, zu dem sie hochkletterten, höher lag als geschätzt, würde das Seil nicht bis aufs Wasser hinunterreichen. Shuyun kletterte weiter, leerte seinen Geist von solchen Zweifeln und füllte ihn statt dessen mit den Rissen im Fels, mit seinen abgemessenen Bewegungen.

Der Sturm versuchte ihn zu packen, vermochte ihn aber nicht loszureißen. Die Haut an seinen Knöcheln riß, und aus beiden Handgelenken, die am Fels gescheuert hatten, sickerte Blut. Shuyun hatte das Gefühl, er klettere in die Geisterwelt empor, und obwohl er sich nicht für abergläubisch hielt, meinte er, die Anwesenheit längst verstorbener Brüder zu spüren, die sich noch immer an die irdische Sphäre klammerten.

Da ist unser Feind, mochten sie sagen. *Er klettert über die Hüfte von Botaharas Braut, als wenn dies kein Sakrileg wäre! Möge er in die ewige Finsternis hinabstürzen!*

Als er die kalte steinerne Hüfte überwunden hatte und sich der Fels leicht nach innen neigte, legte er eine kurze Pause ein. Seine lebenslange botahistische Ausbildung machte sich bemerkbar, das Chi strömte in seine Arme und Beine, und trotz des unberechenbaren Winds wahrte er unerschütterlich das Gleichgewicht.

Er kam zu der Stelle, wo sich die Körper der beiden Liebenden vereinten. Keine noch so lange Ausbildung hatte ihn auf diesen Anblick aus nächster Nähe vorzubereiten vermocht.

»*Häresie*«, murmelte Shuyun vor sich hin.

Der Fels wirkte geradezu befleckt von diesem Verbrechen. Und gleichwohl klammerte er sich daran fest, weil er an seinem Leben hing.

Plötzlich wurde ihm bewußt, daß er aufgehört hatte zu klettern, und dieser Lapsus bestürzte ihn. Im Geiste pries er Botahara, um seine Konzentration wiederherzustellen. Das Leben meines Lehnsfürsten hängt davon ab, daß ich es schaffe, sagte er sich, und das Leben all seiner Gefolgsleute und seiner Familie noch dazu.

»*Nishima.*« Der Name war ihm ganz ohne sein Dazutun über die Lippen gekommen. Er lehnte den Kopf an den kalten Fels. Ich bin meiner Lehrer unwürdig, dachte er. Er nahm seine Lobpreisungen wieder auf und kletterte die Spalte hinauf, die an der Hüfte des Vollkommenen Meisters emporführte. Im Geiste maß er das bereits verbrauchte Seil und schätzte, daß Fürst

Komawara noch etwa die Hälfte davon in Händen hielt. Die Spalte wurde plötzlich tiefer und breiter, und Shuyun stellte fest, daß sie Platz bot für seinen ausgestreckten Arm. Sie wurde immer noch breiter, und schließlich zwängte er die Schulter in die Höhlung.

Der Wind toste durch die breitere Spalte wie durch einen Trichter – eine kalte Hand, die ihn niederdrückte –, und er stemmte sich dagegen. Schließlich, nach langem Kampf, schlossen sich seine Finger um den oberen Rand der Hüfte, und er stellte fest, daß diese eine schmale Leiste bildete. Er zog sich hoch und quälte sich ab gegen den Widerstand des Gesteins, das nach seinem Gewand und dem Seil zu schnappen schien.

Shuyun spähte angestrengt in die Dunkelheit und versuchte, dem Verlauf der Felsleiste mit den Augen zu folgen. Die graue Linie des Rands schien schräg anzusteigen, dann verschmolz sie mit den Farben der Nacht, und Shuyun konnte die weitere Richtung nicht erkennen. Er durchforschte sein Gedächtnis, kam jedoch nicht weiter. War dies der Rücken Botaharas? Konnte das sein? Was sonst sollte in diesem Winkel ansteigen? Er hatte die Figur an der schmalsten Stelle überquert, daher war es durchaus möglich. Das Fenster, durch das sie eindringen wollten, lag jetzt fast unmittelbar über ihm, doch diese Leiste bot ihnen vielleicht ganz unerwartete Möglichkeiten.

Shuyun stemmte den Fuß gegen die Leiste, preßte sich mit dem Rücken in die Spalte und holte das Seil ein. Als nichts mehr nachkam, ruckte er zweimal daran, dann wartete er darauf, daß Fürst Komawara mit dem Aufstieg begann.

Der Sturm machte nicht den Eindruck, als würde er nachlassen, sondern heulte und warf sich in sämtliche Richtungen wie ein wildgewordener Drache. Erst als Komawara bis auf wenige Schritte an Shuyun herangekommen war, wurde er von dem jungen Mönch bemerkt. Shuyun schien es so, als habe Komawara eine Ewigkeit für den Aufstieg gebraucht, und kein einziges Mal hatte er dessen Gewicht am Seil gespürt.

Komawara zwängte sich mit einiger Mühe an Shuyuns Füßen vorbei und zog sich auf die Leiste. Er rang nach Luft, und seine Muskeln zitterten vor Erschöpfung.

»Wo?« fragte Komawara nach einer Weile.

»Ihr sitzt rittlings auf dem Rücken der Gesichtslosen Liebenden«, flüsterte Shuyun.

»Und was ist das für eine Leiste?«

»Das ist Sein gebogener Rücken. Von dieser Leiste aus wurden die Figuren früher bei Festlichkeiten mit bunten Tüchern geschmückt.«

»Dann führt sie also zum Fenster?«

»Ich kann mir nicht vorstellen, daß die Mönche damals sonderlich vorsichtig waren. Die Leiste war bestimmt über Seile oder Leitern zugänglich. Unterhalb von uns, ein Stück weiter links, müßte sich eigentlich eine Öffnung befinden. Es stellt sich die Frage, ob es leichter wäre und schneller ginge, wenn wir unseren Weg nach oben fortsetzen, oder wenn wir die Leiste überqueren und uns zu der Öffnung, die wir im Dunkel finden müßten, hinunterlassen.«

Komawara überlegte schweigend. »Die Öffnung zu unserer Linken befände sich näher am Wasser, Bruder, daher wäre der Aufstieg dort für Shontos Soldaten leichter.«

Shuyun wurde bewußt, daß es im Dunkel unmöglich war zu entscheiden, welche Route einfacher war. So wie die Leiste greifbar vor ihnen lag, hatte sie allerdings etwas Einladendes und wirkte weniger einschüchternd als die Vorstellung, im Stockdunklen weiter nach oben zu klettern.

»Ich glaube, wir sollten die Leiste erkunden, Fürst

Komawara. Ihr habt recht; diese Öffnung liegt tiefer, und wir können daher sicher sein, daß die Seile ausreichen.«

Damit stieg der Mönch über seinen Gefährten hinweg und trat auf die Leiste. Zunächst bewegte er sich auf allen vieren vorwärts, legte sich aber auf den Bauch, als die Leiste schmaler wurde. Die Fläche unter ihm schien zu schrumpfen, bis Shuyun gezwungen war, ein Bein und einen Arm über den Rand baumeln zu lassen. Er kroch weiter, mit geschlossenen Augen, da der Sturm Staub von der Leiste aufwirbelte. Zweimal mußte er an Stellen vorbeiklettern, wo der Fels geborsten und abgebröckelt war, doch das kostete ihn bloß Zeit und stellte seine Geschicklichkeit auf die Probe.

Die Leiste mündete unvermittelt auf eine kleine Plattform, wodurch Shuyuns Theorie, die Mönche hätten Leitern oder Seile benutzt, bestätigt wurde. Mit blutenden Fingern tastete er umher und entdeckte einen Riß, der hinter der Leiste entlangführte, jedoch nicht breit genug war, um darin Halt zu finden oder einen Knoten hineindrücken zu können.

Komawara muß es allein schaffen, dachte er. Wenn er ausrutscht, kann ich ihn nicht festhalten, sonst würde ich selbst von der Leiste heruntergerissen werden. Er löste den Brustknoten des Seils, zog es stramm und gab Komawara das verabredete Zeichen – ein zweifacher Ruck, dann eine Pause und ein weiterer Ruck. Als kurz darauf das Seil abermals schlaff wurde, holte Shuyun es sorgfältig ein und legte es so, daß es sich nicht verheddern konnte, falls Komawara abstürzte.

Zweimal geriet das Seil ins Stocken, als Komawara sich an den gefährlichen Stellen entlangarbeitete, und jedesmal widerstand Shuyun dem Drang, sich das Seil um die Hüfte zu binden. Gleich darauf aber gab es wieder nach wie zuvor.

Als Komawara die Plattform erreicht hatte, wagten

sie kaum zu sprechen, da sie nicht genau wußten, wo sich die gesuchte Öffnung befand.

Komawara legte den Mund an Shuyuns Ohr. »Liegt sie nicht unmittelbar unter uns, Bruder?« Trotz der Dunkelheit konnte Shuyun erkennen, daß der Fürst sich die Augen rieb, in die anscheinend Staub geraten war.

»Ich weiß es nicht«, flüsterte Shuyun. »Sie muß ganz in der Nähe sein, vielleicht drei Körperlängen entfernt, aber etwas weiter links.«

Komawara beugte sich über den Rand und tastete umher. Als er sich wieder aufsetzte, flüsterte er dem Mönch abermals ins Ohr. »Der Fels fällt anscheinend senkrecht ab – keine Haltegriffe. Was nun?«

Shuyun betastete erneut den Riß im Fels. »Euer Schwert, Fürst Komawara, muß uns als Anker dienen.« Er faßte den jungen Krieger bei der Hand und zeigte ihm die Öffnung.

»*Wir müssen uns etwas anderes einfallen lassen!* – Mein *Schwert!* Das hat schon meinem Vater gehört – ich kann es nicht hierlassen.«

Shuyun legte ihm die Hand auf den Arm. »Etwas anderes haben wir nicht.«

Der Sturm umtoste sie, schüttelte sie durch auf der schmalen Leiste. Komawara öffnete bedachtsam die Rüstung, dann holte er das Schwert in der Scheide hervor und reichte es wortlos Shuyun. Shuyun untersuchte mit der Schwertspitze die Spalte, bis er die tiefste Stelle gefunden hatte, dann rammte er Scheide und Schwert handtief hinein. Er befestigte das Seil sorgfältig an der Waffe und zog den Knoten möglichst weit nach unten.

»Am besten versuche ich es als erster, Fürst. Ohne Rüstung bin ich möglicherweise im Vorteil.« Ohne Komawaras Antwort abzuwarten, legte Shuyun sich das Seil um die Hüfte und ließ sich über den Felsrand hinunter.

Auf der kahlen Felswand war er der Wucht des Sturms stärker ausgesetzt als zuvor. Er stemmte die Füße gegen den Fels und lehnte sich zurück, trotzdem hatte er den Eindruck, der Wind schaukele ihn hin und her. Shuyun ließ das Seil langsam über die Baumwolltücher laufen, mit denen er sich die Hände umwickelt hatte, und seilte sich in die Tiefe ab, wobei er sorgfältig darauf achtete, wohin er die Füße setzte.

Das Fenster muß ganz in der Nähe sein, dachte Shuyun. Er versuchte, die Schichten Dunkelheit zu durchdringen, vermochte jedoch nichts zu erkennen. Auf einmal führte der Wind einen Geruch mit sich – den Geruch von Salz, Schweiß und Öl. Da! Er roch es wieder. Shuyun bewegte sich nach links und versuchte, die Witterung aufzunehmen. Ja, dachte er, der Geruch kommt von dort drüben. Er rückte einen Schritt weiter nach links, rutschte jedoch ab und verharrte wieder. In dem Maße, wie er sich von der Senkrechten entfernte, würde er dazu neigen, wie ein Pendel wieder zur Mitte zurückzuschwingen. Mühsam bewegte er sich zwei Schritte nach links, doch weiter ging es nicht mehr. Zeichnete sich da nicht eine Linie in der Dunkelheit ab – ein schwacher Lichtschimmer?

Auf einmal vernahm er eine Stimme, war sich aber nicht ganz sicher, ob er sich nicht doch getäuscht hatte. Tiefer, dachte der Mönch und ließ noch etwas Seil nach. Da war es wieder! Beinahe konnte er verstehen, was gesprochen wurde. Er ließ sich noch weiter ab, suchte mit den Füßen nach einem Halt an der Granitwand, kämpfte sich weiter nach links vor.

»Heute nacht ist viel Bewegung in der Ebene.« Der Sprecher befand sich ganz in der Nähe von Shuyuns Ellbogen!

»Das hat mit Fürst Shonto zu tun. Vielleicht hilft er unserem Fürsten, diese Viehdiebe loszuwerden.«

»Ha! Wenn die Shonto und die Hajiwara sich verbünden sollten, gibt es einen warmen Winter.«

»Na, der Herbst war ja schon warm, jedenfalls bis heute. Vielleicht ist das ein Zeichen. Bitte entschuldige mich, ich habe noch zu tun.«

Shuyun meinte beinahe zu hören, wie sie sich im Dunkel voreinander verneigten. Er mußte noch tiefer hinein, vorher aber mußte er zum Zentrum des Pendels zurückkehren.

Es war ausgeschlossen, die Öffnung zu erreichen, ohne das Risiko einzugehen, abzurutschen und die Hajiwara dadurch aufmerksam zu machen. Es gab nur einen sicheren Weg, das Fenster zu erreichen.

Shuyun bewegte sich nach rechts, möglichst weit weg von der Öffnung. Und dann wartete er darauf, daß der Sturmgott ihm gnädig gesonnen wäre. Er betete lautlos und wappnete sich wie für einen Kampf. Was gut für die Shonto ist, sagte er sich, ist auch gut für meinen Orden. Gleichwohl war er innerlich angespannt – Angst war es nicht, sondern eher bange Erwartung angesichts der Gewißheit, daß es jeden Augenblick ernst werden würde. Vielleicht brauche ich ja niemanden zu verletzen, dachte er. Die Bruderschaft hat schon viele Schlachten geschlagen, die der Sicherheit der Anhänger Botaharas dienten, und hier geht es um nichts anderes. Fürst Shonto unterstützt die Religion Botaharas gegen den ausdrücklichen Wunsch des Kaisers, und daher hat er bedingungslose Loyalität verdient.

Er wappnete sich, denn er spürte, daß der Wind abermals umschlug. Als er genau aus der richtigen Richtung wehte, rannte Shuyun quer über die Felswand, ein menschliches Pendel. Er schätzte den Abstand zum Fenster anhand seiner Schritte, Schritte, die ihm im Zustand der Zeitdehnung erstaunlich langsam vorkamen. Der Fels an seinen Füßen fühlte sich rauh an, rauh und kalt. Sein Schwung nahm zu, bis er einen weiten Bogen beschrieb.

Der Eingang sollte jetzt auftauchen, dachte der Mönch, und tatsächlich zeigte sich im dunklen Fels eine Linie. Er packte die Linie – eine unnachgiebige Felskante – und zog sich in die Öffnung hoch. Er schlug auf dem Steinboden auf und stürzte zur anderen Fensterseite. Als er hörte, wie ein Schwert aus der Scheide gezogen wurde, richtete er sich auf die Knie auf. Der Wächter zeichnete sich als Silhouette vor einem hellen Schimmer ab, der aus dem Inneren kam. Shuyun bekam den Mann an der Rüstung zu fassen und zog ihn in einer flüssigen Bewegung zu sich heran. Der Soldat stürzte nach vorn, der Schwerthieb ging ins Leere, und dann flog er durch die Luft. Der Wind schien einen Schrei heranzutragen, dann war der Mann verschwunden, und man hörte nur noch das Tosen der Wellen in der Tiefe. Möge Botahara ihm gnädig sein, dachte Shuyun, und mir auch.

Er kroch in den helleren Tunnel hinein. Dieser mündete in einen großen Raum mit einer hohen, gewölbten Decke, der das Aussehen eines gewöhnlichen Wachraums hatte – Speisereste, säuberlich angeordnete Waffen, eine einzelne Lampe auf dem Tisch. Es war niemand da. Shuyun ging zum Eingang, der aus der Rückwand herausgemeißelt war, und stieß auf eine unbeleuchtete Treppe, die nach oben führte. Das einzige Geräusch kam vom Wind, der durch die Felsenhöhle heulte.

Das Seil! Er hatte das Seil losgelassen! Jetzt lag es irgendwo in der Dunkelheit, während Fürst Komawara auf das Signal wartete!

Shuyun rannte zum Fenster zurück. Die Augen tränten ihm vom Wind, und er versuchte, sie mit der Hand zu schützen. In der Dunkelheit konnte er nichts erkennen. Ich muß Komawara irgendwie Bescheid geben, dachte Shuyun, sonst kann er keine Entscheidung treffen. Sonst weiß er nicht, ob ich abgestürzt bin oder gefangengenommen wurde.

Shuyun kehrte in den Raum zurück und blickte sich nach einem Gegenstand um, mit dem er das Seil würde erreichen können. An der Wand lehnte ein langer Speer mit Widerhaken. Er wog ihn in der Hand. Ja, dachte er. Als von der Treppe ein Geräusch ertönte, hockte Shuyun sich hin und lauschte. Da bin ich wohl dem Wind aufgesessen, dachte er.

Er trat wieder ans Fenster und beugte sich hinaus, geblendet von der Wucht des Sturms. Ihm war bewußt, daß er keine Zeit verlieren durfte, denn er wußte nicht, wann der nächste Wachwechsel stattfinden würde. Als ihm der Wind ins Gesicht wehte und das Seil hoffentlich näherdrückte, stocherte Shuyun blindlings mit dem Speer umher. Er hatte den Eindruck, etwas Weiches läge auf dem Fels, doch es verfing sich nicht an den Widerhaken. Abermals war der Wind günstig, doch diesmal spürte er das Seil überhaupt nicht mehr. Wenn es sich an einem Vorsprung verfängt, bin ich verloren, dachte der Mönch. Er wartete in erzwungener Ruhe und teilte seine Aufmerksamkeit zwischen dem Wind und der Treppe.

Beim fünften Versuch war ihm der Sturmgott gnädig gesonnen, und er spürte, wie sich das Seil an der Speerspitze verhakte. Langsam und mit großer Mühe näherte Shuyun das Seil dem Fenster. Plötzlich hielt er es in der Hand und umklammerte es, als wäre es seine Verbindung zum Leben. Shuyun wollte Komawara gerade das vereinbarte Zeichen geben, da stockte er. Er legte den Speer quer vor die Wandöffnung und knotete das Seil daran fest. Im Wachraum entdeckte er einen kräftigen Dolch in einer Scheide und band diese an das Seil. Er ruckte daran, damit sein Gefährte das Seil einholte, und dann wartete er, das Seilende in der Hand.

Nach einer Weile ließ sich Komawara herunter, und Shuyun stemmte sich gegen den Fels und zog den Fürsten quer über die Felswand in die Sicherheit des Tunnels hinein.

Als der junge Mann endlich wieder festen Boden unter den Füßen hatte, klopfte er dem Mönch höchst respektlos auf den Rücken. »Ich werde Fürst Shonto berichten, wie tapfer Ihr wart, Bruder. Allein hätte ich es niemals geschafft. *Und mein Schwert…*« Er verneigte sich tief. »Ich danke Euch.« Er strahlte, erfüllt vom Hochgefühl eines Mannes, der soeben einer großen Gefahr entronnen ist.

»Darüber können wir später sprechen, Fürst, jetzt aber müßt Ihr den Eingang bewachen, während ich das Zeichen gebe.«

Komawaras Gesichtsausdruck veränderte sich sofort. Er nickte, zog die Waffe und ging zum Eingang.

Shuyun nahm den Lampenschirm ab und trat zum Fenster. Hoffentlich sind die Wachposten aufmerksam, dachte er. Indem er sorgfältig darauf achtete, daß der Wind die Flamme nicht ausblies, gab Shuyun das verabredete Zeichen und wartete. Die Lichter auf dem Führungsboot erloschen, als hätte der Wind sie ausgeblasen.

Jetzt, dachte Shuyun, müssen wir das Seil hinunterlassen und diesen Raum um jeden Preis halten. Er kehrte in den Wachraum zurück.

»Sie haben es gesehen«, sagte er zu Fürst Komawara.

Alles weitere lag in den Händen von Shontos Bootsleuten und Soldaten. Das Tosen des Windes und der Wellen, die gegen den Fels anbrandeten, veränderte sich nicht. Es ist noch nicht vorbei, dachte Shuyun. Er wartete am Fenster, bereitete sich darauf vor, die Strickleiter hochzuziehen. Ringsumher seufzte der Wind, doch es klang beinahe wie ein lustvolles Stöhnen.

23

In voller Rüstung, angetan mit Helm und Gesichtsmaske und in Begleitung von sechs Shonto-Offizieren und ebenso vielen eigenen Leibwächtern, schritt Fürst Hajiwara über den kleinen Hof der Festung. Das Klirren der Rüstungen von fünfzig Shonto-Soldaten, die sich darauf vorbereiteten, an Fürst Hajiwaras Seite in die Schlacht zu ziehen, war im düsteren Zwielicht überall zu hören.

Das Schnauben und der Geruch der Pferde durchdrang die kühle Luft, der Wind heulte zwischen den Türmen, und die vielen Fahnen flatterten und knatterten.

Der Shonto-General, Hojo Masakado, mußte beinahe rennen, um mit dem Fürsten Hajiwara Schritt zu halten.

»Wir müssen uns beeilen, General Hojo. Die Zeit drängt.«

»Meine Männer erwarten Euch, Fürst.«

Sie kamen zu einer Steintreppe, die sie Seite an Seite emporstiegen. An ihrem Ende lag eine Plattform, von der aus man Ausblick auf die Ebene hatte, wenngleich aufgrund des Sturms und der Dunkelheit im Augenblick nichts zu sehen war. Der Staub, den der trockene Herbst angesammelt hatte, füllte die Luft und brannte in den Augen.

»Dieser elende Wind!« sagte Hajiwara.

»Er bietet uns ausgezeichnete Deckung, Fürst«, bemerkte General Hojo ruhig.

»Ja, aber er verdeckt uns auch die Sicht.« Hajiwara starrte in die Dunkelheit und die Staubwolken hinaus. »Dann glaubt Butto Joda also, er könnte sich hinter dem Rockzipfel der Nacht verbergen.« Er rammte die behandschuhte Faust auf die steinerne Brüstung, dann wandte er sich an seine Adjutanten, die auf die Knie niederfielen.

»Alles ist bereit, Herr«, meldete ein ranghoher Offizier.

»Dann dürfen wir nicht länger warten«, sagte Hajiwara und schritt über die Plattform zu einer weiteren Treppe.

General Hojo sprang ihm nach. »Das ist der falsche Weg, Fürst! Meine Männer erwarten uns dort.« Er deutete zum Hof hinunter. Ein Soldat der Hajiwara trat zwischen seinen Herrn und den General, während die Umstehenden die Schwerter zogen. Ringsumher tauchten Soldaten der Hajiwara aus der Dunkelheit auf, und im Nu waren Shontos Männer umzingelt.

Der General straffte sich und funkelte Hajiwara an. »Das ist Verrat«, zischte Hojo. »Fürst Shonto läßt nicht mit sich spaßen. Das solltet Ihr bedenken.« Die Shonto-Offiziere bildeten einen Ring um ihren Kommandanten.

Hajiwara blieb am Kopf der Treppe stehen. »*Verrat*, General Hojo?« Durch die metallene Gesichtsmaske hindurch klang seine Stimme eigentümlich verzerrt. »Das sind starke Worte. Ich beabsichtige nichts weiter, als mich meinerseits gegen Verrat abzusichern. Wenn sich die Behauptungen Eures Fürsten als wahr erweisen, wird man Euch freilassen, und Euer Fürst darf ungehindert weiterreisen. Darauf könnt Ihr Euch verlassen. Ich treffe lediglich Vorkehrungen, wie sie auch jeder andere treffen würde – jeder, der kein solcher Narr ist, wie Ihr ihn in mir zu sehen scheint. Seid beruhigt, General. Man wird Euch mit dem gebotenen Respekt behandeln. Bitte sorgt dafür, daß Eure Männer keinen Widerstand leisten.« Der Fürst entfernte sich mit einem knappen Kopfnicken über die Treppe.

Der Hauptmann der Hajiwara-Soldaten trat vor und deutete mit dem Schwert zu der Treppe, die die Soldaten hochgekommen waren. Darauf bedacht, sich den Rücken freizuhalten, stiegen die Shonto-Soldaten zum Hof hinunter, wo der Rest von ihnen wartete.

Dann ist Hajiwara also kein solcher Narr, wie wir geglaubt haben, dachte General Hojo. Aber weshalb jagt er dann in diesem Sturm Phantomen nach und läßt mich hier im Herzen der Festung zurück, von der aus man die Schleusen der Denji-Schlucht kontrolliert?

Butto Joda saß ab, und sein Pferd wurde von einem bewaffneten Adjutanten weggeführt. Das nervöse Stampfen der Pferde mischte sich mit dem Tosen des Sturms.

Der Drachenwind, dachte der junge Fürst, doch wem wird er heute nützen? Als er auf dem Klappstuhl Platz genommen hatte, reichte ihm ein Leibwächter einen Kriegsfächer mit dem Zeichen der Butto. Im trüben Schein der Fackeln knieten die ranghohen Offiziere.

Von der Hügelkuppe aus überblickte der junge Fürst die vielen Lagerfeuer der beiden Armeen, die sich auf der weiten Ebene gegenüberstanden. In der Ferne waren die Lichter der kaiserlichen Festung, im Augenblick besetzt von den Hajiwara, gerade so eben zu erkennen, und zur Linken zog sich die schwarze Linie der Denji-Schlucht an der gesamten Ebene entlang.

Wenn wir den Shonto bloß trauen könnten, dachte der Fürst. In der Vergangenheit haben sie schon öfter gelogen, daran besteht kein Zweifel. Ich flehe zu Botahara, daß es sich so verhält, wie ich glaube, und daß die Vernichtung der Hajiwara ihr vorrangiges Ziel ist. Um Botahara zu huldigen, faßte er sich an Stirn.

Ein ranghoher General kniete vor dem jungen Fürsten nieder. »Auf der Ebene rückt eine Armee vor, Herr, allerdings läßt sich ihre Stärke nur schwer ausmachen. Unsere Späher melden, daß sich die Hajiwara trotz des Sturms bereitmachen.«

Der junge Fürst nickte, tief in Gedanken versunken. In seiner in den Butto-Farben Schwarz und Purpur gehaltenen Rüstung wirkte Joda noch kleiner und jünger als gewöhnlich, wenngleich seine Generäle keinerlei Zweifel an ihrem Fürsten erkennen ließen. Alle warteten, bereit, seine Befehle widerspruchslos auszuführen.

»Und was ist mit den Butto, haben wir unsere Vorbereitungen abgeschlossen?«

»Die Soldaten warten auf Eure Befehle, Herr«, antwortete der General. »Die *Ziege* wurde bereits auf dem Feld festgebunden. Wir warten jetzt nur noch auf den *Leoparden.*«

Butto Joda nickte. »Unsere Soldaten müssen sich gedulden. Der *Leopard* kommt zu uns. Die Hajiwara werden uns als erste angreifen, ganz bestimmt. Und wir ziehen uns anschließend ungeordnet zurück und locken sie weiter auf das Gebiet der Butto. Eine einzige Schlacht steht zwischen uns und dem Sieg, den wir schon so lange herbeisehnen. Bringt mir gute Nachrichten für Euren Fürsten, meinen Vater. Möge er erleben, wie die Butto für eine Generationen währende Schmach Genugtuung erfahren.«

Der Sturm toste und heulte um sie herum, machte jede Unterhaltung unmöglich, doch dann schien er emporzusteigen und sich in den Himmel zu werfen. »Das ist ein Zeichen!« sagte Butto Joda. »Der Drachenwind eilt den Butto zu Hilfe, ganz bestimmt!« Der junge Fürst befestigte den Helmriemen, und alle seine Gefolgsleute taten es ihm nach.

Die Pferde scharrten am Boden und schnaubten, während der Drachenwind sie umtoste. Die Mähnen sträubten sich, tanzten im Fackelschein. Und dann stießen die Soldaten die Fackeln in den Sand, und auf einmal war es stockdunkel.

Der hundertste Shonto-Soldat kletterte über die Felsleiste und zog sich am Frachtnetz hoch, das man in eine riesige Strickleiter umgewandelt hatte. Trotz der außergewöhnlichen Umstände tat er der Etikette Genüge und nickte Shuyun zu.

Können die sich nicht ein bißchen mehr beeilen? fragte sich Shuyun, auch wenn ihm bewußt war, daß sich daran nun wirklich nichts ändern ließ. Ein Boot in der Nähe der Klippen zum Halten zu bringen, war bei diesem Sturm ein beinahe aussichtsloses Unterfangen. Zwei Soldaten waren bereits über Bord gespült und vom Gewicht ihres Panzers in die Tiefe gerissen worden, als sich das Boot auf die Seite gelegt hatte.

Shuyun überließ es den Soldaten, sich um die Neuankömmlinge zu kümmern, trat in die Felskammer und machte Fürst Komawara ein Zeichen. Sie gingen zur Treppe hinüber. Es wurde allmählich Zeit nachzuschauen, was dahinter lag. Der Mönch hatte eine grobe Vorstellung davon, was sie erwartete, denn alle botahistischen Tempel wiesen gewisse Gemeinsamkeiten auf. Allerdings ging er davon aus, daß die Sekte, die hier vor so langer Zeit gelebt hatte, die Örtlichkeiten ihren Bedürfnissen angepaßt hatte.

Die Wände des Treppenaufgangs waren früher einmal mit kunstvollen Figuren bemalt gewesen, viele davon im Liebesakt begriffen. Mittlerweile waren sie kaum mehr zu erkennen, denn die Jahrhunderte waren nicht spurlos an ihnen vorübergegangen. Botaharas Worte waren mit uralten Buchstaben in den Fels graviert, an vielen Stellen aber mit den Blasphemien der Häretiker und Ungläubigen übermalt worden.

Da es sich um eine Wendeltreppe handelte, war der schwache Lichtschein, der von unten hochdrang, schon bald nicht mehr zu sehen. Komawara riskierte es, den Schirm seiner Bronzelaterne einen Spalt weit zu öffnen, was aber auch keine neuen Erkenntnisse erbrachte – die Treppenspirale setzte sich immer weiter fort. Die beiden Männer bemühten sich, so leise wie möglich zu sein, wodurch sie nur langsam vorwärtskamen. Als sie hinter einer Biegung einen schwachen, von oben kommenden Lichtschein ausmachten, wurden der Krieger und der Mönch noch langsamer.

Die Treppe endete vor einem Felsdurchgang, aus dem der Lichtschein kam. Komawara zog das Schwert, doch Shuyun trat an ihm vorbei und näherte sich der Öffnung. Er lauschte einen Augenblick lang, lud seinen Körper mit Chi auf und verlangsamte sein Zeitempfinden; als er sich wieder bewegte, war er so schnell, daß Fürst Komawara seinen Augen kaum traute.

Der Durchgang mündete auf einen Gang, der so breit war, daß er vier Männern nebeneinander Platz geboten hätte. Das Tosen des Sturms war hier gedämpfter, doch durch die Türöffnungen und Gänge wehte ein starker Luftzug.

Das muß die Ebene mit den drei Fenstern sein, dachte Shuyun. Ich befinde mich auf dem Verbindungsgang. Er trat ein Stück weiter auf den Gang hinaus, der Quelle des Lichtscheins entgegen. Als hinter ihm ein unheimliches Heulen ertönte, fuhr Shuyun herum… doch es war bloß der Wind.

Der Wind führt noch die Stimmen der toten Brüder mit sich, dachte der Mönch und wandte sich wieder der Lichtquelle zu. Er hatte den Eindruck, daß der Laternenschein aus einer Tür zur Rechten kam. Ein Innenraum, dachte Shuyun und bedeutete Komawara, er solle warten, während er die Erkundung fortsetzte. Der Fürst bezog am Durchgang Stellung, von wo aus er den Gang im Rücken des Mönchs überblicken konnte.

Shuyun rückte weiter vor, mit den fließenden Bewegungen einer Sonsatänzerin. Seine bloßen Füße machten kein Geräusch auf dem kalten Stein.

Als er sich der Tür näherte, vernahm man vom Gangende Geräusche – Fußgetrappel und das Klirren von Rüstungen. Laternenschein erhellte die Treppe. Shuyun trat zurück und wollte weglaufen, doch dafür war es bereits zu spät. Ein Soldat mit einer Laterne in der Hand tauchte auf, den Blick auf den Boden gerichtet. Er hatte bereits drei Schritte in den Gang hinein getan, als er aufsah und den gebückt dastehenden Mönch erblickte.

Der Soldat riß die Augen auf und blieb stehen. »*Ein Wandelgeist!*« flüsterte er, machte kehrt und floh.

Angelockt vom Lärm, tauchte in der Tür zur Rechten ein zweiter Soldat auf. Auch er schreckte vor dem Mönch zurück, und Shuyun nutzte das Überraschungsmoment und rammte dem Mann seine Weichfaust gegen das Nasenbein. Ein scharfes Knacken war zu vernehmen, als bräche ein Brett, dann sackte der Soldat zusammen und blieb reglos auf dem Steinboden liegen. Shuyun sprang in den Raum hinein und wehrte mit einem Schwinger der Linken einen Hieb des zweiten Soldaten ab. Der Mönch trat einen Schritt zur Seite, fand den Schwerpunkt des Mannes und schleuderte ihn mühelos gegen die Granitwand. Der Soldat brach zusammen und regte sich nicht mehr.

Komawara war neben dem Mönch aufgetaucht, das Schwert in der Hand.

»Ist jemand entkommen, Bruder?«

Shuyun nickte und kniete nieder, um die Soldaten zu fesseln.

»Dann hat man uns entdeckt! Er wird Alarm schlagen.« Der junge Fürst verzog das Gesicht, als habe er Schmerzen. »Wir haben versagt.«

»Das glaube ich nicht, Fürst. Der Soldat ist überzeugt, einen Wandelgeist erblickt zu haben – einen Geist der toten Brüder, die hier früher lebten. Im Augenblick wird er seinen Kameraden gerade einen Schrecken damit einjagen. Ich glaube, solange der Sturm andauert, wird sich keiner mehr hier herunterwagen. Trotzdem sollten wir diese Ebene sichern und dafür sorgen, daß uns niemand entwischt, der die Wahrheit verbreiten könnte.«

Der Fürst nickte und wandte sich ohne Zögern den anderen Türöffnungen zu, wobei er sich mit der Sicherheit und Anmut eines Falken auf Beuteflug bewegte.

Shonto fuhr mit dem Pinsel bedächtig über den Tintenstein, dann wandte er sich wieder dem Schriftstück zu, an dem er gerade arbeitete. *Niemand kennt die Schwächen seines eigenen Kindes*, schrieb der Fürst. *Und niemand vermag die Stärke eines Baums anhand der Form des Samens einzuschätzen.*

Diese Übung hatte Shonto bereits unzählige Male vollzogen – eigentlich von Kindheit an. Er formte jedes Schriftzeichen mit größter Sorgfalt, konzentrierte sich auf jeden einzelnen Pinselstrich. *Jenseits der Welt zu existieren, jenseits der Emotionen, in der Reinheit der Handlung als solcher, dies versteht man unter gelassener Zielstrebigkeit.*

Er befeuchtete erneut den Pinsel, dann hielt er inne und begutachtete sein Werk. Gab es Anzeichen dafür, daß seine Hand gezittert hatte? War er in Gedanken abgeschweift?

Abermals setzte er den Pinsel aufs Papier und kopierte die Zeile, mit der er unzufrieden war. Es gab keinen Grund, weshalb die Schrift nicht vollkommen sein sollte. Der Plan würde entweder gelingen oder nicht, und wenn ja, würde die Flotte noch vor dem Morgengrauen in die Schleuse einfahren. Dann, und nur dann, gab es für Shonto wieder etwas zu tun. Bis dahin hatte es keinen Zweck, sich Gedanken darüber zumachen, was passieren könnte und was nicht.

Sprecht achtlos daher, und Eure Befehle werden im gleichen Geiste ausgeführt werden. Der Pinsel fuhr geräuschlos über das Papier, und der Fürst neigte sich in tiefer Konzentration über seine Arbeit.

Ein Pferd kam in einem solchen Tempo den Hügel heraufgaloppiert, daß man unwillkürlich meinte, es flöge dahin. Fürst Hajiwara lauschte auf das Hufgetrappel, als könnte er die Neuigkeit der Eile des Überbringers entnehmen. Wolkenfetzen trieben wie eine Flotte vor dem Wind über den Himmel. Der Neumond leuchtete hinter einer Wolke am westlichen Horizont hervor, und im Osten würde es bald schon dämmern. Ringsumher auf den Hügeln kündeten Soldaten und Pferde davon, daß die Schlacht entbrannt war, doch die Farben der Uniformen waren noch nicht zu erkennen.

»Wer wird am Abend als Sieger der Schlacht feststehen?« murmelte Hajiwara vor sich hin – es war die Frage aus einem alten Sprichwort. *»Der, welcher den Tag heraufdämmern sieht.«*

Der Sturm war abgeflaut, und sein Heulen mischte sich mit dem Schlachtenlärm, der unvermindert anhielt. Es war ein seltsam beunruhigender Wind, vor allem deshalb, weil er so trocken war. Es hatte nicht geregnet, und nun brachen die Wolken auf und zerstreuten sich, als hätten sie ihre Aufgabe erfüllt.

Das Pferd wurde am Außenring der Soldaten langsamer, dann galoppierte es zur Hügelkuppe hinauf. Dort angelangt, zügelte der Reiter sein Pferd und tauchte kurz darauf im Fackelschein auf, ein Leutnant, der dem Stab des Fürsten angehörte. Er saß ab, während ein Soldat herbeieilte und die Zügel übernahm, dann näherte er sich zielstrebig dem Fürsten Hajiwara. Er verneigte sich ohne Anzeichen von Eile und klappte das Visier auf. Um den Mund, wo der Staub am Schweiß festgeklebt war, hatte er einen dunklen Ring.

»Leutnant?« sagte der General zu Fürst Hajiwaras Rechten.

»Herr, ich habe zu melden, daß wir Fürst Butto Joda ergriffen haben.«

Fürst Hajiwara nickte und öffnete das Visier. Sein Stab kniete nieder und verneigte sich, als der Fürst den Göttern danksagte.

»Wo ist der bezwungene Fürst?« fragte Hajiwara. »Ihr sagt, Ihr habt ihn ›ergriffen‹?«

»Herr, er wurde unverletzt gefangengenommen und unbeschadet durch die Schlachtreihen gebracht, wird allerdings von seinen Leuten verfolgt. Ich bin vorausgeritten, um Euch Zeit zur Vorbereitung zu geben.«

Der Fürst nickte, dann nahmen er und sein Stab ohne weitere Diskussion und oder Anzeichen von Ungeduld Platz. Sie tauschten Bemerkungen über die Schönheit des stillen Monds im Vergleich zum Schlachtenlärm aus. Sie ließen sich aus über die Wirkung, die dieser Anblick auf sie habe. Die Hajiwara warteten seit Generationen auf diesen Augenblick; nun wollten sie ihn bis zu Neige auskosten.

Pferde galoppierten heran, ein trommelndes Geräusch wie das rasende Pochen eines Herzens. Zwanzig Männer zügelten die Pferde, als sie die Wachposten passierten, dann stürmten sie weiter. Im Zwielicht sah man nun das Grün der Hajiwara und, als die Reiter näher kamen, an einem der Reiter, der kaum größer war als ein Kind, auch das Purpur der Butto. Die Soldaten hielten an und banden das Kind vom Sattel los. Man zwang es vor Fürst Hajiwara auf die Knie, die Arme hatte man ihm auf den Rücken gebunden.

»Wollt Ihr Euch nicht verneigen, Fürst Butto Joda?« fragte Hajiwara ruhig.

Die Gestalt in Schwarz und Purpur reagierte nicht, sondern blieb reglos und irgendwie würdevoll stehen. Hajiwara gab einem General ein Zeichen, der wiederum einem Soldaten zunickte, worauf dieser vortrat und dem jungen Fürsten Gesichtsmaske und Helm abnahm. Er drückte das Gesicht des Knaben auf den Boden nieder und trat zurück.

»Blickt auf, junger Fürst, damit Ihr seht, wohin Euch Euer Familienstolz gebracht hat.«

Ganz, ganz langsam richtete der Junge sich auf, bis man im unsteten Fackelschein sein Kindergesicht sah. Hajiwara war aufgesprungen, das Schwert hatte er zur Hälfte gezogen. Er funkelte die Umstehenden an wie ein Wahnsinniger, der soeben herausgefunden hat, daß er von Verrätern umgeben ist. Und alle Umstehenden erblaßten.

»Schafft ihn mir aus den Augen!« kreischte Hajiwara.

»Herr, wir haben nicht gewußt... Wir dachten...« Der Leutnant verstummte, dann stand er auf und zerrte den falschen Joda in die Dunkelheit davon.

Von hinten ertönte Hufgetrappel. Die Stabsangehörigen der Hajiwara schlossen sich um ihren Fürsten, während sich die Reiter näherten, entspannten sich aber wieder, als sie die grünen Tressen sahen.

Der ranghöchste Offizier der Gruppe, ein alter Hauptmann, fiel vor seinen Vorgesetzten auf die Knie nieder.

»Hauptmann?« fragte der General.

»Herr, in unserem Rücken befindet sich eine Armee.«

Als Fürst Hajiwara sich diesmal erhob, zog er das Schwert ganz aus der Scheide. »Eine Armee! Das ist unmöglich! Wie hätten die Butto unsere Reihen durchdringen sollen?«

»Es sieht so aus, als wären es keine Butto, Herr.«

»Keine Butto! Welche Farbe? – welche Farbe haben die Uniformen?«

»Blau, Herr.«

Hajiwara fuhr herum und köpfte eine Fackel, deren eine Hälfte den Hügel hinunterrollte. »Shonto! Das kann nicht sein!«

»Sie sind zu Fuß, Herr. Trotzdem nähern sie sich rasch. Wenn Ihr ihnen entkommen wollt, müßt Ihr Euch beeilen.«

Der ranghöchste General übernahm das Kommando, befahl den Soldaten, Pferde zu bringen, und schickte in eine andere Richtung Gardisten mit den Fahnen der Hajiwara los. Die Fackeln wurden in den Boden gedrückt. Der Fürst brach nach Osten auf, um Shontos Armee zu entgehen und Verstärkung zu holen.

Der Schlachtenlärm flaute nicht ab, und niemand bemerkte, wie der Mond hinter den Hügeln unterging. Am Osthimmel tauchte der anbrechende Morgen die Wolken in ein bleiches Licht.

Ein Pfeil prallte von einem Stein oberhalb von General Hojos Kopf ab, worauf dieser sich duckte und vorsprang. Der erste Wachposten der Hajiwara wurde von einem einzigen Hieb gefällt, und der zweite wich unter hektischer Gegenwehr zurück, bis er vom Gangende in die Tiefe stürzte.

Hojo Masakada näherte sich jetzt rasch dem Wachturm, ohne allerdings zu rennen. Ein Dutzend Elitesoldaten folgten ihm. Es war viel leichter gewesen, als er gedacht hatte. Seine Einschätzung der Hajiwara hatte zugetroffen – mit den gut ausgebildeten Shonto konnten sie es nicht aufnehmen. Andererseits hatte Hajiwara die schwächsten seiner Soldaten in der Festung gelassen. Offenbar hatte er wirklich geglaubt, die Shonto würden brav auf seine Rückkehr warten. Der General hätte beinahe laut herausgelacht.

Das Haupttor stand mittlerweile offen, und die Shonto-Soldaten strömten aus der Ebene herein. Wenn er Bruder Shuyun und Fürst Komawara sah, würde er sich tief verneigen. Er hatte ernsthaft daran gezweifelt, daß sie es schaffen würden.

In der Dunkelheit sah er, wie sich mehrere Gestalten

in den Turm hinein zurückzogen. Sollen sie sich ruhig eine Weile verstecken, dachte er. Darauf kommt es nicht an. Die Brücke war offen. Jetzt blieben nur noch die Schleusen. Er wog das Schwert in der Hand; es tat gut, festzustellen, daß er immer noch ein Krieger war. Sehr gut sogar.

Auf dem Hang hing Nebel im Gezweig der Kiefern. Der Ruf eines Bussards schallte über die Hänge und mischte sich mit dem Knarren der Ledersättel. Ein Schwarm Waldkrähen flatterte aufgeregt von Baum zu Baum und beäugte das Gemetzel, das die Menschen anrichteten. Mehrere Reiter kamen mit wehenden Fahnen am Fuße des Hügels vorbei, doch die interessierten die Krähen nicht, denn sie stellten keine Bedrohung dar und waren höchst lebendig.

An der Spitze des Soldatentrupps ritt Fürst Hajiwara in die Festung ein. Es war früher Morgen. Seine Handgelenke waren von den Fesseln wund, doch er achtete nicht auf den Schmerz. Innerhalb der Mauern war kein einziger Soldat der Hajiwara zu sehen, wenngleich die Spuren des Kampfes allgegenwärtig waren. Hoch über dem Turm flatterte die Fahne der Shonto, eine weiße Shintablume auf weißem Grund, im abflauenden Wind. Hajiwara sah nur kurz hin, dann senkte er den Blick aufs Pflaster.

Zwei Shonto-Soldaten zogen den Fürsten aus dem Sattel, nicht grob, aber auch nicht gerade respektvoll. Sie schafften ihn in die Mitte des Hofes und zwangen ihn auf die Knie. Als von der Treppe Lärm herüberdrang, sah er auf. Fürst Shonto kam herabgestiegen, vertieft in ein Gespräch mit General Hojo. Ihm folgten ein Mönch, ein alter, einarmiger Mann und ein junger Fürst, der nicht in das Blau der Shonto gekleidet war. Shonto trug nicht einmal eine Rüstung, hatte allerdings sein Schwert dabei.

Am Fuß der Treppe blieb Shonto stehen und gab dem General letzte Anweisungen, dann endlich wandte er sich Hajiwara zu. Er musterte den Fürsten eingehend, jedoch ohne erkennbare Gefühle, als wäre der Edelmann ein Pferd, das er zu kaufen gedachte. Man brachte einen Hocker, und Fürst Shonto nahm darauf Platz, das Schwert in der Scheide über die Knie gelegt.

»›Wer Verrat übt, der wird verraten werden.‹ Lautet so nicht ein Sprichwort, Fürst Hajiwara?« fragte Shonto. Der Fürst schwieg.

»Es wundert mich nicht, daß Ihr schweigt. Trotzdem müßt Ihr reden, Fürst Hajiwara, und zwar von Verrat, hab ich recht?«

»Der Verrat, dessen ich mir bewußt bin, wurde nicht von mir verübt.« Der kniende Fürst spuckte aus.

Shonto lächelte unverhohlen. »Seht Euch nur um, Fürst Hajiwara – nein, seht nur! Meint Ihr, ich hätte Eure Festung so mühelos erobert und Euch obendrein gefangengenommen, weil ich ein Narr bin? Solltet Ihr das wirklich glauben, muß Eure Wahrnehmung von Nebel getrübt sein. Wie?« Der kniende Fürst schwieg auch weiterhin, und Shonto betrachtete ihn unentwegt.

»Ich möchte Euch nicht vorenthalten, welche Botschaft ich in die Hauptstadt übermitteln werde, Fürst Hajiwara. In meinem Brief wird stehen, Ihr und Euer Schwiegersohn, der kaiserliche Gouverneur von Itsa, hättet Euch mit einem gewissen… Offizier der Kaisergarde verschworen, Fürst Shonto Motoru das Leben zu nehmen, und zwar so, daß der Eindruck entstünde, der Drachenthron habe die Verschwörung wenn nicht geplant, so doch gebilligt. Im Falle des Gelingens hätte dies dazu geführt, daß sich die großen Adelshäuser gegen den Thron erhoben hätten, wodurch eine Situation entstanden wäre, die sich für den erwähnten Offizier als ausgesprochen vorteilhaft erwiesen hätte.« Shonto musterte Fürst Hajiwara scharf. »Selbst wenn ich den Namen dieses kaiserlichen Offiziers verschweigen sollte, so glaube ich doch, daß der Sohn des Himmels bald von allein auf den Namen käme. Wollt Ihr noch immer schweigen?« Er wartete eine Weile, doch der Fürst schwieg noch immer.

»Fürst Hajiwara, Ihr enttäuscht mich. Ihr glaubt doch nicht etwa, der Kaiser hätte sich an einem solch plumpen Plan beteiligt? War es nicht der *Tiger*, der *Sprechende Tiger,* der sich an Euch gewandt hat?«

Hajiwara blickte finster aufs Pflaster nieder.

»Kamu«, wandte Shonto sich an den alten Haushofmeister.

»Herr?«

»Seid Ihr mit Fürst Butto übereingekommen, Fürst Hajiwara in die Hände der Butto zu übergeben?«

»Das ist richtig, Herr.«

»Ah. Vielleicht sind wir ein wenig zu voreilig. Fürst Hajiwara, gestattet, daß ich Euch etwas erläutere, was Euch bereits klar ist. In diesem Augenblick wütet die Armee der Butto auf Eurem Lehen. Ihr seid ein Gefangener, und es besteht keinerlei Hoffnung für Euch. Meine Flotte passiert soeben die Schleusen, die von Shonto-Soldaten kontrolliert werden. Euer Schwiegersohn, der Gouverneur, ist zurückgetreten und hält sich versteckt. Nichts bleibt Euch mehr: keine Familie, keine Verbündeten, keine Soldaten, kein Land, nicht einmal die Ehre. Wollt Ihr wirklich die Schmach erleiden, der Gefangene eines Kindes zu sein, das den Namen Butto trägt?«

Fürst Hajiwara sah nicht auf, schüttelte aber langsam und offenbar mit großer Mühe den Kopf.

»Dann wäre es vielleicht klüger, wenn Ihr mir von dem Verrat erzähltet. Wenn Ihr dies tut und mir Eure Ausführungen lohnenswert erscheinen, wird man Euch ein Schwert geben. Es wird heißen, Ihr wärt ehrenhaft in der Schlacht gefallen. Das ist die Wahl, die Euch bleibt, Fürst Hajiwara, aber Ihr müßt Euch jetzt entscheiden.«

Der kniende Fürst schloß die Augen und versteifte sich vor Zorn am ganzen Leib. »Gebt Ihr mir Euer Wort, daß man mir ein Schwert aushändigen wird?«

»Bei der Ehre meiner Familie. Bringt Fürst Hajiwara seine Waffe«, befahl Shonto, dann nickte er dem Mann auf dem Pflaster zu – das Zeichen, er solle beginnen.

»Es verhält sich so, wie Ihr sagt. Jaku Katta ist mittels seines jüngsten Bruders an uns herangetreten. Er hat den Hajiwara ermöglicht, diese Festung einzunehmen, und er hat uns zu dem gerechten Krieg gegen den Feind unserer Familie ermutigt. Jaku hat uns versprochen, er werde uns als Lohn für unsere Dienste zum gegebenen Zeitpunkt die Butto ausliefern und uns ihr Lehen übereignen. Dies alles geschah jedoch im Namen des Kaisers, nicht in Jaku Kattas Verantwortung, wie Ihr behauptet. Der Dienst, den der Schwarze Tiger von uns verlangte, bestand darin, Fürst Shonto an den Schleusen… aufzuhalten.«

Der Fürst verstummte und betrachtete, wie es schien, versonnen das Pflaster.

»›Aufzuhalten‹, Fürst Hajiwara? Könnt Ihr das näher erläutern?«

Der kniende Fürst sah Shonto in die Augen, zögerte jedoch eine Weile, ehe er weitersprach. »Er hat Euren Tod verlangt, Fürst Shonto.«

»Hm. Bruder Shuyun?«

»Ich glaube, er spricht die Wahrheit, Fürst.«

»Ihr habt das Schwert verdient, Fürst Hajiwara«, sagte Shonto. Er erhob sich und ging davon.

24

Sie hatten die Provinz vor dem Morgengrauen erreicht, und außer der Nachtwache hatten nur wenige die Grenzmarken vorbeiziehen sehen. Am späten Vormittag war es noch immer kühl, wenngleich sich die Seeleute nicht beklagten, denn der Wind füllte die Segel und verschaffte ihnen nach der Plackerei des Ruderns eine Ruhepause.

Im Bug des Flußbootes betrachtete Shuyun die vorbeiziehende Landschaft und wunderte sich, wie sehr sie sich verändert hatte. Um rascher voranzukommen, hatten sie den Kanal mit seinen Schleusen verlassen und fuhren nun über einen richtigen Fluß, der sich wie der Schwanz eines schlafenden Drachen und zwischen den Hügeln hindurchschlängelte. Das Ufer nahmen langgestreckte Kiesbänke ein, hinter denen sich breite Terrassen aus grauweißem Stein erhoben.

Der Duft der Pinien- und Zederngehölze schwängerte die Luft. Dann machte das Boot eine Biegung, und vor ihnen lag ein mit bebendem Gingko bestandener Hang, dessen Blätter sich in der Sonne des Spätherbstes rotgolden färbten.

Shuyun hatte noch keinen so reinen und lebensvollen Ort gesehen. Sogar die Luft wirkte leicht, wie gerade erst erschaffen, ein scharfer Gegensatz zur Hauptstadt, wo die Luft schmeckte, als sei sie schon zu oft eingeatmet worden. Hier bot sie die reinste Erfrischung.

Im Laufe des Tages bekam Shuyun ein Gefühl für den Charakter von Seh und ging der Landschaft tiefer auf den Grund. Seh war ein Land, das mitten in einer großen Bewegung erstarrt war, als habe Botahara selbst aller Bewegung Einhalt geboten. Und diese Reglosigkeit wurde aufgewogen vom Eindruck, die Bewegung könne jeden Augenblick wieder einsetzen.

Hügel wogten, falteten sich und sandten ihre Kuppen in weite Ferne, während sich die sonnenbeschienenen Grüntöne allmählich in Blau auflösten. Unregelmäßig geformte Felder und Weiden tauchten zwischen den Gehölzen auf, drängten Hänge und Täler empor, bis sie unvermittelt vor den Wänden des herbstfarbenen Waldes endeten.

An einigen Stellen, so willkürlich verteilt, wie man es nur in der Natur antraf, brachen Felsblöcke aus dem Boden, als lägen unter der Erde riesenhafte Festungen verschüttet. Das grauweiße Gestein war in dicke Schichten gegliedert, und davon abgebrochen waren gewaltige Blöcke, als wäre dies das Werk einer Rasse von Riesen, deren Mörtel in Wind und Regen im Laufe der Zeit verwittert war. Mondstein sagte man dazu, und trotz der Frische der Landschaft wirkte er uralt.

Entlang des Flußlaufs ragten immer wieder schroffe Klippen empor, die das Rauschen des Wassers hin- und herwarfen, bis die Männer Worte darin vernahmen und sogar ihre eigenen Namen aus dem Tumult herauszuhören meinten.

Shuyun, der im Bug das Schaukeln des Bootes abfederte, als dieses in eine steile Schlucht einfuhr, hatte das Gefühl, sein Herz habe sich geöffnet und sein Geist sei empfänglich geworden für eine überwältigende Schönheit, deren Gewalt ihn beinahe schmerzte. Noch nie zuvor hatte er sein Leben aufs Spiel gesetzt; er wußte nicht, daß viele der Männer, die gegen die Hajiwara gekämpft und über die Strickleitern den alten Tempel oberhalb der Denji-Schlucht erklommen hatten, ganz ähnlich empfanden wie er. Anders als Shuyun hatten sie den Schock übermächtiger Gefühle allerdings auch schon früher verspürt. Die junge Mönch war mit seiner Erfahrung allein.

Sie wurden in das weißschäumende Tosen der Schlucht gespült, und die Bootsleute versuchten das Boot mit den Steuerrudern daran zu hindern, an den Felsen leck zu schlagen. Die kleinen, reinweißen Tingamöwen stießen hohe Schreie aus und stürzten sich voller Ungestüm in die Strudel und Wogen, als hätten sie einen Pakt mit dem Fluß geschlossen, der ihnen freies Geleit zusicherte.

Das Wasserrauschen wurde ohrenbetäubend und die Strömungsgeschwindigkeit wahrhaft erschreckend, als das Boot plötzlich eine letzte Stromschnelle passierte und auf einen See hinausschoß, der so still und klar war wie eine erleuchtete Seele.

Seh, dachte Shuyun. Ich wurde davongeschwemmt vom großen Fluß und bis in den äußersten Norden gespült, von Wolkenwogen getragen und am Ende ausgesetzt auf der unbewegten Oberfläche eines gewaltigen Spiegels. In Seh, wo mein Lehnsfürst einen Krieg führen soll, den er nicht benennen kann, denn nicht den Barbaren zu trotzen sind wir gekommen. In Seh, wo ich den kaiserlichen Gouverneur beraten und entweder meinen Lehrern Ehre machen oder meinem Orden Schande bereiten werde.

Der Mönch schaute aufs Wasser hinunter, und es kam ihm so vor, als blicke er in die unendliche Tiefe des Himmels. Eine Täuschung, dachte er, der Sinn meines Lebens besteht darin, die Täuschungen zu zerstreuen.

Dort in der Tiefe des Himmels sah er gewaltige Wolkenflotten nach Osten segeln.

»Ich bin der Wolkensammler«, hörte er sich flüstern. Ich sammle Wolken, die sich verwandeln, anschwellen und zu Drachen und ausgedehnten Landschaften werden und sich zu Vögeln und Mäusen und Frauen von großer Schönheit formen. Ich werde sie alle sammeln.

Eine Stunde lang verharrte Shuyun in Meditation, dann näherten sich ihm übers Deck Schritte. General Hojo, dachte Shuyun ohne sich umzuwenden, für jemanden ohne Ausbildung verfügt er über ein starkes Chi. Der Mönch löste sich aus der Versenkung, wandte sich um und verneigte sich.

»General.«

»Ich hoffe, ich störe Euch nicht beim Meditieren, Bruder Shuyun.«

»Ich verbringe zuviel Zeit im Zustand der Versenkung und zuwenig mit dem Studium der Weisheit der Beraters meines Herrn.«

Hojo verbeugte sich leicht. »Ich fühle mich geehrt, Bruder, doch ich war es, der sich dagegen ausgesprochen hat, die Wände der Denji-Schlucht zu erklimmen. Zum Glück hat man nicht auf mich gehört.«

Shuyun fühlte sich durch die Bemerkung des Offiziers in Verlegenheit gebracht. »General, man hat auf Euch gehört, und Euer Rat war weise. Niemand konnte wissen, daß Fürst Komawara und ich es schaffen würden. Und wenn wir nun gescheitert wären? Dies hätte, wie Ihr richtig bemerkt habt, katastrophale Folgen gehabt. Wir sind ein großes Risiko eingegangen, doch Botahara war uns gnädig.«

Der General deutete eine Verneigung an, dann sah er wieder zum Ufer und wechselte das Thema. »Ich habe gelesen, man könne eine Erfahrung nur einmal zum ersten Mal machen. Aber jedesmal, wenn ich nach Seh komme, ist es wie beim ersten Mal.«

»Alles, was ich bisher gelesen habe und was man mir gesagt hat, konnte mich nicht darauf vorbereiten…« Shuyun verstummte, um Worte verlegen.

Die beiden Männer beobachteten lange Zeit die

vorbeiziehende Landschaft. Schließlich brach Hojo das Schweigen.

»Es muß eigenartig sein für unseren Fürsten, nach Seh zu kommen, wo der Name seines berühmten Vorfahren so eng mit der Geschichte des Landes verwoben ist.«

»Das ist wahr«, sagte Shuyun. »Der erste Shonto Motoru – befindet sich sein Schrein nicht ganz in der Nähe?«

Hojo nickte, ohne den Blick von der Landschaft abzuwenden. »Ja«, sagte er ruhig, »ganz in der Nähe, aber vom Fluß aus schwer zu erreichen.« Er stockte. »Dann kommt jetzt also wieder ein Shonto ins Land – sogar mit dem Schwert seines Ahnen, das ihm der Kaiser geschenkt hat. Wäre ich in Seh geboren, würde mich das berühren.«

Hojo schüttelte den Kopf. »Die Lage ist natürlich nicht vergleichbar. Damals waren die Barbaren auf der Höhe ihrer Macht. Und unser Kaiser...«, er zeigte die leeren Handflächen vor, »ist nicht der Dichterkaiser Jirri.«

Shuyun lächelte über den Scherz.

Abermals schwiegen sie. Hojos Bemerkung hatte Shuyun an seine Lektüre der Geschichte der Familie Shonto erinnert. Viele Gedichte waren über den großen Barbarenkrieg geschrieben worden. Fürst Shonto war in Liedern, Gedichten und Schauspielen gefeiert worden. Außer dem Kaiser Jirri hatten noch viele andere, darunter die größten Dichter des Reiches, den Pinsel aufs Papier gesetzt.

Niedergerissene Mauern.
Soweit das Auge reicht
Nichts als Ruinen.
Wo man auch hinsieht,
Schmerzt es den Blick.

Jeder Bericht birgt schlimme Neuigkeiten,
Der Rauch brennender Dörfer
Verteilt von bitteren Winden.

Seh
In all seiner Schönheit
Steht in Flammen.
Trommeln dröhnen
Wie Herzklopfen,
Flöten blasen zum Rückzug,
Der zahllosen Söhnen
Das Leben kostet.

Wenn eine Schlacht ein Leben lang währt
Nimmt der Krieg kein Ende.

Hungersnöte
Fordern so viele Menschenleben
Wie jede Schlacht,
Frauen und Kinder
Erliegen dem lautlosen Feind.

Da flüstert
Ein Fußsoldat einem Berittenen zu:
Shonto ist gekommen,
Zu Pferd an der Seite des Kaisers,
Shonto.
Und Soldaten schärfen ihre Schwerter,
Die Verzweiflung ist längst zerstoben.

Shuyun blickte zum Hügel hoch, der sich blutrot und gelb am westlichen Horizont erstreckte. Seh, dachte er, in all seiner Schönheit…

Und Shonto war gekommen.

25

Eine Bronzeglocke tönte in der Dunkelheit, schallte über das Wasser und wurde vom anderen Ufer des träge dahinfließenden Flusses zurückgeworfen. Bruder Sotura konnte jetzt das Leuchtboot sehen. »Yul-Sho«, flüsterte er. Die Schwimmende Stadt sollte gegen Mittag auftauchen.

Er ließ die Reling los und begann mit einer Reihe komplizierter Fingerübungen, die Hände in den langen Ärmeln seines Gewands verborgen. Mit den Gedanken war er allerdings woanders; ihn beschäftigten wichtigere Dinge.

Er kannte den Großen Meister jetzt seit zweiundzwanzig Jahren, war etwa die Hälfte der Zeit über der engste Berater des alten Mönchs gewesen und hatte den obersten Bruder des Ordens gleichwohl niemals verzweifelt erlebt – bis jetzt. Der Große Meister hatte das Pech, die große Verantwortung seiner Stellung in höchst schwierigen Zeiten tragen zu müssen.

Die Pest hatte im Reiche Wa gewütet, und wenngleich die Bruderschaft letztlich ein Heilmittel entdeckt hatte, waren ihr doch zahllose Menschenleben zum Opfer gefallen. Nichtsdestotrotz war den älteren Brüdern bewußt, daß es niemals zu den Interimskriegen gekommen wäre, wenn sie das Heilmittel früher gefunden hätten. Dies lastete schwer auf dem Großen Meister. Wäre die Kaiserfamilie der Hanama nicht an der Pest gestorben, hätten die Yamaku den Thron niemals in ihre Gewalt gebracht, den Sohn des Himmels würde noch immer ein botahistischer Bruder beraten, und der Orden hätte seine Machtstellung im Reich behalten.

Ein Lichtpünktchen wurde immer größer, bis es sich in die Buglaterne eines Flußleichters verwandelte, der aufs Meer hinausruderte – geschoben von der Strömung, den Wind von vorn. Sotura blickte dem Boot nach, bis selbst das Geräusch der Ruder in der Dunkelheit verschwunden war.

Sotura machte sich bewußt, daß der Große Meister eine schwere Bürde trug. Noch mehr als die Lage im Reich, der Geduld und das Wirken der Zeit schon abhelfen würden, belasteten allerdings die verschwundenen Schriftrollen den Seelenfrieden des Großen Meisters… und Bruder Sotura trug ebenfalls Verantwortung für ihr Verschwinden.

Die Lage war so delikat, daß die Bruderschaft gezwungen gewesen war, auf diese Blasphemie mit größter Zurückhaltung zu reagieren. Die Schriftrollen des Vollkommenen Meisters enthielten vieles, was außerhalb des botahistischen Ordens unbekannt war; vieles, von dem Sotura selbst nichts wußte. Mitteilungen, die nach der Überzeugung des Großen Meisters die Stellung der botahistischen Bruderschaft im Reich – wenn nicht gar seine Existenz – gefährden könnten.

Und dennoch hörten sie nichts! Niemand forderte Gold von ihnen, es gab nicht einmal Gerüchte, daß die Schriftrollen verschwunden seien. Nichts.

Vielleicht war die Unklarheit über die Motive der Diebe am beunruhigendsten daran. Wo sollte man mit der Suche beginnen, wenn man nicht einmal wußte, weshalb die Schriftrollen überhaupt entwendet worden waren? Eine mögliche Erklärung war, daß es den Dieben um Geld ging. Eine andere, daß sie auf Erpressung aus waren. Dann hätte er zumindest gewußt, wo er mit der Suche anfangen sollte. Doch wie die Dinge lagen…

Vielleicht würden sich bei seiner Unterredung mit Bruder Hutto ja erste Anhaltspunkte ergeben.

Das Treffen mit Bruder Hutto barg zweifellos ein Risiko, doch eine andere Möglichkeit sah er nicht. Das Treffen zu arrangieren, würde mindestens drei Tage dauern. Drei kostbare Tage.

Der Mönch verlagerte das Gewicht von einem Bein aufs andere und spürte, wie das ungewohnte Gewand seinen Bewegungen folgte. Nachdem er sein Leben lang die Ordenstracht getragen hatte, würde er sich an eine andere Kleidung niemals gewöhnen. Gleichwohl hatte es den Anschein, als erfüllte die Verkleidung ihren Zweck. Er war bloß irgendein Sucher, der von einer Pilgerfahrt zurückkehrte und sich sogar mit den anderen religiösen Fanatikern an Bord gemein machte, auch wenn er ihre Gesellschaft seltsam bedrückend fand. Dennoch hatte man Bruder Sotura, den Chi-Meister des Klosters Jinjoh, nicht erkannt.

Wenn nur die Begegnung mit Bruder Hutto schon hinter ihm läge. Das war das Problem. Der Ehrenwerte Bruder wurde zu gut bewacht – der Preis dafür, daß er der Primas von Yankura war. Nicht, daß es einen besseren Ort für ihn gegeben hätte – so war es nicht. Für jemanden mit Bruder Huttos Fähigkeiten war Yankura genau der richtige Ort – doch es war schwierig, sich dort aufzuhalten, ohne die Aufmerksamkeit… gewisser Leute zu erregen. Sotura konnte es sich nicht erlauben, zum Gegenstand ihrer Neugier zu werden, soviel war klar.

Nachdem das Schiff zum Leuchtboot aufgeschlossen hatte, schien es dort zu verharren, als käme es gegen die Strömung nicht mehr an. Sotura schüttelte den Kopf. Vielleicht hätte er sich auf einem schnelleren Boot einschiffen sollen – allerdings hatte er gemeint, daß dieses hier seitens der Kaisergarde weniger Beachtung finden würde.

Zum Glück war es ein trockener Herbst. Hätte es bereits geregnet, wäre der alte Kahn niemals gegen die Strömung vorangekommen. Geduld, mahnte er sich, Botahara belohnt die Geduldigen. Er setzte die Fingerübungen fort, vollendete die erste Schließung und begann mit der Isolationsreihe.

Soturas letzter Besuch in Wa lag lange zurück, und auf einmal wünschte er, es wäre Tag gewesen, damit er das Land in seiner herbstlichen Schönheit hätte sehen können. Nach den vielen Jahren auf der Insel des Klosters Jinjoh hatte er eine beinahe verklärte Vorstellung vom Reich Wa. Er schüttelte den Kopf. Er konnte nichts dagegen tun – die Landschaft kam ihm unvorstellbar schön vor.

Er wandte den Blick zur Küste und wischte in seiner Vorstellung die Dunkelheit beiseite, als sammelte der Wind schwarzen Nebel auf. Ein Dorf breitete seine Mauern von der Farbe gebleichter Knochen über einen Hang aus, als läge dort das Gerippe eines Mammuts, das mitten in einem Riesenschritt begriffen niedergestürzt war. Oberhalb des Dorfs hob sich ein Wäldchen aus Pinien und lieblichen Linden dunkel vom sternenhellen Himmel ab. Reisfelder senkten sich in Terrassen ab, deren Bewässerungsgräben den dunklen Hang mit einem blaugrünen Muster überzogen.

Die Ernte war bestimmt schon eingebracht, und die bäuerlichen Feste standen bevor. Sotura bedauerte, daß er das Flußfest verpaßt hatte. Trotz der heidnischen Ursprünge hatte er seit jeher eine Vorliebe für dieses Fest.

Dieser Gedanke brach anscheinend den Bann, und die Dunkelheit kehrte zurück, drängte die Küste allen Bemühungen der Vorstellungskraft zum Trotz in die Ferne zurück.

Das Flußfest war vor acht Jahren, bei seiner letzten Reise nach Wa, sein Ziel gewesen. Auch diese Reise hatte politischen Zwecken gedient, auch wenn er damals nicht zu einer würdelosen Verkleidung gezwungen gewesen war.

Damals hatte sich der junge Initiierte Shuyun in seiner Obhut befunden, der sich am kaiserlichen Kickboxwettbewerb beteiligt hatte. Diese Reise hatte Sotura in seiner Eigenschaft als Lehrer getätigt – um den Bewohnern des Reiches die Macht botahistischer Mönche in Erinnerung zu rufen. Als Lehrer war er gekommen, hatte aber mehr gelernt als gelehrt.

Shuyun war das geeignete Instrument für die Lektion gewesen, die die Bruderschaft hatte lehren wollen. In einem Reich, das nach den Jahren der Pest und der Interimskriege noch immer nicht zur Ruhe gefunden hatte, war der Respekt vor den botahistischen Brüdern wiederhergestellt worden – von da an konnten sie sich wieder unbehelligt auf den Straßen von Wa bewegen, was allerdings nicht für die übrigen Reisenden galt, es sei denn, sie wären schwer bewaffnet gewesen.

Die zweite Lektion, die sie hatten lehren wollen, war weniger erfolgreich gewesen. Shuyun hatte den Favoriten des Kaisers, den hochmütigen Jaku Katta, erniedrigt und den Kaiser in seinem Argwohn gegen die Bruderschaft nur noch bestärkt, während es die Absicht der Mönche gewesen war, den Sohn des Himmels davon zu überzeugen, einen Mönch in seine Dienste zu nehmen.

Soviel zu den erteilten Lektionen.

Die Lektion, die Sotura gelernt hatte, ließ sich nicht so leicht in Worte fassen, denn er war nicht unmittelbar daran beteiligt gewesen. In Wahrheit hatte er sie lediglich mit Jaku Kattas Hilfe gelernt. Während des Kampfes hatte Sotura bemerkt, wie Jaku aller Konzentration verlustig gegangen war und seine Deckung für einen Augenblick vernachlässigt hatte. Was Sotura aus der Reaktion des Kickboxers herausgelesen hatte, war *Ehr-*

furcht gewesen! Gleichwohl war Sotura selbst nichts Besonderes aufgefallen, und ihm entging nur wenig.

Dies war eine seltsame und unvollständige Lektion. Der Chi-Quan-Lehrer hatte Shuyun anschließend aufmerksam beobachtet. Hatte sogar bei mehr als einer Gelegenheit mit ihm zusammen trainiert, und obwohl Shuyun ausgesprochen gut für sein Alter war, hatte Sotura nichts bemerkt, was einen Kickboxer wie Jaku hätte veranlassen müssen, vor lauter Ehrfurcht seine Deckung zu vernachlässigen.

Ob Jaku den Kaiser in seiner Angst vor der botahistischen Bruderschaft anschließend noch bestärkt hatte, war schwer zu sagen. Der ganze Vorfall war ein bedauerlicher und folgenschwerer Irrtum gewesen.

Das Problem mit dem gegenwärtigen Kaiser war, daß die Bruderschaft so wenig über ihn wußte. Kein Mönch wurde in die Nähe des Himmelssohns gelassen, und daher stellte er nach wie vor ein Mysterium dar, das auch durch noch so langes Grübeln nicht zu enthüllen war.

Natürlich war der Kaiser unberechenbar, trotzdem wunderte sich Bruder Sotura, wie schwer sich die Bruderschaft damit tat, seine Pläne vorauszusehen. Es war in höchstem Maße beunruhigend – bisweilen fragte Sotura sich sogar, ob sich der Orden womöglich den Zorn des Himmels zugezogen hatte, so groß war sein Pech – doch das konnte natürlich nicht sein.

Der Chi-Quan-Lehrer beendete die Fingerübungen und begann mit einer Ruhemeditation. Stunden später, als es bereits hell geworden war, stand er noch immer im Bug des Schiffes; eine seltsam gekleidete Gallionsfigur, deren abgerissenes Gewand der Wind nicht in Ruhe ließ.

Der Jadetempel war das älteste Bauwerk im alten Bezirk der Schwimmenden Stadt. Seit über siebenhundert

Jahren stand der Tempel jetzt schon auf einer Felseninsel, wo er von den in unregelmäßigen Abständen auftretenden Überschwemmungen, unter denen Yankura zu leiden hatte, verschont geblieben war. Es hieß, Botahara beschütze ihn vor dem Feuer.

Innerhalb der Mauern, mit denen das Tempelgelände umfriedet war, scharten sich mehrere im Stil der frühen botahistischen Periode errichtete Bauten um Höfe und Meditationsgärten. Der Jadetempel war das Ziel zahlreicher Pilger, die die Wege und Wasserstraßen von Wa bereisten, daher befanden sich hinter den Tempelmauern große Gebäude zur Unterbringung der vielen Sucher, die eine Bettstatt benötigten, ohne dafür bezahlen zu können, denn sie alle hatten Armut geschworen.

Bruder Sotura lag auf einer Holzpritsche in der Dunkelheit eines dieser Schlafsäle, ohne die Kälte zu beachten, die wie Frühlingsregen in seinen Körper einsikkerte. Er war umgeben von den Geräuschen der anderen Schlafenden – die sich nicht alle gesund anhörten – und den Lauten der Männer, die zu sorgenbeladen waren, als daß sie in der Bewußtlosigkeit des Schlafs hätten Frieden finden können. Stimmen flüsterten in der Dunkelheit, und hinter der dünnen Jalousie hörte Sotura im Garten das vertraute Gemurmel eines Mannes, der eine lange Bahitra rezitierte; ein Gebet um Vergebung.

Zum hundertsten Mal wurde ein alter Mann von einem Hustenanfall geschüttelt, dann seufzte er vor Verzweiflung oder Erleichterung – was es nun war, ließ sich nicht sagen.

Bruder Sotura lag auf der Seite und tat so, als schliefe er, wodurch er es vermied, in die Falle der Geschwätzigkeit zu tappen – die Suche nach der Wahrheit Botaharas erlöste die Menschen offenbar nicht von ihrer Einsamkeit, und sie waren ständig auf der Suche nach Ihresgleichen.

Eine Tempelglocke, die die Stunde der Eule einläutete, erhielt ein dutzend Mal in der ganzen dichtbesiedelten Stadt Antwort. Bruder Sotura wartete einen Augenblick, dann erhob er sich lautlos. Es gehörte zu den besonderen Fähigkeiten der botahistischen Mönche, sich lautlos zu bewegen, und nun brachte Sotura seine Ausbildung ins Spiel und trat bedächtig zwischen den schlafenden Pilgern hindurch. Am Ende des Schlafsaals öffnete er einen Wandschirm.

Die Mondsichel warf Schatten am Fuße der Gebäude und Bäume und wurde von einem kleinen Teich gespiegelt. Bruder Sotura wich einem Kiesweg aus, überquerte eine Lücke zwischen den Gebäuden und kletterte auf eine niedrige Mauer.

An deren Ende stieß er auf die höhere Tempelmauer. Hier verharrte der Mönch und musterte die Umgebung, durchsuchte die Schatten nach Anzeichen von Bewegung, dehnte sein Bewußtsein aus und prüfte, ob eine Chi-Schwingung die Anwesenheit eines anderen Menschen verriet.

Als er endlich sicher war, nicht beobachtet zu werden, kletterte Bruder Sotura auf den gepflasterten Weg hinunter und hatte nach drei Schritten eine Tür erreicht, die halb hinter einem Tentibusch verborgen war. Im Dunkeln fuhr er mit der Hand über das mit Metallbändern verstärkte Holz. Als er den Türgriff gefunden hatte, zog er daran, worauf sich die Tür lautlos öffnete – bis sie unvermittelt zum Stehen kam.

Aus der dahinterliegenden Dunkelheit fragte eine tiefe Stimme: »Was wünscht Ihr?«

»Ich möchte mit Eurem Herrn über die Worte des Meisters sprechen«, antwortete Bruder Sotura leise. Er hörte, wie eine Kette entfernt wurde, dann schwang die Tür nach innen auf.

»Bitte tretet ein«, sagte die tiefe Stimme, und Sotura betrat den Innenbezirk des uralten Tempels.

Die Tür schloß sich lautlos hinter ihm. »Bitte folgt mir, Bruder.« Nach einer raschen Verneigung wandte der Mönch sich um und trat in den Schatten einer nahegelegenen Mauer. Sotura folgte ihm rasch, und nach kaum zwanzig Schritten öffnete er ein wenig die Blende einer Laterne, so daß Sotura ihn nun ansatzweise erkennen konnte.

»Bruder Shinsha?«

Der Mönch wandte sich um, und Sotura spürte, daß er mehr als nur ein wenig lächelte.

»Bruder Shinsha steht zu Euren Diensten, doch verzeiht, wenn ich Euren Namen nicht ausspreche.« Seine Stimme war tief und volltönend wie die Dunkelheit selbst.

»Die Nacht hat viele Ohren«, murmelte Sotura, und die Laterne schwankte, während sein Führer lautlos in sich hineinlächelte.

Sie stiegen eine Steintreppe hinauf, die zu einer überdachten Veranda an der Rückseite eines Wohnhauses führte. Innerhalb der Mauern war vom Lärm der geschäftigsten Stadt des ganzen Reiches nichts zu hören, und das fand Bruder Sotura aus irgendeinem Grund tröstlich. Sein Führer schob einen Wandschirm auf, und sie traten auf einen breiten Gang. Ein paar Schritte weiter stiegen sie eine Treppe empor und gelangten vier Etagen höher auf einen weiteren langen Gang. Zwei Ordensbrüder, die vor einer mit Schnitzereien verzierten Flügeltür Wache hielten, verneigten sich respektvoll vor dem älteren Mönch und dem ungekämmten Sucher. Bruder Shinsha zog die Tür auf, ohne vorher angeklopft zu haben. Er verneigte sich vor dem Chi-Quan-Meister, als wäre dieser ein Fremder. Dann trat er beiseite.

Sotura trat in den Raum, in dessen Mitte Bruder Hutto, der Primas von Wa, vorgebeugt vor seinem berühmten übergroßen Arbeitstisch saß, eine Schriftrolle in der Hand.

»Ah, Bruder Sotura«, sagte der alte Mönch mit einem Blick auf dessen Kleidung. »Ihr solltet nicht so mit der Mode gehen, Bruder, das ist eine Gefahr für den Geist.«

Der Primas lächelte nicht über seinen Scherz – eine Angewohnheit, die Sotura früher verstörend gefunden hatte. Damals hatte er noch nicht gewußt, daß Bruder Hutto sich einen Spaß daraus machte, andere zu beobachten, die nicht wußten, ob es angebracht sei zu lachen. Außerdem war dies Ausdruck seiner beachtlichen Intelligenz und trug, wenn man erst einmal dahintergekommen war, zu seinem Charme mit bei.

»Ich werde Euren Rat beherzigen, Bruder, wenngleich ich Euch aus einem anderen Grund aufgesucht habe.«

Hutto nickte und streichelte sich das Kinn. Er blickte Bruder Sotura, der die Musterung ungerührt über sich ergehen ließ, unverwandt an.

Der Primas war ein kleiner Mann, dessen Gesicht je nach Stimmung entweder sehr alt oder erstaunlich jung wirkte. Er hatte grobe Gesichtszüge wie ein Bauer, wenngleich seine Augen klein und nahezu pechschwarz waren.

Bruder Hutto horte auf, sich das Kinn zu streicheln. »Worte haben Euch noch nie genügt, Bruder Sotura. Bitte setzt Euch zu mir.«

Er deutete auf ein freies Kissen und schob gleichzeitig den Tisch beiseite. Einer der Mönche, die die Tür bewacht hatten, trat mit einem Teeservice auf einem Lacktablett ein. Er stellte es zwischen den beiden Männern ab und sah nach dem Holzkohlenfeuer im Eisenkessel, dann zog er sich wieder zurück.

»Ihr bringt mir Kunde von unserem Großen Meister?« fragte Bruder Hutto. Er hatte die Angewohnheit, die Vokale melodisch zu dehnen, als hätten sie sich aus einer religiösen Litanei in seine Unterhaltung gestohlen.

»Er läßt Euch aufs herzlichste grüßen, hat mir aus Angst vor Entdeckung aber keine schriftliche Nachricht mitgegeben. Allerdings habe ich in seinem Namen viele Dinge mit Euch zu besprechen.«

»Und was enthalte ich dem Großen Meister seiner Ansicht nach vor?«

»Ich bin mir keiner Einzelheit bewußt, Bruder Hutto«, antwortete der Chi-Quan-Meister gelassen.

»Ah. Dann seid Ihr also bloß deshalb hergekommen, um Euch an den Glocken des Jadetempels zu erfreuen?«

»Nein, Bruder«, erwiderte Sotura, dann stockte er. »Ich bin gekommen, um mit Euch über die heiligen Schriftrollen Botaharas zu sprechen.«

Bruder Hutto machte das Zeichen Botaharas. »Aber sprecht leise. Ich höre noch immer gut.«

Der Chi-Quan-Meister senkte den Blick und beschrieb mit den Fingerspitzen einen Kreis auf der Strohmatte. »Wir haben Euren Bericht erhalten. Der Große Meister hat Euren weitblickenden Entschluß, Shontos Handelsbeauftragten beobachten zu lassen, ausdrücklich gelobt. Was in jener Nacht ermittelt wurde, wirft allerdings viele Fragen auf.« Sotura ließ die Bemerkung im Raum stehen und wartete die Antwort seines Gegenübers ab.

Nach längerem Schweigen ergriff Bruder Hutto das Wort. »Ich nehme an, Ihr wollt wissen, ob ich mehr darüber weiß?«

»Keineswegs, Bruder; der Große Meister möchte wissen, was Ihr von dieser Angelegenheit haltet.«

Der Primas regelte die Flamme der Lampe nach. »Und ich wüßte gern, was Bruder Nodaku davon hält. Wenn das, was da in aller Heimlichkeit fortgeschafft wurde, tatsächlich die Schriftrollen waren, die Ihr – die wir beide suchen, dann würde ich erwarten, daß der Große Meister es mir sagte. Wo sollte man die Schriftrollen übers Meer hinschaffen, wenn nicht zum Kloster Jinjoh?« Bruder Hutto fixierte den größeren Mönch mit seinen dunklen Augen.

»Es schmerzt mich, dies einzugestehen, doch der Aufenthaltsort der Schriftrollen ist noch immer nicht bekannt.«

»Hm. Lieber wäre mir, Ihr hättet gesagt, man habe sie in aller Heimlichkeit wieder dorthin zurückgeschafft, wo sie hingehören.« Bruder Hutto schenkte Cha ein. »Ich fürchte, ich muß Euch enttäuschen. Ich habe keine Ahnung, was die Kaisergarde da verschifft hat. Eine Truhe von der Größe einer kleinen Reisekiste. Allem Anschein nach war sie sehr schwer. Ich spreche bewußt von Anschein. Könnte es sich dabei um den gesuchten Schatz gehandelt haben?« Er schüttelte traurig den Kopf und bot seinem Gast eine Schale Cha an. »Ich glaube nicht. Sich vorzustellen, sie könnten ein für allemal verloren sein...!« rief er aus, faßte sich aber sogleich wieder.

Als irgendwo unter ihnen ein tiefer Singsang einsetzte, schlugen beide Mönche das Zeichen Botaharas. Viermal ertönte ein Gong, dann hallte er lange nach – tonte noch dreimal und verklang. In die Stille hinein ergoß sich eine Stimme wie Flüssigkeit in eine leere Schüssel. Es war eine wundervoll klare Stimme, und die Melodie war lyrisch, einschmeichelnd. Allmählich fielen auch die anderen Stimmen wieder ein, leise und kraftvoll.

Sotura atmete tief durch und sprach lautlos ein Gebet.

»Verzeiht, Bruder, aber ich habe nur wenig Zeit.« Auf ein Nicken des Primas hin fuhr Sotura fort. »Der Initiierte, der Zeuge dieses Vorfalls wurde – hat er nicht gehört, was der Kaufmann sagte?«

Der Mönch schüttelte den Kopf. »Tanaka und der alte Soldat haben stumm und, wie er mir berichtete, voller

Angst zugeschaut. Gesprochen haben sie nicht. Ich weiß nicht mehr, als ich dem Großen Meister bereits brieflich mitgeteilt habe.«

»Ich zögere, zu spekulieren, doch es scheint, als sei dieser geheime Vorgang von großer Bedeutung für eine hochgestellte Persönlichkeit gewesen. Die Anwesenheit von Shontos Handelsbeauftragtem deutet darauf hin, daß dieser Vorfall auch für den Großen Fürsten von Bedeutung war. Vielleicht ist es gefährlich, diesen Gedanken weiterzuführen?«

»Ich beobachte den Kaufmann Tanaka nun schon seit vielen Jahren und habe dabei manch Überraschendes in Erfahrung gebracht. Vielleicht ist es am aufschlußreichsten, wenn ich erwähne, daß Fürst Shonto insgeheim mit seinem Kaufmann an einem Tisch speist und ihn *sum* nennt. Dieser Mann ist einer seiner wichtigsten Berater, nicht bloß auf dem Gebiet des Handels. Und das Leben eines solchen Mannes in einer finsteren Nacht aufs Spiel zu setzen, bloß mit einem alten Mann als Bewachung? Was immer in der Truhe war, es hatte eine große Bedeutung für das Haus Shonto.«

»Aber wer hat den Transport veranlaßt? Jaku Katta? Der Kaiser? Oder vielleicht einer von Jakus jüngeren Brüdern? Und wohin hat man sie gebracht?« Der alte Mönch schüttelte den Kopf.

»Es ist schon merkwürdig, daß Tanaka sich für diesen Vorgang interessiert hat – ausgesprochen merkwürdig. Welcher Bestimmungsort der Truhe wäre nun für den Fürsten der Shonto von Bedeutung? Am naheliegendsten scheint mir, man hätte sie dorthin geschafft, wohin sich der Fürst begeben hat.« Während Bruder Hutto die Augen schloß und am Cha nippte, nahm sein Gesicht den Ausdruck eines entzückten Jungen an. »Was den Inhalt der Truhe betrifft: Gold. Silber. Jade. Bezahlung für Shontos Feinde…« Er öffnete seine dunklen Augen. »Oder für jemanden, der im Begriff steht, zu seinem Feind zu werden. Die verschiedenen Möglichkeiten habt Ihr sicherlich schon mit dem Großen Meister erörtert.«

»Es tut gut, Euch zuzuhören, Bruder Hutto. Wir leben im Kloster so abgeschieden, daß wir bereits fürchteten, wir hätten nicht alle Möglichkeiten bedacht. Gleichwohl habe ich noch immer Sorge, es könnte sich um den von uns gesuchten Schatz gehandelt haben, der entweder verlagert oder sogar unseren Feinden übergeben wurde.«

»Mir scheint, Ihr haltet den Sohn des Himmels für den Dieb?«

»Diese Vermutung liegt nahe, außerdem steht ihm Katta zu Diensten, ein kluger Mann, dessen persönliche Erfahrung ihm Anlaß genug bietet, die Bruderschaft zu hassen.« Sotura kostete vom Cha, schnupperte dessen volles Aroma.

Bruder Hutto lachte bitter, was seinen Gast überraschte. »Ist es nicht komisch, daß wir hier im Geheimen spekulieren wie Männer, die ihren Glauben verloren haben?« Er richtete seinen dunklen Blick auf den zerlumpten Ordensbruder. »Seht Euch nur mal an. Würdet Ihr nicht lachen, wenn Ihr Euch so sehen könntet? Ein botahistischer Meister, der in einem Aufzug herumläuft, wie ihn ein Höfling bei einem Kostümfest tragen mag.« Abermals lachte er, dann beugte er sich vor und flüsterte: »Ich spüre Panik bei Euch, Bruder. Wenngleich Ihr sie gut verbergt, kann ich sie doch deutlich spüren. Und das gilt nicht nur für Euch, sondern für alle Brüder, die Bescheid wissen. Schon bald wird sich die Panik – eine ungewisse, namenlose Panik – in unseren Reihen ausbreiten, und dann setzen die Gerüchte ein. Ist Euch klar, was das bedeuten würde?« Der alte Mann holte tief Luft und ließ sie langsam wieder entweichen. »Und ich bin ebenfalls in Panik. Bitte entschuldigt.«

»Bruder Hutto, aus diesem Grund müssen wir die Schriftrollen finden. Nichts ist wichtiger, rein gar nichts.«

Die beiden Männer tranken schweigend ihren Tee. Ein Luftzug drang durch den halb offenen Shoji ins Zimmer, und mit ihm der Geruch von Herbstlaub. Bruder Sotura wandte seine Aufmerksamkeit den Wandschirmen zu, die über die ganze Länge des zweifach überwölbten Raumes bemalt waren. Darauf war der Vollkommene Meister dargestellt, der die Predigt der Stille hielt, nachdem er seinen Schülern zunächst angekündigt hatte, von ihren Begierden sprechen zu wollen, worauf er jedoch geschwiegen und sich am Abend wortlos erhoben und zurückgezogen hatte, um zu beten. Ja, dachte Sotura, unsere Wünsche sind uns ins Gesicht geschrieben, genau wie seinen Schülern.

»Bruder Hutto, ich kann nicht lange bleiben, und es gibt noch etwas, was ich Euch fragen muß. Wie steht es zwischen dem Kaiser und Shonto?«

»Ja. Ich vernachlässige meine Pflichten.« Er schenkte Cha nach. »Es ist kein Geheimnis, daß sich der Kaiser vor Shonto fürchtet. Gleichwohl behandelt er Shonto plötzlich als alten Freund und legt die Sicherheit des Reiches in seine Hände. Das ist sehr seltsam. Manche sehen darin ein Zeichen dafür, daß der Kaiser reifer wird und seine Angst vor den Starken allmählich überwindet. Andere hegen starke Zweifel. Shonto würde ich der zweiten Gruppe zurechnen. Der Kaiser hat sich große Mühe gegeben, die Familie zu trennen – Shontos Sohn hält sich auf ihrem Lehen auf, das edle Fräulein Nishima in der Hauptstadt, Shonto selbst führt im Norden Krieg, und wer weiß schon, was im Krieg alles passiert? Auch ein General kann einem verirrten Pfeil erliegen. Wieviel Gold braucht man, um einen kundigen Bogenschützen anzuheuern?

Wenn der Kaiser gegen Shonto intrigiert, würde es

mich nicht wundern, wenn Jaku Katta sich etwas noch Subtileres einfallen gelassen hätte – er ist ein vollendeter Schwertkämpfer und würde nie jemanden auf plumpe Weise erledigen. Shonto ist sich über die Risiken seiner gegenwärtigen Lage natürlich im klaren; somit gleichen wir Zuschauern bei einer Partie Gii. Die großen Familien fragen sich, wer als nächstes an die Reihe käme, sollte der Kaiser tatsächlich Shontos Sturz planen – viele würden sich dann fragen, ob es tatsächlich klug wäre, weiterhin den Yamaku den Thron zu überlassen. Doch wenn Shonto stürbe, wer wäre dann noch stark genug, ein Bündnis zu schmieden, das die Yamaku niederwerfen könnte? Das ist ein Problem.«

»Der Kaiser hat seine Garde zweifellos eng um sich geschart – eine fragwürdige Taktik. Es gibt da Gerüchte – und das habe ich dem Großen Meister nicht geschrieben –, die besagen, Katta sei in Ungnade gefallen. Es sind bloß Gerüchte, aber sollte tatsächlich etwas daran sein… dann sei uns Botahara gnädig! Jaku wird nicht kampflos untergehen. Er wird sich bis zum letzten Atemzug als ein Kämpfer erweisen.« Der Primas, dem die Erregung deutlich anzumerken war, nippte am Cha. »Außerdem habe ich herausgefunden, daß das edle Fräulein Nishima Jakus Aufmerksamkeit genießt.«

Sotura schnaubte. »Sein Appetit ist zu groß!«

»Ohne Frage, wenngleich sein Charme sprichwörtlich ist. Aber ist das nicht seltsam? – der Befehlshaber der Kaisergarde und Shontos Tochter? Das edle Fräulein Nishima stellt für die Yamaku eine Bedrohung dar, und Ihr könnt sicher sein, daß dieses Wissen dem Sohn des Himmels schlaflose Nächte bereitet.«

»Weshalb verheiratet er nicht einen seiner Söhne mit Shontos Tochter, um diese törichte Fehde endlich beizulegen?«

»Seine Söhne sind jung und schwach, Sotura-sum. Sie hatten nicht das Glück, von Bruder Satake unterrichtet zu werden. Die Tochter Fanisan wäre beiden Söhnen Akantsus weit überlegen, soviel ist sicher.«

»Dann stellt Jaku Katta also dem edlen Fräulein Nishima nach. Aber sie ist nicht dumm. Vielleicht gelingt es ihr ja, den Kaiser gegen seine eigene Kreatur aufzubringen?«

Auf einmal wirkte der Primas ganz jung im Gesicht. »Ach, Bruder Sotura«, sagte er mit dem Anflug eines Lächelns, »was habt Ihr doch für ein einnehmend intrigantes Wesen.«

Der Chi-Quan-Meister lachte. »Auch ich hatte ausgezeichnete Lehrer. Habt Ihr bereits von meinem jungen Schützling Nachricht erhalten?«

»Bruder Shuyun weilt jetzt wahrscheinlich in Seh bei seinem Lehnsfürsten oder befindet sich zumindest auf dem Weg dorthin. Es deutet einiges darauf hin, daß die Fehde zwischen den Butto und den Hajiwara eine Falle für Shonto darstellt, doch in diesem Falle werden diejenigen, die die Falle aufgestellt haben, schon sehen, mit wem sie sich da angelegt haben. Shonto versteht sich zu gut aufs Gii-Spiel, um blind in eine solche Grube zu fallen.

Der junge Bruder entspricht voll und ganz Eurer Beschreibung, Sotura-sum, ich habe ihn kennengelernt.« Der Mönch verneigte sich anerkennend vor dem Chi-Quan-Meister. »Selbst die Schwestern scheinen beeindruckt zu sein, denn sie folgen ihm nach Seh, wenngleich ich gestehen muß, daß ich mir über ihre Motive nicht ganz im klaren bin.« Der Primas blickte seinen Gast jetzt forschend an.

Sie hatten sich auf ein Spiel eingelassen, das sie beide gut kannten – und gespielt wurde um Informationen.

»Das Karma manifestiert sich auf vielerlei Weisen, Bruder Hutto. Eine Schwester, eine gewisse Morima, war vor mehreren Jahren in unserem Kloster. Shuyun beging unwissentlich eine Indiskretion, so daß die

Schwester von seinen wahren Fähigkeiten erfuhr. Seitdem interessiert sich die Schwesternschaft für ihn.«

»Hm. Höchst ungewöhnlich, Bruder, der Junge ist begabt, wohl wahr, aber das erklärt noch lange nicht das Ausmaß der Neugier.«

»Da stimme ich Euch zu, Hutto-sum. Er behauptet, der Grund liege darin, daß die Schwestern glaubten, er sei in seinem früheren Leben kein Bruder gewesen.«

»Ah. Das also ist ihr geheimer Wunsch! Gut zu wissen, Sotura-sum. Gleichwohl liegt immer noch im Dunkeln, was sich die Schwestern davon versprechen, unserem Schüler zu folgen.«

»Ihr laßt Shuyun und die Schwestern beobachten?«

»Von einem Ende des Reiches bis zum anderen, soweit es mir möglich ist.«

Bruder Sotura zwirbelte sich den Schnauzer. »Vielleicht sollten wir mehr tun.«

»Verzeiht, Bruder, ich verstehe nicht.«

Sotura räusperte sich. »Der Große Meister möchte, daß wir unsere Anstrengungen, die Schriftrollen zu finden, verdoppeln.«

»Seinem Wunsch wäre leichter zu entsprechen, wenn ich wüßte, welche Anstrengungen wir verdoppeln sollen, Bruder«, bemerkte trocken der Primas.

»Der rechte Pfad ist mühsam, Bruder.«

»Das ist mir nicht neu.«

»Ich reise nach Norden, Hutto-sum. Aufgrund unserer Meditationen ist uns klar geworden, daß sich Fürst Shonto und unser junger Bruder im Mittelpunkt eines Beziehungsgeflechts befinden. Diese beiden Männer stehen in einem Brennpunkt, als liefen plötzlich sämtliche Meridiane an dieser Stelle zusammen. Die Bruderschaft kann diesen Umstand nicht einfach übergehen.«

Bruder Hutto nippte am Tee, der mittlerweile abgekühlt war. Er dachte lange nach, ehe er weitersprach. »Es wäre besser, wenn Shonto am Leben bliebe und er statt dessen den Kaiser stürzte, meint Ihr nicht auch, Bruder?«

»Hutto-sum, das sind gefährliche Worte.«

»Solange die Yamaku auf dem Drachenthron sitzen, sind wir in Gefahr.«

Sotura wechselte das Thema. »Erstrecken sich Eure Nachforschungen eigentlich auch auf die Barbaren?«

»Unter den Barbaren habe ich keinen Informanten, aber die Bruderschaft in Seh dringt bisweilen in die Wüste vor, soweit dies möglich ist, und dort macht man sich Sorgen, was wir wohl täten, wenn wir ständig der Gefahr von Angriffen ausgesetzt wären. Es gibt Gerüchte, die besagen, der Goldene Khan sei erschienen – so hat es schon mindestens fünfmal in meinem kurzen Leben geheißen. Bis nach Seh ist es bedauerlicherweise weit. Es würde mich interessieren, wie Ihr die dortige Lage einschätzt.«

»Und der Kaiser, was ist mit dem?«

»Es scheint so, als wollte er Fürst Omawara um die Hand des edlen Fräuleins Kitsura bitten.« Bruder Hutto weidete sich an der Bestürzung seines Ordensbruders.

»Ist das wahr?«

Bruder Hutto nickte.

»Dann verspürt die Kaiserin also das Bedürfnis, ein Leben der Kontemplation zu führen. Das hätte ich wirklich nicht gedacht. Noch mehr kaiserliche Nachkommen. Jetzt werden wir ein geteiltes Adelsgeschlecht erleben!« Bruder Sotura verstummte und ließ sich Zeit, diese Neuigkeit zu verarbeiten.

»Das wird den Großen Meister interessieren. Das edle Fräulein Kitsura Omawara!« Bruder Sotura schüttelte den Kopf. »Was ist mit den Schwestern? Dauern ihre internen Streitereien noch an?«

»In der Tat, Bruder, doch davon sollten wir uns nicht täuschen lassen. Nicht die Priorin, Schwester Saeja, ist mit diesem Problem befaßt, sondern die Gruppierung, die ihr Widerstand entgegensetzt. Die alte Nonne blickt mit einem Auge nach draußen. Die Vorgänge im Reich entgehen ihr nicht, sogar ein begabter junger Bruder scheint ihr beachtenswert.«

»Dann läßt sich also noch nicht überblicken, wer nach ihrem Tod die Oberhand gewinnen wird?«

Bruder Hutto zuckte mit den Schultern. »Vielleicht solltet Ihr einen Wahrsager zu Rate ziehen. Ich möchte mich da nicht festlegen.«

»Wenn Ihr es nicht wißt, Bruder, dann weiß es niemand.«

»Soll ich frischen Cha bringen lassen, Sotura-sum?«

»Euer Angebot ehrt mich, aber es wird allmählich spät. Ich muß zu meinen Brüdern zurückkehren. Wenn Ihr Eure Überlegungen in den nächsten Bericht an den Großen Meister einfließen lassen würdet, wäre dies seinem inneren Gleichgewicht sicherlich förderlich.«

»Es wäre mir eine Ehre, unserem Bruder auf diese Weise behilflich sein zu können«, erwiderte der Primas und verneigte sich vor seinem Gast. »Das ist noch nicht alles, Bruder«, sagte Hutto, als sich der Chi-Quan-Lehrer erhob.

Sotura verharrte in gebückter Haltung. »Ja?«

»Ein weiterer Bruder, der ältere Meister Den-Go, ist verschwunden.«

Bruder Sotura richtete sich auf. »Ich habe ganz vergessen, Bruder, wieviele es mittlerweile sind.«

»Zweiundzwanzig.«

Sotura atmete langsam aus und faßte sich an die Stirn, als leide er plötzlich an Kopfschmerzen. »In unserer ganzen Geschichte ist etwas Vergleichbares noch nicht vorgekommen.«

»Da ist noch etwas, Bruder.« Der Primas stockte, beobachtete Soturas Gesicht. »Mir liegt zwar noch keine Bestätigung vor, dafür aber ein verläßlicher Bericht aus Monarta… der besagt, auf den Hängen oberhalb des Schreins des Vollkommenen Meisters blühe der Udumbara.«

Der Chi-Quan-Meister sank wieder auf die Knie nieder. »Das kann nicht wahr sein. Das ist unmöglich.«

Lange Zeit wurde geschwiegen.

»Wer könnte es sein?« flüsterte Sotura schließlich. »Selbst unter den Brüdern, die auf dem Weg zur Erleuchtung am weitesten fortgeschritten sind, gibt es keinen, der in Frage käme. Nein… das kann nicht sein.«

Hutto nickte. »Vielleicht habt Ihr recht.« Dabei machte der alte Mönch nicht den Eindruck, als sei er von Zweifeln geplagt.

Bruder Sotura hatte Herzklopfen. In einem ruhigen Winkel seines Geistes vergegenwärtigte er sich, daß so etwas seit seinem Eintritt in die Bruderschaft noch nicht vorgekommen war.

»Ein Erleuchteter Meister«, hörte Sotura sich flüstern. Es war unmöglich.

26

Der Wind weht
Und das Gras verneigt sich vor mir,
Vollkommene goldene Halme,
Was wissen sie von meinen Gedanken?
Oder von dem Herzen,
Das man entzweigerissen hat?

Die Kaiserin Shigei

Als der Morgen anbrach, vermochte Nishima ihre Ungeduld kaum noch zu zügeln. In der Abgeschiedenheit ihrer Gemächer ging sie unruhig auf den Strohmatten auf und ab und bedauerte, daß Kitsura gegangen war. Nicht, daß sie die Mitteilung, die sie von Tanaka erhalten hatte, unbedingt mit jemandem hätte teilen müssen, trotzdem wäre es tröstlich gewesen, Gesellschaft zu haben.

Mittels einiger einfacher Übungen, die Bruder Satake sie gelehrt hatte, versuchte sie, die Gedanken abzuschütteln, die sie ablenkten und ihr Urteilsvermögen trübten. Als sie sich mit einer großen Willensanstrengung in den tranceartigen Zustand versetzte, der für die Übung erforderlich war, hatte sie einen Augenblick lang den Eindruck, die Zeit verlangsame sich. Das seltsame Gefühl währte nur kurz, eine so flüchtige Empfindung, daß sie auch auf Einbildung hätte beruhen können. Nishima aber wußte es besser. Sie öffnete die Augen und atmete langsam aus. Wenn Bruder Satake sie nur mehr gelehrt hätte.

Ein leises Klopfen am Shoji erinnerte sie an die Dinge, die sie verdrängt hatte und die nun wieder auf sie einstürzten – der Kaiser, Katta-sum, die Nachricht von Tanaka. Auf Nishimas Aufforderung hin wurde der Wandschirm beiseitegeschoben, und eine Dienstmagd trat hindurch, in der Hand ein kleines Silbertablett mit einem gefalteten Brief darauf. Das edle Fräulein Nishima widerstand dem Drang, aufzuspringen und hastig nach dem Brief zu greifen. Statt dessen betrachtete sie unverwandt ein Blumenarrangement, das in einem Alkoven der Wand stand.

»Bitte verzeiht, Herrin. Ich wollte Euch nicht bei der Meditation stören.«

»Du hast dich richtig verhalten, Hara.«

Die Magd kniete nieder und stellte das Tablett sorgsam auf dem Arbeitstisch ab. »Wünscht Ihr zu frühstücken, edles Fräulein?«

»Nicht jetzt, Hara, ich werde rufen.«

Nishima wollte gerade nach dem Brief greifen, da merkte sie, daß die Magd keine Anstalten machte hinauszugehen.

»Hara?«

Die Magd nickte und sog scharf den Atem ein. »Verzeiht meine Kühnheit, Herrin…«, setzte sie an, dann stockte sie.

»Was gibt es denn, Hara?« fragte Nishima, darum bemüht, sich ihre Ungeduld nicht anmerken zu lassen.

»Ich fürchte, ich habe mich Eures Vertrauens als unwürdig erwiesen, Herrin«, wisperte kaum hörbar die junge Frau.

Was kommt denn nun? dachte Nishima. Bestimmt geht es um irgendeine Torheit. Ich wette, es handelt sich um Kamus stattlichen Assistenten, aber weshalb erzählt sie das mir? »Die Shonto schätzen die Aufrichtigkeit, Hara. Bitte sprich weiter.«

»Während meiner Exerzitien in der Priorei Kano

habe ich eine ältere Schwester kennengelernt, ein sehr angesehenes Ordensmitglied, edles Fräulein.« Die junge Frau sah kurz zu Nishimas forschendem Gesicht auf, dann schlug sie den Blick wieder nieder. Ihre Wangen färbten sich flammendrot. »Ich habe mehrfach mit ihr gesprochen. Ich… ich fühlte mich aufgrund der Aufmerksamkeit, die sie mir schenkte, geschmeichelt… Es schien sie zu beeindrucken, daß ich im Hause Shonto in Diensten stehe, und sie hat Euch, edles Fräulein, in den höchsten Tönen gelobt. Damals fiel es mir nicht auf, aber sie war neugierig auf alles, was die Shonto betraf, und da sie eine solche hohe Stellung einnahm…« Auf einmal klang ihre Stimme belegt. »Ich war vielleicht weniger diskret, als ich hätte sein sollen.« Die Magd holte tief Luft, und als sie wieder ausatmete, klang es beinahe wie ein Schluchzer. Sie sah nicht auf.

»Ich verstehe.« Nishima faltete die Hände im Schoß. »Ich muß wissen, wie indiskret du warst, Hara. Es ist wichtig, daß du nichts ausläßt.«

Die Magd nickte verängstigt, was schlimmste Befürchtungen bei Nishima weckte.

»Sie hat sich nach unserem Herrn erkundigt, nach seinem Charakter und nach seinen Gewohnheiten. Sie wollte wissen, ob er ein guter Herr sei oder ob er seine Bediensteten schlage.«

»Und was hast du ihr geantwortet?«

»Ich habe nur Gutes vom Fürsten Shonto berichtet, Herrin.«

»Ich verstehe. Sprich weiter.«

»Die verehrte Schwester hat sich nach den Freunden unseres Herrn erkundigt, wenngleich das natürlich kein Geheimnis ist und wohl viele Leute wissen, wer im Hause Shonto verkehrt.« Sie stockte, als müßte sie sich sammeln. »Sie hat mich gefragt, ob ich wüßte, wann Fürst Shonto nach Seh aufgebrochen ist, was wiederum kein Geheimnis ist. Sie hat sich erkundigt, wer von Fürst Shontos Bediensteten dem wahren Pfad folgt. Außerdem hat sie viele Fragen zu unserem neuen spirituellen Berater gestellt, aber der hielt sich ja erst so kurze Zeit hier auf, daß ich ihr nur wenig berichten konnte.«

»Hast du ihr berichtet, daß Bruder Shuyun den Tisch zertrümmerte?«

Die Magd nickte stumm; dem Tonfall ihrer Herrin war zu entnehmen, daß es sich so verhielt, wie sie befürchtet hatte – man hatte sie ausgenutzt.

»Sprich weiter.«

»Sie hat sich nach Bruder Satake erkundigt, aber über den konnte ich ihr nichts sagen, denn ich kannte ihn nicht.«

Nishima schlug die Hand vors Gesicht, als wollte sie verbergen, wie bleich sie geworden war.

»Wie jedermann sonst hielt sie große Stücke auf Bruder Satake.« Die Magd verstummte wieder und suchte entweder nach Worten oder sammelte ihren Mut. »Dann hat sie mich noch etwas gefragt, doch das habe ich nicht verstanden. Sie wollte wissen, ob Ihr heimlich tanzen würdet, Herrin.« Als die Magd aufsah, lag sowohl Neugier als auch Angst in ihrem Blick.

Nishima ließ die erhobene Hand auf den Schoß zurückfallen und rang um Fassung. Wie haben sie bloß davon erfahren? fragte sie sich und spürte, daß ihr Atem stoßweise ging. Nishima schloß die Augen und zwang sich, normal zu atmen. Wieso hatte es überhaupt jemand gemerkt? Schließlich gab sie so gut acht. Die Schwestern? Nishima hatte keinen Kontakt zu ihnen – zu niemandem vom Orden hatte sie Kontakt! Sie öffnete die Augen und konzentrierte sich.

»Hat die Schwester… hat sie erläutert, was sie damit meinte, Hara?« fragte sie in ruhigem Ton.

»›Heimlich tanzen‹, so hat sie sich ausgedrückt, Herrin. Ist das nicht merkwürdig?«

Nishima hob mit gespieltem Gleichmut die Schultern. »Was war noch?«

»Die Schwester hat sich auch nach Jaku Katta-sum erkundigt; sie wollte wissen, ob er häufig zu Besuch käme und ob ich davon gehört hätte, daß Jaku Katta-sum dem Fürsten Shonto das Leben gerettet habe. Natürlich hatte ich das, man spricht ja in der ganzen Hauptstadt darüber. Ich habe ihr gesagt, Fürst Shonto habe den General mit einem Geschenk aus seinem Privatgarten ausgezeichnet.« Die Magd sah nicht auf. »Das ist alles, Herrin.«

»Ganz bestimmt, Hara?«

Die Magd schloß die Augen, zögerte kurz und nickte dann.

»Hara?«

»Bitte, Herrin…« Aus den Augenwinkeln der Magd quollen Tränen.

»Du mußt es mir sagen«, meinte Nishima mit sanfter Stimme.

»Jawohl, Herrin. Die ältere Schwester wollte wissen, ob Ihr… einen Liebhaber hättet.« Sie sprach das Wort flüsternd aus, die Augen noch immer geschlossen und das Gesicht verzerrt von der Anstrengung, die Tränen zurückzuhalten.

»Ich verstehe.«

»Sie ließ durchblicken, daß es nicht ungewöhnlich wäre, wenn Ihr… schließlich sei Fürst Shonto ja nicht Euer leiblicher Vater…«

Ehe Nishima bewußt wurde, was sie getan hatte, spürte sie das Brennen in der Hand, mit der sie die Magd ins Gesicht geschlagen hatte. Die junge Frau lag auf dem Boden wie ein Haufen verstreuter Kleider. Sie regte sich nicht.

Nishima war vor Entsetzen wie erstarrt. Sie fixierte

ihre Hand, die sie von sich weghielt, als wäre sie gefährlich und gehörte gar nicht zu ihr.

Ach, Satake-sum, Ihr habt mich zu gut unterrichtet und mich doch zu wenig gelehrt. Sie rutschte zur bewußtlosen Magd hinüber und tastete nach ihrem Puls. Ja, das Herz schlug noch, Botahara sei Dank! Nishima richtete sich auf, öffnete den Shoji und stellte zu ihrer Erleichterung fest, daß sich niemand auf dem Gang aufhielt. Rohku Saicha sollte davon erfahren, dachte sie. Aber was waren das für Fragen! Heimlich tanzen! Wie sollte sie ihm das erklären?

Nishima schloß leise den Wandschirm. Weshalb interessierten sich die Schwestern auf einmal für sie? Ich bin eine Shonto, dachte sie, das ist Grund genug. Aber warum ausgerechnet die Schwestern? Sie schüttelte den Kopf. Was soll ich Hauptmann Rohku sagen? Sie lehnte die Stirn an den Holzrahmen des Shoji. Hinter ihr regte sich leise stöhnend die Magd.

Nishima ging zu ihr und bettete den Kopf der jungen Frau auf ihren Schoß.

»Hara?« fragte sie leise.

»Herrin?« murmelte die Magd. »Was...?«

»Schhh. Du bist unverletzt. Bleib still liegen.«

»Was ist passiert?« Die Magd wollte sich aufsetzen, doch Nishima hielt sie mit sanfter Gewalt fest.

»Ich weiß nicht, Hara. Sei ganz ruhig.«

»Aber ich wurde geschlagen, Herrin. Ich... ich habe einen Schlag gespürt. Möge Botahara mich schützen. Was ist passiert?« Sie begann leise zu weinen.

»Ruhig, mein Kind. Ich weiß nicht, es... es war schrecklich.« Nun kämpfte Nishima ihrerseits mit den Tränen. »Atme tief durch, und zwar so. Mach's mir einfach nach.« Nishima geleitete die junge Frau durch eine leichte Atemübung, während sie ihr unablässig die Stirn streichelte.

»Fühlst du dich jetzt wieder besser?«

Die Magd nickte. »Danke, Herrin. Die Götter grollen mir. Ich weiß nicht, was ich tun soll!«

»Es gibt viele Möglichkeiten, die Götter zu beschwichtigen. Ganz bestimmt.« Nishima überlegte einen Augenblick. »Du mußt Räucherwerk an den Sieben Schreinen verbrennen und für ein Jahr Schweigen geloben. Dann wird man dir verzeihen, aber du mußt dein Gelöbnis auch unbedingt einhalten.«

Hara nickte. »Ich danke Euch, Herrin. Ich bin Eurer Fürsorge unwürdig.«

»Schhhh. Morgen wirst du dein Schweigegelöbnis ablegen. Die Götter werden dir vergeben, Hara.«

»Die Feinde unseres Fürsten tun mir leid, Herrin.«

Nishima nickte. »Ja«, wisperte sie. »Ja.«

Nach einer Weile konnte sich die Magd wieder aus eigener Kraft erheben, und als Nishima sicher war, daß Hara zurechtkommen würde, entließ sie die Magd. »Und zu niemandem ein Wort«, sagte Nishima abschließend, worauf sich die junge Frau verneigte.

Als sie wieder allein war, preßte Nishima die Hände auf die Augen. Ich habe jemanden geschlagen! Ich habe sie im Zorn geschlagen! Sie schüttelte ungläubig den Kopf. Furchtbar, wirklich furchtbar. Das liegt an der ganzen Situation, dachte Nishima, es kann nicht anders sein. Eingesperrt in der Stadt, während ihr Onkel nach Norden unterwegs war, ohne zu wissen, welche Gefahren ihm drohten. Und was für eine Tollheit seitens eines Angehörigen der kaiserlichen Garde! Sie vergrub das Gesicht in Händen. Das alles ging über ihre Kräfte.

Nishima schloß die Augen und sprach im Stillen ein langes Gebet um Vergebung. Anschließend fühlte sie sich etwas besser. Ich bin eine Shonto, dachte sie und überdeckte ihre Angst und ihre Verwirrung mit erzwungener Gelassenheit. Unter Umständen hängt das Leben meines Fürsten davon ab, daß ich klare Entscheidungen treffe. Gelassene Zielstrebigkeit, hörte sie Bruder Satake sagen. Gelassene Zielstrebigkeit.

Wir werden es nur dann schaffen, dachte Nishima, wenn unser Handeln einem klaren, ruhigen Geist entspringt. Sie faßte sich wieder und praktizierte eine Atemübung, um ihren Geist zur Ruhe zu bringen. Als sie damit fertig war, öffnete sie die Augen und blickte sich um, als sei sie an einen unbekannten Ort versetzt worden.

Sonnenschein strömte durch die Wandschirme herein, und das freute Nishima. Sie beugte sich vor und blies die Lampe aus. Auf einmal fiel ihr wieder der Brief ein. Sie nahm ihn in die Hand – an dem dunklen, purpurfarbenen Maulbeerbaumpapier war ein kleiner Ahornzweig befestigt.

Der Brief war auf ganz gewöhnliche Weise gefaltet und schien nicht sonderlich elegant. Von der erlauchten Dame Okara kann er unmöglich sein, dachte Nishima. Als sie das Papier ausgebreitet hatte, dauerte es eine Weile, bis sie die Handschrift erkannte. Katta-sum! Er hat sich Zeit gelassen, dachte sie, doch in Anbetracht seiner literarischen Fähigkeiten wunderte sie dies nicht.

Nishima trat an den Außenshoji und öffnete ihn einen Spalt weit, so daß die kühle Morgenluft hereinströmte wie Wasser in eine Schleuse.

Ein Flüstern im Dunkeln,
Der Wind spricht
Mit der Stimme der Dichterin.
Das ist doch nicht etwa
Der Wind aus Chou-San?

Es gibt sovieles, mein edles Fräulein,
worüber ich gern mit Euch sprechen würde.

Nishima las das Gedicht noch einmal durch. Es war weitaus besser, als sie erwartet hatte. War die Anspielung in der letzten Zeile zufällig oder gewollt? Nein, dafür war sie zu offensichtlich, Jaku hatte sich bestimmt etwas dabei gedacht.

Die Anspielung auf Seh beunruhigte Nishima. Ach, Onkel, dachte sie, werden die Götter deine Feinde wirklich schlagen, wie Hara eben meinte?

Sie strich das Papier auf dem kleinen Tischchen glatt und dachte dabei an den Kuß, den sie Jaku gestattet hatte. Die Erinnerung daran war beinahe ebenso erregend, wie es der Kuß selbst gewesen war.

Nishima schob den Wandschirm wieder zu. Das ist töricht, dachte sie. Ich habe viel zu tun. Entscheidungen stehen an! Wann werde ich von der hohen Dame Okara Antwort bekommen? Die Sonne geht gerade erst auf, sagte sich Nishima, ich bin zu ungeduldig.

Sie nahm einen Harzstab zur Hand und rieb damit rhythmisch über den Tintenstein. Ich muß Katta-sum antworten, dachte sie, dann vergeht die Zeit schneller. Allerdings muß ich mir mit der Übermittlung des Briefs Zeit lassen, er darf sich seiner Sache nicht allzu sicher sein. Als Umschlag wählte sie ein blaßgrünes Papier aus, die Farbe des Herbstgetreides und eine Erinnerung an den Frühling.

Sie befeuchtete den Pinsel und schrieb:

Der Wind flüstert seine Geheimnisse
Vielen zu.
Schwer zu sagen,
Von wo er weht.

Vielleicht sollten wir uns über Loyalität unterhalten.

So, dachte sie und pustete sachte auf die feuchte Tinte. Sie hielt das Papier ins Licht und begutachtete ihre Schrift. Mit Bruder Satakes Handschrift konnte sie sich nicht messen, doch er wäre damit zufrieden gewesen. Der Brief würde bestimmt die gewünschte Wirkung auf den stürmischen Katta haben – ich komme aus einem anderen gesellschaftlichen Umfeld, mein stattlicher General, vergeßt das nicht.

Sie legte das Gedicht auf den Tisch und faltete sorgfältig das Papier, wobei sich ihre Finger ganz selbständig zu bewegen schienen. Sie war im Nu fertig, Jaku Katta aber würde eine Weile brauchen, bis er dahintergekommen wäre, an welcher Stelle er mit dem Auseinanderfalten beginnen mußte.

Sie legte den Brief beiseite und überlegte, was sie ihm beifügen sollte. Vielleicht ein Pappelblatt? Mal sehen.

Nishima schlug einen kleinen Gong an, der auf ihrem Arbeitstisch stand, worauf nahezu lautlos eine Magd erschien. »Ich möchte das edle Fräulein Kento sprechen und außerdem frühstücken.«

Das edle Fräulein Kento, Nishimas ältere Hofdame, trat kurz darauf ein. ›Älter‹ war in diesem Falle ein relativer Begriff, denn Kento war lediglich drei Jahre älter als ihre junge Herrin. Nishima hatte eine Schwäche für Kento, was bei den anderen Hofdamen eine gewisse Eifersucht zur Folge hatte. Doch daran ließ sich nichts ändern; Kento war eben nicht nur amüsanter als die anderen, sondern auch aufgeweckter. Wohl wahr, die eine oder andere war ihr in mancherlei Hinsicht überlegen; Jusha war eine hervorragende Yara-Spielerin, und auf die Ansichten, die die junge Shishika zu Fragen der Etikette und Schicklichkeit hatte, war unbedingt Verlaß, doch beide standen ihrer Herrin nicht wirklich nahe; sie waren eben keine Seelenverwandten.

Das zierliche Fräulein Kento kniete nieder und verneigte sich, und ihr hübsches, rundes Gesicht strahlte, obwohl sie durchaus ernst dreinblickte.

»Möchtet Ihr Cha mit mir trinken, Kento-sum?«

»Es wäre mir eine Ehre«, antwortete Kento, als sei dies nicht das übliche Morgenritual.

»Kento-sum, ehe wir auf andere Dinge zu sprechen

kommen, muß ich Euch etwas sagen, das ich soeben erfahren habe. Ich habe festgestellt, daß Hara herumgeklatscht hat, nicht böswillig, aber doch auf keineswegs hinnehmbare Weise.«

»Ich werde sogleich mit ihr sprechen, Herrin.«

»Das ist nicht nötig. Ich habe bereits mit ihr gesprochen. Aber ich möchte sie aufs Land schicken. Man könnte ihr eine Tätigkeit geben, die keine allzu großen Anforderungen stellt. Ich glaube nicht, daß sie es noch einmal tun würde, möchte es aber nicht darauf ankommen lassen. Hara hat ein Schweigegelübde für ein Jahr abgelegt. Für jemanden, der so schwach ist wie sie, reichte das als Strafe aus.«

»Ich werde mich darum kümmern, daß das Nötige veranlaßt wird.«

Nishima nickte. Eine Bedienstete brachte Cha und eine leichte Mahlzeit für eine Person, dann wurde sie entlassen, ehe sie in Wartestellung niederknien konnte.

»Kento-sum, ich brauche in einer delikaten Angelegenheit Eure Hilfe.«

»Ich stehe Euch zu Diensten, edles Fräulein.«

»Ich muß die Hauptstadt in nächster Zeit verlassen, vielleicht schon morgen. Da mir die Ehre einer kaiserlichen Schirmherrschaft zuteil geworden ist, kann ich nicht abreisen, ohne dem Sohn des Himmels eine schwere Beleidigung zuzufügen. Trotzdem muß ich fortgehen. Es wird an Euch liegen, den Anschein zu erwecken, ich hielte mich noch immer in der Hauptstadt auf. Das wird nicht leicht sein, und natürlich erwarte ich nicht, daß diese Scharade lange unentdeckt bleibt. Ich brauche jedoch fünf Tage. Zehn, wenn Botahara dies zuläßt. Habt Ihr das verstanden?«

»Jawohl, edles Fräulein.« Kento reichte ihrer Herrin ein dampfendes Tuch, dann schenkte sie Cha in beide Schalen ein.

Während Nishima sich Hände und Gesicht abwischte, wurde ihr auf einmal bewußt, daß sie noch gar nicht geschlafen hatte und noch immer die eleganten Gewänder trug, mit denen sie im Palast gewesen war. Ich werde dem Fürsten von Tag zu Tag ähnlicher, dachte sie – vollkommen von den Alltagsgeschäften in Anspruch genommen, schlafe ich nicht mehr und vergesse die Mahlzeiten. Das ist wohl das Schicksal dieses Adelshauses.

»Da ist noch etwas, Kento-sum. Ich habe der hohen Dame Okara geschrieben. Diese List läßt sich ohne ihre Mitwirkung kaum in die Tat umsetzen, auch wenn ich damit mehr von ihr verlange, als ich gewöhnlich jemals gewagt haben würde.« Sie seufzte. »Mir bleibt keine andere Wahl. Ich muß nach Seh reisen, den Grund dafür kann ich Euch nicht nennen. Ihr müßt mir vertrauen. Die erlauchte Dame Okara wird sicherlich glauben, ich hätte ihr Vertrauen enttäuscht, trotzdem sollte es so aussehen, als ob das edle Fräulein Nishima noch immer die große Malerin besuchen würde. Ich hätte Verständnis dafür, wenn sie sich weigerte, dabei mitzumachen, aber wenn sie mir nicht helfen will, dann wird es für uns schwieriger, wenn nicht gar aussichtslos.«

»Vielleicht wird sich die Freundschaft der erlauchten Dame mit Eurem geschätzten Vater in dieser Angelegenheit als hilfreich erweisen.«

»O ja. Das glaube ich auch. Es wird ihr bestimmt schwerfallen, nein zu sagen, selbst wenn ihr Herz anders entschiede.«

»Verzeiht, Herrin, aber es verhält sich so, wie Bruder Satake immer sagte: Jeder Name bringt seine eigenen Verpflichtungen mit sich.«

Der Anflug eines Lächelns stahl sich in Nishimas Züge. »Ihr kennt mich einfach zu gut, Kento-sum. Und ich halte es für höchst unschicklich, daß Ihr meinen Mentor zitiert.« Nishima lächelte erneut, dann wandte sie sich den Speisen zu, gab den Vorsatz, etwas zu essen, aber schon nach kurzer Zeit wieder auf.

»Ist die Zubereitung nicht nach Eurem Geschmack, Herrin?«

»Nein, Kento-sum, es ist wirklich gut«, erwiderte Nishima, schob das Tablett aber trotzdem weg. »Es gibt da noch ein Problem.« Nishima errötete kaum merklich. »Ich habe mit einem Angehörigen der Kaisergarde korrespondiert, mit Jaku Katta. Seine Briefe müssen unbedingt und ohne Ausnahme beantwortet werden. Er ist nicht sonderlich belesen, Kento-sum, daher braucht Ihr Euch hinsichtlich der Qualität der Lyrik keine Sorgen zu machen, aber die Aussage muß stets verschwommen bleiben und darf nicht zu entmutigend ausfallen. Der Schwarze Tiger könnte in den Plänen des Fürsten durchaus noch eine Rolle spielen. Könnte Shishika-sum meine Handschrift kopieren?«

»Ich bin sicher, das könnte sie bewerkstelligen, Herrin, obwohl Eure Handschrift sehr ausgeprägt ist.«

»Egal, wenn es nur ungefähr gelingt, wird es seinen Zweck schon erfüllen. Ich werde sämtliche Gedichte herauskopieren, die wir bislang ausgetauscht haben, dann könnt Ihr darauf Bezug nehmen, und Shishika kann meine Handschrift studieren.«

»Habt Ihr diese Dinge bereits mit Rohku Saicha besprochen, Herrin?«

Nishima schüttelte den Kopf. »Nein. Ich muß mir vorher noch überlegen, wie ich es ihm am besten beibringe.«

»Seit dem Vorfall mit der Kaisergarde ist er in heller Aufregung, Herrin. Die Wachen an den Toren haben Befehl, Euch aufzuhalten, solltet Ihr versuchen, die Residenz ohne seine ausdrückliche Erlaubnis zu verlassen.«

»Er hat befohlen, mich festzuhalten?« Nishima war deutlich anzuhören, wie erbost sie war.

»Verzeiht, Herrin. Ich hätte es Euch schon früher sagen sollen, wollte aber keinen unnötigen Ärger bereiten.« Die Hofdame verneigte sich.

»Dafür könnt Ihr nichts, Kento-sum. Der Hauptmann trägt eine schwere Verantwortung, die sich auf seine Entscheidungen auswirkt. Und wie Ihr bereits erwähnt habt, gab es da diesen Zwischenfall am Kanal.« Nishima verstummte gedankenverloren, während die Hofdame geduldig wartete.

»Das wäre im Augenblick alles, Kento-sum. Wir werden über die Einzelheiten meiner Abreise sprechen, sobald ich mit Rohku Saicha geredet habe. Ihr dürft ihn jetzt zu mir schicken. Ach, Kento-sum, bitte laßt mir von einer Magd einen kleinen Pappelzweig bringen.«

»Sehr wohl, edles Fräulein. Die Hängebirke trägt allerdings noch immer Blätter, falls das passend wäre.«

Nishima lachte. Kento hatte den sorgfältig gefalteten Brief auf dem Tisch natürlich gesehen. »In diesem Fall wohl nicht.«

»Wie Ihr meint.« Die zierliche Frau verneigte sich und schlüpfte hinaus. Kurz darauf kam eine Magd und räumte die Morgenmahlzeit ab.

Nishima war wieder allein. Sie widerstand dem Drang, den Brief an Jaku noch einmal zu öffnen, und holte statt dessen Jakus Brief aus dem Ärmel. Dabei klimperten die Münzen, die Tanaka ihr gegeben hatte.

»Onkel«, flüsterte Nishima in die Leere des Raums, »haltet Eure Kühnheit noch im Zaum. Es gibt Dinge, von denen Ihr nichts ahnt.«

Nishima schob den Shoji auf, der zum Garten hinausging, und trat auf die Veranda. Bodennebel hüllte noch Büsche und Findlinge ein, wenngleich die Sonne die dünne Dunstschicht rasch wegbrannte. Nishima lehnte sich an einen Pfosten und entfaltete Jaku Kattas Brief. Seine Lektüre löste eine Unbeschwertheit in ihr aus, die sie nicht zu unterdrücken vermochte. Das ist töricht, dachte sie. Jaku ist gewiß ein hoffnungsloser Fall – ein Weiberheld und Opportunist.

Trotzdem wurde sie das Gefühl von Unbeschwertheit nicht los.

Als am Wandschirm geklopft wurde, versteckte Nishima Jakus Brief im Ärmel. Kento streckte den Kopf durch die Öffnung. »Rohku Saicha ist da, edles Fräulein.«

»Ich möchte hier draußen mit ihm sprechen.«

Sogleich eilten Bedienstete herbei und legten Strohmatten und Kissen auf die niedrige Veranda. Nishima nahm Platz und nickte einer Bediensteten zu.

Rohku Saicha trat vom Gang in den Raum, bekleidet mit dem leichten Panzer eines wachhabenden Gardisten. Dies war ein deutlicher Hinweis an Nishimas Adresse, der ihrer Aufmerksamkeit nicht entging. Er trat auf die Veranda, kniete nieder, verneigte sich auf steife, militärische Art und legte den Helm behutsam neben sich.

Er ist entschlossen, dachte Nishima. Es wird schwer werden. Die untersetzte Gestalt des Gardehauptmanns verriet seine Entschlossenheit. Er würde seiner jungen Herrin nicht so leicht nachgeben – zumal der Vorfall auf dem Kanal ihn in seiner Entschlossenheit sicherlich noch bestärkt hatte.

»Saicha-sum«, sagte Nishima in warmem Ton, »es ist mir eine Freude, in Eurer Gesellschaft zu sein.«

»Die Ehre liegt ganz auf meiner Seite, edles Fräulein«, erwiderte Rohku förmlich. »Ihr wolltet mich sprechen?«

»Ja. Wie geht es Eurem Sohn, Saicha-sum? Macht er sich gut?«

»Er ist mit Shontos Leibgarde nach Seh gereist.« Rohku hatte den Blick niedergeschlagen, als sei er einen zwangloseren Umgang mit dem edlen Fräulein Nishima nicht gewohnt.

»Es beruhigt mich, dies zu hören«, sagte Nishima. Eigentlich hatte sie das Gespräch auf diese Weise fortsetzen wollen, doch nun wurde ihr bewußt, daß Rohku Saicha so reglos wie ein steinerner Botahara vor ihr saß. Nur durch ein unwiderlegbares Argument würde er sich umstimmen lassen.

»Saicha-sum, ich habe von Tanaka Informationen erhalten, die für Fürst Shonto von lebenswichtiger Bedeutung sind.«

»Was für Informationen, edles Fräulein?«

Nishima kämpfte mit sich und wollte es ihm schon sagen, schüttelte dann aber den Kopf. »Die Informationen sind so delikater Natur, daß es für den Fürsten gefährlich wäre, wenn ich sie Euch mitteilte und Ihr dann in der Hauptstadt bliebet. Es ist besser, Ihr wißt es nicht.«

Rohku neigte den Kopf. »Dann ist also Eure Sicherheit in Gefahr, wenn Ihr noch länger in der Hauptstadt bleibt?«

»So ist es.«

»Aber Ihr seid die Schülerin der erlauchten Dame Okara, die vom Kaiser gefördert wird, damit Sie Euch unterrichtet. Fortzugehen hieße, den Kaiser zu beleidigen. Das ist eine schwierige Situation.«

»Saicha-sum, ich kann nicht bleiben. Die vorliegenden Nachrichten sind zu wichtig; es ist bloß eine Frage der Zeit, bis an den Tag kommt, daß ich Bescheid weiß. Sollte der Kaiser davon erfahren, würde er annehmen, mein Vater wüßte ebensoviel wie ich, und das hätte offenen Krieg zwischen den Yamaku und den Shonto zur Folge. Ihr müßt mir glauben.«

»Edles Fräulein, ich würde niemals an Euren Worten zweifeln. Wie es meine Pflicht ist, stelle ich lediglich die Schlußfolgerungen in Frage, die Ihr daraus zieht. Ich glaube, Ihr wollt vorschlagen, persönlich nach Seh zu reisen und Eurem Vater die Informationen zu überbringen.«

»Das… das ist die einzige Möglichkeit, Saicha-sum.«

»Während ich zwischen meinen Pflichten in der Hauptstadt und meinem Gelöbnis, Euch zu beschützen, wählen muß. Wie ich mich auch entscheide, in jedem Fall breche ich den Schwur, den ich meinem Lehnsfürsten gegenüber abgelegt habe.«

»Aber wenn ich ihm alles erkläre, wird Fürst Shonto schon Verständnis dafür haben. Bedingungslosen Gehorsam bis zur Sturheit schätzt er nicht. Unser Fürst hat Verständnis dafür, daß sich die Dinge verändern, und wenn wir überleben wollen, müssen wir uns ebenfalls wandeln.«

»Edles Fräulein Nishima, Ihr verlangt Unmögliches von mir. Ich kann es nicht zulassen. Mit Eurer Abreise würdet Ihr nicht nur den Sohn des Himmels verstimmen, sondern Euch auch Gefahren aussetzen, vor denen Euch zu bewahren ich geschworen habe. Und da ist noch etwas. Bevor Euer Vater nach Norden gereist ist, sagte er mir, es sei möglich, daß er Euch werde nachkommen lassen. Einen Grund dafür nannte er nicht, doch er meinte, ich solle Euch nicht gehen lassen, ehe ich eine entsprechende Anweisung von ihm erhalten habe. Vielleicht hat der Fürst die Euch vorliegenden Informationen ja vorausgesehen, edles Fräulein, und in diesem Falle wäre es unklug, zu handeln, ehe Fürst Shonto dazu Anweisung gegeben hat.«

»Hauptmann Rohku, seid versichert, daß mein Vater diese Nachrichten nicht voraussehen konnte. Daran habe ich nicht den geringsten Zweifel. Wenn Fürst Shonto, wie Ihr sagt, möchte, daß ich ihm nach Seh folge, dann ist dies bloß eine Frage der Zeit. Ich werde jetzt reisen und ihm die Informationen überbringen, die möglicherweise lebenswichtig für ihn sind.«

»Edles Fräulein, es gibt andere Möglichkeiten, Nachrichten zu übermitteln, und sei es quer durchs ganze Reich.«

»Andere Möglichkeiten, das ja, aber für andere Nachrichten. Diese hier werden nur in meinem Kopf reisen. Alles andere kommt nicht in Frage.« Nishima streckte die Hand aus, als wollte sie den Soldaten berühren, umfaßte statt dessen aber das Geländer. »Saicha-sum, mit Eurer Halsstarrigkeit setzt Ihr das Leben Eures Fürsten aufs Spiel. Ihr wißt, daß gegen Fürst Shonto intrigiert wird. Dazu liegen mir wichtige Informationen vor. Ihr laßt Euch durch das, was Ihr für Eure Aufsichtspflicht haltet, das Urteil trüben. Der Fürst vertraut jedoch niemandem mehr als Euch, sonst würdet Ihr jetzt nicht hier vor mir sitzen. Er schätzt Euch wegen Eurer Urteilskraft. Verliert nicht das Vertrauen zu Euch selbst. Ihr müßtet doch eigentlich spüren, daß ich recht habe, ich weiß es einfach.«

Der Soldat wich ihrem Blick noch immer aus. »Ich kann nicht, Herrin, ich… Zu vieles spricht dagegen. Was ist mit dem Kaiser…?«

»Er braucht nichts davon zu erfahren, Saicha-sum. Sollte aber dennoch ans Licht kommen, daß ich fort bin, wird der Sohn des Himmels so reagieren müssen, als sei ich mit seinem Segen abgereist. Er wird sich dafür entscheiden, das Gesicht zu wahren – was bliebe ihm schon anderes übrig?«

Rohku Saicha blickte seine junge Herrin an. »Nach einer solchen Beleidigung würde er sich gegen die Shonto wenden.«

»Saicha-sum!« sagte Nishima erschöpft. »Er ist der Todfeind unseres Fürsten! Er intrigiert gegen unser Haus, und Ihr macht Euch Sorgen, er könnte uns grollen?«

»Edles Fräulein, Ihr braucht mir keine Nachhilfe zu erteilen. Was Ihr da sagt, flüstert man sich im Verborgenen zu, nach außen hin aber gilt, daß der Kaiser unseren Fürsten schätzt und ihm die Sicherheit des Reiches anvertraut. Ihr könnt nicht einen Kaiser beleidigen, der

Eure Familie schätzt und Euch zudem die Ehre seiner Schirmherrschaft gewährt.«

»Jetzt erteilt Ihr mir Nachhilfe, Saicha-sum. Ihr solltet Euch vor Augen halten, daß das Risiko, sich den Groll des Kaisers zuzuziehen, in diesem Fall gegenüber dem Risiko, das damit einhergeht, daß ich in der Hauptstadt bleibe und der Fürst die Nachricht nicht bekommt, zu vernachlässigen ist.«

»Edles Fräulein,« der Hauptmann hob die Hände, »das ist leicht zu entscheiden. Wir werden Fürst Shonto fragen.«

»Aber Saicha-sum, wie wollt Ihr das anstellen? Den Grund dafür, daß ich nach Seh reisen muß, kann ich keinem Brief anvertrauen. Das ist ausgeschlossen. Lediglich ein kaiserlicher Bote wäre schnell genug, und dieser Weg verbietet sich von selbst!«

»Ich habe Anweisungen von unserem Lehnsfürsten bekommen«, sagte er mit Betonung auf ›unserem‹. »Ich werde ebensowenig dagegen handeln, wie ich den Kaiser beleidigen und ihm dadurch Anlaß geben werde, gegen das Haus meines Fürsten vorzugehen. Ich bedaure, edles Fräulein, aber bis eine Nachricht von Fürst Shonto eintrifft, müßt Ihr in der Hauptstadt bleiben. Ich denke, solange Ihr Euch gegen meine Sicherheitsvorkehrungen nicht auflehnt, seid Ihr hier in Sicherheit.«

Nishima griff in die Ärmeltasche und befühlte die Münzen, die sie von Tanaka erhalten hatte. Das wäre nicht gut, dachte sie. Wenn ich sie Rohku zeige, kann er ebenfalls nicht in der Hauptstadt bleiben. Das wäre wirklich das äußerste Mittel.

»Dann ist das Euer letztes Wort, Hauptmann?«

»Allerdings, edles Fräulein. Verzeiht, daß ich Euch widerspreche, aber ich halte es für meine Pflicht.«

»Dann entschuldigt mich bitte, Hauptmann, ich habe noch andere Dinge zu tun.«

Rohku Saicha verneigte sich und machte Anstalten,

sich zu erheben, dann hielt er inne. »Da ist noch etwas, edles Fräulein. Mir ist bekannt, daß Ihr Briefe von General Jaku Katta erhalten habt. Ich möchte Euch darauf hinweisen, daß der General von uns überwacht wird.«

»Ach, wirklich, Hauptmann?« meinte Nishima treuherzig. »Ein Berater unseres verehrten Kaisers ist Gegenstand unseres Argwohns? Habt Ihr denn keine Sorge, der mildtätige Sohn des Himmels könnte daran Anstoß nehmen?«

»Edles Fräulein, Ihr habt nichts zu gewinnen, wenn Ihr Euch gegen mich stellt«, erwiderte Rohku ernst.

Nishima hob die Brauen. »Hm«, machte sie, womit sie ihren Vater imitierte. »General Katta wurde erst kürzlich von meinem Vater dafür geehrt, daß er ihm das Leben rettete, so wie mein Vater vom Kaiser für die Tapferkeit, mit der er der Barbarengefahr begegnete, geehrt wurde. Es kann wohl kaum indiskret genannt werden, wenn ich mit einem Freund der Shonto korrespondiere – mit einem Freund, der das Vertrauen des Kaisers genießt.« Nishima hatte sich zu voller Sitzgröße aufgerichtet. »Hauptmann.«

Rohku Saicha kämpfte einen Augenblick mit sich, dann aber verneigte er sich und machte Anstalten, sich zu erheben.

»Ich kann mich nicht erinnern, Euch gesagt zu haben, daß Ihr Euch erheben dürft.«

Dem Soldaten wäre beinahe der Mund aufgeklappt, doch er faßte sich sogleich und fiel wieder auf die Knie. Nach einer tiefen Verneigung rutschte er auf den Knien rückwärts über die Veranda und durch den Innenraum.

Nishima hatte den Blick starr in den Garten gerichtet, ohne allerdings etwas zu sehen. Der innere Shoji wurde ganz sachte geschlossen – Rohku Saicha hatte den Raum verlassen.

So, dachte Nishima, jetzt habe ich mich benommen wie ein ungezogenes Kind. Sie preßte die Fingerspitzen gegen die Schläfen und schloß die Augen. Wenn ich nicht darauf bestanden hätte, ohne ausreichende Bewachung auszufahren, was zu dem peinlichen Zwischenfall am Kanal geführt hat, würde Saicha-sum sich jetzt anders verhalten. Ich habe die Zuneigung ausgenutzt, die er für mich empfindet, und jetzt hat er sich verhärtet und trotzt mir um jeden Preis. Er bestraft sich für seinen Fehler und erntet von mir Kühle, obwohl er doch nur das tut, was er für seine Pflicht hält. Ja, er quält sich. Ich kenne ihn schon seit vielen Jahren, und jetzt muß ich mitansehen, wie er sich für seine Pflichten aufopfert. Armer Saicha-sum. Merkt er denn nicht, daß er ganz unter dem Eindruck des Vorfalls in Shontos Garten steht? Davon könnte eine große Gefahr ausgehen – nämlich dann, wenn er sich ausschließlich von seinem Gefühl des Scheiterns anstatt von den Erfordernissen der augenblicklichen Lage leiten läßt. Diese Schwäche ließe sich mühelos ausnutzen. Auch ich könnte das tun.

Nishima erhob sich und nahm ein Paar Sandalen aus einem hohen Regal, streifte sie über und trat in den Garten hinaus. Ich werde mich von Rohku Saicha nicht davon abhalten lassen, nach Seh zu reisen. Wenn er sich bis morgen abend nicht anders besonnen hat, dann breche ich eben ohne seine Mithilfe auf. Wenn ich mit Saicha-sums Unterstützung reise, besteht gute Aussicht, daß Fürst Shonto seine Entscheidung für wohlbegründet halten wird, sobald er Tanakas Brief gelesen hat. Wenn ich Rohku hintergehen muß, würde dies für unseren braven Hauptmann das Ende bedeuten. Fürst Shonto würde ihm eine solche Dummheit niemals verzeihen. Hoffentlich kommt er rechtzeitig zur Vernunft.

Nishima blieb stehen und sog tief die Morgenluft ein. Sie schmeckte noch immer kühl, doch die Sonne tat bereits ihre Wirkung; der Himmel klarte auf, und warmer Sonnenschein fiel auf Nishimas kleinen Garten. Es war ein Morgen, der das Herz erfreute, und Nishima ertappte sich dabei, wie sie sich anmutig zu den Schritten eines höfischen Tanzes im Kreise drehte. Sieh mal einer an, dachte sie, ich tanze im Geheimen. Und sie lachte. Sie klatschte zweimal in die Hände und warf einen letzten Blick auf den Garten, dann wandte sie sich um, während eine Bedienstete am Rand der Veranda niederkniete.

»Bereite mir ein Bad und laß das edle Fräulein Shishika Kleider herauslegen, damit ich daraus wählen kann.«

Als die Bedienstete gegangen war, tanzte sie weiter. Wir sind in großer Gefahr, dachte sie, wie kommt es da, daß mir so leicht ums Herz ist? Daß es an dem Gedicht in ihrem Ärmel liegen könnte, wollte sie sich nicht eingestehen. Als sie mit dem Arm allerdings einen anmutigen Kreis beschrieb und dabei das Klimpern von Münzen vernahm, hielt sie inne. Nishima schüttelte den Kopf, als hätte sie soeben eine Lüge mit angehört, wandte sich um und verließ den Raum, um zu baden.

Der Wind wehte von Osten und wurde auch noch in der Hauptstadt, die hundert Meilen landeinwärts lag, als ›Meereswind‹ bezeichnet. Wenn ein Unwetter nahte, fielen die großen Möwen, die über den Fluß bis nach Yankura segelten, wie von einer vorrückenden Armee getriebene Flüchtlinge in die Hauptstadt ein. Selbst in diesem Augenblick hörte Nishima ihre heiseren Schreie.

Der Wind raschelte in den Pflaumenbäumen und sandte einen scharfen Luftzug durch die Wandschirme, wenngleich die Sonne, vom Wetterumschwung unbeeindruckt, noch immer ins Zimmer fiel. Dampfschwaden stiegen vom Bad auf und vermengten sich mit den Sonnenstrahlen wie Seidenfäden auf einem Webstuhl.

Nishima schlüpfte aus der kalten Luft ins Bad. Das

Wasser war wunderbar warm, und Nishima ließ sich tief hineinsinken, als wäre es der Schlaf selbst, denn die Nacht war lang gewesen und hatte ihr keine Erholung gebracht.

Als sie die Augen schloß, wogten in ihrer Vorstellung die Farbmuster auf den Gewändern der Hofdamen. Die Feier zur Thronbesteigung des Kaisers war voller Überraschungen gewesen. Arme Kitsura, dachte sie, damit hat sie bestimmt nicht gerechnet. Der Kaiser begehrt sie, daran besteht kein Zweifel; und wir wissen ja, was Botahara über die Begierde gesagt hat.

Sie strich sich vom Bauch her über die Brüste, dann legte sie sich die Arme um den Hals, so daß die Brüste flachgedrückt wurden. Dann machte ihr also der stattliche General den Hof. Oder reizte ihn eher ihr Name? Wenn sie darüber nachdachte, wurde sie ihrer Verwirrung nicht mehr Herr. Offenbar ließ ihr weibliches Gespür sie in dieser Angelegenheit im Stich.

»Wenn der Verstand mit Tatsachen vollgestopft ist, bleibt kein Platz mehr für das Wissen«, hatte Satake einmal zu ihr gesagt, doch sie konnte die Tatsachen einfach nicht beiseiteschieben.

Ein Klopfen am Shoji weckte Nishima aus ihren Träumereien. »Ja?«

»Ich bringe Eure Kleider, edles Fräulein«, antwortete Kento mit sanfter Stimme.

»Und wo steckt Shishika?«

»Verzeiht, edles Fräulein, aber ich habe mir die Freiheit genommen, ihre Stelle einzunehmen, damit wir uns ungestört unterhalten können. Rohku läßt Eure Gemächer bewachen, und wenn ich Euch beim Ankleiden helfe, fällt es weniger auf.«

»Nehmen diese Tollheiten denn nie ein Ende!« rief Nishima verbittert. »Tretet ein.«

Nishimas Lieblingshofdame kam herein, auf dem Arm mehrere Untergewänder aus feinster Seide. Sie verharrte in ein paar Schritten Abstand vom Bad, damit Nishima sie sehen konnte, ohne sich zu bewegen. Nacheinander zeigte Kento die einzelnen Wäschestücke vor.

»Nein, zu dunkel – es gibt auch so schon genug Dunkelheit. Nein, Kento-sum, noch heller. Ich möchte etwas Reinweißes. Bringt mir ein Gewand aus Schnee.«

Die Hofdame verneigte sich und eilte, begleitet vom Rascheln der Seide, hinaus. Nishima schloß die Augen, fuhr sich mit den Fingerspitzen über die Schenkel und versenkte sich in Gedanken abermals in das Gedicht, das sie am Morgen erhalten hatte. Das heiße Bad hielt sie umfangen und lockerte ihre verspannten Muskeln. Sie wußte, sie war erschöpft, konnte aber nicht schlafen.

Als Kento zurückkam, holte sie Nishima mit ihrer Sorge um die Kleidung ihrer Herrin wieder in die Gegenwart zurück.

»Ah, ja. Das paßt schon eher. Ja, das da. Und das andere, das eine Schattierung dunkler ist. Sehr gut. Laßt sie da, ich kleide mich selbst an und komme dann zu Euch.«

Mägde brachten ihrer Herrin Handtücher, doch Nishima schickte sie hinaus und trocknete sich eigenhändig mit einem schmalen, rauhen Baumwolltuch ab, als würde es ihr helfen, sich wieder den anstehenden Problemen zuzuwenden, wenn sie nur fest genug rieb. Sie nahm ein türkisfarben und azurblau gefärbtes Lackkästchen mit einem Muster weißer Warishablüten – das Symbol des untergegangenen Hauses Fanisan – aus einem Regal.

Das Schmuckkästchen und ein gut Teil seines Inhalts hatten einmal Nishimas Mutter gehört, und deswegen schätzte es die junge Frau mehr als wegen seines vollendet gearbeiteten Inhalts. Als sie den Griff auf eine bestimmte Weise drehte, sprang der Deckel lautlos auf. Allein schon der Anblick des Inhalts erfreute ihr Herz. Mit ihren langen Fingern liebkoste sie zwei Armbänder aus Silber, dann die entsprechenden Gegenstücke aus glatter Jade und schließlich eine schwarze Perlenkette.

Nishima zog eine kleine Schublade mit Tanakas Brief und der entschlüsselten Kopie hervor. Darunter lagen die Münzen. Abermals betrachtete sie sie eingehend. Obwohl sie ganz schlicht wirkten, hatte man sie mit großer Kunstfertigkeit geprägt. Nishima wendete die Münzen, die etwa so groß wie ihr Daumennagel waren und – abgesehen von den runden Löchern in der Mitte – keinerlei Besonderheiten aufwiesen, auf der flachen Hand um. Wie Tanaka geschrieben hatte, war durchaus nicht ausgeschlossen, daß sie aus dem kaiserlichen Münzamt stammten, nachzuweisen war dies allerdings nicht.

Als Nishima ein Stück malvenfarbenes Seidenband um die Münzen knotete, fiel ein Sonnenstrahl auf das Metall, das dadurch eine Tiefe gewann, wie sie nur echtem Gold zu eigen ist. Das Band wickelte sie sich um die nackte Hüfte, so daß sie spüren konnte, wie sich das kalte Metall an ihrem Bauch erwärmte. Darüber legte Nishima die Untergewänder an und vergewisserte sich, daß die Münzen darunter nicht wahrzunehmen waren. Wenn sie erst einmal vollständig angekleidet war, würden die vielen Falten der Schärpe noch weit umfangreichere Geheimnisse verbergen.

Nishima schob den Shoji auf und trat in den angrenzenden Raum, wo ihre Hofdame mehrere Kleiderschränke geöffnet und verschiedene Kimonos nach Farbe und Eleganz geordnet ausgelegt hatte.

»Ein Brief der erlauchten Dame Okara ist eingetroffen, edles Fräulein.«

»Ah. Laßt sehen«, meinte Nishima rasch.

An einem edlen Stoffpapier von perlgrauer Farbe war ein kleiner Zweig süß duftenden Lintkrauts befestigt, ein Schlinggewächs, das häufig an alten Steinmauern zu finden war.

Lintkraut, dachte Nishima, das dazu dient, Wasser zu reinigen. Sie kniete auf einem Kissen nieder – die um sie herum ausgebreiteten Kimonos hatte sie einstweilen vergessen. Der Brief war auf eine Art und Weise gefaltet, die als ›Tor‹ bezeichnet wurde, wenngleich die Ähnlichkeit nur gering war; Nishima entging es allerdings nicht. Derlei Dinge waren stets Teil der Botschaft oder fügten ihr eine zusätzliche Ebene hinzu. Sie verspürte einen Anflug von Enttäuschung angesichts der schlichten Handschrift, dann aber lächelte sie. Die Handschrift paßte zur hohen Dame Okara, und bei näherem Hinsehen stellte sich heraus, daß ›schlicht‹ keine treffende Charakterisierung war. ›Rein‹ wäre möglicherweise passender gewesen.

Ich habe Euren Brief jetzt mehrmals gelesen, Nishima-sum. Und wenn ich Eure Gründe für die geplante Reise auch nicht kenne, so vertraue ich Euch doch. Ich werde das Gefühl nicht los, daß Ihr Euch durch meine Schuld in dieser Lage wiederfindet, und verspüre starken Unmut darüber, so benutzt zu werden. Nicht Euch gegenüber, meine Liebe, sondern anderen. Es gibt nur eine Lösung für unser Problem; ich werde Euch nach Seh begleiten. Auf diese Weise werdet Ihr Euch nicht den Groll des Himmelssohns zuziehen, denn der Kaiser hat schließlich nicht gesagt, wir müßten beide in der Hauptstadt bleiben, damit Ihr Eure Studien fortführen könnt. Ich habe den Kanal schon seit vielen Jahren nicht mehr gesehen und kann mir keinen geeigneteren Ort vorstellen, um gemeinsam mit Euch über das Wesen unserer künstlerischen Bemühungen nachzudenken.

Die weißen Blüten
Des Lintkrauts
Werden zerstreut vom Wind.
Sie strömen nordwärts auf starken Strömungen

Wie die Kämme zahlloser kleiner Wellen.
Wie sollen wir die Tore öffnen,
Jetzt, da die Gewölbe bröckeln?

Nishima las den Brief noch einmal durch, dann faltete sie ihn genauso zusammen, wie sie ihn bekommen hatte. Auf einmal verspürte sie ein überwältigendes Schlafbedürfnis – jetzt endlich konnte sie schlafen. Dagegen würde Rohku Saicha bestimmt nichts einzuwenden haben!

Möge Botahara Euch segnen, Okara-sum, dachte Nishima, ich reise nach Seh.

27

*D*er Kaiser ertappte sich dabei, unruhig im Raum umherzutigern, und wurde sogleich wieder ärgerlich. Er ging zum Podest und blickte auf den Stapel Schriftrollen und die auf den Matten verstreuten Briefe. Soviele Schriftstücke, dachte er, und keine Nachrichten dabei, die mein Herz erfreuen würden. Aus einem jähen Impuls heraus kickte er ein Seidenkissen quer durch den Raum. Als es gegen den Shoji prallte, stürmten von allen Seiten Wächter und Diener herbei.

»Ja?« sagte der Kaiser laut. »Habe ich euch gerufen? Verschwindet! Du da – bring mir das Kissen. Und jetzt raus.«

Er ließ sich aufs Kissen niedersinken und betrachtete das viele ausgebreitete Papier. »Mögen die Götter Jaku Katta holen. Ich *brauche* diesen jungen Narren!« Der Sohn des Himmels nahm den Brief zur Hand, den er von Fürst Shonto erhalten hatte, und las ihn noch einmal sorgfältig durch, wobei er besonders auf Hinweise darauf achtete, daß Shonto gelogen hatte – daß der Fürst deshalb mit dem Finger auf Jaku deutete, um den Kaiser seines hochgeschätzten Beraters zu berauben.

Hoheit:

Inzwischen hat der Kaiser von meinen Schwierigkeiten in der Denji-Schlucht gewiß schon erfahren, gleichwohl nehme ich mir die Freiheit heraus, in Kürze meine Eindrücke zu schildern.

Die Nordschleusen der Denji-Schlucht wurden seit einigen Jahren von den Hajiwara beherrscht, die ihre Macht dazu mißbrauchten, sich auf Kosten der kaiserlichen Schatzkammer zu bereichern. Die Dokumente, die ich Seiner Majestät schickte, beweisen dies.

Die Hajiwara konnten den Diebstahl deshalb begehen, weil sie mit dem stillschweigenden Einverständnis des kaiserlichen Gouverneurs, eines Verwandten des Fürsten Hajiwara, die kaiserliche Festung oberhalb der Nordschleusen in ihre Gewalt gebracht hatten.

Da ich mich weigerte, den Hajiwara den Zehnten zu zahlen. wurde ich tagelang in der Schlucht festgehalten und daran gehindert, meinen Pflichten dem Kaiser gegenüber nachzukommen. Diese Situation war unerträglich und ein Affront gegen Eure Hoheit, daher habe ich veranlaßt, die Schleusen aus der Gewalt der Hajiwara-Truppen zu befreien und sie wieder den kaiserlichen Behörden zu unterstellen. Unglücklicherweise kamen Fürst Hajiwara und dessen Familie im Verlauf der Auseinandersetzungen ums Leben. Dies bedaure ich, denn so entgeht mir das Vergnügen, miterleben zu dürfen, wie die Hajiwara vor einem kaiserlichen Gerichtshof angeklagt werden.

Es scheint so, als sei vor einigen Monaten ein kaiserlicher Bote, ein gewisser Jaku Yasata, mit dem Auftrag, die Lage zu bereinigen, nach Itsa geschickt worden, doch vermochte Leutnant Jaku bei den arroganten Hajiwara nichts auszurichten – nach seinem Besuch verschlimmerte sich die Lage sogar noch weiter, und allen Abgesandten des Kaisers wurde der Zutritt zu den Schleusenanlagen und der Einblick in die Bücher verwehrt.

Ich glaube, Hoheit, daß ich mich gemäß den Erfordernissen dieser Lage verhalten und den Respekt vor meinem Kaiser wiederhergestellt habe. Dabei hat mir Fürst Butto von Itsa, dessen Tapferkeit und Loyalität er bereitwillig in den Dienst des Thrones stellte, großzügige Unterstützung gewährt.

Euer Majestät untertäniger Diener,
Shonto Motoru

Als der Kaiser merkte, daß er feuchte Hände bekam, wischte er sie ganz unzeremoniell am Staatsgewand ab. Shonto mußte glauben, der Kaiser habe diese törichte Eskapade veranlaßt. Nach all der Mühe und den Kosten, die er darauf verwandt hatte, Shonto in den Norden zu schicken, jetzt dies! Falls der Fürst noch irgendwelche Zweifel daran gehabt haben sollte, daß Seh eine Falle für ihn sei, so waren diese Zweifel jetzt zerstreut.

Ich bin in Gefahr, dachte der Kaiser. Shonto, sein einarmiger Berater und dieser verfluchte Mönch intrigieren gegen mich, sogar jetzt in diesem Augenblick – das spüre ich. Katta, dieser Narr! Ihr habt mich in Gefahr gebracht, obwohl alles getan wurde, damit die Hand, die das Messer führt, im Dunkeln bleibt. Dieser Dummkopf! Dieser törichte Narr! Was sollte er jetzt tun? Ruhig bleiben. Sein Vater war stets ruhig geblieben und hatte damit den Thron errungen. Akantsu blickte grollend auf den Stapel Berichte nieder, als wären sie schuld an seiner inneren Unruhe.

Er warf den Brief auf den Stapel.

Einen ganz ähnlichen Brief hatte er von Fürst Butto oder vielmehr von dessen jüngstem Sohn, unterzeichnet allerdings vom Fürsten, erhalten. Was für ein Fiasko! Und dann noch der Besuch Yasatas. Der Kaiser massierte sich die pochenden Schläfen. Jaku hatte stets empfohlen, diese törichte Fehde zu dulden, da sie die Beteiligten schwäche, was, wie er argumentierte, dem Kaiser niemals zum Nachteil gereichen könne – nun aber schien nicht mehr ausgeschlossen, daß er noch andere Gründe für seine Empfehlung gehabt hatte. Was hatte er sich wohl dabei gedacht?

Der Kaiser nahm eine lange Schriftrolle zur Hand und las den Bericht, den seine eigenen Spione erstellt hatten – als ob denen zu trauen wäre! Er klopfte jedes einzelne Wort auf seine verborgene Bedeutung ab, sah überall Verräter am Werk.

Der kurze Krieg, der in Itsa stattgefunden hat, ist die Fortsetzung einer Fehde zwischen den beiden wichtigsten Adelshäusern der Provinz, jedoch mit einem bedeutsamen Unterschied. Bei den letzten Schlachten hat Fürst Shonto Motoru Seite an Seite mit den Butto gekämpft und höchstwahrscheinlich sämtliche Aktionen mit seinem hervorragenden Stab geplant.

Fürst Shonto scheint ausschließlich eigennützige Motive für sein Eingreifen gehabt zu haben – schließlich wurde er an der Weiterfahrt nach Norden gehindert –, wenngleich festzustehen scheint, daß die Hajiwara gegen ihn intrigiert haben, wahrscheinlich als Stellvertreter einer anderen Partei.

Der Gouverneur von Itsa befindet sich derzeit auf dem Weg in die Hauptstadt, um bei der kaiserlichen Regierung offiziell Beschwerde einzulegen und wohl auch, um alle Vorwürfe, er habe sich der Veruntreuung von für die kaiserliche Schatzkammer bestimmten Geldern schuldig gemacht, zurückzuweisen – was offenbar gelogen ist.

Gleichwohl gibt es noch immer keine Hinweise darauf, in wessen Auftrag die Hajiwara handelten, und wir bemühen uns nach Kräften, dies in Erfahrung zu bringen, solange es noch möglich ist.

Noch eines sollte erwähnt werden. Shonto ist es gelungen, seine Streitmacht ohne Unterstützung der Butto aus der Denji-Schlucht herauszubringen. Dies wurde bislang für unmöglich gehalten. Wir haben noch nicht in Erfahrung gebracht, wie dies bewerkstelligt wurde.

Als der Kaiser merkte, daß er Herzklopfen hatte, legte er die Hand auf die Brust und versuchte, ruhiger zu werden. Daß Shonto sich aus der Denji-Schlucht befreit hatte, beunruhigte ihn. Wie hatte er das angestellt? Der Kaiser kannte die Schlucht mit ihren hohen, kahlen Felswänden aus eigener Erfahrung. Das war bestimmt eine Finte, dachte er, die Armee muß über Land gekommen sein. Nicht einmal ein einzelner Mann könnte aus der Denji-Schlucht entkommen, von einer Armee ganz zu schweigen. Dennoch wußte der Kaiser, daß eben dies der Irrtum war und daß Shonto sich aus einer ausweglosen Situation befreit hatte. Dieses Wissen vermochte Akantsu II. allerdings nicht zu trösten.

Der Kaiser rollte das Papier zusammen. So vieles ist in der Schwebe, dachte er, und nun dies. Wer verbarg sich hinter dem Schleier dieser Fehde und flüsterte den Hajiwara Befehle ein? Und wer war so dumm zu glauben, Hajiwara, dieser Narr, könnte den Fürsten Shonto ausmanövrieren? Sollte wirklich Katta für die ganze Unternehmung verantwortlich sein, wie Shonto es angedeutet hatte?

Katta, dachte der Kaiser, du warst wie ein Sohn für mich; wartest du jetzt etwa mit der Ungeduld eines Sohnes darauf, den Vater zu beerben?

Ein leises Klopfen am Shoji unterbrach des Kaisers Gedankengang. Ein Wandschirm wurde aufgeschoben, und in der Öffnung kniete ein Höfling nieder.

»Ja?«

»Hoheit, Oberst Jaku Tadamoto bittet um Einlaß.«

»Ah.« Der Kaiser deutete auf die Berichte. »Laßt das aufräumen, dann werde ich den Oberst empfangen.«

Zwei Bedienstete eilten herbei, rollten die Schriftrollen ein und sammelten die Papiere ein. »Bleibt hier bei uns«, befahl der Kaiser, »und reicht mir mein Schwert.«

Eine Flügeltür am Ende des Audienzsaals öffnete sich, und Jaku Kattas jüngerer Bruder trat herein, ein hochgewachsener, schlanker, gutaussehender Mann, dem der Gelehrte, der er in Wirklichkeit ja auch war, deutlich anzusehen war. Er kniete außerhalb des Saals nieder und neigte den Kopf auf die Matte.

»Ihr dürft nähertreten, Oberst.«

Jaku Tadamoto rutschte auf den Knien vor und hielt in respektvollem Abstand vom Podest an.

»Ich freue mich, Euch zu sehen, Oberst.«

»Eure Bemerkung ehrt mich, Hoheit.«

Der Anflug eines Lächelns kräuselte die Lippen des Kaisers, dann aber verhärtete sich seine Miene zum Blick eines Mannes, auf dem große Verantwortung lastete. »Tadamoto-sum, gewisse Vorkommnisse im Reich haben mir erneut bewußt gemacht, daß der Thron alle möglichen Arten von Verrätern anzieht. Es gibt nur sehr wenige Menschen, denen wir vertrauen und hinter deren Loyalität sich kein persönlicher Ehrgeiz verbirgt.«

»Es bekümmert mich, Hoheit, daß es sich so verhält.«

Der Kaiser nickte betrübt und fuhr mit der Hand über die Schwertscheide, als wäre dies ein Talisman. »Ihr aber, Tadamoto-sum, seid anders, hab ich recht?«

»Ich bin der untertänige Diener des Kaisers«, erwiderte Tadamoto.

»Ach, ich hoffe, es stimmt, Tadamoto-sum, ich hoffe, es stimmt.« Der Kaiser stockte und blickte den jungen Offizier offen an. »Habt Ihr von den Vorkommnissen in der Schlucht in Itsa gehört?«

»Das habe ich, Hoheit.«

»Und?«

Tadamoto räusperte sich. »Verzeiht, wenn ich das sage, Hoheit, aber ich habe mich schon seit längerem dafür ausgesprochen, diese Fehde zu beenden und dem kaiserlichen Gesetz auf dem Kanal wieder Geltung zu verschaffen.«

»Das habt Ihr. Nennt mir noch einmal Eure Gründe.«

»Hoheit, dies ist eine Lektion, die uns die Geschichte lehrt. Diejenigen Kaiser, die für Stabilität gesorgt haben, hatten mit den geringsten internen Schwierigkeiten zu kämpfen. Der Kanal ist seit den Interimskriegen unsicher, trotzdem stellt er unsere Verbindung mit der

Hälfte des Reiches dar. Sämtliche Provinzen, die über den Kanal zugänglich sind, haben den Eindruck, in der Hauptstadt kein Gehör zu finden, und hegen daher einen wachsenden Groll, der schon bald zu Problemen führen könnte. Ich war noch nie dafür, Unsicherheit im Reich zu dulden, denn dafür, daß dies dem Kaiser von Nutzen sein könnte, gibt es keinen Beleg in der Geschichte.«

Der Kaiser nickte. Ja, dachte er, und es war Jaku Katta, der mir empfahl, ich solle die großen Adelshäuser nicht gänzlich wieder zur Ruhe kommen lassen. Habe ich etwa die ganze Zeit über auf den falschen Bruder gehört?

»Was Ihr da sagt, klingt einleuchtend, Tadamotosum. Nun aber sagt mir, was Ihr von der Lage in Itsa haltet.«

»Hoheit, aus den Berichten geht hervor, daß Shonto die Butto dazu benutzte, sich durch die Armee der Hajiwara hindurchzukämpfen, wenngleich noch nicht bekannt ist, wie er dies angestellt hat. Die Lage in Itsa lief den Gesetzen des Reichs dermaßen zuwider, daß Shonto das Heft in die eigene Hand nehmen konnte, ohne befürchten zu müssen, vom Kaiser deswegen zur Rechenschaft gezogen zu werden. Niemand im ganzen Reich wird meinen, Shonto habe es an Respekt vor dem Kaiser fehlen lassen. Er hat dem Kaiser einen Gefallen getan und gleichzeitig offenbart, wie mangelhaft die Regierung einigen ihrer Pflichten nachgekommen ist. Die Hajiwara waren den Shonto in keiner Weise ebenbürtig, und es würde mich nicht wundern, sollte sich herausstellen, daß Fürst Hajiwara der Meinung war, er habe eine für ihn günstige Abmachung mit Fürst Shonto getroffen... bloß um zu erfahren, daß die Shonto niemals Vereinbarungen eingehen, die ihnen nicht nützen.«

Der Kaiser liebkoste abermals sein Schwert, was

irgendwie zwanghaft wirkte. »Ich verstehe. Was sollte man also nun tun?«

Tadamoto nickte, eine rasche Verneigung, beinahe ein Reflex. »Ich glaube, Hoheit, Ihr solltet aufgrund dieser Lage die Initiative ergreifen. Der Thron sollte die Ordnung auf dem Kanal und den Straßen des Reichs wiederherstellen. Dies dürfte zu Anfang einigen Aufwand erfordern, der aber geringer würde, wenn dem Gesetz erst wieder einmal Geltung verschafft wäre – wobei ich fürchte, die Kosten des Nichtstuns würden wesentlich höher ausfallen. Fürst Shontos Vorgehen hat große Zustimmung gefunden – im Augenblick ist er der Held des Reiches –, doch die Zustimmung wäre ebenso groß, wenn diese Maßnahmen von der kaiserlichen Regierung getroffen würden.«

»Aber würde es nicht danach aussehen, als vollendeten wir lediglich Shontos Werk, als liefen wir ihm hinterher wie Bedienstete?«

»Hoheit, ich glaube, das hängt ganz davon ab, ob wir laut genug klappern. Bildet ein Kaiserliches Triumvirat, das sich mit dem Problem der Straßen und Kanäle befassen soll. Entsendet kaiserliche Beamte und Truppenverbände, die stark genug sind, Euren Willen durchzusetzen. Laßt in den Hauptstädten sämtlicher Provinzen Erlasse verkünden und führt die Räuber und Veruntreuer anschließend durch die Straßen. Man wird bald vergessen haben, daß Fürst Shonto den ersten Schritt getan hat.«

»Ah, Tadamoto-sum, ich schätze Euren Rat. Andere raten mir, um ihre eigenen Ziele zu befördern, Ihr hingegen… aus Euren Worten meint man tatsächlich, Hakata zu vernehmen.«

Der junge Oberst neigte den Kopf bis auf die Matte. »Euer Lob ehrt mich, Hoheit.«

Der Kaiser nickte. »Ich glaube nicht, daß mein Lob den Falschen trifft. Wir werden sehen.

Das ist noch etwas, Tadamoto-sum.« Der Kaiser senkte die Stimme. »Und zwar geht es um eine Angelegenheit, über die wir kürzlich sprachen. Euer Bruder hat uns in seinem Eifer, unsere Sicherheit zu gewährleisten, mit vielen Leuten umgeben, die ihm persönlich Bericht erstatten. Ich begreife wohl, daß dies der Sicherheit dienlich sein soll, aber wie ich bereits sagte, ist es des Guten zuviel. Habt Ihr herausgefunden, wer diese Leute sind?«

Tadamoto nickte knapp, ohne den Kaiser anzusehen. »Das habe ich, Hoheit.«

»Und habt Ihr eine Liste angefertigt?«

Abermals nickte Tadamoto.

Der Kaiser lächelte. »Laßt sie hier, Tadamoto-sum. Ich werde mit Eurem Bruder sprechen. Derartige Vorsichtsmaßnahmen sind übertrieben, auch dann, wenn man so gewissenhaft ist wie Katta-sum.

Was ist mit den Anhängern Tomsomas?« fragte der Kaiser in kühlem Ton. Er redete weiter, ehe Tadamoto antworten konnte. »Der Versuch, die Spannungen zwischen ihnen und den Schweigsamen Brüdern zu verschärfen, war töricht. Die Brüder sind zwar Verräter, aber keine Dummköpfe. Hat der Priester… wie lautete gleich noch sein Name?«

»Ashigaru, Hoheit.«

»Ist er wieder aufgetaucht?«

Tadamoto schüttelte den Kopf. »Noch nicht, Hoheit. Ich glaube nicht, daß sich der Kaiser deswegen Sorgen zu machen braucht. Die magischen Kulte sind zu der Einsicht gelangt, daß es ein aussichtsloses Unterfangen wäre, die Kaiserfamilie bekehren zu wollen. Sie grollen zwar, Hoheit, halten bislang aber still.«

Der Kaiser schüttelte den Kopf. »Sie haben mir wenig genützt und viel verlangt.« Als er den jungen Offizier wieder ins Auge faßte, schien große Wärme in seinem Blick zu liegen.

»Habt Ihr bereits mit Eurem Bruder über das edle Fräulein Nishima gesprochen, Tadamoto-sum?«

»Jawohl, Hoheit.«

»Ah.«

»Er hielt es im Interesse des Kaisers für geboten, das edle Fräulein Nishima im Auge zu behalten, Hoheit.«

»Natürlich. Und trifft er sich noch immer mit ihr?«

»Soviel ich weiß, hat er sich nicht mit ihr getroffen, Hoheit.«

»Vielleicht hat er seine Pflichten neu überdacht. Das wäre ausgesprochen weise. Ich möchte Euch um etwas bitten, Tadamoto-sum.« Der Kaiser wartete Tadamotos Entgegnung nicht ab. »Wie Ihr Euch denken könnt, ist Osha unzufrieden mit ihrer Lage – vielleicht würde es sie aufmuntern, wenn Ihr sie zur Zeremonie der Grauen Pferde begleitetet.«

»Es wäre mir ein Vergnügen, Hoheit. Wenn ich mir die Bemerkung erlauben darf, Eure Sorge um die Niedergestellten rührt mich.«

Der Kaiser nickte bescheiden. »Wir werden uns bald wieder sprechen, Tadamoto-sum. Schon sehr bald. Es gibt noch andere Fragen, zu denen ich gern Euren Rat hören würde. Wir werden sehen.«

Tadamoto machte eine tiefe Verneigung und verließ rückwärts rutschend den Raum. Als der Kaiser allein war, nahm er die Liste zur Hand, die Tadamoto ihm dagelassen hatte, las sie aber nicht gleich durch. »Die Shonto gehen niemals Vereinbarungen ein, die ihnen nicht von Nutzen sind«, flüsterte er. »Niemals.«

Die beiden Männer umkreisten einander langsam und achteten auf jede Bewegung des Gegners. Sie trugen die schwarzen Schlitzhosen und weißen Jacken der traditionellen Shishama-Kämpfer, und derjenige, der zum Angreifer bestimmt worden war, hatte sich über den kalten grauen Augen ein rotes Seidenband um die Stirn gebunden. Ein Schwert stieß im ›Schwalbenflug‹ senkrecht herab, das andere aber fing den Hieb ab, worauf beide wieder die Ausgangsstellung einnahmen. Der Angreifer, Jaku Katta, verlangsamte seine Umkreisungen, dann verharrte er und pflanzte die bloßen Füße fest auf den Steinboden. Sein Schwert stieg zur ›Falkenposition‹ empor, was seinen Gegner veranlaßte, zurückzuweichen und zu parieren. Die Schwerter blitzten auf im Sonnenschein, zu schnell, als daß man ihnen mit den Augen hätte folgen können, dann klirrte Metall, Jakus Klinge traf den Schwertarm seines Gegners unmittelbar über dem Ellbogen, und der Kampf war beendet. Der Mann verneigte sich tief und massierte sich den Arm.

Jaku Katta erwiderte die Verneigung. »Ich hoffe, Euch nicht verletzt zu haben?«

»Der Hieb war wohldosiert, General. Es war mir eine Ehre, mich mit Euch zu messen. Ich danke Euch.«

»Die Ehre war ganz auf meiner Seite, Hauptmann.« Die beiden Männer reichten die stumpfen Übungsschwerter den wartenden Bediensteten. »Bis zum nächsten Mal?«

»Sehr gern, General.« Der Mann verneigte sich erneut, und Jaku nickte einem wartenden Soldaten zu.

Der Soldat kniete rasch nieder. »General Katta, die Antwort vom Büro des Kaisers ist eingetroffen.« Er reichte dem General einen gefalteten Brief.

Jaku nahm ihn entgegen und begab sich zu einer nahegelegenen Tür, die zu seinem Privatgemach führte. Das Training hatte ihm gutgetan; auch diesmal hatte es sein Selbstvertrauen wiederhergestellt, und nun schwelgte er in dem warmen Nachgefühl, das von den Dichtern als ›innere Sonne‹ bezeichnet wurde. Während er auf die Veranda trat, entfaltete er bedächtig den Brief und begann zu lesen. Nach zwei weiteren Schritten wäre er beinahe gestolpert, dann blieb er stehen. Er las den Brief noch einmal durch:

General Jaku Katta, Befehlshaber der Kaisergarde:

Eurem Ersuchen um eine Audienz beim erhabenen Sohn des Himmels wurde nicht stattgegeben. Seine Majestät geht davon aus, daß er Euch bei der Zeremonie der Grauen Pferde treffen wird.

Fürst Bakai Jima,
Sekretär.
Für Seine kaiserliche Majestät,
Akantsu II.

Jaku wäre beinahe auf die Knie niedergesunken, hielt sich aber an einem Pfosten aufrecht. Der Brief hatte ihn getroffen wie ein Schwerthieb – auf einmal war es geschehen. Man konnte den Fehler, den falschen Schritt, die schwache Parade nicht ungeschehen machen.

Seit ihm am Morgen der Bericht aus Itsa übergeben worden war, hatte er böse Vorahnungen gehabt. Wenn er nur mit dem Sohn des Himmels hätte sprechen und ihm alles erklären können – Jaku zweifelte nicht an seinem Einfluß auf den Kaiser –, dann hätte er seinen Fehler wiedergutmachen können. Und nun dies. Er würde keine Gelegenheit haben, die sorgfältig vorbereitete Rede zu halten; eine Rede, die seine Rettung hätte bedeuten können.

Die Erklärung, die er sich zurechtgelegt hatte, war klar und simpel, wie Akantsu es gerne hatte. Jaku Katta wußte, daß es dumm gewesen wäre, seine Beteiligung am gescheiterten Anschlag auf Shontos Leben zu leugnen; die Wahrscheinlichkeit, daß der Kaiser aus anderer Quelle davon erfuhr, war zu groß. Nein, Jaku beabsichtigte vielmehr, die Verantwortung dafür zu übernehmen und Sicherheitsbedenken vorzubringen, die die Geheimhaltung erforderlich gemacht hätten.

Das Scheitern des Plans stand auf einem anderen Blatt. Shonto war der Falle nicht nur entkommen, sondern hatte den Thron dadurch, daß er die Hajiwara, diese Schmarotzer, die sich der schweigenden Billigung seitens des Kaisers erfreut hatten, aus der Hauptschlagader des Reiches entfernt hatte, obendrein in Verlegenheit gebracht. Und dies aufgrund Jakus Rat. Der Schwarze Tiger schüttelte den Kopf und begab sich ins Bad.

Bedienstete schrubbten ihn gründlich ab, ehe er sich ins dampfende Wasser gleiten ließ. Und was nun? Bislang war ihm noch nie ein Ersuchen um eine Audienz abgelehnt worden. Noch nie. Die Bedeutung des Vorgangs bestürzte ihn. Er kam sich vor wie jemand, der nachts über Bord gegangen war und das Schiff nun in die Dunkelheit davonsegeln sah. Dergleichen durfte eigentlich nicht passieren, dennoch kam es hin und wieder vor. Eigentlich war es längst passiert.

Irgendwie kam Jaku dies ungerecht vor, als hätten seine Pläne, dessen ungeachtet, was sie enthielten oder wen sie betrafen, den Erfolg schon deshalb verdient gehabt, weil sie von ihm stammten.

Ging der Plan, den Kaiser von der ständigen Bedrohung durch den Fürsten Shonto zu befreien, nicht letztlich auf ihn zurück? Hatte er nicht zahllose Aktionen für den Kaiser durchgeführt, teilweise unter großem persönlichem Risiko? Es war einfach unglaublich. Jaku beschloß, die kaiserlichen Gemächer aufzusuchen und zu verlangen, den Kaiser in Sicherheitsbelangen sprechen zu dürfen. Alle Höflinge in der Umgebung des Kaisers waren Jaku ergeben, sie würden ihn durchlassen, ohne Fragen zu stellen. So müßte es gehen. Er würde den Fehler doch noch wiedergutmachen.

Jaku nahm im Wasser eine andere Haltung an, legte den Kopf zurück und schloß die Augen. So würde er es machen. Wenn er erst einmal vor dem Kaiser stünde, würde er seinen Argumenten schon Gehör verschaffen. Wer immer gegen ihn konspirierte – und Jaku zweifelte nicht, daß dem so war –, er kannte Akantsu II. nicht so gut wie Jaku. Akantsu war im Herzen ein Soldat und respektierte nur verwandte Seelen. Und Jaku war die Essenz des Kämpfers, die solange destilliert worden war, bis sie so rein war wie der Geist des Windes. Jaku war der Krieger aller Krieger, und das wußte der Kaiser.

Jakus Gedanken schweiften unerklärlicherweise zum erlauchten Fräulein Nishima ab, zu dem Gedicht, daß er vor einer Stunde von ihr erhalten hatte. Ihre Zurückhaltung war nur vorgeschoben, das wußte er. Jaku hatte ähnliches schon mit anderen jungen Damen von hohem Stand erlebt. Ihre Augen aber sprachen die Wahrheit, und die Wahrheit war, daß sie hingerissen von ihm war. Daran bestand kein Zweifel; diese eine Schlacht hatte Jaku gewonnen. Schwer war es nicht gewesen. Jaku lachte bitter.

Alles war solange gutgegangen, bis Shonto in Itsa eingetroffen war. Was war dort eigentlich geschehen? Jaku reckte seine muskulösen Arme, ließ das Wasser auf sein Gesicht tropfen. Der Plan war fehlerlos gewesen – andererseits war Hajiwara ein Dummkopf, daran bestand kein Zweifel. Abermals lachte Jaku. Noch war nicht aller Tage Abend. Er würde nach Kämpferart wieder auf die Beine kommen und den Schwung seiner Gegner zu seinem eigenen Vorteil nutzen. Das Fräulein Nishima würde schon bald eine Rolle in seinen Plänen spielen, und der Kaiser, der ihm eine Audienz verweigerte, würde begreifen, daß er Jaku Katta bislang unterschätzt hatte.

Jaku richtete sich auf und stieg tropfend aus dem Bad. Bedienstete brachten Handtücher und trockneten ihn ab.

»Bring mir die Dienstrüstung und den Helm«, befahl er einem Diener. Es war an der Zeit, mit dem verstockten Kaiser zu sprechen. Die Zeit war reif für einen kühnen Befreiungsschlag. Jaku kleidete sich langsam an und genoß das Gefühl, das ihm der leichte Panzer vermittelte, voller Bewunderung für die Kunstfertigkeit des Handwerkers, der ihn angefertigt hatte.

»General Jaku«, setzte der Diener an. »General, draußen sind Bedienstete und Soldaten, die auf Eure Anweisungen warten.«

»Was?« Jaku nahm den Helm und wandte sich zur Tür.

Der Diener verneigte sich mehrmals in rascher Folge und eilte an die Seite seines Herrn. »Sie begreifen nicht, was vorgeht. Man hat sie hergeschickt. Seht selbst.«

Jaku schritt zur Tür, und als sie sich öffnete, wurde er von einer Ansammlung von Gesichtern begrüßt, die er alle kannte. Die Bediensteten des Kaisers. Jaku starrte diese ungeheuerliche Versammlung sprachlos an. Sämtliche Blicke richteten sich auf ihn, und in den Gesichtern zeigte sich eine bodenlose Angst, die Jaku so verstörend fand, daß er unwillkürlich einen Schritt zurückwich, hinein in die vermeintliche Sicherheit seiner Gemächer.

Die Zeremonie der Grauen Pferde fand auf dem Haupthof des Inselpalasts statt, der berühmt war für seine Sonnenuntergänge. Aus Herbstblumen geflochtene Girlanden schmückten die Säulen der Wandelgänge, und Herbstlaub und Blütenblätter waren auf Teichen und Bächen verstreut. Die vielen Bäume im Herbstgewand brauchten keine künstlerische Unterstützung – ihrer Palette waren die übrigen Farben entnommen, auch die der Gewänder der Höflinge und Würdenträger, die sich versammelt hatten, um die uralte Zeremonie zu begehen.

Dem Tor der Inneren Sammlung unmittelbar gegenüber hatte man Podest und Thron des Kaisers aufgestellt, und der erhabene Sohn des Himmels hatte inmitten der Kaiserfamilie einschließlich der mürrisch dreinblickenden Kaiserin darauf Platz genommen. Der oberste Minister und die übrigen Regierungsvertreter saßen zu seiner Rechten und Linken auf den zugewiesenen Plätzen, und daran schlossen sich die Beamten vom Ersten bis zum Dritten, dem niedersten Rang an, denen die Teilnahme an einer solch bedeutsamen Zeremonie ebenfalls gestattet war. Alles in allem waren mehrere tausend Männer und Frauen anwesend, alle in den passenden Farben und mit der gebotenen Eleganz gekleidet, so daß die harmonische Gesamtwirkung durch nichts gestört wurde.

Jaku Katta, der unter den Beamten des Dritten Rangs zur Linken des Kaisers saß, nahm die gleiche Haltung respektvoller Erwartung wie die anderen Höflinge ein, ließ sich dabei aber auch nicht die kleinste Regung des Kaisers entgehen und forschte in seiner Miene nach seinen Absichten. Doch er sah nichts darin, und als einem unter vielen gewährte ihm der Kaiser nicht einmal ein Kopfnicken.

Es ist beinahe so, als hätte ich aufgehört zu existieren, dachte Jaku, als wäre ich bereits tot. Er fing den Blick einer jungen Frau auf, die sittsam lächelte und dann das Gesicht hinter dem Fächer verbarg – doch nahm er sie kaum zur Kenntnis. Was soll ich tun? fragte sich Jaku. All meine Pläne stürzen um mich ein.

Die gedämpfte Erregung der Menge war nahezu greifbar und floß wie Chi entlang des Meridians des Ganzen. Eine ausgeprägte Vorliebe für Zeremonien, die schon an Besessenheit grenzte, war seit langem das hervorstechende Merkmal des höfischen Lebens von Wa. Alle warteten auf das Zeichen des Kaisers.

Als halb göttliches Wesen erwartete man von diesem,

daß er bei seinen Ahnen und den Göttern für das Volk von Wa Fürbitte einlegte. Selbst das Erscheinen Botaharas vor tausend Jahren hatte kaum Auswirkungen auf diese Riten gehabt – nur ein dünner Firnis botahistischer Lehre kaschierte die überlieferten pantheistischen Riten.

Die Geschichte der Grauen Pferde stammte aus der Zeit der Sieben Königreiche, aus denen später die zentralen Provinzen des Reiches Wa entstanden waren. Man erzählte sich, Po Wu, der Göttervater, habe die Grauen Pferde seinen Söhnen, den Sieben Prinzen, geschenkt, und diese hätten anschließend die Barbaren vom Gebiet der Cho-Wa vertrieben und den Keim der Zivilisation gesät.

Die grauen Rösser waren von Po Wu mit magischen Fähigkeiten ausgestattet worden und konnten in der Schlacht weder verwundet noch getötet werden. Ihre donnernden Hufe ließen die Erde erbeben, spalteten Hügel und zerstreuten die Feinde wie Möwen im Sturm.

Die Grauen Pferde, die bei der Zeremonie Verwendung fanden, stammten angeblich von Po Wus Rössern ab, über Generationen hinweg weitergezüchtet und von den kaiserlichen Bediensteten gehegt und gepflegt.

Auf ein Nicken des Kaisers hin begann die Zeremonie mit donnernden Trommelschlägen, dann vernahm man den anmutigen Klang von dreizehn Flöten. Vom Tor der Inneren Sammlung her erscholl das Getrappel unbeschlagener Hufe, das sich mit dem Rhythmus der Musik vermischte, und dann tauchten die Pferde auf – sieben blaßgraue Rösser, die man solange gestriegelt hatte, bis sie im Sonnenschein glänzten.

Die Reiter waren die besten der Provinz; zwei Angehörige der Kaisergarde, die Söhne dreier Fürsten, ein niederer Berater und ein Jagdmeister – alle in kaiserliches Rot gekleidet, die Sättel goldfarben und dunkelgrün. Die Pferde trugen einen golden und schwarz gefärbten Kopfputz, und der Kontrast dieser strengen Farben zu den blassen Farbtönen im Publikum hatte eine verblüffende Wirkung.

Die Reiter ritten sorgfältig abgestimmte Figuren von großer Anmut; die Befehle wurden so unaufdringlich gegeben, daß man sie kaum wahrnahm. Eine Geschichte erwuchs aus diesen Figuren, die Geschichte der Sieben Prinzen und ihrer magischen Pferde. Als Fußsoldaten und Barbaren verkleidete Tänzer gesellten sich hinzu, gleichwohl entstand kein Durcheinander, und die Bewegungen blieben stets wohlgeordnet.

Als die Barbaren vom Schlachtfeld gefegt waren, wendeten die sieben Reiter die Pferde und paradierten langsam vor dem Kaiser, der sie als lebender Nachfahr von Po Wu für ihre Tapferkeit großzügig belohnte.

Die Reiter bekundeten mit Verneigungen ihren Dank und führten die Pferde unter Beifallsbekundungen der Höflinge vom Hof. Schweigen senkte sich über das Publikum, das nun darauf wartete, daß der Kaiser und seine Familie sich erhoben und entfernten – statt dessen schlug ein höherer Assistent des Ministers zur Linken einen kleinen Gong an, um die Aufmerksamkeit auf sich zu lenken. Mit einer für sein Alter erstaunlichen Behendigkeit nahm der Assistent vor dem Podest Aufstellung, verneigte sich zweimal und holte eine Schriftrolle aus dem Ärmel. Seine Stimme war leise, erreichte aber gleichwohl das ganze Publikum.

»Der Minister zur Linken hat mir aufgetragen, diese Worte des erhabenen Himmelssohns zu verlesen.

Heute haben wir nicht nur einer uralten Zeremonie von dauerhafter Bedeutung beigewohnt, sondern auch einer Metapher, die charakteristisch ist für unsere Zeit. Die Nordgrenze von Wa wird wieder einmal von Barbaren bedrängt, und gemäß unserer Pflicht haben wir unser Augenmerk darauf gelenkt. Dies ist jedoch nicht der einzige Ort, wo sich der Geist der primitiven Völker manifestiert. Auch im Inneren der Provinzen machen diejenigen, die Barbaren im Geiste sind, zahlreiche Wege und Wasserstraßen unsicher, und die Provinzfürsten waren zu unserer anhaltenden Enttäuschung bislang nicht in der Lage, diesem Treiben Einhalt zu gebieten. Wir geloben hiermit, daß wir nicht zulassen werden, daß die Barbarei unser Reich bedroht, weder von innen noch von außen.

Daher ist es der Wille des Throns, diesem Zustand ein Ende zu machen. Um dies zu erreichen, werden kaiserliche Truppen und Beamte der Richterschaft ins ganze Reich entsandt werden, auf daß unsere Reise- und Handelswege selbst für die einfachen Bürger des Reiches wieder sicher werden mögen.

In Anbetracht der Ereignisse, die kürzlich auf dem Großen Kanal stattgefunden haben, stellen wir fest, daß diese Nabelschnur, die die verschiedenen Teile unseres großen Reiches miteinander verbindet, in Gefahr ist; ihr gilt daher unsere besondere Aufmerksamkeit. Um Abhilfe zu schaffen, haben wir uns entschlossen, General Jaku Katta, den Kommandanten der Kaisergarde, als Vertreter des Throns und Obersten Schiedsmann zum Großen Kanal zu entsenden. Ihm wird es obliegen, den früheren friedlichen und effizienten Zustand der Wasserstraße wiederherzustellen.

Weitere Personen werden mit dem gleichen Auftrag ausgesandt, um auch bei den übrigen Arterien unseres Reiches entsprechende Veränderungen zu bewirken.

Im Namen Akantsu II., des Kaisers, und des Großen Rats des Reiches Wa.«

Der Beamte verneigte sich, und die versammelten Gäste erwiderten die Verneigung an den Kaiser und seine Familie gewandt. Ein Murmeln wurde laut, ein unbeschreibliches Geräusch, das ein jeder als allgemeine Zustimmung erkannte. Der Kaiser erhob sich lächelnd und kletterte in die wartende Sänfte.

Zu denen, die sich verneigten, gehörte auch ein General in der Uniform der Kaisergarde, der die allgemeine Zustimmung nicht teilte. Jaku Katta wartete im Sitzen darauf, daß die höheren Ränge sich entfernten, und nahm die Glückwünsche mit scheinbar stoischer Gelassenheit entgegen, unter der sich allerdings meisterhaft beherrschter Zorn verbarg.

Was man Shonto auf Jakus Drängen hin angetan hatte, widerfuhr nun Jaku. Der Schwarze Tiger atmete in langsamen, tiefen Zügen und versuchte sich zu beruhigen, doch sein Zorn schnellte in alle möglichen Richtungen, zielte einmal auf den Sohn des Himmels, dann auf Fürst Shonto oder die einfältigen Höflinge, die ihm gratulierten und keine Ahnung hatten, was eigentlich vor sich ging. Er war wie ein bis zum Zerreißen der Sehne gespannter Bogen mit angelegtem Pfeil – und im Geiste hielt er überall nach dem geeigneten Ziel Ausschau.

Die Beamten des Ersten und Zweiten Rangs schlenderten vom Hof. Jaku erhob sich zusammen mit den Angehörigen des Dritten Rangs und bahnte sich einen Weg durchs Gedränge. Ringsumher lachten die Menschen, tauschten Bemerkungen über die Schönheit der Zeremonie und die Gewandheit der Reiter aus, doch Jaku schritt unter einer Wolke dahin, die so dunkel war wie seine schwarze Uniform. Am liebsten hätte er diese Narren aus dem Weg gestoßen, doch er beherrschte sich – es war wichtig, den Pfeil zum richtigen Zeitpunkt loszulassen.

Als er schließlich am Rand des Hofs angelangt war, stieg er eine Treppe hoch, die von wenigen anderen benutzt wurde, und nun lagen das Gewühl und das Geplapper endlich hinter ihm. Oben gelangt, drehte er sich um und blickte aus Gewohnheit auf den Hof hinunter; schließlich war er für die Sicherheit innerhalb des Palasts verantwortlich. Und dort, inmitten der Menschenmenge, die am Fuß der Treppe vorbeikam, erblickte er Tadamoto in Gesellschaft von Osha, der Sonsatänzerin des Kaisers – und beide lachten. Jaku meinte beinahe, sie hören zu können. Sie lachten in tiefem Einverständnis, und ihre Gesichter strahlten, wie es nur die Gesichter von Liebenden tun.

Mein eigen Blut, dachte Jaku.

28

Geflüster hinter vorgehaltenem Ärmel,
Worte, kühler als Winterregen,
Auf mich gezielt,
Hier, im Schatten des Gouverneurs.
Noch hat niemand behauptet,
Ich hätte meine Provinz verraten.

Wenigstens mein Schwert
Hat sich seinen Respekt bewahrt.

Komawara Samyamu

Die Nachmittagssonne brach hier und da durch die Regenwolken und sandte Lichtstrahlen zur Erde nieder; Lichtstrahlen, die sich wie Wolken bewegten, in wechselhaften, unsteten Mustern.

Die Wellenkämme brachen, und der Schaum wurde in weißen Streifen übers dunkle Wasser geweht. Dann hoben sich die Wellenkämme wieder, stürmten weiter und prallten gegen das Fundament der Steinmauer.

Fürst Shonto stand auf der Mauerkrone und blickte auf das Chaos zu seinen Füßen nieder. Fünf Tage waren seit seiner Ankunft in Seh vergangen, und heute morgen hatte er sich zum ersten Mal von den Verpflichtungen freimachen können, die ihm als Gouverneur auferlegt waren. Die vielen Zeremonien waren ihm lästig gewesen, und nun war er begierig darauf, sich der Aufgabe zuzuwenden, um deretwillen er überhaupt nach

Seh gekommen war: nämlich der militärischen Arbeit. Er begann mit dem Nächstliegenden und setzte eine Inspektion der Befestigungen der Hauptstadt an, gefolgt von einer Begutachtung des Zustands der Garnison.

Der neue Gouverneur stürmte mit so großen Schritten an der Mauer entlang, daß seine Begleiter zu höchst würdeloser Eile gezwungen waren, wenn sie nicht zurückbleiben wollten. Derlei Anstrengungen waren sie nicht gewohnt; von Gouverneuren wurde erwartet, daß sie sich auf dem Kanal, in der Sänfte oder in Ausnahmefällen auch zu Pferd bewegten. Und nun dies! – ein Spaziergang war etwas Unerhörtes.

Die Männer, die hinter dem Gouverneur herrannten, bildeten eine uneinheitliche Gruppe; viele waren in lange, formelle Gewänder gekleidet, die der Wind mit einer gewissen Schadenfreude attackierte. Sie hatten sich ganz von selbst nach ihrem Rang geordnet: der Lordkanzler Fürst Gitoyo und sein Sohn, ein Mittlerer Hauptmann des Dritten Rangs, die unmittelbar dem Gouverneur folgten; der Kriegsminister, Fürst Akima, ein sehr alter Mann, der ohne irgendwelche Anzeichen von Unmut Schritt hielt; zwei Minister des zweiten Rangs, die formelle blaue Gewänder trugen und heftig schwitzten; schließlich noch General Hojo und Fürst Komawara sowie ein Oberstleutnant aus der Garnison. Ein Dutzend Adjutanten unterschiedlichen Rangs, gefolgt von einer entsprechenden Anzahl von Leibwächtern, vervollständigten den Zug.

Aufgrund seines militärischen Rangs hätte ein gewisser General Toshaki eigentlich zum Dritten Rang gehört, doch als Vertreter eines der bedeutendsten Fürstenhäuser von Seh ging er neben Fürst Shonto, ohne es indes am erforderlichen Respekt fehlen zu lassen.

»Wie ich schon sagte, Fürst Shonto, sind wir sehr bemüht, die Stadt zu sichern und die Befestigungen in gutem Zustand zu halten«, bemerkte General Toshaki, der japsend neben Shonto einhertrottete, ohne Shontos offiziellen Gouverneurstitel zu gebrauchen. Die letzte Treppe hatte ihm schwer zugesetzt, und Shontos Tempo erlaubte es ihm nicht, sich zu erholen. Die Inspektion hatte die Männer von Seh unvorbereitet getroffen, während Shontos eigene Leute nicht im mindesten davon überrascht worden waren. Sie hatten bereits gelernt, daß es sinnlos war, das Verhalten ihres Fürsten vorausahnen zu wollen – am besten tat man nach Kräften seine Pflicht und ließ Inspektionen klaglos über sich ergehen.

Shonto erwiderte nichts auf die Bemerkung des Generals, was den Soldaten unvermutet stark beunruhigte. Abermals blieb Shonto stehen und blickte über den Rand der Mauer auf die tosenden Wogen hinunter. Die Mauer befand sich tatsächlich in einem guten Zustand, das blieb sogar seinem kritischen Auge nicht verborgen, doch hier und da erstreckte sich an ihrer Basis ein dunkles Felsenriff bis ins Wasser. Aufgrund der geringen Niederschläge in diesem Herbst war der Wasserstand gefallen, so daß man nun die Felsen sah, die gewöhnlich überflutet waren. Dies bereitete Shonto Sorge. Das Riff bedeutete eine starke Beeinträchtigung der Befestigungen, und schlimmer noch, General Toshaki war sich offenbar nicht einmal im klaren darüber.

»Ihr seht, Fürst, Rhojo-ma ist sicher – die Mauern der Festung sind uneinnehmbar. Vielleicht sollten wir…«

»Es gibt keine uneinnehmbaren Mauern, General«, entgegnete Shonto, der abermals stehengeblieben war und in die Tiefe spähte.

»Natürlich habt Ihr recht, Fürst. An Land trifft dies zu, doch hier, mit einem drei Meilen breiten Graben davor…«

»General Hojo«, wandte Shonto sich an seinen obersten Militärberater.

»Fürst?«

Shonto nickte zu einer Stelle hin, wo glatter Granit zu Tage trat.

Hojo beugte sich über die steinerne Brüstung. »Ich stimme Euch zu, Fürst, davon geht eine Gefahr aus. Von einem solch festen Untergrund aus könnte man versuchen, die Mauern zu erklimmen.«

»Könntet Ihr die Mauern überwinden?«

»Nach allem, was ich gesehen habe, ja – wenn ich das Überraschungsmoment auf meiner Seite hätte. Die Soldaten haben zu großes Vertrauen in die Befestigungen, und das ist nicht gut.«

»General Toshaki?«

Der hochgewachsene Soldat richtete sich noch weiter auf. Seine schneidige, höfliche Antwort entbehrte nicht eines ironischen Untertons. »Fürst; die Bemerkungen des Generals sind zutreffend, doch es gibt noch andere Faktoren, die man in Betracht ziehen sollte. Eine Flotte, die groß genug wäre, Rhojo-ma anzugreifen, könnte kaum im Geheimen aufgestellt werden. Jeder kleinere Vorstoß gegen die Stadt, selbst wenn er bis hinter die erste Mauer vordringen sollte, würde vom zweiten Mauernring aufgehalten werden. Wir würden die Angreifer rasch wieder ins Wasser treiben, dessen könnt Ihr sicher sein. Nach ein paar Tagen ordentlichen Regens liegen die Felsen wieder unter Wasser, und der nächste Regen wird nicht lange auf sich warten lassen. Die Herbststürme sind so verläßlich wie die Geduld Botaharas, Fürst.«

Shonto und General Hojo wechselten Blicke, sagten jedoch nichts. Shonto wandte sich von der Brüstung ab und setzte den Rundgang fort.

Es war schon eine eigenartige Mischung aus professionellen Soldaten, Beamten und Adligen, die dort auf der Mauerkrone im Wind flatterten wie Vogelscheuchen im Garten eines Bauern. Doch es war nicht der Wind, der ihnen die Bewegungen vorschrieb; der neue

Gouverneur, dieser Außenseiter, bestimmte über ihre Zukunft in der Hierarchie von Seh. Dieser Umstand erregte allgemeinen Unmut, der sich auch offen zeigte.

Doch ganz so einfach stellte sich die Lage für die Menschen von Seh nicht dar; der neue Gouverneur war kein Lackei des Kaisers, der im Norden einer politischen Verpflichtung nachkam. Dies war der Fürst der Shonto, ein vielgerühmter Soldat, ein Mann, der nicht nur wegen seines uralten Namens, der eng mit der Geschichte von Seh verwoben war, Respekt genoß. Shonto wußte, daß er sich diese Vielschichtigkeit zu Nutze machen mußte, wenn er im Norden Erfolg haben wollte.

Die Prozession gelangte zu einem Ausguck, einer aus Stein erbauten Plattform hoch oben in den Befestigungen. Hier machte der neue Gouverneur zur großen Erleichterung seiner Begleiter Halt. Aus einem Wachhäuschen wurden den höhergestellten Persönlichkeiten Hocker gebracht, und darauf ließen sie sich im Halbkreis um Shonto nieder.

»Fürst Akima«, sagte Shonto, ohne seinen Begleitern eine Atempause zu gönnen. »Morgen werde ich Angehörige meines Stabes in die Außengebiete entsenden und mit der Inspektion unserer dortigen Befestigungen beginnen. Besonders interessieren mich die Grenzgebiete und die inneren Verteidigungslinien. Bitte stellt höhere Garnisonsoffiziere zu ihrer Begleitung ab. Die Einzelheiten könnt Ihr mit General Hojo besprechen.

Ich werde wohl ein Basislager errichten müssen, das näher an der Grenze und den von den Barbaren bedrohten Gebieten liegt. Darüber werde ich entscheiden, sobald ich mir ein Bild von der Lage gemacht habe. Lordkanzler, ich nehme an, Ihr werdet keinen Anlaß zur Klage sehen, wenn ich die Verwaltung von Seh weitgehend Euch und Euren fähigen Beamten überlasse?«

Der Lordkanzler verbarg sein Erstaunen gut. Er war

vom früheren Gouverneur von Seh ausgewählt worden, der die korrupte Verwaltung, die die vergangenen hundert Jahre über prägend für Seh gewesen war, gesäubert hatte. Shonto setzte große Erwartungen in ihn. Alle Berichte deuteten darauf hin, daß er tüchtig und verläßlich war; auch Komawara hielt große Stücke auf ihn.

»Fürst Gouverneur, ich werde tun, was in meiner Macht steht, damit Seh effizient und gerecht regiert wird, wie es ein Shonto wohl von mir erwarten mag. Euer Vertrauen ehrt mich.«

Shonto erwiderte die tiefe Verneigung des Mannes mit einem Kopfnicken. Die Männer, die den neuen Gouverneur umringten, waren im Grunde ihres Wesens gewöhnliche Nordländer, denen Shonto trotz ihres nur schlecht verhohlenen Argwohns Sympathie entgegenbrachte. Sie waren eine stille, praktisch gesinnte Gemeinschaft und zeigten wenig Neigung zur Extravaganz. Das Jagdkostüm war ihr übliches Kleidungsstück, das außer bei den feierlichsten Anlässen überall akzeptiert war: ein deutlicher Gegensatz zur Hauptstadt. Die Männer, die vor Fürst Shonto saßen, waren sonnengebräunt wie Bauern, die auf dem Felde arbeiteten, und schämten sich nicht deswegen. Von früheren Besuchen her wußte Shonto, daß der Sattel eines Fürsten aus dem Norden aus gutem Leder gearbeitet und vom häufigen Gebrauch abgenutzt war und daß seine Kleidung von Stolz und nicht von Armut kündete – auf das Pferd kam es an, und die Pferde von Seh waren die besten im ganzen Reich.

»General Toshaki, wenn Ihr General Hojo die Unterkünfte zeigen würdet, könnte ich mich derweil um andere Dinge kümmern.« Shonto erhob sich unvermittelt, und die anderen schlossen sich ihm eilig an. »Wenn ich Euch brauche, werde ich Euch holen lassen«, wandte Shonto sich an sämtliche Anwesenden. »Fürst Akima,

Fürst Komawara, wenn Ihr mich begleiten würdet.« Shonto wandte sich um und schritt an der Mauer entlang, während die anderen hinter seinem Rücken eilig die vorgeschriebene Verneigung nachholten. Vorausgehende Gardisten entfernten diskret alle Zivilisten und gemeine Soldaten vom Weg.

»Fürst Akima«, sagte Shonto, während er seine Schritte ein wenig verlangsamte. »Mir scheint, daß Rhojo-ma große Aufmerksamkeit genossen hat, doch wie ich höre, ist den abgelegeneren Befestigungen nicht das gleiche Maß an Zuwendung zuteil geworden.«

Der Ältere nickte und schüttelte sein dichtes graues Haar. »Das stimmt, Fürst Shonto. Die für die Verteidigung vorgesehenen Gelder wurden überwiegend für den Gouverneurspalast und die unmittelbar angrenzenden Gebiete verwendet. Wie Ihr wißt, ging es den Gouverneuren der Hanama vor allem darum, ihre Schatullen zu füllen und das Familienvermögen zu mehren. Die nachfolgenden Gouverneure waren weniger eigensüchtig, haben aber statt dessen den Kaiser bereichert. Die Sicherheit von Seh war für sie zweitrangig.«

»Eine bedauerliche Situation, auf die ich nur begrenzt Einfluß habe. Der Sohn des Himmels läßt sich seine Steuern nicht nehmen. Wie ich höre, seid Ihr der Ansicht, die Barbaren stellten keine Bedrohung für Eure Provinz dar?«

»Fürst, die Stämme sind geschwächt, daran besteht kein Zweifel. In den vergangenen Jahren gab es in der Wüste kaum Niederschlag, und es heißt, die Pest habe sich sogar über den Sand hinweg ausgebreitet. Was nun die Überfälle betrifft... die zeigen kaum Wirkung. Wir haben praktisch keine Verluste erlitten. Die Barbaren sind vorsichtig geworden, selbst kleineren Gruppen von Bewaffneten gehen sie aus dem Weg. In dieser Beziehung hat man den Kaiser schlecht beraten, und ich fürchte, Fürst Gouverneur, Ihr werdet feststellen, daß Ihr die weite Reise umsonst gemacht habt. Die Barbarengefahr existiert nur in der Vorstellung einiger weniger Berater des Kaisers, die möglicherweise über eine weniger gute Kenntnis der Lage verfügen, als eigentlich der Fall sein sollte.«

Shonto blieb an einer wichtigen Ecke der Festung stehen und musterte eingehend die beiden Mauern, die von dieser Stelle aus zu sehen waren. Dann ist der Kaiser in Seh also vor Kritik nicht gefeit, dachte Shonto. Wie erfrischend. »Findet Ihr das Verhalten der Barbaren denn nicht merkwürdig – ungewöhnlich für solch berühmte Krieger?«

Fürst Akima warf Komawara einen zornigen Blick zu. »Manche vertreten diese Ansicht, Fürst Shonto, ich für mein Teil habe allerdings kein Verständnis dafür. Die Überfälle werden von einigen wenigen Leuten als ›mysteriös‹ bezeichnet, doch gibt es sie schon, soweit die Geschichtsschreibung von Seh überhaupt zurückreicht – was soll daran verwunderlich sein? Die Stämme wurden stark dezimiert und verfügen über zu wenige Krieger, als daß sie Verluste in Kauf nehmen könnten. Das steckt hinter dem ›Mysterium‹, nichts weiter.«

»Hm. Ich danke Euch für die Lagebeurteilung. Fürst Komawara, teilt Ihr die Ansicht Eures Landsmanns?«

Komawara war die Erregung ebenso deutlich anzusehen wie damals im Garten des Kaisers; sein Gesicht schien gerötet, und er hatte die Zähne zusammengebissen, doch als er antwortete, klang seine Stimme beherrscht, sogar zuvorkommend. »Dies entspricht der vorherrschenden Meinung und ist durchaus bedenkenswert, Fürst, doch ich glaube, es gibt gute Gründe, diese Überfälle einmal genauer zu betrachten, zumal der Aufwand nur gering ist. Wenngleich man häufig hört, die Stämme seien zahlenmäßig verringert, so erscheint mir dies als reines Wunschdenken. Ich sehe keine Belege für diese Annahme, denn es hat sich noch niemand über die Landesgrenze hinausgewagt, um sich ein Bild von der Anzahl der Barbaren zu machen, die in der Wüste leben. Wir wissen bloß, daß sich ihr Verhalten geändert hat, und wenngleich die von Fürst Akima vorgetragene Erklärung durchaus zutreffen mag, beruht sie doch auf reiner Spekulation, und man sollte ihr nicht mehr Gewicht beimessen als anderen Erklärungen.«

Er lernt rasch dazu, dachte Shonto, das Argument hat er gut vorgetragen, auch wenn Fürst Akima es wohl kaum würdigen dürfte.

»Verzeiht, wenn ich widerspreche, Fürst Gouverneur«, sagte Akima, »aber ich beobachte die Barbarenstämme jetzt schon seit vielen Jahren und kann der Ansicht, die Barbaren verhielten sich auf einmal merkwürdig, nicht beipflichten. Diesen Eindruck kann nur jemand haben, der keine Gelegenheit hatte, sie über mehrere Jahrzehnte hinweg zu beobachten. Wenn es nicht die Furcht sein soll, die die Barbaren veranlaßt, vor den Männern von Seh zu flüchten, so kann Fürst Komawara uns vielleicht den wahren Grund nennen.«

Shonto blickte Komawara an, doch der zuckte bloß mit den Schultern und schüttelte den Kopf.

»Ich weiß es nicht, Fürst Akima, und eben dies bereitet mir Sorge.«

»Und gerade das ist der Schwachpunkt des Arguments«, meinte abschließend der alte Fürst. »Es erklärt nichts – wenn Ihr mir die Bemerkung verzeihen mögt.«

Zu Fürst Akimas Überraschung trat Shonto hinter ein Wachhäuschen und stieg eine selten begangene Treppe hinunter, an deren Fuß er stehenblieb und sich an seine beiden Begleiter wandte, die ihm schweigend gefolgt waren.

»Vor langer Zeit bemerkte Hakata einmal im Gespräch mit einem Shonto, die meisten Leute zögen eine oberflächliche Antwort einer klugen Frage vor. Ich bin nach Seh gekommen, um Antworten zu finden, und demzufolge darauf vorbereitet, schwierige Fragen zu stellen und notfalls auf die sofortige Beantwortung zu verzichten. Ich erwarte, daß alle Berater der Shonto diesem Beispiel folgen.«

Auf ein Handzeichen Shontos hin setzten sich seine Leibwächter, dicht gefolgt von den drei Fürsten, auf der schmalen Straße in Marsch.

Er soll bloß nicht meinen, Alter sei gleichbedeutend mit Weisheit, dachte Shonto. »Ich werde heute nachmittag mit Fürst Taiki zusammentreffen. Ich danke Euch dafür, daß Ihr diese Begegnung arrangiert habt, Fürst Akima, das war sehr freundlich von Euch.«

»Es ist mir eine Ehre, Euch zu Diensten zu sein, und sei es auch nur in solchen Kleinigkeiten«, erwiderte der Ältere in kühlem Ton.

»Glaubt Ihr noch immer, daß Fürst Taiki einer Ausweitung der bewaffneten Aktionen seine Unterstützung versagen wird?«

»Mir scheint, wie die meisten von uns ist auch Fürst Taiki der Ansicht, es bestünde keine wirkliche Bedrohung und eine Ausweitung militärischer Aktionen würde Kräfte binden, die anderswo dringender benötigt werden.«

Die Saat des Argwohns, dachte Shonto; die Einwohner von Seh glauben, sie finanzierten die Verteidigung des Reichs, wenn sie für ihre eigene Verteidigung bezahlen. Und damit liegen sie sogar vollkommen richtig; gerecht ist das nicht.

»Den Shonto und möglicherweise auch den Beratern des Kaisers ist bewußt, daß die Kosten für den Schutz von Wa vom Kaiser getragen werden sollten. Es ist meine Absicht, den geringen Einfluß, über den ich bei Hofe verfüge, dahingehend zu nutzen, diesem Problem die verdiente Aufmerksamkeit zu verschaffen. Bedauerlicherweise macht es mir die dortige Lage unmöglich, Euch den Erfolg meiner Bemühungen zu garantieren. Ich verspreche Euch allerdings, Fürst Akima, daß man der Angelegenheit fortan größere Aufmerksamkeit schenken wird als in der Vergangenheit.«

»Es gereicht Euch zur Ehre, daß Ihr die Berechtigung unseres Anliegens anerkennt, Fürst Gouverneur, doch ich fürchte, der Sohn des Himmels ist mehr um seine Schatzkammer besorgt als um das Wohlergehen des Volkes von Seh. Wohl wahr, er hat uns einen Krieger geschickt, um uns zu regieren, doch das ist ein richtiger Schritt zum falschen Zeitpunkt, wenn Ihr mir eine freimütige Bemerkung gestatten mögt. Ich muß sagen, Fürst Shonto, es ist den Fürsten von Seh nicht entgangen, daß Ihr eine stattliche Streitmacht mit Euch führt, die gut bewaffnet und ausgebildet ist. Das hat noch kein Gouverneur vor Euch getan.«

Sie erreichten einen schmalen Kanal, der die Inselstadt Rhojo-ma in vier Teile teilte und von einer hohen Steinbrücke überspannt wurde. Shonto blieb an deren höchster Stelle stehen und blickte zum Kanal und den angrenzenden Wegen hinunter. In der Ferne sah man mehrere weitere Brücken, die wie farblose Regenbögen anmutig den Kanal überspannten. Die Hauptstadt von Seh war wunderschön, und obwohl sie erbaut worden war, als Seh sich auf dem Höhepunkt seiner Macht befunden hatte, war sie noch immer gut erhalten und wurde von ihren Bewohnern geliebt. Shonto gefielen besonders die mit himmelblauen Schindeln gedeckten Dächer. Mittlerweile waren sie verblaßt, und als sie neu gewesen waren, hatten sie bestimmt noch schöner ausgesehen.

Auf ein Zeichen Shontos hin eilte ein Soldat am Kanalufer entlang. »Wir werden mit dem Sampan zum Palast zurückkehren«, sagte Shonto. »Für heute sind wir weit genug gelaufen.«

Auf der Fahrt zum Gouverneurspalast wurde nur wenig gesprochen, da jeder seinen Gedanken nachhing. Shonto kannte Rhojo-ma von früheren Besuchen her und stellte nun fest, daß sich die Stadt praktisch nicht verändert hatte – mit einer Ausnahme. Die Menschenmassen, die die Straßen und Wasserwege verstopft hatten, waren verschwunden. Rhojo-ma erinnerte ihn an eine Stadt an einem religiösen Feiertag – es herrschte eine unnatürliche Ruhe, die Straßen waren entweder verlassen, oder es zeigten sich so wenige Menschen darauf, daß sie breiter wirkten, als sie in Wirklichkeit waren. Als die Stunde des Kranichs eingeläutet wurde, hallte das Echo der Tempelglocke endlos zwischen den Gebäuden wider, als suchte es nach jemandem, der den prachtvollen Klang zu würdigen wußte.

Bedauerlicherweise hatten die heilkundigen Brüder Seh als letzte Provinz erreicht, und dies war nun die Folge davon: Die Pest hatte unter den Bewohnern des Nordens die größte Ernte eingefahren.

Der Sampan mit den drei Fürsten an Bord bog um eine Kanalbiegung und fuhr durch ein Tor in der hohen Mauer, die die Residenz des kaiserlichen Gouverneurs umgab.

Der Gouverneurspalast lag an der Südseite der Stadt auf einem flachen Hügel. Die Gebäude waren im vereinfachten Mori-Stil erbaut und machten mit ihren geschwungenen, blaugedeckten Dächern und den hohen Steinmauern einen Eindruck von Festigkeit in Verbindung mit schlichter Schönheit. Auf dem Gelände lagen auch die offiziellen Regierungsbauten, unter denen besonders der Justizpalast durch seine klassische Schönheit hervorstach. Der eigentliche Gouverneurspalast war nicht größer als Shontos Stammsitz, doch für die Verhältnisse von Seh, wo protzige Zurschaustellung seit jeher verpönt war, wirkte er beinahe extravagant. Shontos Stab fand die umliegenden

Gärten unelegant, und das nicht bloß deshalb, weil das Klima hier rauher war, doch auf Fürst Shonto übte der Mangel an Raffinesse einen besonderen Reiz aus, und er lustwandelte häufig im Privatgarten des Gouverneurs.

Als sie an Land gegangen waren, verabschiedete sich Shonto von Komawara und Akira und zog sich in seine Privatgemächer zurück. Er beabsichtigte, später am Tag mit Fürst Taiki Kiyorama zusammenzutreffen, und wollte sich in Ruhe auf die Begegnung vorbereiten.

Die Provinz Seh wurde von drei großen Adelshäusern geprägt: von den Taiki, der großen Ranan-Familie und dem sehr alten Haus Toshaki, dem auch der oberste General der Provinzarmeen, Fürst Toshaki Shinga angehörte, der einem Nebenzweig des Hauses vorstand. Es gab zahlreiche Häuser des Zweiten und Dritten Rangs, zu denen auch die Komawara gehörten, doch die drei großen Häuser hatten in der Provinz das Sagen, und Shonto wußte, daß er unter ihnen Verbündete finden mußte.

Die meisten kleineren Häuser waren mit der einen oder anderen großen Familie verbündet und folgten praktisch bedingungslos deren Politik. Nur einige wenige der kleineren Häuser hatten es geschafft, sich wie die Komawara ein gewisses Maß an Unabhängigkeit zu bewahren, und die Lage der Komawara bot reiches Anschauungsmaterial dafür, wie hoch der Preis dieser Unabhängigkeit war – ohne die Unterstützung eines der großen Häuser waren sie von Jahr zu Jahr ärmer geworden.

Von den drei wichtigen Fürsten hatte der Vorstand der Toshaki anscheinend den Eindruck, es könne von Vorteil sein, sich mit der gegenwärtigen Dynastie zu verbünden, während Fürst Ranan dafür bekannt war, daß er die Yamaku verachtete und die von ihnen entsandten Gouverneure verabscheute; die Ranan hatten die Hanama unterstützt und im Norden hundert Jahre lang als deren rechte Hand fungiert, was ihnen reichen Lohn eingetragen hatte.

Allein der Fürst der Taiki schien sich über seine Haltung im unklaren zu sein. Es war bekannt, daß er wenig Sympathien für die Ranan und wenig Respekt vor den Toshaki hatte. Angeblich hielt er wie die meisten Nordländer die Bedrohung durch die Barbaren für Einbildung. Gleichwohl hatte er große Hochachtung vor dem neuen Gouverneur, das heißt, er hatte großen Respekt vor den Shonto, zumal vor diesem Shonto. Über Fürst Taikis Einstellung zur neuen Dynastie war Shonto sich im unklaren, und dies bereitete ihm ein wenig Sorge. Gleichwohl hoffte er, ihn für sich zu gewinnen, und war sich bewußt, daß es ohne Taikis Unterstützung wesentlich schwieriger für ihn werden würde.

Die herkömmlichen Methoden, Allianzen zu bilden, würden in einer so abgelegenen Provinz versagen, zumal von vornherein feststand, daß Shontos Aufenthalt nur von kurzer Dauer sein würde. Eine Heirat zwischen den Shonto und den Taiki kam nicht in Frage, nicht nur wegen ihrer unterschiedlichen Stellung, sondern auch deshalb, weil Fürst Taikis einziger Sohn und Erbe gerade erst den vierten Geburtstag gefeiert hatte. Natürlich kamen solche Verbindungen vor, doch hätte Shonto Nishima eine derartige Peinlichkeit niemals zugemutet: er vergötterte sie mehr, als dem Wohlergehen seines Hauses zuträglich war.

Als Shonto sich von Komawara und Fürst Akima verabschiedet hatte, blieben die beiden Männer schweigend an der Anlegestelle stehen, als gäbe es noch etwas zu sagen, das beide jedoch nicht zu fassen vermochten.

Schließlich brach Fürst Akima das Schweigen. »Wenn Ihr Euch nur dicht genug bei ihm haltet, wird man Euch eines Tages noch mit dem Gouverneur verwechseln.« Er verneigte sich und ging zu seinen Leibwächtern hinüber, die mit dem Sampan auf ihn warteten.

Komawara hatte das Gefühl, bei einem Diebstahl ertappt worden zu sein: es ließ sich nicht leugnen – dies *war* sein geheimster Wunsch, den er sich selbst kaum eingestand. Gleichwohl hatte der alte Fürst es sofort gemerkt. Aber mir liegt vor allem Seh am Herzen, sagte sich der junge Fürst, das Wohlergehen meiner Heimatprovinz.

Akima, dachte Komawara, ist ein alter Mann, der seinen Zenit weit überschritten hat und die einfachsten Dinge nicht mehr sieht: zum Beispiel die Veränderung im Muster der Überfälle der Barbaren. Aber stimmten nicht praktisch alle Fürsten von Seh mit Akima in dieser Frage überein? Hatte der alte Mann vielleicht doch recht? Erlag er selbst womöglich nur der Verlockung des Gouverneurspalasts?

Komawara kletterte in den Sampan und nahm Platz, ohne den Leibwächtern und Bootsleuten zuzunicken, so sehr war er in Gedanken versunken. Die Bemerkung des alten Fürsten hatte ihn tiefer getroffen, als er zunächst gemeint hatte.

»Ich halte dies für eine reizvolle Gewohnheit, Fürst Shonto, wie sie möglicherweise nur in meiner Heimatprovinz anzutreffen ist«, sagte Fürst Taiki. »Ich begreife nicht, wie jemand zu einer ganzen Dynastie Stellung beziehen kann. Ich kann sicherlich die Errungenschaften einer früheren Dynastie bewerten und entscheiden, ob sie nun überwiegend gut war oder schlecht. Aber das Bedürfnis, zu einer Kaiserfamilie Stellung zu beziehen, die gerade erst acht Jahre existiert und bislang nur zwei Kaiser auf den Thron gebracht hat... Ich für mein Teil kann immer nur über einen Kaiser urteilen. Die Yamaku mögen durchaus noch einen Jenni den Heiteren hervorbringen, doch das kann niemand vorhersagen.«

Fürst Shonto und Fürst Taiki lustwandelten im Garten des Gouverneurspalasts. Ihnen folgten General Hojo und Shuyun, während Fürst Taikis junger Sohn Jima umhertollte, einen Reiter imitierte, sich bisweilen mit einem Schrei auf Shuyun stürzte und sich wieder zurückzog, nachdem er den Mönch mit einem imaginären Schwert durchbohrt hatte.

Ein gerechter Kiesweg führte zwischen den Bäumen einher, die jetzt im Spätherbst kaum noch Blätter trugen; die wenigen, die noch übrig waren, stellten allerdings die prachtvollsten Farben zur Schau. An den Stellen, wo sich die beste Wirkung erzielen ließ, hatte man die Zedern zu lebenden Skulpturen geformt, zum Beispiel zwischen großen, grauen Steinen, die an Felsklippen erinnerten, oder neben einem kleinen Karpfenteich. Die Palastmauern hielten den Wind größtenteils ab, so daß es in der Sonne noch erstaunlich warm war.

»Der gegenwärtige Kaiser hat es zugelassen, daß die Hauptverkehrsstraßen des Reichs Banditen in die Hände gefallen sind. Er hat durchgesetzt, daß der ganze Außenhandel über einen einzigen Hafen abgewickelt wird, einen Hafen, der weit entfernt von Seh liegt. Das bedeutet, daß wir gezwungen sind, mit unseren Schiffen nach Yankura statt gezielt nach Seh zu fahren und überhöhte Steuern und Lagerkosten zu entrichten, worauf wir unsere Waren tausend Rih weit über einen Kanal transportieren müssen, der von Kriminellen unsicher gemacht wird.« Fürst Taiki gestikulierte, als wollte er sagen: »Und da fragt Ihr mich, was ich von dieser Dynastie halte?«

Shonto schüttelte den Kopf. Er war sich des Problems bewußt und hätte im passenden Augenblick sogar zugegeben, daß er dies ungerecht fände; ändern konnte er daran jedoch nichts.

Fürst Taiki hatte sich als äußerst einnehmend herausgestellt, eine Eigenschaft, der Shonto an und für sich keinen großen Wert beimaß; dieser Fürst des Nordens strahlte jedoch soviel gesunden Menschenverstand, Gerechtigkeitssinn und Verantwortungsgefühl aus wie nur wenige andere Aristokraten von Wa.

»Fürst Taiki, die Logik Eurer Darlegungen läßt sich nicht widerlegen, und ich muß sagen, ich wünschte ebenfalls, man würde aufhören, ganze Kaisergeschlechter mit Vorurteilen zu belegen; die Beurteilung sollte man der Geschichte und den Historikern überlassen, und *wir* sollten uns um die Gegenwart kümmern. Sollte die Zahl der Barbaren wirklich verringert worden sein und keine Bedrohung darstellen, so wäre ich für mein Teil darüber erleichtert. Die anhaltenden Übergriffe bereiten bei Hofe allerdings Sorge. Wenn die Barbaren keine Bedrohung darstellen, weshalb dämmen wir die Übergriffe dann nicht ein? Das ist die Frage, die ständig gestellt wird.«

»Ihr kennt sicherlich die Antwort, Fürst Shonto. Eine Handvoll Barbaren inmitten einer großen Wüste sind schwer aufzuspüren. Wir können nicht die ganze Grenze befestigen, das ist unmöglich. Außerdem stellen die Angriffe kaum mehr als ein Ärgernis dar; die Menschen von Seh sind daran gewöhnt. Es kommt immer wieder vor, daß jemand in den Kanälen der Hauptstadt ertrinkt; trotzdem füllt man sie nicht alle mit Sand auf. Es stimmt schon, daß die Barbaren hin und wieder Bewohner meiner Provinz töten, doch das geschieht in letzter Zeit nur noch selten, und wir können wenig dagegen tun. Man kann Mücken nicht mit einer Armee bekämpfen; man lernt, sich vor ihnen zu schützen und einen gelegentlichen Stich hinzunehmen, das ist alles.«

Shonto lächelte. »Ich verstehe wohl, was Ihr damit sagen wollt, Fürst Taiki, allerdings hätte ich gern genauere Belege dafür, daß von den Barbaren keine wirkliche Gefahr ausgeht. Wenn Ihr einen Tiger im Wald seht, ist es nicht unbedingt ratsam, davon auszugehen, es gäbe nur einen. Ich werde dem Kaiser erst dann mitteilen, daß die Stämme kleiner geworden sind, wenn ich mich selbst davon überzeugt habe. Ich stimme Euch zu, die wenigen Angriffe scheinen darauf hinzudeuten, daß die Stämme geschwächt sind, aber vielleicht bedeutet es auch etwas ganz anderes, ohne daß ich nun sagen könnte, was. Ich möchte nur betonen, daß wir im Grunde nicht wissen, was die Wüste vor uns verbirgt.«

Fürst Taiki blieb plötzlich stehen. »Jima-sum? Was machst du da?«

Das Kind kniete am Rande des Kieswegs und blickte unverwandt auf eine Glyzinie, die sich an der angrenzenden Mauer emporwand.

»Jima-sum?« sagte der Fürst und machte Anstalten, zu ihm zu gehen.

Plötzlich packte Shonto ihn beim Arm. »Bewegt Euch nicht.«

Hojo ergriff den anderen Arm des Fürsten. »Fürst Shonto hat recht. Wir dürfen uns nicht bewegen.«

In Reichweite des Kindes schwebte über dem Busch der Kopf einer Sandviper. Die drei Männer hielten vorübergehend den Atem an.

»Laßt mich los«, sagte Fürst Taiki. »Ich muß die Schlange auf mich aufmerksam machen.«

»Fürst Taiki, wenn Ihr Euch bewegt, wird sie erst Euren Sohn beißen und dann Euch. So schnell ist sie«, sagte Shuyun.

»Shuyun, könnt Ihr ihn retten?« fragte Fürst Shonto.

Shuyun schwieg einen Augenblick, und als er antwortete, klang seine Stimme sehr fern. »Ich kann den Jungen nicht vor der Viper erreichen, Fürst Shonto.« Der Mönch stockte, und Shonto hörte, wie sich sein Atemrhythmus veränderte. »Vielleicht könnte ich ihm das Leben retten, aber er müßte einen Preis dafür zahlen.«

»Welchen Preis, Bruder?« fragte Taiki.

»Er würde das gleiche Schicksal wie Kamu erleiden.«

Fürst Taiki atmete stockend aus. »Gibt es keine andere Möglichkeit, Bruder?«

»Ich kann die Schlange nicht am Zubeißen hindern. Ihr wißt, was passiert, wenn der junge gebissen wird.«

Der Fürst schwieg, und Shonto spürte, wie sich sein Arm, den er noch immer umklammert hielt, ein wenig entspannte.

»Jima-sum, hab keine Angst, mein Sohn. Du mußt unbedingt tun, was Bruder Shuyun dir sagt. Hast du mich verstanden?«

Shuyun verlagerte langsam sein Gewicht aufs andere Bein und drehte sich um.

»Fürst Shonto, bitte nehmt Eure Hand langsam vom Schwertknauf. Ganz langsam.

Jima-sum, du mußt die Augen schließen und die mir zugewandte Hand der Schlange entgegenstrecken«, sagte Shuyun leise. Und Shonto spürte, wie sich der Arm des Vaters wieder anspannte.

Der Knabe zögerte. Er bewegte sich unruhig, als wollte er weglaufen, und die Schlange stieß seinem Gesicht entgegen, hielt aber inne, als das Kind wieder erstarrte.

»Jima-sum! Du mußt tun, was Shuyun dir sagt. Du mußt tapfer sein. Mach die Augen jetzt zu.«

Tränen quollen hinter den geschlossenen Lidern des Jungen hervor, doch er reckte die geballte Faust der Schlange entgegen – eine zitternde Faust.

Die Viper biß zu. Fürst Shonto spürte, wie das Schwert aus der Scheide gerissen wurde, während Shuyun nurmehr als verwischter Schemen zu erkennen war. Dann schien alles gleichzeitig zu passieren; Jima schrie auf und zog die Hand zurück, doch die war auf einmal nicht mehr da. Shonto sah, wie sich die Schlange auf dem Boden krümmte, der Kopf mit den zuckenden Kiefern abgetrennt daneben. Shuyun hat zweimal mit dem Schwert zugeschlagen, dachte Shonto unwillkürlich: zweimal, und er selbst hatte keinen der beiden Hiebe richtig wahrgenommen. Shontos Schwert lag auf dem Boden, und Shuyun hielt das bewußtlose Kind in den Armen und stillte den Blutstrom, der aus dem Handgelenkstummel quoll.

Fürst Taiki näherte sich seinem Sohn.

»Lebt er noch?«

»Ja, Herr, und ich werde nicht zulassen, daß er stirbt. Wir müssen ihn in den Palast schaffen. Fürst Hojo, würdet Ihr einen Bediensteten bitten, meinen Koffer zu holen?«

Shonto lag im Schein einer Lampe. Er las den Brief zweimal durch, dann faltete er ihn sorgfältig und legte ihn auf den kleinen Arbeitstisch. Der Brief war von Fürst Taiki.

Shonto führte die Fingerspitzen ans Kinn, als betete er, doch wer ihn kannte, hätte gewußt, daß dies lediglich eine von mehreren Posen des Nachdenkens war.

Die Schlange hatte nicht von selbst in den Garten gefunden, soviel war sicher, und als Opfer war jemand anders auserkoren worden als der kleine Junge, der nun ein Leben lang mit nur einer Hand würde auskommen müssen. Shonto schüttelte den Kopf. Der Brief war verständlicherweise von einer tiefen Traurigkeit überschattet. Und einige Passagen fand Shonto recht besorgniserregend.

Wie zu erwarten stand, ist dies für ein kleines Kind schwer zu verstehen; es begreift nicht, daß es Euer spiritueller Berater war, der ihm die Hand raubte, sondern glaubt, es wäre die Viper gewesen.

Seine Mutter ist verständlicherweise betrübt, und ich weiß nicht, wie ich sie trösten soll. Die Schlange sollte keinen klei-

nen Jungen beißen, der im Garten spielt, und so hat mein Sohn durch den Verlust seiner Hand möglicherweise jemand anderem das Leben gerettet. Wer weiß das schon?

Sicher aber ist, daß Jima-sum ohne das Eingreifen Eures Beraters Bruder Shuyun nicht mehr am Leben wäre. Ich habe zwar schon viele schwere Entscheidungen gefällt, muß aber dennoch sagen, daß ich noch nie eine derart schwere Wahl hatte wie in Eurem Garten.

Jedenfalls lebt mein Sohn, und dafür stehe ich auf ewig in Eurer Schuld.

Ich habe mir unser Gespräch noch einmal durch den Kopf gehen lassen und Eure Argumente meinem Stab vorgelegt. Ihr habt recht, das läßt sich nicht leugnen: Die uns vorliegenden Belege sind kein eindeutiger Beweis dafür, daß die Barbaren geschwächt sind. Vielleicht versteckt sich ja eine Viper in der Wüste – ich weiß es nicht –, doch ich glaube, wir sollten es herausfinden.

Ja, dachte Shonto, das müssen wir.

29

Nach siebenjährigem Kampf
Und dem Sieg über die Armeen
Des Rebellengenerals von Chou
Galt ich bei Hofe
Als Bedrohung für den Kaiser.
Hinter vorgehaltener Hand
Sagte man, ich sei eitel und ehrgeizig
Und hätte es auf den Thron abgesehen.

Und so bin ich
Zum Haus am See gekommen,
Dem Haus der Sieben Weiden,
Und erbitte mir zum Dank
Für jahrelange Dienste
Bloß dies:
Jeden Morgen beim Aufstehen
Den schneebedeckten Berg Jaika zu schauen,
Gespiegelt auf dem stillen See.

Das Haus der Sieben Weiden,
von Fürst Daigi Sanyamu

Das kaiserliche Flußboot hatte drei Decks, war mit geschnitzten Drachen und Kranichen verziert und rot und golden bemalt. Der Stander des Kaisers prankte über dem Heck, flankiert von mit Schnitzereien geschmückten Pfosten, an denen im sanften Fahrtwind der schwarze Stander des Kommandanten der Kaisergarde und der tiefblaue des Choka-Falken wehten, der der Familie Jaku verliehen worden war.

Die Ruderer bewegten das Boot mit kräftigen Schlägen durch die erwachende Hauptstadt, und alle anderen Boote wichen ihnen aus. Am Ufer machten die Menschen aller Stände tiefe Verneigungen und fragten sich, welcher kaiserliche Prinz oder höhere Berater da wohl zum Kaiser befohlen wurde. Viele Zuschauer beteten zu Botahara und wünschten dem hohen Insassen des Bootes, wer immer es sein mochte, ein langes Leben.

Im Deckhaus saßen die beiden Brüder Jaku – Tadamoto und Katta – auf Seidenkissen und tranken Pflaumenwein, den der ältere Bruder aus einem über Holzkohle erhitzten Kessel einschenkte. Bedienstete stellten Tabletts auf die Gestelle neben dem kleinen Tisch, der zwischen den beiden Brüdern stand. Anschließend winkte Jaku die Bediensteten hinaus, denn dies war das traditionelle Abschiedsmahl, das die Anwesenheit von Bediensteten ausschloß.

Die Mahlzeit selbst bestand aus ganz einfachen Speisen, deren jede allerdings für die Hoffnungen stand, die die Speisenden mit der Reise verbanden.

Tadamoto hob die Weinschale. »Auf daß du unterwegs nur die besten Reisefährten treffen mögest, Bruder.«

Auch Jaku hob seine Schale. »Deine Sorge ehrt mich, Tadamoto-sum. Auf daß deine Gefährten zahlreich und leichten Herzens sein mögen, woran ich keinerlei Zweifel habe.« Sie tranken beide, hoben abermals die Schalen, dann stellten sie sie auf den Tisch.

»Der Kaiser erweist dir dadurch, daß er dich mit einem Boot der Kaiserfamilie losschickt, eine große Ehre, Bruder«, sagte Tadamoto mit seiner Gelehrtenstimme. Gleichzeitig schickte er sich an, den ersten Gang aufzutragen, eine Suppe mit seltenen, würzigen Pilzen.

Jaku nickte. »Dies ist eine deiner vielen Stärken, Bruder, daß du soviel von Ehre verstehst.« Als Katta am Wein nippte, blieben winzige Tröpfchen davon an den Enden seines prachtvollen Schnauzers hängen. »Wenn unser Vater noch lebte, wäre er stolz auf das, was aus dir geworden ist. Ein angesehener Gelehrter, ein Vertrauter des Kaisers, der dennoch den Älteren Respekt erweist und seiner Familie unverbrüchliche Treue hält. Er wäre mehr als stolz auf dich, jüngerer Bruder.«

Tadamoto deutete eine Verneigung an, als nähme er das Lob voller Demut entgegen. »Ich danke dir für deine Worte, Bruder, du bist zu großzügig, zumal für jemanden in einer solchen Stellung und mit diesen Fähigkeiten.« Er stellte eine Schale mit Suppe vor seinen Bruder hin. »Möge dich die Wärme deines Familienheims die ganze Reise über begleiten.«

Jaku bedankte sich mit einer leichten Verneigung, worauf sie eine Weile schweigend aßen. Draußen war ein Fischhändler zu hören, der lautstark seine Waren anpries.

»Ich habe nicht vergessen, Katta-sum, daß du es warst, der die Jaku aus der Vergessenheit in die Gunst des Kaisers aufsteigen ließ.« Tadamoto erwiderte den Blick seines Bruders. »So wie dein loyaler Dienst dir deine gegenwärtige Berufung eingebracht hat. Der Kaiser ist sehr weise und sich deiner Bemühungen wohl bewußt. Aufgrund seiner Weisheit weiß er wie nur wenige andere, wie sehr deine Bemühungen seinen Zielen entgegenkommen.« Tadamoto blickte durch den teilweise geöffneten Shoji, als hätte ihn draußen plötzlich etwas gefesselt.

»Das gemeine Volk, das sich vor dir verneigt, kann kaum ermessen, wie unermüdlich du warst, Katta-sum. Es weiß nicht, was es bedeutet, über sich selbst hinauszugreifen und sich dort festzuklammern.« Er hob den Porzellanlöffel, hielt aber plötzlich inne. »Das gemeine

Volk ist durch Aberglauben und Angst gebunden und glaubt, sein Platz auf dieser Seinsebene sei von den Göttern vorherbestimmt. Diese Leute träumen nicht einmal davon, in der Welt aufzusteigen, ein besseres Leben kennenzulernen oder einmal einer Dame von hoher Geburt den Hof zu machen; im Großen und Ganzen sind sie dennoch nicht unzufrieden und danken den Göttern für das, was sie besitzen.« Tadamoto führte den Löffel voll heißer Suppe an die Lippen und trank sie langsam, schwelgte im Geschmack der Gewürze. »Nicht jeder wünscht sich immer mehr, Katta-sum. Viele betrachten es als einen Segen, einfach am Leben zu sein – davon, dem Kaiser dienen zu dürfen, wagen sie nicht einmal zu träumen. Und wenn das Boot des Kaisers vorbeikommt, verneigen sie sich bereitwillig und ohne Groll.«

»Es gibt einen Unterschied zwischen dir und mir, Tadamoto-sum. Den Rücken zu beugen, bereitet mir kein Vergnügen.«

»Das, Bruder, ist nicht zu übersehen.«

»Aber du siehst, daß ich im Gegensatz zum gemeinen Volk nicht den Zorn der Götter fürchte und nicht glaube, meine Hände waren nicht stark genug. Ich greife einfach zu; das ist meine Natur, und infolgedessen sind die Jaku zusammen mit mir aufgestiegen.« Jaku hatte die Suppe ausgelöffelt und trug nun den nächsten Gang auf, Nudeln mit einer scharfen Soße aus Moorwurzeln.

»Es verhält sich so, wie du sagst, Katta-sum, du hast der Familie Ehre eingebracht. Das läßt sich nicht leugnen. Aber was wirst du uns jetzt bringen? Reicht es nicht, die rechte Hand des Kaisers geworden zu sein? Reicht es nicht, in den Dritten Rang aufgestiegen zu sein, mit guten Aussichten, in den Zweiten erhoben zu werden und eines Tages vielleicht sogar einen Titel zu erwerben? Ich verstehe dich nicht, Katta-sum – wie ist es bloß möglich, daß in unseren Adern das gleiche Blut fließt?«

Jaku hielt mit der Zubereitung der Speisen inne und legte seine großen Hände auf die Schenkel. Er wirkte vollkommen gelassen, als habe er gerade über das Wetter oder die Vorzüge des Landes zur Frühlingszeit gesprochen. »Diese Frage habe ich mir schon häufig gestellt. Ich beispielsweise würde die Loyalität zu meiner Familie über das Begehren nach einer Frau stellen, zumal wenn ich mit diesem Begehren meine Familie in Gefahr brächte.« Er wandte sich wieder den Speisen zu und stellte eine Schale mit Nudeln und dampfender Soße vor seinen Bruder hin.

Tadamoto schien die Speise gar nicht wahrzunehmen. »Ah. Dann gefährdet der Briefwechsel, den du in aller Heimlichkeit führst, unsere Familie also nicht? Das freut mich zu hören. Weißt du eigentlich, was der Kaiser davon hält?«

»Der Briefwechsel sollte keine Gefahr für die Jaku bedeuten. Die fragliche Dame ist schließlich eine Frau, die frei entscheiden kann und an keinen Ehemann gebunden ist... und auch an keinen Liebhaber. Und was die Besorgnisse des Kaisers betrifft, die begreife ich nicht. Ich kann mir nicht einmal vorstellen, daß der Sohn des Himmels einer solch trivialen Angelegenheit überhaupt Beachtung schenkt.«

Tadamoto entzündete Räucherwerk an der Flamme eines Lämpchens und legte es in ein silbernes Gefäß. »Möge Botahara deine Reise segnen, Bruder«, sagte Tadamoto leise, und beide hoben die Weinschalen und begannen mit dem zweiten Gang.

»Außerdem frage ich mich«, bemerkte Tadamoto, als sei das Gespräch nicht unterbrochen worden, »wann der Kaiser diesen Briefwechsel mir gegenüber erwähnt hat. Vielleicht war es der unglückselige Zwischenfall mit dem edlen Fräulein Nishima auf dem

Kanal, der die Neugier des Kaisers weckte. Wer weiß das schon? Jedenfalls habe ich dem Kaiser versichert, meines Wissens würdest du dich nicht mehr mit der Dame treffen. Ich hoffe, daß ich wie stets die Wahrheit gesagt habe.«

»In dieser Angelegenheit kümmert es mich wenig, ob du die Wahrheit gesagt hast, Bruder«, sagte Jaku und blickte seinen Verwandten offen an.

Tadamoto sah auf seine Weinschale nieder. »Aber es kümmert den Kaiser.«

»Ah, ja, der Kaiser. Ist dir bei deinem Studium der Geschichte eigentlich schon aufgefallen, Bruder, daß Dynastien nicht nur aufsteigen, sondern hin und wieder auch stürzen?«

Tadamoto schüttelte den Kopf, als wäre er von großer Traurigkeit erfüllt. »Es ist mir ebensowenig entgangen, General, wie der Umstand, daß es in unserer gesamten Geschichte bislang erst sechs Dynastien gab, während im gleichen Zeitraum zehntausend ehrgeizige Berater untergegangen sind. Diesen Umstand halte ich für äußerst bedenkenswert, wie ich auch finde, daß Ihr über die Bedeutung Eurer gegenwärtigen Berufung nachdenken solltet. Der Kaiser hat es nicht nötig, seine Berater zu belehren, und tut dies nur, wenn ihm ein solcher Berater teuer ist.«

Jaku schlug mit der Faust auf den Tisch, dann bezähmte er seinen Zorn und beruhigte sich wieder. Sein Gesichtsausdruck wirkte nahezu gelassen. »Ich bin kein Kind, das der Unterweisung bedürfte, Bruder. Daß die Stellung des Kaisers so gesichert ist, hat er größtenteils den Jaku zu verdanken, und das habe ich nicht vergessen.«

»Mag sein, Katta-sum, aber die Denji-Schlucht haftet gleichfalls noch in der Erinnerung.«

Nun schüttelte Jaku so betrübt den Kopf, als hätte ihn sein Lieblingssohn angelogen. »Ich stehe loyal zu meiner Familie und ihren Interessen, Bruder. Hast du das vergessen?«

»Das haben wir durchaus gemeinsam, Katta-sum. Auch ich sorge mich um die Interessen unserer Familie. Ich möchte nicht, daß die Stellung der Jaku durch unüberlegten Ehrgeiz gefährdet wird.«

»War es etwa unüberlegter Ehrgeiz, Bruder, der uns unsere gegenwärtige Stellung verschaffte? War es Angst vor unserem eigenen Schatten, die den Kaiser hat auf die Jaku aufmerksam werden lassen? Ich finde es erstaunlich, daß du in dieser Angelegenheit auf einmal die Rolle des Schiedsrichters übernommen hast und darüber entscheidest, was unserer Familie nützt und was nicht. Für jemanden deines Alters muß das eine schwere Bürde bedeuten. Der Kaiser wird heilfroh darüber sein, daß ein solcher Mann die Entscheidungen trifft – ein Mann ohne persönlichen Ehrgeiz.« Katta hielt eine Hand über die Weinschale, als wärme er sich – eine Hand, der nicht das geringste Zittern anzumerken war. »Ich habe ganz vergessen, dir zu gratulieren, Oberst Jaku. Wie ich höre, wirst du während meiner Abwesenheit die Kaisergarde befehligen. Dein Mangel an Ehrgeiz scheint sich äußerst günstig für dich auszuwirken.«

Tadamoto blickte auf seine Hände nieder. »Vielleicht gibt dir die bevorstehende Reise ja Gelegenheit, über die Dinge, die wir besprochen haben, nachzudenken, Katta-sum. Ich glaube, das war der eigentliche Grund, weshalb dir der Kaiser diese Aufgabe übertragen hat. Nur wenige Herrscher überblicken die Bedeutungen einer solchen Lage, wie sie sich in der Denji-Schlucht bietet. Man hat dir große Nachsicht entgegengebracht, Katta-sum, auch wenn dir dies nicht bewußt ist. Wenn ich dir einen Rat gegen darf: unterschätze den Kaiser nicht, Katta-sum. Dies wäre ein schwerer und gefährlicher Fehler; gefährlich nicht nur für dich.«

Katta erwiderte nichts darauf, sondern blickte seinen jüngeren Bruder bloß mit unverhohlener Verachtung an. Der gleichmäßige Rhythmus der Ruderer geriet ins Stocken, und das Boot glitt antriebslos dahin.

»Wir haben den Stadtrand erreicht, Bruder«, sagte Jaku kühl. »Von hier aus fahre ich alleine weiter.«

Tadamoto nickte, doch dann fiel sein Blick auf das Serviertischchen, auf dem der letzte Gang süßer Reiskuchen wartete; der Gang, der zusammen mit guten Wünschen für die Reise dargeboten wurde. Er verneigte sich tief und stand auf, ohne seinem Bruder in die Augen zu sehen. »Es betrübt mich, Katta-sum, aber vielleicht wirst du dich ja rechtzeitig besinnen. Ich stehe loyal zu dir, loyaler, als dir bewußt ist. Ich möchte nicht erleben, daß du…« Tadamoto verstummte mitten im Satz, während Katta aufstand, sich abwandte und das Deckhaus durch den hinteren Shoji verließ.

Jaku Tadamoto blickte eine Weile den Shoji an und überlegte, ob er seinem Bruder nachgehen sollte. Das ist nicht mehr der Gefährte meiner Kindheit, vergegenwärtigte sich Tadamoto, und hier geht es auch nicht um eine Kinderlaune. Das ist ein erwachsener Mann, der schwierige Entscheidungen trifft und danach lebt. Er wird nicht auf mich hören. Nur die Zeit kann einen solchen Mann zur Einsicht bringen… falls ihm soviel Zeit bleibt. Tadamoto machte auf dem Absatz kehrt, verließ die Kajüte und begab sich zum wartenden Boot, um zurück zum Inselpalast zu fahren.

Jaku Katta blickte seinem Bruder vom Oberdeck aus nach und beobachtete, wie der Sampan im Nebel und im Verkehr auf dem Kanal verschwand. Er umklammerte die feuchte Reling und beobachtete seinen Atem, der zu feinem Nebel kondensierte. In der Luft lag die Kühle des Spätherbstes, und ein Wind, der vom Meer her wehte, zerrte an seiner Uniform.

Jaku schüttelte den Kopf. Die Erinnerung an seinen Bruder in Begleitung der Sonsatänzerin des Kaisers quälte ihn noch immer. Zu einer solchen Dreistigkeit hätte sich keiner meiner Leutnants erkühnt, dachte er. Jaku wurde von einer ungewohnten Traurigkeit überwältigt. Mein eigener Bruder, dachte er, mein eigen Blut. Er fuhr mit der Hand über die Reling, so daß ein Regenschauer aufs untere Deck niederging. Hatte nicht Hakata gesagt, der Verrat sei für ehrenhafte Männer das größte Unglück? Er trocknete sich die Hände am Gewand ab. Jaku Katta, dachte der General, ist unglücklich.

Er wandte sich von der Reling ab, ging zurück in seine Kajüte und schenkte sich eine Schale heißen Weines ein. Er holte ein blaßgrünes Blatt Papier aus der Ärmeltasche der Überjacke. Das Gedicht hatte er vor ein paar Tagen von der fraglichen Dame erhalten, vom edlen Fräulein Nishima Fanisan Shonto.

Der Wind flüstert seine Geheimnisse
Vielen zu.
Schwer zu sagen,
Von wo er weht.

Vielleicht sollten wir uns über Loyalität unterhalten.

Jaku nippte am Wein und las das Gedicht noch einmal durch. Jedesmal, wenn er die elegante Handschrift des edlen Fräuleins Nishima betrachtete, durchrieselte es ihn wohlig. Ein Teil von ihm vermochte einfach nicht zu glauben, daß eine solche Frau sein werden könnte – gleichwohl zweifelte er nicht daran, daß sie sein war oder vielmehr sein geworden wäre, wenn er die Hauptstadt nicht so plötzlich hätte verlassen müssen. Er fluchte laut. Seine Pläne stürzten um ihn herum ein, und das edle Fräulein Nishima spielte eine Hauptrolle darin. Verflucht sei Tadamoto!

Jaku schenkte sich Wein nach und zwang sich zur Ruhe, indem er langsam atmete. Es war noch nicht vorbei. Der Schwarze Tiger lebte noch. Es gab noch immer diejenigen bei Hofe, die ihm verpflichtet waren, und einige waren der Säuberung sogar entgangen und in der Nähe des Kaisers verblieben. Es war noch lange nicht vorbei. Tadamoto, dieser Feigling, konnte ihm jetzt kaum noch schaden, und Jakus Agenten im Palast würden nach einer Gelegenheit Ausschau halten, die Stellung seines jüngeren Bruders zu untergraben. Der Kaiser vertraute niemandem, daher würde es nicht schwer fallen, bei ihm Zweifel an dem brillanten jungen Oberst zu wecken. Jaku lächelte. Es würde beinahe schon zu einfach sein.

30

Unser Boot
Stößt den Bug ins blaue Wasser,
Teilt die rauschenden Wellen
Wie auch ich geteilt bin;
Die eine Hälfte bleibt bei Euch,
Die andere geht nach Norden.

In der Tiefe des Himmels
Ziehen die letzten Gänse
Gen Süden,
Nachzügler sie alle.

Das edle Fräulein Nishima schwenkte den Pinsel im Wasser und beobachtete die schwarzen Tintenwirbel. Ich werde die Serie *Geheime Reisen* nennen, dachte sie, als sie das Gedicht noch einmal durchlas. Kitsura-sum und die erlauchte Okara dürfen sie lesen, wenn wir in Seh eingetroffen sind – eine Chronik unserer gemeinsamen – wie auch meiner inneren – Reise. Sie legte den Pinsel behutsam auf einer Tigerfigur aus Jade ab, die ihr als Ablage diente, dann erhob sie sich vom Kissen. Durchs Heckfenster konnte sie den Bug des nachfolgenden Bootes sehen, das den Nebel und den unaufhörlichen Nieselregen durchschnitt, der sie auf ihrer Reise begleitete.

Der Nebel über dem Kanal
Und das Geräusch des Regens
Auf den Decksplanken –
Reisebegleiter.

Ja, dachte Nishima, das wird ebenfalls zu den *Geheimen Reisen* gehören.

Sie ging zurück zu ihrem Kissen und dem Holzkohlefeuer, das die kleine Kajüte wärmte. Seit drei Tagen waren sie jetzt schon auf dem Kanal, doch sie wagte es noch immer nicht, sich an Deck blicken zu lassen. Die erlauchte Dame Okara war heute morgen ausgegangen und hatte zu Nishima gesagt, der Nebel werde sie vor neugierigen Blicken sicherlich schützen. Doch Nishima hatte es für angebracht gehalten, noch zu warten. Sie waren der Hauptstadt noch zu nahe, als daß sie sich bereits hätten in Sicherheit fühlen können. Kitsura teilte dieses Gefühl, und so hielten sich die beiden jungen Frauen tagsüber unter Deck auf, speisten häufig gemeinsam und unterhielten sich bis spät in die Nacht.

Nach längerer Diskussion im Hause Omawara war man zu dem Schluß gekommen, daß es für Kitsura am besten sei, wenn sie zusammen mit Nishima in den Norden reiste, bevor ihr der Kaiser einen offiziellen Antrag machte. Kitsuras Flucht würde gleichwohl als persönlicher Affront gegen den Kaiser aufgefaßt werden, doch nahm man an, die Omawara wären stark genug, diesen Konflikt unbeschadet zu überstehen. Schließlich war der Kaiser selbst schuld, wenn er sich nicht an die Etikette hielt.

Natürlich war es ungewöhnlich für eine Familie, daß deren Tochter nicht Kaiserin werden sollte, doch Kitsura hatte Nishima eine Bemerkung ihres Vaters anvertraut: »Die Lage ist gefährlich. Wenn es eine neue Kaiserin gibt, dann gibt es auch neue Erben, und das würde die Eifersucht der Prinzen und ihrer Unterstützer wecken. Sollte der Kaiser gestürzt werden oder einer Krankheit erliegen, wären die neue Kaiserin und ihre Kinder in großer Gefahr.«

Daher hatte man das edle Fräulein Kitsura in Begleitung ihrer Kusine und der erlauchten Dame Okara Haroshu, der berühmten Malerin, in den Norden geschickt.

Man hatte das Gerücht ausgestreut, die hohe Dame Okara Tuamo reise mit ihren beiden überbehüteten Töchtern in den Norden. Der Name Tuamo war so weit verbreitet, daß dafür Dutzende von Familien in mittlerer Stellung in Frage kamen. Die wenigen Gardisten, die die Frauen begleiteten, waren zwar gut gekleidet, trugen aber keine Uniform und hätten Bedienstete jedes beliebigen Adelshauses sein können. Sie würden keinen Argwohn wecken.

Nishima ließ einen kleinen Gong erklingen, worauf eine Magd erschien. »Bitte laß den Tintenstein und die Pinsel säubern und erkundige dich bei meinen Begleiterinnen, ob sie mit mir zu Abend speisen möchten.« Die Magd nahm die Schreibutensilien, verneigte sich und verließ lautlos den Raum.

Ob sie wohl Angst hat? überlegte Nishima. Zwar kannte keiner der Bediensteten die wahren Gründe der Reise, doch daß sie incognito reisten, war ihnen natürlich bewußt. Das blieb nicht ohne Wirkung. Die Shonto haben solch loyale Bedienstete, dachte Nishima, wäre ich wohl auch so, wenn mir mein Karma in dieser Welt eine ganz andere Stellung zugedacht hätte?

Sie wußte, das waren müßige Gedanken – Pflicht war Pflicht, und das Bewußtsein, das sich in der Welt als Nishima Fanisan Shonto offenbarte, begriff dieses Prinzip nur allzu gut. Trotz ihrer romantischen Einstellung zur *Geheimen Reise* war sich Nishima der möglichen Gefahren wohl bewußt. Die Münzen, die sie mit sich führte, bargen ein furchtbares Geheimnis; sie war überzeugt, es könnte ausreichen, das Reich auseinanderzureißen.

Sie erhob sich wieder und trat zu der kleinen Sichtluke an der Steuerbordseite. Kalyptabäume säumten inmitten herabgefallenen Herbstlaubs das Ufer. Wie Tränen, dachte Nishima, als sie die verstreuten Blätter betrachtete; sie hatte den Eindruck, die Bäume seien gebeugt von der Last ihrer Trauer. Sie selbst verspürte eine ganz ähnliche Melancholie – als pflanzte sich das Gefühl durch den Nebel fort.

Die Kalyptabäume machten allmählich einem grasbestandenen Ufer Platz, und plötzlich tuchte ein Schrein auf, der den Pesttoten geweiht war. Nishima schlug das Zeichen Botaharas. »Mögen sie im nächsten Leben Vollkommenheit erlangen«, flüsterte sie.

Seit dem Ende der Pest waren gerade erst zehn Jahre vergangen, und schon wirkte sie wie eine ferne Erinnerung, als wäre sie bloß das Kapitel einer alten Geschichte, obwohl sie doch einen so großen Tribut eingefordert hatte, darunter viele Menschen, die Nishima nahe gestanden hatten, und auch ihr leiblicher Vater. Die Erinnerung ist zu schrecklich, dachte Nishima. Wir verdrängen die Erinnerungen, so daß sie nur noch in unseren furchtbarsten Alpträumen in Erscheinung treten. Ein Klopfen am Shoji holte sie in die Gegenwart zurück.

»Ja?«

»Das edle Fräulein Kitsura, Herrin.«

Nishima lächelte. »Bitte laß sie herein.«

Das Rascheln von Seide und der Duft edlen Parfüms kündeten vom Eintreffen der jungen Adligen.

»Ah, die Künstlerin hat gearbeitet«, sagte Kitsura mit einem Blick auf das Papier, das auf Nishimas Arbeitstisch lag.

»Persönliche Notizen«, erwiderte Nishima; eine höfliche Ausflucht, wenn man für sich behalten wollte, was man geschrieben hatte.

Kitsura nickte; sie stimmten in vielen Dingen überein, auch in der Überzeugung, daß man Gedichte erst dann vorzeigen sollte, wenn der Autor sie als fertig betrachtete.

Das edle Fräulein Kitsura trug ein zwangloses, allerdings wunderschön gefärbtes und mit Stickereien verziertes Gewand, vom Auge einer Künstlerin passend zu ihrer Haarfarbe ausgewählt. Das lange, schwarze Haar hing ihr in sorgfältig gekämmten Kaskaden auf den Rücken.

Beim Anblick ihrer Kusine verspürte Nishima einen Anflug von Neid. Es wundert mich nicht, daß selbst der Kaiser sie begehrt, dachte sie. Doch da war noch etwas anderes, eine Anspannung um Augen und Mund. Sie macht sich Sorgen, dachte Nishima.

Die beiden Frauen zogen Kissen ans Holzkohlefeuer, froh darüber, Gesellschaft zu haben.

»Ich mache mir Sorgen wegen unserer Begleiterin, Kitsu-sum. Glaubst du, die erlauchte Dame Okara unternimmt diese Reise nur widerwillig?«

Kitsura richtete ihre wunderschönen Augen aufs Feuer und stocherte mit dem Schürhaken in der Glut. »Sie macht sich Sorgen, Nishi-sum. Wir beide haben es gemerkt, obwohl sie sich bemüht, es zu verbergen. Ich glaube allerdings nicht, daß dies daher rührt, daß sie sich plötzlich auf dem Kanal wiederfindet. Ich weiß zwar nicht warum, aber mir scheint, daß die erlauchte Dame Okara etwas anderes bedrückt. Ich habe den Eindruck, dies ist für sie keine Fahrt nach Seh, sondern eine Reise nach innen… Ich glaube, sie ist bereitwillig, wenn auch nicht mit Freuden mitgekommen.«

»Eine geheime Reise«, murmelte Nishima.

Als am Shoji geklopft wurde, antwortete Kitsura. »Cha«, meinte sie zu ihrer Kusine, und eine Magd brachte ein Cha-Service auf einem schlichten Bambustablett herein. »Sieh nur, wie gut wir den Landadel spielen.« Kitsura deutete lachend auf das Tablett. »Bin ich vielleicht zu elegant gekleidet?«

»Was dich betrifft, bist du stets zu elegant gekleidet«, erwiderte Nishima unschuldig.

Kitsura lachte. »Oh. Deine Zunge ist so spitz wie dein Pinsel.«

»Ach, Kitsu-sum, du weißt doch, daß ich bloß scherze.«

»Sicher doch, und das ist auch nur gerecht; ich habe dich schon immer um dein großes Talent beneidet.«

»Du brauchst niemanden um sein Talent zu beneiden.« Beide Frauen lachten. Sie kannten einander schon ein Leben lang und ließen sich ihr Einverständnis durch keinerlei Differenzen trüben.

Kitsura schenkte Cha in eine Schale und reichte sie Nishima. »Die erste Schale ist für dich, Kusine.«

»Natürlich«, sagte Nishima und nahm die Schale entgegen, obwohl die Etikette eigentlich verlangt hätte, daß sie ablehnte.

Kitsura lachte melodisch. »Dann meldet sich die schelmische Nishi-sum meiner Kindheit also wieder zurück.«

»Das kommt davon, daß mir deine Gesellschaft soviel Vergnügen bereitet, Kusine. Wie sollte ich da nicht übermütig werden.«

Kitsura probierte lächelnd den Cha. »Du kennst mich zu gut, Nishi-sum. Es ehrt mich, daß du mich aufzuheitern versuchst.«

Unvermittelt ernst geworden, wendete Nishima die Teeschale in Händen. »Du machst dir Sorgen um deinen Vater, Kitsu-sum, aber er hat mit Botahara seinen Frieden geschlossen. Wir sind es, die in Gefahr sind, wir, die wir mit den Ängsten des Fleisches weiter behaftet bleiben.«

»Weise Worte, Kusine.«

»Wohlfeile Weisheit, Kitsu-sum; es ist ja nicht mein Vater, der krank ist«, sagte Nishima leise.

Kitsura nickte. »Er spricht oft von dir – erkundigt sich nach dir. Ich lese ihm deine Gedichte vor, und er lobt sie sehr.«

»Fürst Omawara ist zu freundlich, unverdient freundlich.«

Kitsura nickte unwillkürlich, mit den Gedanken woanders. »Jeder andere würde seine Tochter mit dem Kaiser vermählt haben, auch wenn er sie damit unglücklich gemacht hätte. Vielleicht gestattet ihm der Umstand, daß er… kurz vor der Vollendung steht, eine andere Sichtweise auf das Leben.«

»So wird es wohl sein, Kitsu-sum. Vielleicht sollten wir nach unserer Ankunft in Seh mit Bruder Shuyun darüber sprechen.«

»Ah ja, Bruder Shuyun«, stürzte Kitsura sich bereitwillig auf das neue Thema. »Erzähl mir von ihm, Kusine. Ist etwas Wahres an dem Gerücht, ein Tisch aus Irokoholz sei auf ein bloßes Handzeichen hin zusammengebrochen?«

»Kitsura-sum!« sagte Nishima mit gespielter Entrüstung. »Du gibst etwas auf Gerüchte? Aber es ist nicht wahr. Ich war nicht dabei, doch ich weiß, daß er dies nicht mit einem bloßen Zeichen bewerkstelligt hat. Tanaka hat mir erzählt, er habe mit der Hand gegen den Tisch gedrückt, allerdings saß er dabei.«

»Ach. Eigentlich habe ich auch nicht geglaubt, daß er das ohne unmittelbare Berührung geschafft haben soll. Das wäre allein Botahara möglich gewesen. Trotzdem ist es eine erstaunliche Leistung, findest du nicht auch?«

»Ja, sicher. Tanaka meinte, wenn er es nicht mit eigenen Augen gesehen hätte, würde er es nie geglaubt haben.«

»Ich freue mich schon darauf, den Bruder kennenzulernen. Ist er denn von so kräftiger Statur?«

Nishima zuckte mit den Achseln. »Er ist überhaupt nicht groß und wirkt ausgesprochen sanft, aber er scheint irgendeine… Kraft zu besitzen. Ich kann sie nicht beschreiben – eine stille Kraft, wie bei einem Tiger. Du wirst es ja selbst sehen.«

»Wie ein schwarzer Tiger?« fragte Kitsura mit schelmischem Lächeln.

»Du wirst doch nicht etwa Gerüchten Glauben schenken?« fragte Nishima, die keineswegs so ungehalten war wie sie klang.

»Ich bin mir nicht sicher, Kusine. Sind es denn tatsächlich nur Gerüchte, die mir da zu Ohren gekommen sind?«

Nishima trank einen Schluck Cha und wendete die Schale in ihren Händen wie Fürst Shonto, wenn er nachdachte. »Ich weiß nicht, was so geredet wird, Kitsu-sum. Der fragliche General hat sein Interesse bekundet, und ich habe ihn nicht so energisch entmutigt, wie meine Stellung es verlangen mag.«

Kitsura zuckte mit den Achseln. »Man kann nicht alle Männer, die man kennenlernt, bloß deshalb entmutigen, weil sie nicht zum Ehemann taugen. Schließlich hält man nicht ständig Ausschau nach einem Ehemann« – sie deutete auf sich selbst – »wie man an mir sieht.« Sie lächelte. »Er ist sicherlich der stattlichste Mann im ganzen Reich, oder zumindest der stattlichste, dem ich bislang begegnet bin. Aber kann man ihm trauen, was meinst du?«

Nishima setzte die Teeschale ab und stocherte nun ihrerseits mit dem Schürhaken in der Glut. »Ich weiß es nicht, Kitsura-sum. Es gab da einen Zwischenfall in unserem Garten. Er ist gewiß sehr tapfer. Ich weiß es nicht.« Sie stieß den Schürhaken ins Feuer und sah auf. »Ich würde ihm gern vertrauen…«

»Das verstehe ich, aber er scheint mir doch ein rechter Opportunist zu sein. Ich weiß nicht, wie es um dich steht, Nishi-sum, aber ich würde mir an deiner Stelle sorgfältig überlegen, wie nahe ich einen solchen Mann an mich heranlasse.« Sie lächelte einnehmend. »An dunklen Abenden würde ich ihn höchstens bis zu meinen Gemächern lassen… aber auch nicht zu häufig.«

Das edle Fräulein Nishima lachte leise. »Er ist jedenfalls der Vertraute des Kaisers, und der wird nicht sonderlich erfreut über die edlen Fräuleins Kitsura und Nishima sein, wenn er erfährt, daß sie sich mitten in der Nacht wie die Heldinnen einer alten Romanze davongestohlen haben.« Abermals steckte Nishima den Schürhaken tief in die Glut. »Wie kommt es eigentlich, daß unser Leben auf einmal so seltsam geworden ist?«

Kitsura berührte ihre Kusine am Ärmel. »Das Wort ›seltsam‹ hat für unser Leben keine Bedeutung. Unsere Vorfahren haben in Höhlen gelebt und darum gekämpft, ihr Land zurückzugewinnen. In unser beider Adern fließt das Blut der alten Kaiser, und wir wissen, daß Shatsima nicht deshalb sieben Jahre in der Wildnis ausgeharrt hat, um ihr Bewußtsein zu vervollkommnen, sondern weil sie sich nicht mit dem Verlust des Throns abfinden konnte – und weil ihr Onkel zu der Einsicht gekommen war, es sei ein Fehler, das Kind am Leben zu lassen, da aus einem Kind irgendwann eine Frau werde.

Was hat die Geschichte von den Shonto verlangt? Einen Sohn in der Schlacht zu opfern. Ein lebenslanges Exil. Hundert Jahre Krieg.

Heimlich nach Seh zu fliehen, zählt dagegen kaum, das ist ein Kinderspiel. Und du, Nishima, bist sowohl eine Shonto als auch eine Fanisan. Wer ist dieser junge Emporkömmling Jaku, daß er es wagt, sich der Erbin einer solchen Geschichte zu nähern? Sollten seine Absichten typisch für einen Opportunisten sein, dann tut mir Jaku leid, nicht das edle Fräulein Nishima, denn er weiß nicht, womit er da spielt.

Die Fanisan haben ihr Lehen der Wildnis abgerungen, im Kampf mit rivalisierenden Adelshäusern und zahllosen Barbaren. Haben wir das vergessen? Weiß Jaku, daß ich ein Messer in meinem Gewand verborgen habe und auch weiß, wie man es benutzt? Er ist die Damen bei Hofe gewöhnt, die Familien, deren Aufstieg und Fall den Launen des Kaisers gehorchen. Das sind keine Omawara, Fanisan oder Shonto. Was wir gerade tun, ist nicht seltsam; seltsam ist bloß, daß wir es erst jetzt zu tun brauchen.«

Nishima trank einen Schluck Cha. »Ich weiß, daß du unbedingt recht hast. Trotzdem vergessen wir es bisweilen. Sogar Okara-sums Familie hat schwere Zeiten durchgemacht, und die Shonto sind natürlich die Shonto.« Die junge Frau straffte sich. »Verzeih meine Schwäche, Kitsu-sum, das kommt vom ständigen Eingesperrtsein, das setzt mir allmählich zu. Meinst du nicht, wir könnten uns morgen hervorwagen?«

Kutsura warf einen Blick zum Heckfenster und nickte. »Ich glaube nicht, daß in diesem Nebel Gefahr besteht, entdeckt zu werden. Es ist gut möglich, daß uns auf diesen Booten überhaupt niemand erkennen würde. Wir sind bereits ein ganzes Stück von der Hauptstadt entfernt. Kurz nach Sonnenaufgang sind wir an Fujima-sha vorbeigekommen.«

»Wir kommen gut voran«, bemerkte Nishima. Die Unterhaltung hatte sie beträchtlich aufgemuntert. Während das Boot Meile um Meile zurücklegte, fühlte sie sich so unbeschwert wie seit Wochen nicht mehr. »Ich will nicht bis morgen warten, ich will jetzt frische Luft atmen.«

Die beiden jungen Frauen schoben den Shoji beiseite und stiegen mit gerafften Gewändern und wehenden Ärmeln die Treppe zum Deck hoch.

Die beiden Segel und die Strömung schoben das Boot voran, und die Shonto-Soldaten, die die Ruderer und die Bootsbesatzung stellten, hockten in Grüppchen an

Deck, lachten und schwatzten. Als die beiden Frauen auftauchten, verstummten die Soldaten, so daß man auf einmal die Schreie der Möwen und das Rauschen des Wassers vernahm.

Der Nebel zwischen den Bäumen am Ufer bewegte sich, wurde vom schwachen Wind in Schwaden durchs Gehölz geweht. Viele Bäume waren kahl, während andere noch in Herbstfarben prunkten, die der Nebel dämpfte.

»Die Landschaft ist wie geschaffen für Okara-sums Pinsel«, meinte Nishima leise, als fürchtete sie, der Klang ihrer Stimme könnte den Bann brechen und all diese Schönheit zum Verschwinden bringen.

»Die Landschaft ist wie geschaffen für den Pinsel des edlen Fräuleins Nishima«, erwiderte Kitsura ebenso leise.

»Vielleicht. Ich mag die Schilfhalme, die am Ufer wachsen. Es scheint fast so, als hätten sie ein ausgeprägtes Gespür für Komposition.«

»Ja, das stimmt.« Kitsura verstummte plötzlich, denn man vernahm ein Knarren und dann ein Platschen. Beide Frauen erstarrten. Und dann lachten sie über ihre Reaktion.

»Mir scheint, uns fehlt der Geist unserer unbezwingbaren Vorfahren«, bemerkte Kitsura.

Nishima nickte, noch immer angespannt. »Sollten wir nicht besser wieder nach unten gehen, was meinst du?«

»Laß uns noch einen Augenblick warten. Das hatte bestimmt nichts zu bedeuten. Auf dem Kanal wimmelt es von Booten, das dürfen wir nicht vergessen, und außerdem ist an zwei jungen Damen, die die Landschaft genießen, nichts verdächtig.«

Das Knarren dauerte an, wenngleich die Richtung, aus der es kam, nicht zu bestimmen war. Auf einmal tauchte unmittelbar neben ihnen der Bug eines kleinen

Bootes aus dem Nebel hervor. Nishima und Kitsura wichen vom Geländer aufs Achterdeck zurück.

»Soldaten!« flüsterte Nishima, und beide Frauen sanken auf die Knie nieder, da sie es nicht wagten, zum Niedergang hinüberzugehen.

»Wenn sie uns sehen, werden sie bestimmt Verdacht schöpfen«, flüsterte Kitsura ihrer Kusine ins Ohr.

»Aber sie suchen uns doch. Wir müssen uns unter Deck verstecken.«

Auf Befehl eines ›Bootsmanns‹ trat die nächststehende Gruppe Shonto-Soldaten an die Reling, so daß sie die beiden Frauen verdeckten. Nishima und Kitsura krabbelten übers Deck und drängten sich gegenseitig die Treppe hinunter. Durch den Lärm aufmerksam geworden, trat die erlauchte Dame Okara aus ihrer Kajüte und erblickte ihre beiden verängstigten Gefährtinnen.

»Was ist los?«

»Kaiserliche Soldaten, Okara-sum.«

Die Malerin trat beiseite. »Beeilt Euch«, flüsterte sie und folgte ihnen in die Kabine. Man vernahm undeutlich Stimmen.

»Was sagen sie?« fragte Okara, während sich Nishima der halb offenen Luke vorsichtig näherte.

»Eine kaiserliche Flotte hat sich uns angeschlossen.« Nishima beugte sich weiter vor. »Ich kann sie nicht verstehen… Es geht um kaiserliche Erlasse, die Kanäle betreffend. Und um etwas anderes…« Sie wandte sich zu ihren Gefährtinnen um. »Botahara steh uns bei! Sie erkundigen sich nach den jungen Frauen an Bord.«

Das Knarren der Ruder setzte wieder ein, und die Stimmen wurden leiser. Eine Zeitlang schwiegen beide Frauen.

»Wir tun nichts Verbotenes«, erklärte schließlich Okara. »Wir können uns frei bewegen. Der Kaiser würde es nicht wagen, uns aufzuhalten.«

Auf der Treppe hallten Schritte wider. Am Shoji

wurde geklopft, dann erschien in der Öffnung das Gesicht einer Magd. »Verzeiht, wenn ich störe. Hauptmann Tenda von unserer Leibgarde wünscht das edle Fräulein Nishima zu sprechen.«

»Laß ihn auf der Stelle eintreten«, antwortete Nishima.

Der Shoji kam ganz herein, und ein Shonto-Gardist in gewöhnlicher Soldatenuniform kniete in der Öffnung nieder.

»Ja, Hauptmann, bitte berichtet uns, was soeben vorgefallen ist.«

»Hohe Gardeoffiziere sind unsere Flotte abgefahren, edles Fräulein. Sie haben sich nach den Passagieren an Bord erkundigt. Sie haben das edle Fräulein Kitsura und Euch gesehen, aber ich bin sicher, sie haben Euch nicht erkannt. Ich habe ihnen erklärt, es würde Euch in Verlegenheit bringen, mit kaiserlichen Gardisten zu sprechen, da Ihr zwanglos gekleidet wärt. Die neuesten kaiserlichen Erlasse wurden verlesen, wonach Soldaten des Kaisers ins ganze Reich entsandt wurden, um Straßen und Kanäle wieder sicher zu machen. Mir scheint, daß wir zumindest vorübergehend unter dem Schutz der kaiserlichen Armee stehen. Das ist alles, was ich zu berichten habe.« Er verneigte sich und verharrte in kniender Haltung.

»Ich danke Euch, Hauptmann. Die Antwort, die Ihr ihnen gegeben habt, war äußerst klug. Ich werde meinem Vater davon berichten. Ich danke Euch.« Der Hauptmann verbeugte sich erneut, dann zog er sich zurück.

»Ein merkwürdiges Zusammentreffen«, bemerkte Kitsura. »Um die Kanäle hätte man sich allerdings schon längst kümmern sollen. Aber ist es nicht seltsam, daß der Sohn des Himmels ausgerechnet den Zeitpunkt wählt, da wir incognito auf dem Kanal unterwegs sind?«

Okara ließ sich neben dem Holzkohlebrenner nieder und wärmte sich die Hände. »Über die Welt jenseits meiner Insel weiß ich nur wenig, aber wäre es nicht möglich, daß es sich um einen bloßen Zufall handelt?«

»Ich glaube, Ihr habt recht, Oka-sum«, sagte Nishima. »Wir sind zu mißtrauisch. Vielleicht liegt das daran, daß wir von den Vorgängen um uns herum nur so wenig erfahren. Wir müssen Soldaten auf Erkundung vorausschicken. Seeleute lieben den Klatsch, es könnte durchaus sein, daß wir etwas Wichtiges aufschnappen. Warten wir's ab.«

Die anderen stimmten ihr zu, worauf die erlauchte Dame Okara und ihre beiden ›Töchter‹ zu Abend speisten, um anschließend zu musizieren und Gedichte zu lesen.

Es war lange nach Einbruch der Dunkelheit. Nishima war in ihrer Kajüte allein und verzierte gerade im Schein der Lampe eine Schärpe mit Stickereien, als eine Magd am Wandschirm klopfte.

»Verzeiht, wenn ich störe, Herrin. Hauptmann Tenda meint, er müsse trotz der späten Stunde mit Euch sprechen. Er läßt einfach nicht locker.«

»Ich werde ihn empfangen.« Nishima legte die Stickarbeit beiseite.

Der Hauptmann kniete in der Türöffnung nieder; die Kajüte war so klein, daß er sich aus Angst, respektlos zu erscheinen, nicht weiter vorwagte.

»Hauptmann?«

»Edles Fräulein, bitte verzeiht meine Anmaßung. Ich hatte den Eindruck, dies sei zu wichtig, als daß es bis zum Morgen warten könnte.«

»Gewiß. Fahrt fort.«

»Gerade eben ging ein Boot der Kaisergarde längseits, und ein Soldat übergab mir diesen Brief.« Er holte ein graublaues, gefaltetes Blatt Maulbeerbaumpapier hervor, an dem ein Halm Herbstgetreide befestigt war. »Er meinte, der Brief sei für das edle Fräulein Nishima, und ließ seine Männer trotz meiner Proteste weiterrudern. Sollen wir ein Boot zu Wasser lassen und versuchen, ihnen den Brief zurückzugeben?«

Nishima hatte auf einmal das Gefühl, ihre Gedanken hätten sich von ihrem Körper losgelöst. Ihr war, als schwebte ihr Bewußtsein frei in der Luft und beobachtete alles. Zu ihrer Überraschung hörte sie sich selbst sprechen.

»Darin sehe ich keinen Sinn. Laßt den Brief hier. Ich danke Euch.«

Der Soldat schaute betreten drein. »Verzeiht, edles Fräulein, aber sollten wir nicht etwas unternehmen?«

»Befolgt Ihr die Lehren des Vollkommenen Meisters?«

»Gewiß, edles Fräulein, aber...«

»Dann solltet Ihr vielleicht beten. Ich danke Euch, Hauptmann.« Der Soldat verneigte sich und schloß den Shoji.

Nishima beobachtete, wie sie sich vorbeugte und den Brief ergriff, doch spürte sie nicht, wie er sich anfühlte und ob er warm oder kalt war. Man hat uns entdeckt, dachte sie. Wir haben geglaubt, der Kaiser ließe sich täuschen, aber das war leichtfertig. Was wird er jetzt tun?«

Sie faltete das Papier so langsam auseinander, als hätte sich ihr Zeitgefühl von der Wirklichkeit abgekoppelt. Sie hielt den Brief ins Licht und las ihn von ihrer erhöhten Beobachterposition aus.

Der Wind von Chou-San
Trägt uns unserem Ziel entgegen,
Mich tröstet der Gedanke,
Daß ich Euch näher komme.

Von Eurer Reise weiß ich allein.

»Katta-sum«, flüsterte Nishima. Der Brief entglitt ihren Fingern und fiel aufs Kissen. Sie spürte, wie ihre Sinne voller Behagen allmählich wieder zum Leben erwachten. Ihr Körper vibrierte vor Begehren, und auf einmal verspürte sie eine furchtbare Angst. Woher wußte er Bescheid? Sie hatten alle erdenklichen Vorsichtsmaßnahmen ergriffen. Botahara steh mir bei, dachte sie: auf einmal hatte sie das Gefühl, Jaku kenne nicht nur ihre Gedanken, sondern auch ihre geheimsten Wünsche.

31

*E*s war Monate her, seit Shonto zum letzten Mal auf einem Pferd gesessen hatte, und obwohl er sich der Zumutungen, denen sich seine arglosen Muskeln plötzlich ausgesetzt sahen, wohl bewußt war, freute er sich doch, endlich wieder zu reiten, fernab der Stadt und des Hofes von Rhojo-ma.

Die Gesellschaft des Gouverneurs hatte auf einer kleinen Anhöhe Halt gemacht, von der aus man in der Ferne mit Mühe einen Wehrturm erkennen konnte – graue, von Lintel überwucherte Steinblöcke. Schon bald, dachte Shonto, werde ich wissen, ob die Berichte, die ich erhalte, der Wahrheit entsprechen.

Der neue Gouverneur von Seh unternahm eine Inspektionstour im Umkreis eines Tagesritts von der Hauptstadt. Sein besonderes Interesse galt der inneren Verteidigungslinie von Seh; einer Kette weitverteilter Wehrtürme und, in einigen Gebieten, Teilen einer Mauer, die vor hundert Jahren erbaut worden war. Zu einer Zeit, da die Barbaren wahrhaft stark gewesen waren.

Die Randgebiete der Provinz waren damals den Stämmen zugefallen, und im Laufe eines langen, unerbittlichen Krieges hatte man die inneren Befestigungen erbaut. Die kaiserliche Armee hatte dem Vormarsch der Barbaren Einhalt geboten, wenngleich es drei Jahre gedauert hatte, sie wieder über die Grenze des Reiches zurückzutreiben. Am Ende hatte man die Barbaren besiegt und sie erst in die Weiten der nördlichen Steppe und dann in die tiefe Wüste zurückgedrängt – wo sie spurlos verschwunden waren, wie jedesmal.

Shontos Großvater hatte als junger General in diesem Krieg gedient, der vielleicht die einzige wahre Bedrohung des Reiches dargestellt hatte... das hieß, die einzige äußere Bedrohung. Es gereichte den Familien der zentralen Provinzen immer noch zur Ehre, wenn sie von sich sagen konnten, ihr Großvater oder Urgroßvater habe ›gegen die Barbaren gekämpft, als sie auf dem Höhepunkt ihrer Macht waren‹. In Seh hatten eigentlich alle Großväter und Urgroßväter an diesem Krieg teilgenommen, und nur wenige waren nach Hause zurückgekehrt. In Seh hatte man eine andere Erinnerung an den Krieg, und das hatte Shonto nicht vergessen.

Wie auch die Menschen in Seh nicht vergessen hatten, daß es ein Shonto gewesen war, der den Barbaren, die ihr Land überrannt hatten, schließlich Einhalt geboten hatte. Shontos vielgerühmter Vorfahr hatte in Seh das Banner seines Hauses, die weiße Shintablume, aufgepflanzt, und diese Geschichte erzählten sich die stolzen Krieger des Nordens noch immer – daß Shontos Name auch Motoru gelautet habe.

»Wenn ich das nächste Mal hierherkomme, werden sich die Barbaren im entlegensten Winkel der Wüste verborgen haben; oder mein Kopf wird auf einer Stange aufgespießt sein.« Dies waren seine Worte gewesen, und wenn er auch in der großen Entscheidungsschlacht gefallen war, so war er doch nicht vor den Barbaren zurückgewichen. Und als er das Banner der Shonto weiterreichte, hatte man ihn mit großem Zeremoniell bestattet.

Und der Kaiser Jirri war auf die Knie niedergefallen, als man ihm die Kunde von Shontos Tod überbrachte.

Das Blut unserer Feinde
Mischt sich hier mit dem Blut

Unserer Brüder, Generäle,
Fußsoldaten.

Motoru,
Ein Pfeil, abgeschossen aus der Deckung des Waldes.

Das Reich zu retten
Und dann zu fallen
Inmitten der Namenlosen.

Der Kaiser, Jirri

Shonto kannte das Gedicht seit seiner Kindheit. Damals war es ihm ein wenig unheimlich vorgekommen, seinen Namen in einem Gedicht wiederzufinden, das von solchen Taten handelte. Von einem Mann, den der Kaiser geliebt und betrauert hatte. Ob Motoru wohl über diese Straße geritten war? Diese Vorstellung war verstörend. Shonto schüttelte den Kopf und versuchte, sich wieder auf die Gegenwart zu besinnen. Die Vergangenheit wollte ihn jedoch nicht loslassen.

Ein Soldat trug das Schwert, das der Kaiser Fürst Shonto kürzlich geschenkt hatte – das Geschenk seines Vorfahren an einen anderen Kaiser –, für den Fall, daß er es benötigte. Wenn er ein Zeichen gab und die Hand ausstreckte, würde man ihm den Schwertknauf in die Hand legen. Obwohl er überzeugt war, daß der Kaiser auf seinen Sturz hinarbeitete, mußte Shonto zugeben, daß dieses Geschenk, diese Geste, eines Kaisers würdig war.

Einige wenige in Seh betrachteten die Rückkehr eines Shonto-Generals mit Sorge, vielleicht sogar als böses Vorzeichen. Schließlich munkelte man auch von der Heraufkunft des Goldenen Khan; das hieß, von dessen Wiederkehr. Den Abergläubischen erschien die Rückkehr eines Shonto als zu bedeutsam, um bloßer Zufall zu sein – und dies raubte ihnen den Schlaf.

Shontos Gruppe ritt in ein kleines Wäldchen hinein,

in dem es merklich kühler war als in der Sonne. Das Farn war hier teilweise noch mit Rauhreif bedeckt, ein Hinweis auf die wahre Jahreszeit, die die Sonne noch an der Entfaltung hinderte. Die Pferde schnaubten, und ihr kondensierender Atem wirkte in der unbewegten Luft wie der Feueratem von Drachen.

Shonto blickte sich über die Schulter um und sah, daß sein spiritueller Berater dicht hinter ihm ritt. Man hat ihn gut vorbereitet, dachte Shonto; ich bin ein Feldherr und reite daher. Das gleiche gilt auch für meine Berater, wenngleich wohl kaum einer von fünfhundert Mönchen je zu Pferd gesessen hat.

Shuyun war ein guter Reiter. Shonto fragte sich flüchtig, wer ihn wohl unterrichtet haben mochte – die Mönche hatten seine Unterweisung bestimmt keinem Außenstehenden übertragen. Desgleichen verfügte Shuyun über recht unspirituelle Kenntnisse auf dem Gebiet der Kriegsführung: die Brüder hatten nichts vergessen und darauf geachtet, daß die Ausbildung ihres jungen Schützlings nicht durch Glaubensüberzeugungen beeinträchtigt wurde. Selbst die Anhänger des Erleuchteten unterwarfen sich den Geboten der Nützlichkeit. Trotz des Nutzens, den er aus Shuyuns Vorbereitung zog, fand Shonto diesen Gedanken doch ein wenig verstörend.

Er schüttelte den Kopf und wandte sich wieder den naheliegenden Dingen zu. Sie kamen an einer Gruppe Soldaten vorbei, der zweiten, seitdem sie den Wald erreicht hatten. Shonto gab seinem Pferd die Sporen, so daß er noch hörte, wie ein Unteroffizier meldete, die Lichtung hinter dem Wald sei von Soldaten durchkämmt worden. Offenbar waren die Sicherheitsmaßnahmen äußerst streng, was Shonto seltsam anmutete – nämlich in Anbetracht des Umstands, wie häufig man ihm versicherte, die Barbaren stellten keine Bedrohung dar und Räuber gabe es kaum welche.

Auf ein Zeichen Shontos hin schloß Fürst Komawara zu ihm auf.

»Fürst?«

»Gibt es so viele Räuber in den Wäldern, daß wir die Hälfte der Soldaten von Seh zu unserem Schutz brauchen?«

Komawara räusperte sich. »Ich bin ebenso verwundert wie Ihr, Fürst. Ich weiß auch nicht, was das soll. Ich würde in Begleitung dreier Männer hierherkommen. Vielleicht sogar allein.« Komawara überlegte eine Weile. »Aus welchem Grund…? Um den neuen Gouverneur zu beeindrucken? Wegen eines übereifrigen Offiziers?« Komawara stockte, dann kam ihm eine Idee. »Vielleicht ist es in der Nähe ja zu einem Zwischenfall gekommen, von dem ich bloß noch nichts gehört habe.«

»Hm. Das habe ich mir auch schon gedacht.«

Sie ritten schweigend weiter. »Wer könnte davon wissen?«

Komawara überlegte eine Weile. Im Geiste ging er alle Männer von Rang aus ihrer Gruppe durch, kam jedoch zu dem Schluß, daß sie einen solchen Vorfall gemeldet hätten… es sei denn, sie wollten verhindern, daß Fürst Shonto davon erfuhr.

»Wohl so ziemlich jeder, der in dieser Gegend lebt, Fürst.«

Shonto nickte. »Bitte findet heraus, was man hier weiß«, sagte er. »Erzählt aber höchstens den Angehörigen Eures Stabes davon.«

Komawara blickte sich um, ob irgendwelche Zuhörer in der Nähe waren. »Ich werde mich bemühen, vor Anbruch der Stunde des Pferdes am Turm zu sein, Fürst.«

Shonto gab seinem Pferd die Sporen und schaute auf zu dem Turm, der zwischen den Bäumen aufragte – ein verfallener Turm.

Die Männer von Seh waren mehr als verwirrt. Sie wußten nicht, wem ihre Loyalität galt. Shonto – Shonto Motoru war nach Seh gekommen, um an ihrer Seite zu kämpfen. Die Gefühle, die sie dabei empfanden, waren schwer zu verstehen. Mehr als einer fragte sich, wieviel vom alten Geist wiedergeboren, wieviel von der Legende zurückgekehrt sei.

Trotzdem war Shonto auch der Lakai eines verhaßten Kaisers, der nicht bereit war, sich auch nur mit einer Handvoll Ril an der Verteidigung Sehs zu beteiligen, während er die Einheimischen dadurch beleidigte, daß er einen berühmten General herschickte, obwohl sich die Barbaren nur höchst selten über die Grenze trauten. Diese Beleidigung war nahezu unerträglich.

Und nun war der Gouverneur des Kaisers auf eine der vielen verfallenen Befestigungen gestoßen, die man aus Mangel an kaiserlichen Zuwendungen oder aufgrund mangelnder Wachsamkeit dem Verfall überantwortet hatte. Shonto Motoru schritt also in der traurigen Steinruine umher, und die Nordländer hatten das Gefühl, vor dem Mann, der Seite an Seite mit ihren Ahnen sein Leben hingegeben hatte, um die Grenzen von Seh zu schützen, versagt zu haben. Der Aufruhr, der im Innern dieser Männer tobte, stand ihnen ins Gesicht geschrieben, und Shonto wunderte sich darüber.

Die Festung war an einer Stelle angelegt worden, wo hier und da nackter Fels zu Tage trat und die Landschaft mit schroffen, kantigen Steingebilden auflockerte. Beinahe bildeten sie eine natürliche Festung, der die kaiserlichen Bauleute nur ein wenig hatten nachhelfen müssen.

Shonto schritt an den Überresten einer Brustwehr entlang und kletterte auf die Steinblöcke, die sich bereits vor langer Zeit aus ihrer Befestigung gelöst hatten. Ganze Wandabschnitte waren fortgeschafft worden und bildeten nun wohl die Fundamente irgendwelcher

Landhäuser. Der neue Gouverneur hätte die Steine am liebsten aufspüren und die Verantwortlichen wegen Diebstahls und Beeinträchtigung der Sicherheit der Provinz Seh hinrichten lassen, machte sich jedoch klar, daß die Schuldigen mittlerweile wohl entweder tot oder sehr alt waren. Er schüttelte den Kopf, und die Männer von Seh blickten einander fragend an, denn der Fürst hatte seit dem Erreichen der Festung kein Wort gesprochen.

»Ist dieser Wehrturm charakteristisch für die Befestigungen, die ich in Seh vorfinden werde, General Toshaki?« fragte Shonto leise.

Der Shonto von Fürst Akima zugeteilte General zögerte einen Augenblick, dann antwortete er gepreßt: »Näher zur Grenze gibt es welche, die sich in einem besseren Zustand befinden, Fürst, wenngleich der Zustand dieses Wehrturms nicht als ungewöhnlich bezeichnet werden kann.«

Shonto blickte auf die Felder und den Wald hinaus, auf die Straße, die sich zwischen den Hügeln einherschlängelte. »General Hojo, wenn dieser Zustand typisch ist für die Befestigungen der Provinz, welche Schwierigkeiten würde es dann Eurer Ansicht nach einer Barbarenstreitmacht bereiten, durch Seh hindurchzustoßen?«

Der General trat unbehaglich von einem Bein aufs andere und warf einen Blick auf die umstehenden Nordländer. »Wenn nicht genügend Soldaten zur Verfügung stehen und das zu schützende Gebiet groß ist, steigt die Bedeutung von Befestigungen, Fürst.« Er stockte, dann aber nahm er sich zusammen und sprach beherzt weiter. »Ein entschlossener Befehlshaber mit einer entsprechend starken Armee, die, sagen wir, fünfzigtausend Krieger umfaßt, könnte die Soldaten Sehs trotz ihrer guten Ausbildung schlagen und die Hauptstadt in kürzester Zeit erreichen, Fürst.«

General Toshaki wandte sich mit einem Blick an seine Unterstützer, als wollte er sagen: *Hab ich's nicht gesagt? Da seht Ihr, was wir von den Südländern zu erwarten haben!* Als er das Wort ergriff, bediente er sich allerdings eines respektvollen Tons. »General Hojo genießt großes Ansehen, Fürst Shonto, das steht außer Frage, und ich kann ihm nicht widersprechen. Aber wo ist die Barbarenstreitmacht? Ich habe mein ganzes Leben hier verbracht und sie bis jetzt nicht zu Gesicht bekommen.«

Shonto gab keine Antwort, sondern blickte in die Ferne, als habe er Toshaki gar nicht gehört. Er hob die Hand und deutete nach Osten. »Was sind das für Reiter, General?«

Toshaki trat an die Mauer. »Ich weiß es nicht, Fürst.« Er drehte sich um und nickte seinem Stellvertreter zu. »Wir werden es bald wissen.«

In der Ferne bog ein kleiner Reitertrupp um ein Kieferngehölz, gelangte in einen Schwaden Bodennebel und durchquerte, zur Hälfte im Nebel verborgen, einen Wasserlauf. Die Männer ritten zwar nicht im Galopp, doch war ihnen die Eile anzusehen, und auch über ihr Ziel bestand kein Zweifel; sie näherten sich geradewegs dem Wehrturm.

Shonto beobachtete, wie einige von Toshakis Soldaten losritten, um die Reiter abzufangen. So angestrengt er auch blinzelte, er vermochte doch nicht einmal deren Kleiderfarbe auszumachen. Hojo blickte kopfschüttelnd zu seinem Lehnsfürsten.

Jetzt sah man, daß einer der Reiter eine Standarte trug, die eine Figur abbildete, die allerdings nicht genau zu erkennen war. Hinter Shontos Rücken wurde geflüstert, doch als er sich umdrehte, verstummten die Männer und wichen seinem Blick aus, was für die Nordländer ungewöhnlich war.

Toshakis Reiter verschwanden hinter einer Anhöhe,

und als sie wieder auftauchten, galoppierten sie den Reitern entgegen; mittlerweile war zu erkennen, daß es acht an der Zahl waren. Zwanzig Soldaten aus der Garnison der Hauptstadt verstellten den sich nähernden Reitern den Weg, die daraufhin langsamer wurden, anhielten, abermals weiterzureiten versuchten und erneut aufgehalten wurden.

»Was geht da vor?« murmelte Hojo, bekam aber keine Antwort.

Für Shonto war klar, daß da etwas nicht stimmte. Die Garnisonssoldaten ritten hektisch auf und ab, und es hatte den Anschein, als würden Drohungen ausgetauscht. Es wurde gestikuliert, die Soldaten stellten sich in den Steigbügeln auf und deuteten auf die Standarte.

»Wer führt das Kommando?« erkundigte sich Shonto.

General Hojo wandte sich zu Fürst Toshaki um.

»Fürst Gitoyo Kinishi, Fürst. Der Sohn Fürst Gitoyos...«

»Hojo!« rief Shonto. Auf einmal blitzte es zwischen den Reitern auf; Schwerter wurden gezogen! Der Shonto-General drängte sich an Fürst Toshaki vorbei, und von der Mauer hallte das Geräusch laufender gepanzerter Männer wider.

Shonto sah, daß in der Ferne bislang keine Klingen gekreuzt wurden, doch deutete alles darauf hin, daß es bald dazu kommen würde. Was hat das zu bedeuten? fragte sich Shonto, der sich auf einmal als wahrer Außenseiter fühlte. Wie jemand, den es auf unbekanntes Terrain verschlagen hat. Und dann stürmten Hojo und seine Soldaten, tief auf die Pferdehälse hinabgebeugt, aus dem verfallenen Tor hinaus. Als die unbekannten Reiter das Hufgetrappel vernahmen, kippte das Gleichgewicht, und die beiden Gruppen teilten sich, ohne daß die Schwerter in die Scheiden gesteckt worden wären.

»Nun denn, General«, rief Shonto Toshaki zu, »dann wollen wir mal sehen, wer da durch unser Postennetz hindurchgeschlüpft ist.«

Shonto drehte sich um, trat von der Mauer aufs grasbewachsene Erdreich und kletterte zum Hof hinunter.

Pferde zwängten sich durchs Tor, während Shonto sich einen Weg zwischen den Mauertrümmern hindurchbahnte. Die Garnisonssoldaten drängten auf den Hof, die Pferde schweißnaß und erregt vom Zorn ihrer Reiter.

Vor dem Tor saß Hojo zu Pferd, als ließe er seine Truppen auf dem Hof aufmarschieren. Seine Miene war gelassen, so kühl wie die verfallenen Mauern, die ihn einrahmten.

Shonto spürte Zorn in sich aufwallen, beherrschte sich aber. »Die Selbstbeherrschung zu verlieren, weil man nicht die Oberhand hat, ist eine äußerst unlogische Reaktion, meint Ihr nicht? Jetzt werde bestimmt ich gewinnen.« So hatte Bruder Satake ihn dereinst beim Gii-Spiel geneckt. Shonto hatte die Partie tatsächlich verloren – aber er hatte auch etwas dabei gelernt.

Die Reiter kamen hinter den Garnisonssoldaten hereingeritten, und Shonto erkannte erst die Uniform der Komawara, dann tauchte Komawara selbst hinter seiner Leibgarde auf. Hinter ihm ritt der Mann mit der Standarte. Shonto blieb unwillkürlich stehen. Dies war nicht die Standarte eines Fürsten von Seh; der Soldat hielt einen Stab *mit einem aufgespießten Kopf* in der Hand! – die Gesichtszüge erschlafft, aber auch verzerrt vor Wut oder Schmerz. Die Männer auf dem Hof hatten die Augen niedergeschlagen, und keiner wagte es, dem neuen Gouverneur in die Augen zu blicken.

Shonto starrte den Kopf des Barbaren unverwandt an. Alle warteten.

»Fürst Komawara«, sagte Shonto leise.

Der junge Fürst saß weder ab, noch nahm er die Hand vom Schwertknauf, was Shonto nicht entging. »Vor zwei Tagen wurde ein nahegelegenes Gut überfallen, Fürst Shonto. Ein Barbar verlor sein Pferd, als es sich beim Sprung über eine Mauer ein Bein brach. Er wurde umzingelt und niedergemacht.« Komawara nickte zu der greulichen Stange hin. »Wir haben drei Männer und vier Pferde verloren. Frauen oder Kinder sind nicht zu Schaden gekommen.«

Shonto fiel auf, daß Komawara ›wir‹ gesagt hatte: ›Wir haben drei Männer verloren...‹ – drei Einheimische. Dies rührte ihn. Komawara hatte offenbar keine Ahnung, wer die Leute waren, für ihn waren es einfach bloß Nordländer, die in der gleichen Schlacht kämpften.

Shonto ließ den Blick über die Umstehenden schweifen. Einige schauten weg, andere bemühten sich offenbar, ihrer Verärgerung Herr zu werden. Shonto erinnerte sich daran, wie er kürzlich im Garten des Kaisers gesessen und im bleichen Mondschein den Sonsatänzerinnen zugeschaut hatte. Die Einheimischen schienen über Komawaras Beute nicht sonderlich entsetzt zu sein.

Bis zum Hof ist es weit, dachte Shonto, sehr weit.

Der kaiserliche Gouverneur blickte von einem zum anderen. »Wer hat nichts davon gewußt?« fragte er.

Blicke wurden gewechselt. Niemand sprach – als wäre die Antwort auf alle unausgesprochenen Fragen bereits bekannt. Einige wandten sich dem Gouverneur zu und nickten.

»Ihr dürft Euch zurückziehen«, sagte Shonto.

Berittene und Unberittene machten kehrt und verließen nacheinander den Hof, während Shonto und dessen Leibgarde mit einem Dutzend anderer Männer zurückblieben. Auch Komawara war geblieben, woran

Shonto merkte, daß der junge Fürst seine Rolle als Verbündeter Shontos rasch verinnerlicht hatte.

Als er die auf dem Hof verbliebenen Männer betrachtete, fiel ihm auf, daß sie in ihrem Verhalten kaum einen Unterschied zu seinen eigenen Soldaten erkennen ließen, obwohl sie sich doch eines Verbrechens schuldig gemacht hatten, das an Verrat grenzte. Sie sind Nordländer, dachte der Fürst, der nicht umhin konnte, ihre Gelassenheit zu bewundern.

»Ich nehme an, es kann niemand einen triftigen Grund dafür anführen, daß dem Gouverneur sicherheitsrelevante Informationen vorenthalten wurden?« Shonto ließ die Frage im Raum stehen. Als er die Männer der Reihe nach musterte, erwiderten alle seinen Blick – Ablehnung nahm er keine wahr.

»Alle Oberoffiziere mögen vortreten.« Drei Männer traten vor, ein weiterer stieg vom Pferd; Gitoyo Kinishi, der die Berittenen befehligt hatte, die Fürst Komawara abgefangen hatten.

Shonto nahm vor den vier Männern Aufstellung. Er hatte keinen Zweifel an seiner weiteren Vorgehensweise, wenngleich es ihm anders lieber gewesen wäre. »Ihr habt Eure Schwerter«, sagte Shonto in mildem Ton. »Wir geben Euch nun Gelegenheit, die nötigen Vorbereitungen zu treffen.«

»Darf ich eine Bemerkung machen, Fürst Shonto?« brach eine Stimme das Schweigen. Es war Komawara.

»Ich glaube nicht, daß Fürst Gitoyo bewußt war, was vorging, als er mich abfing, Fürst.«

Shonto fixierte Komawara einen Augenblick lang, als müsse er diese Bemerkung erst verdauen, dann wandte er sich an den jungen Mann, der inmitten der Verurteilten die Stellung hielt. »Es liegt mir nicht, mich zu wiederholen, Fürst Gitoyo. Habt Ihr von dem Überfall der Barbaren gewußt, als Ihr Fürst Komawara begegnet seid?«

Der junge Mann öffnete den Mund, doch kein Laut kam heraus. Schließlich schüttelte er den Kopf. »Nein, Fürst«, krächzte er.

»Weshalb habt Ihr dann versucht, Fürst Komawara aufzuhalten?«

Ein Soldat aus Gitoyos Gefolge trat vor und gab seinem Befehlshaber aus einem Wasserschlauch zu trinken.

»Ich… ich hielt es für unnötig, Euch den Barbarenkopf zu zeigen, Fürst.« Abermals stockte er. »Offenbar wußten einige der Anwesenden von dem Überfall… Euch mit den Spuren zu konfrontieren, hätte für viele einen Gesichtsverlust zur Folge gehabt. Ich befürchtete, Ihr könntet Euch dadurch in Eurem Urteil beeinträchtigen lassen, Fürst Shonto.«

Shonto musterte den jungen Mann, als ließe er sich das Gesagte durch den Kopf gehen. »Gleichwohl habt Ihr Euch zu den anderen dazugestellt.«

Der junge Mann nickte. »Nach dem Zwischenfall mit Fürst Komawara hätte man mir bestimmt nicht geglaubt, Fürst. Hätte ich meine Unwissenheit bekundet, wäre ich als Feigling erschienen, Fürst.«

Shonto schüttelte den Kopf und bemerkte, daß zwei der verurteilten Offiziere es ihm nachtaten. Er wandte sich an seinen spirituellen Berater, der ganz in der Nähe stand und wie üblich alles beobachtete. Ein Schweigender, dachte Shonto unwillkürlich. »Shuyun-sum?«

»Ich glaube, er spricht die Wahrheit, Herr.«

An Gitoyo gewandt, sagte Shonto: »Ihr riskiert, als Narr dazustehen, aber vielleicht bereitet Euch das ja weniger Sorge. Tretet beiseite. Ihr dürft Euch entfernen.«

Shonto drehte sich zum Ausguck um, dann aber besann er sich und schritt weiter hügelaufwärts.

Shonto stand auf der Hügelkuppe und blickte nach Norden. Von hier aus hatte man nach allen Seiten hin freie Sicht. Felder und Wälder schienen sich der wogenden Landschaft anzuschmiegen. Obwohl sie sich so hoch im Norden befanden, sah man vereinzelt noch buntes Herbstlaub, und im hellen Sonnenschein schien es so, als habe ein Maler die Landschaft durchquert.

»Der Herbst weigert sich, die Stellung zu räumen, nicht wahr?« sagte Shonto zu Fürst Komawara.

Komawara räusperte sich. »Ich erinnere mich an ein einziges Jahr, das diesem glich, Fürst Shonto, und da war ich noch ein Jüngling.«

Trotz seiner düsteren Stimmung spielte der Anflug eines Lächelns um Shontos Lippen. Er hatte gerade eben miterlebt, wie ein anderer Jüngling sein Leben beinahe fortgeworfen hätte, so daß ihm das Lächeln gleich wieder verging.

Shuyun näherte sich ihnen über das Gras. Er war noch auf dem Hof geblieben, um den Verurteilten Botaharas Segen zu spenden.

»Ich frage mich, wie man dies in Eurer Provinz beurteilen wird, Fürst Komawara.«

Der junge Fürst war sich im klaren darüber, daß Shonto nicht auf das Wetter anspielte. »Das Urteil war vollkommen gerecht, Fürst; das kann niemand leugnen. Das Leben hier im Norden ist rauh; Mitleid mit den Dummen hält man bei uns für überflüssig. Diese Männer wußten, wer Ihr seid – sie wußten, wie es ihnen ergehen würde, wenn man ihnen auf die Schliche käme. Euer Urteilsspruch hat sie nicht unvorbereitet getroffen, Fürst – sie haben sich bloß geärgert, weil sie Euch unterschätzten. Macht Euch keine Sorgen über die Reaktion der Einheimischen. Dieser Vorfall wird Euer Ansehen beim Volk höchstens mehren.«

»Hm.«

Shuyun hatte sie erreicht und sich verneigt, war aber stumm geblieben. Nun räusperte er sich.

»Wenn ich mir eine Bemerkung erlauben darf, Fürst

Shonto… Botahara sitzt Gericht, Fürst, und weist all jene ab, die für den Kreislauf des Lebens noch nicht bereit sind. Botahara kennt keine Gnade, gleichwohl ist Er nichts als Barmherzigkeit. Der Vollkommene Meister wird sie richten, Fürst, nicht Ihr. Ihr wart nicht grausam. Kein Tod ist so grausam wie mancher Menschen Leben. Gleichwohl muß es so sein, wenn sie jemals Vollkommenheit erlangen wollen. Barmherzigkeit kommt nicht immer barmherzig daher.«

»Ich danke Euch, Bruder.« Shonto wandte sich nach Osten, dem Meer zu. »Und was ist mit Fürst Toshaki?«

Komawara zögerte nicht mit der Antwort. »Er wußte sicherlich Bescheid, Fürst. Daran besteht kein Zweifel.«

»Dies in der Öffentlichkeit auszusprechen, hätte wohl ein Duell zur Folge, wie?«

Komawara lachte. »Dann wären wir ihn endlich los, Fürst.«

»Mag sein.«

»Ich wäre nur allzu gern bereit… meinen Verdacht laut auszusprechen, Fürst Shonto…«, sagte Komawara.

»Wir werden Fürst Toshaki in unserer Nähe behalten, Fürst Komawara. Man wollte, daß er mir so nahe steht, wie mir jemand, der nicht meinem Stab angehört, nur stehen kann. Wir sollten derartige Einflüsse richtig einschätzen. Fürst Toshaki soll mehr und mehr Anteil an sensiblen Entscheidungen haben.

Wie lange würde es dauern, diese Befestigung wiederherzustellen, Fürst Komawara?«

»Alles ist möglich, Fürst, wenn man aus dem Vollen schöpfen kann. Ansonsten würde ich acht Monate veranschlagen, vielleicht auch neun. Notfalls könnte man es auch in fünf Monaten schaffen.«

»Und die übrigen inneren Befestigungen?«

»Damit verhält es sich ähnlich, Fürst Shonto, wenngleich sie mancherorts entbehrlich sind – an einigen wenigen Orten.«

Shonto richtete den Blick wieder nordwärts in die Ferne. Von dieser Stelle aus war die Grenze noch nicht zu sehen, doch er spürte sie – eine imaginäre Linie, die einen Teil des Kontinents überzog und seit Beginn der Geschichtsaufzeichnungen umkämpft war. Wir haben die Stämme in die Wüste getrieben, dachte Shonto, früher gehörte das Land einmal ihnen… vor langer Zeit.

»Wenn die Fürsten von Seh ganz dahinterstünden, könnten wir bis zum Frühjahr einiges bewirken.«

»Es würde bis zum Frühjahr dauern, bis wir die nötige Unterstützung hätten, um ein solches Vorhaben überhaupt in Angriff nehmen zu können, Fürst«, bemerkte Komawara nicht ohne Bitterkeit.

»Hm. Und wir können nicht zweifelsfrei nachweisen, daß es notwendig wäre, nicht einmal vor uns selbst.« Shonto deutete auf die Wolken, die tief am nördlichen Horizont dahintrieben. »Dies bleibt uns verborgen, Fürst Komawara. Wir wissen nichts. Gleichwohl scheint etwas nicht zu stimmen. Ihr habt das gespürt. Und ich habe Fragen, die ich nicht beantworten kann. Wir brauchen einen Spion in den Reihen der Barbaren. Könnten wir uns nicht mit Gold einen kaufen?«

Shontos Bemerkung überraschte Komawara. »Das hätte ich beinahe vergessen, Fürst.« Der junge Fürst griff in eine Hüfttasche, und was er hervorholte, klimperte wie die Münzen des Koan-sing, was Shonto an seine Tochter erinnerte. Möge Botahara sie schützen, dachte er.

»Die hatte sich der Barbar an der Schärpe festgebunden.« Auf seiner ausgestreckten Hand lagen tatsächlich Münzen, allerdings waren sie aus *Gold*!

Shonto war die Überraschung deutlich anzumerken. »Das muß wohl ein Anführer gewesen sein!«

»Da stimme ich Euch zu, wenngleich ansonsten

nichts darauf hingedeutet hätte. Seine Gefährten haben nicht versucht, ihn zu retten. Außerdem führte er offenbar nicht den Befehl bei dem Angriff. Allein das Gold deutet darauf hin, daß er kein gewöhnlicher Barbarenkrieger war. Allerdings ist dies eine Menge Gold – ein Vermögen für einen Barbaren. Das... das begreife ich nicht.«

Shonto nahm Komawara ein paar Münzen ab und hielt sie prüfend in die Sonne. »Das ist sehr eigenartig. Sie sind sorgfältig geprägt. Ich habe die ›Münzen‹ gesehen, die die Barbaren benutzen, aber die haben keinerlei Ähnlichkeit mit diesen hier. Hm. Seht Euch das mal an.« Der Fürst drehte eine Münze um. Sie war quadratisch wie die anderen auch und hatte ein Loch in der Mitte, doch war ein Drache darauf eingeprägt. Nicht der kaiserliche Drache mit den fünf Klauen und der charakteristischen Mähne, sondern ein eigenartig großkopfiges Tier mit langem Schwanz – jedenfalls ein Drache.

Er reichte die Münze Shuyun.

Der Mönch untersuchte sie sorgfältig, dann rieb er sie bedächtig zwischen den Fingern. »Das Bild wurde nach dem Prägen in das Metall getrieben. Das fühlt man am Rand der Linien; sie sind erhöht.« Er reichte die Münze Komawara, der sie gleichfalls zwischen den Fingern rieb.

»Ich bin mir nicht sicher, Shuyun-sum, aber ich zweifle kaum daran, daß Ihr recht habt.«

»Werden solche Münzen in Seh verwendet?« fragte Shonto.

»Es handelt sich gewiß um keine kaiserliche Prägung, aber wenn sie in Seh oder anderswo geprägt wurden, wundert es mich, daß sie so gut gearbeitet sind.«

»Und die Barbaren haben keine Erfahrungen in der Metallverarbeitung?«

»Sie besitzen kein Gold, das sie bearbeiten könnten, Herr.«

»Sehr eigenartig.« Shonto blickte wieder nach Norden. »Eine weitere Frage, auf die es keine Antwort gibt. Ob an der Nordküste vielleicht Piraten gestrandet sind? Die Münzen könnten von Übersee stammen.« Der Fürst beschattete die Augen und suchte den Horizont ab. »Ich kann mir nicht vorstellen, daß die Erklärung so einfach ist. Alles scheint kompliziert und verworren.« Seine Stimme verlor sich.

Komawara zögerte kurz, dann sagte er: »Ich glaube nicht, daß wir einen Barbaren als Spion anheuern könnten, aber vielleicht könnten wir selbst in die Wüste vordringen – zumindest ein Stück weit…«

Als Shonto sich vom Horizont abwandte, war es, als kehrte er aus einer fernen Zeit in die Gegenwart zurück. »Ich wüßte gern, wie Ihr Euch das vorstellt.«

Komawara sammelte sich. »Wer die Grenze überquert, muß damit rechnen, gefangengenommen zu werden. Die Wüste ist zwar unermeßlich groß, aber man braucht Wasser, und die Barbaren kontrollieren die Quellen. In der Vergangenheit haben wir die Stämme weit in die Wüste hineingetrieben und dabei sämtliche Quellen der Randgebiete auf Karten verzeichnet. Bei den Barbaren sind Fremde nur dann willkommen, wenn sie sich auf dem Gebiet der Heilkunst auskennen.« Komawara sprach eilig weiter. »Ich will damit nicht sagen, daß ein Bruder auf Erkundung gehen sollte, doch mit Shuyun-sums Unterstützung könnte ich mich in der Wüste als Glaubensbruder ausgeben.« Er wandte sich an den Mönch. »Mir ist bewußt, daß Euer Glaube es Euch verbieten mag, an einer solchen Unternehmung teilzunehmen, Bruder. Bitte verzeiht meine Anmaßung.«

Shuyun kam Shonto mit der Entgegnung zuvor. »Wie weit würdet Ihr in die Wüste vordringen wollen? Ich habe gehört, die Brüder wären nur in Grenznähe willkommen, so daß sie nicht ungehindert umherreisen könnten.«

Komawara schien von dem Umstand, daß er den Vorschlag vorgebracht hatte, ohne zuvor mit Shuyun zu Rate gegangen zu sein, leicht in Verlegenheit gebracht. Dies war ein Zeichen schlechter Manieren, was ihm wohl bewußt war. »Das ist wahr, Fürst. Die Mönche dringen nicht weit auf Stammesgebiet vor, doch ist nicht ausgeschlossen, daß ein Mönch, der weit nördlich der Grenze entdeckt würde, ungeschoren davonkäme. Es haben sich auch schon früher Brüder in der Wüste verirrt, und die Barbaren brachten sie zur Grenze zurück. Ich würde es wagen, Fürst, auch ohne Shuyuns Hilfe.«

Shonto wandte sich abermals gen Norden. »Der Vorschlag ist bedenkenswert.« Er drehte sich wieder zu seinen Begleitern um. »Shuyun, was haltet Ihr davon?«

Wenn er sich an der Vorstellung, jemand könnte sich als botahistischer Mönch ausgeben, störte, so ließ er es sich nicht anmerken. »Das ist unmöglich«, antwortete er ruhig. »Es ist die Heilkunst, vor der die Barbaren Respekt zeigen. Sie haben abergläubische Vorstellungen von der Bruderschaft, das ist wahr, doch allein die Fähigkeit zu heilen bewirkt, daß wir bei den Stämmen willkommen sind. Einen Schwindler würden sie nicht ungeschoren davonkommen lassen; vor allem keinen Schwindler, der sie ausspionieren will. Der Plan ist kühn, doch ich fürchte, Fürst Komawara, Ihr würdet Euer Leben sinnlos wegwerfen, verzeiht mir die Bemerkung.«

Shonto überlegte einen Augenblick. »Ich glaube, Shuyun hat recht, Fürst Komawara. Dies ist ein kühner Plan, aber die Barbaren würden nur allzu bald merken, daß Euch die Fähigkeit zu heilen fehlt. Ihr würdet mit Gewißheit scheitern. Wir bedürfen zwar dringend der

Informationen über die Vorgänge jenseits der Grenze, doch so verzweifelt, daß wir unser Leben sinnlos wegwerfen würden, sind wir nicht.«

Es entstand ein Schweigen. Shonto beobachtete, wie General Hojo zu ihnen emporstieg. Es ist vorbei, dachte Shonto, möge Botahara ihren Seelen gnädig sein.

Shuyuns ruhige Stimme brachte ihn in die Gegenwart zurück.

»Ich könnte Fürst Komawara begleiten, Fürst Gouverneur. Ich vermag zu heilen.«

Shonto verschlug es zunächst einmal die Sprache. »Das kommt überhaupt nicht in Frage. Ihr gehört meinem persönlichen Stab an. Ich würde Euch ebensowenig in die Wüste schicken wie das edle Fräulein Nishima. Ihr habt Euer Leben schon einmal riskiert, wofür ich Euch stets dankbar sein werde, doch das war in der größten Not; dergleichen darf sich nicht wiederholen. Ich weiß Euer Angebot zu schätzen, doch es ist unmöglich.«

Shuyun und Komawara sahen einander an, während Shonto sich abermals gen Norden wandte.

Im Licht der Abendsonne hatten die Münzen einen tiefen, unwirklichen Farbton angenommen. Er rieb sie zwischen den Fingern und betastete die eingeprägte Drachengestalt.

»Macht und Geheimnis«, hörte er Nishima flüstern.

32

Bislang war es noch nie vorgekommen, daß man Fürst Agatua im Hause Shonto hatte warten lassen. Wenngleich er und Motoru-sum nicht mehr so viel Zeit miteinander verbrachten wie in früheren Jahren, so war das Band der Freundschaft zwischen ihnen doch nach wie vor stark, und so war es nicht verwunderlich, daß Shonto ihn dazu ausgewählt hatte, dem edlen Fräulein Nishima eine Nachricht zu überbringen. Er hatte keine Ahnung, was die Nachricht beinhaltete oder weshalb sie auf Umwegen zugestellt werden mußte, doch Fürst Agatua war die Art Freund, der denen, die ihm nahestanden, niemals Fragen stellte: Wenn Motoru-sum die Vorsichtmaßnahmen für angebracht hielt, hatte er wohl seine Gründe.

Doch nun ließ man ihn warten. Das edle Fräulein Nishima sei krank, hatte man ihm gesagt, und als er sich nicht abspeisen ließ, waren die Bediensteten davongeeilt, um mit einem Vorgesetzten Rücksprache zu halten. Das war schon vor einer ganzen Weile gewesen. Und er wartete nicht gern.

Ein Wandschirm wurde aufgeschoben, und das Fräulein Kento kam hereingeeilt. Agatuas Miene hellte sich merklich auf.

»Das edle Fräulein Kento, endlich kann ich vernünftig mit jemandem reden.« Er verneigte sich, und Kento tat es ihm nach.

»Ich möchte mich entschuldigen, Fürst Agatua, es ist

unverzeihlich, daß man Euch warten ließ. Bitte nehmt meine Entschuldigung an.« Sie verneigte sich erneut.

Fürst Agatua zuckte mit den Achseln. »So etwas kommt vor, aber jetzt ist es geschehen und vergessen. Bitte bringt mich zum edlen Fräulein Nishima, ich muß ihr eine Nachricht von höchster Dringlichkeit übergeben.«

Abermals machte Kento eine rasche Verbeugung. »Seid versichert, daß ich ihr die Nachricht persönlich übergeben werde.«

»Edles Fräulein Kento, ich habe bereits einem Bediensteten erklärt, daß ich dies nicht zulassen kann. Die Nachricht kommt von Fürst Shonto, und er hat mich ausdrücklich angewiesen, sie dem edlen Fräulein Nishima zu übergeben und niemand anderem. Ich werde das Vertrauen Eures Lehnsfürsten nicht dadurch enttäuschen, daß ich seinem Willen zuwiderhandele. Wir wissen nicht, wie wichtig die Nachricht ist. Seid versichert, daß ich sie dem edlen Fräulein lediglich in die Hand drücken werde.«

Die kleine Frau ließ sich nicht einschüchtern. »Das ist nicht möglich, Fürst Agatua. Meine Herrin ist sehr krank, und ihr Zustand duldet keinerlei Störung. Es tut mir wirklich leid, aber ich kann nichts tun.«

Fürst Agatua wäre beinahe in die Luft gegangen, doch als er antwortete, klang seine Stimme gelassen und vernünftig. »Edles Fräulein Kento, womöglich ist das Leben des hohen Fräuleins Nishima in Gefahr – wir wissen es nicht. Es wäre eine große Dummheit, die Empfehlungen eines Arztes über die Anweisungen Eures Lehnsfürsten zu stellen. Bitte bringt mich unverzüglich zu Eurer Herrin.«

Kento rührte sich nicht von der Stelle, sondern schüttelte bloß den Kopf. »Ich bitte abermals um Verzeihung, doch was Ihr da verlangt, ist unmöglich.«

Fürst Agatua trat an Kento vorbei und wandte sich zum Durchgang, der ins Hausinnere führte.

»Die Soldaten haben Anweisung, Euch aufzuhalten, solltet Ihr weitergehen, Fürst Agatua«, erklärte Kento in ruhigem Ton.

Er drehte sich zu ihr um. »Das ist verrückt!« Dabei spürte er jedoch, daß es der Frau ernst war. »Wann kann ich das edle Fräulein sehen?«

Kento hob die Schultern. »Das ist schwer zu sagen – vielleicht in drei Tagen?«

Fürst Agatua wandte sich kopfschüttelnd zum Gehen, blieb an der Tür jedoch stehen. »Als Straßenfegerin werdet Ihr keine Gelegenheit haben, solch schwere Fehler zu machen.« Damit ging er hinaus.

Kento starrte die Tür an. Das edle Fräulein war erst ein paar Tage lang weg, und schon wurde es schwierig, den Anschein zu wahren, Nishima weile zu Hause. Zuerst hatte General Katta sie besuchen wollen, und nun dies. Kento machte sich Sorgen wegen Fürst Shontos Nachricht. Sie war bestimmt wichtig, aber Nishima war nicht mehr zu erreichen, es sei denn, man ginge das Risiko ein, auf sie aufmerksam zu machen. Sie würde in Seh eintreffen, ehe eine auf dem gewöhnlichen Weg beförderte Nachricht sie erreicht hätte. Sie konnte nichts tun – außer sich auf ihre neue Tätigkeit vorzubereiten. Soviel sie wußte, wurden die Besen in der Nähe der Küche aufbewahrt.

33

*E*inen so langen Tag hatte das edle Fräulein Nishima noch nicht erlebt. Am Vorabend hatte sie Jaku Kattas Gedicht erhalten, und seitdem hatte sich die Zeit in einem Maße verlangsamt, wie sie es bei den Chi-Ten-Übungen mit Bruder Satake niemals erlebt hatte.

Nichts – kein einziges Wort von ihm, und ihrerseits mit ihm Kontakt aufzunehmen, dazu konnte sie sich nicht aufraffen: soviel Würde hatte sie sich noch bewahrt.

Vom Deck des Flußboots aus betrachtet, zog das Ufer mit der gleichen Geschwindigkeit vorbei wie an den ersten Tagen ihrer Reise, bloß nahm der Blick der Dichterin es anders wahr.

Kalyptablätter treiben auf den Winter zu,
Vom Wind
Über den gespiegelten
Herbsthimmel geweht.
Bäume säumen die Ufer alter Kanäle
Und beweinen die vorbeiziehende Prozession

Äste, so leblos wie mein Herz.

Weshalb sagt Ihr nicht meinen Namen?

Okara und Kitsura ruhten, und Nishima war kurz vor Sonnenuntergang an Deck gegangen, um ›allein zu sein mit ihren Gedanken‹. Allein mit ihrer Sehnsucht, gestand sie sich.

Wünscht er sich ein Wiedersehen nicht ebenso stark

wie ich? überlegte sie. Diese Frage hatte ihre Ruhe gestört. Ich werde noch ganz närrisch, dachte Nishima und beschloß, wieder in die Kajüte hinunterzugehen und zu schreiben, als auf einmal ein Boot mit zwei kaiserlichen Soldaten am Ruder auftauchte. Nishima spürte, wie sich ihr Herzschlag beschleunigte, während sie sich gleichzeitig sonderbarer denn je vorkam, wie sie da an der Reling stand, als erwartete sie eine Nachricht. Jetzt aber war es zu spät, nach unten zu gehen, daher wandte sie sich dem verblassenden Ufer zu und tat so, als bemerke sie das Boot erst, als es sie erreicht hatte.

»Verzeiht die Anmaßung, edles Fräulein Nishima«, sprach der Offizier an Bord des Bootes sie leise an, »es war nicht unsere Absicht, Euch in Euren Betrachtungen zu stören.« Offenbar hatte er keinen Zweifel daran, wen er vor sich hatte. »Wenn Ihr erlaubt, möchte ich Euch einen Brief General Kattas überreichen und werde gern warten, falls Ihr darauf antworten mögt.« Er holte den Brief aus einem Ärmel hervor.

Nishima streckte instinktiv die Hand aus und nahm den Brief entgegen. »Ich danke Euch«, sagte sie und entfernte sich aufs Achterdeck, wo sie sich ans Dollbord lehnte, tief Luft holte und den Brief öffnete, auf den sie einen endlosen Tag lang gewartet hatte.

Jakus zu große Handschrift wanderte das Blatt hinunter, doch sie fand seinen mißlungenen Versuch, den Eindruck von Eleganz zu erwecken, seltsam anrührend.

Der Wind, der Wind, der Wind,
Ich will ihn nicht mehr hören.
Für die Pflicht bin ich verloren,
Alles, woran ich denken kann,
Ist ein Hauch Eurer Lippen.

Mein Herz wird mir solange keine Ruhe lassen,
Bis ich Euch spreche.

Nishima tastete unwillkürlich an der Reling nach Halt. Ihr wurde bewußt, daß sie alle Vernunft in den Wind schlagen würde. Eigentlich war die Entscheidung bereits gefallen. Sie ging zurück zur Rampe, an der das kaiserliche Boot wartete.

»Wo ist General Katta?«

»Der General hält sich an Bord eines kaiserlichen Flußboots an der Spitze der Flotte auf, edles Fräulein.«

»Würdet Ihr mich zu ihm bringen?« fragte sie in unerwartet zaghaftem Ton.

Der Offizier wußte nicht, was er darauf antworten sollte. Auf diese Wendung war er nicht gefaßt gewesen. »Das… das kann ich tun, edles Fräulein, wenn Ihr es wünscht.«

»Ich wünsche es.« Nishima wandte sich an den Soldaten, der an der Rampe Wache stand. »Sag meinen Gefährtinnen, daß ich bald zurück sein werde.« Sie kletterte über die Leiter zum wartenden Boot hinunter. Ich bin im Begriff, eine große Dummheit zu begehen, dachte sie unwillkürlich, ließ es aber zu, daß man ihr an Bord half.

Es war eine große Flotte. Nishima zählte die Boote nicht – es waren bestimmt mehr, als sie sonst im Laufe eines ganzen Tages zu Gesicht bekam. Erwartung baute sich in ihr auf. Sie dachte wieder an den Kuß, den sie Jaku gestattet hatte, und ihr schien, sie habe noch nie zuvor einen solchen Kuß bekommen, so zärtlich und voller Versprechen.

Ihre Angst hielt der Erregung die Waage. Die Angst, daß Jaku trotz seiner Briefe ihre Gefühle nicht teilen könnte. Die Angst, daß er womöglich gar nicht an Bord wäre und sie sich durch ihr Ungestüm in Verlegenheit brächte. Schließlich war sie im Begriff, unangemeldet und ohne Einladung einen Mann zu besuchen, den sie kaum kannte.

Endlich erreichten sie das kaiserliche Flußboot, auf

dem Jaku nach Seh reiste. Die Größe und die prächtige Ausstattung des Bootes beruhigten Nishima, ohne daß sie begriffen hätte, warum dies so war.

Während sie darauf wartete, vorgelassen zu werden, hätte die Angst beinahe die Oberhand über das Begehren gewonnen, doch dann kam Jaku; seine Silhouette war unverkennbar, als er an der Reling erschien – eine schwarze Uniform, scharf abgehoben vom dunklen Himmel. Er stieg die Treppe mit unheimlicher Sicherheit herunter – katzenhaft, wie es seine Art war. Jedenfalls hat er mich nicht zu sich bringen lassen, dachte Nishima, die zu ihrer Verwunderung Dankbarkeit verspürte.

»Erlauchtes Fräulein Nishima«, sagte Jaku voller Gefühl. »Es überfordert meine beschränkten Ausdrucksmöglichkeiten, die Ehre Eures Besuches in Worte zu fassen.« Jaku reichte ihr die Hand. »Gestattet mir, Euch behilflich zu sein.«

Nishima mißachtete sämtliche Gebote der Höflichkeit und verzichtete darauf, sich für die Störung zu entschuldigen; sie streckte einfach die Hand aus und vertraute sich seiner kräftigen, warmen Berührung an.

Die Heckkajüte des kaiserlichen Flußboots war eindrucksvoll: die Deckenbalken waren tiefrot lackiert, die Fenster mit den vorgezogenen Vorhängen waren groß, die Wandbehänge himmelblau, und die Decke war mit Wolkenmustern geschmückt; dies alles wurde von Hängelampen erhellt. Der mit Strohmatten ausgelegte Boden war mit dicken Teppichen aus dem Lande der Barbaren bedeckt, was in der Hauptstadt von Seh gerade erst in Mode gekommen war.

Jaku Katta und das edle Fräulein Nishima saßen sich auf Kissen gegenüber. Die Erregung des Wiedersehens hatte einer verlegenen Höflichkeit Platz gemacht.

»So häufig redet man ins Leere«, bemerkte Jaku gerade. »Seit langem schon rate ich dem Sohn des Himmels, unsere Straßen und Wasserwege sicher zu machen. Ich weiß nicht, wie oft ich dies wiederholt habe, doch es gibt so viele Ratgeber bei Hofe, soviele, denen der Kaiser Gehör schenkt. Die Dummheit, die im Gewand der Weisheit einhergeht, ist grenzenlos. Am Ende aber hat er doch auf mich gehört: Die Lehren aus der Geschichte haben den Sieg davongetragen. Allein der Friede im Reich sichert den Thron, und der beginnt mit der Sicherung der Straßen und Wasserwege.«

Jaku hielt kurz inne und fing Nishimas Blick auf. »Deshalb reise ich nach Seh... um mich einer Situation anzunehmen« – er suchte nach Worten –, »die von militärischem Belang ist. Wenn ich Fürst Shonto dort behilflich sein könnte, so wäre mir dies eine Ehre.« Jaku senkte die Stimme, und Nishima rückte ein wenig näher. »Ich weiß nicht, was in Seh vorgeht, edles Fräulein, doch ich fürchte, es sind nicht die Barbaren, die Euren Lehnsherrn auf die Probe stellen werden. Die ganze Lage bereitet mir große Sorge, edles Fräulein.«

»Aber Ihr habt bereits soviel getan. Ich weiß nicht, was in unserem Garten geschehen wäre, wenn Ihr nicht gewesen wärt.«

Jaku zuckte bescheiden mit den Schultern. »Wer weiß das schon?« Er hielt inne, dann beugte er sich vor, seine Stimme war nurmehr ein Flüstern. »Jemand anderem als Euch würde ich es nicht sagen, Nishima-sum, aber ich habe mittlerweile so meine Zweifel. Ich weiß nicht, was der Kaiser vorhat oder wie häufig ich ein Werkzeug der... höfischen Intrigen war. Ich war so loyal wie ein Sohn, doch jetzt bin ich mir auf einmal nicht mehr sicher, wo meine Loyalität eigentlich liegt. Nicht jeder ist ein solcher Ehrenmann wie Euer Vater, der bekannt ist für seine Beständigkeit.«

Unwillkürlich senkte auch Nishima die Stimme, als tauschten sie Liebesgeheimnisse aus. »Euer Dienst ist höher zu bewerten als der des Kaisers, Katta-sum, selbst dann, wenn Ihr dem Reich und den Kanalanrainern dient. Für das Verhalten Eures Lehnsherrn tragt Ihr keine Verantwortung: die Pflicht verlangt dies nicht von Euch. Loyalität... ist eine Herzensangelegenheit.«

Als Jaku plötzlich Nishimas Wange streichelte, erschauerte sie merklich. »Eure Worte trösten mich, Nishima-sum, sie sind weise, wie es von einer Shonto zu erwarten steht.« Jaku neigte sich vor und küßte Nishima – ein langanhaltender Kuß voller Zärtlichkeit. Nishima warf sich in seine Arme und erwiderte den Kuß mit einer Leidenschaft, die sie überraschte. Seine starken Arme zogen sie näher. Seine Finger streichelten durch die Falten des Gewands hindurch ihre Brüste.

Jaku flüsterte ihr ins Ohr. »Ich weiß nicht genau, was in der Denji-Schlucht geschah. So viele Abmachungen wurden getroffen, seit ich mit den Hajiwara in Kontakt getreten bin. Wenn ich bloß Bescheid gewußt hätte... Den Göttern sei Dank, daß Fürst Shonto ein so guter General ist und kein größerer Schaden entstand.«

Sein Mund verschloß den ihren, ehe sie etwas erwidern konnte. Seine Bemerkung hatte sie hellhörig werden lassen. Was sagte er da? Was war in der Denji-Schlucht vorgefallen?

Jaku ließ sie langsam auf die Kissen niedersinken. Als er mit den Händen an ihrer Schärpe entlangfuhr, spürte Nishima auf einmal den Druck der Münzen, die sie sich um die Hüfte gebunden hatte.

»Nein«, protestierte sie schwächlich, während Jaku sich am Knoten zu schaffen machte. »Nein.« Heftiger diesmal, doch Jaku schien sie nicht gehört zu haben. Sie versuchte, ihn ein Stück von sich wegzudrängen. »Katta-sum – was macht Ihr da?« Er küßte sie, als könnte er ihre Fragen dadurch zum Verstummen bringen.

Nishima wurde von Panik überwältigt. Was ist mit

meinem Onkel? Was sieht sich dieser Mann genötigt abzustreiten? Auf einmal klangen Jakus Worte falsch in ihren Ohren.

Er löste jetzt ihre Schärpe. Sie stemmte sich gegen ihn, doch er war so groß, daß er es nicht einmal zu bemerken schien. Das darf nicht sein. Er ist nicht aufrichtig. Die Münzen – sie wurden von kaiserlichen Soldaten befördert. War es überhaupt möglich, daß ihr Befehlshaber nichts davon wußte?

Nishima packte die Hand, die ihre Schärpe löste, und versuchte sie festzuhalten. Sie hatte es soweit kommen lassen. Hatte die Situation aus freien Stücken herbeigeführt. Weshalb hätte er sich da zurückhalten sollen? Doch es durfte nicht sein.

Der Kraft des trainierten Kickboxers war nicht so leicht Einhalt zu gebieten, und Jaku schickte sich abermals an, das Brokatband zu entfernen, das ihr Gewand zusammenhielt und das Seidenband verbarg, das sie um die Hüfte trug. Als er die Haut unter den Gewändern berührte, überkam Nishima ein Gefühl der Schwäche. Warme Finger liebkosten ihre Brust. Er hat meinem Onkel das Leben gerettet, schoß es Nishima durch den Kopf, doch weshalb sie gerade jetzt daran dachte, da die Lust sie überschwemmte, wußte sie nicht.

Als Jakus Hand von der Brust auf die Hüfte zuglitt, kehrte Nishimas Willenskraft unvermittelt zurück.

»Nein!«

Sie stieß Jaku zurück, und plötzlich fand er sich in peinlicher Haltung am Fuße einer Säule wieder.

Nishima stand vor ihm und richtete Gewand und Schärpe, so gut es ging.

»Berichtet mir, was in der Denji-Schlucht geschah«, sagte Nishima in ruhigem Ton.

Jaku wirkte so verwirrt wie ein in die Enge getriebenes Tier. »Ihr steht im Bunde mit der Bruderschaft.«

»Ich stehe im Bunde mit den Shonto, nur damit Ihr Euch nicht täuscht. Ist mein Onkel zu Schaden gekommen?«

»Fürst Shonto…« Seine Stimme verlor sich, als wäre er benommen. »Fürst Shonto befindet sich zweifellos in Seh, Nishima-sum, und ist unverletzt. Die Hajiwara haben versucht, ihn in der Schlucht in eine Falle zu locken. Ich weiß nicht, welche Allianz dahintersteckt, würde allerdings bei Hofe danach Ausschau halten. Ich versichere Euch, edles Fräulein, daß ich lediglich die Verbindung mit den Hajiwara hergestellt habe, und dies nicht einmal persönlich, sondern vertreten durch meinen Bruder.« Jaku nahm eine etwas würdevollere Haltung ein, jedoch ohne sich aufzurichten.

»Wo habt Ihr gelernt, nach Art der botahistischen Mönche zu kämpfen?«

»Ich weiß nicht, was Ihr meint, General«, erwiderte Nishima. Sie befaßte sich wieder mit ihrer Kleidung, doch waren ihr Gesicht und Hals noch immer schwach gerötet. »Wenn Ihr mir ein Boot zur Verfügung stellt, das mich zurückbringt, werde ich Euch nicht länger belästigen.«

»Nishima-sum… Ich weiß, daß Ihr einen Argwohn gegen mich hegt, doch ich bin ein verläßlicherer Verbündeter, als Ihr meint. Es gibt vieles, was ich noch nicht weiß und noch herauszufinden gedenke, zum Nutzen der Shonto. Ich bin ein Ehrenmann und werde nur Ehrenmännern dienen.«

Nishima näherte sich der Kajütentür. »Ich brauche Zeit zum Nachdenken, Katta-sum«, sagte sie leise. »Es brodelt unter der Oberfläche, im Reich wie in meinem Herzen. Ich habe mich Euch gegenüber unrecht verhalten, und dafür entschuldige ich mich; ich darf mich in meinen Entscheidungen nicht von meinen persönlichen Wünschen leiten lassen. Fürst Shonto hat meiner Mutter und mir das Leben gerettet – nein, leugnet nicht die

Absichten des Kaisers, Ihr wißt, daß es stimmt. Wenn ich gewollt hätte, wäre eine Bedrohung für den Thron von mir ausgegangen. Dies hätte der Kaiser niemals geduldet.

Ich habe viele Pflichten, zuviele Pflichten. Bitte, Kattasum, macht meine Verwirrung nicht noch schlimmer, als sie bereits ist.« Sie schob den Shoji auf, dann zögerte sie. »Kommt nach Seh. Laßt uns dort miteinander sprechen – in Seh.«

34

Die Ponies waren trittsicher und kräftig, gezüchtet für das harte Leben in der Steppe des Nordens. Während sie im verblassenden Abendlicht über einen schmalen Trampelpfad in die Tiefe kletterten und das Hufgetrappel in der langgestreckten Schlucht widerhallte, vermittelten sie den Reitern ein Gefühl von Sicherheit.

Trotz der dicken Umhänge, in die sie sich gehüllt hatten, war leicht zu erkennen, daß die beiden Männer – ein Initiierter und ein Neophyt – das Gewand der botahistischen Mönche trugen, was in dieser kargen Landschaft unangemessen wirkte.

Als sie am Boden der Schlucht angelangt waren, wurde der Weg eben und verbreiterte sich ein wenig. Das Gestrüpp und die vereinzelten verkümmerten Bäume erweckten den Eindruck, der unbarmherzige Wind der Hochsteppe habe sie ausgestreut.

Sie ritten schweigend bis zu einem großen Felsen, in dessen Windschatten sie absaßen. Komawara versorgte sogleich die Pferde, die beiden Reittiere und ein drittes Pony, das überwiegend mit Wasservorräten bepackt war. Shuyun bereitete eine kalte Mahlzeit. In den sechs Tagen, die sie nun schon jenseits der Grenze von Seh nach Norden ritten, hatte sich diese Arbeitsteilung ergeben, und keiner von beiden schien geneigt, etwas daran zu ändern.

Der unablässige Nordwestwind hörte sich an wie der Atem eines Todkranken, weder ein Stöhnen noch ein

Pfeifen, sondern ein Zwischending. Eine Stimme, die von langwährendem Schmerz erzählte. Die Steppe wurde allmählich von der Wüste verschlungen, und niemand kannte den Grund; die Bewohner von Seh allerdings wußten bereits seit hundert Jahren, daß die Steppe allmählich verschwand. Und der Wind kündete von ihrem Todeskampf.

Der Wind wehte um den Felsen, hinter dem sie Schutz gesucht hatten, herum, wirbelte Staub in die Luft empor und drang in die Kleider, bis in die Poren der Haut. Komawara näherte sich augenreibend Shuyun, der auf dem Boden hockte.

»Ihr müßt heute nacht wieder die Augenkompressen anlegen, Bruder.«

»An einem solchen Ort möchte ich nicht blind sein. Das erscheint mir kaum angebracht. Wir wissen nicht, was bei Nacht alles passieren kann.«

»Man hat mich gelehrt, mich im Dunkeln aufs Gehör und den Geruchssinn zu verlassen. Man muß die Schwingungen erspüren – wenn man die Dunkelheit mit den Augen durchforscht, konzentriert man sich nicht aufs Gehör und auf den Tastsinn. Diese Lektion haben wir mit verbundenen Augen gelernt. Ihr könnt sie mit Kompressen auf den Augen lernen. Wenn es Euren Augen nicht bald besser geht, können wir nicht weiterreiten. Wenn wir den Stammesleuten begegnen, werden sie sonst Verdacht schöpfen. Ein kranker Bruder ist kein Botahist. Ich werde die Kompressen vorbereiten; überlaßt die Sorge um das, was sich im Dunkeln verbirgt, mir.«

Komawara nickte und rieb sich geistesabwesend den frischgeschorenen Schädel. Auf einen Blick seines Gefährten hin zog er die Hand mit einem verlegenen Lächeln zurück. Er war bei dieser Unternehmung Shuyuns Schüler; kein Adliger des Reiches Wa mehr, sondern ein botahistischer Novize – und nicht einmal das. Shuyun hatte ihm ein paar einfache Atem- und Meditationsübungen gezeigt und ihm einige Verhaltensregeln erläutert. Der Mönch war der Ansicht, um in seiner Rolle glaubhaft zu erscheinen, müsse Komawara zumindest mit den Grundprinzipien des Botahismus vertraut sein.

Irgendwann hatten Shuyun und Komawara ein ›Händedrücken‹ veranstaltet – Handfläche an Handfläche hatte Komawara versucht, einen Widerstand in Shuyuns Bewegungen zu finden, doch wann immer er drückte, gaben Shuyuns Hände nach, als hätten sie gar keinen Kontakt zu den seinen. Es war, wie Shuyun sich ausdrückte, als versuchte man, Wasser oder Luft zu drükken; da war nichts, was einem Widerstand geboten hätte. Shuyun hatte Komawara zweimal auf den Rücken gelegt und hätte dies jederzeit wiederholen können, doch hatte Komawara nicht den Eindruck, daß Shuyun sich aus Stolz auf seine Fertigkeiten dazu hatte verleiten lassen. Der Mönch wollte Komawara lediglich demonstrieren, daß es falsch war, Widerstand zu leisten.

Nach dem Händedrücken hatte Komawara begonnen, seine Kampfausbildung, die überwiegend auf Widerstand ausgerichtet war, in Frage zu stellen. Und so eignete sich Komawara, ein Fürst der Provinz Seh, allmählich und bisweilen mühsam die oberflächlichen Eigenschaften, das Verhalten und die Haltung eines botahistischen Mönchs an. Desgleichen entwickelte er einen ganz neuen Respekt vor den Brüdern, ihren Fertigkeiten und ihrer Disziplin. Dieser Respekt wurde noch gesteigert durch die Erkenntnis, daß Shuyun nicht einmal den tausendsten Teil seines Wissens enthüllt hatte; es gab so vieles, das der Mönch niemals preisgeben würde.

»Ich wünschte, wir könnten es riskieren, Feuer zu machen«, sagte Komawara.

Shuyun zuckte leicht mit den Achseln. Komawara

gewöhnte sich allmählich an diese Geste: sie bedeutete, daß es ihm vollkommen gleichgültig war, auch wenn er dies aus Höflichkeit niemals ausgesprochen hätte.

Komawara zeichnete mit dem Finger eine grobe Landkarte in den Sand, legte einen kleinen Stein darauf und sagte: »Die Quelle dürfte höchstens noch ein paar Rih entfernt sein.« Er tippte auf den Boden. »Wir sind hier. Das hier hält man für ein uraltes ausgetrocknetes Flußbett, wenngleich man sich nur schwer vorstellen kann, daß hier einmal Wasser geflossen sein soll. Wenn wir dem Flußbett noch einen Tag folgen, sollten wir auf Wasser stoßen – falls die Quelle nicht inzwischen ausgetrocknet ist. Ich weiß nicht, ob wir dort auf Barbaren treffen werden, aber es ist sehr wahrscheinlich. Wir brauchen unbedingt Wasser.«

Shuyun zuckte mit den Schultern. »Mit den Wasservorräten kommen wir tagelang aus.«

»*Ihr* kommt tagelang damit aus, Bruder, aber die Pferde und ich haben nicht gelernt, ohne Wasser zu überleben. Wir müssen auch hin und wieder etwas essen. Bitte verzeiht unsere Schwäche.«

»Für Eure Schwäche«, sagte Shuyun und reichte dem Fürsten ein Fladenbrot, das mit Gemüse und einer ihm unbekannten Paste gefüllt war. Bruder Koma, der Neophytenmönch, betrachtete diese Gabe mit unverhohlenem Abscheu, was seinem Lehrer ein Lächeln entlockte.

»Ihr seid der typische undankbare Schüler, Bruder. Ihr werdet erst dann Fortschritte machen, wenn Ihr dankbar seid, Gelegenheit zu bekommen, am Kreislauf des Lebens teilzunehmen. Es ist durchaus möglich, daß Ihr in diesem Leben einen Schritt in Richtung Vollkommenheit machen werdet. Diese Speise wird dazu beitragen, Euch dazu in die Lage zu versetzen. Daher solltet Ihr dankbar dafür sein: auf den Geschmack kommt es nicht an.«

»Ich habe nicht gewußt, daß das Streben nach Vollkommenheit stets mit Unannehmlichkeiten einhergeht, Bruder. Ich werde mich bemühen, für die Nacht einen steinigeren Platz zu finden, auf den ich mich betten kann.«

Shuyun lag reglos in der Dunkelheit. Der Wind strich über ihn hinweg und veranlaßte die Sterne am kalten Himmel, zu flimmern und zu blinken.

Ich helfe einem Außenstehenden, sich als botahistischer Bruder auszugeben, dachte er. Dafür könnte man mich aus dem Orden ausschließen.

Er ging die Gründe, von denen er sich leiten ließ, im Geiste noch einmal durch. Man hatte ihm die Aufgabe übertragen, Fürst Shonto zu dienen, einem Mann, der eine bedeutende Stellung im Reiche Wa einnahm. Einem Mann, der den botahistischen Glauben unterstützte, in einer Zeit, da der Kaiser dem Glauben und seinen Anhängern nicht wohlgesonnen war. Schon allein dadurch war er wichtig für die Bruderschaft. Außerdem war der Fürst verantwortlich für die Verteidigung Sehs und somit praktisch auch für die des Reiches, das trotz des gegenwärtigen Kaisers noch immer die alleinige Heimat des Botahismus war. Trotz der Haltung des Kaisers wurde dieser Glaube vom größten Teil der Bevölkerung ausgeübt. Die Stämme der Hochsteppe und der Wüste waren keine Anhänger des Vollkommenen Meisters – eher schon stellten sie eine Bedrohung für den Glauben dar. Shuyun rief sich noch einmal die Worte in Erinnerung, die der Große Meister bei ihrer letzten Begegnung gesprochen hatte.

»Ihr dürft nicht immer an Euer eigenes Seelenheil denken. Es mag Zeiten geben, da Euch Euer Lehnsfürst um Dinge bittet, die Ihr für unvereinbar mit den Geboten des botahistischen Glaubens erachtet. Dann müßt

Ihr eine Entscheidung treffen, die der Bruderschaft nützt, denn allein die Bruderschaft und niemand sonst hält die Lehren des Vollkommenen Meisters lebendig.«

So hatte der Meister gesprochen... und dann hatte Shuyun auf dem Großen Kanal eine junge botahistische Nonne kennengelernt, die sich einer angesehenen Schwester annahm – einer Schwester, die anscheinend den Glauben verloren hatte. Einer Schwester, die davon überzeugt gewesen war, eine Fälschung gesehen zu haben. Der junge Mönch wußte nicht mehr, was er glauben sollte und was nicht.

Zum ersten Mal in seinem Erwachsenenleben wurde Shuyun von Alpträumen geplagt und erwachte, ohne sich erfrischt zu fühlen.

Komawara neigte sich über die Hufspuren und betastete sie, dann beugte er sich vor, bis er mit dem Gesicht beinahe den Sand berührte, und pustete in die Vertiefungen.

»Die sind höchstens einen halben Tag alt. Sonst hätte sie der Wind bereits vollständig zugeweht. Mindestens ein Dutzend Reiter und etwa acht Lasttiere.« Er ging zurück zu seinem Pferd und nahm Shuyun die Zügel ab. »Die Anzeichen mehren sich, daß Barbaren in der Nähe sind... Mir fällt kein besserer Ausdruck dafür ein – als Patrouillen.« Er schüttelte den Kopf. »Im allgemeinen geht man davon aus, daß die Barbaren in Stammesverbänden umherziehen; mit Frauen, Kindern, Tieren und sämtlichen Habseligkeiten. In Gruppen von bis zu über hundert und nicht unter fünfzig bis sechzig Personen. Ich bin ratlos, Shuyun-sum. Das kann ich mir nicht erklären.«

Shuyun beschattete die Augen und musterte den Rand des ausgetrockneten Flußbetts. »Ein junger Fürst aus Seh, ein gewisser Komawara, ist der unpopulären Meinung, die Stammesleute hätten in den letzten paar

Jahren ihr Verhaltensmuster geändert. Ihr tätet gut daran, ihm aufmerksam zu lauschen, solltet Ihr einmal Gelegenheit dazu haben. Ein älterer Glaubensbruder meint, etwas stimme nicht mit dem historischen Muster der Angriffe auf das Reich – und die Angehörigen meines Ordens halten viel von historischen Belegen. Was schlagt Ihr nun vor?«

Komawara saß wieder auf. »Es bleibt uns nichts anderes übrig, als weiterzureiten. Noch wissen wir nichts Genaues.«

Shuyun nickte, und Komawara übernahm wieder die Führung und suchte sich einen Weg durch das Labyrinth hausgroßer Findlinge.

Es war ein kühler Tag, woran der Wind und eine hohe, dünne Wolkenschicht schuld waren, die die Sonne abschirmte und die Schatten dämpfte, so daß in der Ferne die Sicht verschwamm.

Nach hundert Schritten saß Komawara abermals ab und kniete nieder.

»Die Fährte verwandelt sich allmählich in einen Trampelpfad, Bruder. Falls unsere Karte nicht zu alt ist, sollte es bis zur Quelle nicht mehr weit sein. Wen wir dort antreffen werden, ist auf der Karte allerdings nicht verzeichnet.«

Sie ritten im Gänsemarsch weiter, bis der Trampelpfad nicht mehr zu übersehen war. Komawara ritt eine Anhöhe aus massivem Fels hinauf und in eine Höhle aus mächtigen Findlingen hinein. Er verwandte einige Mühe darauf, ihre Spuren zu verwischen, und als er mit dem Ergebnis zufrieden war, kehrte er zu Shuyun zurück, der gerade die Pferde tränkte.

»Ich glaube, wir sollten uns der Quelle nicht nähern, ohne zuvor den Versuch unternommen zu haben, unbemerkt festzustellen, wer sich dort aufhält.« Shuyun bekundete mit einem Kopfnicken sein Einverständnis. Sie genehmigten sich ein paar Schluck aus dem Wasserschlauch – Shuyuns Schlauch war kleiner als der seines Gefährten – und aßen ein wenig.

Anschließend legten sie den Ponies Fußfesseln an und gingen zu Fuß weiter. Komawara, der wieder einmal bedauerte, kein Schwert dabeizuhaben, nahm einen Stock mit. Wegen des Schwerts waren sie uneins gewesen, doch am Ende hatte Shuyun ihn überzeugt, daß sie kaum hätten erklären können, weshalb ein botahistischer Neophyt ein Schwert mit sich führte – eigentlich wäre es überhaupt nicht zu erklären gewesen. Komawara hatte Shuyun schließlich recht gegeben, vermißte das Schwert aber beinahe stündlich.

Sie schlugen einen Weg ein, der parallel zu dem Trampelpfad verlief, von dem sie annahmen, daß er zur Quelle führte, stießen aber bald schon auf Sackgassen und mußten Umwege einschlagen, die sie von ihrem Ziel wegführten. Als sie unvermittelt wieder auf den Pfad stießen, beschlossen sie, ihn zu überqueren und ihr Glück auf der anderen Seite zu versuchen.

Nach einer Stunde in diesem Labyrinth vernahmen sie einen Laut, der so unerwartet kam, daß sie ihn zunächst nicht einzuordnen vermochten.

»Was ist das?« fragte Komawara.

»Der Wind. Der Wind in den Blättern.«

Komawara nickte. »Das wäre möglich, aber… Ich glaube, Ihr habt recht.«

Sie kletterten auf einen geborstenen Findling hinauf und blickten eine langgestreckte Rinne entlang. Der Wind wehte ihnen ins Gesicht, ein Wind voller Feuchtigkeit. Zwei alte, gebeugte Bäume neigten sich über eine kleine Wasserstelle, als wollten sie niederknien, um zu trinken. Die Rinne selbst zeigte Schattierungen, die vom Braun des verdorrten Grases der Hochsteppe bis zum tiefen Grün des Frühlings reichten.

Shuyun berührte seinen Gefährten am Ärmel und deutete zum Wasser. Im tiefen Schatten am Fuß der

Bäume füllte ein Mann gerade einen Wasserschlauch. Als er sich aufrichtete, geriet er ins Sonnenlicht, und keiner der beiden Reisenden wäre mehr überrascht gewesen, wenn es sich um Shonto gehandelt hätte... der Mann war ein botahistischer Mönch.

Komawara wandte sich zu Shuyun um. »Was hat das zu bedeuten?« flüsterte er, offenbar der Überzeugung, man habe ihn verraten.

»Ich weiß es nicht, Fürst Komawara, ich habe keine Erklärung dafür.«

Als der fremde Bruder sie erblickte, lächelte er. Er bedeutete ihnen näherzukommen und zeigte auf die Quelle.

»Was sollen wir tun?« fragte Komawara.

»Das ist ein Glaubensbruder, er wird uns nicht in Gefahr bringen, allerdings würde ich vorschlagen, daß Ihr unter den gegebenen Umständen möglichst wenig sagt, Bruder Koma.«

Nun übernahm Shuyun die Führung. Als sie ein Stück weiter in die Rinne vorgedrungen waren, erwartete sie noch eine Überraschung; im Schatten der Felswände erblickten sie Zelte und einen notdürftigen Pferch mit Barbarenpferden.

Der Mönch lächelte und schwenkte beruhigend die Hände. Er sprach erst, als sie ihn beinahe erreicht hatten, ganz so, als wollte er vermeiden, daß sie belauscht wurden. »Es ist mir eine Ehre, hier in dieser einsamen Gegend Brüder des wahren Pfads zu treffen.« Er verneigte sich nach Art der Mönche, und Shuyun und Komawara taten es ihm nach. »Ich bin Bruder Hitara«, setzte der Mönch hinzu. »Willkommen in Uhlat-la, der Quelle der Alten Brüder.« Er deutete auf die knorrigen Bäume. »Ein passender Ort für eine solche Begegnung.«

Shuyun verneigte sich erneut. Der Mönch war jung, höchstens drei Jahre älter als Shuyun, sein Gesicht erschien vom zu langen Aufenthalt in der Sonne dunkel und faltig, und sein Körper mager und drahtig aufgrund des ständigen Wassermangels.

»Die Ehre ist ganz auf unserer Seite, Bruder. Ich bin Shuyun, und das ist Neophyt Kama, der das Barahama-Gelöbnis abgelegt hat und um Verzeihung dafür bittet, daß er nicht sprechen kann.«

»Für Entschuldigungen gibt es keinen Grund, Bruder, der Pfad ist auch so schon beschwerlich genug.« Er deutete auf den kleinen Tümpel. »Das Wasser ist gut, ich habe es schon mehrfach getrunken.«

Shuyun und Komawara traten an den Tümpel, wo Bruder Hitara ihnen eine mit Wasser gefüllte Kürbishälfte reichte. Shuyun trank nur wenig und reichte die Kürbisschale an Komawara weiter, gebot dem Fürsten aber Einhalt, als dieser Wasser aus der Quelle nachschöpfen wollte. »Habt acht, Bruder, zuviel Wasser beeinträchtigt Eure innere Sammlung und hat noch andere unangenehme Wirkungen.«

Komawara mäßigte sich daraufhin, jedoch nicht so sehr, wie es Shuyun lieb gewesen wäre.

»Es bedeutet eine Ehre und eine ebensogroße Überraschung für mich, den spirituellen Berater des großen Fürsten Shonto hier in der Wüste anzutreffen. Ich nehme doch an, Ihr seid dieser Mann?«

Angesichts der Offenheit der Frage stutzte Shuyun kaum. Bei einem Mönch, der in der Hochsteppe umherwanderte, war es wohl wenig verwunderlich, wenn er die Gebote der Höflichkeit mißachtete. »Ihr seid gut unterrichtet, Bruder.«

»Keineswegs, Bruder Shuyun, Ihr habt bloß vergessen, welchen Ruf Ihr genießt. Der jüngste spirituelle Berater eines Adelshauses – in unserer ganzen Geschichte. Sieger des kaiserlichen Kickboxturniers im Alter von zwölf Jahren. Mir ist sogar zu Ohren gekommen, Ihr hättet einen Tisch von erlesener Qualität zerlegt. Man erzählt sich noch mehr über Eure Fertigkeiten, doch möchte ich Euren Eigendünkel nicht länger auf die Probe stellen. Ich muß gestehen, daß ich ein wenig Ehrfurcht vor Euch habe, Bruder.«

Shuyun zuckte die Achseln. »Ein Glaubensbruder, der die Wüste durchwandert, beeindruckt mich nicht minder. Wie kommt es, daß Ihr allein in der Hochsteppe unterwegs seid, Bruder Hitara?«

Hitara öffnete eine Satteltasche und holte die Zutaten zu einer Mahlzeit heraus. »Ich nehme mich der Andersgläubigen an. Ihr solltet das für Euch behalten, aber ich habe schon mehr als einen bekehrt, ohne auch nur ein Wort darüber verloren zu haben. Ich heile die Kranken. Wenn man mich etwas fragt, so antworte ich. Ich meditiere an abgelegenen Orten. Ich spiele bloß eine kleine Rolle, Bruder Shuyun, doch verschafft mir dies Gelegenheit, über das Wort unseres Meisters zu meditieren. Mehr brauche ich nicht. Würdet Ihr mir beim Mahl Gesellschaft leisten, Brüder?« Hitara reichte Komawara, der bereitwillig danach griff, einen Stengel mit getrocknetem Obst. Das Obst wurde freilich zurückgezogen, ehe Komawara es berührt hatte. »Ich habe Euer Gelöbnis vergessen, Bruder. Bitte verzeiht. Ich war zu lange allein. Und entschuldigt das Versehen.«

Ein Geräusch beendete die Unterhaltung. Ein Geräusch, das von den mächtigen Findlingen und den hohen Felswänden des alten Flußbetts gedämpft und verzerrt wurde. Es dauerte eine Weile, bis es als Hufgetrappel kenntlich wurde.

»Das ist der Mann, der das Lager bewacht. Die anderen sind für ein paar Tage abwesend«, meinte Hitara und reichte Shuyun etwas zu essen. »Ich habe seinem Sohn einmal das Leben gerettet. Seitdem ist er mir dankbar.«

Sie warteten eine Weile schweigend, bis auf einmal ein Stammeskrieger auftauchte, der sein Pony führte.

Als er die Mönche erblickte, schlug er sogleich die Augen nieder und ging den Weg zurück, den er gekommen war.

Komawara war angespannt wie ein Krieger vor der Schlacht, und Shuyun war aufgefallen, daß er sich zweimal an die Hüfte gefaßt hatte, als suchte er sein Schwert. Hitara ließ nicht erkennen, ob er es ebenfalls bemerkt hatte.

»Was ist das für ein Lager, Bruder, und wohin reiten sie von hier aus?«

Diesmal zuckte Hitara die Achseln. »Ich halte es für angebracht, keine Fragen zu stellen.« Er schickte sich an, seine Habseligkeiten aufzusammeln. »Ihr solltet besser Wasser fassen, ehe Padama-ja zurückkommt. Man kann nicht von ihm erwarten, daß er stets wegsieht.«

»Ihr brecht schon auf, Bruder? Ich hatte eigentlich gehofft, wir könnten uns noch ein wenig unterhalten. Es gibt so vieles, was wir Euch gern fragen würden.«

Der Mönch schnallte seine wenigen Habseligkeiten an dem kleinen, braunen Pony fest und schwang sich in den Sattel. »Ich fürchte, die Antworten auf die Fragen, die Ihr mir stellen würdet, will ich lieber gar nicht wissen, Bruder. Desgleichen fürchte ich, Eure Absichten könnten die meinen in Gefahr bringen, denn wenn Ihr hier entdeckt werdet, wird man in Zukunft alle Brüder verdächtigen. Ich will mich nicht einmischen, jeder hat sein Karma, aber das hier ist kein guter Ort für Euch, Bruder Shuyun. Kehrt nach Seh zurück.« Er stockte kurz, dann fuhr er leise fort: »Sagt Eurem Fürsten, seine schlimmsten Befürchtungen entsprächen der Wahrheit. Sagt ihm, er solle sich vor denen hüten, die den Wüstendrachen verehren.« Sein Pferd scheute plötzlich, und es dauerte eine Weile, bis er es wieder beruhigt hatte. »Ich weiß nicht, was hier vorgeht, und es geht mich auch nichts an… der Krieg dient jedoch nicht der Vervollkommnung der Seelen, daher bemühe ich mich mit meinen bescheidenen Kräften, der Verehrung des Krieges entgegenzuwirken. Die Stämme bereiten sich auf eine Schlacht vor – davon bin ich überzeugt. Bei ihnen ist Gold aufgetaucht, und nur wenige versagen dem neuen Khan ihren Respekt. Versucht nicht, diese wenigen zu treffen, denn sie sind weit verstreut und wollen nicht gefunden werden. Kehrt nach Seh zurück. Hier könnt Ihr nichts ausrichten.«

Komawara trat einen Schritt vor. »Aber wir haben uns nicht mit eigenen Augen davon überzeugt. Wir wären ganz aufs Hörensagen angewiesen. Begleitet uns. Wenn Gefahr droht, so sollte man die Warnung aus Eurem Mund vernehmen.«

»Ich gehöre hierher.« Er verneigte sich aus der Hüfte, wendete sein Pferd, dann hielt er an und drehte sich zu ihnen um. »Wenn Ihr Beweise braucht: nicht weit von hier im Norden sammeln sich Krieger. Ich reite nicht dorthin. Drei Tage in Richtung des spitzen Bergs, an dem bei Sonnenuntergang die Zwei Schwestern aufgehen.

Bis der Udumbara blüht.« Hitara verneigte sich erneut. »Bruder Shuyun. Fürst von Seh.« Er wendete sein Pferd und verschwand zwischen den Felsblöcken des ausgetrockneten Flußbetts.

35

Als Pilger und Sucher konnte Bruder Sotura sich lediglich eine Deckspassage leisten. Als Meister des botahistischen Glaubens und Chi-Quan-Lehrer des Klosters Jinjoh gab es noch einige Dinge mehr, die er sich nicht leisten konnte: beispielsweise durfte er nicht erkennen lassen, welche Stellung er innerhalb seiner Glaubensgemeinschaft bekleidete, noch durfte er seinen wahren Namen nennen.

Vom Meer her wehten unablässig die Fallwinde, und das Flußboot, dessen Passagier er war, bewegte sich auf seinem Weg zu den Nordprovinzen gemächlich durch den Großen Kanal voran. Es hieß, ein paar Tagesreisen weiter säubere die Kaisergarde, die von General Jaku Katta persönlich befehligt werde, den Kanal von Piraten und all den Schmarotzern, die eine Gebühr für sichere Durchfahrt durch Teile der Wasserstraße erhoben. Soweit Sotura erkennen konnte, löste diese Nachricht an Bord des Schiffes große Erleichterung aus.

Er saß mit dem Rücken an eine erhöhte Frachtluke gelehnt an Deck und beobachtete, wie das in leichten Nebel gehüllte, sternenerhellte Ufer vorbeizog. Wenngleich er aufgrund der Stellung, die er im Orden errungen hatte, den irdischen Verlockungen alles Schönen längst entwachsen war, fand er das Reich Wa dennoch unwiderstehlich – und das um so mehr, je älter er wurde. Einmal entfuhr ihm beim Anblick von Kalyptabäumen, in deren Geäst sich das Sternenlicht fing, sogar ein Seufzer. Er schloß die Augen und versuchte, sich auf andere Dinge zu konzentrieren.

Zum Beispiel auf die verschwundenen Brüder. Abgesehen von den verschwundenen Schriftrollen, war in den langen Annalen des Botahismus kein größeres Rätsel verzeichnet. Wie schon so oft fragte sich Sotura, ob es wohl einen Zusammenhang zwischen beiden Ereignissen gäbe, und wie immer fiel ihm keine Antwort ein.

Er reiste nach Seh, weil sein Orden der Ansicht war, diese Provinz läge im Brennpunkt von Ereignissen, die das ganze Reich erschüttern würden. Und in deren Mittelpunkt wiederum stand ein junger Mönch und ehemaliger Schüler des Chi-Quan-Lehrers – Bruder Shuyun. Sotura preßte die Finger gegen die Augen, als litte er an Kopfschmerzen, doch war dies lediglich eine Reaktion auf seine Verwirrung.

Diese Verwirrung war durch die Nachricht ausgelöst worden, die er von Bruder Hutto erhalten hatte… Der Udumbara hatte geblüht! Das konnte einfach nicht wahr sein – oder vielleicht doch? Sotura war früher einmal nach Monarta gereist und hatte das Wäldchen besucht, in dem Botahara Erleuchtung gefunden hatte. Diese Erfahrung hatte sich ihm unauslöschlich eingeprägt. Und auch dieser Ort war ihm unvorstellbar schön erschienen. Der Vollkommene Meister hatte gesagt, der Udumbara werde wieder blühen, um das Erscheinen eines Lehrers anzukündigen.

Die Bäume hatten nun schon tausend Jahre lang nicht mehr geblüht, wenngleich sie Aufstieg und Niedergang von Dynastien, Kriege und Hungersnöte nahezu unbeschadet überstanden hatten. Wie sollte es zugehen, daß ein neuer Vollkommener Meister auftauchte, ohne daß die Bruderschaft davon wußte? Er konnte es einfach nicht glauben: es war schlichtweg unmöglich.

Als er die Augen aufschlug, passierte das Boot gerade die Mündung eines kleinen Wasserlaufs, der von einer im Stil des Nordens erbauten Steinbrücke überspannt wurde. Das Wasser schimmerte im Licht der Sterne, und der Nebel, der am Ufer haftete, verwischte alle Umrisse, so daß der Eindruck entstand, das Land ginge ganz allmählich in Wasser über.

Alles Wasser mündet in den Fluß, dachte Sotura und seufzte, ohne es zu merken.

36

An diesem Abend ritten sie noch nach Einbruch der Dunkelheit weiter, da sie eine möglichst große Entfernung zwischen sich und die Quelle legen wollten. Mehrere Stunden lang ritten sie nach Osten, dann vermischten sie ihre Spuren mit anderen Fährten. Später ritten sie über felsigen Boden und folgten ihrer eigenen Fährte ein Stück weit zurück. Anschließend schlugen sie die Richtung ein, die ihnen das Sternbild der Zwei Schwestern wies.

Sie kamen an mehreren Stellen vorbei, wo Gras und Gestrüpp von Sandflächen durchbrochen waren, die sich wie Krebsgeschwüre auf der Haut der Hochsteppe ausbreiteten. Beide enthielten sich einer Bemerkung, doch war sowohl Komawara als auch Shuyun klar, daß die Nomaden ihre Lebenswelt allmählich an die sich ausbreitende Wüste verloren – und was dies für die Provinz Seh bedeutete.

Noch im Schutze der Dunkelheit rasteten sie unter einer Felswand und erblickten am Morgen die riesige Nordwüste. Kein Gras – keinerlei Anzeichen von Leben. Ein paar vereinzelte Felsen ragten aus den wachsenden Dünen auf, und etwas weiter weg machte der Sand einem Labyrinth erodierter Felswände und umgestürzter Steine Platz, die alle verblaßte Grau- und Rottöne aufwiesen, wie nur die Wüste sie hervorbringt.

Das Lastpony hatte im Laufe der Nacht zu lahmen begonnen, und Komawara fluchte, wie kein botahistischer Mönch es jemals getan hätte. Als er zurückkam und sich auf seinen Sattel warf, reichte Shuyun ihm ein zusammengerolltes Fladenbrot mit einer Füllung aus Bohnenbrei, haltbar zubereitetem Gemüse und kaltem Reis. Gewürzt war dies alles mit einer schmackhaften Soße, die Komawara unbekannt war. In Anbetracht seiner ersten Reaktion wollte er nicht zugeben, daß er allmählich Geschmack an den Speisen des Mönchs fand. Wenn er allein gewesen wäre, hätte Shuyun sich nicht die Mühe gemacht, eine solche Mahlzeit zuzubereiten, doch Komawara zuliebe machte er Zugeständnisse. Der junge Fürst hatte offenbar in seinem ganzen Leben noch keine Mahlzeit zubereitet.

»Die graue Stute lahmt ein wenig. Es wird mindestens einen Tag dauern, bis sie wieder belastbar ist.«

Shuyun zuckte die Achseln. »Wir können unseren Reittieren noch mehr aufladen. Und mit weniger Gepäck kämen wir auch zurecht.«

»Das ist wohl wahr, Bruder, aber dann kämen wir nicht mehr so rasch voran.«

»Dann reiten wir eben langsam, das läßt sich nicht ändern.«

»Seid Ihr denn *niemals* ungeduldig, Bruder, habt Ihr niemals …« Komawara hielt inne.

»Wenn Ungeduld helfen würde, Fürst Komawara, dann würde ich ungeduldig werden.«

»Verzeiht, Shuyun-sum, ich habe mich von meiner Sorge leiten lassen.«

»Es gibt keinen Grund, weshalb Ihr Euch entschuldigen müßtet. Wir haben uns beide auf eine schwierige Unternehmung eingelassen, Fürst Komawara.« Er lächelte. »Ich werde mich bemühen, in Zukunft ein wenig Ungeduld zu zeigen.«

Den Tag verbrachten sie im Lager. Shuyun meditierte, ohne zu essen oder zu trinken. Komawara schlief lange, und als er erwachte, wanderte er umher. Er versorgte die lahmende Stute, so gut er es vermochte, und hatte gegen Abend den Eindruck, sie könne ein Stück weit laufen, solange sie keine Last zu tragen bräuchte. Die beiden anderen Pferde hatten entsprechend mehr zu tragen, so daß sie nur langsam vorankamen.

In der Nacht trug der Wind Stimmen heran, wenngleich Komawara der Ansicht zuneigte, es sei der Wind, der im Fels seine eigene Sprache sprach. Gleichwohl versteckten sie sich und verhielten sich leise, kamen aber bald darauf zu der Überzeugung, daß der Wind die Geräusche, die sie machten, überdecken würde.

Sie ritten weiter, vorsichtiger als zuvor, und entdeckten kurz vor Sonnenaufgang eine windgeschützte Stelle, die sich zum Lagerplatz eignete und mehrere Fluchtmöglichkeiten bot.

Komawara schlief, während Shuyun die erste Wache übernahm. Der junge Mönch verspürte kein sonderlich starkes Schlafbedürfnis: Seine Träume plagten ihn mit Fragen, auf die er keine Antwort wußte, und mit ungewohnten Gefühlen. Häufig kehrte er im Traum zu der jungen Nonne auf dem Kanal und den von ihr geäußerten Verdacht zurück, ein Verdacht von solcher Tragweite, daß es ihm schwerfiel, sich die Schlußfolgerungen zu vergegenwärtigen, die sich daraus ergaben.

Außerdem träumte er öfter vom edlen Fräulein Nishima, und irgendwie vermischte sich das in die Felswand der Schlucht gehauene Relief der Gesichtslosen Liebenden mit den Bildern der Tochter seines Lehnsfürsten. Häufig erblickte er Nishima an der Felswand, während sich der Mann, der sie umarmt hielt, ständig veränderte. Bisweilen war ihr Geliebter nur verschwommen zu erkennen, als betrachtete er ihn durch Wasser hindurch, dann wieder wußte Shuyun, daß er selbst sie umarmte.

Die Willensschwäche, die sich darin ausdrückte, beschämte den Mönch, der zugleich einen stillen Trotz verspürte, der ihm unbekannt war – der botahistische Initiierte hatte zu argwöhnen begonnen, sein Orden könne ihn belogen haben, und dieser Gedanke nagte an ihm wie die Wüste an der Steppe.

Sie aßen eilig und brachen vor Sonnenuntergang auf. Aufgrund des langen Ritts der vorigen Nacht hatte sich der Zustand der grauen Stute nicht gebessert, doch die Ruhepause am Tag hatte sie wiederhergestellt, auch wenn sie noch etwas langsamer ging als gewöhnlich.

»Hat er denn keine Vorgesetzten?« fragte Komawara. Sie sprachen über den Mönch, den sie bei der Quelle angetroffen hatten.

»Alle Ordensleute haben einen Vorgesetzten, mit Ausnahme des Großen Meisters. Nach unserer Rückkehr werde ich über Bruder Hitara Erkundigungen einholen. Ohne die Erlaubnis des Präfekten von Seh wäre er nicht hier, da bin ich mir sicher.«

Plötzlich zügelte Shuyun sein Pferd. »Da ist jemand.«

Komawara tastete nach dem nicht vorhandenen Schwert und blickte sich aufmerksam um. »Ich höre nichts.«

Shuyun schwenkte mit geschlossenen Augen den Kopf hin und her. »Männer. Vor uns.«

In dem Augenblick, als sie die Pferde wendeten, rutschten drei Barbaren in einer Wolke aus Staub und Steinen die Wände der Rinne herunter. Die Schwerter hatten sie zwar gezogen, griffen aber nicht an, als reichte es ihnen aus, den Mönchen den Fluchtweg abzuschneiden. Komawara riß sein Pferd abermals herum, stellte jedoch fest, daß auf dieser Seite ebenfalls drei Männer aufgetaucht waren.

Die Barbaren riefen einander etwas zu und rückten langsam vor.

Komawara verfluchte seinen Entschluß, kein Schwert mitgenommen zu haben, zog den Stab aus der Sattelbefestigung und ließ den Zügel des Packpferds los.

»Das sind Banditen«, sagte Shuyun. »Sie wollen uns ermorden und ausrauben. Sie glauben, wir verstünden ihre Sprache nicht. Die drei Barbaren vor uns werden uns bedrängen, damit uns die anderen drei niedermachen können.« Er saß ab.

Komawara wollte zunächst Einwände erheben, dann aber erinnerte er sich daran, wie Shuyun im Tempel gekämpft hatte, und ihm fiel wieder ein, daß er nicht darin ausgebildet worden war, vom Pferderücken aus zu kämpfen.

»Sie werden jeden Augenblick angreifen, Bruder«, sagte Shuyun, dessen Stimme auf einmal schwerfällig und weit entfernt klang. »Wenn es soweit ist, treibt unsere Pferde den hinter uns befindlichen Männern entgegen. Dann bleibt uns ausreichend Zeit, mit den ersten dreien fertigzuwerden.«

Die Barbaren stießen einen Schrei aus und griffen an. Es fiel Komawara nicht schwer, die Pferde, die bereits in Panik geraten waren, zu wenden. Als der Fürst sich umdrehte, sah er, wie Shuyun vor dem ersten Angreifer Kampfhaltung einnahm. Der Barbar ging kein Risiko ein und zielte mit einem weit ausholenden, abwärts gerichteten Hieb auf Hals und Schultern seines Gegners. Shuyun riß die Hand hoch, nurmehr ein verwischter Schemen, paßte ihre Bewegung dem Bogen an, den die Schwertklinge beschrieb, und parierte den Hieb, so daß die Klinge an ihm vorbeistrich, ohne Schaden anzurichten. Gleichzeitig packte er den Banditen am Haar, zog ihn an sich heran und rammte ihm das Knie ins Gesicht. Der Mann brach neben dem herumwirbelnden Shuyun zusammen, der das Schwert des Barbaren in einer flüssigen Bewegung mit dem Knauf voran Komawara zuwarf.

Obwohl der Nordländer sich beeilte, Shuyun zu Hilfe zu eilen, war er nicht schnell genug. Die beiden anderen Angreifer gingen ebenso rasch zu Boden wie der erste, nachdem sich ihr vereinter Angriff gegen sie gewendet hatte und ihre Schwerthiebe so abgelenkt worden waren, daß sie aufpassen mußten, daß sie sich nicht gegenseitig den Bauch aufschlitzten.

Komawara fuhr herum und nahm die Grundhaltung ein, während die drei Räuber, die den fliehenden Pferden ausgewichen waren, aus einer Staubwolke auftauchten. Der Fürst blinzelte heftig, da er Staub in die Augen bekommen hatte, doch seine Gegner hatte es mindestens ebenso schwer getroffen.

Diesmal tat sich keiner durch besondere Schnelligkeit oder Tapferkeit hervor, sondern alle drei fielen gemeinsam über den jungen Fürsten her. Dies war kein planloser Angriff, sondern der gezielte Versuch, ihn mit vereinten Kräften niederzumachen. Wären sie ein etwas größeres Risiko eingegangen, hätten sie ihn einfach überrannt. Zum Glück stand der junge Fürst nicht grundlos im Ruf, ein ausgezeichneter Schwertkämpfer zu sein. Er wich zurück und ließ sie solange in dem Glauben, er versuche zu flüchten, bis einer sich zu weit vorwagte und einem seiner Gefährten den Weg verstellte – dieser Mann erlag Komawaras blitzschnell vorstoßender Klinge. Der junge Fürst wandte sich sogleich wieder zur Flucht, verfolgt von den verbliebenen beiden Gegnern, die nun besser auf der Hut waren.

Der größere der beiden setzte sich plötzlich ab, und als sein Gefährte ihm kurz nachblickte, machte Komawara ihn nieder. Der Fürst wirbelte herum und wollte dem dem Flüchtenden nachsetzen, stellte jedoch fest, daß der andere nicht aus Feigheit die Flucht ergriffen hatte, sondern um Shuyun anzugreifen.

Abermals beobachtete der Fürst, wie der kleine Mönch einen Schwerthieb mit der bloßen Hand abwehrte. Diesmal packte Shuyun die Klinge und hielt sie fest, als besäße sie überhaupt keine Schneide. Mit der anderen Hand versetzte er dem Barbaren einen dermaßen wuchtigen Stoß, daß Komawara seinen Augen nicht trauen wollte. Der Räuber, der Shuyun um eine halbe Körperlänge überragte, prallte gegen einen Stein und blieb reglos in der sich absetzenden Staubwolke liegen.

Komawara musterte das Schlachtfeld und vergewisserte sich, daß sämtliche Gegner zumindest vorübergehend außer Gefecht gesetzt waren, dann ging er zu Shuyun hinüber und nahm ihm das Schwert aus der Hand. Und nun vergaß er seine guten Manieren, hob Shuyuns Hand hoch und betrachtete sie eingehend.

»Wie kommt es, daß Ihr unverletzt geblieben seid?«

Shuyun antwortete nicht gleich, und Komawara wunderte sich über den Ausdruck in den Augen des Mönchs. Wenn er kämpft, versetzt er sich in einen meditativen Zustand, dachte der Fürst.

Als Shuyun endlich antwortete, schien er nur mit Mühe sprechen zu können. »Man muß vermeiden, daß die Schneide gegen die Haut drückt: als Schüler habe ich mich häufig dabei geschnitten. Die Hand muß sich erst der Geschwindigkeit und der Richtung des Schwerts angleichen, und sobald man die Klinge fest an den Seiten gepackt hat, läßt sie sich mühelos lenken. Im Prinzip ist es ganz einfach, Bruder.«

Komawara war zunächst einmal sprachlos. Auf dieser Reise begegnet mir andauernd das Unmögliche, dachte er und ertappte sich dabei, daß er die Hände des Mönchs anstarrte, als könnte er ihnen ansehen, wie es gemacht wurde.

Einer der Nomaden wälzte sich stöhnend auf die Seite.

Komawara trat zu ihm und fesselte ihn mit seiner eigenen Schärpe. Der Fürst stellte fest, daß der Mann vor lauter Wut zitterte, und er mußte sich zusammennehmen, um den wehrlosen Barbaren nicht zu schlagen. Sie überfallen mein Land, dachte Komawara, sie haben Verwandte getötet, Menschen, die mir nahestanden, und werden uns niemals in Ruhe lassen. Er zog den Knoten besonders fest, doch als er aufsah und feststellte, daß Shuyun ihn anfunkelte, zügelte er seinen Zorn.

Im Gewand des Mannes fanden sie einen Dolch, ein kleines Messer und einen Geldbeutel. Sonst hatte er nichts bei sich.

»Wir sollten sie besser alle fesseln, auch wenn ich nicht weiß, was wir mit ihnen anfangen sollen, Bruder.«

Verwundert über den Haß in den Augen des jungen Fürsten, ging Shuyun zu den beiden Männern hinüber, die Komawara außer Gefecht gesetzt hatte, und stellte fest, daß sie beide tot waren. Eine kurze Fürsprache für die Seelen der Nomaden und ein Gebet um Vergebung, mehr konnte er nicht für sie tun.

Der erste der Männer, die Komawara gefesselt hatte, war mittlerweile wieder bei Bewußtsein und blickte voller Angst vom Mönch zum Fürsten. Er war noch jung. Ein Jüngling, dachte Shuyun, nicht älter als wir beide, eher jünger.

»Seht Euch das mal an, Shuyun-sum«, sagte Komawara und streckte die Hand aus. Im Geldbeutel des Barbaren hatte der Fürst genau die gleichen Goldmünzen entdeckt, die die Nomadenreiter in Seh bei sich gehabt hatten – quadratisch, sorgfältig geprägt und mit einem runden Loch in der Mitte.

»Nötig haben sie es nicht, auf Raub auszuziehen, Bruder«, bemerkte Komawara voller Verachtung.

Shuyun nickte. »Sie sprechen den Dialekt der Hajamal, der Jäger aus dem Westen der Steppe. Ich weiß nicht, wie es kommt, aber sie sind weit entfernt von ihrem Gebiet.«

»Das sind nicht die Schwerter von Jägern, Shuyunsum. Außerdem sehe ich keine Speere oder Bogen.« Er wog das Messer, das offenbar zum Abhäuten diente, in der Hand. »Bloß das hier. Ich frage mich, wonach sie wohl jagen.«

Shuyun sprach den Nomaden mit sanfter Stimme in dessen Sprache an. »Weshalb habt ihr uns angegriffen, Nomade?« fragte der Mönch. »Wir hatten keine bösen Absichten.«

Der Barbar antwortete nicht, sondern blickte solange von einem zum anderen, bis Komawara das Schwert hob. Der Mann schaute dem Fürsten ins Gesicht, dann fing er zu sprechen an, allerdings in ruhigem Ton, ohne Groll oder Verachtung in der Stimme.

»Er meint, sie wären dem Gensi gefolgt, ihrem Anführer – einer der Männer, die Ihr erschlagen habt. Der Gensi wollte uns angreifen, obwohl die anderen dagegen waren.«

»Weshalb?«

Der Mönch wiederholte die Frage und hörte geduldig zu.

»Er sagt, er weiß es nicht, aber das ist offenbar gelogen.«

»Was heißt ›Lüge‹ in ihrer Sprache?« erkundigte sich Komawara.

»Malati.«

Der Fürst drückte dem Nomaden die Spitze des Barbarenschwerts gegen den Hals und wiederholte das Wort.

Als der Mann diesmal antwortete, hatte sich sein Tonfall verändert, außerdem sprach er schneller.

»Er sagt, der Gensi hätte es auf ›Botara denu‹ abgesehen – ich weiß nicht genau, was das bedeutet; vielleicht könnte man es ungefähr mit ›Stein der Stärke‹ übersetzen.« Shuyun holte die Kette mit dem Jadeanhänger unter dem Gewand hervor und zeigte sie dem Barbaren. Der riß die Augen auf und nickte so heftig, wie es das Schwert, das gegen seine Kehle drückte, zuließ. »Er meint, sie seien der Ansicht gewesen, der Überfall werde ihnen... *Unglück* bringen, eine bessere Übersetzung fällt mir nicht ein.«

»Was hatte der Gensi mit dem Stein vor?« Shuyun übersetzte die Frage und hörte sich die Antwort geduldig an.

»Er wollte ihn dem Khan überbringen, den es nach der Macht des Steins verlangt«, übersetzte Shuyun. »Diese Leute gehören einem Stamm an, der den Khan nicht unterstützt, und er behauptet nun, sie hätten sich Gold erhofft, als sie dem Khan den Botara denu brachten. Das scheint mir der Wahrheit schon recht nahe zu kommen, Fürst.«

Komawara senkte das Schwert. »Soll er ruhig lügen, Shuyun-sum. Mit Lügen stoßen wir eher zur Wahrheit vor, als wenn wir ihn von der Tugend der Aufrichtigkeit überzeugen wollten. Fragt ihn, woher er die Münzen hat.«

Shuyun übersetzte die Frage, und die Antwort erfolgte auf dem Fuß. »Er sagt, das Gold hätten sie von den Männern des Khans im Austausch gegen Ponies bekommen, doch das war abermals gelogen.« Shuyun stellte ihm eine weitere Frage. »Er meint, er sei nicht an Übergriffen auf Seh beteiligt gewesen, und das scheint mir der Wahrheit zu entsprechen.«

Als der Nomade etwas sagte, ohne gefragt worden zu sein, merkte Komawara ihm sein Unbehagen deutlich an.

»Was hat er gesagt, Bruder?«

»Auch die Männer, die an Überfällen teilnehmen, bekommen Gold; zur Belohnung für ihre Tapferkeit und um sie dafür zu entschädigen, daß sie keine Frauen rauben, was der Khan verboten hat.«

»Sehr eigenartig!«

»Er versichert uns außerdem, daß er das Gold durch ehrlichen Handel erworben habe und keinen... Groll gegen die Einwohner von Seh hege.«

Komawara schnaubte, worauf der Barbar zusammenfuhr. Sein Blick wanderte hektisch zwischen der Schwertklinge des Fürsten und Shuyun hin und her.

»Aha. Vom wem hat er das Gold dann, wenn nicht vom Khan?«

»Ich glaube, er ist ein Räuber, Fürst Komawara. Er wird es einem glücklosen Angehörigen eines rivalisierenden Stammes abgenommen haben.«

»Würdet Ihr ihn bitte fragen, wer dieser Khan ist und wo er das Gold herhat?«

Während Shuyun die Frage übersetzte, ging mit dem Mann eine Veränderung vor; als er antwortete, schwang in seinem Tonfall Ehrfurcht mit. »Er glaubt, der Khan sei der Sohn eines Wüstengotts und stärker als zwanzig Männer. Er zerquetscht Steine mit bloßen Händen, um daraus Gold zu formen, mit dem er die Männer belohnt, die sich verdient gemacht haben. Die Mächtigen fürchten ihn, sogar der Kaiser von Wa leistet ihm Tribut und hat ihm angeboten, seine Töchter zu ehelichen. Der Khan hat den heiligen Ort entdeckt, an dem die Gebeine des Drachen begraben wurden. Er sagt ›Ama-Haji‹ dazu – *die Seele der Wüste*. Niemand vermag dem Khan zu widerstehen; alle Männer sind ihm untertan, alle Frauen seine Konkubinen.«

»Der Mann ist offenbar verrückt«, bemerkte Komawara.

»Den Eindruck habe ich nicht, Fürst Komawara. Er glaubt an das, was er uns soeben gesagt hat. Anderen Glaubensrichtungen als dem Wahren Pfad ist es häufig zu eigen, daß sie die Menschen tief in ihrem Innern berühren und sie von Botahara entfernen. Nur wenige finden den Pfad unter so vielen Irrwegen; der Pfad ist beschwerlich und bietet einem weder Gold noch leichte Antworten.«

»Barbaren«, meinte Komawara abschließend. »Was

fangen wir mit denen an?« Er deutete auf die anderen Nomaden, die kein Lebenszeichen von sich gaben.

Shuyun wandte sich erneut an den Barbaren, der ihm ernsthaft und ausführlich Antwort gab. Shuyun hörte zu und nickte mit dem Kopf, ohne den Mann zu unterbrechen.

»Er sagt, die Armee des Khan lagere nicht weit von hier, doch wenn wir ihn freiließen, werde er nicht versuchen, sich dem Khan anzuschließen, sondern zu seinem Stamm zurückkehren. Er hat versprochen, die Einwohner von Wa und meine Glaubensbrüder in Zukunft unbehelligt zu lassen. Außerdem meint er, wenn wir ihn freiließen, wäre er Tha-telor – dann stünde er in unserer Schuld. Wir dürften dann entweder seine Dienste in Anspruch nehmen oder eine Bezahlung von ihm verlangen. Er bietet uns Gold an. Ich glaube, er meint es ehrlich.«

»Ehrlich!« Komawara spuckte aus. »Sie sind vollkommen ehrlos, Bruder. Es ist wirklich großzügig von ihm, uns sein Gold anzubieten, obwohl er gefesselt und hilflos ist und wir die Münzen bereits in der Hand halten.«

»Mein Orden, Fürst Komawara, ist der Auffassung, daß die Stämme über einen Ehrenkodex verfügen, und wenn er sich auch von Eurem oder meinem unterscheidet, so handelt es sich doch immer noch um einen Ehrenkodex, und sie sind daran ebenso gebunden wie wir an den unseren.«

»Mein Ehrenkodex läßt nicht zu, einen Unbewaffneten kurzerhand umzubringen, trotzdem habe ich keinen Zweifel daran, daß wir mit diesen Männern genau so verfahren sollten, um unserer und der Sicherheit von Seh willen. Ich weiß, Ihr könnt dem nicht zustimmen, Bruder, doch ich glaube, so wäre es am besten.«

»Diese Männer sind alle miteinander verwandt, Fürst. Wenn wir einen mitnehmen, werden die anderen sein Leben nicht gefährden wollen. Ich glaube, wir sollten diesen Mann mitnehmen. Es läßt sich nicht abstreiten, daß wir einen Führer brauchen.«

»Bruder Shuyun! Dann laufen die anderen schnurstracks zum Khan. Er hat gemeint, der Khan wünsche sich einen solchen Anhänger wie den Euren. Sollte sich auch nur eine kleine Gruppe Bewaffneter in der Nähe aufhalten, könnte man sie auf uns hetzen. Wenn sie erst einmal wissen, daß wir in der Nähe sind, dann hilft es uns auch nichts mehr, wenn wir unsere Spuren verwischen, dafür reichen meine Fertigkeiten nicht aus. Verzeiht mir die Bemerkung, aber ich glaube nicht, daß dies klug wäre.«

»Diese Leute sind keine Anhänger des Khans, Fürst Komawara. Mit nichts weiter als ein paar Informationen in der Hand vor den Khan zu treten, wäre ein gefährliches Unterfangen für sie. Außerdem wären sie ebenfalls Tha-telor. Ich glaube, daß sie dadurch vollkommen gebunden sind. Sollte sich in der Nähe eine Streitmacht befinden, so müssen wir uns Gewißheit über deren Größe verschaffen. Ich glaube, ein Führer würde uns eine Menge Zeit sparen helfen.«

»Könnt Ihr ihn nicht fragen, wie groß die Armee ist?«

Shuyun wandte sich abermals an den Mann, der eifrig nickte. Er wußte, daß sie über sein Schicksal beratschlagten, und war darauf bedacht, ihnen zu Gefallen zu sein.

»Er sagt, die Krieger seien zu zahlreich, um sie zu zählen, doch er habe sie mit eigenen Augen gesehen, und man müsse länger als einen halben Tag reiten, um das Lager einmal zu umkreisen.«

»Er lügt! Er ist wahnsinnig! Nicht in hundert Wüsten gibt es soviele Barbaren, daß sie auch nur eine halb so große Streitmacht aufstellen könnten.«

Shuyun wandte sich wieder an den Nomaden.

»Was er sagt, klingt zwar unglaublich, Fürst Komawara, aber er spricht die Wahrheit. Er und seine Stammesgenossen haben das Heerlager erst vor fünf Tagen gesehen.«

»Wenn er recht hat, Bruder, möge uns Botahara beistehen.«

»Kalam«, sagte Komawara das Wort, das er für den Namen des Barbaren hielt. Eigentlich war es eher ein Titel, wenngleich ›Titel‹ vielleicht ein wenig zu offiziell klang: Kalam bedeutete ›Wüstenfuchs‹. Fast in jedem Stamm gab es einen mit diesem Namen, der seit altersher einem jungen Jäger verliehen wurde, der weit umherstreifte und besonderes Geschick bei der Jagd bewies. Dieser Nomade führte nun die beiden Männer aus dem Reiche Wa, ein junger Jäger, der Tha-telor war, wenn auch kein Einwohner des Reichs wußte, was dies bedeutete.

Der Nomade zügelte sein Pferd, und Komawara deutete nach Süden, wo sich eine Dunstwolke abzeichnete. Der Barbar nickte heftig, dann lenkte er Shuyuns Aufmerksamkeit auf sich und erzählte rasch etwas in seiner Sprache.

»Er meint, der Staub werde von der Streitmacht des Khans aufgewirbelt. Sie rücke jetzt auf Seh vor, Fürst Komawara.« Dem Nordländer war seine Besorgnis deutlich anzumerken.

»Weshalb sollte jemand kurz vor Winteranbruch einen Feldzug beginnen wollen? Bald beginnt die Regenzeit. Es wird Schnee geben und wenigstens ein paar Wochen lang bitterkalt sein. Aus dem, was er da sagt, werde ich nicht schlau.«

»Es könnte natürlich sein, Fürst, daß er sich über die Größe der Streitmacht im Irrtum befindet. Hat Kalam aber recht, dann kann eine große Armee, die auf ein Land mit schwacher Verteidigung vorrückt, das nichts ahnt von der Gefahr, in der es schwebt, mit einem schnellen Sieg rechnen. Seh verspricht eine reiche Herbsternte. Der Winterregen wird bald einsetzen, da habt Ihr recht, und die inneren Provinzen werden erst gegen Ende des Frühjahrs eine Armee entsenden, was dem Khan ausreichend Zeit gibt, seine Verteidigung auszubauen, falls es wirklich seine Absicht sein sollte, Seh einzunehmen und zu halten.«

Komawara musterte kopfschüttelnd den Horizont im Süden. »Es könnte auch ein Sandsturm sein, Bruder.« Er deutete nach Westen. »Dort ist ebenfalls ein leichter Dunst zu sehen. Ist das eine Armee? Und wenn ja, weshalb entfernt sie sich dann von Seh?« Er suchte den ganzen Horizont ab, entdeckte aber keine weiteren Sandstürme, die ihm rechtgegeben hätten. »Wie weit ist es noch bis zum Lager?«

Shuyun wandte sich abermals an Kalam.

»Vor Sonnenuntergang sind wir dort, Fürst Komawara.«

Der junge Fürst von Seh bedeutete dem Nomaden kopfschüttelnd, er solle weiterreiten.

Vieles hatte sich seit dem Überfall der Barbaren geändert. Komawara hatte sich widerstrebend bereiterklärt, sich von Kalam führen zu lassen und die anderen Barbaren freizulassen. Sie hatten das lahme Packtier gegen eines der Nomadenpferde eingetauscht und waren zu dem Heerlager aufgebrochen, an das Komawara nicht so recht glauben mochte.

Nachts fesselten sie Kalam und hielten abwechselnd Wache, doch gab es keinerlei Anzeichen dafür, daß seine Stammesgenossen im Schutze der Dunkelheit über sie herfallen könnten. Sie kamen gut voran; jetzt, da Kalam sie führte, verloren sie keine Zeit mit Umwegen und Sackgassen mehr. Alles in allem erwies Kalam sich als ausgezeichneter Führer und hatte Komawaras Argwohn dadurch, daß er am Morgen eine Viper getötet und dem Fürsten aus dem Fleisch der

Schlange eine Mahlzeit bereitet hatte, ein wenig zerstreut.

Shuyun musterte den jungen Fürsten, der schweigend einherritt, tief in Gedanken und böse Vorahnungen versunken. Er trug wieder ein Schwert und verzichtete darauf, sich ständig das Haar zu stutzen, ohne daß er oder Shuyun ein Wort darüber hätten fallenlassen. Sollten sie von einem Stammeshäuptling gefangengenommen werden, dessen Absicht es war, gegen das Reich Krieg zu führen, dann kam es nicht mehr darauf an, ob sie Heiler waren oder nicht… vor allem dann nicht, wenn es stimmte, daß der Khan sich einen Anhänger der Botahisten wünschte.

Dieser Gedanke brachte Shuyun dazu, sich über die Sicherheit Bruder Hitaras Sorgen zu machen, wenngleich der Wandermönch etwas an sich hatte, das derlei Befürchtungen als grundlos erscheinen ließ.

Etwa zwei Stunden vor Sonnenuntergang führte Kalam sie zum Fuße einer Steilwand. »Das Gelände verändert sich, Fürst Komawara«, sagte Shuyun. »Wir müssen die Pferde stehenlassen und zu Fuß weitergehen.« Er blickte die über ihnen aufragende Felswand empor, und Komawara folgte seinem Blick.

»Müssen wir wieder klettern?«

»Ja.«

Komawara verdrehte beim Aufsitzen die Augen.

Sie folgten Kalam, der über die bröckligen Felsleisten und geborstenen Findlinge der Felswand in die Höhe kletterte. Der Aufstieg war mühsam, aber weder steil noch schwierig. Shuyun bemerkte, daß sich Erleichterung in Komawaras Miene abzeichnete – Erleichterung darüber, daß ihnen eine Wiederholung des Aufstiegs an den Felsklippen der Denji-Schlucht erspart blieb, denn dies hier war im Vergleich dazu ein Kinderspiel.

Schließlich bedeutete Kalam ihnen anzuhalten und

kletterte allein zu einem Aussichtspunkt empor, von wo aus er in die Ferne blickte. Dann wies er seine Begleiter an, ihm zu folgen und leise zu sein. Als der Mönch die Felsen erreicht hatte, hinter denen der Nomade sich verbarg, erblickte er in der Tiefe einen Wachposten – einen Wachposten, der von den Stiefeln bis zum Turban in ein helles Grau gekleidet war.

So unpassend wie ein Garten in der Wüste, dachte Shuyun, denn der Mann war prachtvoll gekleidet. Sie konnten die Goldverzierungen des Schwertknaufs und des Horns, das er über der Schulter trug, trotz der Entfernung deutlich erkennen. Der Mann stützte sich auf einen langen Speer und musterte aufmerksam das Gelände.

»Der schläft bestimmt nicht auf Wache ein«, wisperte Komawara.

Der Nomade nickte und legte die Hand an die Lippen. Er führte sie durch eine schmale Spalte weiter in die Höhe, sorgsam darauf bedacht, keine Steine loszutreten. Noch zweimal bot sich ihnen ein Ausblick auf den Wachposten, der offenbar nicht auf sie aufmerksam geworden war.

Nach einer Weile umgingen sie einen weiteren Posten, der wie der erste gekleidet war, und abermals waren sie beeindruckt von der Erscheinung des Mannes. Shuyun blickte unwillkürlich zu ihrem staubbedeckten Führer und dann wieder zu dem Wachposten. Als kämen sie nicht aus der Wüste, dachte er.

Sie machten sich wieder an den Abstieg. Vor ihnen tauchte eine Felskante auf, wo der Kalam endgültig anhielt. Shuyun meinte, widerhallenden Gesang zu vernehmen – einen tiefen, unheimlichen, betörenden Gesang –, doch das war vielleicht bloß der Wind.

Der flach auf dem Bauch liegende Nomade schob sich bis zur Felskante vor und blickte hinüber. Er bedeutete seinen Begleitern, zu ihm vorzurücken, und diese gehorchten dem Jäger und rutschten auf dem Bauch neben ihn.

Als sie über den Rand spähten, erblickten sie eine Höhle, in die ein Sonnenstrahl fiel. Im Fels festgeklemmte Fackeln mischten ihren rötlichen Schein mit dem Licht der untergehenden Sonne und beleuchteten eine Szenerie, auf deren Anblick weder Shuyun noch Komawara gefaßt gewesen waren.

»Ama-Haji«, flüsterte Shuyun, und Kalam nickte mit erstauntem Blick.

»Seht mal, Shuyun-sum«, meinte Komawara leise und deutete zu einem Stelle der Felswand, die teilweise unter einem Überhang verborgen war. In den rötlichen Lehm der Böschung war ein riesiges Skelett eingebettet – ein Kopf mit gewaltigen Kiefern, ein gebogenes Rückgrat von der zehnfachen Körperlänge eines Menschen, die Knochen kleiner Beine.

»Ein Drache«, sagte Shuyun. »Das ist tatsächlich das Gerippe eines Drachen! Botahara sei gepriesen. Ein wahres Wunder! Ein Wesen der Vorzeit…« Zum erstenmal wirkte er nicht älter, als er tatsächlich war, überwältigt von den Ereignissen, deren Zeuge er wurde. Von Komawara war ein Laut zu vernehmen, der wie ein Lachen klang, und der Fürst rieb sich die Augen.

Männer in langen, grauen Gewändern bereiteten vor dem Gerippe einen Scheiterhaufen aus kümmerlichen, krummen Ästen vor und ließen den tiefen Gesang vernehmen, den Shuyun zuvor gehört hatte.

»Kalam?« wisperte Shuyun.

Der Nomade antwortete mit nur einem Wort.

»Was hat er gesagt, Bruder?«

»Ein rituelles Opfer. Da, die Ziege.«

Kalam wich von der Felskante zurück, zwängte sich an Shuyun vorbei und bedeutete ihnen, wachsam zu sein. Er zeigte auf die untergehende Sonne und verfolgte den gleichen Weg zurück, den sie gekommen waren; seine Begleiter aus dem großen Reich folgten ihm so leise, wie sie es nur vermochten.

Dann saßen sie im Dunkeln beieinander und unterhielten sich. Komawara, der sich hingelegt hatte, lauschte auf die Barbarenworte. Auf einmal wunderte er sich, weshalb der Nomade plötzlich so gesprächig war. Doch bald schon überwältigte ihn wieder die Erinnerung an das Drachenskelett und an den Drachen, der den Goldmünzen eingeprägt war. Es war, als wären die Fünf Prinzen aus den Wolken herabgeritten gekommen, die Hufe ihrer grauen Pferde von Blitzen umzuckt. Unmöglich! Ein Mythos, an den kein Erwachsener so recht glaubte. Ein Drache! Und er hatte ihn mit eigenen Augen gesehen!

Auch am Morgen stand die seltsame hohe, dünne Wolke noch am Himmel. Der Wind heulte unentwegt. Es war kühler geworden. Allerdings war Komawara abgesessen, als wollte er näher am Boden sein, um sicherzustellen, daß ihn seine Augen nicht täuschten.

Sie waren mitten in ein verlassenes Lager hineingeritten – in ein so großes Lager, daß es die Vorstellungskraft des jungen Fürsten überforderte.

»Nein... nein. Das kann nicht sein. Das ist unmöglich...« Er blickte umher wie jemand, der auf seinen Besitz zurückgekehrt war und feststellen mußte, daß man ihn dem Boden gleichgemacht hatte – eine niederschmetternde Erkenntnis, mit der abzufinden sich sein Verstand noch weigerte.

»Fürst Komawara? Wir müssen so rasch wie möglich nach Seh zurückkehren. Wir dürfen hier nicht länger bleiben. Fürst Komawara?«

»Weshalb glaubt Ihr eigentlich, daß er zurückkommen wird?« Zum erstenmal, seit sie das Barbarenlager am

Vortag hinter sich gelassen hatten, brach Komawara sein Schweigen.

»Er ist Tha-telor«, antwortete Shuyun. »Und er fürchtet den Khan.«

»Er fürchtet den Mann, der Gold aus Steinen quetscht? Der so stark wie zwanzig Männer ist?«

»Der Kalam hat große Ehrfurcht vor dem Khan, daran besteht kein Zweifel. Aber der Khan ist grausam. Dem Kalam ist so einiges zu Ohren gekommen.«

»Grausam? Er ist ein Barbarenhäuptling. Ich kann mir kaum vorstellen, womit er die übrigen Barbaren so eingeschüchtert haben sollte.«

»Mag sein, aber bei einem einfachen Jäger aus der Steppe sieht es vielleicht anders aus.«

»Ein einfacher Jäger, der Euch den Kopf abschlagen wollte, verzeiht, wenn ich Euch daran erinnere.«

»Ich habe einen Mann aus der Mündung einer Höhle in die Denji-Schlucht hinuntergestoßen, weil er ein Soldat im Dienste eines Feindes meines Lehnsfürsten war. Ich glaube nicht, daß Ihr mich deshalb als Barbaren bezeichnen dürft. Ich bete darum, daß dieser Mann im nächsten Leben Vollkommenheit erlangt, aber es ist sein Karma, nicht meines.« Shuyun hielt inne und musterte den Horizont. »Unser Barbarenführer hat sich auch nicht anders verhalten, Fürst Komawara; schließlich sind wir nicht seine traditionellen Verbündeten. Der Khan macht ihm Angst, vielleicht weil er die althergebrachte Ordnung des Stammeslebens in Frage stellt.«

»Hm.«

Sie verstummten wieder und ritten so rasch weiter, wie es ihnen möglich war, ohne die Ponies zu erschöpfen. Als am Horizont ein Reiter auftauchte, hielten sie kurz an, doch bald darauf stellte sich heraus, daß es Kalam war. Hinter ihm stieg die Staubwolke der Armee des Khans gen Himmel und wurde vom Nordwind fortgeweht.

»Von der nächsten Anhöhe aus wird man sie sehen.« Shuyun übersetzte, während der Nomade in der Erregung die Worte nur so hervorsprudelte. »Es sind nur wenige Vorreiter zu sehen, anscheinend haben sie keine Angst, daß man sie entdecken könnte. Er meint, dies sei nicht die ganze Streitmacht, und sie habe sich jetzt nach Osten gewandt.«

Diese Bemerkung versetzte Komawara in einen ähnlichen Schockzustand wie die Besichtigung des Lagers. »Wir müssen das mit eigenen Augen sehen«, meinte er nach einer Weile.

Sie stürmten die Anhöhe nicht hinauf, sondern wurden eher noch langsamer. Es gab keinen Grund zur Eile. Es fehlte zwar noch der letzte Beweis, doch insgeheim wußten Shuyun und Komawara bereits, welcher Anblick sich ihnen bieten würde.

Trotzdem bestürzte sie das, was sie sahen, und ihr Schweigen währte lange. Inmitten einer riesigen Staubwolke rückte eine gewaltige Streitmacht über die Wüste vor.

»Fünfzigtausend?« erkundigte sich schließlich der Fürst.

»Nicht ganz«, erwiderte der Mönch, dessen Stimme den eigentümlichen Klang angenommen hatte, der Komawara auch schon früher aufgefallen war. »Vielleicht vierzigtausend.«

»Vierzigtausend Bewaffnete«, sagte Komawara langsam, »und seht nur, wieviele zu Pferd sitzen! Eine so große Barbarenstreitmacht hat es noch nie gegeben. Nicht zu Zeiten meines Großvaters, nicht zu Zeiten der Mori – noch nie zuvor… Die Staubwolke wird bis nach Seh wehen, und die Menschen werden glauben, in der Wüste tobe ein Sandsturm.«

Shuyun sagte etwas zu Kalam und hörte ihm aufmerksam zu. »Damit könntet Ihr recht haben, Fürst Komawara. Das sind Krieger der Hochsteppe, die im

Osten leben, dem Meer zu. Kalam glaubt, daß sie im Winter zu ihren Stämmen zurückkehren werden. Wenn das stimmt, wird der Feldzug erst im Frühjahr beginnen.«

Komawara schien ihn kaum gehört zu haben. »In Seh könnten wir nur dann vierzigtausend Soldaten aufstellen, wenn wir Greise und Kinder mitzählten. Die Pest hat das Volk und die Zahl der kampffähigen Männer verringert.«

Shuyun sprach leise mit Kalam und begleitete dessen Antwort mit nachdenklichem Kopfnicken. »Der Kalam meint, die in Wüste und Steppe weitverstreuten Stämme hätten ihre Söhne entsandt. Niemand habe gewußt, daß es soviele wären. Dies sei in etwa die Hälfte der Soldaten, die er im Lager gesehen habe, und nach allem, was ich dort beobachtete, glaube ich, daß er recht hat.«

»Wie werden sie wohl ernährt? Im Sand kann man nichts anbauen.«

Shuyun wandte sich erneut an Kalam, dessen Antwort ihn offenbar bestürzte. »Er meint, sie preßten den Stämmen alles bis aufs Lebensnotwendige ab, außerdem erhielten sie Nahrung und Waffen von den Piraten, die der Khan in Gold bezahle.«

»Mit Gold, das er aus Steinen quetscht…«

»Das begreife ich nicht. Wir müssen nach Seh zurückkehren, Fürst Komawara. Wir haben gesehen, was wir sehen wollten.«

»Ihr habt recht, Bruder. Und Ihr hattet auch noch in einer anderen Beziehung recht.« Der Bruder nickte dem Nomaden zu. »Wir sollten ihn jetzt freilassen. Er hat uns gute Dienste geleistet.«

»Ich fürchte, mein Fürst, so einfach ist das nicht.«

37

Es war ein kühler Tag, die Sonne fiel durch hohe Wolken, die den Himmel wie eine Schicht reiner Seide bedeckten. Trotz der Kälte saß Shonto auf einer kleinen, überdachten Veranda, die Ausblick bot auf den Garten des Gouverneurspalasts. Er arbeitete sich langsam durch die tägliche Korrespondenz hindurch, die überwiegend offizieller Natur war, Routine enthielt oder schlichtweg unwichtig war. Ein Brief von Fürst Taiki machte jedoch eine zweite Lektüre erforderlich.

Zunächst schilderte der Fürst, wie sein Sohn mit dem Verlust der Hand fertig wurde, und pries Shontos Haushofmeister Kamu, der das Kind mehrmals besucht hatte, dann wandte er sich wichtigeren Dingen zu.

Mir ist etwas zu Ohren gekommen, das mir höchst ungewöhnlich erscheint, zumal in Anbetracht der Unterhaltung, die wir kürzlich geführt haben. In Seh sind Münzen aufgetaucht, die denen gleichen, die wir bei den Barbarenräubern fanden. Vor zwei Tagen hat einer meiner Neffen seinen vielfach ausgezeichneten Hengst für eine große Summe in Gold verkauft. Die Münzen stammten aus keiner kaiserlichen Prägung und waren auch nicht mit dem Symbol eines Adelshauses abgestempelt, sondern entsprachen Eurer Beschreibung: sie waren quadratisch, wiesen keine Prägung auf und hatten ein rundes Loch in der Mitte. Der Käufer war der jüngste Sohn des Fürsten Kintari Jabo. Fürst Kintaris Sohn ist allenfalls für sein Stehvermögen in der Schenke bekannt, und es ist schon erstaunlich, daß er über soviel Gold verfügt, daß er sich eines der besten Reitpferde von ganz Seh, wenn nicht gar des ganzen Reiches leisten kann – denn er hat teuer dafür bezahlt, es sein eigen nennen zu dürfen.

Dies wäre an sich schon bemerkenswert genug, doch das war noch nichts alles: Fürst Kintari Jabos ältere Brüder suchten daraufhin meinen Neffen auf, meinten, es habe sich um einen Irrtum gehandelt und baten ihn demütig, das Gold zurückzuerstatten. Als prinzipientreuer Mensch beharrte mein Neffe darauf, beim Handel sei es gerecht zugegangen, und wies das Ansinnen höflich zurück. Dies gefiel den beiden Brüdern nicht, die ihm erklärten, die Goldmünzen seien Teil des Familienerbes und ihr Bruder habe nicht recht daran getan, sie wegzugeben. Ob er Einwände dagegen habe, sie gegen kaiserliche Münzen einzutauschen? Die Kintari würden es für angebracht halten, ihm zum Ausgleich für die entstandenen Unannehmlichkeiten und seine Nachsicht einen beträchtlichen Teil des Kaufpreises zusätzlich zu erstatten. So geschah es dann auch, allerdings hatte mein Neffe bereits einige Münzen ausgegeben, die nicht mehr auffindbar waren.

Diese Münzen befinden sich mittlerweile in meinem Besitz, und ich werde sie Euch bei meinem nächsten Besuch mitbringen. Ich bin mir ziemlich sicher, daß sie Eurer Beschreibung genau entsprechen. Allmählich mache ich mir deswegen ebenso große Sorgen wie mein Gouverneur.

Stets Euer Diener

Shonto las den Brief ein zweites Mal durch, dann faltete er ihn und steckte ihn sich in den Ärmel. Einen Moment lang blickte er in den Garten hinaus. Die naheliegendste Erklärung war, daß man die Kitari überfallen und ihnen die Münzen abgenommen hatte. Falls dies der Fall war, so war an den Münzen nichts Geheimnisvolles, und es würde auch nicht schwer fallen, diese Vermutung zu bestätigen.

Shonto klatschte in die Hände und bestellte Cha, als der Bedienstete auftauchte. Warum aber, überlegte der Fürst, hatten die Söhne des Fürsten Kintari die Münzen unbedingt zurückhaben wollen? Wenn sie den Münzen glichen, die er gesehen hatte, dann waren sie neu – und bestimmt keine Erbstücke.

Der Cha wurde gebracht, und Shonto nahm die Schale mit Behagen entgegen, stellte sie auf das Arbeitstischchen und drehte sie langsam, während er in den Dampf hineinschaute, als blicke er in weite Ferne. Zum wiederholten Mal fragte er sich, wie es wohl Komawara und Shuyun ergehen mochte, dann schüttelte er den Kopf. Er hätte den Mönch niemals in die Wüste schicken sollen... andererseits, hatte er denn eine Wahl gehabt? Shuyun war der einzige aus Shontos Stab, der Aussicht hatte, eine Gefangennahme durch die Barbaren lebend zu überstehen. Der einzige, dem zuzutrauen war, daß er die Nachrichten beschaffte, die sie so dringend brauchten. Trotzdem war der Mönch als Ratgeber eigentlich zu wertvoll, um ihn bei einer solchen Unternehmung einzusetzen.

Was würden die Brüder wohl sagen, wenn sie wüßten, daß einer der Ihren in Begleitung eines als botahistischer Mönch verkleideten Fürsten aus Seh in der Wüste unterwegs war? Shonto war überzeugt, daß sie im Inneren ihrer vielgerühmten Seelen Tatmenschen waren – sie würden schwer schlucken und dann wegschauen. Als Verteidiger des Glaubens der Vollkommenen Meisters hatte sie sich schon mehrfach fragwürdiger Praktiken bedient.

Von einem nahegelegenen Gang her war Lärm zu vernehmen, und Shonto war sogleich hellwach. Er griff zwar nicht zum Schwert, legte aber die Hand auf den Dolch, den er im Gewand versteckt hatte. Zwei durch die Wände gedämpfte Stimmen waren zu vernehmen: eine Frauenstimme und die Stimme eines Mannes, bei dem es sich wohl um Kamu handelte. Shonto wollte sich gerade erheben, als der Shoji aufglitt und seine Tochter, das edle Fräulein Nishima, in der Türöffnung erschien.

Sie kniete sogleich nieder und verneigte sich tief, erst dann betrat sie den Raum. Kamu streckte den Kopf durch die Öffnung und zog sich auf ein Zeichen des Fürsten hin sogleich wieder zurück. Der Shoji schloß sich lautlos. Eine Zeitlang sagte keiner ein Wort.

»Mir scheint, Onkel, diesmal seid Ihr sprachlos.«

»Das ist nicht wahr; mir liegen so viele Worte auf der Zunge, daß ich nicht weiß, welches ich als erstes aussprechen soll.«

Beide lachten, dann schwiegen sie wieder.

»In diesem Augenblick«, sagte Nishima, »wünschte ich, ich wäre sieben Jahre alt.«

»Nanu?«

»Wenn ich noch in diesem zarten Alter wäre, könnte ich mich Euch jetzt in die Arme werfen.«

»In deinem gegenwärtigen Alter wäre dies höchst unschicklich.«

Nishima nickte. »Da habt Ihr recht.«

»Bruder Satake allerdings hatte eine andere Auffassung vom Wesen der Zeit…«

Er brachte den Satz nicht zu Ende. Nishima schloß ihn in die Arme und drückte ihn an sich.

Shonto befreite sich mühsam aus den Falten ihrer Seidenärmel und ächzte: »Als Siebenjährige hättest du meine Korrespondenz bestimmt nicht verfehlt.«

Nishima griff blindlings hinter sich und wischte alles vom Tisch – Cha, Tintenstein und Pinsel.

»Schon besser«, meinte Shonto, und obwohl Nishima lachte, rann eine kalte Träne von ihrer Wange auf die seine.

Schließlich lösten sie sich voneinander, und Shonto klatschte in die Hände. »Cha«, befahl er dem Bediensteten.

Als der Mann die auf dem Boden verstreuten Briefe sah, zögerte er.

»Kümmere dich jetzt nicht darum.«

Der Bedienstete verschwand.

»Gerade erst angekommen, und schon machst du dem Gesinde Arbeit.«

»Da haben sie ja Glück, daß mein jüngeres Ich für immer der Vergangenheit angehört.« Sie deutete auf die verschmierte Tinte und die verstreuten Briefe. »Die Unordnung beschränkt sich wenigstens auf einen einzigen Raum.«

Der Cha wurde gebracht, und Nishima übernahm das Servieren.

»Möchtet Ihr jetzt die Geschichte hören, oder nimmt Euch Euer Amt zu sehr in Anspruch?«

»Der Zeitpunkt kommt mir durchaus gelegen. Ich bin sehr gespannt darauf, wie du dem Kaiser, der soviel Mühe darauf verwandt hat, es dir unmöglich zu machen, nach Seh zu reisen, ohne ihn zu beleidigen, dein Verschwinden erklären willst.«

»Ich würde nicht im Traum daran denken, den Kaiser zu beleidigen, Onkel. Der Sohn des Himmels hat mir in seinem Großmut ermöglicht, mich bei einer angesehenen Künstlerin weiterzubilden, und das tue ich auch. Die erlauchte Dame Okara hat mich begleitet.«

»Ich verstehe«, sagte der Fürst in gereiztem Ton. »So sah auch mein Plan aus… für den Fall, daß es angebracht wäre, daß du nach Seh kommst.«

Nishima schlug die Augen nieder und nippte am Cha. »Ich hatte gute Gründe für die Reise.«

»Daran zweifle ich keinen Augenblick lang, Nishi-sum.«

Sie lächelte. »Kitsu-sum ist auch mitgekommen.«

Shonto schüttelte den Kopf. »Natürlich, es stand ja zu erwarten, daß ihr ein Ausflug aufs Land gefallen würde.«

Nishima lachte. »Sie hatte ebenfalls gute Gründe.«

Shonto nickte, was beinahe so wirkte, als bekunde er sein Einverständnis.

»Zunächst aber zu mir. Einige Tage nach Eurer Abreise erhielt ich einen Brief von Tanaka. Eurem Handelsbeauftragten lagen Nachrichten vor, die er beunruhigend fand, und da hat er entsprechende Maßnahmen ergriffen. Ein ehemaliger Offizier der Shonto, mittlerweile ein alter Mann, hatte von seinem Neffen, einem kaiserlichen Soldaten, erfahren, daß die Kaisergarde an dem geheimen Transport einer großen Menge Goldes beteiligt sein würde. Einer großen Menge an Goldmünzen, die mit dem Schiff nach Norden geschafft werden sollten.«

»Münzen?«

Nishima nickte, holte einen Geldbeutel aus Brokat aus dem Ärmel, leerte ihn in ihre Hand und reichte sie ihrem Onkel. »Ein Geheimtransport in den Norden. Die Beteiligung der Kaisergarde und die schiere Menge des Goldes... das alles sprach für Seh und gab Anlaß zu den schlimmsten Befürchtungen.«

Shonto ergriff eine der Münzen.

»Ich konnte niemandem vertrauen, Herr, und hatte auch den Eindruck, ich könnte nicht länger in der Hauptstadt bleiben, nachdem ich davon erfahren hatte. Wir wußten schon immer, daß er sich mit der Stärke der Shonto nicht abfinden kann.«

»Von wem sprichst du?«

»Natürlich vom Kaiser, Herr.«

»Und wie steht es mit Jaku Katta?«

»Wenn Jaku Katta gegen Euch intrigieren würde, hätte er Euch kürzlich wohl kaum das Leben gerettet.«

»Wohl wahr. Wenn es sich tatsächlich so verhalten hat.«

»Vater?«

Shonto rieb die Münze zwischen den Fingern. »Ich glaube, der Schwarze Tiger hat sich selbst das Leben gerettet.«

»Das Attentat war gegen Katta-sum gerichtet?«

Shonto nickte, und Nishima blickte schweigend auf ihre Hände.

»Hast du von dem Zwischenfall in der Denji-Schlucht gehört?«

»Nichts Genaues, Herr.«

»Es deutet alles darauf hin, daß Jaku sich mit den Hajiwara verschworen hat, um meine Reise dort enden zu lassen, wenngleich wir mit Botaharas Hilfe entkommen sind. Nun heißt es, Jaku sei beim Kaiser in Ungnade gefallen.« Nishima sah überrascht auf. »Das hast du nicht gewußt? Er kommt nach Norden, um die Ordnung auf dem Kanal wiederherzustellen, den er selbst so lange unsicher gemacht hat. Man munkelt, dies sei eine Art Verbannung. Ich rechne jeden Augenblick mit seiner Ankunft. Zweifellos wird er geheime Informationen mitbringen, die seinen Bruch mit dem Sohn des Himmels belegen sollen. Stets zu Diensten der Shonto, sollten die Shonto Verbündete brauchen. Hm. Er muß mich wohl für dumm halten.«

»Nein, Herr, ich glaube, dieses Urteil träfe eher auf mich zu.«

»Nishima-sum?«

Sie trank einen großen Schluck Cha. »Seit kurzem korrespondiere ich mit dem General und bin ihm auf dem Kanal auch kurz begegnet.«

Shonto schwieg.

»Ich war mir über die wahren Hintergründe des Vorfalls im Garten nicht im klaren. Ich will mich nicht herausreden, aber ich habe unter dem falschen Eindruck gehandelt, Jaku Katta habe Euch das Leben gerettet.«

Eine Zeitlang schwiegen beide. Schließlich brach

Shonto das Schweigen. »Es ist meine Angewohnheit, Neuigkeiten nur dann mit anderen zu teilen, wenn es unbedingt notwendig ist.« Er schaute kurz seine Tochter an, die mit niedergeschlagenen Augen vor ihm saß. »Diskretion ist kein Charakteristikum unserer Rasse.«

»Der Fehler, Herr, lag ganz auf meiner Seite. Zum Glück ist es noch einmal gutgegangen. Bin ich umsonst nach Seh gekommen? Wißt Ihr bereits von den Münzen?«

Shonto schüttelte den Kopf. »Du hast dich klug verhalten. Es stimmt, ich weiß von den Münzen, aber was du mir da von Tanaka berichtet hast, ist eine neue und wertvolle Information für mich.« Abermals rieb er die Münzen zwischen den Fingern. »Die Münzen wurden auf ein Schiff gebracht, und was dann?« Er tat so, als wollte er sie vom Balkon hinunterwerfen, behielt sie aber statt dessen in der geschlossenen Hand, als führte er einem Kind ein Zauberkunststück vor. »Als nächstes tauchen sie bei einem toten Barbarenräuber auf; dieser Münze aber wurde ein merkwürdiger Drache eingeprägt. Erinnerst du dich noch, wie du uns die Zukunft geweissagt hast?« Shonto lächelte. »Äußerst merkwürdig. Heute erfahre ich, daß eine bedeutende Familie der Provinz Seh Münzen besitzt, die mit diesen hier wahrscheinlich identisch sind.« Er holte den Brief aus dem Ärmel und reichte ihn Nishima.

»Ich vermute«, sagte er, als er den Brief wieder in den Ärmel steckte, »die Barbaren haben den Kintari die Münzen geraubt. Warten wir's ab. Weshalb aber wird dieser große Goldschatz heimlich nach Norden gebracht? Deutet das eher auf den Sohn des Himmels oder auf den Befehlshaber der Kaisergarde hin? Und weshalb taucht das Gold ausgerechnet bei dem Sohn einer bedeutenden Familie der Provinz Seh auf, der in ihrer Gunst am niedrigsten steht?« Er reckte die Arme zum Himmel empor. »Und wie kommt es, daß ein Barbarenräuber im Besitz gleichartiger Münzen ist? Sehr ungewöhnlich. Habe ich dir schon erzählt, daß mein eigener Stab versucht hat, mir die Beweise für die Überfälle vorzuenthalten?« schloß er auf einmal erbost.

Mehrere Männer haben dafür mit dem Leben bezahlt.« Shonto schüttelte betrübt den Kopf. Sein Zorn verflog. »Aber du hast ausgesprochen klug gehandelt. Der Kaiser wird erbost sein, wenn er erfährt, daß man ihn überlistet hat. Er hat zu sehr auf den Ruf der erlauchten Dame Okara vertraut und nicht bedacht, daß das Zusammensein mit dir bei ihr die Sehnsucht nach Jugend und Abenteuer wecken würde.« Shonto lächelte seine Tochter an.

»Das kann ich mir nicht vorstellen. Ich glaube nicht, daß ich diese Wirkung auf sie habe.«

»Oh, ich hingegen schon. Das liegt in der Familie; ich übe eine ganz ähnliche Wirkung auf andere Leute aus.«

Nishima lachte.

»Du lachst? Eben noch hast du dir gewünscht, sieben Jahre alt zu sein – höchstens ein oder zwei Jahre jünger, als du jetzt bist.«

Nishima klatschte lachend in die Hände. »Der Kaiser wird noch weniger erfreut sein, wenn er erfährt, daß das edle Fräulein Kitsura Omawara ebenfalls die Hauptstadt verlassen hat, und noch dazu in meiner Gesellschaft.«

Shonto hob die Augenbrauen.

»Der Sohn des Himmels hat auf einmal großes Interesse an der armen Kutsu-sum gezeigt.«

»Nishima-sum, willst du damit sagen, der Sohn des Himmels habe deiner Kusine den Hof gemacht?«

»So würde ich es nicht nennen. Ein derart unschickliches Verhalten habe ich selten erlebt. Er hat sich benommen, als wäre sie eine…« Nishima suchte nach Worten und sprach sie voller Abscheu aus: »Eine Fujitsara oder eine Nojimi. Und keine Omawara. Es war unerträglich. Fürst Omawara hat sich in dieser Angelegenheit korrekt verhalten, wenngleich er meinen Fürsten dadurch in eine unangenehme Lage gebracht hat.«

Shontos Miene hellte sich auf; er sah aus, als würde er jeden Moment spitzbübisch lächeln. »Bis zur Hauptstadt ist es weit, Nishi-sum, und von den Vorgängen bei Hofe erfahre ich nur wenig. Fürst Omawara hat mich gefragt, ob das edle Fräulein Kitsura meine Tochter nach Seh begleiten dürfe; schließlich ist er sehr krank und wünscht vielleicht, seiner Tochter den Schmerz zu ersparen. Ich bin seit vielen Jahren mit Fürst Omawara befreundet. Deshalb habe ich natürlich eingewilligt. Hast du noch mehr Überraschungen für mich?«

»Im Augenblick fallen mir keine mehr ein, mein Fürst.«

»Oka-sum geht es gut?«

»So scheint es, wenngleich sie… nachdenklich wirkt.«

»Arme Okara-sum, nach so vielen Jahren ihren Unterschlupf verlassen zu müssen. Und wohin ist sie geraten? Ins Auge des Sturms.« Shonto holte wieder die Münze hervor und starrte sie an, als könnte sie ihm ihren Ursprung enthüllen. »Und das alles wegen dieser Münzen.«

»Ich hoffe, sie wird keinen Anlaß finden, die Reise zu bereuen.«

»Das wünsche ich uns allen.«

»Das konntest du nicht wissen«, meinte Kitsura beschwichtigend.

Nishima schüttelte den Kopf. »Wie kommt es, daß man in Seh eher erfährt, daß Jaku angeblich in Ungnade gefallen ist, als ich in der Hauptstadt?«

»Anscheinend hat sich Jakus Sturz zeitgleich mit unserer Abreise ereignet. Um rechtzeitig davon zu erfahren, hättest du schon in die Zukunft blicken müssen.«

Sie wandelten im letzten Tageslicht an einer hohen Mauer entlang.

»Es war nur verständlich. Ich an deiner Stelle wäre ebenfalls in Versuchung gewesen.« Kitsura schenkte ihrer Kusine ein strahlendes Lächeln. »Und hätte womöglich weniger Zurückhaltung bewiesen.«

Nishima versuchte zu lächeln, doch es gelang ihr nicht. Sie blieben eine Weile lang stehen und bewunderten den Ausblick auf den Garten.

»Leidest du an gebrochenem Herzen, Kusine?«

»Verletzt bin ich allein in meiner Würde.« Sie gingen ein paar Schritte weiter. »Ein wenig, Kitsu-sum, ein wenig.«

Schließlich kamen sie zu einer Stelle, die Ausblick bot auf den kaiserlichen Park mit dem gewundenen Kanal und die hinter den Bergen untergehende Sonne.

»Vielleicht solltest du einmal mit eurem spirituellen Berater darüber sprechen.«

Nishima schüttelte den Kopf. »Lieber nicht.«

»Du hast selbst gesagt, er sei sehr klug für sein Alter.«

»Das… das könnte ich nicht. Ich will es nicht.«

Nishima wandte sich um und ging weiter, und ihre Begleiterin folgte ihr.

»Jedenfalls kann uns der Kaiser hier nichts anhaben.«

»Es gibt viele Gründe, froh zu sein, Kitsura-sum. Ich werde mich bemühen, fröhlicher zu sein. Bitte verzeih mir meine schlechte Laune.«

Ein Gardist in der blauen Uniform der Shonto kam ihnen entgegengeeilt. Als er sie beinahe erreicht hatte, konnten die beiden Frauen das fliegende Pferd des kaiserlichen Gouverneurs von Seh erkennen, das die Uniform in der Herzgegend zierte.

»Bitte verzeiht die Störung, edles Fräulein. Fürst Shonto bittet Euch zu sich.«

»Jetzt gleich?«

»Ja, hohes Fräulein.«

Nishima wandte sich an Kitsura.

»Nur zu, und keine Entschuldigungen.«

Nishima setzte sich in Bewegung, gefolgt von dem Gardisten. Es war nicht weit bis zum eigentlichen Palast, und der Weg bis zu dem Saal, in dem Shonto wartete, schien noch kürzer.

Nishiam bemerkte mit einiger Bestürzung, daß auf dem Gang und an der Tür außergewöhnlich viele Elitesoldaten versammelt waren. Als man einen Shoji für sie öffnete und sie beim Eintreten niederkniete, fand sie sich in einem Raum wieder, in dem sich ein Barbarenkrieger aufhielt. Nishima hielt inne, dann erst bemerkte sie ihren Vater, Fürst Komawara, General Hojo, Kamu und Shuyun.

»Bitte tritt ein. In diesem Palast läßt sich ohnehin nichts geheimhalten.«

Nishima verneigte sich rasch und trat in den Raum. Man schob ihr ein Kissen hin, und sie nahm Platz.

Obwohl seine Tochter bislang noch nie an wichtigen militärischen oder nachrichtendienstlichen Besprechungen teilgenommen hatte, verlor Shonto kein Wort über Nishimas Anwesenheit. Alle Anwesenden verneigten sich vor ihr.

»Nlshima, das hier ist Kalam. Er hat Fürst Komawara und Shuyun-sum aus der Wüste herbegleitet.«

Shuyun sagte zu dem Mann etwas in seiner eigenen Sprache, woraufhin sich der Nomade verneigte, wie er es soeben beobachtet hatte. Er wagte es kaum, das edle Fräulein Nishima anzusehen, sondern hielt den Blick starr auf die Strohmatte gerichtet. Auf einmal wirkte er verunsichert.

»Entschuldige, wenn wir gleich fortfahren. Wir werden uns später unterhalten.«

Nishima nickte zustimmend.

»Wie kommt es, daß Ihr diesen Bedingungen zugestimmt habt, Shuyun-sum?«

»Zu dem Zeitpunkt waren meine Kenntnisse des Stammesdialekts noch lückenhaft, Herr, daher war ich mir über die vollständige Bedeutung des Tha-telor noch im unklaren. Ich habe geglaubt, er wolle sich sein Leben und das seiner Verwandten dadurch erkaufen, daß er mir für kürzere Zeit seine Dienste anbiete. Daß Tha-telor bedeutet, das Leben und die Ehre seiner Verwandten gegen sein eigenes Leben und seine Ehre einzutauschen, war mir damals noch nicht bewußt. Er ist ein Leben lang an mich gebunden. Wenn ich ihn in die Wüste zurückschicke, wird er sterben. Er fühlt sich verpflichtet, mir zu dienen, sonst verliert er seine Ehre.«

»Glaubt Ihr ihm das, Bruder?«

»Unbedingt, Fürst.«

»Hm.« Shonto zuckte mit den Schultern. »Ich bin da etwas weniger vertrauensvoll.«

»Verzeiht mir die Bemerkung, Fürst Shonto«, meldete sich Fürst Komawara zu Wort, »aber ich glaube, Shuyun hat in dieser Angelegenheit recht. Ich habe Kalam ebenfalls mißtraut, jetzt aber… Ich glaube, er würde vom Balkon springen, wenn Shuyun es ihm befehlte.«

Shonto wandte sich zum Balkon um. »Das bezweifle ich«, sagte er. »Wenn ich mich recht entsinne, Fürst Komawara, habt Ihr früher einmal vorgeschlagen, einen Barbaren gefangenzunehmen und ihn zu verhören. Hier habt Ihr einen solchen Mann.«

»Damals dachte ich, wir müßten zu nachdrücklicheren Mitteln der Befragung greifen, Fürst. Kalam hingegen gibt bereitwillig Auskunft, jedenfalls seinem Herrn.«

»Sehr praktisch. Dann habt Ihr Euch von ihm also zu diesem heiligen Ort führen lassen?«

Komawara nahm den Faden bereitwillig auf. »Ja, nach Ama-Haji. Das ist eine Höhle am Fuße der Berge… ein uralter Ort, Fürst Shonto, und schwer zu beschreiben.

Wir haben uns an mehreren Wachposten vorbei zur Felskante vorgeschlichen.«

»Dann waren sie wohl nicht besonders wachsam«, bemerkte Shonto.

»Offenbar haben sie nicht mit Eindringlingen gerechnet. Kalams Stammesgenossen kommen nur selten dorthin, und Menschen aus Seh verirren sich überhaupt niemals in diese Gegend.«

»Abgesehen von dem erwähnten Bruder.«

»Ja, Fürst, und von uns selbst. Gleichwohl sind sie auf Fremde nicht vorbereitet. In Ama-Haji bot sich uns ein schier unglaublicher Anblick.« Komawara blickte kurz zu Shuyun, und dieser nickte kaum merklich.

»In die Lehmwand einbettet«, sagte Shuyun mit leiser Stimme, »war das Skelett eines Wesens, bei dem es sich unzweifelhaft um einen Drachen handelte.«

Im Raum herrschte Schweigen. Kamu ergriff als erster das Wort. »Weshalb seid Ihr Euch da so sicher? Habt Ihr es aus nächster Nähe gesehen, Shuyun-sum? Habt Ihr es berührt?«

»Wir betrachteten das Skelett aus einiger Entfernung, Kamu-sum, dennoch halte ich einen Irrtum für ausgeschlossen. Es wirkte alles zu natürlich, als daß es sich um eine Fälschung hätte handeln können. Der Drache nahm eine eigentümlich verkrümmte Haltung ein, als sei er tot zusammengebrochen, und einige Teile des Skeletts fehlten, was offenbar auf natürliche Ursachen zurückzuführen war. Außerdem war es sehr groß – größer als man anhand der alten Sagen meinen möchte. Auch die Proportionen waren ungewöhnlich; der Kopf stand in keinem angemessenen Verhältnis zum Ganzen, und der Körper war dicker als erwartet. All dies hat mich davon überzeugt, keine Fälschung vor mir zu haben. Andernfalls wäre es eindrucksvoller gewesen und hätte unserer Vorstellung von einem Drachen mehr entsprochen. Ich glaube, ich habe die Überreste eines echten Drachen gesehen, so unglaublich das auch klingen mag.«

Hojo schüttelte den Kopf. »Ich wünschte, ich hätte Euch begleitet. Ein solches Wesen kann ich mir nur schwer vorstellen.«

»Allerdings wäre ein solches Wesen«, warf Nishima ein, »ein mächtiges Symbol für Menschen, die... weniger kultiviert sind. War das der Drache, der den Münzen aufgeprägt ist?«

»Zweifellos«, antwortete Komawara. »Ich bin sicher, dies hat den Mythos des Khans gestärkt. Kalam hat der Anblick des Drachen mit Ehrfurcht und mit Angst erfüllt. Ich könnte mir vorstellen, daß er auf andere eine ähnliche Wirkung hat. Ama-Haji ist ein Ort der Macht, wie kultiviert man auch sein mag.«

»Vielleicht sollten wir den Bericht erst zu Ende anhören und dann weiterspekulieren«, schlug Shonto vor.

»Anschließend«, fuhr Shuyun fort, »führte der Kalam uns in die Ebene hinunter, wo die Streitmacht des Khans gelagert hatte. Das Lager war größer als erwartet. So groß, daß sechzig- bis siebzigtausend Krieger darin hätten Platz finden können. Oder sogar noch mehr.«

Hojo meldete sich zu Wort. »Man hat schon häufiger den Feind mit der Größe des Lagers über die wahre Anzahl der Krieger hinweggetäuscht, Shuyun-sum. Wir kämpfen gegen Krieger, nicht gegen Heerlager. Wieviele Krieger habt Ihr gesehen?«

»Wir sind den Spuren einer großen Streitmacht gefolgt, die sich von der Armee abgespalten hatte – offenbar bewegte sie sich in Richtung Seh, General Hojo. Allerdings änderte sie dann die Richtung und wandte sich meerwärts. Diese Streitmacht umfaßte meiner Schätzung nach vierzigtausend Männer, und wir glauben, daß es sich dabei lediglich um einen Teil des Heeres handelte.«

Hojo fluchte verhalten, und Kamu umklammerte mit verzerrtem Gesicht die Schulter mit dem Armstummel, als litte er Schmerzen.

»Das ist unmöglich«, flüsterte der Hofmeister. »Unmöglich.«

»Wenn sie über soviele Krieger verfügen«, sagte Shonto, »und ich zweifle keinen Augenblick daran, weshalb zögern sie dann? Mit einer solchen Armee könnte ich Seh in wenigen Wochen überrennen. Der Norden wäre mein, ehe das Reich aufgewacht wäre, und dann würde mich der Winter bis zum Frühjahr schützen. Bis dahin hätte ich mich auf die Armeen aus dem Süden vorbereitet. Seh würde eingenommen und gehalten werden. Ich begreife nicht, weshalb sie zaudern.«

»Vielleicht kennen sie nicht die wahre Stärke von Seh, Herr«, warf Nishima ein. »Die Stoßtrupps, die über die Grenze vordringen, sehen unvorstellbaren Reichtum und ungewohnt viele Menschen. Vielleicht erkennen sie nicht, wie verwundbar wir sind. Sollten sie jetzt angreifen und sollte Seh auch nur ein paar Wochen lang gehalten werden, solange, bis das Wetter umschlägt, dann wäre das Überraschungsmoment vollkommen verpufft. Ich bin kein General, doch mir scheint, daß es für sie am sichersten wäre, bis zum Frühjahr zu warten. Sie werden glauben, auch dann noch die Überraschung auf ihrer Seite zu haben, und sollte der Feldzug länger dauern, wäre ihnen das Wetter günstig gesonnen.«

General Hojo, in dessen Miene sich Verwunderung und beinahe väterlicher Stolz zeigten, nickte Nishima zu, mehr als nur eine angedeutete Verneigung.

Shonto blickte seinen militärischen Berater an. »General?«

»Die Argumente des edlen Fräuleins erscheinen mir einsichtig, Fürst. Es wurden schon viele Schlachten verloren, die mühelos zu gewinnen gewesen wären, hätten die Generäle nur den richtigen Zeitpunkt zum Angriff gewählt. Wir sollten auch in Betracht ziehen, daß die Barbaren noch andere Gründe haben könnten, zu warten – so bedeutsam die Nachrichten, die wir von Shuyun-sum und Fürst Komawara erhalten haben, auch sein mögen, es gibt doch noch vieles, was wir nicht wissen.«

Shonto nickte. »Das ist wahr. Shuyun-sum, kann Euer Diener vielleicht Licht in diese Angelegenheit bringen?«

Shuyun hielt leise Zwiesprache mit Kalam, der bereitwillig Auskunft gab. Shuyun stellte eine weitere Frage, dann nickte der Nomade und gab ausführlich Antwort. »Der Kalam meint, die Drachenpriester hätten vor einem Angriff zum gegenwärtigen Zeitpunkt gewarnt; der Frühling sei der geeignete Zeitpunkt für einen sicheren Sieg. Sein Gensi, was soviel wie Jagdführer bedeutet, glaubt, der Khan habe gehört, daß ein großer Feldherr nach Seh gekommen sei – das ist mir nicht ganz klar, denn der Kalam gebraucht dafür ein Wort, das in unserer Sprache keine Entsprechung hat. Vielleicht ließe es sich mit ›alter Wiedergeborener‹ angemessen übersetzen. Angeblich habe dieser Feldherr eine gewaltige Streitmacht mitgebracht. Der Gensi glaubt, dies sei der wahre Grund dafür, daß die Pläne geändert wurden.« Shuyun deutete eine Verneigung an. »Dieser große Krieger seid offenbar Ihr, Fürst Shonto.«

»Hm.« Shonto schüttelte den Kopf. »Das erklärt noch lange nicht ihr Zögern. Im Frühjahr werde ich noch immer hier sein.« Shonto schaute sich im Raum um, doch niemand wußte darauf eine Antwort.

Shonto griff hinter sich und nahm das Schwert vom Ständer. Alle Anwesenden warteten geduldig, während er sich sammelte. »Wenngleich es noch viele Unklarheiten gibt, besteht kein Zweifel mehr daran, daß es zum Ende des Winters Krieg in Seh geben wird. In vier Monaten werden wir einer Barbarenstreitmacht gegenüberstehen. Soviel Zeit bleibt uns noch, um uns die notwendige Unterstützung zu verschaffen, denn selbst hier, wo der Kampf ausgetragen werden wird, gibt es viele, die nicht glauben werden, was in der Wüste beobachtet wurde.

Ich muß mir die Unterstützung des Throns verschaffen, wenngleich ich noch nicht weiß, wie wir das anstellen sollen, da doch das Gold in den Händen unserer Feinde allem Anschein nach aus dem kaiserlichen Münzamt stammt. Der Barbar hat behauptet, der Kaiser von Wa leiste dem Khan Tribut – doch mit welcher Absicht? Ich fürchte, der Kaiser hat das Gold deshalb in die Wüste geschickt, weil er beabsichtigt, die Shonto zu vernichten. Ist der Khan vielleicht eine Kreatur unseres verehrten Kaisers?« Shonto legte eine Pause ein. »Es braucht keine Armee von sechzigtausend Soldaten, um ein Adelshaus zu stürzen. Alles deutet darauf hin, daß dabei etwas fürchterlich schiefgegangen ist. Der Khan verfolgt offenbar eigene Pläne.«

Shonto schwieg eine Weile, während alle gespannt warteten. »Ich glaube nicht, daß Jaku beim Kaiser in Ungnade gefallen ist. Das wäre zu einfach. Sollte es gelingen, Jaku vom wahren Ausmaß der Gefahr zu überzeugen, dann wird er auch die Unterstützung des Kaisers bekommen, davon bin ich überzeugt.«

»Ich stimme Euch unbedingt zu«, sagte Kamu. »Jaku ist der Schlüssel zum Kaiser, allerdings ist mir noch unklar, wie wir Jakus Erleuchtung bewerkstelligen sollen.«

Shonto blickte auf das Schwert nieder, das er in Händen hielt. »Es wird uns schon etwas einfallen«, bemerkte er leise.

»Seh befindet sich ab sofort im Kriegszustand. In vier

Monaten werden wir auf die kommenden Schlachten vorbereitet sein, und wenn wir die Stadt komplett leerräumen und alle Einrichtungsgegenstände an den Kaiser verkaufen müßten.« Als Shonto kurz zu seiner Tochter blickte, entspannte sich seine Miene ein wenig. Gleich darauf wandte er seine Aufmerksamkeit wieder den anderen Anwesenden zu. »Bei der Entrichtung der kaiserlichen Steuern könnte es in diesem Jahr zu unvermeidbaren Verzögerungen kommen.« Kamu und Hojo lächelten.

»Vier Monate für die Vorbereitungen – und um uns der nötigen Unterstützung zu versichern. Das Schicksal einer ganzen Provinz hängt nun davon ab, wie gut wir unsere Aufgabe erfüllen. Wir dürfen nicht scheitern. Wir können nicht scheitern.« Shonto schwieg.

Shuyun räusperte sich. »Fürst? Es gibt noch eine andere Erklärung für die Verzögerung. Es trifft zweifellos zu, daß ein sofortiger Angriff die Niederlage Sehs zur Folge hätte. Dann aber wäre der Süden gewarnt, und es bliebe ihm der ganze Winter für die Kriegsvorbereitungen.« Shuyun sah zu den Anwesenden auf. »Wer Seh einzunehmen gedächte, würde jetzt angreifen. Wer aber das Reich erobern wollte… der würde warten.«